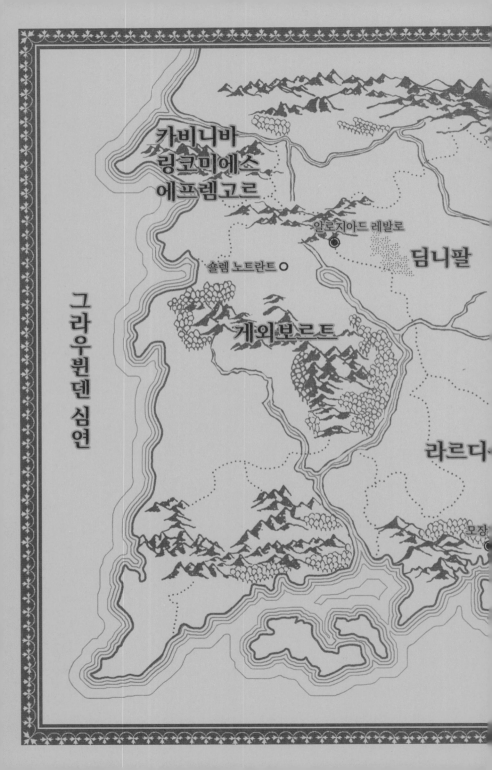

나무를
담벼락에 끌고
들어가지 말라

나무를 담벼락에 끌고 들어가지 말라

제 **2** 부
-하-

윤진아 장편소설

파피루스

CONTENTS

2부

-하-

2부
-하-

리마네레 제국(리마네레력曆 원년~624년)의 마법은 아나냐 분산(아나냐력 원년~1620년)에서 기원한다. 아나냐 분산의 마법은 또한 우슈탈(고대 우슈탈력 기원전~기원후 1200)에서 기원한다. 따라서 현재(듀아네일력 532년) 완벽히 사라져 버린 마법적 수인과 주문의 기원을 좇기 위해서는 아오이데 우슈탈까지 거슬러 올라가는 일이 필수적이다. 다음은 유명한 아오이데 우슈탈의 첫 장이다(서문인지는 확실치 않음). 아오이데 우슈탈은 익히 알려졌다시피 덮개가 없어, 많은 부분이 마모된 채 발견되었다.

'로달 귀에르다 누고 마르시리 지노람 유. 언어가 갈라지지 않았던 — 세상은 — 갈라지고 가라앉던 땅, — 떨어져 — 모든 빛들. 그림자, 얼음, 불, 그리고 — 기억은 — 모든 것이 스러지고 있는 — 세상은 침착하고 조용했다. 원망, 저주, 절규, 비명, 울음, 악은 용납되지 않았다. — 이미 모든 것을 받아들인 — 괴괴할 정도로 적막했다.

바로 그날, — 우리는 멸망했다.

멸망은 — 한순간 — 마지막 남은 침묵에 입 맞추고 — 자아가 없다. 단지 — 새로 태어나리라는 확신을 고대할 — 그것은 단 하나의 믿음을 찾아 길고 긴 시간을 웅크리고 — 기다렸다.

외르타는 졸린 부분을 넘겼다. 아오이데 우슈탈의 이 걸멋 든 서문은 태어난 후로 이미 누천 번은 족히 읽은 글이었다.

그리고 — 그것은 잠에서 깨어났다. — 재촉하노니 — 거부하지 않고 — 그것은 마치 예정된 수순이었던 듯 얌전히 — 다시 토해 냈다. 새로 쏟아져 내린 세계는 — 뿌리로 자신을 고정시킬 따름 — 갓 태어난 대지는 — 그러나 바야흐로 생명으로 터질 듯한 날이 — 만 하루 동안 계속된 생성의 시기는, 마지막으로 인간이 달려 나옴으로써 끝을 맺었다. 인간은 멸망의 배를 찢고 나와, 그것이 잘 정제한 뒤 흘려보내려던 여러 악덕들을 더불어 챙겨 왔다. 그러나 그것은 그들의 힘, 희망, 도리어 이상으로 여겨지노니 인간은 이후 수없는 —

짜증스럽다.

외르타는 책을 덮었다. 이 작자는 고료를 날로 먹었나 보다. 언제까지 아오이데 우슈탈만 늘어놓고 있는지. 누군가가 제 속에서, 그렇게 애초에 관심도 없는 — 그것도 이미 전설 분야로 사장된 — 고대 마법 논서에 손을 대는 것 자체가 어리석은 짓이었다고 핀잔해 주었다. 그녀는 고개를 절레절레 저으며 아델의 천을 꾹 잡아 모았다.

외르타는 아이의 천을 머리에 뒤집어쓴 상태였다. 스스로 항상 망토를 고정하던 자리가 오른쪽 어깨였다면, 지금은 오른쪽 눈썹이었다. 붉은 천은 상당히 볼품없는 모자처럼, 아니 그보다는 불투명한 베일처럼 그녀의 얼굴을 꽁꽁 싸매고 있었다. 외르타는 붉은 장미 속에서 얼굴만 내놓은 채 소파에 벌러덩 누웠다.

품에 손을 넣어, 리마네레의 브로치를 꺼내 보았다. 앙히에가 안겨 주고 간 물건이었다. 발렌시아의 서재에 기대어 아무 책이나 잡아 뽑다가, 문득 이것을 보고선 리마네레의 마법에 관심이 생겼던 것이다.

물론 그 관심은 오 분 만에 사라졌다.

외르타는 빳빳하게 누운 채 천장을 바라보았다. 공작의 서재. 집무실의 천장과 색은 같고, 문양은 미세하게 달랐다. 무해한 뱀이 스며든 모양으로 부드럽게 흘러내린 장식이 보였다. 매료되었다. 다음 순간, 그녀는 상체를 벌떡 일으켜 세웠다. 다른 책을 찾아야겠다는 뿌듯한 생각을 하며 다리를 바닥으로 내렸다.

"어……."

어떤 남자가 문 앞에 서 있었다. 외르타는 아직까지도 귀가 얼얼한 상태였다. 방금 전, 문이 열릴 때의 큰 소리. 자신이 대충 걸쳐 놓은 문 고정대를 부숴 먹은 듯했다. 그녀는 눈을 크게 뜨고, 역시 그녀에게 뒤지지 않을 만큼 놀라 있는 남자를 바라보았다. 무언가가 이상했다. 이곳은 꼭대기 층이다.

남자는 뒤로 한 걸음 물러나서는 주변을 휘휘 둘러보았다.

"여기가 아닌가?"

마치 마구간의 칸 수를 잘못 센 양 무게 없는 목소리였다. 외르타는 슬슬 상대의 정체가 의심스러워졌다. 자신의 얼굴을 모른다는 것은, 상대가 이 솔 미라이예의 일원이 아님을 뜻했기 때문이다.

"누구야?"

그의 시선이 돌아왔다. 탁한 금발에, 고동빛 눈. 나이는 사십 줄 내외로 보였다. 그는 물 밖에 나온 금붕어처럼 입을 뻐끔대다 가까스로 공손히 답했다.

"저는 달마시오 산치 아자니 반 운라쿰입니다. 합하를 직접 뵙고 처리해야 하는 승계 문제가 있어 이곳까지 왔습니다."

"아래층에 있으면 되지 왜 여길 오니?"

"저는 방금 전 허가를 받고 합하의 집무실에 들어갈 수 있었습니다. 한데 합하께서 상당히 분주하신 듯해, 끝내 독대가 성사되지 못했습니다. 제가 아래로 내려가 대기하겠다고 말씀드렸습니다만, 합하께서는 제게 이 자리에서 기다리라고 명하셨습니다."

"경은 내가 여기에 있는 줄 당연히! 안다. 그러니 이곳에는 결코 아무도 들여보내지 않았을 거야. 운라쿰…… 음…… 운라쿰……."

달마시오는 처음에, 그녀가 무슨 부분에서 말을 더듬고 있는 것인지 눈치채지 못했다. 그러나 외르타의 인상이 점점 좁아지는 것을 보니 더 이상 지체할 수 없었다. 그는 황급히 스스로 어림잡은 답을 내뱉었다.

"남작입니다. 운라쿰 남작."

요행히 정답이었다.

"운라쿰 남작. 발렌시아 경에게 '오른쪽으로 세 칸'이라고 들었어?"

"네 칸이라고 들은 것 같기도……."

"그럼 당장 나가."

그는 걷어차인 개처럼 쫓겨났다. 첫 등장과는 달리 모든 것을 조심조심 닫고 떠났다. 외르타는 헛웃음을 터뜨렸다. 소귀족이란 이곳이나 제 모국이나 별반 다를 것이 없는 처지인 모양이다. 지위도 모를 여인이 다짜고짜 하대를 하는데, 집주인이 있어야 할 곳에 있다는 이유만으로 고개를 숙여야 하는 불우한 이웃.

그녀는 책을 고르기 위해 일어섰다. 몸을 일으키자 비스듬히 걸린 옆 거울에 자신의 모습이 비쳤다. 외르타는 그 순간, 자신이 운라쿰 남작을 마주할 때 아델의 천으로 온 얼굴을 가린 모습이었다는 사실을 깨달았다. 이런…… 이런 우스꽝스러운 몰골을 한 여자가 공작의 방에 있었으니, 그가 놀랄 만도 했다. 그녀는 천을 풀어 내렸다. 반듯이 접었다.

기분이 별로였다. 외르타는 다소 우울한 모습으로 일어서 서재를 걸어 나갔다. 그녀는 그대로 계단으로 향하려다가, 문득 운라쿰 남작이 방을 잘 찾았을지 궁금해졌다. 이번에는 공작의 침실에라도 들지 않았을까? 그녀는 걸음을 다섯 발자국 되감아, 문이 활짝 열려 있는 서재 옆방을 들여다보았다.

남작은 다소 불편한 듯 어정쩡한 자세로 의자에 앉아 있었다. 희한하게도 그가 앉아 있는 곳은 소파가 아닌, 딱딱한 의자였다. 외르타는 의아해졌다. 저것은 하인이 방의 윗부분을 청소할 때나 쓰는 물건이었다. 고행을 찾아다니는 별종이 아닌 이상 구태여 저 초라한 의자에 앉을 필요가 없었다.

"남작?"

"예? 왜 이곳까지 오셨습니까?"

"여기가 감옥이니? 왜 그러고 앉아 있어?"

달마시오는 빙긋 웃었다.

"습관입니다. 아버지께서 편한 것을 경계하라 하셨습니다."

이런. 고행을 찾아다니는 별종이 맞나 보다. 달마시오는 그녀가 질문을 하자마자 다시 떠날 것이라 짐작한 모양이었다. 그는 제 무릎 위에 놓여 있는 두꺼운 책을 들어 올렸다. 학구적인 태도로 중간 장을 펼쳤다. 외르타가 방 안에 들어오거나 말거나 아랑곳하지 않고 독서에만 몰두할 모양이었다.

외르타는 그 열렬한 집중에 약간의 동류의식을 느꼈다. 그녀는 소파에 앉았다.

"그 책, 재밌나?"

"재미로 읽는 책이 있고, 그렇지 않은 책이 있습니다. 읽을 만합니다."

"주제가?"

"중앙 삼국의 식민지 병합 과정에 대해 논하고 있습니다."

외르타는 그제야 그 표지를 흘끗 보고는, 그것이 자유민 반 비로 쓰여졌다는 사실을 깨달았다.

"동부의 언어구나."

"운라쿰 영지는 동부에 있습니다. 비록 제가 영지에 머무르는 날이라곤 일 년에 한 달이 될까 말까지만요. 어렸을 적 많은 것을 배워 아직까지 잊지 않았다는 사실에 그저 감사할 따름입니다."

그는 그리 대답한 뒤, 그녀에게 흥미가 인 듯 책을 덮었다. 털썩 맥 빠지는 소리가 나며 장정이 닫혔다. 달마시오는 녹색 표지의 책을 탁자에 올려놓았다. 외르타는 책의 제목을 읽었다. 중앙 삼국의 식민지 병합 역사, 534년 제3판.

"실례인 줄은 압니다만, 리베께서는 어떤 분이시기에 이 솔 미라이예의 꼭대기 층에 계실 수 있는 겁니까? 합하께서 혼사를 치르셨다면 제가 당연히 알 텐데요."

"미라이예의 객이다."

"아."

"그렇게 자유로운 것은 아니지만…… 경의 호의를 얻어 꼭대기 층의 방 몇 개에 출입할 수 있게 되었어."

"라퀼라에도…… 죄송합니다. 실언이었습니다. 진심으로 사죄드립니다."

외르타는 스스로 알아듣지도 못하는 말에 대해 고개 숙인 사과를 받자 당황했다. 그녀는 달마시오의 시선을 끌어 보려 했다. 그러나 그는 자신이 지은 죄에 도저히 눈을 마주할 수 없다는 듯, 고개를 돌려 무턱대고 아무 물건에나 열중하는 모습을 보였다. 물론 달마시오가 당혹해 있는 만큼 그가 선택한 물건 또한 약간 당혹스러운 것이었다.

그는 문양이 화려한 손거울을 들더니, 괜히 그 테두리를 감상하는 것처럼 얼굴을 가까이 했다. 외르타는 그가 정말로 정신이 없구나 싶어 라퀼라가 무슨 뜻이었든 화를 내지 않겠다고 생각했다. 저 우스꽝스러운 꼴을 본 것으로 퉁을 쳐야겠다.

"라퀼라가 무슨 뜻이지?"

"……얼룩이……."

그는 급기야 거울에 입김을 불어넣더니, 그 빛나는 자리를 제 소맷자락으로 벅벅 닦기 시작했다. 외르타는 슬슬 웃음이 나는 것을 느꼈다.

"라퀼라가 무슨 뜻이냐고 물었다."

"……."

"남작."

"가주의 침실입니다. 정말 죄송합니다. 아무리 객이시라 해도, 꼭대기 층에 출입할 수 있는 여인의 직위와 역할은 한정되어 있어서…… 물론 남자도 마찬가지입니다만. 죄송합니다. 진심으로 사죄……."

"처음 들은 오해가 아니야. 아무튼 아니다. 나는 경과 절대 그런 사이가 아니고, 될 일도 없단다. 혹 주변에 아는 친구들이 많으면 열심히 말해 주렴."

"그리하겠습니다."

이쯤이면 그의 당혹도 사그라질 법하건만, 그는 여전히 거울을 뚫어질 듯 바라보고 있었다. 계속해서 입김을 불어넣었다. 김 서린 빛 위로 손가락을 문질렀다. 닦는 것이 아니라, '새기는' 듯한 느낌이었다.

"남작?"

그것은 자신이 한 말이 아니었다.

외르타는 고개를 돌려 문 앞에 서 있는 발품을 발견했다. 그는 손님과

객이 함께 있는 이 상황을 어찌 다뤄야 할지 갈피를 못 잡는 표정이었다. 그러나 달마시오는 그의 의사를 충분히 알아들은 모양이었다. 거울을 내려놓았다. 그는 민망하게 되었다는 듯 멋쩍은 웃음을 지으며 그녀를 바라보았다.

"먼저 가 보겠습니다. 참, 제가 거짓말을 했습니다."

"응? 무슨 거짓말?"

"책이 제법 흥미롭습니다. 읽어 보시면 후회하지 않으실 겁니다."

"외르타는 눈썹을 찌푸렸다가, 치켜 올렸다가, 알아들었다는 표시로 고개를 끄덕였다. 그가 들고 온 책인 줄 알았건만 무례하게도 공작의 서가에서 빼낸 듯했다. 외르타는 그에게 가졌던 일말의 호감이 식는 것을 느꼈다.

달마시오는 예를 표한 뒤 발폼을 인도하는 듯한 자세로 복도를 떠났다.

외르타는 그가 떠나자마자 자리에서 일어섰다. 걸음을 재촉하여 그가 앉았던 딱딱한 의자에 가까이 갔다. 궁금해서 죽을 뻔했다. 그녀는 허리를 굽혔다. 달마시오가 거울에 새겨 넣던 글자를 들여다보았다. 다행히도 아직 남아 있었다.

W

그의 이름에 들어가는 문자인지 곰곰이 따져 보았다. 달마시오 산치아자니 반 운라쿰. 당연히 아니었다. 사실 저 문자는 딤니팔이 아닌, 제 모국의 이름에서 뻔질나게 드러나는 종류였다. 외르타는 저것이 혹 그의 부인의 이름에 속하는 문자는 아닐까 생각했다. 부인이 아니라면 아버지일까? 어머니? 존경하는 사람?

뿌옇게 서린 김은 조심스레 사그라졌다. 외르타가 마지막으로 눈을 깜박였을 때, 그곳에는 그녀의 얼굴만이 둥실 떠 있었다.

"무슨 용건으로 왔던 거야? 운라……."

외르타는 깜짝 놀라 입을 다물었다. 드물게도, 발렌시아가 눈을 붙이고 있었기 때문이다. 그녀는 미안해 하며 살금살금 떠났다.

"외르타."

혹은, 떠나려 했다. 외르타는 반만 뒤 돈 모양으로 손을 흔들었다. 아무 용건도 아니니 다시 자는 게 좋겠다.

물론 소용이 없다.

"들어오십시오."

"경, 잤잖아."

"생각하고 있었습니다. 들어오십시오."

외르타는 한숨을 쉬었다. 고개를 흔들어 보았지만, 제 시야 안의 발렌시아는 여전히 평소와 다름없이 무뚝뚝하게 앉아 있었다. 그녀는 도둑처럼 슬쩍 들어와 조심스럽게 소파에 앉았다.

발렌시아의 손이 내려갔다. 외르타는 허탈하게 웃었다. 저 손이 차양처럼 그의 얼굴을 덮고 있어 순간 착각했던 것이다. 정말 착각이었다. 태어나 단 한 번도 잠든 일이 없다는 듯, 고요하고도 확고한 시선.

"남작에 대해 질문하셨습니까?"

"난처하다면……."

"운라쿰 가문 내부의 문제입니다."

"승계니 뭐니 하던데……."

"그에게는 자식이 없습니다. 남작은 자신의 질녀를 양녀로 맞아들일 예정이라며 허가를 구했습니다."

"아내는?"

"남작은 스무 해 동안 도합 세 명의 부인을 맞아들였습니다. 그러나 그들 중 한 해가 넘도록 살아 있던 이가 없습니다. 아이를 가지기에는 터무니없이 짧은 시간입니다. 게다가 계속된 불운으로 인해 남작 자신도 자포자기인 상태입니다. 그와 저는 남은 길이 양자 입적뿐이라는 사실에 동의했습니다."

"아."

"한데 맞아들이기로 했던 양녀가 급사해, 서류를 파기하러 온 것입니다."

"애도를 했어야 옳았던 거로구나."

발렌시아는 인상을 찌푸렸다.

"만나 보셨습니까?"

"방금 전에. 나도 서재에 있었잖아."

"저는 그 사람을 서재로 보낸 일이 없습니다."

"오른쪽 네 번째를 세 번째로 잘못 들은 것 같았다. 그도 어벙하니 놀라고 나도 놀라고. 아무튼 잠깐 얘기했지."

"죄송합니다. 꼭대기 층에서 수행을 붙이지 않은 제 잘못입니다."

"아니야. 그는 내게 관심도 없었다."

그녀는 소파의 등받이에 고개를 푹 파묻었다.

"양녀가 죽었다면 매장은 운라쿰에서 해야 하나? 아니면 본디 집안에서?"

"……."

"난처한 질문이라면……."

"저희는 주검을 매장하지 않습니다."

외르타는 눈을 크게 떴다. 게외보르트도, 라르디슈도 그 방식은 다르지 않았다. 매장 이외의 방법이 있기는 한 것인가?

"딤니팔은 지위 고하를 가리지 않고 주검의 소산燒散으로 고인을 배웅합니다. 리마네레 때부터 이어 온 전통입니다. 각설하고, 서류가 파기되었으므로 그 양녀의 재는 본가에 묻히게 될 것입니다."

그녀의 입매가 일그러졌다. 이번에는 놀라움보다는, 경악과 역겨움이었다.

"시체를 태워? 도저히, 음…… 아니…….."

"당신의 모국이 주검의 소산을 혐오한다고 알고 있습니다."

"참, 어떻게…… 몸을 태워서…….."

"저는 당신과 풍습의 차이를 토론하고 싶지 않습니다. 당신의 모국이 주검의 소산을 가장 치욕적인 대우로 생각한다는 것을 압니다. 그러나 딤니팔에서는 그 반대입니다. 반역자만이 불을 허락 받지 못합니다."

"이 넓은 나라의 전 백성이 자기 몸을 태우는 일에 동의한 건가? 이상하고 희한한…….."

"외르타, 저는 당신의 모국과 라르디슈가 야만적이라 비난하지 않습니다. 방법이 다를 뿐입니다."

외르타는 입을 꾹 다물었다. 제 앞에 앉은 사람이 죽을 때가 다 되어 '내 몸을 태워'라고 말할 것을 상상하니 갑작스레 거부감이 일었다. 게외보르트에서 시체를 태우는 행위는 — 반역자는 그 긴 역사에 존재하지 않았으므로 — 내전에서 외세와 내통한 왕족에게만 적용되는 것이었다. 어렸을 때부터 그것을 가장 경멸했고, 혐오했고, 증오했다. 전반적으로 그저 토할 것 같았다.

"나는 절대 죽음 뒤를 상상하지 않지만…… 그래도 주검을 태우는 건…… 그 사람을 기억할 수 없게 되는 것 아닌가? 무슨…… 으음…….."

발렌시아는 외르타를 빤히 응시했다. 아, 그렇지. 그는 주검의 소산 외에 다른 것을 생각지 않는 딤니팔인이지. 그녀는 자신이 무례했다는 사실을 인정했다. 외르타는 역겨움을 억누르고 가까스로 사과하려 했다.

"이해가 가지 않습니다. 부패한 시체에 생전의 모습이 남아 있습니까? 혹은 기억을 위한 자기위안입니까? 진심 어린 추모만으로도 충분합니다."

사과는 쑥 들어갔다.

"경, 입조심해."

"수명이 정해져 있듯 육체에도 유효 기간이 있습니다. 만일 육체에 천착한다면 그 사람이 가진 가치도 그뿐일 것입니다."

그녀는 자리에서 벌떡 일어섰다. 턱에 힘을 준 채 그를 노려보았다. 발렌시아는 별반 동요가 없었다. 당연한 사실에 비난받을 이유가 없다는 것이다.

외르타는 인사도 없이 집무실을 박차고 나갔다.

분위기는 그다지 좋지 못했다. 외르타가 입을 열지 않았으므로, 곁에 선 하녀들 역시 입을 열 수 없었다. 하녀들은 그리 활달하던 그녀를 기억하며 다소 당황한 얼굴로 치장을 마무리 지었다.

그녀의 왼쪽 어깨는 훤히, 오른쪽 어깨에는 드레스를 고정하는 끈이 드러나 있었다. 물론 그것은 끈이라기보다는 꽃으로 묶은 매듭처럼 보였다. 허리를 꽉 졸라맨, 푸른 아마포의 중앙에는 꽃, 잎사귀, 혹은 찢겨 나간 구름 같은 코르사주가 달려 있었다. 문양 하나 없이 오로지 주름과 몇 가지 묶음 장식, 그리고 코르사주로만 멋을 낸 흰 드레스였다.

하녀들은 마침내 한 점으로 빛날 만큼 작은 귀걸이를 매달아 주었다. 어떤 이는 한참 동안이나 옆에서 화려한 목걸이를 들고 있었으나, 마지막 순간에 하녀장이 물려 헛고생을 한 셈이 되었다. 머리 역시 간소하게 묶였다. 어떤 장식도 없었다. 오로지 그녀 본연의 갈색만이 둥글게 웅크려 있었다.

그녀는 다 되었다는 말을 듣자마자 몸을 획 돌렸다. 거울은 보지도 않았다. 외르타는 성큼성큼 계단을 내려가다, 체칼라스를 들고 올라오는 하인과 정면으로 마주쳤다.

"어느 쪽이 여자 물건이지?"

그는 멍청히 서 있다가, 제 왼손 위에 얹혀 있던 보관함을 들어 올렸다. 남성의 것과 목 부분이 달랐다. 깊은 바다를 직각으로 비춘 청색과, 흰 나뭇가지가 뚜렷했다. 외르타는 지체 없이 그것을 들어 올렸다.

"리베, 그것은 합하께서……."

"개나 주라고 해. 내가 하마."

그는 단어에 충격을 받은 얼굴이 되었다. 외르타는 그 틈을 놓치지 않고 잽싸게 체칼라스를 둘렀다. 얇은 부분이 목이고, 넓은 부분이 등인 모양이다. 얇은 천을 목걸이처럼 둘러맨 뒤 옆으로 묶어 주면…….

외르타는 꼭 목 졸린 사람 같은 몰골이 되었다. 사형수와 다른 점이라곤 그녀의 등에 영광스런 미라이예의 문양이 ─ 그것도 안팎이 뒤집어져 ─ 있다는 것 정도였다. 그녀는 짜증스레 스스로 묶었던 부분을 풀려 했다. 그러나 이제는 풀리지도 않았다. 제 앞의 하인이 돌연 정신을 차린 것처럼 겁먹은 얼굴이 되었다. 감히 가주가 아닌 자에게 체칼라스를 맡겼을 뿐더러, 바로 그 사람이 목하 체칼라스 하나를 찢어먹기 직전인 것이다. 외르타는 그가 겁을 먹을 만하다고 생각했다. 물론 자신은 아니다. 그녀는 찢어져도 상관없다는 태도로 목 부근을 힘껏 빼내다가…….

손목이 잡혔다.

외르타는 숨을 삼키며 뒤를 돌아보았다.

"제가 해 드리겠습니다."

그녀는 얼굴을 맞대고 그를 모욕하려 했으나 그보다는 그의 손이 좀 더 빨랐다. 발렌시아는 그녀의 뒤통수를 꾹 눌러 목덜미를 확보했다. 외르타는 버둥거렸지만 애초에 조금도 소용이 없었고, 이내 그가 한 손만으로도 얽힌 매듭을 풀어내자 반항을 멈출 수밖에 없었다.

발렌시아가 제 목 위로 체칼라스의 얇은 부분을 두르는 것이 느껴졌다. 왼쪽 목덜미 부근, 바깥에는 보이지 않는 모양으로 노련하게 매듭지었다. 외르타는 자신이 했던 방식과 똑같지 않느냐고 속으로 항의했다. 체칼라스의 넓은 부분이 제 등으로 떨어졌다. 골반뼈까지 닿았다. 이건 지나치게 긴데. 생각하는 순간 그의 손이 다가와 긴 부분을 잡아들었다. 멋대로 자신의 몸을 돌려세웠다. 외르타는 한껏 찡그린 표정으로 그와 마주 보았다. 발렌시아는 뒤에 있던 긴 천을 앞으로 돌려, 목의 얇은 부분 사이로 잡아넣었다. 그것이 교차한 곳은 왼쪽 매듭 아래였다. 제 목덜미에서 앙증맞게 부푼 천이 느껴졌다. 푸른 천은 무슨 재질로 만들었는지 품이 가라앉지 않은 채, 마치 푸른 목걸이를 한 듯 얇게, 그러나 다소 부푼 모양 그대로 제 목을 감싸고 있었다. 그가 몇 번 더 손을 놀렸지만 외르타는 이 이상 그의 움직임을 가늠할 수 없었다. 체칼라스는 다시 등 뒤로 돌아갔다.

외르타는 고맙다는 인사도 없이 계단을 내려갔다. 그녀는 아직도 발렌시아가 그제 지껄였던 헛소리를 잊을 수가 없었다. 썩은 시체에 생전의 모습이 남아 있느냐. 그럴 리 없다. 그것에 미련을 두는 것은 혹 그를 기억하기 위한 자기위안 — 혹은 자기기만 — 은 아닌가. 주검에 집착한다는 것은 그것이 부패하는 기간 동안만 그리워하겠다는 의미인가? 그렇다면 그 뒤에는 그리움이 전부 사라지나? 사람의 몸은 다 썩어 문드러지는데? 주검이 무슨 소용이지?

외르타는 갑작스레 화가 나서 발을 쾅 굴렀다. 물론 그녀는 다음 순간, 구른 발이 왼발이라는 사실을 깨닫고는 지레 찔려 주변을 돌아보았다. 다행히도 일 층에는 모리가 없었다. 다시 고개를 돌려 앞을 보았다. 발렌시아는 무언가를 알지 못하는 것이 틀림없다. 그런 중요한 개념을 놓치다니. 역시 주변에 죽은 사람이 없어 그리 딱딱하게 말할 수 있는 듯싶다. 아니, 그에게는 죽은 사람 이전에, 애초에 집착한 사람 자체가 없었을 것이다. 죽음에 무지한 사람이었다.

그녀는 큰 그림자가 자신을 앞서는 것을 보며 못마땅하게 한숨을 쉬었다. 외르타는 다시 그의 등을 따라가게 되었다. 모리의 경고에 감화받았는지, 어쨌든 예전보다는 다소 느려진 걸음이었다. 스스로 이렇게 화가 난 상태에서 걸음을 맞춰 주면 무얼 하나. 소용이 없다. 그녀는 아직도 끓고 있었다.

"다음부터는 마차에 타겠다."

"그리하십시오. 동행하겠습니다."

"당신이 같이 타면 난 걸어갈 거야."

"뜻대로 하십시오. 저 또한 걷겠습니다."

"당신이 걸으면 난 마차를 타겠지."

그는 답할 가치를 느끼지 못하는 것처럼 보였다. 외르타는 턱에 힘을 한 번 주었다가, 화가 섞인 어조로 윽박질렀다.

"경, 어느 나라든 무도회의 첫 입장에 이성을 대동하는 건 그 상대가 배우자이거나, 애인이라고 공표하는 거란다. 내가 암만 객이라지만 따로 갈 수도 있는 문제 아닌가? 당신은 미혼이잖아."

"그리한다면 당신을 수행할 마땅한 이가 없게 됩니다."

"뭐 어때? 들어가자마자 홀로 서 있다, 폐하께서 부르시면 바로 가면 되지. 미라이예의 객이 먼저 자리를 뜨는 것도 폐하의 명이라면 다들 납득할 터. 폐하의 말씀을 들은 뒤 나는 곧장 솔 미라이예로 돌아오겠지. 내 신상이 불안하면 누프리를 잉그레 앞에 두었다가 인수하게 하고."

"저는 오늘 당신 곁을 떠나지 않을 생각입니다."

외르타는 상대가 밤사이 귀머거리가 된 것은 아닌가 의심했다.

"어차피 오늘 폐하께서는 당신을 부르지 않으실 것입니다."

"그럼 도대체 내가 이 무도회에 가는 이유가……."

"당신이 미라이예의 객이기 때문입니다. 저는 결석할 수 없습니다. 당신 역시 마찬가지입니다."

"내 일신에 구속을 가하지 않겠다 했잖아."

"구속이 아닙니다. 최소한의 예로 생각해 주시기 바랍니다. 당신이 어느 곳에 계셨든 사람 사이에 마땅히 지켜야 할 예는 있었을 것입니다. 이것을 구속으로 일컬으신다면 당신에게는 호흡조차 구속이 될 것입니다."

반박할 말이 없었다.

"경, 그러면 최소한 입장이라도 혼자 해라. 나는 기회를 봐서 들어갈 테니."

"이유를 말씀하십시오."

"경은 곧 결혼하잖아. 이상한 방해물이 옆에서 얼쩡거리면 나라도 기분이 안 좋겠다."

갑자기 발렌시아의 걸음이 멈췄다. 그가 고개를 돌렸다. 외르타는 그가 중요한 말을 할 때면 꼭 상대를 보고 말한다는 사실을 알았다. 때문에 그녀는 다소 긴장한 채로 우두커니 선 발렌시아를 바라보아야 했다.

"어디서 그런 이야기를 들으셨습니까?"

맥이 풀렸다.

"앙히에지 누구겠어……."

"그 아이가 제 혼사를 언급했습니까?"

"응. 그런데 앙히에 뜻이라기보단 대공작의 뜻인 것 같더구나."

"잊으십시오. 허언입니다."

외르타는 터무니없는 명령에 말문이 막히는 것을 느꼈다. 앙히에가 물 밑에서 그토록 노력하고 있는 것을 알면서…… 모르는 건가?

"경, 앙히에가……."

그는 다시 걷기 시작했다. 그녀는 재빨리 그 뒤를 쫓았다.

"앙히에가 당신 혼사에 관심이 아주 지대하단다. 아버님 명령이라면서?"

"……."

"이야기도 못 들은 거야?"

"저는 아직 결혼할 생각이 없습니다."

"경도 서른이다. 언제까지 젊을 줄 알고?"

"……."

외르타는 이어지는 침묵에 무언가 이상하다는 인상을 받았다. 기분이 상했나? 하지만 저것은 의례히 하는 말이 아니던가? 물론 진실이기도 하지만. 전 대륙을 뒤져도 서른까지 결혼을 하지 않은 귀족은 찾아보기 힘들 것이다. 발렌시아처럼 전쟁에 열중해 있던 사람이 아니라면 성혼 시기는 스물 초반을 넘기기가 힘들었다. ― 열 해 중 여덟 해를 전장에 있었으니 영 이해가 가지 않는 것은 아니다. ―

벌써 정문이 코앞이었다. 발렌시아는 여느 때와 다름없이 홀로 들어가려다, 문득 그녀를 상기한 양 한 걸음 뒤로 물러났다. 외르타는 고개를 저으며 잉그레 안으로 들어섰다.

"발렌시아 경, 농담으로 하는 소리가 아니다. 따로 들어가자."

그는 대답하지 않았다.

외르타는 이제 점차 그의 방식을 몸에 익혀 가는 상태였다. 발렌시아는 그 자신의 기준으로 판단할 때 이야기가 터무니없다고 생각되거나, 재고의 여지가 없거나, 그저 짜증스러울 경우, 상대의 말을 전부 무시하곤 했다. 외르타는 최근 그런 종류의 묵살을 독식하고 있는 사람이었다. 덕분에 이제는 못마땅한 기분조차 들지 않았다.

"경……."

여전히 침묵이 자리를 지켰다. 외르타는 그가 아직까지 제 뒤에 서 있는지 확인했다. 놀랍게도, 아직 있었다. 그녀는 멈춰 서고 싶었지만 주변의 눈초리가 있어 감히 그를 떠날 수 없었다. 일단 회장의 문까지 걸어가자. 문 앞에 가서, 마치 급한 일이 생겼다는 듯 다급하게 말하고 빠져야겠다. 저번 무도회의 유난스럽던 몇몇을 기억한다면 그럴 수밖에 없었다. 그도 무도회장의 문이 열리고 윤곽이 드러나면 함부로 자신을 따를 수 없을 것이다.

그에게서 벗어나겠다는 말은 결코 아니었다. 그녀도 제 목숨이 위험하다는 사실을 익히 알았기 때문이다. 발렌시아가 들어가는 즉시 자신도 따를 것이다. 저 커다란 문 대신, 그 좌측에 있는 쪽문으로. 그와는 안에서 바로 합류하면 된다. 안쪽에는 사람이 많으니 자신을 해치기도 쉽지 않을 것이다.

그녀는 문 앞에 섰다. 계속해서 제 뒤를 지키던 발렌시아가 옆으로 다가오는 것이 느껴졌다. 그의 손이 올라오자, 외르타 역시 제 손을 살짝 얹었다. 서로의 피부가 맞닿지도 않은 느낌으로 사소하게 스쳤다. 힘이라고는 조금도 없었다. 문이 서서히 열리고 있었다. 빛살 하나가 제 얼굴로 내렸다. 외르타는 지금이 기회라는 것을 깨달았다.

"귀걸이 한 짝이 없어. 찾아올 테니 먼저……."

외르타는 소리가 날 정도로 크게 숨을 들이켰다. 여전히 대답은 없다. 심지어 발렌시아는 그녀를 응시하고 있지도 않은 상태였다.

그러나 자신이 말을 꺼내는 순간, 그녀는 손이 부서지는 줄로만 알았다.

외르타는 꽉 쥐인 손에서 식은땀이 나는 것을 느꼈다. 손가락을 움직여 보려 했지만, 상대의 손안에 마디마디가 잡혀 도저히, 미동조차 할 수가 없었다. 그녀는 지나치게 당황하여 옆에서 들어가시라 말하는 소리조차 듣지 못했다. 그가 한 걸음 내디디자, 그제야 그 힘에 이끌려 상체가 휘청거렸을 따름이다.

외르타는 마치 파도가 밀리는 듯한 모양으로, 상체를 기울이고, 그것을 따라 다리를 움직이고, 다시 상체를 기울이고, 다시 그것을 따라 다리를 움직였다. 휘청거릴 수밖에 없다. 외르타는 세 걸음 만에 정신을 차렸다. 가까스로 걸음을 회복했지만 제 손에 꽉 찬 열기를 떨쳐낼 수는 없었다. 그녀는 신음을 꾹 눌렀다. 저번 무도회의 자신이 애써 하나에 집중했다면, 지금의 자신은 온몸의 감각을 한곳에 집중시킬 수밖에 없는 상태였다. 손 때문에. 손, 손 때문에 숨이 막히고 있었다. 자신이 제대로 걷고 있기는 한 것인지 알 수가 없었다. 왜 다들 나를 보는지 모르겠다. 타인의 시선에 허파가 관통 당한 것 같았다. 속이 메스꺼웠다. 저를 보는 시선을 참을 수 없는 것인지 저를 잡은 손을 참을 수 없는 것인지 구분이 가지 않았다. 그저 수압에 눌린 것처럼 힘겨워 걸음을 놓고만 싶었다.

손 위로 가해지는 압박이란. 외르타는 로크뢰를 떠올리고 있었다. 그저 힘이라는 두리뭉실한 개념으로 그를 상기하는 것이 아니었다. 그보다는 조금 더 실제적이다. 자신이 아무리 그에게 웃음을 보이고 사랑을 가장해도, 그는 끝내 일말의 불안감을 버리지 못한 양 행동했다. 그것은 종종 그녀를 부서질 듯 붙드는 행위로 드러나곤 했다. 주로, 무도회장에 섰을 때. 사람이 많으니, 자신이 그 군중 어딘가로 도망칠지도 모른다는 생각을 한 것일까. 아둔해서 한심하고 불쌍해서 증오스럽다.

숨이 턱턱 막혔다. 느릿느릿, 그러나 확실하고 지속적으로 가마를 짓밟히고 있었다. 갓 태어난 아기라도 된 기분이다. 머리 위 숨골이 틀어막혀도 자신은 죽을 수 있다. 타인은 결코 이해할 수 없는 죽음이 될 것이다.

한순간 발렌시아가 멈추었다.

손이 풀렸다.

외르타는 풀린 손을 재빨리 제 쇄골 부근으로 가져다 댔다. 숨을 깊게 들이쉬며 가슴을 여러 번 두들겼다. 아직까지 식은땀이 흥건했다. 옷 안이 비치지는 않을까 걱정될 정도로, 무슨 열탕에 다녀온 듯 온몸이 갑갑했다. 어쩌면 공포의 여운일 수도 있겠다.

"으…… 헉……."

그녀는 벽을 짚었다. 지나치게 힘이 없어, 외르타의 팔은 몇 초도 버티지 못하고 나뭇잎처럼 떨어졌다. 벽지가 긁혔다.

"외르타."

누군가 뒷목부터 이마 앞까지 아주 정교한 칼로 내찌르는 것 같았다. 박혔다. 눈가에 어설픈 눈물이 맺혔다.

♪

"공작은 지금 자신이 무슨 모양을 하고 있는지 절대 모를 겁니다."

자카리는 어색하게 웃었다.

"물론 가장자리로 돌아간 점은 칭찬할 만합니다. 일반 귀족이라면 그 정도로도 시선을 피할 수 있으니 말입니다."

"……하지만 공작이지. 다들 눈 안 치우냐고 한마디 해 주고 싶지만…… 짐이 못 살겠네. 못 살겠어. 짐 명이 짧아지는 기분이야. 들어올 때 저 모양으로, 억지로 데려오면 어쩌자는 건지 모르겠네. 아예 머리채를 쥐어 끌고 오지그래."

"공작이 발미레와 불화가 있습니까?"

불화는커녕…….

"짐은 몰라."

"공작에게 마땅한 예를 갖추라 전해 주십시오. 그녀의 정체를 아는 십이공회로서는, 그녀가 저런 대우를 받는다는 사실이 언짢습니다. 작위를 명예롭게 생각하는 저희입니다. 한때 왕녀였고, 한때 왕비였던 이를 저런 식으로 대하는 것은 또한 저희의 작위에 대한 도전이기도 합니다."

그는 고개를 끄덕였다. 맞는 말이다. 자멘테가 언짢아하는 부분은 공작이 망명자를 함부로 대한다는 사실이 아니었다. 그 속에 담긴 의미가 가볍지 않다. 그가 외르타에게 무례히 구는 것은, 딤니팔에서 가장 중히 여겨지는 위계에 대한 도전으로 여겨질 수 있었다. 왕녀이자 왕비. 어쨌든 급이 낮지는 않다. 그런 이를 목줄 맨 듯 끌고 가는 모양이라니.

애초에 십이공회는 공작의 독주를 그리 좋아하지 않는 이들이었다. 그가 저 정도로 오만하게 구는 것에 호감을 표할 리 없다. 저 여자에게 저리 굴 수 있다면, 결국 자신들에게 역시 그런 난폭을 부릴 소지가 있다고 생각되기 때문이다.

자멘테가 눈살을 찌푸렸다.

"리베가 눈물을……."

"어, 짐은 아닌 것 같네. 표정이 좀 그렇긴 해도 울고 있지는 않잖나."

"빛이 난 것 같은데…… 아닙니다. 한데 공작은 무도회가 끝날 때까지 리베 발미레 옆에만 계실 생각……."

"그러면 안 되지."

"과연……."

"알아. 그리될 듯하네."

그녀는 웃었다. 그러나 이번에는 자카리가 인상을 찌푸렸다. 그는 팔짱을 낀 채 벽에 기대었다.

"그대에게는 딸이 없어 다행일세. 짐이 그대 앞에서 이런 이야기를 거리낌 없이 해도 되니까."

"무슨 말씀이십니까?"

"리베 본잘, 브레타냐, 데군다, 루틸로, 안니발레, 체세나."

"브레타냐 백의 누이는 공작을 거절했습니다."

"뭐?"

"백작이 직접 그리 말했습니다. 인용합니다. '보름을 굶었습니다, 제가 들어갈 때마다 온갖 잡기란 잡기는 다 던지고, 심지어 금화 천 장짜리 악기를 제가 부수게 됐어요. 제 얼굴로. 그 악바리를 부려 공작가가 싫다고, 저 인간 같잖은 공작도 싫다고 지랄을……."

"아니, 그만. 짐은 그대 입에서 욕이 나오는 걸 견딜 수가 없네. 브레타냐 놈 말버릇은 도대체 언제 가야……."

"폐하께서 친우의 영향을 받지 않고 성장해 주셔서 감사할 따름입니다. 좌우간 현재 리베 브레타냐는 여름휴가를 갔을 적 눈이 맞은 남작과 결혼 준비가 되어가고 있다고 합니다."

"잠깐. 왜 짐이 모르고 있지?"

"예? 직계가 아니잖습니까? 논의할 필요가 없습니다. 후일 폐하께 서류를 보내기만 하면……."

"아니 그보다, 친우로서."

"……."

"나중에 따로 한번 봐야겠군."

자멘테는 입도 가리지 않고 호탕하게 몇 번 웃더니, 가까스로 말을 이었다.

"저도 바로 어제 들은 이야기입니다. 누이를 대함에 있어선 지난한 패배의 역사를 가진 백작입니다. 이번만큼은 각오를 단단히 했다고 말한 지가 엊그제 같은데…… 별수 없는 것 같습니다."

"어이구."

"또한 데군다에 대해선 이미 보고를 받으신 줄로 압니다."

"아까는 말을 헷갈렸네. 그래, 보고 받았지. 이번에 포티미외를 얻게 되어 가신에게 작위를 준다 했지? 남작위를 인가했다."

"리베 데군다는 그쪽으로 가게 될 것입니다. 본인도 싫지 않은 눈치고, 어쨌든 백작이 오래도록 애지중지해 온 가신입니다. 데군다의 토대가 될 것입니다."

"그래…… 생각해 보니 벌써 둘이나 빠졌군."

그녀는 오른손을 살짝 들었다. 자카리는 눈썹을 치켜 올리며 그 의미를 물었다.

"리베 본잘은…… 말씀드리기 송구하오나……."

"그대는 방금 짐 앞에서 '지랄'이라는 단어도 썼었네. 짐이 그댈 몇 년을 봐 왔는데? 말해."

"리베 본잘은 저번 무도회 이후, 본잘 백께 전부 파장을 놓으라 성화입니다. 공작이 아끼는 애첩이 있는 솔 미라이예에는 들어가고 싶지 않다는 것이 그 이유입니다."

"애첩? 없잖나?"

자멘테가 슬쩍 눈짓을 했다. 그녀의 시선 끝에는, 드디어 벌떡 일어나 발렌시아에게 항의하고 있는 외르타가 있었다. 자카리는 벙벙한 웃음을 지었다.

"본잘 백작은 아무래도 곤란한 처지입니다. 저 사람은 객도, 첩도 아니고 게외보르트의 왕녀이자 라르디슈의 왕비다. 그러니 너는 터무니 없는 의심 말고 조금만 인내하면 공비 자리가 돌아올 것이다. 당연하지요. 말할 수 없습니다. 이것은 함구해야 하는 사항입니다. 그러니 백작이 할 수 있는 말은 그저 다 괜찮다, 들어가면 다 괜찮아질 거다, 이뿐인데, 리베가 이를 곧이들을 리 없지 않겠습니까?"

자카리는 깊게 한숨을 쉬었다. 삼 년 전까지만 해도 공작에게 목숨을 걸던 아가씨, 혹은 가문이 급기야 추풍낙엽처럼 떨어지고 있었다. 이래서야 내가 한숨이 나지 않고 배기겠나. 그는 제 속을 그대로 풀어냈다.

"이제는 진짜 결혼 못하게 생겼네, 공작."

"아직 리베 안니발레와 리베 루틸로, 리베 체세나가 있습니다."

"올해 나이가 어떻게 되지?"

"리베 안니발레는 열일곱, 리베 루틸로는 스물, 리베 체세나도 스물입니다. 체세나 백작과 루틸로 후작은 올해가 가기 전까지 약혼이 이루어지지 않는다면 전부 접고 서로 겹사돈이 될 것이라 공언하신 바 있습니다."

"대공작이 세상을 뜰 때까지만 해도 십이공회 중 여섯은 확보할 수 있었는데. 다 떨어져 나가고 하나, 둘, 셋. 딱 절반 남았군. 본잘도 쳐 줘야 하나?"

"……."

"아무튼 올해만 지나면 리베 안니발레밖에 안 남겠어."

"사실 공작이 이월에 왕도로 돌아와 곧장 혼사를 추진했다면 이 여섯만큼은 확실히 남아 있었을 겁니다. 그런데 전후 첫 무도회에 나와서도 계속 의욕 없는 모습만 보이니, 더 이상 참을 수 없었던 것이지요. 무도회까지만 해도 다들 조용히 칼을 갈고 있었습니다만, 공작이 그날 무슨 이유에선지 일찍 나갔던 것으로 기억합니다. 이래서야 공작은 자신이 결혼에 대해 아무런 계획이 없다 공언한 것이나 마찬가지지요."

"사실 이 중에선 공작만 기다린 리베들도 꽤 되는데, 발렌시아도 잔인하군."

"공작의 애정을 살 수 있을 것이라 생각했던 하급 귀족도 계산하셔야 할 겁니다."

자카리는 조곤조곤 싸우는 발렌시아와 외르타를 바라보았다. 어느 순간부터는 그가 그녀를 가려 버려, 이제 자카리의 시야에는 발렌시아의 등밖에 보이지 않았다.

"솔직히 짐은 이 결혼 이야기가 올해를 넘길 것 같거든?"

"폐하, 공작도 벌써 서른입니다."

"서른이든 마흔이든 아무튼 올해는 넘길 것 같네. 사정이 좀 그래. 그럼 루틸로와 체세나는 자동적으로 떨어져 나갈 텐데…… 게다가 리베 본잘의 성질머리는 짐도 익히 아는 바니, 아마 발미레를 첩 역할로 여기는 이상 결코 말을 번복하지 않을 걸세. 이러면 세 명 나가고. 결국 리베 안니발레 혼자라……."

"그분은 그래도 여인으로서 막 피기 시작하신 분입니다. 인내하실 수 있을 겁니다."

"그리 믿어야지…… 아, 앙히에가 와야 짐과 이 비상사태를 논할 수 있을 텐데……."

"무슨 이유로 떠났습니까?"

"놀금의…… 뭐라더라? 아무튼 한참 동안 짐이 알아들을 수도 없는 말을 지껄이다 갔네."

"그답습니다."

"항상 그렇지. 어? 어디가, 또?"

자멘테는 당황한 눈으로 왕을 바라보았다. 그러나 그 살벌한 외침은 그녀를 향한 것이 아니었다.

"아……."

발렌시아가 회장을 나서고 있었다. 이번에도 들어올 때와 같이 외르타를 단단히 붙든 채였다. 외르타의 표정은 잘 보이지 않았다. 그러나 걸음만으로도 그녀의 당혹을 엿보기에는 충분했다. 성큼성큼, 휘청휘청.

자카리는 벽에서 등을 뗐다.

"후작, 시종 불러."

자멘테는 그의 목소리가 심상치 않다는 것을 깨달았다. 몸을 옆으로 빼더니 답지 않도록 빠르게 손짓을 해 전시종을 불렀다. 시종은 굽실거리며 둘의 앞까지 와 섰다.

자카리는 한숨처럼, 아니 낮은 포효처럼 말했다.

"공작을 불러와라. 이 안으로. 즉시."

☙

"왜……."

외르타는 가까스로 냉정을 차렸다.

"공작, 귀걸이를 잃어버렸다는데…… 그게 그렇게 화내실 만한…… 일인가요?"

"당신의 귀걸이는 현재 양쪽 다 멀쩡하게 자리해 있습니다."

"……."

"저는 오늘 당신 곁을 떠나지 않을 생각이라 말씀드렸습니다."

"그렇다고 이렇게까지 무턱대고 끌고 오실 필요는……."

"제가 당신이 어디에 가실 줄 알고 손을 놓겠습니까?"

"내가…… 제가 어디에 간다고……."

"당신이 더 잘 아실 것입니다."

칼 같은 말이었다. 그처럼 무지막지하게 끌고 왔으면서 미안하다는 기색이라고는 조금도 없었다. 외르타는 제가 느낀 당혹감이 화와 충격을 누르는 것을 느꼈다.

"제가 도대체 어디…… 공작 옆에 있는 수밖에 없지 않습니까……?"

"그렇다면 계속 여기에 계십시오."

외르타는 벽에 기대어 있던 몸을 가까스로 세웠다. 잠깐 주변을 둘러보았다. 회장 안의 절반은 자신들을 보고 있는 듯했다. 그녀는 순간적으로 민망해 미간을 좁혔다.

"공작, 제대로 서 주셨으면 좋겠습니다. 방금의 소동으로…… 많은 분들이 이쪽을 보고 계시지 않습니까?"

"외르타."

그가 제게 몸을 기울이는 모습이 보였다. 그녀는 얼어붙은 채 시야에 한층 가까워진 그의 눈썹을 바라보았다. 도저히, 그 눈을 바라볼 수가 없었다.

"제 옆을 뜨지 마십시오. 저는 주저 않고 조금 전과 같은 일을 다시금 저지를 것입니다."

외르타는 입을 벌렸다. 저 사람이 내가 아는 발렌시아 경이 맞기는 한가? 항상 사려 깊고, 낮은 목소리에, 부드러운 힘. 전부 사라졌다. 지금의 그는 사려 깊지도 않았고, 화를 억누르는 목소리에, 심지어 힘에마저 절제가 없었다. 그녀는 지금 이 자리에서 당장, 누구보다도 큰 목소리로 윽박지르고 싶었다. 당신 가짜지?

이자는 발렌시아라기보다는 차라리 앙히에였다. 자신만의 이유를 세워 둔 채 무턱대고, 사정 보지 않고 돌진하는 모습. 상대가 어떤 사고방식을 가지고 있는지에 대해서는 조금도 신경을 쓰지 않는다. 상대가 어떤 논리 추론으로 어떤 행위를 했는지에 대해서도 전혀 관심이 없다. 우선은 자신이다. 자신의 노여움, 자신의 편의, 자신의 안타까움, 자신의 애정, 자신의 집착. 어딜 봐도 앙히에였다.

외르타는 그제야 처음으로 그 둘이 친형제라는 것을 깨달았다. 너무 늦은 깨달음이었다. 그것을 알아차리자마자, 순식간에 공포가 확 끼쳐왔다. 겁이 났다. 앙히에가 그처럼 구는 것은, 그래도 인정할 수 있었다. 어쨌든 그의 의도가 항상 순수했다는 것을 자신이 익히 알고 있었기 때문이다. 칠 년 동안. 일곱 해의 신뢰다. 그래서 외르타는 그 힘에도 불구하고 그를 믿기로 결심했다.

그러나 발렌시아는 달랐다. 그는 자신과 고작해야 반년이 조금 더 된 사이였다. 그와의 첫 만남은 찬 바닥에 내팽개쳐진 짐짝과, 마차 위 귀족의 경멸하는 눈길로 구성되었다. 지금은 그 관계가 아주 얄팍한 인간의 탈을 쓰게 되었을 뿐이다. 본질은 달라지지 않았다. 아무리 발렌시아의 개인적인 약속을 받았다고 하나 미라이예의 가주와 미라이예의 객이라는 의미에 많은 수정이 가해졌을 리 없는 것이다. 자신은 여전히 걷어차이는 짐짝이었다.

직전까지 제 속에는 분노만이 자리했건만, 이제는 공포가 더해졌다. 사실 그녀는 그가 — 아델의 — 주검을 모욕했다는 사실에는 아직도 화가 났다. 그러나 역시 공포보다는 약했다. 분노는 공포보다 약하다. 항상 그러했다. 자신이 끔찍이도 잘 아는 사실이었다. 다리가 땅에 붙은 채 시시각각 닥쳐오는 맹수를 보는 느낌이었다. 맙소사. 저자도 저렇구나. 세상에 믿을 사람이 없다. 다시 솔 미라이예에 돌아간다면 위층으로는 단 한 발자국도 옮기지 않을 것이다.

한데 그가 오면? 갑자기 발에 힘이 들어갔다. 내가 가지 않더라도, 그가 오면? 오만 망상이 속도를 제어하지 못한 채 고삐 풀린 듯 달려갔다.

너는 첩 이야기가 나왔을 적부터 낌새를 눈치챘어야 한다. 저자의 양심이 욕심보다 컸다면 필시 거절했을 것인데 그때 저자는 그리하지 않았다. 욕심이 양심보다 더 컸던 것이다. 지금도 분명 그러하리라. 그만한 권력이 있으니 자신을 원할 때 취하는 것도 손쉬운…… 머리가 찔했다. 이런 자를 믿고 지금껏 그의 개인공간에 들락거렸다는 말인가? 외르타는 이제 더 이상 자신도 믿을 수 없었다. 지나치게 멍청했기 때문이다. 지금껏 착실하게 타인을 경계했다고 생각해 왔는데, 알고 보니 가장 위험한 사람을 간과했던 것이다. 나는 도대체 몇 번을 당해야 제정신을 차릴까.

너무 막막해서 외려 아무런 생각이 들지 않았다. 마치 어두컴컴한 방의 중앙에 서서 빠져나갈 문을 찾고 있는 모양이었다. 벽이 짚이지 않았다. 문도 없다. 뼈대 굵은 손을 잡으니 차라리 죽겠다고 했다. 차라리 죽을 것을.

그 순간 누군가가 자문했다. 그의 의도라고 순수하지 않았을까?

갑자기 속이 확 가라앉았다. 몸에서 온 물기가 빠진 것처럼 피부가 쑤셔 왔다. 어깨가 들썩였다. 사실, 숨이 모자라지는 않았다. 외려 굶는 이에게 들어오는 미음처럼, 호흡 없이도 꾸역꾸역 들어오는 것이 숨이었다. 그녀는 문득 정신을 차렸다. 밑도 끝도 없이 바닥으로 꺼지던 상상에서 발버둥 치며 벗어났다.

제 앞에는 무표정한 발렌시아가 서 있었다. 영영 자신에게 손을 대지 않을 것처럼 무감동한 얼굴이었다. 남색에 가까운 푸른 눈 위로 하얗게 질린 제 얼굴이 떠올랐다. 그처럼 균일한 평정을 목격하자 갑자기, 그의 고요한 시선과 함께했던 모든 기억이 역류해 왔다. 파도보다는 해일과 같이 자신을 먹어치웠다. 부풀어 오르던 역함과 공포가 전부 기억에 눌려 버렸다. 자신이 앙히에를 용납했듯, 그렇게.

외르타는 앙히에의 밑바탕이 선하다는 사실을 알았다. 때문에 그의 의도 또한, 다소 일방적일지언정 선하다는 것을 알았고 때문에 존중해 줄 수 있었다. 그녀 자신과 마찰이 생겨도 내내 이러한 마음가짐으로 인내하다 보니, 결국에는 참을 수 없던 것조차 그에 한해서는 참아 낼 수 있게 되었다.

그들의 바탕이 다르지 않았다. 그것이 자카리의 명이였든, 자신의 의지였든, 발렌시아는 그녀와 처음 만났을 때부터 지금까지 줄곧 외르타의 삶만을 바라 온 사람이었다. 단 한 번도 그 깃대를 흐트러트린 적이 없다. 단 한 번도 자신을 욕심내지 않고 홀로 곧았다. 그들의 바탕이 같다. 앙히에보다는 훨씬 반듯한 바탕이었지만, 그래도 그 의도만큼은 항상 한 길로 순수했다. 그러니…….

그에게도 이유가 있을 것이다.

외르타는 냉정하게 '생각을 한' 자신에게 감탄성을 내뱉을 뻔했다. 옳다. 그에게도 이유가 있을 것이다. 이토록 화가 나 완고하게 구는 이유가. 자신이 그의 손을 떨치자 순간적으로 이성을 잃은 이유가. 분명 피해자인 자신도 납득할 수 있는 방향으로 존재할 것이다. 발렌시아는 그런 사람이 아닌가.

그녀는 그제야 가라앉은 눈으로 그를 마주할 수 있었다. 발렌시아 역시 서서히 바람을 접는 중이었다. 그는 그녀에게서 한 걸음 물러나더니, 외르타를 가리는 방향에 서서 뒤를 돌아보았다.

외르타는 그를 따라 했다. 주변을 보기 위해 고개를 쭉 빼 들었다. 그들이 고개를 돌리자 다들 점차로 서로에게 녹아들어, 이제는 가까이 선 주변의 몇 명만이 공작과 그 객을 흘겨보고 있었다. 그녀는 오른쪽으로 고개를 돌렸다.

"어?"

검은 머리칼. 훤칠한 키에 새파란 눈. 그녀는 순간적으로 앙히에를 발견했다는 생각을 했다. 벌써 왔나? 부지불식간에, 그녀의 얼굴에 반가운 기색이 떠올랐다. 발렌시아는 외르타의 목소리를 들은 듯 곧장 그녀와 같은 방향을 바라보았다. 시선이 빙그르르 돌아갔다.

갑자기 그의 표정이 변했다.

외르타는 그 사실을 눈치채지 못했다. 다만 스스로 앙히에라고 생각했던 상대를 다시 살피다가, 착각에 불과했다는 사실을 깨달았을 뿐이다. 이런. 나중에 친구에게 이야기해 주면 필시 웃음거리가 될 것이다. 분명 이렇게 말하겠지. 내가 얼마나 보고 싶으면 환각을······.

"외르타, 방금 누구를 발견하셨던 겁니까?"

"응? 아, 아니, 네?"

"방금 전 분명 누군가를 보셨습니다."

"아, 별일 아니었어요."

"확실합니까?"

"왜 추궁을 하십니까? 정말이에요."

"······."

"그런데 공작, 지금 춤곡이 시작되는데 가 보지 않으실 겁니까? 저 아가씨께서 자꾸만 이쪽을 보고 계시네요. 어서 가셔서 저희의 오해를 불식시켜 주셔야지요."

"외르타, 얄팍하십니다."

외르타는 영문을 모르겠다는 표정이 되었다. 뭐가 얄팍해?

"수가 너무 얄팍하십니다. 저 역시 보았습니다."

"뭘? 말인가요?"

"저는 이미 경고를 드렸습니다. 실례하겠습니다."

무엇을 실례하느냐고 물을 틈조차 없었다. 다음 순간 그녀는 자신이 또다시 손을 붙들렸다는 사실을 깨달았다.

그러나 놀랍게도, 그녀는 그리 잡힌 뒤에도 냉정을 지킬 수 있었다. 벌써 내성이 생긴 까닭이다. 외르타는 이미 방금 전, 공포의 밑바닥까지 구경하고 온 몸이었다. 이제는 공포보다는 일정 수준의 짜증과 당혹만 이 느껴질 따름이었다.

"무슨……."

외르타는 뛰면서 말을 하기가 여의치 않다는 사실을 깨달았다. 그는 성큼성큼 걷는 것으로 될 테지만, 그녀는 마치 연에 이끌린 듯 후닥닥 뛰어가야 했다. 언덕에서 뛰어 내려가다 도저히 속도를 줄일 수 없는 지 경에 이른 것 같았다. 도대체 이 사람은…….

그들은 회장을 나왔다.

발렌시아는 여전히 걸음을 멈추지 않았다. 마치 이곳이 제 저택이라 도 되는 듯 능숙한 모습에, 외르타는 제발 내 걸음을 생각하라고 꾸짖고 싶었다. 생각이 있었다. 공포는 없다. 오로지 노여움뿐이었다. 그에게 도 무슨 이유가 있을 것이라는 제 생각은 물론 아직까지도 생생히 살아 있었다. 그러나 이제 그 생각은, 발렌시아의 이유가 똑바른 것이 아니라 면 그를 반드시 곤경에 처하게 하겠다는 각오로 변하고 있었다.

그들은 본 궁 내부를 벗어났다. 발렌시아가 지나간 문은 그들이 매번 이용했던 솔 미라이예 방면의 쪽문이 아니었다. 그녀가 선 곳은 등불이 훤한, 그러나 주변에는 어떤 이도 없고, 심지어 고개를 들어도 그 흔한 테라스조차 보이지 않는 작은 정원이었다. 회랑과 회랑에 둘러싸여 사 각 지대 하나가 생긴 모양이었다.

외르타는 문득 제 손이 놓였다는 사실을 깨달았다.

공포에 휩쓸려 있던 조금 전에는 놓이자마자 가슴을 두드리는 등 온 갖 고통을 호소했다. 한데 지금, 무진장 화가 나고 있는 지금에 와서는 손이 언제 놓였는지조차 모르고 있는 것이다. 놀랐다. 영영, 어느 때나 적용되는 상처는 없는 모양이다. 사람 마음이라는 물건이 이토록 간사했다.

그녀는 제 손목을 주무르며, 아무도 없는 자리에서 마음 놓고 패악을 부렸다.

"발렌시아 경!"

"제가……."

"내가 한 번은 참았어! 나중에 이유를 묻겠다는 생각은 했지만, 그래도 꾹 참고 공포를 견뎠단 말이다! 그런데 또 그래? 당신 제정신이야? 오늘 왜……!"

"그럼 뤼 뤼페닝에게 가고자 했던 오늘의 당신은 제정신입니까?"

외르타는 모든 반박이 딱 막히는 것을 느꼈다. 지금 무슨 소리를 하는 거야?

"저는 처음부터 명확하게 말씀드렸습니다. 오늘만큼은 무조건 당신 곁에 있을 것이라는 말씀을 적어도 두 번은 드렸습니다. 제 경고가 가소로우십니까? 아니 그보다, 제가 가소로우십니까? 그토록 보잘것없는 수로 저를 보내고 뤼 뤼페닝에게 가실 예정이셨습니까?"

"……뤼페닝이 여기서 왜 나와?"

"당신은 처음부터 거짓말을 하셨습니다. 당신은 모리 라치올이 들고 왔던 서신을 보는 즉시, 전부 외우셨음이 틀림없습니다. 그리 외운 뒤 무지를 가장하는 것이 제게 삶을 요구하신 분의 바람직한 행동입니까?"

"발렌시아 경, 처음부터 끝까지 무슨 말인지 하나도 모르겠다. 계속 당신 할 말만 할 거라면……."

"방금 전 당신이 바라본 곳에 뤼 뤼페닝이 없었다고 발뺌하실 예정이십니까? 외르타, 저를 우롱하지 마십시오. 저는 그자와 눈이 마주쳤습니다. 서로를 정확히 알아보았습니다. 제가, 당신 때문에…… 처음으로 사람의 웃음에 섬뜩함을 느끼게 되었습니다. 이제는 사람을 알아보는 제 눈을 비난하고 싶으십니까?"

외르타는 눈을 크게 떴다.

"당신…… 뤼페닝을 봤어?"

"예. 외르타, 부디 명을 재촉하지 마십시오. 경고가 아닙니다. 사실입니다."

"아, 알겠어. 나도 그 아이랑……."

"아이라 일컫지도 마십시오. 얕잡아 볼 상대가 아닙니다."

"저…… 아무튼 나는 그와 접촉할 생각이 없단다. 약속했잖아?"

발렌시아는 못내 미심쩍다는 시선을 하고 있었다. 그의 얼굴은 어딘가에서 불어온 섬세한 빛을 받고 있었다. 뺨의 일부분과, 턱선. 외르타는 이 정원의 어느 곳에서 저토록 확고한 햇살이 비치나 궁금해졌다.

"당신은 이미 뤼 뤼페닝과 한 번 만난 일이 있습니다. 왜 다시 위험을 자초하려 하십니까?"

"아니, 그만. 옛날 일까지 끌고 오면 안 되지, 경. 그건 내가 당신에게 살려 달라고 말하기 전이잖아?"

"그 뒤로는 제게 진실만 말씀하셨다고 자부하십니까?"

외르타는 꼽아 보았다.

"응. 목숨을 바란 뒤에는 전부 진실이었다."

"……."

"난 경에게 내가 떠날 거란 말을 하지 않아도 됐지만, 했어. 이튿날 폐하와 나눈 말도 전부 알려 주었지. 뤼페닝의 쪽지에 대해 모르겠다 한 것도 진짜였다. 발렌시아 경, 제발 날 좀 믿어 봐."

"하지만 방금 전……."

"앙히에를 발견했다고 착각했어. 아니었지만······."

"그런 변을 받아들이기에는 뤼페닝의 위치가 지나치게 정확했습니다."

"경."

"당신 말씀이 옳든 옳지 않든 개의치 않겠습니다. 하지만 뤼페닝은 위험합니다. 다시는 뤼페닝과 당신을······."

갑자기 그가 고개를 돌렸다. 외르타는 영문 모른 채 그를 따라 시선을 잡아 뺐다. 발렌시아는 뒤늦게야 알아챈 스스로가 노여운 모양으로, 나지막이 명했다.

"나와라."

본 궁의 문이 벌컥 열렸다.

외르타는 숨을 들이켰다.

"폐, 폐하?"

"잘들 노는군."

자카리는 문에 기대어 있던 모양 그대로 죽 걸어 내려왔다. 흙벽돌을 밟는 신발 소리가 두어 번 울려 퍼졌다. 그는 흙을 힘주어 털고는, 정돈된 길을 따라 그들에게로 걸어왔다.

외르타는 잔뜩 긴장해 있었다. 그가 언제부터 문에 기대어 있었는지는 잘 모르겠다. 그러나 발렌시아의 동물적인 감각으로 미루어 봤을 때 그가 들을 수 있었던 부분은 필시 몇 마디가 채 되지 않을 것이다. 물론 그 몇 마디에는 뤼페닝이라는 인명이 포함된다. 아득했다. 준비하고 고해도 부족할 판에 이런 난데없는 물벼락으로 진실이 드러난 것이다.

그러나 발렌시아는 평온했다. 외르타는 어쩐지, 그가 이 사건 자체를 다행으로 여기는 것 같다는 인상을 받았다. 그녀는 턱에 힘을 주었다. 왜?

"폐하, 다시 돌아갈 예정이었습니다. 눌라레의 정원에 발을 들인 행위에 대해서는 진심으로 사죄드립니다. 눈에 띄지 않고 대화를 할 수 있는 왕궁의 장소를 몇 찾지 못했습니다."

"충분히 눈에 띄지 않고 대화할 수 있었을 테지. 시종을 보냈다가, 이 멍청한 것이 너희의 궤적을 못 쫓는 바람에 짐이 직접 왔다."

"죄송합니다. 무도회 도중 폐하께 근심을 끼친 죄에 마땅한 벌을 받겠습니다."

자카리는 여태껏 누구도 앉지 않았던 의자에 털썩 몸을 내렸다. 등받이에 몸을 기댄 채 팔짱을 꼈다. 그는 발렌시아를 보며 명령했다.

"짐은 지금 상황이 잘 이해가 안 가. 네가 설명해라."

"폐하, 죄를 토로하기 전 발원하는 것은 대단히 염치없는 일이 될 것입니다. 그러나, 송구합니다. 부디 아량을 베풀어 주십시오."

"듣고."

"폐하와, 발미레와……."

"웬 발미레? 그냥 외르타라 하게."

"외르타와, 제가 마주했던 저번 잉그레 무도회 당시, 저는 먼저 자리를 빠져나갔던 무뢰한의 정체를 알아보고자 했습니다. 그자의 얼굴이, 제가 종전 협정 중 열흘이 넘도록 독대한 뤼 레스트왈의 얼굴과 대단히 흡사했기 때문입니다. 공작가의 수하를 이용해 따로 조사한바……."

"잠깐. 발미레, 너는 짐의 함구령을 공작에게 전달하지 않은 건가?"

"제가……."

"제가 무시했습니다. 외르타는 분명 그날 저녁 제게 폐하의 명을 전달했습니다. 그자의 정체에 호기심을 가지지 말라. 정확히 전달했습니다. 그러나 저는 궁금증을 가라앉히지 못하고 조사를 속행했습니다."

"그러니까, 왕명을 무시했다."

"죽어 마땅한 죄입니다. 죄송합니다."

외르타는 기가 막혔다. 저것이 얼마나 얼토당토않은 변인지는 그도 알고 자신도 알았다. 발렌시아가 뤼페닝을 알아차리게 된 것은 순전히 그녀 자신이 입을 단속하지 못했던 까닭이었다. 그녀는 말문이 트이자마자 고해를 시도했다.

"폐하, 사실이 아닙······."

"무시하십시오. 외르타는 자신이 사건의 원인이라는 점에 지나치게 죄책감을 가지고 있습니다."

"폐하! 사실이 아닙니다!"

"잘들······ 한다······."

자카리는 기묘한 표정으로 얼굴을 감쌌다. 어디에서 흘러나오는지 모를 묘한 빛이 그의 머리칼을 짓이겼다. 그의 손가락 사이사이에서 낮은 음성이 새어 나왔다.

"네 결혼에 대해서 수시간이나 논하고 온 짐이 바보 같다······ 이 꼴이니 기를 쓰고 눈치를 줘도 못 알아채지······."

"폐하."

"폐하, 경은······."

"입 다물어. 너희가 어떻게 뤼페닝의 정체를 공유하게 되었는지는 묻지 않겠다. 이젠 관심도 없다. 짐은 지금 너희가 나눴던 이야기를 묻고 있다. 뤼페닝이 위험이 된다는 말은 경험에서 비롯된 말인가, 아니면 그저 추측인가."

외르타는 무턱대고 답하려는 제 혀를 붙들었다. 이번에야말로 입단속을 해야 하는 상황이었다. 그러나 의외로······.

"폐하, 외르타는 뤼 뤼페닝의 졸렬한 수작으로 이미 한 번 죽음의 위기를 겪은 바 있습니다."

외르타는 지금에 와서야 지나치게 정직히 구는 발렌시아를 돌아보았다. 그의 표정은 평소처럼 딱딱했다. 빛에 담금질 당한 뺨, 턱선. 그녀는 묻고 싶은 말이 산더미 같았지만, 자카리가 자신들을 지켜보고 있는 목하 상황에서는 스스로 어떤 언급도 할 수 없으리라는 사실을 알고 있었다. 외르타는 입을 꾹 다물었다.

"발렌시아, 제대로 설명해라."

"직접적인 살수로 공격을 받은 것은 물론 아닙니다. 외르타의 침실은 공작의 감시 아래 있으므로, 만일 누군가가 침입했다면 제가 직접 나서 피를 보았을 것입니다. 뤼 뤼페닝은 이보다는 영리한 수를 썼습니다. 그는 라르디슈의 외르타를 알아, 그녀의 약점을 그 누구보다 확실히 파악할 수 있는 자입니다. 뤼 뤼페닝은 그녀가 스스로 자진하도록 그 약점을 파헤치는 만행을 저질렀습니다. 말로 이루어진 것이나, 분명 살인입니다."

잠깐 침묵이 있었다.

외르타는 그가 예의 그 사건을 대단히 진지하게 여겨 왔다는 사실에 놀랐다. 그의 어조를 듣다보면 마치 자신이 실제로 죽었다 땅을 파헤치고 나온 듯한 기분이 들었다. 뤼페닝을 저만 한 악으로 보고 있다는 사실을 알아차리자 그가 오늘 과민 반응을 한 것도 납득할 만했다. 그러나 도대체 언제부터 저러했다는 말인가? 그렇게 무시하더니? 왜 이제 와서 그 숨 막히던 발작에 신경을 썼다고 딱딱거리는지 이해가 가지 않았다.

자카리는 한참 뒤에야 나지막이 물었다.

"설마 그 중한 일을 짐에게 보고하지 않았다는 건가?"

"……."

"왜?"

"그것을 보고 드렸다면, 저희가 진실을 공유하고 있다는 사실이 폐하께 발각되었을 것입니다."

"그래서!"

발렌시아는 말을 멈췄다.

"발각되지 않으면? 뤼페닝의 주제넘은 사달이 그것으로 끝날 것 같았나? 발렌시아, 너도 방금 전 네 입으로 인정했지 않나! 발미레가 뤼페닝과 만나는 것이 무모한 일이라고. 짐에게 그 말은 아직까지도 잠재적인 위험이 있다는 소리로 들리는데, 그른가?"

"옳습니다."

"그런데 이것이 숨긴다고 될 문젠가? 너는 짐이 어떤 복잡한 곤경을 겪고 있는지 모르나? 이것이 짐의 계산에 어느 정도의 여파를 끼칠지 조금도 생각을…… 아니, 짐이 멍청하군. 지금 네게 이건 전혀 먹히지 않겠지. 발렌시아, 다시 말하지. 짐이 언제 그런 식으로 발미레의 목숨을 낭비한다고 했나? 짐에게 고했으면 짐이 무슨 조치를 취할 것이란 생각은 안 들던가? 대답 안 해!"

외르타는 만일 자신이 라르디슈의 왕비였다면, 당신이 대답할 틈을 주지 않았다고 핀잔했으리라 생각했다. 물론 그녀는 지금 일개 망명자에 불과했다. 대답은 발렌시아의 몫이다.

"저는 폐하를…… 아닙니다. 죄송합니다. 제 불찰입니다."

그러나 외르타는 그의 말 뒤로 이어질 어구들을 찾아냈다. '저는 폐하를 신용하지 않습니다.' 외르타 자신의 목숨에 대해서만큼은 그도 자카리를 신용하지 않는다는 이야기였다. 그녀는 눈을 꽉 깨물었다.

자카리는 자신이 딤니팔의 손에 죽든, 어수대의 손에 죽든, 뤼페닝의 손에 죽든 상관하지 않을 것이다. 그저 죽기만 하면 된다. 편식할 필요가 없었다. 물론 뤼페닝에게도 대게외보르트전을 막기 위한 회심의 수가 있을 테지만, 자카리도 바보는 아니었다. 딤니팔을 짊어진 왕이 그것조차 짐작하지 못할까? 굴라르모 4세가 설마 뤼페닝의 계획에 대한 대책도 없이 이토록 오랜 기간 상대의 체류를 허락할 사람이던가? 자카리는 뤼페닝이 자신을 죽이더라도 필시 **빠져나갈** 방도를 마련해 두었을 것이다. 외르타는 확신하고 있었다.

바로 이 때문에, 자신의 목숨을 지키겠다고 말한 발렌시아가 저번 사달을 고하지 못한 것이다. 자카리에게는 그녀의 목숨에 대한 방비책을 취할 이유가 없었다. 누구 손에든 그녀가 죽기만 하면 되니까. 발렌시아는 동시에, 그들이 사실을 공유하고 있음을 드러내고 싶지 않았을 것이다. 이득이 없는데 왜 구태여 진실을 고해야 하나?

믿기지 않지만, 바로 이것이 발렌시아가 자신의 왕을 대하는 태도였다.

나 때문이었다. 나 때문에, 그토록 고지식하던 사람이 기이한 방면으로 융통성을 발휘하게 된 것이다. 그녀는 순간 정말 진심으로, 그에게 미안함과 동시에 감사를 느꼈다. 자신은 무슨 보답을 해도 이 빚을 갚지 못할 것이다.

자카리는 의자에 팔을 얹었다. 몸을 기댔다. 그 모양으로 앉아, 고요히 선 발렌시아를 바라보고 있었다. 이번 정적은 얼마 가지 않았다. 그는 천천히 상대의 죄를 꼽았다.

"왕명은 가뿐히 어겼고, 짐과 직결되는 사태에 대해서는 입을 다물었고, 심지어 이유는, 없다? 죄송하다는 것으로 끝인가?"

"금화 이만 장을 헌납하겠습니다."

순간 숨이 막혔다.

"더불어 아니솔을 왕령지에 편입한다. 그리고 너는 자택에 열흘간 유폐다. 내일부로 전부 처리해라."

"관대한 처분에 감사드립니다. 다시는 이런 일이 없도록 하겠습니다."

"그래야지. 뤼페닝에게는 짐이 마땅한 주의를 줄 것이다."

자카리는 자리에서 일어섰다. 그는 발렌시아를 한 번 바라보더니, 한숨 비슷한 것을 쉬며 뒤를 돌았다. 오솔길을 따라 걸어갔다. 자카리는 곧 자신이 걷어차는 모양으로 들어온 문에 다다랐다. 그는 본 궁과의 경계에서 몸을 돌렸다.

"한 시간 뒤까진 회장에 돌아와라. 짐이 네게 보일 수 있는 호의는 이뿐이다."

"감사합니다. 최대한 일찍 들어가도록 하겠습니다."

그는 잉그레의 예를 받는 둥 마는 둥, 본 궁 안으로 사라졌다.

발렌시아는 그제야 시선을 돌려 외르타를 바라보았다. 외르타는 어느새 자카리가 앉았던 의자에 무너져 있었다. 너무 낮아서 얼굴을 볼 수가 없었다. 보이는 것은 오른쪽 어깨의 장미 매듭뿐이다. 그는 그녀에게 가까이 가기보다는, 조금 더 뒤로 가 그 얼굴을 보는 편을 택했다.

"외르타, 저는 여기서 서로 간에 지켜야 할 몇 가지 원칙을 정하고 싶습니다. 첫째로 당신은…… 외르타?"

그는 다소 놀라 한 걸음 다가갔다. 절로 몸이 기울었다.

"외르타."

"……."

"외르타, 울고 계십니까?"

발렌시아는 상체를 더 기울였다. 아직도 부족했다. 그는 그것으로도 마땅치 않자, 아예 그녀 앞에 몸을 주저앉히기로 했다. 발렌시아는 제 한쪽 무릎을 지지대처럼 땅에 붙이고는, 고개까지 기울여서야 웅크린 외르타의 얼굴을 볼 수 있었다. 물론 그녀는 그러고도 눈을 가린 상태였다.

"외르타."

그녀의 어깨가 떨리고 있었다. 그는 외르타에게 손을 댈 수도, 어찌 위로를 건넬 수도 없었다. 때문에 이름뿐이었다. 답답해 숨이 가쁠 지경이었지만, 여전히 이름뿐이었다.

"외르타."

태엽 감은 듯 같은 말을 반복하는 이 아둔함에 답해 준다면, 그것은 차라리 기적일 것이다. 사실…….

"으…… 윽……."

정말 울고 있었다. 발렌시아는 제 낯빛이 확 바뀌는 것을 느꼈다.

"나, 내가, 다…… 경, 이제 됐다, 윽, 으……."

정교히 만든 철제 그물에 걸려들었다. 철렁 내려앉으면서, 온몸을 압박해 오는 줄이 느껴졌다. 그는 저도 모르게 손을 들었다가 도저히 그 뺨을 가까이 하지 못한 채 다시 떨구었다. 제 모든 행동이 의식이 마비된 채 제정신이 아닌 상황에서 저질러지고 있는 것 같았다. 저 눈물.

그는 가까스로 질문을 만들어 냈다.

"외르타, 무엇이 되었다는 말씀이십니까?"

"그만…… 날 죽여도 된다…… 윽, 으윽, 내가, 윽, 이만한 피해를, 도대체가, 으윽, 흑…… 이렇게, 경우가, 없어서야, 우윽……."

"아무것도 아니었습니다."

"뭐가? 아직, 일이, 생기지도, 않은 상황에서, 으윽, 에취! 윽, 벌써, 이 모양이야…… 내가 한심해서, 진짜, 그냥, 죽어도, 제발, 이 이상, 으윽."

"외르타, 폐하께서는 가벼운 벌을 내려 주신 것입니다. 미라이예에는 새 발의 피조차 되지 않는 출혈이었습니다. 당신이 걱정할 필요가 없습니다."

"되었다, 그만하자."

마지막 말은 유난히 뚜렷했다. 발렌시아는 얼어붙은 채 여전히 눈을 가린 외르타를 바라보았다. 더 이상 숨길 필요도 없다는 것처럼 뺨 사이로 눈물이 떨어지고 있었다. 턱을 타고 내려왔다. 흰 드레스로 후드득 떨어졌다. 발렌시아는 그것을 닦아 주고 싶었으나, 역시 마음뿐이었다. 도저히 어떻게 손을 들 수가 없었다.

"폐하께서, 날, 주, 죽이려 하시면, 죽게, 두고, 으윽, 이 이상, 참견하지, 마라. 읍, 아, 정말, 이건 아니야. 이건, 아니야. 정말, 아니야. 미안하다. 경, 미안하다."

"저는……."

"미안하다. 정말, 미안해. 애초에, 내, 에취! 내가, 제정신이, 아니었다. 으윽, 이렇게 초라해질 줄, 폐를, 끼칠, 줄…… 아니야. 이, 이건 정말. 스스로가, 읍, 너무, 싫어질, 뿐이다, 미안해."

"외르타, 진정하십시오."

"나는 죽어도 괜찮다. 약속은……."

외르타는 일순간 말을 뚝 멈췄다.

제 뺨에 와 닿은 손에, 그저 숨이 막혔기 때문이다.

갑자기 모든 눈물이 말려들어 가면서 기침이 몇 번 터졌다. 외르타는 발렌시아에게 제 침이 튀지 않게 하려는 마음으로 입을 막았다. 그제야 그와 마주쳤다. 눈을 한 번 깜박였다. 남은 눈물이 주르륵 떨어졌다.

그는 제 엄지로 그녀의 오른쪽 눈 밑을 매만지고 있었다. 방금 전 떨어진 눈물이 그의 엄지를 타고 내려가, 손볼, 그리고 손목에까지 가서 상대의 옷을 물들이는 모양이 보였다.

외르타는 울음을 참으려 무진 애를 썼다. 그러나 이 눈물은 그날 이후 처음이었고, 이 손도 그날 이후 처음이었다. 도저히 진정이 되지 않으면서 숨 막히는 울음만이 이어 터져 나왔다.

"으윽, 으흑, 바, 발렌, 시아, 경, 어엉, 이제, 으윽, 노, 놓, 으흑, 윽, 놓자. 그만, 하자. 미안해. 저, 전부. 내가, 폐를, 많이, 제발, 그만하자."

"제 입으로 약속드렸습니다. 번복하지 않습니다."

"괘, 괜찮다. 어윽, 억, 내가, 내 입으로, 물리는, 거, 억, 으윽. 살고, 싶어도, 이렇게는, 정말, 이렇겐, 살고 싶지 않다, 읍, 윽. 이런, 나를, 살리고, 억, 어엉, 싶은, 게, 아니란……."

"저는 이 일을 대가 없이 하는 것이 아닙니다."

"뭐? 으으윽, 윽."

"대가 없이 하는 것이 아니라 말씀드렸습니다."

"무슨, 소리야?"

"저는 당신을 살리는 것에 보답을⋯⋯."

"무, 무슨, 으엉엉, 엉⋯⋯."

"외르타."

그는 달래듯 말했고, 외르타 역시 그 이해할 수 없는 말에 반문하고 싶었다. 그러나 한번 터진 눈물은 쉽사리 멈출 기미가 보이지 않았다. 그녀는 대단히 당혹하고 말았다. 이제 울음은 제 의지와 상관없었다.

발렌시아는 둘 중 누구에게도 손수건이 없다는 사실에 당황한 것처럼 보였다. 외르타도 당황했다. 눈물이 너무 많이 흐르고 있었다. 손만으로는 역부족이다. 혹은, 그렇게 생각했다. 그는 한순간 두 손을 전부 들어 그녀의 양 뺨을 감쌌다. 낙숫물처럼 펑펑 떨어지던 눈물을, 양쪽으로, 단번에 훑어 냈다. 마치 사람을 베는 듯한 단호함이었다. 외르타는 정말 놀라서, 찰나 울음을 들이켰다.

그의 왼손은 어느새 또다시 내려가 있었다. 외르타는 제 오른쪽 뺨에 얹힌 뜨끈함이 선천적으로 자신과 함께해 왔던 것은 아닌가 하는 의심을 가졌다. 목덜미가 갑갑해졌다. 문득 그녀는 그가 제 눈가를 쓰다듬은 것 같다는 인상을 받았다. 더 이상 눈물이 흐르지 않는데도. 물론 외르타는 그것이 그저 제 기분 탓이라 생각했다. 그녀는 딸꾹질을 하며 질문했다.

"경? 흑, 으윽."

"예."

"대가, 라니, 무슨, 윽, 말이니? 나는, 줄, 것이, 없어."

"외르타."

"겨, 겨, 겨, 경. 설마, 하니, 안 돼. 나는, 날, 제공할, 마음이, 결단
코…… 무, 물론, 그, 그걸로는, 충분하지, 않겠지만……."

"이미 주셨습니다."

"내가, 뭘, 주었기에?"

외르타는 상대가 설마 '전승'이라고 답할까 걱정되어 입술을 깨물었
다. 허다히 들어 지겨운 이유였다. 정말 그 이유만으로 제게 이토록 정
성을 다한다는 말인가? 발렌시아가 그토록 양심적, 아니 그 이전에 그
토록 '감정적'인 인간이라고는 생각지 않았다. 포티미외가 그만한 무게
가 되었던 것일까? 내가 '전승'을 주었다는 이유만으로…….

"모르겠습니다."

외르타는 눈을 크게 떴다. 벌겋게 달아오른 눈매가 우스워 보였지만
신경 쓰지 않았다. 그에게서 처음으로 무지의 답이 나왔다. 그것 외의
무엇에 집중할 수 있을까. 외르타는 먹먹한 목소리로 반문했다.

"이유를 모른다고?"

"드릴 말씀이 없습니다. 하지만 번복되지 않을 이야기입니다."

"경, 내가, 진정하고, 이야기해 보마. 난 이렇게, 민폐만 끼치고, 살 마
음이 없단다. 비참하고 미안해서, 견딜 수가 없어. 제발, 이해해 주렴."

"제가 그것을 이해하면 당신은 죽습니다. 이해하지 않을 것입니다."

"제발…… 앞으, 흐끅, 로도…… 이런 일이 계속될 거라…… 생각하
면…… 제발 끝내자. 내 입으로 부탁하고, 내 입으로 번복해서…… 미안
하다."

"이제 와 일을 돌이키려 하신다면 당신은 제게 금화 이만 장과 아니
솔을 돌려주셔야 합니다. 타협할 수 없습니다."

"……."

외르타는 순간 자신이 무엇을 잘못 들은 것인가 의심했다.

'금화 이만 장과 아니솔을 돌려주셔야 합니다.'

제대로 들은 것이 맞다. 그녀는 얼이 빠진 채 그의 눈을 바라보았다. 죽으려면 돈은 내고 죽으라고? 물론 타당한 말이기는 하다. 자신 역시 그것에 죄책감을 가지고 있었기 때문이었다. 하지만 아무리 그렇다 한들 저것은 방금 전, 아니 지금까지도 제 뺨을 감싸고 있는 사람에게서 나올 적당한 말이라고는 생각되지 않았다. 때문에 외르타는 그 손 아래에서 퍽 덜떨어진 말을 내뱉어야 했다.

"못 갚는데……."

제 뺨을 안은 그의 손마디에 힘이 들어갔다.

"그러면 살아 계십시오."

"음……."

"제게 저것들을 돌려주실 능력이 생기지 않는 이상, 당신은 부탁을 번복하시면 안 됩니다."

머리가 어지러웠다. 진담인가? 적어도 표정은 그러했다. 저것이 진담이라면 그녀는 고개를 끄덕일 수밖에 없었다. 발렌시아는 자신 때문에 입은 손해를 메우고자 할 것이다. 이렇게 순간적인 단물만 빼먹은 채 도망칠 수는 없다.

외르타는 가까스로 반박을 자아냈다.

"하지만 그것보다는 앞으로 입을 피해가 훨씬……."

"제가 더 큰 피해를 입는다면, 역시 그것을 되갚으시기 전에는 말씀을 번복하시면 안 됩니다."

"누적되잖아? 차라리 지금 발을 빼는 것이 낫겠구나. 누적되어서야 나는 영영……."

"살아 계시면 됩니다."

외르타는 말문이 막혀 그를 바라보았다.

그가 잠시 고개를 숙이는 모습이 보였다. 물론 손은 아직까지도 악착같이 제 뺨을 감싸고 있었다. 제 눈앞에 잡히는 것은 어쩐지 아이처럼 보이는 뒤통수뿐이었다. 외르타는 문득 그를 달래 주고 싶다는 생각을 했다. 이상한 일이다. 지금 스스로의 비참함에 눈물까지 흘린 사람은 나인데, 그런 사람이 누구를 달랜다는 말일까. 우스운 말이다. 외르타는 긴 의자 위로 두 팔을 꾹 눌러 고정시켰다.

"발렌시아 경, 진담이니?"

아래에서 목소리가 들렸다.

"예."

그 음성은 마치 땅에 부딪혀 울리는 종 같았다. 외르타는 제 열 손가락에 힘이 들어가는 것을 느꼈다. 눈물은 이미 제 기억 속에 똬리를 틀었다. 사방 천지에 숨소리만······.

발렌시아는 고개를 들었다. 굳어 있는 외르타가 보였다. 여름의 녹음을 한 움큼 떠 빚은 녹주석. 그 속눈썹에는 아직까지도 채 마르지 않은 눈물이 매달려 있었다. 자신을 내려다보고 있어서일까. 외르타는 그의 시야에서 몸을 빼낼 생각이 없는 것 같았다. 무표정한 듯, 다소 안타까운 듯, 우울한 듯 기가 막힌 듯 그저 가만히 앉아 있을 따름이다.

그 순간, 그는 자신이 아직까지도 그녀의 뺨을 감싸고 있다는 사실을 깨달았다. 경우가 아니기에 당장 손을 치우려 했지만, 내릴 수 없었다. 왜? 살을 타고 흐르던 눈물의 감각이 아직 생생하기 때문인지도 모르겠다. 과거와 완벽히도 교차된 현재. 그는 자신이 이 뒤에 어떻게 행동했는지 기억해 내려고 애썼다.

그녀는 칼을 떨어트렸고, 제 손에 기대어 울었고, 한참 동안 그리하다가, 배의 상처에 기절해······.

품에 안겼던 것 같다.

발렌시아는 놀라 손을 뗐다.

외르타가 눈을 크게 뜨는 모습이 보였다. 그 눈가에는 아직까지도 소금기가 남아 있어, 그녀의 녹안은 아몬드 모양이라기보다는 외려 덜 뜨인 유선형에 가까웠다. 유선형의 초록 물고기. 깜박였다. 무언가를 알아차린 것처럼 빙그레 웃었다. 벌건 얼굴로 웃음 짓는 모습이 어색할 법도 하건만, 그에게는 그저 똑같이 아름다웠다.

저 사람이 제 품에 안겼다. 지금의 저것과 다르지 않은 얼굴로 매달려 울었다. 기절하고. 쓰러지고. 자신이 받다가, 그녀의 이마가 제 단단한 갑옷에 부딪혀 이를 악물었다. 철 사이로 온기가 느껴질 리 없건만, 그래도 아주 잠깐 동안, 그녀의 상처를 곧게 세워 준답시고 품에 두었던 기억이 있다. 아무런 반항이 없었다. 내려다보았다. 움직이는 곳은 미약하게 꿈틀거리는 어깨와 눈꺼풀뿐. 마치 그녀가 내켜 자신을 안은 느낌이었다.

사소한 차이점이 있었다. 지금의 외르타는 그때와 달리 온전했다.

그는 부지불식간에 깨달았다.

팔이 서서히 내려갔다. 약간의 시간이 지나자, 그의 팔에는 아예 올라갔던 흔적조차 남지 않게 되었다. 자리에서 일어섰다. 의아하다는 시선이 그를 따라 빙글빙글 돌아왔다. 그러나 발렌시아는 저것이 별것 아닌, 대단히 순간적인 관심이라는 사실을 알았다. 반 발자국만 내디뎌도 전부 증발할 기반 약한 호의라는 사실을 알았다. 자신의 기묘한 집착과는 빛깔이 완연히 다른.

충분히 알았기에, 확인할 필요가 없었다.

"외르타, 먼저 들어가 문 앞에 서 있겠습니다. 이곳은 저 문 이외의 출입구가 없으니 얼굴을 정돈한 뒤 나오십시오."

그는 인사하며 몸을 돌렸다. 문은 얼마 떨어져 있지도 않았다. 온 신경은 뒤에 쏠려 있지만, 우선은, 어쩔 수 없다.

"저, 경."

발렌시아는 뒤를 돌아보았다. 외르타는 제 오른쪽 어깨의 코르사주를 매만지며 말했다.

"경, 이야기는 알겠어. 그러도록 하마."

"……."

"그런데, 당신이 말하려던 게 있지 않니? 용건은 마쳐야지. 내가 울음을 터뜨려서…… 전부 망쳤으니…… 미안하다. 뭘 말하려 했어?"

그는 발끝에 힘이 들어가는 것을 느꼈다. 스스로 무엇을 말하려다 말았는지, 아예 머릿속에서 증발해 기억이 나지 않았다.

"무슨 말씀이십니까?"

"'서로 간에 지켜야 할 몇 가지 원칙'이라고 경이 이야기했잖아."

순간 맥이 빠지고 말았다.

발렌시아는 침묵을 몇 구간이나 지나친 뒤에야 제 용건을 생각해 낼 수 있었다. 이따위 사소한 것이 무슨 상관이라는 말인가. 그는 약간 못마땅한 어조로 입을 열었다.

"당신을 살리기 위해 명확히 해 두어야 하는 점이 있었습니다."

"응."

"첫째로, 무조건 제 말에 따르십시오."

"어……."

"명령에 따르라는 말씀을 드리는 것이 아닙니다. 제가 하는 이야기에 무조건적으로 동의하라는 말씀을 드리는 것입니다."

"당신! 그러고 보니 아까! 그 말도 안 되는……."

"저는 이유를 제시하지 않습니다. 반드시 수긍하십시오."

외르타는 말문이 막힌 모양이었다. 손가락질을 하던 그녀의 왼손이 슬금슬금 내려갔다. 발렌시아는 인상을 쓰며 말을 이었다.

"둘째로, 뤼페닝과는 절대 접촉하실 수 없습니다. 독대를 약속하면 안 되실 뿐더러, 아니, 아예 이야기를 나누지 마십시오. 그를 알아보더라도 무시하십시오. 그에게 여지를 주시면 안 됩니다."

"알겠어."

"셋째로, 어딘가로 출타할 일이 있을 경우에는 우선 제게 말씀하십시오. 폐하의 소환이라 해도 마찬가지입니다. 제가 매번 발을 뺄 수는 없지만 적어도 누프리를 보내 드릴 수는 있을 것입니다."

"누프리가 날 보호할 수 있겠니……."

외르타는 그 턱도 없는 비교에 웃음이 새어 나오는 것을 느꼈다. 그러나 상대는 농담을 하는 것이 아닌 듯했다.

"무명 배속이 예정되어 있던 사람입니다. 누프리는 미라이예의 은혜를 입어 공작가에 머무르기를 고집하고 있습니다."

"……."

"먼저 가 보겠습니다."

그는 다시 몸을 돌렸다. 외르타는 그가 자꾸만 제 곁을 떠나려 하는 이유를 도무지 알 수 없었다. 어차피 문 앞에 남아 있겠다 말하지 않았던가? 왜 구태여 다른 공간에 가려 하는지 짐작이 가지 않았다. 아직 할 말은 산더미 같은데 홀로 앞뒤 볼 것 없이 떠나려 하다니. 마치 이곳에 못 볼 것, 견디기 힘든 것이 있다는 듯 재빨리 도망가려는 모양이었다.

외르타는 벌써 문을 열어젖히고 있는 발렌시아를 다급히 불렀다.

"경!"

그는 다소 성의 없는 태도로 문을 놓았다. 외르타는 여전히 긴 의자에 앉은 채, 자신이 울음을 가라앉히는 동안 반드시 해야겠다고 생각했던 말을 했다.

"미안해."

그는 뒤를 돌아보지 않았다.

"방금 전 꼭 사과해야겠다고 결심했단다. 내가 그제 주검의 소산에 대해서…… 모욕적인 말을 했던 것을 진심으로 사죄할게. 받아들일 수는 없다지만, 그래도 그렇게 마구 지껄이는 건 정말이지 아주 무례했다."

무도회에 올 적만 해도 자신은 분명 노여워하고 있었다. 그런 자신의 난폭함을 가라앉힌 것은, 발렌시아에 대한 제 생각의 변화였다. '그도 이유가 있어 그랬겠지.' '그는 그런 사람이 아니다.' 이 두 문장이 너무도 확고하게 자신을 지탱해 주었기 때문이다.

그녀는 이제 그가, 소산 풍습을 역겨워하는 자신에게 저열한 인신 공격을 한 것이 아니라는 사실을 깨달았다. '그런 사람이 아니'니까. 사실 외르타는 썩은 시체라는 말만 듣고도 눈이 돌아가는 줄로만 알았다. 일부러 아델을 노려 한 말이라는 확신이 들었기 때문이다. 자신이 딤니팔의 풍습을 보며 정도 이상으로 메스꺼워하니, 그 역시 참지 못하고 가장 매서운 창 하나를 들었다고 생각한 것이다. 그래서 풍습과는 별개로 아델을 모욕했다는 이유로 이성이 마비되었고, 이틀 동안 부글부글 끓은 채 그와는 마주 보지도 않았다. 그러나 역시…….

'그런 사람이 아니다.'

애초에 그따위 인신공격이라고는 결코 입에 담지도 않을 발렌시아였다. 그런 그가 그런 의도를 가졌을 리 없다. 그저, 소산이라는 풍습에 경기하는 자신을 꾸짖었을 뿐이다.

"난 사실…… 그때 아델을 생각해서…… 부패한 시체…… 그리움, 유효 기간…… 이런 말을 듣자 정신이 어떻게 되었나 봐. 험한 말을 하고도 혼자 토라져서 사과하지 않은 점, 그리고 오늘 오는 내내 퉁퉁댄 점

전부 미안하다. 다시는 그런 일이 없을 거란다. 용서하……."

"용서하십시오."

외르타는 영문 모른 채 그의 뒷모습을 바라보았다. 도대체 뭘 용서하
라는 건지 알 수가 없었다. 그 표정이라도 보인다면 어찌 추측할 수 있
었을 텐데, 지금은 심지어 그 훤칠한 등만이 제 시야를 차지할 따름이었
다. 그녀는 어리둥절한 목소리로 반문했다.

"무얼 용서해? 내가 미안하다고 말한 거란다."

"저는 당신의 따님을 생각지 못한 채 함부로 공격했습니다. 직접적이
고도 무례한 단어 사용에 저 역시 사죄드립니다."

외르타는 잠깐 당혹했다. 공격이었다고? 그런 사람이 아닌데? 그녀
는 도저히 답을 찾지 못하고 다시 물었다.

"경, 공격이라니? 그냥 내가 딤니팔의 풍습을 무시하니 화가 난 것 아
니었어?"

"죄송합니다."

그는 아무 말도 덧붙이지 않은 채 다시 문을 열었다. 외르타는 다급해
져 자리에서 벌떡 일어났다. 기척을 들은 그의 손이 멈칫했다. 그녀는
그 기회를 놓치지 않고 쏜살같이 외쳤다.

"죄송하다니? 발렌시아 경. 나는 명확하게 사과했다. 당신도 그렇
게……."

"저는 당신의 따님 대신…… 로크뢰 1세를 떠올렸습니다. 제 큰 착각
에 사과드립니다."

외르타는 로크뢰라는 이름을 듣는 순간 달음박질을 쳤다. 생각할 겨
를도 없었다. 그를 붙잡고, 저 말도 안 되는 이야기에 설명을 들어야겠
다. 물론 발렌시아 역시 그녀의 반응을 예상했던 듯했다. 그는 순식간에
본 궁 안으로 들어가 버렸다. 문은 바람을 따라 서서히 닫히다가, 어느

순간, 그의 의도된 힘에 짓눌려 폭풍 같은 기세로 기울었다.

그녀는 저것이 닫힌 뒤에는 그가 반대편에 선 채 말을 아끼리라는 사실을 아주 잘 알았다. 무슨 질문을 하든 전부 막힐 것이다. 외르타는 발렌시아가 저 중대한 착각에 대해 침묵을 지키도록 놓아줄 생각이 없었다.

외르타는 몇 걸음 안 되는 거리를 악착같이 뛰어, 닫히는 문 사이로 손을 쑥 집어넣었다. 딱 한 뼘 정도 남은 사이였다. 찍히면 손목이 바스라질 것이다. 그러나 상대를 알고 있었기에 그리 두렵지 않았다. 저 대답이 중요했다. 무시무시한 속도로 닫히던 문이 돌연, 거칠게 열렸다. 외르타는 튀어나오는 문에 부딪혀 뒤로 몇 걸음을 물러나야 했다.

"아…… 아프게…… 맞았잖아……."

손으로 잡아당기던 문을, 자신의 팔이 들어오자마자 발로 걷어찬 모양이다. 외르타는 문에 스친 코가 쓰라리다고 생각했다. 그녀는 감기 걸린 아이처럼 콧등을 연신 비비적댔다. 지평선 사이로 드러난 것은 물론, 온몸에 힘이 바짝 들어간 발렌시아였다. 그는 잇새로 몇 마디를 밀어냈다.

"당신 지금……."

외르타는 그가 다시 문을 닫지 못하도록 제 팔을 문틈에 단단히 끼웠다. 그런 뒤에야, 조금도 놀라지 않은 평온한 목소리로 질문했다.

"당신, 지금? 그건 누가 할 소리야? 경, 어서 당신 말을 설명해라."

"손을…… 어디에……."

"도망치려고 하니까 그렇지. 발렌시아 경, 빨리 설명하고 마무리 짓자구나."

"손목이 부서지실 줄……."

"알았어. 아무튼 이야기……."

"다시는……."

"알겠어!"

발렌시아는 문을 활짝 열고는, 그것으로도 부족하다고 여겼는지 옆에 서 있던 여인상을 발로 걷어찼다. 외르타는 그의 난폭한 행동에 다소 놀랐다. 그는 상을 발로 굴려 문 아래의 틈 사이로 끼워 넣었다. 그의 무지막지한 힘에 여인의 목이 우득 부러졌다.

외르타는 고개를 들었다. 코앞에 그가 서 있었다. 그녀는 고개를 좀 더 들어야 했다.

"경, 대답은 해 주고 가야지."

"……."

"매장과 주검 이야기에 로크뢰를 떠올렸다니 이게 무슨 소리야?"

"저는 당신이 주검의 소산을 경멸하는 것에는 전혀 개의치 않습니다. 전부 저와는 별개의 일이라고 생각했기 때문입니다. 한데 도중, 당신이 지나치게 주검에 집착하는 모습에는 질 나쁜 의심을 품을 수밖에 없었습니다."

"무슨?"

발렌시아는 그 무고한 얼굴에 대고 엉망진창이었던 제 의심을 풀어내고 싶지 않았다. 돌이켜 보니 도저히 이성적인 대응처럼 보이지 않았기 때문이다. 그러나 그녀의 눈이 가늘어지자, 그는 더 이상 침묵을 이용할 수 없었다.

발렌시아는 고해했다.

"저는 혹 당신이…… 제가 바쳤던 로크뢰 1세의 주검으로 그를 기억하시는 것은 아닌가 생각했습니다. 죄송합니다. 당신의 아이보다 그를 먼저 떠올린 것이 제 죄입니다."

외르타는 그의 말이 전부 진실이라는 사실을 알았다. 그러나 기분이 상하지 않았다. 사과를 받을 이유도 없다고 생각했다. 각오했던 막말이 아닌, 터무니없는 궤변이 나오자 외려 웃음이 터질 지경이었다. 그녀는 손사래를 치려다 상대의 진중함에 겁을 먹곤, 자못 엄숙하게 말했다.

"경, 그와 나 사이에는 정말 어떤 것도 없다. 내가 그자를 왜 기억하니? 그 주검이 어디 갔을지 내가 알게 뭐야? 나는 당신이 왜 그런 의심을 했는지조차 잘 이해가 안 간다. 발렌시아 경, 나는……."

"당신은 유서에도 그의 이름을 쓰겠다고 말씀하셨습니다."

외르타는 순간 제 말을 기억하지 못했다. 언제 그런 말을 했더라. 하긴 했나? 그녀는 차분히 머릿속을 더듬다가, 자신이 미라이예의 객 안건을 최종 수락할 때 그 비슷한 말을 했다는 사실을 상기해 냈다. 외르타는 그 말의 내용보다는 자신이 그 말을 기억했다는 사실에 더 집중하여 해맑게 말했다.

"아! 그랬어! 내가 그렇게 말했지. 맞다."

"……."

"기억했다니까? 난 내 유서에도 그의 이름을 쓸 거야."

"저도 알고 있습니다. 당신이 그만큼이나 로크뢰 1세에게 매여 있다는 사실을 압니다. 더불어, 당신은 주검에 집착하는 타국인입니다. 저는 당신의 말을 듣는 순간, 제가 당신에게 훼손된 목을 바친 것이 잘한 일이었는지조차 확신할 수가 없게 되었습니다. 그 모욕적인 주검을 마음에 품고 평생토록 증오를 가져가는 것이 바로 당신의 사고방식이 아닌가 하는 생각을 했기 때문입니다."

그녀는 그 크나큰 착각에 놀라고 말았다.

"음…… 정말 큰 오해를 했구나. 주검은 애정 속에서만 의미를 가지지. 우리에게는 그런 유대가 없단다. 있다면 폭력과 증오뿐이야."

"하지만 그는 분명……."

돌연 발렌시아가 말을 멈췄다. 그는 자신이 그 말을 내뱉었다는 사실 자체에 경악한 표정이었다. 외르타는 상대의 놀란 얼굴에 적응하지 못하고 입만 몇 번 뻐끔거렸다.

"외르타."

"어?"

외르타는 깜짝 놀라 답했다. 발렌시아는 무언가 거친 칼날을 밟고 있는 듯한 표정이었다. 그녀는 그가 다시 정상으로 돌아온 것인가 싶어 반가워졌다.

"당신은 왜 제게 로크뢰 1세의 끝을 묻지 않으십니까?"

반가움은 약간 퇴색되었다. 그녀는 그 뜬금없는 말에 숨을 들이켰다. 질문은 어려웠지만, 답은 쉬웠다.

"관심이 없으니까."

"저는 그자를 죽였습니다."

"진심으로 고마워하고 있다."

"그자를 죽인 사람에게 궁금하신 점이 없습니까?"

"베어 죽였겠지."

"제가 이 자리에서 그에 관한 고해를 한다면 충격을 받지 않으실 자신이 있습니까?"

"아까부터 무얼 자꾸 귀찮게 웅얼거려? 괜찮다."

외르타는 팔짱을 꼈다. 도대체 무슨 이야기를 하려고 저토록 뜸을 들이는지 모르겠다. 그는 분명 그 신호를 보았을 텐데도 곧장 입을 열지 않았다. 그는 심지어 숨조차 쉬고 있지 않은 것처럼 보였다. 얼마나 긴장했으면, 숨이 없다.

그녀는 그가 스스로의 건강을 돌보았으면 좋겠다고 생각했다. 남과 다름없는 여인에게 매번 이토록 긴장하는 모습을 보아하니, 후일 자신의 아내에게는 어떤 표정으로 잠자리를 요구할지 아주 알 만했다. 아니. 외르타는 속으로 빙긋 웃었다. 요구할 수는 있을까? 부탁이라기보다는 애쓴 농담에 가까워, 부인의 쓴웃음을 받지 않을까?

외르타가 마음껏 망상을 만끽하는 도중, 돌연 그가 입을 열었다.

"외르타."

그녀는 웃는 모양으로 약간 굳었다. 그에게 항시 불리던 이름인데, 달랐다. 산 자의 말을 들은 기분이 아니었다. 그녀는 귀신을 쫓아내듯 제 어깨 근처를 툭툭 털어 냈다. 몸을 가라앉혔다. 이어질 말을 기다렸다. 그러나 그는 그것으로 끝을 낸 듯했다. 발렌시아는 몸을 숙인 맹수 같은 기색이었다. 다행인지 불행인지 그 주변에는 위장을 위한 수풀이 없었다.

외르타는 꾸짖는 모양으로 눈썹을 치켜 올리다, 끝내 힘을 풀며 말로 내뱉었다.

"뭐하는 거야?"

"당신이 그 곁에 계셨다면 이 모양, 이 억양으로 들으셨을 것입니다."

"뭘?"

"왕의 유언입니다."

그녀는 제 본디 웃음을 가라앉혔다. 손이 절로 올라가 이마를 짚었다. 슬슬 새로운 웃음이 새어 나오고 있었다. 그 화상이…….

"저는 무릎을 꿇은 로크뢰 1세에게 세 번 예를 차린 뒤, 그가 전쟁의 끝을 보지 않을 수 있도록 안배해 드렸습니다. 그는 절명하던 때, 당신의 이름과 함께 예의 그 붉은 천을 잡았습니다."

"……."

"저는 이 집착에 가까운 애정을 보았습니다. 물론 저는 이제 당신의 말을 믿습니다. 당신만큼은 그에게 어떤 감정도 없을 것입니다. 그러나 저는 마지막 순간 그에게서 그토록 강렬한 감정을 본 뒤, 그것을 제 속 내에서 쉽사리 지워 낼 수가 없었습니다. 제가 함부로 흥분한 것에 대해서는 다시 한 번 사죄를 드립니다."

외르타는 그 천진난만한 고해에 미소를 지을 수밖에 없었다. 천진난만이라는 단어는 물론 정직을 의미하지만, 동시에 무지하다는 뜻이기도 했다. 그가 지금까지 이 기억으로 얼마나 언짢아했을지 서서히 짐작이 갔다. 홀로 곱씹다가, 사정을 모르기에 더 파렴치하게 느껴지는 로크뢰의 행동에 매번 당혹을 삭였을 것이다. 왜 조금 더 일찍 자신에게 고해해 짐을 공유하지 않았을까. 내가 그의 집착을 깨달아 기절하기라도 할 것 같았나.

그의 표정은 강철인 양 딱딱했다. 상대의 확답을 듣고서도 그녀가 충격을 받지는 않았을까 다소 긴장한 모양이었다.

외르타는 조심스레 손을 들어 그의 팔뚝에 제 손을 얹었다. 그가 놀라 팔을 젖히는 것이 느껴졌지만, 그녀는 지지 않고 앞으로 나서 그것을 꾹 붙들었다. 사소한 실랑이가 계속되었다. 한순간 우뚝 멈췄다. 수축되었던 근육이 서서히 풀리고 있었다. 그녀는 만족했다. 외르타는 그처럼 그에게 자신을 붙인 모양으로, 정직하게 답해 주었다.

"발렌시아 경, 아델이 세상을 뜬 다음 날, 그가 내게 무슨 말을 했는지 아니?"

끔찍한 침묵이 있었다. 외르타는 그가 스스로의 호흡 소리조차 감추고 있음을 알아차렸다. 그녀는 그의 단단한 뼈대를 고쳐 쥐었다. 제 보잘것없는 팔보다 몇 배는 더 굳건한 깃대에, 외르타는 한층 더 안심했다.

그녀는 가만히 말했다.

"이르, 내게는 너만 있으면 된다."

"……."

그녀는 고개를 젖혔다. 빛에 스친 그의 얼굴을 확인하고 싶었다. 무슨 말을 하려는 듯 입술이 들썩였지만, 그것은 끝내 어떤 평가도 내리지 못한 채 닫혔다. 그는 마치 스스로의 감상을 드러내고 싶지 않은 것처럼 보였다. 아니, 아무런 감흥이 없기에 드러낼 감상조차 없는 것일까? 외르타은 입술을 앙다물었다. 이 말을 하기 위해 그를 붙잡은 것이나 마찬가지라, 다소 억울해졌다.

그녀는 그의 침묵에 실망하며 말했다.

"경, 나는 이 이상의 집착은 없다고 생각한단다. 리오넬이 죽을 때 아델의 천을 쥐었다고? 그는 그것이 아델의 천이라는 사실조차 몰라. 그러니 필시 내 물건이라 생각하고 그 천을 잡은 것일 거야. 그렇다면 결국……."

"외르타."

"응?"

"혹 무례한 질문이라면 반드시 무시해 주시길 바랍니다."

"그러마."

"'아델의 천'이 어떤 의미입니까?"

외르타는 잠깐 입을 다물었다. 발렌시아는 제 질문이 지나친 것이었나 생각하여 창백해졌다. 그녀에게 쥐인 팔뚝이, 도저히, 그 조막만한 힘으로 그럴 리 없는데도, 지독히 아파 왔다. 그녀는 시선을 내렸다가, 다시 한 번 그의 억눌린 눈을 바라보았다.

"내 아이가 죽을 때 입고 있었던 옷이지. 내가 직접 시접을 풀어서……."

발렌시아는 제 팔뚝을 쥔 외르타의 손을 내려다보았다. 있는 힘껏 벌려 쥐고 있다. 그럼에도 그 손은 제 팔뚝의 반절밖에 가리지 못하고 있었다. 마치 날 때부터 그러했다는 듯 영영 어린아이 같은 손. 그는 가까스로 말을 자아냈다.

"외르타, 죄송합니다. 여쭙는 것이 아니었습니다."

"아니야……. 나는 사실 한 번쯤 이야기해 준 줄로만 알고 있었다. 생각해 보니 경은 몰랐구나."

"저 외에 또 누가 압니까?"

"……어…… 생각해 보니 없네."

"……."

"아무튼 내 남편, 아니 그러니까, 리오넬, 아니, 내…… 뭐라고 부르지?"

외르타는 일전의 그 노여움을 생각해 내고는 약간 난처한 표정이 되었다. 저가 남편이라고 부르자마자 곧장 항의하던 발렌시아다. 아니나 다를까, 지금도 별로 좋아 보이는 얼굴은 아니었다. 외르타는 멋쩍게 웃고는 말을 고쳤다.

"그자? 그자는 그것이 그저 내 물건인 줄로만 알았을 거야. 내 물건을 잡으면서 내 이름을 불러? 그 집착? 그건 집착이지. 경도 그 집착이 어처구니가 없었던 거지?"

"……."

"발렌시아 경, 경이 구태여 불쾌해 할 필요가 없다. 내게 있어 그따위 것은 집착도 아니기 때문이지. 그건 정말…… 약과야…… 내가 겪어 온 것을 생각한다면 이건 차라리 상쾌한 끝이다."

발렌시아는 그것을 다행으로 여겨야 할지, 아니면 그 칠 년의 집착을 생각하며 다시 속을 태워야 할지 잠시 갈등했다. 저것을 도대체 안심하라고 하는 말인가. 자신이 겪은 것이 훨씬 심하니 걱정할 필요가 없다고? 도대체 어떤 일들을 겪었기에 절명하는 순간에도 자신을 끌어안고 죽은, 그 지독히 일방적인 아집에 신경이 쓰이지 않는다는 것인가? 사람이 정신적 고통에 무디어지지 않는다는 사실을 발렌시아 자신보다 더 잘 이해할 사람은 없었다. 그런데 저 사람은 도대체 어떻게…….

그 갈등은, 외르타가 자신에게서 떨어져 나가는 순간 우뚝 멈추었다. 팔뚝에 앉아 있던 새가 날아간 것 같았다. 돌연 정신이 번쩍 들었다. 그는 손을 들어 그녀를 잡으려 했다.

물론 시도로 그쳤다.

외르타는 어느새 획 뒤를 돌아 수반 쪽으로 걸어가고 있었다. 둥근 뒤통수가 빛에 반사되어 반지르르하게 빛났다. 벌건 얼굴을 한 번 씻어 낼 요량인 것 같다. 그는 이미 반 이상 올라가 있던 제 팔을, 서서히 기울여 내려 버렸다. 무슨 짓을 하려 했는지 모르겠다. 자신이 했던 생각들을 전부 망각한 모양이다. '대단히 순간적인 관심, 반 발자국만 내디뎌도 전부 증발할 기반 약한 호의.'

"악!"

발렌시아는 생각할 겨를도 없이 수반으로 걸음을 옮겼다.

외르타는 손과 얼굴에서 물을 줄줄 흘리며 뒤를 돌아보았다. 그는 무슨 문제가 생긴 것인가 싶어 초조해졌다. 그녀의 손이 사기꾼을 삿대질하는 모양으로, 수반에 가 내리꽂혔다.

"물고기가…… 아니 왜, 수반에, 물고기를 둔다니? 아…… 손안에 들어왔잖아……."

"……눌라레의 정원이라 그렇습니다. 마디보다 작은 크기입니다. 그렇게 놀라실……."

"놀라고말고! 먹을 뻔했다니까!"

"……."

"수반에서 빛이 흔들거리기에…… 물 바닥에도 빛을 비출 수 있나 신기해 했는데…… 물고기…… 먹었으면 사흘은 아무것도 입에 못 댔을……."

얼마나 놀랐는지 그녀의 얼굴은 새하얗게 질려 있었다. 새하얀 바탕. 벌건 눈이 더 도드라졌다. 홀에 나가기 위해선 세안이 필요했다. 발렌시아는 가까이 다가가 수면 위에 손끝을 살짝 얹었다.

"경?"

순간, 손이 쑥 들어갔다. 가장 밑바닥의 물을 쓸어 냈다. 외르타는 영문을 모른 채 그가 수반을 한 바퀴 감싸고도는 모양을 바라보았다. 스쳐 지나가면서 모든 방향을 전부 쓸어 갔다. 그리 넓지 않은 수반이었다. 외르타는 경이롭다는 시선으로 그의 손안에 갇힌 빛을 바라보았다.

"고마워."

그녀는 빙그레 웃으며 물고기 한 마리 없는 수반에 손을 담갔다. 이내 양쪽 손볼로 눈 아래를 꾹 짚었다. 눈가를 축이는 모양새다. 손목을 따라 물이 줄줄 흘러, 어느새 드레스의 팔꿈치 부분이 흠뻑 젖어 들었다. 발렌시아는 그 점을 지적했다.

"외르타, 옷이 젖습니다."

"괜찮아. 내가 누구랑 춤 출 것도 아닌데 옷 따위야 아무렴."

"제 어머님의 옷입니다."

외르타는 슬그머니 손을 내렸다. 젖은 곳을 닦을 방도를 찾았지만, 방금 전 눈물을 지울 수 없었듯 물도 마찬가지였다. 말려야겠다. 그녀는 팔뚝을 힘차게 털었다. 그처럼 가벼운 자세로, 진중하게 말했다.

"미안하다. 생각이 짧았어."

"……"

"혹 실례가 안 된다면 선부인께선 언제……?"

"제가 열둘일 적 돌아가셨습니다. 오래된 일입니다."

"경이 고생이 많았겠구나."

"……"

외르타는 얼굴을 몇 번 매만진 뒤 발렌시아에게로 고개를 들었다.

"아직도 심해?"

"밝은 곳에 서 보십시오."

그녀는 빛나는 곳을 찾기 위해 두리번거렸다. 자신은 분명 훤한 정원에 서 있으니 등불이 보여야 하는데, 희한하게도 눈에 잡히지가 않았다. 외르타는 한참 동안이나 주변을 탐색하다가 가까스로 제 키만 한 수풀 너머에 불이 하나 켜져 있음을 발견했다. 그녀는 울창한 수풀 사이로 손을 넣어, 커튼을 펼치듯 단박에 훑어 냈다. 등불이 안쪽에 있을 테니 이처럼 가르면 그 뒤에는 빛이…… 휘었다. 외르타는 기겁하여 손을 뺐다. 착각인가? 다시 슬쩍 넣었다. 조심스레, 한 겹 한 겹 수풀을 벗겨 냈다. 베일을 헤치듯 조심스럽게, 그러나 분명하게.

긴 풀에서 빛이 나고 있었다.

그녀는 눈을 믿을 수가 없어, 보물을 쥔 표정으로 발렌시아를 바라보았다. 그는 놀랄 것이 없다는 얼굴이었다. 그러나 외르타는 탄성이 나오는 입을 자제하지 못했다.

"풀이 빛나네……."

"눌라레의 정원이라 말씀드렸습니다. 눌라레의 이름이 들어간 모든 곳에는 마법이 남아 있습니다."

"풀 모양으로 된 등불? 아니, 하긴. 그럼 휠 리가 없지. 귀한 걸 찢을까 두렵구나."

"어차피 자랍니다."

외르타는 그에게 그만 좀 무덤덤하라고 윽박지르고 싶은 기분이었다. 빛을 발하는 물고기까지는 자신도 본 일이 있기에 그러려니 했지만, 빛이 나는 식물이라니. 도무지 말이 되지 않는다. 심지어, 다시 자란다고? 그 이야기는 도저히 저런 무료한 어조로 할 만한 이야기가 아니었다.

발렌시아는 정원 안으로 들어가는 그녀를 바라보았다.

외르타는 한참 동안이나 나오지 않았다. 가끔 숨을 들이켜는 소리만이 고요한 밤공기 속에 울려 퍼졌다. 그는 어쩐지 스스로 미소 지었다는 느낌을 받았다. 이상한 일이다.

"가자. 얼굴은 괜찮아?"

"……이제 괜찮으십니다."

외르타는 자신이 앞장서겠다는 듯 뒤를 돌았다. 흰 드레스 위로 푸른 물감처럼 흐드러진 체칼라스가 드러났다. 아니, 드러났다기보다는, 빛났다. 발렌시아는 한숨처럼 말했다.

"외르타, 이곳 잎사귀는 반출 금지입니다."

"안 가져왔는데?"

"옷이 얇아 등에 비칩니다."

"……."

외르타는 목 부근에 넣어 두었던 나뭇잎을 꺼냈다. 잎사귀 하나. 빛나고 있었다.

"이런."

"주십시오."

그녀는 맥이 풀린 걸음으로 그에게 다가왔다. 체칼라스가 제법 두터워 비치지 않을 줄 알았는데, 나뭇잎은 홀로 떨어져서도 대단한 빛을 냈다. 외르타는 그에게 잎을 건넸다. 그는 그것을 받아 품에 넣었다.

"경?"

"이만 들어가십시오. 제가 뒤에서 따르겠습니다."

"그건 놓고."

"들어가십시오."

외르타는 자신이 무엇을 잘못 보았던 것인가 의심했다. 이미 그에게서는 빛이 새어 나오지 않았다. 순간적인 망상을 했나? 그가 내게서 잎사귀를 빼앗아 갔다고? 실제로는 그저 바닥에 떨어뜨렸던 것이 아닌가? 그녀는 바닥을 내려다보았다. 돌멩이 하나에서 빛이 나고 있었다. 그러나 그뿐, 떨어진 잎사귀라고는 흔적이 없었다.

"어서 가십시오."

외르타는 무언가 속은 듯한 기분이 되어 걸음을 돌렸다. 굳게 닫힌 돌문이 시야에 잡혔다. 문은 조각상의 가슴을 분질러뜨린 뒤 끝내 다시 입을 다문 모양이었다. 그녀는 머리를 가라앉히지 못한 채 저벅저벅 걸어가 문을 열었다.

열리지 않았다.

외르타는 슬슬 이 꿈이 짜증스러워지기 시작했다. 다음번에는 더 힘을 주어 당겼지만, 여전히 열리지 않았다. 제 등 뒤로 발렌시아가 다가오는 것이 느껴졌다. 그녀가 항의와 호소를 위해 고개를 돌리는 순간, 그의 손이 뻗어 와 문고리 옆을 짚었다. 뼈대 굵은 검지가 잘 읽을 수 없는 문양을 그렸다. 무어라고 쓰는지 모르겠다. 그는 그녀를 살짝 밀어낸 뒤 문고리를 잡았다. 열렸다.

외르타는 더 이상 놀랄 기운이 없어 터덜터덜 본 궁 안으로 들어섰다. 어쩐지. 이런 곳이 경비 하나 없이 방치되어 있을 리 없다고 생각했다. 아까 전, 발렌시아가 '들어오라' 가 아닌 '누구냐' 는 말로 상대를 쫓아내려 한 이유를 이제야 깨달았다. 애초에 함부로 드나들 수 없는 곳이구나.

어느새 회장의 문이 가까워졌다.

"쪽문으로 들어가자."

발렌시아는 걸음을 빨리 해 그녀를 지나쳤다. 그에 질세라, 외르타 역시 종종걸음을 쳐 그의 뒤를 따랐다. 쪽문이 열렸다. 외르타는 긴장한 채 발끝을 넣었다가, 끝내 빨려 들어가는 모양으로 온몸을 밀어 넣었다. 발렌시아는 그녀의 뒤를 따라 들어온 다음 소리가 나지 않도록 조심스레 문을 닫았다.

그에게는 쪽문의 높이가 다소 낮았다. 때문에 그는, 회장에 들어서 고개를 드는 순간에야 자신을 부르는 이를 발견할 수 있었다.

"경…… 공작, 폐하께서 부르시는 것 같네요."

알아보았다. 외르타가 먼저 가라는 양 턱짓을 했다. 그는 이번만큼은 도저히 의심쩍다는 시선을 보낼 수가 없어, 결국 먼저 걸음을 뗐다. 다행히 외르타는 엇갈림 없이 그의 뒤를 따르는 듯했다.

자카리는 그리 먼 곳에 있지 않았다. 외르타는 그에게 반쯤 기대어 있는 레아를 발견하고는 반갑다는 표정을 지었다. 그녀보다 더 적극적인 레아가 아예 손을 들어 한번 흔드는 모양이 보였다. 외르타는 발렌시아보다도 먼저 잉그레의 예를 표한 뒤, 재빨리 레아에게 걸어갔다.

"폐하, 일찍 오지 못해 죄송합니다."

"아닐세. 충분히 빨랐네."

그녀는 레아에게 인사하며 그들 간의 평온한 대화에 귀 기울였다. 저것이 방금 전 벌을 내린 왕과 벌을 받은 신하의 대화라고는 도저히 믿을 수 없었다.

"리베 안니발레가 그대를 기다렸네. 딱 정확한 시간에 돌아왔어."

"……."

"보이지? 곧 곡이 또 시작될 테니 가서 춤을 청하는 것이 좋을 걸세."

"폐하, 그녀는 제게 너무 어린 분입니다."

"그러니까 경이 제정신을 차릴 때까지 인내해 줄 수 있는 거지. 다녀오게."

문득 그의 눈이 외르타를 향했다. 외르타는 그 대화를 드문드문 들으며 레아에게 제 사소한 안부를 전하는 중이었다. 그녀는 그의 푸른 시선을 느끼곤 고개를 돌렸다. 빙긋 웃었다. 앙히에의 바람이 헛되지는 않겠구나.

그는 인사 없이 물러났다.

"술 말고…… 누가 지금 시간부터 술을 마셔?"

"짐."

"어머?"

"그거 짐에게 줘 봐."

"폐하, 적어도 한 시간은 지난 뒤에 판을 벌이셔야 해요. 지금은 안 돼요."

"머리가 아파서……."

"편찮으시다니 더더욱 술은 안 되지요. 아! 저기서 브레타냐 백작이 인사하는데?"

돌연 자카리의 시선이 변했다. 그는 발등에 불붙은 듯 쌩하니 달려 나갔다. 아니, 달려 나가려 했다. 자카리는 잠시 멈춘 뒤 레아의 팔뚝을 잡아당겼다. 그녀는 귀를 가까이 했다.

외르타는 그들이 무슨 말을 하는지 듣지 않기 위해 뒤로 한 걸음 물러났다. 레아가 진지한 얼굴로 경청하며 고개를 끄덕이는 모습이 보였다. 자카리는 그녀의 턱 선에 입 맞춘 뒤, 다시 무도회장을 가로질러 떠났다.

레아는 빙긋 웃으며 그녀 쪽을 돌아보았다.

"발미레, 여기."

"감사합니다."

외르타는 정체 모를 초록 액체가 담긴 잔을 받았다.

"술 아니야."

"감사합니다. 금주한 지 일곱 해는 족히 되었습니다."

"……."

"만일 전하께서 주신 것이 술이었다면 저는 아마 한 모금만에 기절했을 겁니다."

레아는 자신의 잔과 그녀의 잔을 바꾸었다. 외르타는 한숨을 쉬며 비교적 정상적인 초록을 받아 들었다.

"그렇게 담 쌓았을 줄 내가 알았나……."

"예전 주량은 무난했습니다. 앙히……."

"르나치 경."

"르나치 경과 비슷한 정도였지요."

"평범하네? 아무튼 그건 술 아니야."

"감사합니다."

얼굴을 기울이자 달콤한 냄새가 났다. 유리잔 너머로, 사람들의 등과 가슴 사이로 발렌시아의 옆얼굴이 보였다. 이처럼 멀리여도 굉장히 무료하다는 표정이었다. 그녀는 웃음을 터뜨리려다, 그의 결혼을 생각한다면 저 표정이 그리 웃기지 않다는 점을 깨닫게 되었다.

"비전하, 한데 '한 시간은 지난 뒤에 판을 벌이라'는 것은 어떤 의미입니까?"

"잉그레 무도회는 저녁에 춤추고, 밤에 마시거든."

"……."

"여자들은 보통 방에 들어가서 롬을 하면서 마시고, 남자들은 바깥에서 떠들면서 마시고…… 그렇지만 딱 양분된 건 아니야. 그냥 좋을 대로 마시면 돼."

"언제까지……?"

"새벽 두 시? 세 시? 이 뒤에는 모이고 싶은 사람들끼리만 모여서 조곤조곤 떠드는 거지. 나는 이튿날 여덟 시까지 놀았던 적도 있다?"

"……."

외르타 역시 무도회를 허다히 겪어 온 사람이었다. 그러나 게외보르트는 자정 전, 라르디슈도 자정 내외로 끝내곤 해서, 그녀는 밤 생활에 그리 익숙하지 못했다. 발렌시아는 아마 저번 일을 만회하기 위해서라도 오늘만큼은 끝의 끝까지 남게 될 것이다. 그러니 자신도 있어야 했다. 물론 잠시 곁방에서 눈을 붙이는 수도 있다지만, '뤼페닝.'

그녀는 그가 다음번에 자신을 만나러 올 때에는 결코 온건하지 않을 것이라 생각했다. 발렌시아의 말이 옳다. 위험하다. 자지 않고 버틸 수 있을까.

"발미레는 공작과 함께 홀에 남아 있으면 될 거야. 어차피 술이 들어온 뒤에는 공회원밖에 안 남을 테니 좀 더 말을 편하게…… 아니, 아니겠다."

"예?"

"응? 당신도 공작을 보고 있던 것 아니었어? 리베 안니발레가 있잖아. 쉽게 안 떠날 것 같은데."

외르타는 어리둥절한 채 다시 고개를 돌려 발렌시아를 바라보았다.

체구 작은 소녀가 그 옆에 서 있었다. 꽃으로 치장되어 늘어뜨린 갈색 머리칼, 효과적으로 어깨선을 덮은 베일, 그 뒤로 제비 깃처럼 튀어나온 주홍빛 체칼라스, 모두 완벽했다. 그들 사이의 간격은 한 뼘이 넘어 보였지만, 소녀는 더 가까이 갈 엄두조차 못 내는 듯했다.

외르타는 흥미로워 하는 표정으로 음료수를 한 모금 더 마셨다.

"리베 안니발레십니까?"

"응. 예쁘지?"

"연치가?"

"열일곱."

"꽃다운 나이십니다. 좋은 짝이 되겠어요."

"실제로 짝이 되느냐가 문제지……."

레아는 고개를 저었다. 그녀는 한탄하며 — 아무래도 도수가 있는 듯한 — 초록 음료를 순식간에 반이나 비웠다. 외르타는 기겁하여 그녀의 손목을 잡으려 했다. 그러나 주변의 눈에 찔려 외려 더 물러날 수밖에 없었다. 물론 그녀의 걱정과는 달리, 레아는 방금 전보다도 더 멀쩡해 보였다.

외르타는 다소 코가 막힌 목소리로 레아에게 동의했다.

"제가 아까 공작께 여쭤 봤습니다. 르나치 경이 대공작의 유지를 받든 것에 대해 어찌 생각하시냐고요. 그랬더니 답이……."

"'저는 아직 결혼 생각이 없습니다.'"

심지어 그 목소리는 발렌시아를 흉내 낸 것이었다. 발렌시아라기보다는 앙히에처럼 들렸지만. 외르타는 허탈하게 웃었다.

"예. 꼭 같습니다."

"폐하께서 골머리를 썩이고 계시지. 공작가에 아직도 후계가 없으니…… 원 참. 비밀인데, 아니 사실 비밀까지는 아니지만 앙히에가 푸닥거리를 해서 말을 꺼리는 건데, 폐하께선 이미 앙히에에게도 권유를 해 두셨어."

"자식을 봐 두라고요?"

"그렇지. 일단 누구라도 있어야 안심이 되니까. 공작이 전쟁에 많이 나가는 이상…… 죽지 않을 사람이라는 걸 알아도, 그래도 어디 사람 맘이 그런가."

"인지상정을 넘어 나라의 주인으로서 마땅한 걱정이십니다. 일개 귀족 가문에도 후계가 없음은 주인께 불행한 일일진대, 바로 그 미진한 가문이 미라이예라면 폐하의 안타까움이 얼마나 크시겠습니까."

레아가 말에 감격한 듯 고개를 주억거렸다. 그녀는 나머지 잔을 비운 뒤, 빈 유리잔을 지나가던 시종에게 넘겼다.

"그런데 르나치 경이 아주 학을 떼서 말이야. 생길 뻔할 때마다 한 달 기도를 한다네."

"스스로도 책임지지 못하는 사람이 어찌 아이를 돌보겠습니까? 딴에는 현명한 선택이라고 생각합니다."

"하긴 또 아버지의 무게가 있으니까. 그걸 걔가 어떻게 하겠어."

"……."

"아무튼 안니발레 백작이 저렇게 애를 쓰는 모습을 보니 리베 안니발레만큼은 계속 홀에 남아 있지 않을까…… 싶은데. 그럼 발미레 당신은 어디로 가야 하나?"

외르타는 혼자라도 회장에 남는 것이 좋겠다고 생각했다. 적어도 뤼페닝이 접근하지는 못할 것이다.

"전하께서는 들어가셔야겠지요? 저는 이곳에 남겠습니다."

"아니…… 나는 당신 혼자 두고 못 가. 자카…… 폐하께서 당신 아들을 감시해 달라더라고."

"……."

"게다가 당신이 안으로 들어오면 리베들 눈에 쪼이다 못해 가루가 될 텐데…… 아무래도 내가 바깥에 있는 편이 낫겠지?"

"전하, 저 때문에 그런 수고로움을 감수하실 필요는……."

"괜찮아. 어차피 들어가 봤자, 난 롬 잘 못해."

외르타는 그녀의 자포자기한 표정을 보며 빙그레 웃었다. 주변은 어느새 왁자지껄했다. 방금 전까지만 해도 찾아볼 수 없던 화려한 탁자가 무더기로 튀어나왔다. 분수가 쏟아지는 탁자가 반, 술을 종류별로 쌓아두어 마음대로 고를 수 있게 하는 탁자가 반이었다. 옆에서 레아가, '내 앞에서 세 번째에 있는 분수에 가서 듬뿍 퍼 오라'라고 지시하는 모습이 보였다. 외르타는 명을 수행하러 떠나는 시종을 붙잡았다.

"롬도 한 덱 들고 와."

시종은 고개를 숙였다. 레아는 얼떨떨한 표정으로 롬을 명한 그녀를 바라보았다.

"왜?"

"가르쳐 드릴게요."

"할 줄 알아."

"못하는 건 못하시는 거예요."

"열 번 중에 한 번은 이기는데?"

다음 순간 다른 시종이 롬을 들고 왔다. 외르타는 롬의 포장을 뜯어 시종에게 넘겼다. 섞는다. 레아는 그녀에게 롬을 배워야겠다고 결심했다.

⚜

시간이 지난 뒤에도 홀에는 제법 많은 사람들이 남아 있었다. 보통 이 즈음이면 작위를 승계하지 않은 여인들이 사라지곤 했지만, 이번만큼은 그 비율이 다소 낮았다. 그들은 어설프게 자리를 지키고 서서는 종종 어떤 곳을 바라보았다.

아마 홀의 가장 구석진 곳에서 롬을 지분대고 있는 왕비와 제 객을 보고 있을 것이다. 발렌시아는 그리 집중하고 있는 이들을 탓할 수 없었다. 사실 자신도 제정신의 절반 정도를 저곳에 소비하고 있었기 때문이다. 물론 레아와 같이 있으니 뤼페닝에 대해서는 안심할 수 있었다. 그러나 이번에는 레아 본인이 문제가 되었다. 왕비가 너무 과장되게 비호하는 것은 아닌가.

"공작? 무슨 생각을 하고 계신지요?"

발렌시아는 제 나이의 절반쯤 되는 소녀를 내려다보았다. 그는 슬슬, 이토록 어린아이를 제게 붙여 줄 생각을 한 자카리와 십이공회 일당들에게 불쾌감이 일고 있었다. 이 아이와 말이 통하기는 할까. 한 눈에 보기에도 자신을 향한 경애와 존경밖에 없는 소녀였다. 불편했다.

"리베께선 아직 얼굴을 익힐 분이 많으신 줄로 압니다. 다른 분을 소개해 드리고 싶습니다."

말을 곡해하지 않더라도 충분히 무례한 어조였다. 발렌시아는 그녀가 자신에게 화를 내고 뒤돌아섰으면 좋겠다고 생각했다. 후일은 어찌될지 모르지만, 적어도 지금은 이 상황을 모면하고 싶었다.

"아니…… 그러니까…… 저…… 아직 용건이…… 아버지께서 공작의 객에 대해 여쭤 보라 하셔서……."

발렌시아는 시선을 들었다. 외르타의 정체를 아는 안니발레 백작이 그런 말을 했을 리 없다. 그녀 본인의 호기심을 멋대로 백작에게 전가한 것이다. 악의가 있다기보다는, 부끄러움 탓이리라.

"외르타 발미레는 미라이예의 객이십니다. 이외에 제가 드릴 말씀은 없습니다."

"우선…… 무례한 말씀을 드리게 되어 정말 죄송해요. 사실이 아니라면 공작은 물론이거니와 리베 발미레께도 죄송할 거예요. 혹 객과 가주의 관계를 넘어선 무언가가 있지는 않으신 건가요?"

"없습니다."

"어…… 죄송해요."

"……."

"저분과는 언제 만나게 되셨나요?"

"드릴 말씀이 없습니다."

"평민이신가요? 롬을 하고 계세요. 무언가가 이상해요."

"역시 드릴 말씀이 없습니다."

"공작……."

"리베 안니발레, 저는 세련되게 거절하는 법을 모릅니다. 제게 배려하려는 노력이 없는 것은 아닙니다. 그러나 그것이 항상 바람직한 방향으로 나타나지는 않습니다."

리베 안니발레의 눈에 물기 비슷한 것이 일렁였다. 명확한 거절에 대한 수치심인지, 노여움인지, 당혹인지. 어쨌든 눈물이었다. 그녀는 반쯤 뒤를 돌아보더니, 웅얼거리는 어조로 인사를 했다.

"오늘은…… 제가…… 이만……."

리베 안니발레는 주홍빛 체칼라스를 비죽이며 도망쳤다. 발렌시아는 잠시 그녀가 떠난 쪽을 바라보았다. 그녀를 생각한 것은 아니었다. 그는 다시금 레아와 외르타가 머리를 맞대고 있는 자리로 고개를 돌렸다.

레아가 성이 난 듯 롬을 흩뿌리고, 다시 새로운 덱을 주문하는 모습이 보였다. 시종은 그녀가 앉은 곳 옆자리에 놓인 여섯 개의 술잔을 회수해 갔다. 왕비는 여섯 잔을 홀로 마시고도 조금도 취한 것 같지 않았다. 그녀는 단단히 팔짱을 끼고, 의자에 나열된 롬 몇 장을 가리키며 무어라 조곤조곤 말했다.

제 위치에선 외르타의 뒷모습밖에 볼 수 없었다. 발렌시아는 어쩐지 그녀의 뒷모습에서 쓴웃음을 보았다고 생각했다. 그녀의 손이 슬쩍 나가 레아의 손목을 잡았다. 부드럽게 밀쳐 냈다. 제 손으로, 방금 전 레아와 똑같은 롬을 짚더니 자세하게 설명을 해 주는 모양이다.

"공작."

발렌시아는 제 시야를 가린 톨레도 백작을 바라보았다. 백작은 노쇠한 얼굴에 만면 가득 웃음을 띠고 있었는데, 바로 그 때문에 더욱 어색한 느낌이 들었다. 그는 말을 이었다.

"공작께서도 저 모습이 마음에 들지 않으실 줄 압니다. 각자 떼어 가지요."

백작은 끝없는 음주로 주변의 시선을 끄는 레아가 무척이나 마음에 들지 않는 듯했다. 그는 매번 마땅한 기품을 보이시라 왕비에게 비는 사람이었다. 덕분에 종종 이처럼 참지 못하는 때가 있었다. 어쨌든 스무해를 홀로 키운 막내딸이니 그 정도 권한은 있어야 할 것이다.

발렌시아는 습관적으로 반박했다.

"하극상이 아닌가."

"오, 그러니 공작께 부탁드리는 것이지요. 공작께서 왕녀를 인계 받으시면 나머지는 제가 알아서 하겠습니다."

"알아서?"

"사소한 것에는 신경 쓰지 마십시오, 공작. 객을 거두고 싶지 않으십니까? 롬에 저렇게 능숙하셔서서야 어찌 정체를 숨기려는 건지 모르겠습니다. 보십시오. 비전하께서 저곳에 계시니 만인의 시선이 모이지 않습니까. 그러니 왕녀께서도…… 아니 비전하께서는 또 왜 저렇게 술을…… 이 아비가…… 폐하께서는 어딜 가시고……."

그는 설명 도중에 자기 비난으로 화살을 돌린 것처럼 보였다. 백작은 또다시 한 잔을 입에 대는 레아를 보며 한숨과 함께 이마를 짚었다. 발렌시아는 그를 도와주어야겠다고 생각했다. 발렌시아는 외르타가 앉은 쪽으로 한 발자국 내디뎠다. 화색을 띤 톨레도 백작은, 곧장 공작을 앞서 나가기 시작했다. 점점 더 빨라졌다. 거의 종종걸음을 치는 수준으로. 발렌시아는 걸음을 재촉해서라도 그를 따라잡아야 하나 고민했다.

문득 시선을 돌리던 레아가 덜컥 겁을 먹은 표정이 되었다. 그녀는 고개를 숙인 뒤 외르타에게 무언가를 속삭였다. 외르타가 곧장 롬을 깔끔하게 쓸어 모으는 모습이 보였다. 그녀는 자리에서 일어섰다.

발렌시아는 제 걸음에 힘이 들어갔다는 사실을 알아차렸다. 외르타는 롬을 품에 넣은 뒤, 돌연 뒤돌아 백작과 그에게로 걸어오기 시작했다. 발렌시아는 더 움직일 의욕을 잃어 그 자리에 우뚝 멈추었다. 백작역시 여러모로 당혹하여 제자리에 설 수밖에 없었다.

외르타는 그 둘 앞에 멈춰 섰다. 그녀는 살짝 웃으며 먼저 백작에게 인사했다.

"외르타 발미레입니다."

"아…… 몬페라토…… 온티 두에 얀 톨레도입니다. 자리가 자리니 만큼 제게 하대하시라 말씀드릴 수 없는 점 양해 부탁드립니다."

"괜찮습니다. 전쟁 중 톨레도 경께 큰 은혜를 입었기에 한 번쯤 뵙고 인사를 드리려 했습니다."

"아마 별것 아닌 공이었을 겁니다. 미욱한 제 아들이, 도망을……."

외르타는 어리둥절한 표정이 되었다. 발렌시아는 어느새 복도 중 하나로 스윽 사라지고 있는 레아를 발견했다. 톨레도 백작은 발을 구를 뻔했지만, 가까스로 자신을 자제한 뒤 공작과 그 객에게 먼저 인사했다.

"죄송합니다. 먼저 가 보겠습니다. 양해……."

그 뒷말은 뭉개져 잘 들리지 않았다.

외르타는 우두커니 서서 레아를 쫓아가는 백작을 바라보았다. 웃음이 날 뻔했다. 저래서야 완전히 장난꾸러기 딸과 그에 안달복달 못하는 아비다. 알로지아드 졸피에서 만났던 톨레도 경과 리베 톨레도를 상기하자 더 깊은 웃음이 났다.

다음 순간 그녀는 정신을 차리고 발렌시아를 돌아보았다. 그는 자신이 그를 바라볼 때까지 그저 얌전히 기다리고 있었다. 눈이 마주쳤다. 그는 그녀의 눈이 제게 닿자마자 불쑥 권유했다.

"제 곁에 계십시오."

외르타는 뜬금없는 말에 약간 당혹했다.

"응?"

"비전하께서 떠나셨으니 이제 당신은 제 곁에 있는 편이 낫습니다. 저는 곧 십이공회와 이야기를 나누게 될 것입니다. 불편하더라도 견뎌 주셨으면 합니다."

"……."

"오십시오."

그는 무턱대고 몸을 돌렸다. 그녀는 제 의견을 수용하지도 않고 명령하는 그에게 실망했지만, 어쨌든 그 외의 길이 없다는 점만큼은 인정해야 했다. 그녀는 한숨을 쉬며 발렌시아의 뒤를 따랐다. 발렌시아는 이 사람 저 사람을 요령껏 피해서 자신의 본디 자리인 듯 아늑한 구석지에 다다랐다. 외르타는 그의 옆자리에 나란히 등을 기댔다. 레아에게 아직 가르쳐 주지 못한 것들이 있는데. 그녀는 약간 후회했지만, 언젠가 다시 기회가 있을 것이라 생각하며 속을 다듬었다.

"저, 공작! 역시 제 잘못으로 기분이 상하셨던 것이지요?"

외르타는 소리가 들린 곳으로 고개를 돌렸다. 새하얀 눈꽃 한 송이가 떨어진 것처럼 아리따운 소녀였다. 갈색 머리칼. 리베 안니발레로구나. 가까이서 보니 더욱 아름다웠다. 외르타는 감탄하며 그 미모를 감상했다.

"아, 리베 발미레, 죄…… 송해요. 제가 미처 계신 줄 몰랐어요. 정말 죄송해요. 다시는 이런 일이 없도록 할게요. 정말……."

"괜찮습니다."

"가, 감사합니다. 공작, 역시 마음에 걸려 찾아오게 되었어요. 제가 함부로 객을 언급하여 노여우셨던 것이지요? 다시는 그런 일이 없도록 할게요. 공작이 화를 내시면 저는 너무…… 죄송해요. 무슨 투정인지……."

그녀는 소녀의 아름다움에 넋을 잃었다. 어쩌면 발렌시아는 장님인지도 모르겠다.

"저는 화가 나지 않았습니다, 한데 아까 안쪽으로 떠나셨던 것으로 압니다. 고작 그 이유 때문에 다시 오셨습니까?"

외르타는 대경하여 발렌시아를 올려다보았다. 그가 막말의 대가라는 점은 자신도 익히 아는 바였지만, 어린 소녀에게까지 그럴 줄은 몰랐다. 아니나 다를까 무안을 당한 리베 안니발레의 얼굴이 발갛게 달아올랐다. 발간 것을 넘어, 애써 비벼 지운 눈물이 다시 차오르는 것처럼 보였다.

그녀는 다시 뒤돌아 달려 나가려는 것처럼 고개를 숙였다. 외르타는 재빨리 몇 걸음을 더 나아가 그녀의 팔뚝을 잡았다. 리베 안니발레가 눈물이 그득 차오른 눈으로 그녀를 바라보았다. 외르타는 안쓰러운 나머지 어떻게든 눈물을 닦아 주고 싶었지만, 아무래도 예가 아닌지라 결국 부드러운 손짓만으로 마무리를 지었다. 제 쪽으로 잡아당겼다. 리베 안니발레는 외르타를 바라보다가, 문득 정신을 차린 듯 고개를 푹 숙였다. 외르타는 그녀의 앞머리를 걷어 주며 말했다.

"리베 안니발레."

"예, 끅."

딸꾹질 소리가 나자 그녀는 더 당황한 모양이었다. 외르타는 두 손으로 그녀의 머리칼을 넘겨 주었다.

"괜찮습니다."

그녀는 도저히 고개를 들지 못하고 소리 없이 끅끅대고 있었다. 외르타는 고개를 반쯤 들어 발렌시아를 노려보았다. 서른이나 먹고 잘하는 짓이다. 발렌시아는 본 체도 하지 않았다. 외르타는 그에게서 더 이상 무엇을 기대하지 않기로 한 다음, 리베 안니발레에게만 한껏 집중했다.

"리베 안니발레."

"……예, 헤취!"

"공작이 본시 저토록 냉엄하신……."

퉁명스럽고 딱딱하고 무정한.

"……것을 아시잖아요. 앞으로도 마음고생을 많이 하실 텐데, 이 정
도로 눈물을 보이신다면 후일 공비 자리를 어찌 바라시겠어요?"

"으끅, 힉."

"외르타, 말씀이 잘못되셨습니다. 저는 생각이 없습니다. 리베 안니
발레께 실례가 될 것입니다."

외르타는 기껏 달래 놓았더니 다시 초를 치는 발렌시아를 못마땅하게
바라보았다. 도와주지 않으려면 조용히 있기나 하지, 왜 저렇게 적극적
으로 훼방을 놓는지 모르겠다.

"흐, 흑, 끅."

"이런…… 여기 앉아 보세요."

"흐끅, 으으윽……."

리베 안니발레는 외르타가 함께 주저앉자 그녀에게 안겼다. 외르타
는 열일곱짜리 까마득한 아이를 기어이 울린 발렌시아에게 감탄을 금
할 수 없었다. 좋지 않은 의미로.

"경."

"……."

"너무 엄하셨습니다. 후일이 어찌 될지 모르는데 그처럼……."

"리베 안니발레, 생각이 없다고 말씀드려 기분이 상하셨다면 사과드
립니다. 하지만……."

"공작께서 사과하십니다. 본심은 아니셨을 거예요. 쑥스러워서 외려
냉랭하게 답하신 것이겠지요."

발렌시아가 쑥스러워한다는 말을 하려니 뱃속 깊은 곳에서부터 다소

의 거부감이 일었다. 거짓말도 웬만한 거짓말을 쳐야 상대방의 수긍을 살 텐데. 그녀는 자포자기한인 어조로 말을 이었다.

"제가 뵌 분 중 가장 아름다우신데 공작께서 어찌 냉정을 차릴 수 있으실까요? 그러니 진정하시고…… 제가 불편하시다면 잠깐 뒤로 물러나 있겠습니다."

"제자리에 계십시오. 리베 안니발레, 오늘은 마땅한 날이 아닙니다. 다음번에 다시 뵙겠습니다."

외르타는 몸을 수그린 리베 안니발레를 턱짓하며 발렌시아에게 소리 없이 말했다. '솔 미라이예.' 언제 한 번 초정하라는 뜻이다. 그녀는 반복했다. '솔 미라이예.' 발렌시아는 표정을 바꾸지 않고 그녀를 응시했다. 외르타는 당황하며 이번에는 숨소리까지 들릴 정도로 크게 옹알거렸다. 솔 미라…….

"리베 안니발레."

외르타는 안심했다. 이 어여쁜 아가씨가 그래도 약간의 보답은 받을 수 있겠구나.

"안니발레 백작께서 부르시는 듯합니다. 가 보셔야겠습니다."

"……."

외르타는 단단히 기가 막혔다는 얼굴로 그를 바라보았다. 그는 리베 안니발레를 응시한다기보다는 자신을 응시하고 있었다. 외르타는 한숨과 함께 고개를 숙여 리베 안니발레를 일으켰다. 원체 하얗던 소녀라, 조금 홀쩍이자 두 눈이 새빨개져 있었다.

"델린?"

외르타는 화들짝 놀라 고개를 들었다. 얼굴을 모르는 중년 남성이 제 코앞에 와 서 있었다. 그는 그녀에게 허리를 숙여 인사했다.

"조반니 브레시아 페라 얀 안니발레입니다. 우선은 간단하게 예우해 드릴 수밖에 없어 죄송합니다."

"아……."

"말투가 곤란하실 테니 오늘은 여기서 물러나겠습니다. 델린?"

그녀는 약간 겁을 집어먹었다. 이 아이가 멋도 모르고 공작이 자기를 싫어한다고 펑펑 울면 어쩌지? 리베 안니발레는 고개를 숙인 그대로 아버지 품에 가 안겼다. 외르타의 불안은 더 심해졌다.

"델린, 우니?"

"아, 아, 아니요."

"우는데?"

"아, 아닌데."

"왜 우니? 아까는 기분이 좋았잖아."

외르타는 두 손을 꽉 마주잡았다.

"제, 제가 멍청하게 벼, 벽 모서리에 이마를 찧어서……."

"조심 좀 하지……."

"……."

"공작, 먼저 인사를 드리지 못해 죄송합니다. 딸아이가 우는 모양이라 못난 아비로서 어쩔 수 없더군요. 곧 이쪽으로 서부의 귀빈들께서 오실 겁니다…… 만 저는 우선 아이를 달래야겠습니다. 먼저 물러나겠습니다."

"저, 저, 리베 바, 발미레, 감사했어요."

"예? 아…… 아닙니다."

리베 안니발레는 무언가 말을 더 잇고 싶은 눈치였지만 그보다는 백작의 손이 더 빨랐다. 그는 딸의 어깨를 감싼 채 조곤조곤 말을 건네며 몸을 돌렸다. 걸음 역시 딸의 걸음에 맞춰 조심스럽고 느렸다.

외르타는 신기하다는 듯 부녀지간을 바라보다가, 문득 발렌시아를 상기하여 고개를 팩 돌렸다. 그는 이미 다른 곳을 응시하고 있었다. 눈을 가늘게 뜬 채, 자신의 키로는 짐작조차 가지 않을 곳을 본다. 외르타는 그의 주의를 끌어야 할 필요성을 느꼈다.

그녀는 손을 치켜들어 두어 번 흔들었다. 곧장 그의 고개가 돌아오더니, 그녀를 향해 기울었다. 외르타의 손길이 좀 더 거칠어지자, 더 기울었다. 그녀는 그제야 마음 놓고 내뱉었다.

"당신 왜 이래?"

"……."

"당신 좋아하는 애 하나 못 다뤄서 이게 무슨 소란이야?"

"……."

"안니발레 백이 당신 잘못이었단 걸 눈치챘어만 봐라. 아니, 그 이전에, 다른 것 다 따지지 않더라도 결국 공비가 될 아이 아닌가? 왜 이렇게 떼를 써?"

"누가 그런 말을 합니까?"

"레아."

"사실이 아니라고 말씀드렸습니다."

외르타는 답답해서 가슴을 치려다, 결혼에 대한 격렬한 거부는 이미 이 밤이 오기 전에도 들은 바 있다는 사실을 깨달았다. 포기했다. 앙히에는 갈 길이 정말 멀었다.

그녀는 그에게서 한 걸음 떨어져 벽에 기대었다. 리베 안니발레에게 친절하게 대하라는 말도 주제넘게 들릴 수 있겠지. 외르타는 할 말이 없어 멍하니 허공만을 바라보았다. 피곤하고 졸렸다. 여덟 잔을 내리 마신 사람은 레아인데, 그 옆에 있던 자신이 이처럼 힘들다는 사실은 참 모를 일이었다.

"다시 뵙습니다. 실은 톨레도 백께서 오셔야 하는데 그분은 지금 비전하와 함께 산책 중이신 모양입니다. 우선은 서부가 함께 왔습니다. 알로지아드가 없다는 점은 죄송합니다만, 서부라면 족하시겠습니까?"

"노고에 감사한다."

"끼어들어 죄송합니다. 공작, 아까도 말이 나왔는데 기억하시지요? 야코비는 불하시키는 것이 어떻습니까?"

"이미 합의한 사안으로 알고 있다."

"아니요. 사실 톨레도 백께서 적극 반대하셔서 말입니다. 공작께선 중립이시고. 왕국의 혈관이 반대하는데 도자기의 중심을 불하시키는 것에 무슨 의미가 있겠습니까? 거래가 안 될걸요."

"그래서 내가 찬성에 서라?"

"요약하자면 그렇습니다. 이미 저희끼리 미라이예에 넘길 지분을 마련한 상태입니다. 물론 불하 이후 야코비는 개인 재산으로 귀속될 수밖에 없습니다만 저희는 그에 유연성을 발휘해서…… 어, 죄송합니다. 왕녀께서 여기 계실 줄……."

"브레타냐 백, 입조심."

트윈 공간으로 시선을 돌리자 브레타냐라 불린 멀끔한 청년이 보였다. 외르타는 발렌시아와 비슷해 보일 정도로 젊은 대귀족에 놀랐다.

자멘테가 혀를 한 번 찼다. 외르타는 동부 풍으로 꼬여 올라간 그녀의 강단 있는 머릿결이 부러워졌다. 제 맥없는 머리칼로는 무슨 모양을 만들기도 힘들었기 때문이다. 그녀가 뒤늦게야 제게 인사했다. 외르타는 그에 보답하기 위해 한 걸음 앞으로 내디뎠다. 그러나 갑자기, 그녀도 자멘테도 아닌 브레타냐가 성큼 다가왔다. 외르타는 숨을 들이켰다.

그는 너무도 자연스레 허리를 숙여 그녀의 손을 잡아당겼다. 외르타는 제 입매에 힘이 들어가는 것을 느꼈다. 그는 그녀의 흰 손등에 입을 맞추려다, 무언가 생각난 양 고개를 젖혔다.

"일페릭 카살 벨라브로 얀 브레타냐입니다. 처음 뵙겠습니다."

"······."

외르타는 그가 자신을 놓자마자 손을 빼 들었다. 무례가 된다는 것을 알지만 도저히 제 살에 따가운 입김이 닿는 것을 견딜 수 없었다. 브레타냐는 상황 파악을 못한 느낌으로 씩 웃었다.

"죄송합니다. 딤니팔 풍습에 익숙지 않으시군요."

웃는 모습이 꼭 잘 빠진 북부 늑대 같다. 외르타는 눈살을 찌푸리지도, 호의로 맞이하지도 못한 채 그저 얼어 있었다. 어색한 상황이 더 이어지기 전, 돌연 자멘테가 그를 밀쳐 냈다.

"일페릭, 물러나 있게."

"어?"

"어디다 손을 올리나? 자중 좀 하게."

브레타냐는 눈썹을 치켜세웠다.

"아니, 누님, 이건 아니지요. 왜 처음 뵌 분 앞에서 무안을 주십니까?"

"네가 무안을 받을 만하니 그렇지. 리베 발미레, 이자를 조심하십시오."

"공작, 누님께 말씀 좀 해 주십시오. 제가 설마 리베께 흑심을 품었겠습니까? 제정신이 아닌 이상에야······ 아니, 리베 발미레. 그런 뜻은 아닙니다. 정말 아름다우십니다. 그러니까, 윽!"

그는 기어이 자멘테에게 꼬집혔다. 만만한 여인의 손이라도 매울 텐데, 그 자멘테니 아픔은 상상을 초월할 것이다. 그녀는 고상하게 손을 회수하며 외르타에게 사과했다.

"죄송합니다. 철이 덜 든 놈입니다. 여자만 관련되었다 하면 정신을 못 차려 제가 이만한 추태를 보이게 되었습니다."

"괜찮······ 아요. 저는 잠시 물러나 있겠습니다."

목소리가 제법 가라앉아 있었다. 자멘테가 고개를 끄덕였고, 브레타냐 역시 가까스로 인사했다. 외르타는 마지막으로 발렌시아를 바라보았다.

"여기 계십시오."

"공작……."

"이유는 이미 말씀드린 것으로 압니다. 정 자리가 불편하시다면 저곳에 앉아 쉬십시오."

외르타는 그의 시선이 닿은 곳을 흘끗 바라보았다. 그의 코앞이라 불러도 과언이 아닐 작은 모임 탁자였다. 그녀는 주저하다가, 다른 길이 없음을 깨닫고는 동의했다. 그녀는 다른 두 사람에게도 낮게 인사한 뒤 그가 보고 있을 자리에 앉았다.

역시 피곤했다. 외르타는 탁자에 팔을 괴었다.

"주무시네요."

발렌시아는 그 순간에도 브레타냐를 노려보았다.

"집중해라."

"톨레도 백께서 동의하셨으니 다 된 거 아닙니까?"

브레타냐의 시선을 받은 톨레도 백이 어깨를 으쓱였다. 중간에 뿌듯한 표정으로 돌아온 그는, 이전에 반대했던 것과는 달리 제법 선선하게 모든 사안을 승낙해 주었다. 불하 뒤 지분 할당을 예정하자 마음이 유해진 모양이었다.

"제가 늦게 와 토론을 길어지게 만든 점은 죄송합니다."

"어차피 본잘 백께서도 늦게 오셨는데요."

"아, 그래요? 본잘 백, 세부 사항까지 전해 들으셨습니까? 저야 알로지아드 전담이니 괜찮지만."

"서부는 이미 이야기가 다 된 상태입니다. 제가 오늘 늦은 것은 개인
적인 사정이 있어서…… 어차피 오늘은 공작과 톨레도 백의 의견 수렴
을 위해 모인 자리니까요. 여러분의 말씀을 경청하지 않고 어찌 대사를
벌이겠습니까?"

"옳은 말씀입니다, 그럼 이쯤에서 얘기가 끝난 것으로 해야 하지 않
겠습니까? 지금 몇 시지?"

자멘테가 고개를 돌렸다. 회장 중앙에 높이 달린 시계가 한 시 반을
가리키고 있었다.

"두 시로군. 이상하게 오늘은 피곤한데."

"유난히 술이 짙은 듯합니다. 다 야코비 불하에 불만이 많으신 폐하
의 계획이에요."

"우릴 물 먹이시려고?"

"그런 셈이지."

"다들 폐하는 뵈셨습니까?"

"저는 아까 잠시…… 곧장 어디로 가시더군요. 오늘은 뵙지 못한 것
이나 다름없습니다."

"이상하군."

"파해야지."

"따님들께선?"

"필시 롬을 하다 엎어져 잠이 들었을 게야."

"이미 돌아갔네. 피곤하다며."

"……적어도 술은 그만 마시겠지."

톨레도의 음산한 목소리에 전부 웃음을 터뜨렸다. 그저 발렌시아만
이, 차분하게 고개를 돌렸다. 그는 어느새 탁자에 반 엎드린 외르타를

발견했다. 밤을 지새우는 잉그레의 무도회에 익숙하지 않은 모양이다. 자신은 곧 나가야 할 텐데, 쓰러진 사람을 어떻게 데려가야 할지 앞이 막막했다.

"자멘테 후, 남으실 겁니까?"

"할 일이 있어 서너 시까지는 머물러야겠네. 제법 오랜만의 연회 아닌가."

"저도 조금 더 머무를 예정입니다. 톨레도 백, 브레타냐 백께선?"

"솔 톨레도에 가 봐야 누가 있다고. 게다가 너무 이른 시간 아닌가? 폐하와 나눌 말씀도 있으니 남겠네."

"저는 갑니다."

"너는 왜?"

"사정이 있어서……."

"보나마나 그림자 때문일 거요."

"또! 누님, 그만 하십시오?"

"사실이 아닌가."

"……."

자멘테는 답지 않게 비웃음 같은 것을 흘리며 몸을 틀었다. 발렌시아의 시선이 느릿느릿 그녀에게로 옮겨 갔다.

"공작께서는 어찌하실 예정이십니까?"

"돌아간다."

"왕녀께서 저리 주무시고 계시니……."

"일페릭, 입조심하라 했네."

"어차피 여기에는 십이공회밖에 없습니다."

"그래도 주의하게. 왕명이네."

그는 고분고분하게 입을 다물었다. 그녀는 만족한 뒤, 발렌시아에게 다시 질문했다.

"두 분께선 도보로 오셨지요? 리베 발미레께서 피곤하신 지금은 조금 곤란하실 것 같습니다. 이동 수단이 필요하지 않으십니까? 왕실에 전갈을 보내시겠습니까?"

"아니, 누님, 괜찮습니다. 제가 오늘 일이 있어 끌고 온 마차가 세 대나 됩니다. 하나를 쓰시지요."

발렌시아는 다시 한 번 엎드려 있는 외르타를 바라보다가, 못 이기겠다는 듯 고개를 끄덕였다. 외르타가 살짝 움직이는 모습이 보였다. 원체 자는 동안 움직임이 적은 사람이라, 다행히 그녀가 자고 있는 모습은 그리 눈에 띄지 않았다.

"그럼 공작, 제가 마차 하나를 끌어 놓을 테니 이용하십시오."

"고맙다."

"별것 아닙니다. 누님, 톨레도 백, 본잘 백. 내일 뵙겠습니다. 아시지요?"

"약속은 늦게 잡게. 나는 오늘 밤을 새워야 할 것 같으니."

"정오 이후로는 못 미룹니다."

"그 정도는 괜찮네. 다른 분들께선?"

"좋습니다."

톨레도 역시 고개를 끄덕였다. 브레타냐는 정말 무언가가 굉장히 다급한 듯, 그들의 답을 듣자마자 꾸벅꾸벅 인사를 하며 쌩하니 달려 나갔다. 본잘과 톨레도 역시 공작에게 인사를 하곤 즉각 다른 방향으로 떠났다. 남은 사람은, 아직 우아하게 잔을 들고 서 있는 자멘테뿐이었다. 약간의 침묵이 이어졌다. 발렌시아는 의아하다는 시선으로 그녀를 바라보았다. 그녀는 한 모금을 마신 뒤, 잔을 들며 부드럽게 말했다.

"저분을 데려가셔야지요. 왜 가만히 계십니까?"

발렌시아는 어떤 말이 이어질지 이미 알고 있었다. 자멘테는 조금 더 부드럽게, 그러나 반박할 수 없도록 완고하게 말했다.

"처음, 일페릭의 손길에 대경하시는 모습을 뵈었습니다. 제 짐작이지만 아무래도 리베께서는 남성에 대한 생리적인 거부감이 있으신 듯합니다. 맞습니까?"

"……"

"그런 세월을 겪으셨으니 당연한 일입니다. 도와드리지요."

그는 어떤 대답도 못한 채 물끄러미 상대를 응시했다. 그녀는 웃으며 그에게 잔을 건넸다. 그는 그녀의 빈 잔과 자신의 빈 잔을 들고선 잠시 주저했다. 발렌시아는 지나가는 시종에게 짐을 떠안긴 뒤에야 외르타에게로 시선을 돌릴 수 있었다.

자멘테가 몸을 기울여 무언가를 속삭이는 모습이 보였다. 외르타는 어리둥절한 모양새로 비척비척 일어났다. 자멘테는 그녀를 어깨 안에 품은 뒤, 발렌시아를 향해 돌아보았다. 입으로만 말했다. 먼저 가십시오. 따라가겠습니다.

발렌시아는 무언가에 떠밀린 듯 걸음을 옮겼다. 습관적으로 솔 미라이예와 가까운 쪽문을 향하다가 가까스로 방향을 틀었다. 마차는 정문에 있을 것이다. 졸음에 겨운 사람을 데려가기에는 번잡한 곳이지만, 어차피 지금은 지나치게 이른 시간이었다. 사람이 없을 것이다. 그는 평소보다 세 배는 더 느리게 걷기 시작했다. 비몽사몽인 외르타를 데려오는 이에겐 마땅히 배려를 보여야 했다. 그리 걸어가자 필연적으로 귀족 몇이 꼬여들었지만, 그는 폐하께 갈 일이 있다는 거짓말로 전부 쫓아냈다. 이래서 느리게 걷지 않는 것이다. 언제 어디서 누가 자신을 번거롭게 할지 모르므로.

그는 회장의 커다란 문을 지나 바깥에 다가섰다. 브레타냐가 아예 마차를 세워 두고 간 듯 벌써부터 짙은 초록 문양이 보이고 있었다. 누가 감히 십이공회의 마차를 밀어 낼 수 있겠느냐 시위하는 것처럼 정중앙에 선 위용. 발렌시아는 그 오만에 한숨을 쉬려다가, 어쨌든 자신과 외르타를 배려한 것이 아닌가 이해하고는 마음을 가라앉혔다. 그는 잠깐 뒤를 돌아보았다.

자멘테는 외르타를 껴안다시피 하며 걸어오고 있었다. 발렌시아는 십이공회의 일원에게 그런 자잘한 일을 시켰다는 사실이 미안해져 다시 그들에게로 되돌아갔다. 자멘테는 그의 앞에 우뚝 서서는, 무어라 말을 하려 입을 열었다. 그러나 그녀보다는 시종이 먼저였다.

"존하, 폐하께서 부르십니다."

종종거리며 뛰어온 시종은 명령을 전했으니 되었다는 듯 곧장 다시 회장 안으로 들어갔다. 자멘테는 폭풍같이 달려와, 왕명을 전한 뒤 즉각 떠나 버리는 시종을 어처구니없다는 얼굴로 바라보았다. 너무 예의를 몰라 어떻게 탓할 마음도 들지 않는 듯했다.

그러나 그 속에 담긴 명은 분명 왕의 것이었다. 자멘테는 어쩔 수 없이 외르타를 그의 손에 넘겼다. 그는 뻣뻣하게 굳어서는 의식과 무의식의 중간쯤에 있는 외르타를 받아 들었다. 외르타는 몽롱한 와중에도 질색을 하며 그 손을 떨쳐 냈다. 자멘테는 미안하다는 표정이 되어 손으로 뒤를 가리켰다.

"저는 폐하께 바로 가야 합니다. 죄송합니다. 시녀를 보내 드리는 편이 낫겠습니까?"

"아니. 마차가 코앞이니 수고할 필요 없다. 고맙다."

"별것 아닙니다."

"십이공회의 일원이 일개 객을 부축했다는 소문까지 감수하고……."

"공작께서도 불유쾌한 애정사를 감내하고 리베 발미레를 도와주고 계시지 않습니까. 정말 별것 아닌 일입니다. 십이공회 미만은 신경 쓸 필요가 없지요."

"……."

"공작, 이만 가 보겠습니다. 오늘 고생하셨습니다."

"수고했다."

자멘테는 웃음을 터뜨리며 떠났다. 결코 젊지 않지만, 그 꼿꼿함 덕에 그녀는 누군가에게 늦은 세월을 빼앗긴 것처럼 보였다. 꼿꼿한 걸음과 동부 식의 비녀. 발렌시아는 그녀와 전혀 닮지 않은 사람을 떠올리고는 스스로에게 역겨움을 느꼈다.

"공작…… 아니…… 경…… 이제 돌아…… 가?"

그는 고개를 돌렸다. 외르타는 기둥에 기대어 벌써 반쯤 자고 있었다. 발렌시아는 저도 모르게 몸을 돌려 부스스한 윤곽에 가까이 다가갔다. 그러나 그것도 순간이었다. 그녀가 인상을 찡그리자, 누군가에게 발목을 잡힌 듯 우뚝 섰다. 물론 외르타는 별것 아닌 항의를 하려는 모양이었다.

"술 냄새……."

"죄송합니다. 연회에서는 당연한 일인지라 미처……."

"아니…… 괜찮아…… 그냥…… 졸려서……."

"외르타, 브레타냐 백이 마차를 빌려 주었습니다. 저곳까지만 가시면 됩니다."

정말 몇 걸음 떨어지지 않은 곳이었다. 외르타는 실눈으로 그가 가리키는 곳을 가늠했다. 곧장 숨을 내뱉으며, 한달음에 달려갔다. 보는 눈이 없다고 안심했는지 긴 치맛자락을 확 걷어 내고 걷는 모습이 마치 개울을 지나는 소녀 같았다. 외르타는 마차에 올라타선 그대로 푹신한 소파에 웅크려 누웠다. 마차는 크고 외르타는 작았기에, 그녀가 가로로 눕자 자리가 마치 그녀를 위한 침대인 양 딱 맞았다. 외르타는 쿠션의 위치까지 조정해 가며 가장 편한 자세를 잡았다. 그녀는 두 손을 맞잡게 해 주면 딱 좋을 정자세로 잠들었다.

발렌시아는 마차에 다가갔다. 문은 여전히 활짝 열려 있다. 외르타는 언제 깨어났냐는 듯 다시 얌전하게 누워 자고 있었다, 습관처럼 딱딱한 잠으로, 움직이는 곳이라고는 가슴뿐이었다. 홀로 생을 증명하듯 움트는 숨이 인상 깊었다.

그는 마차의 문을 닫았다. 걸어가야겠다. 어차피 마차는 느리고 솔 미라이예는 가까웠다. 얼마 걸리지 않을 것이다. 무례하게도 잠든 외르타의 곁을 지키는 것보다는 이 편이 나으리라. 그는 마차 앞을 돌아 마부에게로 갔다.

"나는 걷겠다. 속도는 걸음에……."

갑자기 말이 멈췄다. 마부는 무언가를 발견한 것처럼 마부석에서 목을 쭉 뺐다.

"공작."

발렌시아는 뒤를 돌아보았다.

"얘기 좀 하지."

자신에게 칼이 없다는 사실에 즉각적인 노여움이 일었다.

"말이나 하자는데 왜 이리 험악한지 모르겠군."

그는 상대를 무시했다. 발렌시아는 마부를 향해 어디로 떠나 있으라는 턱짓을 했다. 마부는 곧장 예를 표하고는 조금 떨어진 마차 쪽으로 헐레벌떡 뛰어갔다. 발렌시아는 그가 상당한 거리까지 떨어진 뒤에야 다시 몸을 돌렸다.

뤼페닝은 목덜미를 매만지고 있었다.

발렌시아는 낮게 말했다.

"할 말이 있다면 자중하라는 경고뿐이다."

"잠깐, 공작, 지금 내게 하대를 하는 건가?"

"나는 네가 누군지 모른다."

"라그랑주 뤼페닝 브느와 라르디슈 올 발루아. 예를 표하는 것이 좋겠다, 공작."

발렌시아는 그가 무턱대고 이름을 밝힐 것을 예상하지 못했다. 물론 그렇다고 끝까지 하대로 뻗대려던 제 고집이 사라진 것은 아니었다.

"증거가 없다. 더군다나 나는 내 왕과 그에 준하는 지위의 귀인이 아닌 이상 일방적인 하대를 듣고, 일방적인 공대를 할 마음이 없다. 이곳이 어느 땅인지 안다면 예를 표해야 할 이는 내가 아니라 네가 될 것이다."

뤼페닝이 천천히 손을 내리는 모습이 보였다. 발렌시아는 그의 행동에 대한 경계라기보다는, 그의 말에 대한 경계로 숨을 도사렸다. 그러나 그는 의외로 차분했다.

"막 나가는군. 아무튼 좋다. 죽어도 공대는 싫다니 그리 알도록 하지."

"……."

"하나만 묻겠다."

발렌시아는 저자가 제게 묻고 싶은 질문이 고작 하나밖에 안 된다는 사실에 놀랐다. 외르타가 어떻게 살아 있느냐부터 시작해서 왜 그녀가 잉그레에 있지 않고 끝끝내 솔 미라이예에 머무는가까지, 물을 것이 아주 무궁무진하지 않은가. 뤼페닝은 실제로 아는 것이 거의 없을 것이다. 그런데 질문이 하나라? 발렌시아는 마차의 옆 기둥을 꽉 쥐었다.

뤼페닝은 웃는 듯 아닌 듯 느슨한 표정이었다. 그 표정은 그의 날카로운 얼굴에 도무지 어울리지 않아, 외려 상대를 비웃는 인상이 되었다. 발렌시아는 대화를 접고 그저 저자를 쫓아내고 싶다는 충동을 느꼈다.

"오늘 나를 왜 막았나?"

충동은 막혔다. 멍청한 질문에 기가 막혔기 때문이다. 내가 너와 외르타의 조우를 왜 막았느냐고? 몰라서 묻는 것일 리 없다. 그 레스트왈과 쌍벽을 이루는 자가 그만큼이나 어리석을 수는 없는 것이다. 발렌시아는 그가 무슨 의도로 패를 보였는지 알아내기 위해 모든 노력을 경주했다.

오늘 나를 왜 막았나? 당연히 네가 외르타를 해칠까 두려워서다. 내가 왜 외르타를 해치는데? 첫째로, 네 목적에 외르타의 죽음이 도움이 된다는 점을 저번에 똑똑히 보았다. 둘째로, 그녀는 네 나라의 원수다. 감정이 좋을 리 없다. 그렇다면…….

그는 순간 진실을 깨달았다. 이 방향이 아니었다. 더 간단한 계산이 있었다.

오늘 나를 왜 막았나? 당연히 네가 외르타를 해칠까 두려워서다. 왜 '두려운데?'

발렌시아는 낮게 반문했다.

"네가 알아 무엇을 하려고?"

"쌀쌀맞게도 구는군, 공작."

"말장난하려면 가라. 대꾸할 가치가 없다."

"공작. 이건 아나? 당신 왕도 내게 이렇게까지는 못한다는 것."

"나는 공식적으로 너에 대해 아는 바가 없다. 비공식적인 만남에 예를 차릴 필요를 못 느낀다."

"아까는 내 정체를 못 믿겠다더니 이제는 격 없는 만남에 예를 따지지 말라 하는군. 공작, 나는 네게 악감정이 없는데, 너는 당최 왜 이러나? 당황스럽고 역겹군. 딤니팔의 유일한 공작이 이토록 오만한 줄은 몰랐어."

"내게 대접을 받고자 한다면 공식적으로, 정당하게 네 이름을 밝히고 와라. 그리한다면 나는 싫어도 네게 고개를 숙일 수밖에 없다."

돌연 뤼페닝이 짙게 웃었다. 그 써늘한 웃음에는 절로 오한이 이는 바가 있었지만, 발렌시아의 얼굴은 여전히 무표정했다. 그에게 변한 것이 있다면 그 분위기. 그는 이전보다 더 긴장해 있었다.

뤼페닝이 말했다.

"그러니까, 공작은 내가 싫다."

"……."

"결국 질문은 하나라고 했잖나."

"아까와 같은 질문이라면 답할 말은 없다. 아니, 어떤 질문이라도 네 가치 없는 말에 답을 줄 이유가 없다."

"자기 새끼 훔쳐갈까 두려워 가시 세운 고슴도치 같군. 진정 좀 해라."

"네가 떠나면."

그는 느릿느릿 몸을 일으켰다. 기둥과 하나였던 몸이 서서히 독립된 개체로 살아나는 것처럼 보였다. 그는 고개를 숙인 채, 드디어 약간 성이 난 듯 상대를 노려보며 말했다.

"공작, 우선 말하지. 나는 너와는 태가 달라. 멍청한 레스트왈이라면 너도 귀한 인재로 여겨 주었겠지만 나는 다르다. 머리는 하나. 너희는 규모가 큰 쓰레기 집단 같은 거다. 너무 커서 잡을 사람이 없을 뿐이지. 그러니 주제를 알고 똑바로 지껄여라."

"나는 여태껏 너를 대화가 안 통하는 사람이라고 생각했다. 이제 보니 그저 짐승이었군."

"지랄을 하네. 아무튼 명심해 둬라. 사실 외르타도 그 핏줄은 제법 도도하거든. 공작, 네가 외르타에게 손을 내민다고 네가 우위에 선 것이 아니란 점은 잘 알아 둬. 그리 착각하다간 언젠가 큰 코를 다치는 수가 있다."

발렌시아는 차분하게 듣다가 무언가 이상한 점을 느꼈다. 외르타는 왕족이다. 이것은 자신도 당연히 아는 사실이었다. 그러나…….

"너는 영악하다. 내가 외르타에게 손을 내민다고 했나? 무슨 근거로 그리 말하는지 모르겠다. 폐하께서 말씀해 주셨나? 그럴 리 없다. 폐하께서는 외르타의 처분에 대해 일언반구 않으셨을 뿐이다. 그것만한 중대사가 없다. 뤼 뤼페닝, 네 빈약한 정보를 과시하지 마라. 모를 만큼 무지하지는 않다."

"헛다리도 참 장하게 짚는군."

"지금 떠난다면 폐하께 네 일탈을 고하지 않겠다."

"……."

발렌시아는 그가 화를 낼 줄로만 알았다. 제 말투에 꼬투리를 잡던 사람이라면 당연한 일이다. 그는 심지어 그 뒤 자신이 어찌 대처할지까지도 준비하고 있었다. 그러나 뤼페닝은 화를 내지 않았다. 발렌시아는 서서히, 이전의 그의 말이 가짜에 불과했다는 사실을 깨달았다. 무례에 노여워했던 것도, 지위에 흥분한 것도, 품위 없는 말을 내뱉은 것도 전부 그의 진심과는 거리가 멀었던 것이다.

모든 것을 긁어내자, 그곳에는 자신과 다름없이 무관심한 사람이 서 있었다.

발렌시아는 자신의 열아홉쯤이 저러했을까 자문하다 문득 오늘 처음으로 소름이 돋는 것을 느꼈다. 당시 자신이 얼마나 광적으로 무정했는지는 신만이 아실 테니까. 발렌시아는 열아홉의 자신으로 드러난 뤼페닝을 읽을 수 없었다. 어리기에 더욱 인간이 아니다. 저기서 자라지 못한다면 영영 인간이 되지 못할 것이다.

그래서 너는 자랐다고?

그는 그 충격적인 반문에 이를 악물었다.

"공작, 내가 미안하다."

"……."

"당신을 외르타 대하듯 했던 내 잘못이다. 그러지 않으마. 당신이 수긍할 수 있을 정도로 대가를 치르고 정당하게 답을 받아 가겠다."

저것조차 아무 낌새 없는 가면일지 모른다.

발렌시아는 그제야 타인이 자신을 얼마나 끔찍하게 느껴 왔을지를 깨달았다. 정말, 처음으로. 지적해 준 사람은 많았지만 단 한 번도 무게를 두어 고민하지 않았다. 어떤 것이 잘못된 것인지 몰랐기 때문이다. 감정을 개켜 두지 못하는 타인을 경멸하지는 않았으나, 그렇다고 그들을 자신과 같다고 생각한 것도 아니었다. 감정을 배제한 계산. 그 엄청난 미성숙.

발렌시아는 제 열아홉과 꼭 닮은 뤼페닝을 마주하며 그의 사고에 어찌 대처해야 할지 알 수 없었다. 막막해졌다.

"공작, 굴라르모 4세는 방금 전 내게 불가침 조약을 가지고 장난을 쳤다. 상세한 내용은 설명할 수도 설명하고 싶은 마음도 없다만, 아무튼 네 왕에게 물어본다면 사실을 증명해 줄 거다. 더불어 굴라르모는 내게 무언가를 약속했다. 채찍과 당근이라는 것을 알지만 별수 없지. 나는 우선 합의했다."

"……."

"때문에 공작, 나는 더 이상 외르타를 건드릴 수 없다. 이 사실은 굴라르모 4세의 입으로 증언된다. 내 아버지를 걸고 맹세하지."

뤼페닝은 발렌시아의 불쾌해 하는 기색을 눈치챈 모양이었다. 그는 숙이고 들어왔다.

"로크뢰 1세가 못 미덥나? 그렇다면 나의 생 로욜에 걸고 맹세하겠다. 나는 굴라르모와 외르타 발미레에 대한 불가침을 합의했다. 말이 웃기지만, 아무튼 맹세하지."

"후일 폐하께 여쭤야 하겠지만, 우선은 믿지."

"좋아. 그럼 이제 우린 외르타의 안위는 배제하고 이야기를 나눠 보자."

"이외에도 용건이 있었나?"

뤼페닝은 목을 한번 꺾었다. 피곤이 섞여 뼈가 부딪혔다. 발렌시아는 침착하게 말을 기다렸다. 몇 번이고 우두둑 소리를 낸 끝에 역시 피곤한 듯한 목소리가 흘러나왔다.

"공작, 난 처음부터 말했지 않나? 오늘 나를 왜 막았느냐고."

"……."

"그것만 대답한다면 아무 일 없이 사라지겠다. 외르타에게도 저번 사달에 대해 사과하지. 오늘에 이르러서는 아무 짝에도 쓸모없는 시도가 되었으니까. 그러니 딱 한 가지, 내 질문에 답해라."

"……."

"오늘 나를 왜 막았지?"

발렌시아는 이미 알고 있었다. 저자는 외르타에게 했던 것과 똑같은 방법으로 나를 무너뜨릴 것이다. 그가 답을 헤집어 나가는 방식은 웬만한 상상보다 더 교묘했다. 그 열아홉을 겪은 자신이 알았다.

"공작, 묻잖나. 오늘 나를 왜 막았느냐고. 내가 외르타와 접촉할 시 불상사가 생기리라는 건, 사실 나도 알고 당신도 알고, 이제 보니 굴라르모도 알고 있더군. 물론 지금은 그것이 사실이 아니게 되었지만 중요한 건 그 저의야. 아까 회장에서 나도 봤다. 외르타를 아예 둘러메고 다니는 편이 낫겠더군. 지레 겁먹어 여자를 질질 끌고 나가? 공작, 뭐가 두려웠는데? 무엇에 겁을 먹었기에?"

"나는 외르타 발미레의 죽음을 바라지 않는다. 물론 이것은 네게 밝혀지지 않은 왕명 탓이다. 왕명에 민감해지지 않는다면, 종복 된 내가 이외 무엇에 신경 쓸 수 있겠나?"

마땅한 답이었다. 그러나 옳은 것인지는 잘 모르겠다.

"정말인가?"

"대답하면 떠난다는 이에게 내 구태여 거짓을 꾸며 낼 필요가 없다. 어차피 외르타 발미레가 솔 미라이예에 머무는 이상, 내가 그녀를 수호한다는 사실은 비밀이 될 수 없다. 왕명이다. 너는 쓸모없는 것을 물었다."

뤼페닝의 얼굴에는 이전에 보여 주었던 불균형한 미소도, 조롱도 없었다. 그저 얼음을 칼로 밀어 버린 듯 소름 끼치게 단단했다. 그가 말했다.

"수호라기보다는 가장 길이 잘 든 칼에 가깝겠지."

발렌시아는 반박할 말이 없었다.

"공작의 저택에 두는 걸 보아하니 외르타를 죽이는 역은 공작이 맡기로 했나 보군."

왜 그녀를 죽여야 하느냐는 질문은 바보의 반문이 될 것이다. 뤼페닝이 자카리의 계획, 즉 외르타를 죽여 전쟁을 자아낸다는 계획을 모를 리없다. 물론, 자신이 가까스로 대처한 사실만은 모르겠지만.

뤼페닝은 느릿느릿 팔짱을 꼈다. 여전히 그 표정은 읽을 수가 없었다.

"공작의 친절한 말씨에 대한 보답으로 외르타에게 죽음을 줄 수 있는 방법을 알려 주지. 어수대와 똑같이 보일 만한 죽음이다. 절대, 어떤 흔적도 없을 테니까."

"내가 알아서 한다."

"생 로욜에는 내가 딤니팔에 오기 직전 새로 도배한 방이 있다. 벽지도 새로 넣고, 가구도 넣고, 창도 조금 더 화려한 것으로 갈고."

그는 뒤돌아 방금 전 떠난 마부에게 손짓을 했다. 나무 아래에서 쉬고있던 사람 중 하나가 벌떡 일어나 그쪽으로 걸어오기 시작했다.

그러나 그보다는 뒤에 선 이의 말이 좀 더 빨랐다.

"그래서 지금은 화사하지. 아주 왕궁 같아. 하지만 그 이전의 벽은 그저 흰색이었다. 창문은 전부 막혀 빛이 들어오지 않고, 방 안의 가구라

면 고작해야 등불뿐이었지. 사실 그곳은 나와 레스트왈이 어렸을 적 큰
일을 하나 저질러서 그 뒤로 자주 갇히던 방인데, 그때는 적어도 둘이서
갇힌 거라 별 지랄을 하면서 싸우기라도 했거든."

발렌시아의 손짓이 조금 더 빨라졌다.

"짐작하겠지만, 아버지는 외르타가 식사를 거부할 때마다 그녀를 그
곳에 넣어 버렸어. 불을 켜면 하얗고 불을 끄면 검을 뿐인 그 방에. 그것
말고는 아무것도 없지. 겪어 본 바로는 별로 좋지 않더군."

"……."

"그래서 우린 외르타가 그곳에 처음 들어갔을 때 아예 미쳐 나오는
건 아닌가 생각했다. 온 소리가 죽고 식사를 하겠다고 굴복할 때까지 그
안에서 만 하루를 있었으니 그럴 법도 하지. 중간의 비명이고 악이고 울
음이고를 전부 제한다면 최종적인 몰골은 제법 멀쩡했다."

마부가 다다랐다. 그는 쭈뼛거리며 두 사람의 눈치를 살폈다.

발렌시아는 뒤를 돌아 뤼페닝을 노려보았다. 뤼페닝은 눈살을 찌푸
렸다.

"아니, 왜 나한테 성을 내? 나도 피해자다. 파렴치함에 화를 내려면
우리 자랑스러운 선왕께 내라. 아무튼 처음에는 멀쩡했다. 혹은 그런 줄
알았지. 다음번에 갇혔을 때는 만 하루 간 아예 아무런 반응이 없더군.
왕이 죽었나 저어하여 문을 여니까…… 그때 안 열었다면 어떻게 되었
을지 모르겠다. 나중에 의원에게 듣기론, 첫 번에 남았던 공포를 머리가
기억해 들어가자마자 기절했을 거라더군. 두 번째로 나오는 건 미친 여
자란 말도 에둘러 했지."

"……."

"그런데도 참 죽도록 식사를 거부했으니 그 성질머리도 알 만하다.
죽을 뻔했던 걸 알면서도 그 자리에 외르타를 던져 넣은 왕도 알 만하

고. 총체적 난국이었어. 정신 나간 것들."

"……."

"아무튼 혹 창고 같은 것 없나? 던져 놓고 이틀만 기다리면 흔적 없이 죽을 거다. 어수대가 쓸 법한 기상천외한 살인……."

"내게 니소르가 없다는 점에 감사하라."

"재미없는 협박이로군. 공작, 그런데 당신은 왕명을 거스르려는 건가?"

"떠난다. 말을 부려라."

마부는 어쩔 줄 몰라 하다가 끝내 마부석으로 올라탔다. 그는 쩔쩔매며 제 손을 점검했다.

"왕이 아니라면, 나라를 거스를 작정인가? 공작, 당신에게는 딤니팔이 몇 해 전 당한 수모를 갚겠다는 생각이 전혀 없는 것 같다. 일말의 의도라도 있다면, 당신은 어떤 식으로든 외르타가 죽는 쪽을 선호해야 하지. 뒤탈이 없고 간단하니까."

발렌시아는 걸어가려던 계획을 포기했다. 저놈은 끝까지 쫓아와 입을 놀릴 것 같았다. 그는 마차 문을 열기 위해 손잡이를 꽉 붙들었다.

"왜?"

"……."

"공작, 당신이 지금 말없이 꺼져도 나는 상관없다. 다만 스스로 자문해 보기를 바란다. 왜?"

"……."

"왜 왕의 기사인 내가 왕명을 거스르고, 왜 외르타의 죽음에 노여워하지? 왜 내가 그녀의 삶을 바라지? 공작, 당신에게 물어봐라."

그는 뒤를 돌아보지 않았다. 그러나 상대가 짓고 있는 무표정, 앞으로 약간 기운 그 자세까지 전부 읽히는데 이 장점이 도대체 무슨 소용이라는 말인가. 뤼페닝은 그 이상 할 말이 없다는 것처럼 지체 없이 몸을 돌렸다. 혹은 돌리는 것이 '느껴졌다.' 발자국 소리는 한순간 요란했다가, 이내 뚝 잘려 사라졌다. 어느 방향으로 들어가 버린 모양이었다.

발렌시아는 인내가 끊긴 느낌으로 마차의 문을 열어젖혔다. 다행인지 불행인지 외르타는 여전히, 누가 업어 가도 모를 만큼 곤히 잠이 들어 있었다. 뻣뻣하게. 시체처럼. 순간 이해할 수 없는 화가 치밀었지만, 곧 마음속 모래 자국만 남긴 채 사라졌다. 그는 그녀의 반대편에 자리를 잡았다. 팔을 뻗어 문을 닫았다. 발렌시아는 무성의하게 제 머리 옆 나무판을 두드렸다. 마차가 움직이기 시작했다.

순간, 외르타가 기겁하며 일어났다. 발렌시아는 외르타가 이런 움직임에마저 강박적인 두려움이 있는 줄로만 알고 당황했다. 하나부터 열까지 모두 위태로운 사람이었다. 어느 곳을 짚어 숨을 넣어 주어야 할지 도무지 가늠이…… 그는 곧, 그녀가 단지 마차의 벽에 머리를 찧어 깨어난 것이라는 사실을 깨달았다. 숨을 가라앉혔다. 허탈하다는 기분은 들지도 않았다. 그저 다행이다.

"왜 내가 그녀의 삶을 바라지? 공작, 당신에게 물어봐라."

"아직 마차 안입니다. 조금 더 주무십시오."

"그럴까…… 악!"

외르타는 다시 한 번 머리를 찧었다. 움직임이 거의 없는 마차였기 때문에 문제라면 그녀의 자세였다. 발렌시아는 그녀가 옆으로 눕거나 몸을 굽힌다면 다칠 일이 없으리라 확신했지만, 끝내 입 밖에 내지 못했다. 또 무언가 돌이킬 수 없는 이유 탓에 정자세를 고집하는 것일 테니까.

"자꾸…… 부딪치네…… 못 자겠다……."

"곧 도착합니다. 걸어서 채 오 분이 안 되는 거리……."

마차가 멈췄다. 발렌시아는 검지만으로 창을 걷어 솔 미라이예를 확인했다. 그는 지체 없이 내린 뒤, 문을 열어 둔 채 그녀가 나오기를 기다렸다. 외르타는 이곳저곳에 세 번이나 머리를 찧은 다음에야 가까스로 마차에서 내릴 수 있었다.

휘청거리더니 고꾸라졌다. 발렌시아는 숨 쉬는 정도의 노력도 없이 외르타를 받아 냈다. 외르타는 흠칫 놀라 눈을 크게 떴지만, 어찌 반항하지는 않았다. 그는 그녀의 어깻죽지를 떨쳐 내며 약간의 아쉬움을 느꼈다.

'왜 내가 그녀의 삶을 바라지?'

"발렌시아 경, 방금 봤어?"

"……예?"

"이렇게."

외르타는 그의 손을 붙잡았다. 속이 철렁 내려앉았다. 몸 안에 차 있던 모든 물이 발끝으로 침잠하는 느낌이었다. 핏기가 빠졌다. 발렌시아는 그녀보다 더 놀라선 팔을 비틀어 빼냈다. 그 낯선 감각을 견딜 수 없었다. 물론 그는 기어이 자신을 좇아온 그녀에게 다시 단단히 붙잡혔다. 외르타는 잠이 덜 깬 얼굴로 웃었다.

"경이란 걸 알아서 이제 괜찮나 보다. 다행이다."

발렌시아는 대단히 당황한 채로 다시 한 번 손을 빼냈다. 모든 곳이 불에 달궈진 양 홧홧했다. 그는 애써 그 전조를 무시하며 뒤돌아 걸어갔다. 막 떠나려던 마부를 붙잡아 낮게, 들리지 않도록, 답지 않은 어조로 함구를 명했다. 방금 전 보았던 일들에 대해서는 네 벗은 물론, 브레타냐에게도 고하면 안 된다. 덧붙여 미라이예의 위용을 들이대며 위협했다. 마부는 잔뜩 겁을 먹은 표정이 되어 수긍했다. 발렌시아는 마부가 제 명에 철저히 따를 것임을 믿어 의심치 않았다.

그는 다시 몸을 돌려 외르타를 바라보았다. 그녀는 제자리에 우두커니 서 있다가, 그가 자신을 돌아보자 미소와 함께 걸어왔다. 발렌시아는 저절로 올라가려는 손을 억눌렀다.

"발렌시아 경, 아까 저녁에 스스로 한 생각이 있다."

"……."

"당신이 내게 손을 대도 거기에는 명백한 논리가 있을 거란 사실. 정말 확실히 깨달았어. 당신은 그런 사람이잖아?"

"……."

"이 생각을 하니까 경이…… 괜찮아. 좀 나아진 것 같다. 당신이 나를 냉정하게 생각해 주니, 나도 이제 그렇게 당신을 볼 예정이란다. 앞으로는 이런 것 따위로 귀찮게 하지 않으마. 바람직하지?"

바람직하지 않은데.

"들어가자. 너무 늦었네."

발렌시아는 떠밀린 것처럼 저택 안으로 들어섰다. 외르타는 그를 따라오다, 무언가를 발견한 듯 다시 그의 손목을 잡았다. 중요한 것은 아니었다. 그녀는 구겨져 있던 그의 손목 옷자락과 커프스단추를 다듬어 주었다.

"이러고 다녀?"

방금 전 뤼페닝과 이야기할 때, 저도 모르게 마차와 소매를 한꺼번에 움켜쥐어 옷이 접힌 모양이었다. 그는 무언가에 홀린 얼굴로 제 옷을 다듬어 주는 외르타를 내려다보았다. 그녀는 아직도 졸린 지 몇 번이나 헛손질을 했다. 자신이 해도 저것보다는 잘하겠다는 생각이 문득 들었지만, 움직이지는 않았다. 움직일 수 없었다.

외르타는 간신히 정돈을 끝내곤 만족한 양 뒤로 물러섰다.

"됐다. 곧 벗을 것 무슨 소용이냐고 해도…… 미안, 그럼 할 말은 없구나."

그는 곁에 온 하인에게 체칼라스를 안겨 주느라 무슨 대답을 하지 못했다. 발렌시아는 제 것을 빼낸 뒤, 외르타의 등으로 돌아가 그녀의 것 또한 풀어냈다. 그녀는 반항하기는커녕 그가 원하는 방향으로 몸을 돌려주며 말을 건넸다.

"발렌시아 경, 자느라 질문을 잊어버렸어. 오늘 후회는 했나?"

"무슨 후회를 말씀하시는 것입니까? 가져가라."

"어린애한테 너무 심하게 대한 것."

"이것까지. 제대로 보관해."

"……듣고 있어?"

"듣고 있습니다. 제가 어린아이에게 심하게 대했다니 그것이 무슨 말씀이십니까?"

외르타는 그 모습에서 타인의 말에 귀를 기울이기는커녕 단지 관성적으로 답하는 이의 표본을 보았다. 마치 심각한 고려를 했다는 양 진지하지만, 실상은 그저 제 말의 반복에 불과할 뿐인 반문. 그녀는 고개를 저으며 계단에 올라섰다. 그는 한 걸음 뒤에서 그녀를 따라갔다. 외르타는 느릿느릿 진실을 지적해 주었다.

"리베 안니발레 말이다. 솔 미라이예에 초청하라니까 듣지도 않고."

"외르타, 저는 그분께 마음이 없습니다."

"애초에 아무한테도 맘이 없으니 우선 가장 마땅한 아이를 점찍어 두라는 건데 그게 문제가 되나?"

"문제가 됩니다."

"왜?"

"제가 싫습니다."

"마음이 없는 이상으로, 싫어?"

"예."

"그럼 조금이라도 마음에 있는…….."

"외르타."

"응?"

"제 혼사에 간여하지 마십시오. 부탁드립니다."

외르타는 입을 다물었다. 부탁드린다는 말에는 그만한 무게가 있었다. 앙히에가 답지 않도록 열성이기에 조금 손을 거들려 했건만, 그것이 외려 그의 짜증을 산 모양이었다. 아무 상관없는 남이 일생의 중대사인 혼사에 발을 들여서 화가 난 것일까. 그녀는 천천히 제 뒤를 따르는 발렌시아를 보며 한숨을 한번 쉬었다.

한 층을 올라섰다. 그는 자신과 똑같은 빠르기로 따라왔다. 두 번째 층을 올라서고, 그 와중 하인을 여럿 만났음에도, 간격의 차이는 변하지 않았다. 외르타는 세 번째 모퉁이를 돌아 느슨한 빛이 켜진 제 방으로 달려 올라갔다. 물론 뛰기 전 긴장하여 주변을 둘러보는 것도 잊지 않았다. 외르타는 제 습관적인 경계에 웃음이 터지는 것을 느꼈다. 어쨌든 모리가 깨어 있을 리 없는 새벽이었다.

외르타는 발렌시아가 저를 따라 방까지 들어오는데도 달리 항의하지 않았다. 긴장도 되지 않았다. '그런 사람이 아니'니까. 그녀는 침대에 쓰러지고 나서야 어두침침 희미한 방이 짜증스러워졌다. 다시 몸을 일으켜 하녀를 부르려…….

그녀는 어안이 벙벙한 얼굴로 발렌시아를 바라보았다.

"경?"

"……."

"하녀를 부르면 해 줄 텐데…… 당신이 구태여…… 어? 그런데 내가 불을 켜 달라고 말했어?"

그는 대답하지 않았다. 외르타는 집착적으로 등불을 밝히고 있는 발렌시아를 멍하니 바라보았다. 의아했다. 내가 불 없이는 못 잔다는 사실을 저 사람도 아나? 스스로 말해 주었던가? 앙히에에게는 슬쩍 밝혔던 것 같은데, 그 이야기가 설마 저 사이 나쁜 형제에게도 돌아갔다는 말인가? 알쏭달쏭했다. 물론 발렌시아에게 못 알릴 것은 아니었다. 그 이유만 제한한다면, 괜찮았다.

그녀가 아리송한 채 고민하는 와중, 그는 어느새 온 방 안을 전부 밝혀 버린 상태였다. 아니, 온 방 안을 넘어, 제 방과 이어진 곳까지 넘어가 불을 켜려는 기세다. 외르타는 놀라 허겁지겁 자리에서 일어났다.

"이제 충분하다. 아니…… 너무 밝아! 밝다니까? 잠은 어떻게 자라고! 그만하고, 필요 없는 건 내가 끄마."

발렌시아는 우뚝 멈추더니, 자신이 마지막으로 불을 붙였던 작은 등불까지 돌아갔다. 화려한 장식과 곱게 빚어진 유리, 그리고 그 속에 번뜩이는 불. 그는 유리 속에 손을 넣었다. 일렁이며 켜져 있던 불이 붙잡혔다. 칙 하는 소리와 함께, 검지와 엄지 사이의 불이 꺼졌다. 그는 몇 걸음을 더 걸어가 또 다른 등불을 같은 방식으로 껐다. 그는 그 행동을 너무도 당연히 여겨 숨 막힌 항의가 새어 나올 줄은 조금도 짐작하지 못했다.

"……경? 맨손으로 그래도 돼?"

그는 반쯤 뒤를 돌아보았다.

"등불을 꺼 달라 요청하셨습니다."

"그렇긴 한데, 하인들도 장갑을 끼고 하는데, 맨손으로 불을……."

"아마 예법의 일종일 것입니다. 이런 사소한 불에는 장갑이 필요하지 않습니다. 외르타, 불을 얼마나 더 꺼야 하는지 말씀해 주십시오."

"또 맨손으로 하게? 그러지 말렴."

"외르타, 이는 당연한 일입니다."

그는 퍽 오랜만에 그녀의 태생이 대단히 귀하다는 사실을 기억해 냈다. 하인들이 맨손으로 불을 끄는 '흉악한' 꼴을 보여 주지 않았을 정도로 고귀한 신분이 아닌가. 약간 매운 웃음이 났다. 그는 반복했다.

"얼마나 더 끄기를 원하십니까?"

"되었다. 밝아도 내가 좀 참지. 그걸 맨손으로……?"

그는 하나를 더 껐다. 외르타가 기겁하며 달려왔다. 팔뚝을 잡았다. 그 스스럼없는 접촉에도 살갗이 지끈거릴 정도로 아팠다. 발렌시아는 제 잇새에 힘이 들어가는 것을 느꼈다.

"손 다치잖아?"

"보십시오. 조금이라도 그을음이 있다면 제가 멈추겠습니다."

"……."

"본디 이처럼 합니다. 불을 얼마나 남겨야 할지 말씀해 주십시오."

대답이 없자, 발렌시아는 그녀가 소리 높여 자신을 저지할 때까지 불을 끄기로 했다. 문득 팔이 붙잡혀 있다는 사실을 깨달았지만 이 이상 신경 쓰지 않기로 결심했다. 그는 주춤주춤 매달리는 걸음을 무시하며 재차 불 하나를 더 껐다. 옆에서 불평과 신음의 중간 즈음 되는 소리가 들렸다. 발렌시아는 하나를 더 껐다. 소리가 커졌다.

"그만! 그만. 이제 충분하다. 충분히 밝고 충분히 어두워. 그만 끄렴. 너무 아파 보여서……."

"외르타."

"응?"

목이 약간 막혔다. 똑바로 말하기가 힘들었다.

"당신은 혹…… 불에도……."

이따위 간단한 손짓에 저만한 공포를 보이는 것. 이 이외의 무엇으로 설명이 될 수 있을지 모르겠다. 외르타는 그의 팔을 놓았다. 그녀는 약간 주저하듯 몇 초간 호흡을 삼킨 다음, 가까스로 말했다.

"화상은 상처가 남잖아. 그가 좋아하지 않았다. 어떻게 불로 지지겠어? 방금 건 정말…… 그냥 아파 보여서 그런 거야."

발렌시아는 그제야 외르타가 타인의 신체적 아픔에 지나치게 공감한다는 사실을 알아차렸다. 그는 이를 사리물었다. 그녀는 어느새 뒤돌아 다시 제 침대를 향해 걸어가고 있었다.

그는 여읜 뒷모습을 뚫어져라 바라보았다. 포티미외에 있을 적에는 말 그대로 종잇장같이 말라 있었는데, 이곳에 이르러서는 그나마 사람처럼 보일 만큼 살이 오른 상태였다. 물론 그렇다고 보기 좋아졌느냐 묻는다면 돌아올 답은 역시 부정이다. 그녀는 태어날 때부터 그러했듯 여전히 여읜 모양이었다. 자신이 한 손으로 저 팔뚝을 쥔다면 필시 마디가 남을 것이다. 팔목과 발목은 제 한 손아귀로 감쌀 수 있다. 허리는 한 팔, 아니 어쩌면…….

생각이 뚝 멈췄다.

외르타가 이불을 들어 올리는 모습이 보였다. 그녀는 연회에 입었던 옷 그대로 잠자리에 들려는 사람처럼 곧장 꾸물거리며 이불 속으로 들어갔다. 신발은 이미 이곳저곳에 던져 버렸다. 발렌시아는 느릿느릿 침대 쪽으로 다가가, 멀리 날아간 그녀의 신발을 주워들었다. 외르타는 이불 안으로 몸을 감췄다. 얼굴만 바다 위에 뜬 달처럼 동그마니 드러나 있었다. 발렌시아는 그녀의 신발을 한 손에 모아 쥔 채로 우두커니 섰다.

신발을 쥔 침묵은 짧지 않았다.

"경? 할 말 있어?"

"……."

그는 그녀의 신을 가지런히 내려 두었다. 고요. 그녀는 인사도 없이 몸을 돌리는 그의 모습에 입을 살짝 벌렸다. 그리고 놀랐다. 나는 그에게 예의를 받지 못해 아쉬워하는 건가. 발렌시아는 활짝 열린 문가로 다가갔다. 외르타는 그가 정말 떠나는 줄로만 알고 다시 반듯이 누웠다. 그래. 우리 사이에 인사가, 예가 무슨 소용일까.

그러나 다음 순간, 발렌시아가 방문을 꽉 눌러 닫았다. 그녀는 상황 파악을 하지 못한 채 상체를 벌떡 일으켰다. 반사적인 행동이었다.

"경?"

발렌시아는 말없이 침대 쪽으로 돌아왔다. 그녀는 별수 없이 긴장했다. 누군가 머리 위로 뱀을 여러 마리 떨어뜨린 듯 온몸에 소름이 쫙 돋았다. 왜 저러지? 순식간에 식은땀이 흐르기 시작했다. 오밤에, 문을. 어깨가 뻣뻣하게 굳으면서, 목덜미 안쪽으로 쇠심이 하나 박힌 것 같은 기분이 들었다. 지나치게 긴장했다. 아파 움직일 수가 없다.

그러나 그는 그녀의 발치에 붙박인 듯 섰다. 잠깐이었다면 더 초조했을 테지만, 그는 정말 몇 분간이나 그 자리에 서 있었다. 이 이상 걸어오지 않겠다는 신호였다. 더 가까이 올 생각도 없고, 아니 애초에 엄두를 내지 못하는 느낌이었다. 외르타는 짧은 한숨을 쉰 뒤 이불 바깥으로 양팔을 빼냈다. 수화인 양 손을 움직였다.

"말하렴."

"외르타, 당신이 말씀해 주셔야 합니다."

그녀는 갑작스러운 그의 말에 약간 놀랐다. 부드럽게 반문해 본다.

"무엇을?"

"제게 당신의 약점이 될 만한 것들을 알려 주십시오."

외르타는 당당한 요구에 말문이 막혔다. 몸이 서서히 올라와 완전히 앉았다. 그녀는 이불 속에서 두 다리를 모았다. 그가 도대체 무슨 이유로 저런 경우 없는 질문을 한 것인지 도통 짐작이 가지 않았다.

"경, 취했지?"

"정상입니다."

"그럼 도대체 왜 그런 말도 안 되는……."

"저는 당신에 관한 말을 다른 이에게 듣고 싶지 않습니다. 당신을 책임지는 자의 권리라고는 말씀드리지 않겠습니다. 사실이 아니기 때문입니다. 저는 단지 당신의 호의를 바랄 뿐입니다."

그녀는 여전히 가시를 세운 채였다. 내가 왜 내 모든 약점을 저자에게 알려 주어야 하는지 모르겠다. 약점을 드러내는 행동은 결국 제 지난 칠 년을 전부 공개하는 행동인데, 아마 자신이 미치고 나서야 그리하게 될 것이다. 특히 외르타는 결코, 죽어도, 제 발에 대해서는 그에게 토로하지 않을 작정이었다. 사람이 이 정도로 비참할 수 있다는 사실을 알려 주고 싶지 않았다. 그다지 유용하지는 않은 자존심이다.

"당신의 상처를 여쭙는 것이 아닙니다."

그녀는 속이 찔려 눈썹을 치켜세웠다.

"다만 약점을 일컫는 것입니다. 앞으로 제가 대비할 수 있는 부분만 말씀해 주시면 됩니다. 저도 그 이상을 바랄 만큼 파렴치하지는 않습니다."

"……."

외르타는 고집스레 입을 다물고 있었다. 발렌시아는 턱에 힘을 주었다. 주제넘은 발언이었다는 점은 인정한다. 그러나 시도를 후회하지는 않았다. 어차피 제 시도가 여기서 끝난 것도 아니었다. 그는 참 지독히도 외르타의 약점을 알고 싶었다. 스치기만 해도 쓰릴 부분. 그는 답을 재촉하듯 반복했다.

"제가 대비할 수 있도록……."

"당신이 대비할 수 있는 건 하나도 없다. 경, 그냥 없는 듯 내려놓으면 안 되겠어?"

"외르타."

"당신이 할 수 있는 건 정말, 하나도 없어. 게다가 난 지금 혼자서도 스스로를 잘 통제하고 있잖아? 당신이 끼어든다고 무엇 바뀔 것이 없단다. 이해하지?"

"저는……."

"당신이 내 구명을 위해 분주하다는 사실은 잘 안다. 그러나 그렇다고 그 도움을 무기 삼아 내 답을 요구하지는 말렴. 물론 당신은 이 무기를 부정하겠지. 방금 전에도 부정했지. 그리고 나 역시 당신이 그럴 사람이라고는 생각지 않지만, 이처럼 집요하게 물어본다면 나도 사람인 이상 의심을 가질 수밖에 없다. 이 사람이 내가 진 빚을 가지고 장난을 치는 것은 아닐까. 내가 자신에게 갚지 못할 부채가 있다는 사실을 알아 이토록 마음대로 질문하고, 그리고 더 무서운 건, 이게 시작이 될 수 있다는 것."

"비약이십니다. 저는 분명 당신을 위한 제 노력과 이 질문을 연계하지 않는다고 말씀드렸습니다."

"당신이 비약으로 들리도록 말을 하니까 그렇지! 이게 아니라면 '당신을 책임지는 자의 권리'가 여기서 왜 나오나?"

"부정했습니다."

"하지만 그건 언급만으로도…… 완곡하게 말했다지만, 그 저의를 파헤쳐 보면 결국 내가 네 주인이니 명을 따르라는 말 아닌가. 발렌시아 경, 내가 말했지. 수사적 의미로, 당신 아래 들어가느니 난 차라리 죽겠다고."

논리가 어설펐지만 외르타가 흥분하자 반박할 수 없었다. 아니 어쩌면, 저 속에 실제로 섞인 그녀의 진심에 말문이 막혔는지도 모르겠다.

"경, 내가 뻔뻔하게 굴어서 나도 염치가 없다. 하지만 애초에 왜 그런 말을 꺼내서 나를 괴롭게 해? 웬 약점? 경, 경이 지금 자기 질문을 제대로 이해하지 못하는 것 같아 말해 주마. 당신은 지금 내게 지난 칠 년을 설명하라고 요구하는 거란다. 그러고 싶어? 난 죽을 것 같은데. 그에 매일같이 고통 받는 것만으로도 충분하다. 왜 입 밖에 내라고까지 해서 나를 더 비참하게 만들지? 동정하고 싶은 거야? 제발, 경, 경은 벌써 포티미외를 잊었어? 내가 그자에게서 그냥 도망쳤나? 나라를 쪼개 놓고 도망친 거잖아. 증오는 바뀌지 않지만, 복수는 충분했다. 내가 이러고도 동정을 받아야 하나? 발렌시아 경, 나만도 못한 탓에 걷어차이며 사는 사람들이 허다히 많다. 그런 이들을 동정해야지. 왜 나야? 경, 부디 내가 노엽지 않고, 그저 계속 부끄럽도록 이대로 내버려 두렴. 화를 내고 싶지는 않아. 그냥 당신에게 미안해 하마. 이해해."

발렌시아는 침대 속에 웅크린 외르타를 응시했다. 그녀는 반듯이 고정되어 있던 제 머리를 마구 헝클어뜨렸다. 허리까지 닿는 길이의 생머리가 이불 위로 흩어졌다. 잔뜩 화가 난 귀신 같은 몰골이다. 그는 천천히 변명을 준비했다.

"외르타, 저는 당신을 동정하기 위해 질문한 것이 아닙니다. 물론 제가 당신에게 그런 마음을 품었던 일이 아예 없다고는 말씀드릴 수 없습니다. 그에 관해선 죄송합니다만, 지금은 사실과 다릅니다. 저는 온전히……."

"닥쳐 올 미래에 대비하기 위해 내 단점을 묻는다?"

"그렇습니다."

거짓말이다.

발렌시아는 자신이 이토록 뻔뻔스레 거짓을 말할 수 있다는 사실에 놀랐다. 이 정도로 중요한 이야기를 거짓말로 설득해 내려 하다니. 그만큼 어리석었고 그만큼 절박했다.

'왜 왕의 기사인 내가 왕명을 거스르고, 왜 외르타의 죽음에 노여워하지? 왜 내가 그녀의 삶을 바라지?'

발렌시아는 자책감에 속이 요동치는 것을 느꼈다. 아니, 뤼페닝은 빗나갔다. 이미 그 이상이었기 때문이다. 뤼페닝이 말한 삶은 그저 목숨이었다. 살아 있기만을 원하는 치졸하고도 이기적인 바람. 그러나 자신은, 외르타의 목숨을 바랄 뿐만이 아니라, 벌써 '삶'을 바라고 있었다. 옛날의 기억, 지금의 생각, 앞으로의 계획. 전부 바랐다. 제 욕심이 경악스러웠다.

"경, 당신이 주의해야 할 점이 있다면 내가 나중에 찬찬히 알려 주마. 하지만 아마 당신과는 하등 상관없는 것들이 대부분이 될 거야. 내가 소등을 꺼리는 것처럼. 이것도 경과는 별 상관없지? 그러니 경은 더 이상 신경 쓰지 말고 평소대로만 하면 된다."

"외르타."

"게다가 난 어차피 떠나잖나. 적어도 반년 안에 왕도를 뜨게 될 거야. 당신이 날 신경 써 줄 일도 얼마 안 남았다."

그는 제 귀를 의심했다.

반년 안에?

물론 자신도 그녀가 떠난다고 했던 것은 들어 알았다. 하지만 반년이라? 갑자기 현실로 닥친 기간에 발렌시아는 돌연 숨이 막혔다.

"외…… 르타, 반년 안에 떠나신다니 이해가 가지 않습니다. 설명하십시오."

"적어도 반년 안에는 전쟁이 터질 테니까. 그래서 반년이다. 폐하께서 내게 넌지시 말씀하신 바가 있어. 당신이 있는 이상 물론 그러진 않을 테지만, 그래도 아주 만약에 딤니팔이 진다면 자기는 내 칩거마저 장담할 수 없게 된다고. 그러니 목숨을 보전하고 싶다면 전쟁이 터지자마자 내 힘껏 어디로든 떠나라 하셨어."

말은 평이하지만, 결국 오스페다에서 꺼지라는 말과 다름없었다. 발렌시아는 무표정했다. 그래, 자카리가 그리 쉽게 목숨을 허가할 리 없었다.

"그러면 폐하는 패전 후, 자기 소홀로 왕녀를 놓쳤다, 어디 있는지 모르니 알아서 잡아가라 말씀하시면 되지. 어차피 전쟁에서 나는 고작 명분에 그치잖니. 발터도 만족할 거란다."

"그는 만족한 뒤 어수대를 이용해 당신을 찾아낼 것입니다. 죽을 겁니다, 외르타."

"어? 음…… 이상한 말처럼 들릴지 모르겠지만, 발렌시아 경, 난 발터 앞에서만큼은 목을 보전할 수 있어. 어수대가 나를 독단적으로 죽일 리 없지. 아마 제 왕에게까지 나를 데려갈 텐데, 나는 내 오라비 앞에서는 살아남을 자신이 있단다. 발터는 내가 제 눈앞에만 있으면…… 당신은 이해하지 못하겠지만 하여튼 그래. 그러니 여기보단 차라리 저쪽이 나을 거라 생각한다."

"……"

"아니! 경, 결코 경의 노력을 폄훼하는 것이 아니란다. 하지만 이곳이 내게 좋은 환경이 아니란 점은 경도 인정하는 바잖아? 그런 의미로 내 모국이 나을 거란 말이지."

"……"

"아무튼 그래서 반년이다. 가기 전에 꼭 사례하마."

발렌시아는 그 말에 번복의 여지가 없음을 깨달았다. 설득을 해도 상대의 노여움만 사게 될 것이다. 소리 낮은 화가 이는데 그것이 자신을 향한 것인지 그녀를 향한 것인지 이 상황을 향한 것인지 잘 구분이 가지 않았다. 그저 제 앞에 있는 모든 것에 세 살배기 같은 투정을 부리고 싶은 기분이었다.

그는 꽉 눌린 목소리로 답했다.

"사례라 말씀하셨습니까."

"어? 응."

"당신의 약점으로 보답하십시오."

외르타의 눈이 크게 뜨였다. 작은 입술이 무언가를 말하려다, 너무 기가 막혀 다시 꾹 다물렸다. 그녀는 이불을 걷어차며 바깥으로 나왔다. 외르타는 벌떡 일어서선 넓은 침상을 가로질러 끝까지 다가왔다. 발렌시아는 미동조차 보이지 않았다.

그녀는 끝내 그의 코앞에 서서는, 처음으로 상대를 내려다보며 말했다.

"발렌시아 경, 지금 당신 그 말은, 결국 살려 주는 대가로 나더러 고해하란 그 뜻 맞지?"

"대가라고 생각지 마십시오."

"그 외에 또 뭐가 있는데? 경, 웃기지도 않다. 내 이야기에 왜 이렇게 집착하나? 차라리, 날 살려 준다 약속할 때 이 조건을 걸지 그랬어? 당신 전부를 내게 고해하지 않는다면 국물도 없음! 이랬으면 나는 당연히 거절하고 자구책을 강구했겠지. 경, 이렇게 집요하게 바라려면 차라리 이만 날 놓아주는 편이 낫겠다. 주제 넘는 말이지만, 나도 아직 자존심은 남아 있어. 칠 년을 이야기할 마음이라곤 조금도 없지. 물론 난 당신을 믿는다. 당신이 어떤 사람이라는 것을 안다니까. 그렇지만 그 이상은 아니야. 딱 이 정도. 내 인생에…… 잠깐! 잠깐! 애초에 전제가 잘못됐어!"

"……"

"하! 이제야 요점을 깨달은 내가 천치로구나. 발렌시아 경, 내가 당신을 알아? 내가 당신에 대해서 무엇을 아는데?"

그는 그녀의 갈색 눈을 응시했다. 결이 살아 있는 듯 생기 넘치는 시선이었다. 그래. 차라리 성을 내는 눈이 낫다. 그녀는 의기양양하게 말을 이었다.

"아무것도 모르잖아! 당신은 내게 단 한 번도 당신을 말한 일이 없어! 매번 나만 악착같이 캐 갔지. 자기는 꽁꽁 싸매들곤, 결코, 일언반구도 없었지. 이러면서 누구의 약점을 전부 말하라고? 웃기지 마라."

"······."

"당신도 민망하지 않아? 당신의 염치없음에 대해서. 당신은 내가 어디서 어떻게 태어났는지 알고, 어미가 어떻게 죽었는지 알고, 동기간에 어찌 휩쓸렸는지 알고, 어떤 경위로 로크뢰에게 잡혔는지 알고, 그 칠년이 어떠했는지 알고, 내 아이에 대해 알고, 저 버르장머리 없는 수양아들에 대해서도 잘 알지."

하지만 당신을 모른다.

"그런데 나는 당신의 이야기에 대해 전연 아는 바가 없다. 요만큼도 몰라. 리베 몬테? 난 그게 당신에게 있어서 제법 큰 사건이었을 거라 짐작했지만, 그렇지 않더구나. 고민하지도 않고 죄로 보관한다고 말했지? 기억해? 난 그때 당신이 그 여자에게 아무런 감정이 없었다는 걸 깨달았다. 하지만 알고 보니, 그나마 그런 사소한 사건을 알았다는 사실에 내가 감사해야! 할 지경이더구나. 앙히에의 입에서도 자기 형님에 대한 말은 나오지 않았어. 당신 입에서는 더더욱 나오지 않았어. 나는 당신에 대해 정말 어떤 정보도 없다. 그런데도 당신의 인간성에 대해 확신하고 있으니 역설적이긴 하지. 그래도 역시, 몰라."

"외르타."

"이런 상황에서 내게 또다시 약점을 바라니? 당최 이해가 가지 않는구나. 내가 얼마나 더 나를 토로해야 당신 직성이 풀리겠어? 사람이 왜 이렇게 욕심이 많아. 그냥 과거는 과거로······."

"당신에게는 현재로 남아 있습니다."

"현재로 남아 있지 않은 과거가 있나?"

외르타는 어처구니없다는 듯 반문했다.

갑자기 그가 그녀의 팔뚝을 잡았다. 숨을 삼켰다. 끌어내렸다. 그녀는 어떻게 반항도 못하고 침대 위에 주저앉았다. 외르타는 다시 벌떡 다리를 세워 그의 위에 서려 했다. 그러나 곧장 울리는 목소리에…….

"제게 듣고 싶은 것이 있으십니까?"

외르타는 끝내 무릎을 디딘 자세로 어정쩡하게 앉을 수밖에 없었다. 잘 깎인 유리같이 평평한 시선이 눈앞에 있었다.

외르타는 희열에 들뜬 채 고민했다. 당신 후회할걸. 절대 답할 수 없는 것을 물어보아야겠다. 내게 다시는 칠 년을 기억하라는 부탁을 못하도록. 결코, 엄두조차 못 내도록. 문득 저만한 이에게 인생의 굴곡이라는 것이 있었을까 하는 생각이 들었지만, 생각만으로 끝났다. 자신 역시 이런 역경을 겪을 만한 지위는 아니었지 않나.

그러나 고심하면 할수록 자신이 그에 대해 무지하다는 사실만이 드러날 따름이었다. 현실적인 천재다. 전쟁터를 제 집 삼은 자다. 칼은 잔악하다. 부모의 죽음에는 적당한 정도의 추모를 하고 있으나, 그뿐이다. 세 번 약혼했으나 전부 파행으로 끝났다. 저 성질을 생각하면 놀라울 일도 아니다. 동생과는 사이가 안 좋다. 아마 책임감 없이 집을 떠난 동생에게 악감정을 품은 까닭일 것이다. 그리고,

끝이었다.

자신은 그에 대해 아는 것이 없었다. 너무 몰라, 그에게 묻고 싶은 질문조차 발굴해 내지 못했다. 억울했다. 냅다 지른 항의였으나 생각하니 전부 진실이었다. 발렌시아는 여태껏 결단코 스스로를 수호했다. 입도 뻥긋하지 않았다. 이것을 이제 와서야 깨닫다니. 기가 막혀 헐떡이는 숨

이 새어 나왔다.

"내가 정말…… 아는 것이 없구나. 되었다. 물을 질문조차……."

외르타는 한숨을 쉬며 고개를 돌렸다. 포기하자. 가을바람 같은 빛이 새어들고 있었다. 선선한 밤 불. 그녀는 복잡한 기분이 되어 제 방의 벽을 훑어보았다.

벽?

외르타는 이를 악물었다. 무슨 감정이 있어서라기보다는 단지 그 발견에 깜짝 놀란 까닭이었다. 그녀의 표정이 서서히 밝아지기 시작했다. 자신은 질문을 찾아냈다. 그가 결코 답하지 못할 질문! 외르타는 확신했다. 그는 결코 진실을 밝히지 않을 것이다. 더불어, 다시는 내게 약점을 묻지 못하겠지. 외르타는 만족스럽게 팔을 들었다. 발렌시아의 시선은 어떤 곳을 가리키는 그녀의 검지를 좇았다.

그녀는 그 무표정이 더 경직될 수도 있다는 사실을 깨달았다. 다행이다. 제대로 선택했다. 그는 반드시 입을 다물 것이다. 그만 포기하고 가는 편이 서로 좋겠다. 외르타는 판결문을 읽는 어조로 물었다.

"경, 무타스 디무어는 어떤가?"

그는 딱딱하게 굳었다. 순간 그의 호흡까지 조각조각 바스러진 듯했다. 외르타는 다소 미안해졌지만, 제 약점에 대한 정당한 대가라고 생각했기에 말을 물리지 않았다.

자신이 저 '번역료'를 들고 갔을 때 발렌시아가 얼마나 격정적이었는지는 아직도 똑똑히 기억하고 있었다. 다짜고짜 다시 가지고 가라 했지. 「전술」을 발견했을 때에는 꽉 막힌 어조로 아예 보지도 말라 했고. 그로써 짐작하건대, 발렌시아는 디무어가 제 눈앞에 드러나는 일 자체를 지독히도 싫어하는 듯했다. 영혼에 새겨진 공포, 혹은 깊게 패인 상처.

희한한 점은, 일전에 자신이 디무어에 대해 그에게 질문했을 시 돌아

왔던 답이었다. 처음에는 잘 몰랐다. 그러나 계속 곱씹어 보니, 그의 어조가 대단히 특이했다는 사실을 깨달을 수밖에 없었다. 자신이 아주 잘 아는 친족을 읊는 것처럼 길고도 상세한 묘사가 아닌가. 앙히에조차 그리 묘사하지 않는 사람이, 고작해야 적장일 뿐인 디무어에게. 때문에 외르타는, 발렌시아의 과민 반응이 적장에 대한 증오에서 비롯된 것이 아니라는 사실을 알아차렸다. 분명 대단한 친분이 있었던 것이다.

그런데 그런 그녀의 끝이 자진이라.

외르타는 두 손을 깍지 껴 잡았다.

"발렌시아 경, 당신도 숨골을 찔린 기분이지?"

"……."

"당신이 내게 내 약점을 물어보았을 때 내 기분이 그랬어. 경, 각자 사적인 영역으로 지키고 싶은 부분은 있을 것 아니니."

발렌시아는 뒤로 한 걸음 물러났다. 외르타는 그가 항복했구나 싶어 안도의 숨을 내쉬었다. 그가 디무어와 무슨 관계였는지 궁금하지 않은 것은 아니다. 그러나 그 대가로 제 약점을 희생할 것이냐 묻는다면, 돌아올 답은 역시 부정이었던 것이다. 어쨌든 나보다는 가벼운 과거일 테니까.

"디무어는……."

외르타는 깜짝 놀랐다. 설마?

"외르타."

"어, 응? 어?"

"디무어에 대해 알고 싶으십니까?"

그녀는 꿀 먹은 벙어리 꼴이 되어 고개를 끄덕였다. 자신을 수호하려면 이 수밖에 없었기 때문에, 울며 겨자 먹기로 긍정했다. 아니, 경. 사실 나는 당신에게서 그만한 과거를 캐내고 싶지 않아. 그만해라.

"제가 그 질문에 답한다면 당신은 당신의 약점에 대해 말씀해 주셔야 합니다."

"……."

"외르타, 확언하십시오."

제 덫에 제가 걸려 버렸다. 외르타는 어쩔 줄 모른 채 뒤로 슬금슬금 물러났다. 설마 말해 주려고? 방금 전 그의 표정은 도저히 그럴 만큼 가벼운 무게로 보이지 않았다. 결코 입 밖으로 나오지 않을, 몸의 가장 안쪽에 무겁게 가라앉은 추. 그것을 고작 내 약점에 대한 대가로 내놓겠다는 말인가?

"경, 말하지 마라."

발렌시아는 침대를 돌아 그녀에게로 걸어왔다. 외르타는 한숨을 쉬며 침대 등받이에 몸을 기댔다. 그녀의 모습은 마치 수많은 베개 속에 파묻힌 나비 같았다. 그는 그녀의 옆자리에 다가와, 마치 병구완을 하는 간병인처럼 의자를 끌어다 앉았다. 주로 모리가 앉는 자리였다. 외르타는 입을 앙다물었다가, 가까스로 웃으며 그를 바라보았다.

"그만하면 안 될까?"

"당신이 제안하셨습니다. 저는 말씀드릴 각오가 되어 있습니다."

"저, 경, 각오라고 일컬을 만한 이야기다. 그런 걸 왜 나 따위한테 말해 주려 해? 나는 아무 도움도 못 될 거다. 당신은 나같이 쓸모없는 사람한테 과거를 낭비……."

"외르타, 제 앞에서 다시는 스스로를 '따위'로 표현하지 마십시오."

그녀는 딸꾹질을 했다.

"당신도 짐작했다시피 저는 사람과 공감하는 능력이 현저히 부족합니다. 이처럼 본의 아니게 무관심한 제게 의미를 가진 이는 몇 되지 않습니다. 그 몇 안 되는 사람 중 당신이 있습니다. 한데 왜 그처럼 스스로를 부정하십니까? 그런 당신의 행동을 보면 이제 제가 부정당하는 것 같습니다."

"……."

"외르타, 받아들이십시오. 제가 디무어를 말씀드리고, 당신은 당신의 상처로 보답하시면 됩니다."

외르타는 할 말을 잃었다. 딸꾹질이 여러 번 요란하게 이어졌다. 저 진심에 무슨 답을 해야 할지 모르겠다.

받아들인다고 말하면 되지.

그녀는 화들짝 놀라 그를 바라보았다. 그가 한 말인 줄로만 알았다. 그러나 제 속에서 나온 말이었다. 발렌시아라는 사람을 아는, 제 속. 그가 저만한 진중함으로 말하고 있으니 그 과거는 필시 가벼운 일이 아닐 것이다. 사람마다 생살이 째인 부분은 서로서로 다르지 않나. 왜 네 것만 무겁다고 생각하나. 그도 저만한 각오를 보이고 있다. 비록 자신을 향한 강박과 다름없다지만, 그래도 그 자신의 목숨을 담보로 건 강박이었다.

외르타는 눈을 꽉 감았다. 여전히 제 생각뿐이었지만, 아주 조금, 제 마음 깊은 곳에서 그를 긍정하는 부분을 발견했다.

그녀는 눈을 떴다.

"알겠어. 그리하마."

외르타는 그의 얼굴을 물끄러미 바라보고 있었다. 그의 시선에는 분명 스스로 겪은 서른 해가 있었다. 사포처럼 남은 과거가 보였다. 외르타는 이제야 자신이 그의 과거를 듣게 된다는 사실에 깜짝 놀랐다.

심장이 빨리 뛰기 시작했다. 어린아이처럼 흥분되었다. 저 발렌시아의 이야기다. 그처럼 서늘한 시선이 빚는 이야기라니, 얼마나 퍽퍽할까. 그에게 있어 대단히 중요한 과거라지만, 그럼에도 감정의 빛깔이라고는 조금도 배어 있지 않을 것이다. 판단보다는 사실이 더 많을, 마치 연대기적 서술을 하듯 담담한…….

"그녀는 제 실패한 스승입니다."

끝난 줄 알았던 딸꾹질이 다시금 시작되었다.

"경? 히끅, 실패, 히끅, 뭐? 끄흡, 이, 런."

"적장에게 가르침을 받았다는 사실이 흠이 된다는 것은 저도 잘 압니다. 그러나 부정할 수 없습니다. 저는 「전술」을 읽었을 때부터 그녀에게 매료되었음이 분명합니다."

발렌시아는 잠깐 숨을 멈췄다.

지금 뭐라고?

"그러니 번역을 했겠지. 암, 이해한다. 더 말해 보렴."

"……."

"경?"

그는 가까스로 호흡을 회복한 뒤, 최대한 감정을 배제하려 노력해 보았다.

"디무어 역시 제 역주본을 마음에 들어 했던 듯합니다. 때문에 적으로 마주했음에도 그녀와 많은 이야기를 나누게 되었습니다. 물론 저는 디무어에게 전쟁에 대한 가르침을 받았습니다. 이것은 말로 이루어진 교육이 아닌, 피와 병장기로 이루어진 교육이었습니다. 그러나 저는 이 전술 교육에 방점을 찍을 수 없습니다."

"더 배운 것이 있어서?"

발렌시아는 자신을 뚫어져라 바라보고 있는 외르타를 응시했다. 어느 쪽의 시선이 더 강한지는 잘 모르겠다. 초록이 검푸른 물에 빠졌다가, 진저리를 치며 발을 걷어 냈다. 그는 등골이 아릿아릿하다는 느낌을 받았다. 낮은 목소리로 답했다.

"예."

"……."

"……."

"경?"

"외르타, 저는 방금 전에도 말씀드렸다시피 태생이 이렇습니다. 비인간적일 정도로 타인에게 무관심합니다. 이는 제가 타인과의 심정적인 공감대를 이루지 못하기 때문입니다. 앙히에는 이런 저를 견디지 못하고 공작가를 떠났습니다. 그것은 당시 어렸던 제게 상당한 충격이 되어 디무어를 만날 당시까지 보란 듯한 흠결로 남아 있었습니다."

외르타는 당황했다. 앙히에까지 엮여 드는 순간, 이것이 절대 가벼운 일이 아니라는 사실을 깨달았기 때문이다. 이런. 역시 내가 맞았다. '사람마다 생살이 째인 부분은 서로서로 다르지 않나. 왜 네 것만 무겁다고 생각하나.'

그녀는 그를 향해 제대로 몸을 돌렸다. 주춤했지만, 그래도 똑똑히 다가섰다. 그의 시선과 서너 뼘 정도 떨어진 자리에서 가만히 멈췄다. 그의 말을 경청하고 있다는 모습을 보여 주고 싶었다. 발렌시아가 턱에 힘을 주는 모습이 보였다. 외르타는 속으로 넌지시 물어보았다.

그것이 당신의 약점이니?

그가 답했다.

"디무어는 곧장 이런 저의 불완전함을 눈치챘습니다. 그녀는 제게 그녀의 방식을 따르라 충고해 주었습니다. 그녀의 방식이란 제가 일전에 논했듯, 타인에게 결코 공감하지 않고 그를 일방적으로 해독하는 것입니다. 디무어는 그것만으로도 삶을 살아가는 것에는 불편함이 없다고 자신했습니다. 심지어 편리함을 넘어, 자신이나 저와 같이 범상함을 뛰어넘은 자들에게는 그 편이 당연한 일이라고까지 말했습니다."

"……."

"저는 그녀 일생의 편린을 가르침 삼아 그대로 실행했습니다. 그녀가 옳았습니다. 남과 감정적인 교류를 하지 않았을 시 저는 더 탄력적이고 명석한 대응을 할 수 있었습니다. 물론 이전의 제 자신이 그렇지 않았다는 것은 아닙니다. 그러나 이전의 저는, 이성적인 와중 마음 한편에 이런 자신에 대한 혐오감을 품고 있었습니다. 이 혐오를 디무어가 적출해 준 것입니다."

외르타는 약간 쓴 얼굴로 그를 바라보았다. 그가 당시 얼마나 절박했는지 알 것 같았다. 평소의, 지금의 그였다면 분명 그 논리의 오류를 깨달았을 테니까. 남과 감정적인 교류를 하지 말라는 말을, 이미 서로를 주고받은 상대에게서 들어? 첫 장부터 어그러진 실타래가 아닌가.

과거의 발렌시아는 이 당연한 사실조차 눈치채지 못했던 것이다. 완전해질 수 있다는 희미한 희망에 매달려, 자신과는 종이 다른 디무어를 받아들였다. 외르타는 남의 충고를 고스란히 받아들이는 일이 얼마나 어리석은 행위인지 경험으로 알고 있었다. 발렌시아는 너무 성급했다. 무엇 때문일까? 왜?

앙히에.

외르타는 그제야 그 분노의 본질을 이해할 수 있었다. 신에 매달려 본 일이 없어 득성得聖의 감정이 무엇인지 모르는 그녀였지만, 순간적으로 이것이 그와 비슷하지는 않을까 하는 깨달음이 있었다. 한 가지를 깨닫자, 모든 것이 꿰뚫리는 한 사람의 인간.

외르타는 문득 그의 짙은 눈매를 쓰다듬어 주고 싶다는 생각을 했다. 그리고 그런 생각을 한 자신에게 놀랐다. 엄청. 무지막지하게. 그 생각에 놀란 것이 아니었다. 드디어 그를 사람으로 보게 된 자신에게 놀란 것이다. 남성 이전에, 하나의 인격체로. 그가 어떤 사람인지가, 무슨 약점을 가졌는지 한 가지로 확실히 드러났다. 석류를 슬쩍 벌리자 그 속이 우수수 떨어져 나온 듯한 느낌이었다. 그녀는 탄성을 내뱉을 뻔했지만, 도저히 예의가 아님을 알고 혀를 깨물었다.

한참의 침묵 뒤, 그가 느릿느릿 말했다.

"한데 그로부터 얼마 지나지 않은 시점에…… 디무어는 자진했습니다. 세간의 평은 디무어에게 호의적입니다. 어쩌면 거의 존경까지 표하고 있는지도 모르겠습니다. 억울하게 전패의 혐의를 뒤집어쓴 총사령관이, 항의 차원으로 자결했다는 것이 중론이기 때문입니다. 그들은 죽은 천재만을 인정하려는 것 같습니다. 역겹습니다."

발렌시아는 스스로를 포기했다. 조금도 생각에 없던 말들이 와르르 쏟아져 나오고 있었기 때문이다. 내가 디무어를 「전술」 적부터 존경했고, 그 죽음에 대해 세간을 경멸했던가? 도대체 언제? 처음으로 남에게 제 과거를 말하려니 도저히 목울대를 자제할 수 없었다. 그는 그녀가 제 헛소리를 걸러 들어 주었으면 좋겠다고 생각했다.

"그러나 제가 더 역겨워하는 것은 따로 있습니다. 무타스 디무어 본인입니다. 저는 그녀에게 그녀의 삶을 전수 받았습니다. 그런데 바로 그 장본인이 자살한 것입니다. 저는 디무어가 실패했다는 판단을 내릴 수밖에 없었습니다. 그런 패배자의 사고방식을 이식받은 저입니다. 때문에 저는 무타스 디무어를 버렸습니다."

이렇게 줄줄 말하고 있는데, 버렸다고. 발렌시아는 기막힌 웃음을 터뜨릴 뻔했다. 말은 그랬다. 그녀를 끊어 냈다고 했다. 그러나 아직도 자신에게는 동부 민지대가 남아 있었다. 그는 그 뒤에 이어진 각오도 기억하고 있었다. 더 이상 사람을 받지 않겠다고. 그런데 지금…….

"그녀를 버린 뒤 저는 그녀를 받은 저 자신 역시 상당 부분 방치하게 되었습니다. 저는 그녀의 방식으로는 자기 완성에 성공할 수 없다는 사실을 깨달았습니다. 때문에 본디로 돌아와 다시 인간이 아닌 직위, 명칭만으로 남게 되었습니다. 이해, 공감과 담을 쌓은 이로 되감아 온 것입니다. 저는 아직도 그 몰이해의 결점에서 벗어나지 못했습니다."

녹색 시선이 자신을 빤히 바라보고 있었다. 그것을 보자니 스스로 무슨 말을 했는지조차 잘 기억이 나지 않았다. 머리가 아찔했다.

갑자기 그녀의 입이 열렸다.

"발렌시아 경."

"……."

"그 중한 과거를 말해 줘서 고맙다는 말은 하지 않으마. 어차피 나 또한 토로해야 하니 말이야."

그는 새벽 속에서 슬쩍 미소 짓는 외르타를 바라보았다. 저도 모르게 욕설이 터질 뻔했다. 자제가 되지 않았다.

"경, 정말 당신이 주의해야 하는 것들만 알려 주면 되지?"

"……예."

외르타는 깍지를 풀었다. 그녀는 마치 남인 것처럼 제 자신의 뺨을 감싸더니, 이해할 수 없는 신음을 몇 마디 내뱉었다. 발렌시아는 이 요란한 침묵이 걱정스러웠다. 자신이 제 뼈를 들어내 대가를 치렀음에도, 스스로 부족했던 것이 아닌가 하는 의심이 일었다. 그녀의 약점에 비해서는 기실 아무것도 아니지 않을까? 나는 도대체 무얼 믿고…….

"나는 밤이 싫다."

"……."

"정말 싫어한다. 그 모든 것을 겪고 난 뒤의 밤이란…… 아니, 그 모든 것을 겪고 난 뒤의 아침과 낮이란, 그저 새로운 밤까지의 유예 기간일 따름이지. 끔찍하다. 그리고 더불어 암흑도 싫어한단다. 생 로욜에서 아무것도 없는 방에 감금당한 적이 많…… 경?"

발렌시아는 자신이 언제 그녀를 끌어당겼는지 스스로도 기억할 수가 없었다. 외르타는 그에게 붙잡힌 제 손을 빤히 바라보다가, 희미하게 웃었다.

"그래. 아무튼 그래. 그래서 애도 아니고 꼭 불을 켜고 자는 거지. 그리고 남자는 더 말할 것도 없고, 이런, 이렇게 손을 얹고 말하려니 거짓말 같구나. 또, 경, 미안한 이야기지만 나와 같이 걸을 땐 걸음을 좀 조심해 줘."

그는 모리의 말을 기억했다. 철렁 내려앉았다. 그녀의 다리에 이상이 있는 것일까? 하지만 그러했다면 자신이 분명 그 불균형을 눈치챘을 텐데.

"음…… 맞은 곳이 가끔 아프거든. 나이 들어서 몸이 쑤실 것을 좀 일찍 겪는다고 보면 돼."

두리뭉실한 설명을 의심할 겨를도 없었다. 화를 참느라 손에 힘이 들어갔다. 외르타의 손은 제 손바닥 안에 맞춘 듯 들어가 있었다. 그는 숨을 한 번 들이켰다.

"그리하겠습니다."

"또, 알로지아드 졸피 기억나지? 난 남의 애정을 잘 못 봐. 그러니까, 남녀 간의 애정. 돌아 버릴 것 같아서. 나는 그 속, 서로의 진심이 극단으로 변하면 어찌 될지 너무 똑똑히 알고 있단다. 아니, 극단이 아니라 본질이라고 생각하는 편이지. 그래서 너무너무 싫어."

"……."

"또, 나한텐 부드러운 음식을 주지 말렴. 짐작하겠지만 생 로욜에서 나는 항상 식사 거부와 수용을 반복했었단다. 그 때문에 내가 항상 먹던 음식이 바로 그 묽은 종류였어. 아마 이젠 보기만 해도 역겨워서 토할 거야."

"……."

"또, 물론 당신이 그럴 리 없겠지만, 무슨 일이 있더라도 뒤에서 안지는 마. 이건 이미 앙히에한테도 걷어차다시피 하며 주의를 준 점이야. 내가 엎어지거나 해서 받아 주는 건, 그래, 좋아. 이제 난 당신도 용납할 수 있어. 그러나 그뿐이란다. 뒤는 정말, 정말…… 차라리 나를……."

외르타는 무언가가 저도 모르게 떠오르는 것처럼 새하얗게 질려 있었다. 발렌시아는 그 공포에 긴장하여, 그녀를 쥔 제 손에 더 힘을 주었다. 그녀는 눈을 꽉 감았다가, 가까스로 현실로 돌아왔다.

"또, 당신에게는 혹여 내 상흔이 보일 수도 있어. 내 눈에는 정말 안 보이는데, 모리 말로는 상흔에 능통한 기사…… 그러니까 경에게는 내가 어딜 어떻게 맞았는지까지 전부 보일 수 있다더구나. 내 부탁은, 제발 아는 척하지 말라는 것. 보여도 모른 척 넘어가라. 당신이 호의를 베풀려면…… 음…… 가끔 드레스를 입었을 때 그런 곳이 보이면 하녀들에게 가리라고 지적해 주렴. 딤니팔에는 노련한 기사가 한둘이 아닐 테니까. 다들 눈치채지 못하도록. 그러나 그 상처에 대해 나와 논하지는 않았으면 한다."

"외르타, 보이는 것을 무시할 수는 없습니다."

"하지만 어차피 당신이 해 줄 수 있는 일도 없잖아? 이미 모리가 내게 붙어 있기도 하고. 당신은 충분히 나를 배려해 준 거다. 이 이상 말하지는 마."

"……."

"어때?"

"그리하겠습니다."

그녀의 손이 제 손을 감아 드는 것이 느껴졌다. 자신이 잡을 때는 그러하지 않는데, 그녀가 닥치자 돌연 팔뚝까지 열기가 차올랐다. 무슨 차이인지조차 모르겠다. 그러나 어느새 몸에는 힘이 들어가고 있었다.

"또 당신 몸가짐으로 봐선 그럴 일도 없지만, 민망한 꼴을 보기 싫다면 내 앞에선 손을 높이 들지 않았으면 한다. 당신은 웬 키가…… 맞을 것 같잖아."

"저는 결코 당신에게……."

"알아. 그냥 느낌이 그렇다는 거야. 또, 하녀들에게 절대 날 씻겨 줄 생각은 말라고 하렴. 비단 몸뿐만이 아니라, 얼굴, 특히 얼굴. 얼굴은 절대 안 된다. 내가 할 거야."

그는 불길한 상상을 했다. 외르타는 긍정도 부정도 하지 않은 채 조용히 눈을 내리깔았다. 그 고요. 발렌시아는 태어나 이 순간만큼 스스로 후회해 본 일이 없었다. 앙히에의 말이 맞다. 너무 편히 죽였다. 내가 도대체 왜 그랬을까. 내 니소르가 나를 홀렸다. 스스로 그를 죽이고 싶다고 생각해 죽였건만, 실상 알고 보니 그 무정한 니소르에 말려들었던 것이다. 너무 편히 죽였다. 자신이라면 그리 죽이지 않았을 것이다. 그를 편히 죽인 것은 제가 아닌 니소르였다. 그는 죄를 전가했다.

잔뜩 뻣뻣해진 그의 모습을 보며, 외르타가 살짝 입을 벌렸다. 닫는다. 놀란 듯했지만 그는 너무도 화가 나 있어 그 기색을 눈치채지 못했다. 외르타는 작은 한숨을 폭 내쉬더니, 가장 엄중한 경고처럼 말했다.

"마지막으로, 붉은색 코르사주는 내게 달지 말라고 해."

그는 긴장한 채 물었다.

"라르디슈 왕가의 색이기 때문입니까?"

"아니."

"그렇다면……."

"촌스럽잖아."

발렌시아는 무슨 표정을 지어야 할지 모르겠다는 얼굴이 되었다. 그 얼굴을 본 외르타가 소리 내어 웃었다.

"흐핫! 하하하! 으흑, 하하! 경! 그러니까, 긴장, 하하! 풀어! 딱 이 정
도란다. 흐하…… 별것 아니지?"

"……."

"얼마 없잖아. 안 그래?"

그는 도저히 고개를 끄덕일 수 없었다. 또다시 화가 나려 했지만, 그
는 순간적으로 자신이 그녀에게 답을 주어야만 한다는 의무감을 느꼈
다. 성이 푸시시 가라앉았다. 발렌시아는 그녀의 손을 더 단단히 가두며
말했다.

"말씀해 주신 것들은 기필코 이행하겠습니다. 물론 저는 말씀드렸듯
기괴한 성질을 가지고 있어 배려에 미숙할 위험이 있습니다. 당신에게
도 끝내 공감하지 못할 수 있다는 말씀을 드리는 것입니다. 부디 용서하
십시오. 제가 본디 나기를 불완전해 당신을……."

"저, 경."

"……온전히 이해하지 못할 위험이 있습니다. 저도 이토록 미욱한 스
스로에게……."

"경, 내 말 좀 들어 봐."

그는 입을 다물었다.

외르타는 습관처럼 말과 손동작을 함께하려다, 제 한 손이 그에게 잡
혀 있다는 사실을 깨닫고는 한숨을 쉬었다. 물론 발렌시아는 그 손을 놓
아줄 생각이 없었다. 외르타 역시 포기한 것처럼 보였다.

다음 순간, 그녀가 의아하다는 듯 말했다.

"경, 아까부터 묻고 싶은 것이 있었어."

잠깐 불안한 침묵이 이어졌다. 매 순간 정강이까지 우묵하게 잠기는
듯한 정적이었다. 외르타는 자세를 몇 번이나 바꿨다. 뒤늦게야 답이 나

왔다.

"말씀하십시오."

그녀는 기다렸다는 것처럼 헛기침을 한 번 했다.

"간단해. 별것 아니다."

"……."

"경, 그래서 경은 결국 디무어를 싫어한다는 거지? 그렇다면 나에게는 잘 이해가 안 가는 부분이 있거……."

"이미 말씀드렸습니다. 무타스 디무어는 제 실패한 스승입니다. '실패한'에 초점을 맞추십시오."

외르타는 눈을 동그랗게 떴다. 말을 마치기도 전 저를 뚝뚝 끊어 내는 그 모습에 영 적응이 되지 않았던 것이다. 그녀는 그의 눈치를 살피다가, 그가 화를 내고 있지 않다는 사실을 깨닫고는 어깨를 폈다. 민감한 이야기에 민감하게 대응했을 뿐이다. 그 이해와 동시에, 그녀는 자신이 제 의문을 제대로 표현하지 못했다는 사실을 깨달았다. 바르게 설명했다면 방금 같은 답을 듣게 될 이유가 없었던 것이다. 외르타는 변명을 해야 할 필요성을 느꼈다.

그녀는 천천히 입을 열었다.

"들었어. 그렇지만 경, 나는 그녀의 실패와 당신의 혐오 사이의 인과관계를 잘 모르겠다. 물론 당신이 디무어와 얼마나 친밀했는지는 잘 알겠어. 그녀가 얼마나 이기적이었는지 또한 이해했단다. 하지만 가장 중요한……."

"외르타, 디무어는 그 실패로써 저를 배반한 것입니다. 제가 그런 그녀를 싫어하지 않을 수 있겠습니까?"

외르타는 순간 혀를 깨물 뻔했다. 드물게도 쇳소리가 섞인 목소리였다. 그러나 그녀가 놀란 것은 그의 음성 탓이 아니었다. 그 속에 담긴 내용이었다. 누군가가 실제로 제 머리를 내려친 듯한 충격이 있었다.

그녀에게 '배반당했다'고?

외르타는 숨이 막혀 그를 바라보았다. 저 남자. 사람에게 가장 말을 잘하는 법이 아무 말도 하지 않는 것이라 믿는 이였다. 사실 자기 안에 지닌 것이 많을수록 남에게 말할 것이 적은 법이다. 때문에 외르타는, 그가 저 정도로 직설적인 고해를 내뱉을 줄은 상상도 하지 못했다. 저만큼 완전한 사람이, '배반당했다' 라니. 그 말은즉슨 그 스스로가 상대에게 완벽히 의지하고 있었다는 뜻이다. '배반당했다.' 자기 비하의 고해가 아닌가.

"경?"

"……."

"경…… 내가…….."

외르타는 그의 시선 속에서 어쩔 줄을 몰라 했다.

"밤이 늦었습니다. 이만 물러나겠습니다. 말씀해 주신 점은 반드시 함구하겠습니다."

발렌시아는 기어이 손을 털어 냈다. 외르타는 놀라 상대의 손목을 다시 움켜쥐었다. 이렇게 그를 헤집어 놓고 그냥 보낼 수가 없었다. 그는 무표정하게, 아무 낌새 없이, 다른 쪽 손을 들어 천천히 그녀를 떼어 내었다. 외르타는 여기서 떨어진다면 스스로 반드시 후회하게 되리라는 사실을 알아차렸다. 그녀는 그의 팔에 악착같이 매달린 채, 생각대로 마구 뱉어 냈다.

"저, 경, 그러니까, 화났지? 미안하다. 요점은 그게 아니었어. 그런데 당신이 그런 고해를 해서, 어떡해, 내가 몸 둘 바를 모르게 되잖아. 나한테 그런 말까지 하게 돼서 화났어? 화났을 테지. 미안하다. 정말 미……으으악!"

외르타는 침대에 나뒹굴었다. 그가 힘을 쓴 것은 아니었다. 그보다는, 자신이 제 무게로 상대를 잡아당기다 그 반동에 고스란히 넘어갔다는 말이 옳다. 그녀는 침대에 정통으로 부딪힌 뒤통수를 감싸며 엎드렸다.

"아⋯⋯."

떠나려던 기척이 순식간에 다시 돌아왔다. 그녀는 거북이처럼 웅크린 채 그의 걱정을 들었다.

"외르타, 괜찮으십니까?"

"괜찮아⋯⋯ 아! 아니! 안 괜찮아. 안 괜찮으니까, 경, 가지 말렴."

"⋯⋯."

"화났지? 미안해. 그런 말까지 하게 만들어서 미안하다. 본의가 아니었어."

"저는 괜찮습니다."

"당신 입으로 자신이 배반당했다는 신파조의 이야기를 하고 있는데 어떻게 괜찮아? 미안하다. 이런 걸 들으려는 것이 아니었는데⋯⋯ 완전히 눈치 없는 천치가 되었구나."

"외르타."

외르타는 더 동그랗게 몸을 모았다. 그의 손이 다가오다, 약간의 거리만 남긴 채 제 등 위에 멈췄다. 그녀는 눈을 꽉 감았다. 기척보다는 열기로 알아차릴 수 있었다. 방금 전까지 자신을 잡고 있던 그 손의 뜨끈함. 눈에 휜했다. 그의 그림자는 제 넓지 않은 등 위를 여러 번 서성이다가, 닿았다.

"외르타."

"⋯⋯."

"디무어와 저 사이에 어떤 일이 있었는지는 이미 전부 말씀드린 것으로 기억합니다. 외르타, 디무어는 제 사고의 가장 밑바닥에 서 있는 사람입니다. 명심하십시오. 그것이 제 바닥입니다. 그녀를 말씀드린 이상 제가 당신에게 숨길 수 있는 것은 없습니다."

"······."

"제가 그녀에게 가르침을 받은 동시에 파문당했다는 것은 분명 사실입니다. 당신은 이 인과에서 제가 배신감을 느꼈으리라는 사실을 추론할 수 있습니다. 그러니 당신은 제게 진심을 캐냈다는 죄책감은 가지실 필요가 없습니다. 새로운 이야기가 아니기 때문입니다. 당연한 추론입니다."

외르타는 상체를 살짝 일으켰다. 그의 손이 떨어져 나갔다. 그가 일어서 있어 눈을 마주하기가 참 힘들었지만, 한껏 고개를 들어 어떻게든 제게 담았다. 그녀는 주저하다 작게 말했다.

"내가 내 약점 따위로 당신에게서 이런 말을······."

"따위라고······."

"알겠어. 그렇지만 확실히 부족해. 나는 아무것도 아닌······."

"외르타."

그녀는 자신이 이만 입을 다무는 편이 낫겠다고 생각했다. 자신을 낮추지 않고는 말을 이을 수가 없었기 때문이다.

"동등한 교환이었습니다. 제가 당신에게 사죄하지 않듯 당신도 제게 사죄하시면 안 됩니다."

외르타는 말없이 고개를 끄덕였다. 그는 이제 되었다는 것처럼 진짜로 몸을 돌렸다. 그녀는 어떻게 저지할 방법을 찾지 못한 채 허공만 딱한 번 움켜쥐었다. 기가 막히게 깔끔한 뒷모습이었다. 하인의 솜씨일까 아니면 제 결벽일까. 그 와중에 그의 목덜미 부근만이 물 먹은 종이처럼 헝클어져 있었다. 체칼라스가 무성의하게 뜯겨 나간 자국일 것이다. 그녀는 침묵으로 그를 좇았다.

돌연 그의 걸음이 멈추었다. 품에 손을 넣는 듯하더니, 무언가를 꺼냈다. 외르타는 의아해져서 고개를 쭉 뺐다. 그러나 구태여 궁금해 할 필요는 없었다. 그가 곧장 뒤돌아 침대 발치까지 걸어왔기 때문이다. 이렇게 오가는 것이 벌써 몇 번째지. 그녀는 헛웃음을 터뜨리려, 침상의 끄트머리에 놓인 빛을 발견하고는 작은 탄성을 내뱉었다.

"아!"

"아랫사람에게 들키지 않도록 하십시오."

잉그레의 잎사귀였다. 외르타는 엉금엉금 기어가 그것을 손에 넣었다. 침실의 모든 등불을 놓고 보더라도 이 빛이 제일 고왔다. 탈색된 바람. 불가능한 빛이기에, 그 색 역시 불가사의한 하양이었다. 그녀는 잎사귀에 정신이 팔려서는, 어느새 문을 열어젖히고 있는 그를 향해 웅얼거렸다.

"고마워. 아 참, 사실 내가 원래 하려 했던 질문을 알려 줘야지…… 디무어를 왜 싫어하냐고……."

"이미 말씀드렸습니다."

"응. 배반? 알지…… 그래도 경은 그녀를 못 버린 것 같던데…… 아! 싫어서 못 버린 걸까? 잎맥 봐. 살아 있어, 말도 안 돼."

"외르타, 제가 그녀를 버리지 못한 것 같습니까?"

"그렇다니까. 암만 배반당했다 해도 그렇게 첫사랑인 양 열에 들떠 이야기하는데…… 버리긴 뭘 버렸다고…… 배반당한 첫사랑이라니 진부하구나. 그런데 이것, 도대체 어떻게 살아 있을 수 있는 거지? 난 사실 꺾으면 얼마 안 돼서 빛이 꺼질 줄 알았어."

"외르타, 제가 그녀를 버리지 못한 것 같습니까?"

외르타는 그제야 고개를 들었다.

그림자는 문가에 멈춰 있었다.

그가 조용히 반복했다.

"제가 그녀를 버리지 못한 것 같습니까?"

그녀는 무슨 답을 하지 못했다. 마음이야 당연히 백 번이고 천 번이고 고개를 끄덕이고 있었지만, 당사자가 저토록 진지한 와중 함부로 입을 놀릴 수가 없었다. 목이 텁텁해졌다.

"대답하십시오."

"……."

"저는 괜찮습니다."

"음……."

"외르타."

그녀는 눈을 질끈 감았다 떴다. 언젠가는 이 혀를 잘라 버려야겠구나. 입을 조심해야겠다고 생각한 때가 말 그대로 몇 초 전이었건만, 이래서야 완전히 구제불능이 아닌가. 외르타는 물 먹인 천을 얼굴 위에 덮은 양 다소 먹먹한 목소리로 답했다.

"그래…… 나는 그렇게 생각해. 하지만 당신이 버렸다고 생각한다면……."

"저는 달라위 회전에서 무타스 디무어를 놓아주었습니다."

외르타는 그의 뜬금없는 말에 당혹했다. 이불 위의 제 손이 냉정을 잃고 꿈틀대다, 끝내 주먹으로 모였다. 그가 지금 무슨 말을 꺼내려 하는지 모르겠다. 이번만큼은 정말 술에 취한 것 같은데.

"처음이자 마지막으로 무타스 디무어를 생포할 수 있는 기회였습니다. 그러나 저는 제 비열한 이기심으로 적장을 보내 주었습니다."

"발렌시아 경, 나는 이 이야기가……."

"디무어의 자진 뒤, 제 마음 한구석에는 분명 후회가 있었습니다. 당시 그녀를 생포하지 않은 저에 대한 후회였습니다. 제가 무타스 디무어를 딤니팔 앞에 무릎 꿇게 했더라면, 그녀는 결코 그런 방식의 죽음을 맞지 않았을 것입니다.

저는 물론 그런 생각을 하고 있는 제 일부분을 애써 부정했습니다. 그리고 그 일부분을 부정하게 되자, 그 이후로는 스스로 그녀를 버렸다고 생각하기가 무척 쉬워졌습니다."

후회를 부정했다.

외르타는 무생물처럼 말을 뱉어 내고 있는 그를 물끄러미 바라보았다. 추억을 되새김질할 만한 사람이 아니다. 그저 묻어 두고 잊었을 것. 수년간 그 자신에게마저 덮어 두었던 진심이 먼지를 털고 있었다. 바로, 혹은 하필, 지금 제 앞에서. 공기로 뭉쳐 있던 생각이 말을 타고 흘러나오며 실체를 가지게 된 모양이다.

그녀는 무슨 표정으로 그의 고해를 들어야 할지 몰라 그저 이를 악물었다. 자신에게는 저런 진지함을 끊어 낼 용기가 없다. 게다가, 그 역시 말을 멈출 생각이 없는 것처럼 보였다. 꼼짝없이 몰린 셈이다. 어떡하나. 사실 그녀는 방금 전의 배반 이야기만으로도 이미 과한 고백을 들었다고 생각했었다. 그런데 이 이야기까지 들어 버린다면 정말이지…….

"외르타, 저는 그 사람의 생을 안타까워하는 것이 아닙니다. 그에 대한 선택은 온전히 그이의 것입니다. 저는 함부로 그 자주성에 참견하지 않을 예정입니다. 때문에 제가 아쉬워하는 점은 그녀의 생이 아닌, 그녀의 변명을 듣지 못했다는 사실입니다."

"……."

"저는 그녀에게서 변명을 들을 만한 권리가 있습니다. 디무어는 제가 처음으로 존경한 사람이자, 또한 제 삶을 송두리째 바꿔 준 사람이기도 합니다. 그런 이의 끝이 자진이라는 것은 믿기 힘든 일입니다. 더군다나 그 자진으로 인해, 애써 메워진 제 단점이 다시 드러나고 말았다면 제 권리는 더욱 당연한 것이 됩니다. 물론 저는 이전에도 남을 이해하지 못하는 금치산자였습니다. 그러나 이에 먼저 구원의 손을 내민 자가 디무어입니다. 구원한 뒤 배반했습니다. 이 희망 고문이 디무어의 죄입니다. 저는 그 죄에 대한 변명을 듣고 싶어 그녀의 삶에 미련을 가지는 것입니다. 외르타, 디무어에게서 단 한 문장만 들을 수 있다면 저는……."

"……."

"죄송합니다. 말이 헛되이 나왔습니다. 디무어가 그처럼 이기적으로 떠난 탓에 저는 또다시 치명적인 결점을 안고 살아가게 되었습니다. 제가 상처 입은 당신을 얼마나 이해하지 못했는지는 당신이 더더욱 잘 알 것입니다. 전부 제가 모자란 까닭입니다. 디무어의 방법까지 부정한 이상, 저는 앞으로도 이 자리에 머무르게 될 확률이 높습니다. 외르타, 이토록 어리석은 이에게 스스로를 고해했다는 점이 불쾌하실 줄 압니다. 제가 고집을 부려 죄송합니다. 제대로 된……."

"숨 막히겠다! 그만!"

그는 말을 멈추었다. 외르타는 입술을 꽉 깨물고 있었다. 왜 저토록 성이 난 표정일까.

아, 당연하다. 제 이야기를 듣고 불쾌하지 않을 사람이 있을 리 없으니까. 저가 시체인 줄은 알았을 것이다. 그러나 이 정도로 오래된 시체라는 사실은 알았을 리가 없다. 분명 상대가 어느 정도로 부패해 있는지 눈치채고는, 반쯤 당황하고 반쯤 역겨운 채 표정을 굳힌 것이리라.

그처럼 생각하자 돌연 가슴이 철렁 내려앉았다. 문을 놓쳤다. 주춤거리다, 이성이 마비된 양 침대 쪽으로 걸음을 옮겼다. 외르타가 침대 아래로 다리를 내리는 모습이 보였다. 얇은 덧신에 감싸인 발이 보였다. 시선은 금세 위로 올라갔다. 흘러내린 갈색 머리칼과, 잎사귀를 받은 녹안. 나무 같았다. 발렌시아는 속이 먹먹해지는 것을 느꼈다.

도달했다. 몸이 저절로 굽었다. 아까 전 그녀의 눈물을 닦아 주었듯, 그 자세 그대로 다리를 가라앉혔다. 눈이 마주쳤다. 그러나 이번만큼은 감히 손을 올릴 수가 없었다. 외르타가 자신에 대한 역겨움을 자각한 뒤일 테니까. 떨쳐 낼까 두려워 도저히⋯⋯.

"발렌시아 경, 지금까지처럼 중간에 마구 말을 자르면 안 돼. 경이 자꾸 끊어서 이야기가 이렇게 힘들어진 거잖아."

그녀의 말을 이해하고 싶었다.

그는 이를 악물었다. 이해하고 싶을 따름이다. 이해하지는 못한다. 나는 도대체 왜 이런가. 미완성작. 가장 큰 결점을 가진 미완성작. 이 멍청한 단점 때문에 그녀를 알 수가 없지 않은가. 제 자신에게 살의가 일었다. 포티미외 때부터 그녀를 향했던 제 모든 몰이해가 원죄가 되어 돌아온 듯했다. 숨이 막혔다.

"내가 처음으로 물은 건 당신은 왜 디무어를 싫어하냐는 질문이었어. 당신은 배반이라고 답했어. 당신이 그녀를 버리지 못한 것 같다고 했던 말은 무시하렴. 헛소리였어. 내 용건에, 당신이 그녀를 버렸든 버리지 않았든 그런 건 조금도 상관이 없기 때문이야."

"제가 버렸다는 단어에 민감하게 반응했습니다. 죄송합니다."

"경, 쉿. 중요하지 않다니까. 내가 가장 처음에 하려 했던 질문을 들어 봐."

"⋯⋯."

"내 질문의 요지는, 당신이 디무어에게 피해 입은 것이 없는데 왜 그녀를 싫어하냐는 말이었단다."

"외르타, 제가 얼마나 불⋯⋯."

"⋯⋯완전한지 모르시냐고? 경, 지겹다. 그만 말해. 거짓말도 정도껏 해라."

잇새에 힘이 들어갔다. 제 말을 농담으로 여긴다면 그것은 더 큰 문제다. 그는 약간의 노여움까지 섞인 항의를 하려 입을 열었다.

그러나 그보다는 그녀가 더 빨랐다.

"발렌시아 경, 당신은 그녀의 죄가 희망 고문이라고 말했어. 결점을 고칠 수 있다는 희망을 주고 그대로 무너져 버렸다고. 때문에 경의 단점이 더 완벽하게 박살 났다고. 그리고 그 결점이, 남을 이해하지 못하는 것?"

"옳습니다. 한데 그것을 전부 이해하시고 어떻게……."

"그게 말이나 돼? 난 그 결점 자체를 납득 못하겠어. 당신은 당신이 내게 얼마나 크게 공감했는지 정말 모르니?"

"……."

"문잖아. 정말 몰라? 포티미외 때부터 그랬어. 경이 내 고통을 안쓰러워하지 않았다면, 어떻게 그 엄한 전장에서 내 모든 미친 짓을 용납했겠나? 작전회의? 말도 안 돼. 졸레바? 턱도 없지. 발렌시아 경. 나는 당신 덕에 복수에 성공했어. 당신이야말로 내 인생의 첫 행운이었단 말이야."

"……."

"그리고 지금도 그래. 경, 생각해 보렴. 경이 지금껏 나한테 손을 대는 것조차 저어했던 이유가 뭐야? 내 두려움을 알아주었기 때문이잖아. 그리고 더 대단한 것도 있지. 당신이 내 생에의 의지에 공감해 주지 않았다면…… 경, 경이 지금 이 고생을 하고 있을 것 같아? 나를 살리기 위해 당신이 한 노력은 나보다는 당신이 더 잘 알 테지. 나 모르게 흘러간 사달이 얼마나 많을까. 그걸 전부 인내했다는 말이야. 내가 살고 싶다고 했으니까. 그 절실함을 이해해서."

외르타는 약간 헐떡였다.

"그런 사람이 지금, 내 앞에서, 계속, 남과 공감하지 못한다고, 말도 안 되는 소리를…… 경, 경은 날 부정하고 싶은 건가?"

"……."

"경, 나를 부정할 거야?"

"저는 많이 부족한……."

"나를 부정하고 싶은 거냐고 물었어."

그녀의 하얗게 질린 얼굴이 보였다. 아니, 보인 것이 아니다. 제 온 시야가 바로 그녀였다. 한 치도 벗어날 수가 없었다. 만 번 담금질한 철옥에 갇혔다. 너무도 여위어 마디가 툭툭 불거진 나무. 자신이 받았다. 가뭄을 죽이고, 저 바싹 말라 가는 뺨을.

당신을 부정하라고.

"부정……."

"……."

"부정하지……."

"……."

발렌시아는 고개를 숙였다. 한 손이 올라가, 장님보다 못한 손길로 제 얼굴을 짚었다. 어깨가 기울었다. 거인의 발 아래 깔린 것 같았다. 그 천 근 같은 압박. 그러나 그리 짓밟혀도 좋았다. 괜찮다. 견딜 수 있다. 자신이 깨달은 것에 비한다면 새 발의 피만도 못한 놈이었다.

그가 말했다.

"부정하지 않겠습니다."

외르타가 희열 섞인 한숨을 내뱉는 것이 느껴졌다. 발렌시아는 고개를 들지 않았다. 그녀는 다소 들뜬 목소리로 그를 끌어당겼다.

"역시 그렇지? 남을 이해 못한다고 하는 당신 말은 완전히 속없는 자기 비하라니까. 예전에는 어땠는지 모르지만 지금의 당신은 안 그래."

"……."

"경, 날 봐."

발렌시아는 숨을 깊이 들이쉬었다. 떠밀린 듯 시선을 들었다. 제 얼굴에서 채 세 뼘도 떨어지지 않은 곳. 외르타가 잎사귀를 흔들고 있었다. 가까스로 벽안을 보게 된 것이 반가운 양 낮게 웃었다. 손이 뻗어 왔다. 그 무방비한 팔에 순간 속이 덜컹 내려앉았다. 어깨를 잡혔다. 그는 턱에 힘을 주었다.

"이런 이야기는 똑바로 마주 보고 해야지."

"……."

"다행이야. 날 부정하지 않아 줘서 고맙다."

외르타는 잠시 웃더니, 이내 살짝 손을 떼어 냈다. 벌써 관심이 떨어진 모양이다. 그녀는 잎사귀를 품속에 숨겼다. 찰나, 코르사주가 반짝 빛나고 빛은 서서히 가라앉아 흔적조차 없게 되었다.

그녀는 한숨과 함께 침대 위로 몸을 올렸다. 인사도 없이 엉금엉금 기어가서는, 피곤한 듯 이불 끄트머리를 잡아 내렸다. 얇은 이불이 따뜻한 공기를 머금으며 부풀었다. 그녀는 이불 속으로 쏙 들어갔다. 아늑하게 둥지를 차지한 새 같다. 외르타의 목선을 따라 노란 천이 안개를 쳤다.

발렌시아는 자리에서 일어섰다. 그녀는 이불 속에서 얼굴만 보인 채 빙긋 웃었다.

"경, 밤이 늦었다. 내일 어떻게 일어나려고 해?"

그는 그 명확한 의미에 잠깐 침묵했다. 평생 있던 일 없는 취기가 한 번에 올라오는 것 같았다. 그녀를 내려다보았으나, 확고한 말은 여전했다. 그는 자신도 모르는 사이 뒤로 한 걸음을 물러났다.

"……실례했습니다. 물러나겠습니다."

"응."

"……."

"오늘 이것저것 고마웠다. 무도회만 나가면 뭐 이리 소란스러워지는

지 모르겠구나."

"……."

"경, 잘 자렴."

"주무십시오."

그는 몸을 돌렸다. 바닥에 발이 엉겨 붙은 듯 떼어 내기가 무척 힘겨웠다. 뒤편에서 울리는 그녀의 희미한 하품 소리가, 마치 제 귓가에서 울리는 것처럼 쾅쾅 요란했다. 그는 가까스로 걸음을 밀어냈다. 문을 넘었다. 잠깐 숨을 들이켰다가, 어떤 논리적인 고려도 없이 뒤를 돌아보았다.

가지런히 놓인 침상. 잔잔한 바다 위로 딱 한 번 파도가 인 모양이었다. 옆모습도 뒷모습도 아니었다. 그저 단단한 석상 같은 앞이었다. 눈은 어느새 감겨 있었다. 미동도 없다. 발렌시아는 저도 모르게 몸을 약간 기울였다.

"안 가?"

멈췄다.

그는 무언가에 데인 듯 뒤로 확 물러났다. 상대를 뚫어져라 바라보았지만, 그녀가 여전히 눈을 감은 채라 그 심중을 파악할 수가 없었다. 그는 포기했다. 말없이 뒤로 물러서서 조용히 문을 닫았다. 발렌시아는 문고리를 잡은 채 한동안 그 자리를 떠나지 못했다. 유리가 촘촘히 깔린 침묵이었다. 숨을 들이쉬고 내쉴 때마다 목이 깔깔했다.

발렌시아는 뒤돌아 계단을 올라갔다. 제게 걸음 소리가 없다는 사실을 알았지만 그래도 여전히 긴장되었다. 그는 평소보다 배는 더 소리에 신경 쓰며 꼭대기 층에 올랐다. 복도는 적당히 밝고 적당히 어두웠다. 그러나 그림자만큼은 유난히 검다.

그는 즉각 라퀼라로 향하려 했지만, 불가능했다. 무언가가 자신을 꽉 틀어막은 기분이었기 때문이다. 발렌시아는 코앞에 위치한 집무실의 문을 열어젖혔다. 자신이 나갈 때와 똑같은 모양으로, 그러나 한 새벽에 잠긴 평온한 모습이었다. 그 익숙한 광경을 보자니 마음이 진정되었다. 아니, 진정되었나? 발렌시아는 자문에 답하지 못했다. 그는 문을 닫지도 못한 채 안과 바깥의 경계에 서서 느릿느릿 시선을 움직였다. 대대로 내려온 고풍스러운 책장과, 수세대 전의 유물임이 분명한 양탄자, 근 삼백 년 동안 유행이 돌아오지 않은 유리 등불, 오래된 주목을 마법으로 담금질한 책상.

발렌시아는 떠밀린 것처럼 걸어갔다. 서류가 잔뜩 꽂혀 있는 간이 책장으로. 그는 허리를 숙여 무언가를 꺼냈다. 그가 스치듯 쥔 것은 성의 없이 쌓여 있던 뭉치의 가장 첫 장이었다. 들어 올리는 손길만은 조심스러웠다.

달도 없는 침묵이 있었다. 잠시 뒤, 그는 다음 장을 꺼냈다. 다시 침묵. 그리고 다시 다음 장, 다시 다음 장. 곧 네 장의 종이가 한 번에 흩뿌려졌다. 악의를 가지고 내던졌다기보다는 두려운 것을 떨쳐 내는 몸짓이었다. 처음의 손짓과는 다르게 포기는 다소 무성의했다.

그 동작은 제법 긴 시간 동안 계속되었다. 원체 쌓인 종이가 많아 일일이 읽는 것에 시간이 필요한 것 같았다. 그는 인내심 깊게 한 글자 한 글자에 집중했다.

한 시간 뒤, 그는 종이를 버려두고 나갔다. 그리고 돌아오지 않았다.

외르타는 전날 씻지도, 옷을 갈아입지도 않고 잠자리에 든 자신의 행동을 후회했다. 푹 자고 일어난 뒤에도 온몸이 찌뿌드드해 견딜 수가 없었기 때문이다. 얼굴이 땅겨 왔다. 관자놀이부터 시작해 턱 끝까지. 외르타는 당황했다. 이런, 정말 씻어야 할 것 같은데.

줄을 당기려는 도중 돌연 부르지도 않은 하녀 둘이 공손한 자세로 나타났다. 외르타는 놀랐지만 곧 제법 만족스러워졌다. 그들의 손에 온갖 기침 도구들이 들려 있었기 때문이다. 물론 그 뒤에 나타난 사람을 보자 그 만족은 약간 퇴색되었다.

"리베 발미레, 기침하셨어요? 어제 많이 피곤하셨나 봅니다. 무도회에 가셨던 그대로시네요."

"……."

"그러니 제 말씀을 얼마나 지켜 주셨는지도 직접 볼 수 있겠습니다. 하늘에 감사할 일이에요."

외르타는 어색하게 웃었다. 하녀들은 마땅한 옷가지들을 곱게 걸어 두곤 인사하며 방을 나갔다. 외르타는 그들이 모리에게까지 인사하는 모습을 보고는 눈을 동그랗게 떴다. 같은 아랫사람이라도 격이 있나 보다. 어쨌든 모리는……

"자, 이제 발을 풀어 보세요."

외르타는 약간 긴장하며 답했다.

"씻고 나와서 보여 줄게."

"아뇨. 발 자체의 문제가 아니에요. 발을 제대로 동여매셨는지를 보는 거니까요."

모리는 등으로 문을 밀어 닫았다. 외르타는 처음으로, 차라리 제 전담 의원이 남자였더라면 좋았을 것이란 생각을 했다. 그러면 적어도 이처럼 닫힌 공간에서 압박 받을 필요는 없었을 텐데. 그녀는 자포자기로 소파에 주저앉았다.

"너도 앉아."

모리는 고분고분히 명에 따랐다. 그러나 그 차분함은 딱 거기까지였다. 외르타가 발을 내밀자마자, 쌍심지를 켠 모리에게서 온갖 구중이 쏟아져 들어왔다. 그녀는 무도회에 빨리 나가야 해서 어쩔 수 없었다는 변명을 늘어놓았지만, 상대에게는 조금도 먹혀들지 않는 핑계였다. 이러면 의원이 무슨 소용이냐, 나중에 후회하지 말고 조심해라, 과장까지 섞인 구중이 쉴 새 없이 터져 나왔다. 외르타는 얼떨떨하게 혼나며 귀를 막고 싶다는 생각을 했다.

"조금만 조심하는 모습을 보여 주세요. 아주 조금만…… 그러면 저도 안심할 텐데 매번 이러시니…… 이처럼 함부로 발을 다루시면 정말 리베께서 신체 건강에 관심이 없으신 것 같잖아요."

"없는데."

모리가 눈을 한번 깜박였다.

"예?"

"난 내 몸 싫어해. 그래도 불편한 건 싫다고 네 말을 듣고 있지만."

"리베 발미레."

"모리. 그런데 정말 이렇게 주의하면 무엇이 달라지기는 하니?"

"악화는 안 되니까요."

"여섯 해 동안에도 악화되진 않았어."

"나이 들어서 고생하실 거예요."

"나이는 이미 들었잖아."

"리베, 리베께서는 이제 스물다섯이세요. 저는 쉰도 넘었어요."

"모리, 네 전문적인 입장에서 말해 보렴. 너는 내가 오래 살 것 같아?"

그녀는 곧장 답하지 않았다. 외르타는 그 반응을 예상했기에 탓하지 않고 그저 미소 지으며 말했다.

"남은 생을 지금처럼 안온하게 산다고 해도 사실 난 회의적이란다. 얼마 못 갈 것 같지 않아? 내 죽음이 더 빨리 오나 발의 악화가 더 빨리

오나 내기할래?"

"리베, 그렇게까지 비관적이지는 않아요. 리베께 손을 댄 놈이 대단히 노련한 자식이라서요. 정말 죽일 각오로 때리는 것과 정도를 알아 적정 수준에서 멈추는 건 확실히 다릅니다. 이 경우에는 아무래도 후자죠. 사실 후년에 건강하실 거라곤 도저히 말씀을 못 드리겠지만…… 그렇다고 수명에 이상이 있겠느냐 물으면 그건 아니죠."

"하지만 사람 수명은 이미 우리 손을 떠난 일이니 확신할 수 없지. 그리고 음…… 기억을 반추해 보면…… 그걸 겪고 뭘 그리 건강하게 살겠다고…… 욕심이야."

모리는 답 없이 그녀의 발에 매인 천을 풀어냈다. 일그러진 발이 빛 아래 드러났지만, 둘 중 누구도 긴장하지 않았다. 외르타는 잠시 그녀에게 발을 맡겼다가 끝내 자리에서 일어섰다. 벌써 정오였다.

"이만 씻으마."

"저는 여기 있을게요."

"왜?"

"나오시면 발 매어 드려야죠."

외르타는 그녀의 고집에 혀를 내둘렀다. 자신에게 이토록 주의를 기울이는 이유가 의원으로서의 사명감뿐이었으면 좋겠다. 동정이라면 울화가 치밀 듯했다. 공작에게 '구조' 되어 온 여자 취급은 싫었다.

아, 공작. 그녀는 문득 발렌시아를 생각하고는 밝은 표정이 되었다. 그동안 자신이 주검의 소산 이야기로 꽁해 있어 미처 말하지 못한 일이 있었다. 운라쿰 남작이 추천해 주었던 책. 참다가 참다가 결국 놓았다. 오탈자가 한 장에 십수 개는 되는 듯했던 것이다. 가서, 공작의 서재에 이런 파본이 있으니 필요한 책이라면 어서 교체하라 말해야겠다.

외르타는 몇 가지 잡다한 천을 챙겨 들며 모리를 돌아보았다. 그녀는 의자에 앉은 채 반쯤 눈을 감고 있었다. 외르타는 그녀가 벌써 자는가 싶어 고개를 기울였다가, 작게 불러 보았다.

"모리?"

"예?"

"졸려?"

"예? 아뇨."

외르타는 약간 웃었다. 모리는 망중한을 즐기느라 그 웃음을 눈치채지 못한 모양이었다. 그녀는 다시 뒤를 돌아 욕실 방향으로 걸어갔다. 보아하니 모리는 저 안락한 의자에서 곧 잠이 들 것 같았다. 다 씻고 나와서 깨워 줘야지.

물론 오산이었다.

그녀는 씻는 동안 바깥에 있는 모리에게서 온갖 지적을 받아야 했다. 보지도 않고 제가 짚은 살 부분 부분을 알아채는 말이 경악스러울 정도로 정확했다. 저 사람도 발렌시아처럼 기척에 민감한 것은 아닌가 하는 터무니없는 의심이 들 지경이었다. 물론 그리 질문하자, 모리는 사람 씻는 방향이 뻔한데 무엇이 신기하냐고 답했지만.

덕분에 외르타는 상흔에 주의하며 목욕을 끝낼 수 있었다. 그녀는 이미 꾸지람에 진이 빠진 상태라, 대충 몸을 닦은 뒤 가운으로 덮고 저벅저벅 걸어 나왔다. 모리에게 조금 과했던 것이 아니냐고 항의하려 했지만, 정작 그녀가 나른한 모양을 보자 성이 수그러들었다. 그 한낮의 평온에 대고 어떻게 탓하기가 겸연쩍었다. 외르타는 허탈해져선 다시 안쪽 방면으로 몸을 뺐다. 일련의 옷가지들을 챙겨 왔기에 품위를 차리기는 쉬웠다. 그녀는 몇 개의 속옷과 겉옷을 대충 걸쳐 입었다. 옷이 물기를 먹고 몸에 달라붙어 다소 거치적거렸지만 그래도 참을 만했다. 그녀는 허물을 벗은 것처럼 수건과 가운을 놓아두고는 잽싸게 침실로 돌아왔다.

모리는 외르타가 탁자 위에 털썩 주저앉는 소리에 놀라 눈을 떴다.

"리베 발미레, 푹신한 곳에 앉으시지 않고……."

"네가 발을 매 주면 바로 나갈 거란다."

"예? 어디로요?"

"꼭대기 층."

그녀는 수선스레 천을 찾아와 외르타의 왼발을 들어 올렸다.

"그렇게 마구 다니셔도 돼요?"

모리는 발을 감싸는 천을 마무리 지은 뒤 희한한 기합 소리를 냈다. 외르타는 그녀의 단정한 가마를 살피며 말했다. 어쩐지 한숨처럼 들렸다.

"왜 그런 말을 하지?"

"……."

외르타는 모리의 말이 단순한 질문이 아니었음을 깨달았다. 아니, 반문하기도 전에 이미 알고 있었던 듯싶다. 저 질문을 한 것이 설마 상대의 잘못일까. 그렇지는 않을 것이다. 걱정이라면 외려 감사해야 옳다.

그녀는 느릿느릿 물었다.

"아랫사람들 말이 어떻기에?"

"말씀드리면 화내실 텐데요."

"괜찮아."

"지난번에 에스드로가 말하더군요. 라퀼라를 맡는 하녀들이……."

"에스드로?"

"에스드로 누프리."

"아."

"아무튼 그들이 제법 오랫동안 라퀼라에 수건과 물그릇을 제공했다고 합니다. 그 이야기를 들은 누프리는 붉으락푸르락 화도 못 냈다지요.

너무 당연하게 생각하는 듯 보여서요. 물론 그 아이들의 어리둥절한 고해 이후…… 다 끝난 일이 되었습니다만, 누프리는 공작께서 어떻게 그리 오랜 기간 오해를 시정하지 않으셨는지 모르겠다고 하더군요. 그 용도를 모르실 분이 아닌데요."

"응? 여섯 그릇과 잠은 누구에게나 마찬가지인 것 아니야?"

"아뇨. 파다한 오해에 맞게 해석하시면 됩니다. 공작께서 특별히 명하신 여인도 없는데 채비하는 것은 외려 더 큰 무례거든요. 그분께서 하녀 아이를 부르셨을 리도 없고. 아예 사전에 예정된 일이라 생각했던 거지요."

그녀는 이마를 짚었다.

"에스드로 누프리는 아가씨와 온종일 붙어 다니는 사람입니다. 때문에 저것이 얼토당토않은 오해라는 사실을 알지만요, 꼭대기 층을 전담하는 이는 발폼. 이 꼭대기 층을 맡을 만한 솔정입니다. 그런 그조차 이 보고를 한 귀로 듣고 한 귀로 흘렸다는 말이지요. 누프리가 부정하자 그 발폼마저 당혹해 했답니다. 그만한 분위기예요."

"무시해도 괜찮겠다 생각했는데……."

"저는 리베께 충고하기에는 좀 겸연쩍은 위치에 있어요."

"자제하는 게 좋겠니?"

"그리 생각하신다면 마땅히 그리하셔야겠지요."

"네게는 어떻게 보여?"

모리는 콧김을 내뿜었다. 비웃음인지 한숨인지는 잘 모르겠다. 외르타는 소녀 적 자신의 즐거운 유대를 기억하며, 이성 간의 벽이 참 높은 딤니팔에 답답함을 느꼈다. 기사의 나라라 격의에 온 주의를 기울이는 것일까. 모국이었다면 이 정도의 친밀함은 수다거리도 되지 못했으리라. 아니, 아니지. 어쩌면 나라의 문제가 아니라 지위의 문제일 수도 있겠다. 자신이 발렌시아와 동등한 지위였다면 이만큼 경시 당하지는 않았을 테니까.

"사실 사람의 문제지요."

외르타는 깜짝 놀랐다. 생각이 들렸나?

"리베 발미레, 아가씨의 처신은 나쁘지 않으세요. 책잡히실 일 하나 없어요."

"어?"

"만일 저분이 공작이 아니셨다면 말이지요. 암만 꼭대기 층이라 해도 리베는 객이시지 않습니까, 객. 미라이예의 객이요. 주인의 허가가 있다면 무언들 못할 지위겠습니까? 남녀 사이라도, 공작이 아닌 다른 분이셨다면 그저 평범한 반응이었을 텐데…… 공작이 공작이신 게 문제라고 해야 할까요?"

"……."

"안주인이라도 계셨으면 좀 나았을 텐데요. 이렇게 무고하신 두 분이 매번 그런 시선을 받는 게…… 음…… 제가 다 죄송할 지경이거든요."

외르타는 고개를 저으며 자리에서 일어섰다. 그녀는 자신이 탁자에 올려 두었던 책을 들고선 실내화가 있는 쪽으로 걸어갔다. 모리는 멍하니 있다 그녀를 따라 고개를 돌렸다. 그 뿌연 얼굴에 걸맞도록 얼떨떨한 질문이 흘러나왔다.

"리베? 어디 가시게요?"

"응? 꼭대기 층."

그녀는 제 말을 듣고도 다시 그곳에 출입하려냐고 핀잔하고 싶은 듯했다. 표정으로 읽혔다. 외르타는 별다른 미소 없이 시선을 돌렸다.

"참, 모리, 사람 불러서 방을 좀 치워 두라 하렴."

"……그러겠습니다."

"고마워. 바로 내려오마."

"예. 이 시간이라면 합하께서도 집무실에 계실 테니까요."

그러나 그는 집무실에 없었다. 외르타는 휑뎅그렁한 꼭대기 층을 보며 당황해선, 계단 너머로 나아갈 엄두를 내지 못한 채 책을 내려놓았다. 이곳에 두면 적당히 치우겠지.

어쩐지 맥이 빠진 듯한 기분이 들었다. 저도 모르게 약간 초조해져 있었나 보다. 전날 그토록 정직하게 고해한 사람이었다. 그런 이를 대하는 것은 아무리 그녀라도 무덤덤하게 넘길 일이 아니었다. 긴장해 있었는지도 모르겠다. 물론 자신이 어찌 행동할지 고민한다기보다는 상대가 어떻게 반응할지를 헤아리는 긴장이지만, 결국 같았다.

외르타는 팔짱을 한번 꼈다가, 그가 여전히 보이지 않는다는 사실을 깨닫고는 작은 한숨을 내쉬었다. 집무실 문은 반쯤 열려서, 평소와 다를 것 없는 청결함과 평온이 낮게 깔려 있었다. 주인을 닮았지만 정작 그 주인은 찾아볼 수 없었다. 그녀는 그 사실에 허전함을 느끼고는, 그런 자신에게 당황했다.

그가 없어 내 마음이 허전하다? 농담일 것이다. 혹은 발렌시아가 제게 끼치는 영향력이 그만큼 크다는 증거, 혹은 그가 서서히 제 우정의 선으로 들어오고 있다는 의심일지도 모르겠다. 희한했다. 그리 생각하고도 불쾌감은 일지 않았다. 외르타는 제 평온에 감탄할 수밖에 없었다. 앙히에처럼, 그 형제 역시 점차 빛깔 씌운 사람으로 보이지 않나.

"예서 무엇 하십니까?"

외르타는 반쯤 뒤를 돌아보았다. 서류를 한 아름 든 누프리가 서 있었다.

"아, 책 때문에. 경이 없기에 두고 가려 했지."

"합하께서는 아래 연무장에 계십니다."

"왜?"

"저도 들어가지 못하고 나왔습니다. 오늘은 일을 쉬시려는 듯합니다."

"하긴…… 어제 무리했으니 그럴 만도 하지."

"예. 리베께서도 쉬시지요."

외르타는 난데없는 권유에 핀잔하듯 말했다.

"누프리, 감시가 습관이 되었구나."

"예? 아니요, 이건 결코 제 편의를 위해……."

그녀는 더 이상 그를 경청하지 않고 제 방까지 돌아 내려갔다. 외르타는 자리를 지키고 있던 모리에게 손짓한 뒤, 하녀에게 요청했던 바구니 둘을 잡아들었다. 둘 모두 얇은 아마포로 가려져 있어 정체를 알 수 없었다. 누프리는 철 같은 자세로 다가와 짐을 받아 들었다.

"내려가실 겁니까?"

"노을 정원."

"점심은 어찌 해결하실 예정인지요?"

"거기 있잖아."

그는 의심쩍다는 눈으로 바구니 하나를 응시했다.

"가자."

외르타는 하품을 하며 제 양 팔뚝을 쓰다듬었다. 햇살이 뜨끈뜨끈했다. 바구니에 든 것이 봄 햇살과 봄바람이라면 기뻤겠지만, 아쉽게도 그것은 아니었다. 바구니 하나에는 누프리에게 말했듯 푸짐한 양의 점심이 있다. 그러나 나머지 하나. 외르타는 최근 새로운 시도를 해 보려는 중이었다.

"……자수 도구입니까?"

외르타는 그의 놀랍다는 어조에 빈정이 상했다.

"그래. 문제가 되니?"

"아니…… 리베께서 자수 놓는 모습을 뵌 일이 없어서요."

"누구든 처음은 있잖아."

"예…….."

그녀는 그 두리뭉실한 마무리에 다시 코웃음을 쳤지만, 더 반박하지는 않았다. 뒤에서 누프리가 몇몇 사람들에게 채비하라 명하는 소리가 들렸다. 외르타는 당신이 든 짐 두 개면 쉬기에는 충분하고도 남는다고 말해 주고 싶었다. 어차피 바깥에서 저녁까지 머무를 것도 아닌데.

그녀는 손을 들어 주먹에 쥐인 천을 바라보았다. 소모사梳毛絲답게 선명한 햇살이 투과되는 것이 제법 아름다웠다.

누군가의 말소리가 들렸다.

"이만 들어가시지요."

외르타는 들었던 팔을 축 늘어트렸다. 작품 감상을 망치는 소리였다.

"아직 저녁도 안 됐는데?"

"곧 어스름이 질 겁니다. 석찬을 드셔야 하지 않습니까?"

"간식 먹었잖아."

"따뜻한 음식이 필요하실 텐데요."

"누프리, 배고프면 먼저 들어가서 저녁 들럼."

"저는 괜찮습니다."

"나도 괜찮단다."

"합하께서 저를 탓하실 겁니다."

"내가 뭘 먹든 경이 상관할 일이야?"

누프리가 이마를 짚는 모습이 보였다. 외르타는 퉁명스럽게 콧방귀를 뀌며 다시 한 번 제 작품을 관찰했다. 처음치고는 제법 괜찮다. 제대로 된 도안도 없이, 제 기억 속에 선명히 박힌 아델의 장식을 따라 그렸던 것이다. 백색을 품은 붉은 백합. 아직 안을 채우지는 못했지만 그 선이 빚어내고 있는 양각만큼은 분명했다. 물론 박식한 누군가가 제 옆에 있었더라면 저것이 로크뢰의 문장이 아니냐 물었을지 모른다. 답은 역시 긍정이리라. 그러나 제 딸을 어쩌겠는가.

외르타는 혀를 한 번 찼다.

"무슨 문양이지요?"

"라르디슈 왕실 문장."

"수틀을 뒤집으신 겁니까?"

외르타는 고개를 돌려 그를 쏘아보았다. 누프리는 허허 웃으며 시선을 피했다. 외르타는 제 것이 그리도 엉망인가 생각하며 다시 수틀을 내려다보았다. 그러나 자신에게는 정말 똑같은 무늬처럼 보였다.

"백합으로 안 보여?"

"……."

"똑같은데……."

"화관을 그리 훌륭히 만드시기에 본디 손재주가 뛰어나신 줄 알았습니다. 괜찮습니다. 사람마다 일장일단이 있는 법이니까요."

"……."

"그런데 정말 들어가지 않으실 겁니까? 합하께서 노여워하실 겁니다."

그녀는 이해할 수 없었다. 외르타는 수틀 위로 제 손을 포개려다 바늘로 천을 관통시키는 대참사를 일으켰다. 제 조심성 없음에 짜증이 치솟았다. 그녀는 붉으락푸르락한 채 쏘아붙이듯 말했다. 사실 상대의 잘못은 아니다.

"발렌시아 경은 왜 노여워한다니?"

"저는 합하께 리베의 일거수일투족을 보고하는 사람입니다. 하지만 감시역은 결코 아니지요. 제 주된 임무는 객의 편의를 봐 드리는 겁니다."

"편의를 봐 주는 것뿐이라면……."

"합하께서는 특별히, 리베께서 끼니를 놓치지 않도록 배려하라 명하셨습니다. 곡기를 끊으셨던 전날을 생각한다면 무리하신 걱정도 아닙니다. 저도 마음 깊이 동감하고요. 리베께선 스스로 얼마나 여위셨는지 알지 못하시는 것 같습니다."

외르타는 제 팔뚝을 빤히 응시했다. 다소 가늘기는 하나, 제 최악의 때와 비교한다면 통통하게 살이 오른 팔이었다. 때문에 그녀는 무엇이 문제인지 조금도 알 수 없었다. 평범한 것 같았다.

"이게 많이 마른 거야?"

"……."

"그렇게 한심하다는 듯 쳐다보지는 마……."

"아마 합하께선, 리베께서 배는 살을 찌우신 뒤에야 경계를 놓으실 겁니다. 저도 공감하는 바입니다. 무례한 말씀이지만 제 딸의 경우였다면 필시 생에 불만이 있느냐 윽박질렀겠지요."

"딱히 불만이 있는 건 아니다만…… 잠깐, 누프리, 딸이 있나?"

"예. 혼인한 지도 벌써 몇 해나 되었습니다."

"어? 정말? 부인은?"

"사별했습니다."

그녀는 약간 주춤했다.

"미안하다."

"오래전 일입니다."

외르타는 몸을 비스듬히 돌렸다. 자수에나 열중해야겠다. 말만 꺼내면 이래저래 골치가 아픈 것이 영 운이 없는 것 같았기 때문이다.

"그러니 저녁 드시러 가세요."

그녀는 무시하고는 고개를 더 숙였다.

누프리는 제 입장이 조금 곤란해졌다고 느꼈다. 제 옆 나무에 기댄 외르타는 잠에 든 지 오래였다. 수틀을 품에 안은 채, 별다른 숨소리도 없이. 그는 어스름을 바라보며 그녀를 깨워야 하나 고민했지만, 역시 리베에게 손을 대기는 쉽지 않았다. 그는 조금 더 시간을 두고 넉넉히 지켜보기로 결심했다. 그녀가 깨어나거나, 아니면 주변이 컴컴해질 때까지.

그러니까 방금 전까지는 제 심성이 그리 넉넉했다는 의미다.

그는 입을 꾹 다문 채 그녀 앞에 선 남자를 바라보았다. 미루나무처럼 훤칠한 그림자가 아슬아슬 등걸에 걸려 있었다. 누프리는 속으로 고개를 젓고선, 실제로는 한숨을 터뜨렸다.

발렌시아는 잠든 외르타를 내려다보고 있었다. 그 시선은 너무도 묵직해서 어쩐지 노려보는 것처럼 느껴지기도 했다. 누프리는 그것이 자신을 책하는 눈인 듯하여 속이 불편해졌다. 제 주인에게 이런 표현이 어울리는 것인지는 도통 모르겠지만, 그 행동에 가장 근사치인 형용사라면, '조심스럽다'였다. 제 생각을 부정할 수 없을 만큼 조심스러운 눈총이었다.

그가 불쑥 말했다.

"언제부터 이곳에 계셨나?"

"정오가 조금 지나서부터 계속 이 자리에 머무셨습니다."

"반나절이 넘도록?"

답하고 싶지 않았으나 별수 없었다.

"예."

"석찬은 드신 건가?"

"……아니요."

누프리는 그리 부정하며 발렌시아의 모습을 살폈다. 하루 종일 연무장에 있었다면 차림이 흐트러질 법도 한데, 흐트러진 곳이라고는 머리칼 몇 자락밖에 없는 사람이었다. 저럴 수는 없다. 아무리 자신의 주인이라 한들 한나절의 수련 이후라면 저토록 멀쩡한 모습으로 걸어 나올수 없는 것이다. 누프리는 발렌시아가 조용한 장소를 찾고자 연무장을 봉쇄했던 것은 아닌가 의심했다. 칼은 위장, 진짜는…….

물론 주인의 의도를 해석하는 것은 불경이다.

"외르타."

누프리는 순간적으로 깜짝 놀랐다.

상대는 여인을 내려다보는 제 자세가 무례하다고 느낀 모양이었다. 고민은 길지 않았다. 발렌시아는 느릿느릿 한쪽 무릎을 꿇었다.

"외르타."

아직까지 그의 손은 그녀에게 닿지 않았다. 가장 가까이 닿은 곳이라곤 손끝으로 짚은 외르타의 긴 망토 자락 정도. 그녀의 눈꺼풀이 꿈틀대는 모습이 보였다. 있지도 않은 햇살에 겨워 일어나는 듯했다.

"으……."

그녀는 땅을 짚었던 손을 얼굴 부근으로 옮겼다. 누프리는 발렌시아가 간신히 그녀의 양 팔목을 잡아채는 모습을 보았다. 외르타의 손은 그의 힘에 막혀 공중에 우뚝 섰다. 그녀는 숨을 삼키며 번뜩 일어났다.

"뭐…… 무슨……."

"손에 흙이 묻으셨습니다."

"왜…… 뭐?"

"얼굴이 더러워집니다."

외르타는 상황 파악을 못한 채 눈을 깜박였다. 팔은 움츠려 모아서, 마치 앞에 선 누군가의 공격을 받아 내려는 듯한 방어 자세가 되어 있었다. 발렌시아는 웃음도 없이 그녀의 팔목을 모아 다시 그녀의 품에 안겨 주었다. 외르타는 입만 벙긋벙긋 움직이다가, 끝내 웃었다.

누프리는 정신이 사나워지는 것을 느꼈다. 발폼에게 그릇과 수건을 치우라 말하며 저들이 그렇고 그런 사이라면 제 코를 베겠다고 맹세한 바 있었다. 괜히 맹세했나. 벌써 후회하기 시작하면 제 침착한 오십 년이 부끄러워질 것이다. 그러나 이름을 부르고, 무릎 꿇어 여인을 깨우고, 미처 잠에서 깨지 못한 그녀의 손을 돌보고, 다시 구름처럼 놔두는 일련의 동작에는 분명 감정이 배여 있었다.

"외르타, 땅거미가 지고 있습니다. 들어가십시오."

"아? 아, 벌써 시간이……."

"저녁을 들지 않으셨다고 들었습니다. 채비하라 이르겠습니다."

외르타는 영 정신이 없는 것처럼 보였다. 그녀는 주섬주섬 제 주변을 챙겼지만 실상 그녀의 손에 들어가는 것은 몇 없었다. 누프리는 외르타를 도와 바구니에 몇 가지 물품들을 쓸어 넣었다. 그녀는 감사의 미소를 짓는 둥 마는 둥 나무 등걸을 잡고는 벌떡 일어섰다.

"먼저 가서 석찬을 명해 두어라."

누프리는 고개를 숙인 뒤 바구니와 함께 총총 사라졌다. 발렌시아는 자리에서 일어섰다. 그녀는 잠깐 휘청거리다가 무언가를 발견한 것처럼 다시 주저앉았다. 그는 그녀를 말리지 않고 조용히 지켜보기만 했다.

외르타는 그림자 속에 떨어져 있는 둥근 수틀을 품에 안은 뒤 일어섰다. 그는 무관심하게 떠나려 했으나, 그녀가 긴장하는 느낌으로 제 팔을 잡자 다시 되돌아볼 수밖에 없었다. 그녀는 수틀 — 로 보이는 것 — 을 뒤집었다. 외르타는 사뭇 조심스러운 태도로 물었다.

"경, 이게 뭘로 보여?"

"……."

"백합?"

"……."

"그렇게 안 보여?"

"그처럼 보입니다."

외르타는 그것을 돌려 다시 껴안았다. 발렌시아는 그 생뚱맞은 백합에 속이 불편해지는 것을 느꼈다. 이유를 묻고 싶었다. 그러나 그녀는 그에게서 긍정의 답을 들은 것만으로도 만족해, 더 이상 대화를 이끌어 줄 마음이 없는 것처럼 보였다. 그는 제 앞을 지나가는 갈색 머리칼을 따라갔다.

그녀는 평상시보다 더욱 느리게 걷고 있었다. 발렌시아는 스스로가 아예 멈춰 있지는 않나 의심했지만, 그녀가 움직이고 있으니 그것은 아니었다. 외르타의 둥근 가마가 홀로 숨을 쉬는 듯 오르락내리락 평온했다. 그녀의 시선이 비스듬히 돌아갔다. 그 시선이 닿은 곳에는 정원을 정리하던 하녀 둘이 있었다. 그들은 잠깐 외르타와 발렌시아를 돌아보다가, 마땅한 예를 표한 뒤 다시 몸을 숙였다. 발렌시아는 그것을 당연한 일상이라 생각했기에 상대가 특별히 저쪽을 짚은 이유도, 곧이어 흘러나올 말도 짐작하지 못했다.

말을 고르는 침묵도 없이 돌연 맑은 목소리가 흘러나왔다.

"경, 나는 일곱 살 때, 반 슈체친의 스무 살 난 아들과 약혼했다."

발렌시아는 말의 의도를 파악하기 위해 노력했다. 물론 지지부진했고, 그 와중 외르타는 신발을 굴리며 말을 이어 나갔다.

"따지고 보면 삼촌, 조카 간이지만 누가 그런 걸 신경 쓰겠어? 그는 한 반년 정도를 나와 데면데면 지내다가 발터에게 죽었다. 반 슈체친은 이미 꽤 전에 마음을 돌렸다던가? 그 사람은 자식이 셀 수 없이 많아 서…… 그를 별로 아까워하지도 않았을 거야. 그렇지만 나는 상심했지. 일로너 데샴."

일로너 데샴. 긴 밤을.

"그리고 그다음 약혼은…… 세파르딕. 이건 내가 미안해야 하는 일이 다. 음…… 자세히 설명하자면 역시 내 어렸을 적의 치부가…… 아무튼 내 과오로 일어난 치정 문제였지. 역시 발터에게 죽었다. 나는 그와 약 혼한 줄 몰랐는데 이미 폐하까지 승인을 했더라고…… 하긴 이리 말해 봤자 횡설수설밖에 더 될까. 그는…… 모르겠다. 이제 와 깊이 사죄할 뿐이다. 일로너 데샴."

비스듬한 노을이 그녀의 뺨을 두드리고 있었다. 외르타는 분을 문지 르는 모양으로 노을을 문질렀다. 그녀는 웃는 듯하다가 그것이 경우에 맞지 않는다는 사실을 깨닫고는 슬며시 표정을 굳혔다. 그러나 옅게 띤 미소만큼은 똑똑히 보였다. 위장은 쓸모가 없다. 그녀는 조용조용히 마 지막 말을 이었다.

"사실 앞선 두 번이 이런 식이었으니, 그 뒤를 이은 내 진짜 남편이 죽어 나자빠진 것도 무리는 아니지. 이번 살인자는 발터가 아니었단 사 실만이 좀 다를 뿐이다. 그는 신경도 안 썼지. 결국 나였지."

"외르타."

"응?"

"당신이 아닙니다."

"뭐가?"

외르타는 혼란스러운 상태로 그를 올려다보다가, 얼마 지나지 않아 그 진의를 알아차렸다. 로크뢰의 살인자가 당신이 아니라는 말을 하고 있는 것이다. 아니, 물론 실질적으론 그렇기야 하다. 하지만 앞에 선 사람을 살인자로 일컫는 것만큼이나 큰 무례가 어디 있겠는가.

"아? 아…… 어쨌든, 알겠어. 그래. 아무튼 그자도 나 때문에 죽었지."

"당신 때문에 죽은 것이……."

"경."

대답은 들리지 않았다. 그녀는 그가 무엇에 골을 내고 있나 싶어 작은 한숨을 쉬었다.

"발렌시아 경, 민감하게 굴지 마라. 당신 공로를 앗으려는 게 아니다. 단지 내 약혼 세 번이 어떤 식의 파행으로 끝났는지 알려 주고 싶었던 거야. 확실한 공통점이 있잖아."

"보이지 않습니다."

"보여. 나야. 이건 심지어, 일련의 우연 탓에 내 주변이 죽었다는 식으로 설명될 수도 없다. 그들의 끝에는 언제나 내가 깊게 관여되어 있었거든. 첫 번째는 내가 왕녀의 역할을 다하지 못한 까닭. 두 번째는 내가 상대에게 받은 애정을 감당하지 못한 까닭, 세 번째는…… 음…… 어……."

"제가 죽였습니다."

"말이 빙빙 도는구나. 아니야. 세 번째는 내가 그를 증오한 까닭이지."

"외르타."

"……물론 감사하게도 당신이 묻어 줬고."

외르타는 이기지 못하고 그의 의견을 받아들였다. 본론은 이것이 아닌데, 청자가 자꾸만 꼬투리를 잡으니 말이 이상하게 길어지고 있었다. 그녀는 고개를 저으며 앞서 나아가고 있는 그를 바라보았다. 평소보다 백배는 느려진 걸음이었다.

"경, 떠나기 전에 앙히에가 말하더구나. 경이 이전 약혼자에 대한 죄책감으로 결혼을 멀리하는 것 같다고. 더군다나 첫 약혼도 죽음으로, 두 번째 약혼도 불상사로 끝났으니…… 그렇지만 논리가 이상하다. 그걸 인정한다면 우리 둘이 짝 지을 경우 둘 모두 비명횡사할 거란 사실도 인정해야겠지."

"외르……."

"경은 정말 그리 믿어? 그럴 리가 없잖아. 미신도 아니고. 그러니 대공작의 충고도 귀담아들을 만한 여지가 있다."

"제 혼사에 간여하지 말라 말씀드렸습니다. 당신과는 상관없는 일입니다."

외르타는 순간적으로 그 엄중한 말투에 겁을 먹을 뻔했다.

"……경, 나는 첫째, 앙히에의 절절한 부탁을 받은 사람이고, 둘째로, 내가 힘들어."

"무엇에 힘이 드십니까?"

"당신과 친해지기가 힘들어. 안주인이 없는 상황에서, 난 당신에게 조금만 집적대도 첩 수준으로 격하될 수밖에 없는 위치거든. 기분 좋을 일은 아니지. 물론 절대! 이런 불편만으로 슬쩍슬쩍 혼사를 권유하는 건 아니다. 그건 염치없는 짓이지. 다만 경 본인도 귀족으로서 혼인이 한참 늦었고, 대공작의 유언도 있고, 곁에 훌륭한 리베들이 있고, 앙히에도 애끓는 중이니 여러 조건들을 고려해 보라는 거란다. 내 편의는 그다음 이고."

그는 계속 걸어가고 있었다. 외르타는 그의 속도가 점차 평소로 돌아오고 있다는 사실을 깨달았다. 미간이 스러지는 것을 막을 수가 없었다. 이 정도면 충분히 배려했으니, 더 거리낄 것이 없다는 뜻일까. 그녀는 견디지 못하고 달려가 그 손목을 꽉 잡았다.

혹은 잡으려 했다. 외르타는 그의 손목을 잡는 순간 잠깐 갈피를 잡을 수가 없었다. 시야가 한 번 휩쓸렸기 때문이다. 누군가 암흑에서 빛으로 던져 준 것처럼 잠시간 어질어질했다. 끌려갔나 보다. 어깨에 손이 얹혀 있다는 사실은 뒤늦게야 깨달았다. 정신이 입으로 스며들기도 전에 상대의 음성이 들렸다.

"당신은 어차피 떠날 사람입니다."

외르타는 눈을 똑똑히 뜨고 그를 올려다보았다. 정면이고, 원체 가까워서 눈매가 조금 시렸다. 뜬금없는 말에 제 얼굴이 바짝 당겨지는 느낌이었다. 어차피 떠날 사람?

"들어가십시오."

얼음이라기보다는 철에 가까운 목소리였다. 발렌시아의 손이 떨어져 나갔다. 외르타는 양어깨에 얹혀 있던 무게가 사라지자 방금 전, 휘돌려졌던 자신처럼 당황하고 말았다. 그녀는 치마를 들고 급히 걸어갔다. 발렌시아는 벌써 저택 안으로 들어서고 있었다. 그녀는 그가 저택으로 들어가면, 또다시 홀로 쌩하니 집무실에 들어 두문불출하리라는 사실을 아주 잘 알았다.

"아!"

외르타는 발을 꺾으며 휘청거렸다. 물론 연기였다. 안전을 기해 오른 발을 썼다. 순간, 어설픈 자신을 그가 눈치챌까 걱정되었지만, 그것은 말 그대로 순간이었다. 외르타는 자신의 안전을 확인하는 것처럼 오른발을 급하게 여러 번 돌려보려 했다. 광대처럼 한쪽 발을 세우려는 와중 그림자가 드리워졌다. 외르타는 고개를 들었다.

"외르타."

그녀는 어색하게 웃으며 멀쩡히 섰다. 무리 없이 몸을 일으킬 수 있었다.

"아니. 괜찮아. 아니야. 경, 그런데 이게 문제가 아니고……"

"오른발 드십시오."

그녀는 그의 말보다는, 주저앉으려는 그의 모습에 더욱 놀라서 오른발을 들었다. 저만큼이나 민감하게 구는 것을 보니 어쩐지 죄책감이…….

"아!"

"……."

"……."

"발목을 접질리셨습니다."

"괜찮아…… 악! 왜 잡아당겨!"

외르타는 중심을 못 잡고 그의 어깨를 짚었다. 멀쩡한 발도 저리 무식하게 비틀면 그 누구라도 아파할 것이다. 안 아프면 사람이 아니라 나무토막이지. 그녀는 제 멀쩡함을 과시하기 위해 그의 손을 떨쳐 내려 했다.

"놔. 괜찮으니까."

"모리 라치올을 부르겠습니다."

"정말 안 아파. 당신도 당신 힘으로 그렇게 비틀면 안 아프고 배기겠어? 이래 봬도 모리에게 아프면 아프라고 말하라는 설교를 백 번은 들은 몸이란다. 난 이제 아프면 아프다고 말해."

"외르타."

"안 아프다니까! 그건 그렇고 경, 여기서 왜 떠날 사람이라는 말이 나와? 물론 틀린 말은 아니지만, 왜 지금?"

침묵조차 없었다.

"당신은 소임을 마친 뒤 은거하기로 결정하신 분입니다. 그런 분께 제 혼인에 대해 충고 받고 싶지 않습니다. 당신은 제 뒷일을 고려하지 않으실 것입니다."

"경, 이건 폐하의 충고다. 물론 폐하께서 직접적으로 공작에게 결혼을 종용하라 말씀하신 적은 없지만, 기회만 있었다면 필시 그러셨으리라 믿어. 내가 기어이 폐하를 업어 와야겠어?"

"상관없습니다. 혼사에 대해서라면, 당신의 입으로 들을 이유가 없습니다. 듣지 않겠습니다. 앞으로는 답이 없어도 저를 탓하지 마십시오."

"계속 이럴 거야?"

발렌시아는 자신의 말을 충실히 지켰다. 무시했다는 뜻이다. 외르타는 발목을 감싸고 있던 손이 서서히 풀리는 것을 느꼈다. 이제 다시 사라지겠지. 자신이 쫓아갈 때까지 제 일에만 열중하며 주변 한번 돌아보지 않을 사람이었다.

그녀는 한숨과 함께 내뱉었다.

"별수 있나…… 이제 집무실에는 출입을 말아야지."

"설명하십시오."

"안주인도 없는 저택에서 내가 설칠 수는 없잖아. 심지어 혼인 계획조차 없는 저택. 발렌시아 경, 나는 물론 내 평판이 어떻게 되든 상관치 않는다. 하지만 당신은? 그래. 경, 경 말이 맞지. 나는 내가 '떠날 사람이기 때문에' 나만 생각하기가 미안한 거다. 별별 추레한 이야기는 경에게 어울리지 않아."

"……."

"한 달? 사순? 그 정도만 지나면 못 볼 사이란다. 혼사가 진행되면 그래도 불편한 이야기들이 사그라지지 않을까 했는데 영 글렀지. 알겠다, 알겠어."

"……."

그녀는 앙감질로 한 발자국을 뒤로 물러났다. 구속이 스르륵 풀렸다. 외르타는 정말 괜찮다는 듯 오른발을 탁탁 두드렸다.

"봐. 괜찮……."

"외르타."

"응?"

"한 달 내로 떠나십니까?"

"응? 여러 번 말했잖아. 이유도 설명했다."

"당신을 해하게 될 제가 당신의 쾌유된 모습조차 보지 못한다는 것은 옳지 못한 일입니다. 남아 계십시오."

외르타는 눈을 몇 번 깜박였다. 잘 이해가 가지 않았다.

"어차피 경은 전쟁 때문에 떠나야 하잖아."

"저는 지난 십 년간 전쟁을 치렀습니다. 폐하께서도 다소의 아량은 보여 주실 것입니다."

"전쟁에 아예 안 나간다고?"

"아니요. 초반에만 출전하게 될 확률이 높습니다. 폐하의 말씀입니다. 그러니 연말까지만 쉬십시오. 돌아오겠습니다."

그녀는 기가 막혀 너털웃음을 터뜨릴 뻔했다. 그러나 그것이 대단한 욕설처럼 들리리라는 사실은, 다행히도 인지하고 있었다. 그녀는 도리어 자신을 더욱 파묻었다. 감췄다.

"당신을 기다리라는 말인가?"

"예."

외르타는 짧은 한숨을 내쉬었다. 느릿느릿 일어서는 그가 보였다. 그녀는 그를 만류하고 싶었으나, 곧 자신이 내뱉게 될 말을 생각하자 염치가 없어 그만두었다. 대신 손을 뻗었다. 잡았다. 그는 물끄러미 그 결절을 바라보았고, 외르타는 겸연쩍은 표정이 되어 입을 열었다.

"경, 작별 인사는 나를 찌를 때 해라."

순간, 외르타는 저도 모르게 입매가 움츠러드는 것을 느꼈다. 저를 노려보는 그의 시선에는 그럴 수밖에 없었다. 외르타는 자신이 일곱 달 전으로 돌아온 것은 아닌가 의심했다. 상대의 시선은 칠 개월 전, 총사로서 포로를 대하던 그 싸늘한 시선. 아니, 어쩌면 지금은 그보다 더 심한 분노가 담긴 건지도 모르겠다. 그때의 그가 철저한 무관심을 기반하고 있었다면 지금은…….

"외르타, 당신은 자신을 배려해 달라 말씀하시기 전에 저를 먼저 배려하셔야 합니다. 당신은 제가 당신을 해할 것이라는 말에 아무 인상을 받지 못하십니까?"

외르타는 손을 들었다가, 어쩔 줄 모르고 펄럭이기만 했다. 제 얼굴을 향해 부채질했다. 고개를 들어 새파란 밤을 쳐다보았다. 슬쩍 내리니 파란 눈이었다. 도무지 피할 수가 없다. 그녀는 숨을 들이켜고는, 설득력 없는 설득을 하기 위해 입을 열었다.

"경…… 우선 나는 정말 괜찮다. 처음에는 충격을 받았지만, 어쨌든 내가 살 길이 그것밖에 없다면 결국 누군가는 해야 하는 일 아닌가? 그 사람이 바로 당신이라면 꺼려지기는커녕 더 안심이 되는 거지."

"그것은 당신의 입장입니다."

"경도 마찬가지일 거란다. 이런 말은 정말 미안한데, 발렌시아 경, 당신이 칼을 든 것이 처음은 아니잖아."

외르타는 스스로 말하고도 미안한 마음에 그를 올려다보았다. 면전에 대고 당신은 손꼽히는 살인자라고 지칭한 것이나 다름없으니까. 아니나 다를까, 발렌시아는 심해처럼 가라앉아 있었다. 덜컥 겁이 났다.

"그러니까…… 나를 해하는 것에도 그렇게 무심해 줬으면 좋겠다고 말하는 거야. 우리 객관적으로 생각하자. 나는 가장 유능한 사람을 선택하고 싶고, 내가 아는 가장 유능한 사람은 물론 당신이다. 객관적으로 이에 도출되는 결론이 둘일 리 없지."

"당신은 객관적일 수 있습니까?"

"나는 괜찮아."

"존경합니다."

"아니, 뭘 이런 걸 가지…… 뭐라고?"

제 선을 넘은 무심함에 대한 칭찬이 아닌가 보다. 외르타는 고심하는 표정이 되어 콧등을 짚었다. 뭘 존경한다는 거지? 그녀는 그가, 자신이 부상을 입는 와중에도 냉정할 수 있다는 사실을 존경한다는 줄로만 알았다. 그러나 문득 생각해 보니, 저자라고 똑같은 일을 못할까? 차이 없는 특기에 존경을 표하는 일은 말이 되지 않는다. 그녀는 머릿속이 혼란스러워지는 것을 느꼈다.

그가 말했다.

"외르타, 저는 스스로 당신을 해할 일이 없기를 바랍니다. 때문에 혹 칼을 쓸 일이 온다면 역시 쉽지는 않을 것입니다."

"난 이해가 안 간다. 난 태어나서 경만큼 공사公私 구분에 확고한 사람을 못 봤어."

"당신의 일입니다. 이미 사사私事입니다."

외르타는 그의 벽안을 뚫어져라 바라보았다. 고개가 아팠지만 버텼다. 아주 잠깐, 아주 약간, 발렌시아의 어깨가 들렸다 가라앉았다. 벌에게 쏘인 것 같은 떨림이었다. 외르타는 그 뒤척임을 보며 뒤늦게야 깨달았다.

발렌시아는 이미 자신을 '제게 의미를 가지는 몇 안 되는 사람'의 범주에 끼워 넣은 것이다. 그런 사람을 찌르라 말하면서 어찌 비난의 눈총을 받지 않고 지나갈 수 있을까. 아무리 무정한 사람이라 해도 결국 딤니팔인이다. 테두리 안에 넣은 이를 결코 함부로 대하지 못하는 그 애착. 그것을 안다. 그것을 그녀도 짐작치 못하는 것이 아니었다. 외르타는 그제야 전부 알아차려, 미안하다는 시선으로 발렌시아를 응시했다.

"경…… 무리한 부탁을 해서 미안하다."

"……."

"사실 살려 달라는 이야기를 한 것부터가 중한 말이기는 했지. 당신이 나를 부정하지 않은 이상 그 무게는 더 무거워졌을 테고. 그런데 나는…… 미안하다는 말밖에 할 수가 없다. 어떻게 매번…….”

“…….”

“우리가 실제로 무슨 관계가 있다면 나도 부탁에 조금 떳떳해질 수 있을 텐데, 무형의 감정으로 오라 가라 하니 염치없기도 이만큼 없을 수가 없어. 용서하렴. 내가…….”

“미안하다면 머무르십시오.”

“경, 이야기했잖아. 딤니팔이 승리할 경우 나는 처리하기 힘든 승리화환이 된다. 온전히 믿을 수 없는 사람에게 권력을 떼어 주어야 한다니 폐하께서 언짢으실 만도 하지. 그리고 딤니팔이 패배할 경우라면, 나는 꼼짝없이 잡혀 죽겠지. 전자도 후자도 내게는 한참 불쾌한 일이다. 떠나는 수밖에 도리가 없어.”

발렌시아는 답을 주지 않았다. 그녀는 그가 또다시 성을 삭이고 있나 하여 주의 깊게 그 시선을 살펴보았다. 그러나 눈이 마주치는 순간, 어찌 탐색할 틈도 없이 말이 터져 나왔다.

“그렇다면 행선지를 알리십시오.”

그녀는 입술을 앙다물었다.

“…….”

“외르타.”

“미안하다. 나는 윗선과는 아예 연락을 끊을 예정이야. 폐하께서 날 지원하신다지만 그것도 딱 한 번이다. 돈만 받고 끝을 보겠지. 경, 경이 내 위치를 알면 어떡하게? 달라질 것이 있나?”

“당신과 연락을 취할 수 있습니다.”

“그러니까, 바로 그 연락을 끊고 싶다고 말하는 거야……. 당신이 나와 연락을 취해서 무엇 하려고? 나도 당신과 헤어지는 일은 참 아쉽다.

하지만 연락의 꼬리를 따라 어수대가 나를 찾아내면 어떡하나……. 꼼짝없이 죽겠지."

"행선지를 밝히는 문제에 대해서는 재고해 보십시오. 제가 어떻게든 방안을 마련하겠습니다. 저는 당신과 연락을 끊을 생각이 없습니다."

외르타는 어설프게 웃었다. 나를 찌르기도 싫다, 보내 주기도 싫다, 보낸다 해도 연락은 끊고 싶지 않다. 자신의 충격적인 등장이 그의 일생에 있어서는 일대 파란이었나 보다. 한평생을 두고 계속 부대낄 생각이었다니.

다음 순간, 외르타는 그의 저 상냥한 집착에 버금가는 것을 발견했다.

그녀는 데인 듯 놀라 발렌시아의 손을 떨쳐 냈다. 순식간에 온갖 소름이 살 속 뼈대를 타고 흘러가는 것 같았다. 가마부터 발끝까지 다리 많은 벌레가 득실득실하게 놓였다. 그녀는 새하얗게 질려 한 발자국 물러나고, 동시에 상대를 노려보았다.

그러나 정작 떨쳐진 그는 표정 없이 손을 회수할 뿐이었다. 상대가 먼저 붙들고 상대가 먼저 내팽개쳤으니 골을 낼 법도 한데, 그저 가라앉아 미동이 없었다. 돌을 던져 넣은 바다였다. 외르타는 그 평온을 보며 제 터무니없는 의심을 즉각 박살 냈다.

말이나 되나. 저 고요에서 누구를 찾았는지. 자기 자신을 때리고 싶은 기분이었다. 의심이 물러갔을 때, 저를 덮친 것은 대단한 후회와 대단한 미안함뿐이었다. 너무 미친 오해를 했다. 순식간에 몰려온 안도에 관자놀이가 지끈거렸다. 외르타는 긴 한숨과 함께 이마를 짚었다.

"어디가 편찮으십니까?"

"아니…… 그게 아니라……."

"어차피 모리를 부를 예정이었습니다. 속이 불편하시다면 덧붙여 말씀하십시오."

그녀는 지극히 안심했다. 저 나지막한 친절에서 어찌 로크뢰를 연상한단 말인가. 말이 안 된다.

"아니야. 아니란다. 잠깐 놀랐다. 그럴 리가 없지."

외르타는 완전히 마음을 놓고 빙그레 웃었다. 자신의 정신 나간 오해를 사과하기 위해서는 멋쩍게나마 계속 웃어 주는 일이 필요할 것 같았다. 그 말도 안 되는, 낯부끄러운 오해를 이야기할 수도 없으니, 자신이 보일 수 있는 사과는 그뿐이었다.

그래서 그녀는 거짓말을 했다.

"그리고 알겠어. 그러마."

"……"

"행선지를 알리는 것에 대해서는 생각해 볼게. 경은 철저를 기할 사람이니까. 더불어 연말까지 남아 있는 것도 고려해 보마. 당신 얼굴은 보고 떠나야 하지 않겠나."

발렌시아는 답하지 않았다.

그녀는 양쪽 발을 한 번씩 툭툭 털며 계단에 올라섰다. 그의 시선이 제 오른발을 따라오는 것이 느껴졌다. 외르타는 일부러 더 꼿꼿하게 걸어갔다. 정말 안 다쳤다니까. 물론 제 당당한 걸음에도 그의 주의는 비스듬히, 미끄러지는 모양으로 계속 자신을 쫓아오고 있었다. 그녀는 고개를 저으며 저택 안으로 들어섰다.

🜔

그 일 뒤 외르타는 꼭대기 층에 올라가지 않았다. 소문에 관대히 넘어가 주었더니 라퀼라에 수건을 놓는 수준이라? 곧 결혼할 사람에게는 지나치게 불쾌한 소문이 아닌가. 때문에 그녀는 지난 사흘 간 제 방에만 틀어박혀, 이것저것 소일거리를 하며 시간을 보냈다. 새로 시작한 자수에 제법 흥미가 붙은 참이었다. 제 주변에 실력자가 있어 더욱 불이 붙은 것 같다.

실력자는 모리였다. 외르타는 백합 문양을 완성한 뒤 자랑스레 그녀에게 보여 주었다. 그녀는 미소조차 없이 수틀을 빼앗아 갔고, 동시에 윽박지르는 어조로 도안은 어디 있느냐 추궁했다. 외르타는 떨떠름하게 웃었다. 제 머릿속에 있다는 아둔한 답밖에 줄 것이 없었기 때문이다. 모리는 더 이상 재고의 가치가 없다는 듯 수틀을 밀어냈다. 그런 뒤 그녀는, 솔 미라이예에 가득 쌓여 있는 가문 문양의 도안을 외르타의 눈앞에 들이댔다. 그러면서 한 말이,

"올해 목표예요."

외르타는 올해라는 말에 약간의 불만을 느꼈지만 반항할 수가 없었다. 그 말을 끝으로 바늘을 쥔 모리의 솜씨가 상상을 초월했기 때문이다. 그녀는 두 시간 만에 초안을 놓고, 외르타의 수틀에 대략적인 위치 표기를 해 준 뒤, 이것이야말로 가장 간단한 단계니 따라 해 보라 권유했다. 외르타는 말을 처음 탔을 때의 생경함으로 다시 바늘을 들었다.

자주 쓰는 오른쪽 골무에 구멍이 뚫리지 않은 것이 용할 지경이다. 자꾸만 바늘로 찔리는 부분이 성할 리가 없는데. 어쩔 때는 그 단단하던 마개가 어느새 물렁해진 것 같다는 착각이 들기도 했다.

외르타는 바늘을 내려놓았다. 이마가 간지러웠기 때문이다. 묶어 넘겨 둔 머리칼이 자꾸만 눈썹을 지분대고 있었다. 그녀는 인상을 찌푸린 채 다리를 조금 더 긴장시켰다. 푹신한 소파 위에서 나무 의자에 앉는 양 곧고 뻣뻣한 자세라니. 외르타는 수행하는 사제들이 왜 불편한 자세

를 고수하는지 알 것 같다고 생각했다. 불편한 자세가 아니었다. 집중하다 보니 몸이 모이는 것뿐이지.

"외르타, 들어가도……."

"어……."

외르타는 자신이 누구를 허락한 것인지도 모른 채로 웅얼거렸다. 미라이예 문양의 가지 부분은 정말이지 광인의 창조물 같다. 초안에조차 그 선의 섬세함이 시퍼렇게 살아 있었다. 푸른 바탕의 흰 선. 모리의 주의 깊은 손길을 따라 자수를 놓았음에도 도통 문양 본디의 느낌이 살지 않았다. 억울했다.

"미라이예입니까?"

그녀는 놀람과, 약간의 희열에 입을 벌렸다. 외르타는 들떠선 목소리가 들린 옆을 돌아보았다. 누군가 보이기는 했다. 그녀는 스스로의 실수를 비웃지 않고, 고개를 다시 한참이나 쳐들었다.

"경?"

외르타는 바늘로 삿대질을 할 뻔하다가 가까스로 멈췄다. 예의가 아니었다. 바늘마저 멈추자 어색한 침묵이 계속되었다. 왜 앉지 않고 서 있어? 그리 자문하자, 누군가가 꿀밤을 먹인 느낌이 들었다. 너야 경우가 없어 집무실의 아무 곳에나 덜컥덜컥 앉지만 저 사람은 아니잖니.

"경, 앉으렴."

그는 그녀의 허락에 따르느라 약간 시간을 지체했다. 외르타는 양손에 수틀을 쥔 채로 고개만 얕게 숙였다. 그의 손에는 무언가 알 수 없는 서류들이 쥐여 있었다.

"이게 정말 미라이예로 보여? 정말?"

"예."

외르타는 희희낙락했다. 저이야말로 제 자수 솜씨에 후한 평가를 내릴 이유가 없는 사람이었기 때문이다. 그 주인으로서 혹평을 내렸으면 내렸지…….

재능이 있나 보다. 그녀는 자랑하듯 다시 바늘을 들어 올렸다. 올해 안이라 잔소리하던 모리도 이제는 웃으며 받아 줄 수 있을 것 같았다.

그러나 손목이 잡혔다.

그녀는 영문을 모른 채 그를 올려다보았다. 바늘 쥔 손이 묶였다. 서로 그리 가까이 있는 것은 아니었으나, 그 찌푸린 얼굴만큼은 똑똑히 보였다.

"경?"

"의미 없는 취미십니다."

"뭐?"

"아랫사람을 부리십시오. 손이 상합니다."

"그래서 골무를 꼈잖아?"

외르타는 쥐인 손을 팔랑팔랑 흔들어 보였다. 소박한 듯 화려한 골무가 아슬아슬하니 엄지 끝에 걸쳐져 있었다. 발렌시아는 그것을 잡아 빼냈다. 그녀는 물건을 되돌려 받으려 했지만, 손목이 단단히 잡혀 있어 여의치가 않았다.

"왜?"

"말씀 드렸습니다."

그녀는 어안이 벙벙해선 그를 바라보았다. 사흘 만에 보지만, 바로 몇 시간 전에 어울렸던 듯 머리부터 발끝까지 익숙한 고요였다. 그녀는 그가 제 물건을 품에 넣는 모습까지 보고 미련을 접었다. 골무야 나중에 다시 한 번 얻어 오면 되겠지. 외르타는 자포자기인 느낌으로 고개를 저었다. 저 사람의 사고는 가끔 이해할 수가 없었다.

"정말…… 그런데 왜 왔다고?"

그는 그제야 그녀를 놓아주었다. 외르타는 무언가가 마음에 들지 않은 듯한 그의 표정이 어쩐지 귀엽다고 생각했다. 이런. 저 산만한 덩치가 귀엽단다. 외르타는 자신의 단어 선정에 입술을 깨물었다.

발렌시아는 대답 대신, 느릿느릿 종이 두어 장만 탁자에 놓아두었다. 외르타는 눈을 굴려 그의 서류를 바라보았다. 주의 깊게 읽을 필요도 없었다. 그녀는 그가 자신에게서 무엇을 바라고 있는지 곧장 알아차렸다. 하긴. 내가 그리워 왔다는 되도 안 되는 말은 변명도 못될 것이다. 외르타는 그의 기대에 부응해 주기로 마음먹었다.

"트리흐트는 군호 안 바뀐다."

발렌시아는 고개를 돌려 서류를 확인했다. 몇 초간 내려다보다, 끝내 그녀를 향해 시선을 들었다. 외르타는 묘한 표정으로 중얼거렸다.

"바라고 왔지?"

"부대의 군호가 안 바뀐다는 말씀은……."

"여기 '왕의 오필라, 그라벤호펜 세 번째 여섯 단'을 알아냈으나 어차피 군호는 매일 바뀌니 소용이 없을 거라고 하지? 이 사람은 트리흐트의 겉만 핥고 왔나 보구나. 트리흐트에서 바뀌는 것은 두 사람이 주고받는 군호의 '내용'이 아니라 군호의 '억양'이다. 정확히 말하면 계급에 따라 강조점을 두어야 하는데, 말을 마친 뒤 제 이름과 계급을 정확히, 한 번에 말하지 않으면 즉결 처분이지. 바뀌는 건 이 계급과 억양의 짝 맞춤이다. 이건 매일 바뀐다. 규칙이 없지. 가끔은 며칠 연속으로 같을 때도 있고……."

그녀는 자신을 물끄러미 바라보는 발렌시아에게 어설픈 미소로 응대해 주었다. 그는 대답 없이 시선을 내리고는 무언가를 길게 쓰기 시작했다. 외르타는 몸을 기울여 그 필체에 집중했다.

외르타 발미레 출처, 트리히트의 암호 방식에 대한 재고가 필요합니다. 빌펜의 무명에게 억양에 주의할 것을

잉크가 전부 닳았다.

발렌시아는 자리에서 일어섰다. 외르타는 수틀을 든 채로 고개만 쓱 올렸다.

"따라오십시오."

"어딜 가는데?"

"꼭대기 층으로 올라갑니다."

"거기는 이제 안 간다고 했잖아."

"당신이 검토하실 내용이 많습니다."

"내게 필요한 정보가 있다면 서류만 내려 주렴. 그 뒤는 내가 판단하지."

"오십시오."

외르타는 수틀을 부서져라 꽉 잡았다.

"경, 뒷공론이 가라앉을 때까지 출입을 자제하겠다고 말했어. 우리가 묶여서 아랫사람들 입에까지 오르는 지금 상황은 아무리 봐도 지나치다."

"뒷공론이 가라앉는 때가 언제입니까?"

"적당히 시간을 두고……."

"저는 지금 당장 당신이 필요합니다."

"그러니까 서류만 보내라고 말하잖나."

"잉그레에서 온 서류는 제 시야를 벗어날 수 없습니다."

"그럼 당신이 여기 내 앞을 지키고 있으렴."

"저는 괜찮습니다. 그러나 역시 당신이 오시는 편이 나으리라 생각합니다. 집무실과 개인 침실은 무게가 다르기 때문입니다."

외르타는 인상을 찌푸렸다. 저 말인즉슨, '집무실에서 함께 있는 것

과 침실에서 함께 있는 것 중 어떤 것이 더 소문을 부채질하기에 좋을까' 였다. 슬슬 또다시 고집을 피우려는 모양이다. 이럴 때의 발렌시아는 도저히 말릴 수가 없었다. 고작 반년을 보았지만, 저 사람이 저처럼 맹목적으로 고집하는 주제는 단둘이었다. 확실히 둘이다. '원칙'과 '그녀 자신.' 혹은 '그녀 자신'과 '원칙'일지도 모르겠다.

그녀는 순간적으로 울컥하여 쏘아붙였다

"경은 애초에 소문을 차단하려는 노력도 안 했다. 물론 난 그런 당신을 탓하지 않았지. 그럴 염치가 없거든. 소문을 가라앉히려 노력하는 건 바라지도 않는단다. 다만, 왜 나서서 부추겨? 믿기지가 않는구나."

"소문을 차단하라 말씀하셨습니다. 외르타, 제가 소문의 근원을 찾아가 해명해야 합니까? 아랫사람들의 뒷공론입니다. 무게가 없습니다."

"아니. 그렇게 적극적인 행동은 기대도 안 한단다. 다만…… 발폼조차 오해하게 만든…… 발렌시아 경, 난 당신이 라퀼라의 수건을 그대로 내버려 두었다는 이야기를 들었어. 헛짚을까 봐 지적해 주는 건데, 솔미라이예 안에서 지위 높은 여인은 나쁜단다."

외르타는 발렌시아의 표정을 볼 수 있었으면 좋겠다고 생각했다. 항상 그러했듯 숨소리조차 없는 침묵이었기 때문이다. 그러나 그렇게 생각한 것도 찰나, 침 한번 삼킬 틈도 없이 답이 들려왔다.

"저는 몰랐습니다."

"……."

"다시 여쭙겠습니다. 라퀼……."

"말이 돼? 여섯 그릇과 잠이, 일곱 그릇과 잠과 라퀼라의 천으로 묶여 들어오잖아. 당신이 모든 딤니팔인처럼 여섯 그릇과 잠을 쓴다면 어떻게 모르고……."

"저는 대부분의 경우 라퀼라에 가지 않습니다."

그녀는 뜬금없는 말에 수틀에 집중하던 손을 풀었다. 아니, 풀었다기보다는 절로 맥이 빠진 듯한 느낌이었다. 발렌시아는 계속 바깥을 보는 모양으로 서 있다가, 곧 그것이 상황에 맞지 않는다는 사실을 깨달은 것 같았다. 그는 몸을 돌려 다시 그녀 쪽을 바라보았다. 까마득한 시선도 조금 내려왔다. 외르타는 약간 난처해졌다. 여느 때처럼 눈이 마주치자, 깜짝 놀란 동물처럼 소리 높은 질문이 터졌다.

"왜?"

"저는 집무실에 머무릅니다."

"무슨 소리야? 잠은?"

그는 질문을 무시했다.

"지금까지 제가 라퀼라에 머무른 날짜는 전부 수합해도 채 열흘이 되지 않습니다. 그마저도 취침을 위해 간 것이라 불을 켠 일이 없습니다. 저는 취침 전에 몸을 정결히 합니다. 때문에 구태여 여섯 그릇을 찾지 않았습니다. 주변을 살피지 못해 당신에게 불명예스러운 모욕을 드린 점은 죄송합니다."

"잠깐. 라퀼라에 안 간다고? 당신 잠은? 씻는 건? 휴식은? 공작의 침실이 아니면 어디서 하나?"

"전부 집무실과 그 곁방에서 해결할 수 있습니다. 개의치 마십시오."

"이해가 안 가. 그걸 하라고 만든 방이 라퀼라인데…… 당신 열흘만 잤어?"

"외르타, 요는 제 과오입니다. 물론 이제 와 라퀼라의 수건에 대해서 아래를 탓할 생각은 없습니다. 더 큰 구설수에 오르게 될 것이기 때문입니다. 앞으로의 일에는 반드시 주의를 기울이겠습니다. 죄송합니다."

그녀는 어처구니가 없었다. 발렌시아가 라퀼라에 들지 않는다면 그가 사건을 몰랐다는 사실도 이해할 수 있었다. 어차피 탓하려 말을 꺼낸 것도 아니었다. 거절을 위한 타박이었을 뿐.

"외르타, 집무실로 올라가십시오. 소문이 거슬린다면 이 침실의 문을 닫고 휴식을 가장하십시오. 어차피 꼭대기 층에는 제 솔정만이 방문할 수 있습니다. 당신이 아래 방에 머무르고 있다는 사실에 이의를 제기할 자는 없을 것입니다."

"경."

"당신이 필요하다고 말씀드렸습니다."

"이야기나 들어 보자. 왜?"

"우선 올라가십시오."

다시 벽이었다. 제 손등에 무언가가 닿았다. 그녀는 기겁해서 고개를 휙 들었다가, 무슨 표정을 지어야 할지 모르겠다는 얼굴로 동작을 멈추었다. 살짝 잡힌 손에 순간적으로 힘이 들어갔다. 외르타는 숨을 삼킬 사이도 없이 휘청거리며 일어섰다. 그럴 수밖에 없는 완력이었다. 그녀는 일 초에 발을 네 번쯤 짚고는 가까스로 고개를 들었다. 손이 떨어져 나가는 와중에도, 말은 떠나지 않았다.

"오십시오."

징그럽게도 고집스럽다. 외르타는 속으로 온갖 불평불만을 다 늘어 놓았으나 감히 바깥으로 내뱉지는 못했다. 희한하게도, 미안해서. 많은 일에 치여 계속 집무실에 머무르는 그에게 또 자신으로 인한 피로를 얹어 주고 싶지 않았다. 고분고분히 따를 뿐이다. 사람이 사람인지라 아니 꼽지도 않았다.

외르타는 반항하길 포기하고선 하소연했다.

"발터가 싫어할 텐데."

외르타는 제자리인 듯 익숙한 소파에 털썩 앉았다. 표정은 어느새 하얗게 질린 뒤였다. 여인 앞에 있는 어마어마한 양의 서류를 본다면 누구나 그럴 테지만, 사실 그녀의 경악은 더욱 각별한 데가 있었다.

"한둘도 아니고 이걸 다⋯⋯?"

외르타는 단순히 그 양에 놀라고 있는 것이 아니었다. 그보다는, 저 많은 양의 '배반'을 원하는 상대에게 놀란 것이다. 그녀는 두께를 가늠하듯 눈을 빳빳하게 세웠다. 그의 손으로도 한 뼘은 족히 되겠다.

"틀린 부분을 수정하십시오."

정말이지 저 남자는 부탁을 모른다.

"이것들을 전부?"

"예."

외르타는 거절하고 싶은 마음이 아주 굴뚝같았다. 적은 내용이라면 모르되, 이만한 양의 서류라면 결코 가벼이 여길 수 없었던 것이다. 그녀는 몸은 이곳에 있어도 생각만큼은 항상 고향 땅에 뿌리박힌 사람이었다. 이 서류를 거들 시 발터가 노발대발하리라는 사실은 생각지도 않았다. 그보다는 자신의 자존심이다. 네 나라가 어디냐는 질문에 그녀는 아직까지도 게외보르트밖에 답할 것이 없었다. 언제고 제 목숨과 날을 맞대고 있을, 핏줄의 근원. 틀린 부분을 수정하라? 어찌 저런 가벼운 언사로 그들에게 해를 입히라 하는지 도통 이해가 가지 않았다. 나를 우롱하는 것인가?

외르타는 고개를 들어 어느새 책상을 가로지른 발렌시아를 바라보았다. 익숙하디 익숙한 모습이었다. 그는 제자리로 스며들다가, 무언가 이상한 낌새를 챈 듯 시선을 돌렸다. 외르타는 그가 기울인 시야 속에서 입을 꽉 다물었다. 그는 잠시간 침묵을 지켰으나, 애초에 오래갈 수가 없는 고요였다. 그녀는 그의 질문을 기다렸다.

"자리가 불편하십니까?"

그녀는 한숨을 쉬지도 않았다. 달리 무엇이겠는가. 그가 눈치가 없는 것은, 어쩌면 남을 신경 쓸 필요가 없는 그의 주위 환경 탓일는지도 모른다. 아니 어쩌면, 전부 알고도 가벼운 질문으로 자신을 떠 보는 것일지도 모르겠다.

"죄송합니다. 하지만 그 서류를 지참하고 내려가실 수는 없습니다."

"......"

외르타는 누구를 동정해야 할지 몰라 잠시 헷갈렸다. 저 둔감함을 상대해야 하는 자신인지, 아니면 저 둔감함을 평생 지닐 상대인지. 그녀는 끝내 답을 못 찾았다.

"경, 이걸 전부?"

말을 반복했을 뿐이지만, 의미는 확실히 달랐다.

발렌시아는 서서히 동작을 멈췄다. 잉크병을 찾던 손매가 가라앉았다. 그녀는 재차 서류의 제일 위엣 장을 바라보고는, 한숨처럼 말했다.

"왕실의 서류라 했지. 폐하께서 내게 바라시는 바니?"

"예."

"하지만 경, 나는 어렸을 적 중요 정보를 열람할 권리가 없었다. 그건 내 언니 정도나 되어야 겨우 가능한 일이었지. 폐하께서 나를 너무 과대평가하신 거야."

"방금 전의 트리흐트를 기억하십시오. 저는 당신이 정보에 완전 무지하실 것이라 생각지 않습니다. 하나라도 좋습니다. 수정하십시오."

"내가 거절하면?"

"거절하실 수 없습니다."

'이유는 없다.' 외르타는 포로로서 그 명제를 삼킨 다음, 인상을 찌푸리며 다시 질문했다.

"그럼 경, 내가 진실을 알고도 거짓을 말하면 어찌하려고?"

"폐하의 재량에 따를 것입니다."

"죽이실 것 같나?"

"예. 그러니 자제하십시오."

외르타는 자신이 상대를 욕할 처지가 아니라는 사실을 깨닫게 되었다. 피장파장. 발렌시아에게 눈치가 없다고 비난했다. 그러나 그런 자신조차 지금 이 상황, 이 대화에서 그의 속마음을 짐작할 수 없는 것이다. 당혹스러울 지경이다. 내가 둔감한 것일까? 아니면 저자가 좀 더 정교한 그물을 던진 것뿐일까?

아귀가 맞지 않았다. 자신을 기필코 살리리라 했던 그의 맹세는 익숙했다. 제게 있어서만큼은 공기와도 같은 당위였으니. 그러나 지금 그의 말은 분명, '죽기 싫으면 협조하라'였다. 왕의 권위를 빌었다지만 결국 같다. 당신 의사에 반하지 않고 살려 주겠지만, 죽기 싫으면 협조하라.

외르타는 눈을 깜박였다. 순간, 어떤 우연찮은 계기로 그 모순의 논리를 찾아냈다. 왕. 신의 뜻으로 지고하신 폐하. 그렇지. 발렌시아가 제게 마음을 열었다는 사실은 분명했다. 그러나 그렇다 해도, 그것이 어찌 왕에 대한 충성보다 먼저 설 수 있겠는가? 사실 외르타는 그런 맹목을 바란 적도 없었다. 자신을 이유 삼은 발렌시아가 왕을 거스를 때마다 항상 당혹, 민망함, 초조감을 느껴야 했던 그녀다. 이처럼 강퍅하게 거절당하는 편이 차라리 속 시원했다. '당신의 삶을 위해 협조하라.'

외르타는 책상 너머, 훤칠한 미루나무 같은 남자를 넘겨보았다. 햇빛 아래 그 아우와 구분 지을 수 있는 검푸른 머리칼. 눈은 지나치게 어두워 잘 보이지 않았다. 전반적으로 새로 벼린 철처럼 메마르고 묵직해 보이는 사람이었다. 역광에 비치는 윤곽이 얼마 없다 보니 어쩐지 그가 본 일도 없는 흑룡처럼 느껴지기도 했다. 흑룡에게 품위는 없다. 그 역동적인 검정에 품위가 있기를 바라는 것도 우스운 일일 것이다. 사납고, 포악하고, 동족을 죽이는 것에 자비를 두지 않는 무뢰한. 로크뢰. 희한하게도 로크뢰가 제 시야에 맴돌고 있었다. 이것은 결코 발렌시아의 이번 언행이나 태도를 보고 내린 판단이 아니었다. 그보다는 저 역광의 그림자 자체. 키나 몸집은 두말할 나위도 없지만, 그 분위기가 너무도 흡사했던 것이다.

칼 없이도 언뜻 보이는 모습이 저러하구나. 외르타는 웃을 뻔했다. 왕에 대한 충정으로 무장된 흑룡. 순간적이었지만, 사실 크게 그릇된 인상일 것 같지도 않았다. 저 사람이 바로 내 목숨을 쥐고 있는 이다.

물론 외르타는 그에게 자신을 부탁했다는 사실을 후회하지 않았다. '그리할' 사람이 아니기 때문이다. 외르타는 긴긴 침묵 끝에 고개를 숙였다.

"이것을 쓰면 돼?"

"예. 쓰러트리지 않도록 주의하십시오."

"염려 말렴."

그녀는 낮달처럼 웃었다.

발렌시아는 도대체 집무실 소파의 무엇이 외르타에게 영향을 미치는 것인지 모르겠다고 생각했다. 그녀 고향의 무슨 향을 닮기라도 한 것인가. 빛깔, 혹은 촉감. 그렇지 않고서야 매번 저리 겁도 없이 남 앞에서 오수를 청할 리가 없는 것이다.

그는 누군가 앞에 서 있기만 해도 취침에 경기를 일으키던 포티미외 때의 외르타를 똑똑히 기억하고 있었다. 그 깡마른 어깨가 어찌나 절박했던지, 그것이 바르르 떨리는 모양은 꼭 산 사람에게 박힌 창날 같았

다. 발렌시아는 그것을 본 자신이 고집을 피워서는 안 될 일이라고 생각
했다. 부채를 진 느낌이다. 바로 그런 빚으로, 외르타의 잠을 존중해 주
었던 것이다. 그런데 정작 그처럼 경계하게 만든 본인이 저렇게 이곳저
곳에서 잘만 자면……

돌연 외르타가 크게 숨을 삼켰다.

발렌시아는 마치 그리하기로 예정되어 있었다는 양 자연스레 책상을
돌아갔다. 얼마 움직일 필요조차 없었다. 그는 걸어가다 소파 옆에서 무
언가에 막혀 우뚝 섰다. 외르타가 수정이 끝난 서류를 소파 아래에 둔
모양이다. 시선이 반 바퀴 돌아갔다. 아니, 내려갔다. 그는 허리를 숙여
서류를 쥐었다. 몸을 다시 일으키고 싶다는 생각이 들지 않았다. 그저
그 순간.

외르타는 언제나처럼 뻣뻣하게 누워 있었다. 곧은 몸을 돌려주고 싶
은 것은 저 혼자만의 바람이리라. 그는 그녀의 숨소리를 몇 분 동안 경
청했다. 한 치 오차 없이, 균형 잡힌 파동. 외르타가 제 귀에 울릴 만큼
크게 숨을 쉬는 것인지, 아니면 저가 너무 집중해 이 섬세한 진동을 느
끼는 것인지 알 수 없었다. 그는 눈치채지도 못한 찰나 잇새에 힘을 주
었다.

서류를 들었다. 그는 한참 동안이나 그 쓸모없는 종잇장에 열중했다.
사실 그 서류는 아무 의미도 못 되었다. 그러나 잠 속에서 죽은 외르타
를 무시하기 위해서는 별다른 수가 없었다.

마르스도테와 아이흘러, 540년 세제 오류, 선왕의 비사, 소모렛에서
의 반 게르츠, 딤니팔의 배신자 현황, 북부 식민지 수탈의 교묘함…….

틀린 곳이 없었다.

발렌시아는 평가를 마친 스스로에게 약간의 역겨움을 느꼈다. 외르
타는 자신이 확신하는 모든 내용을 이곳에 써서 제출한 것이 틀림없다.

모국을 배반하고 있다는 양심의 가책이 아직 생생할 텐데, 기실 훌륭한 밀고자가 아닐 수 없었다.

결과적으로, 자카리의 집요한 의심은 빛을 잃고 말았다.

발렌시아는 전날 십이공회 직후 자카리의 부름을 받았다. 그는 별다른 말도 없이 제게 서류 뭉치를 건네주었다. 삼 주 전에야 검토를 끝낸 무명의 밀고, 두 달, 반년, 한 해, 두 해 전의 밀고. 발렌시아는 이미 사실로 확정이 난 정보들을 왜 제게 넘기는 것인지 순간적으로 이해하지 못했다.

"전부 고쳐 발미레에게 주게."

이때 고치라는 말은 '틀리게' 고치라는 뜻이다. 발렌시아는 명에 따랐다. 반박이나 재고의 여지는 없었다. 자카리는 그녀와 게외보르트 간에 어떤 줄도 없기만을 간절히 바라는 듯했다. 줄이 있다면 기필코 죽여야 하니까. 발렌시아 역시 그 사실만큼은 인정해야 했다. 때문에 자신도 그녀의 무고함을 마음 깊이 바랐고, 결과에 안도했다.

발렌시아는 그녀가 간자일 확률이 희박하다는 결론을 내렸다. 외르타는 스스로 가진 정보만으로도 딤니팔에 불을 놓을 수 있는 사람이었다. 게외보르트의 밀고자 명단에서 단 한 사람만 거짓으로 말해 주어도 충분히 혼란에 빠뜨릴 수 있었으리라. 그러나 그녀는 그리하지 않았다. 일주야의 고문을 받은 병사인 양 고분고분히 진실을 고해한 것이다.

물론 이로써 온전히 안심했느냐 물으면 그에 대한 답은 역시 '아니다'였다. 발렌시아는 여전히 마음을 불편하게 만드는 스스로의 고집을 알고 있었다. 그는 약간 신경질적인 기분이 되었다. 자신의 머리는 어느새 다음 의심인 이중 배반으로 달려가는 도중이었다.

만일 외르타가 보다 똑똑했다면? 우리가 이처럼 캐물을 것을 알고 일부러 스스로의 음험한 정체를 감추었다면? 그러나 자신이 내준 정보에는 게외보르트에 민감한 부분이 적잖이 있었다. 외르타는 그 부분에 성실히 답했다. 이중 배반을 하려는 사람이 이처럼 수지에 맞지 않는 일을 하겠는가? 차라리 침묵할지언정 정직하게 고해하지는 않았으리라. 그렇다면, 애초에 서류를 내준 자카리가 정보를 잘못 알고 있었을 확률이……

발렌시아는 그제야 자신이 광인에 가까운 생각을 하고 있다는 사실을 깨달았다. 외르타는 이미 오래전에 자신의 결백을 맹세한 사람이다. 그러고도 이번 밀고를 포함해, 이전에도 여러 번 그를 도와주었다. 이런 그녀를 믿지 못해서 감히 왕과 왕의 무명까지 의심하다니.

속이 메슥거렸다. 평생 있던 일 없는 토기가 올라오는 듯했다. 무엇이 역겹다기보다는 단지 스스로에게 지나치게 놀라서, 급체한 아이들이 대개 그러하듯 맥이 펄떡펄떡 뛰는 모양이었다. 평생 고되어 본 일이 없기에 그 떨림마저도 묘하게 반가웠다. 마음을 추스를 수가 없었다.

그제야 발렌시아는 자신이, 외르타의 배신 가능성에 지나친 공포를 가지고 있다는 사실을 깨달았다. 사실 이것은 '자신을 떠나는 그녀' 자체에 대한 두려움이기도 했다.

발렌시아는 서류를 내려놓았다. 제 무감한 얼굴을 안다. 그는 밋밋하게 웃었다. 지었다기보다는, 얼굴을 비집고 나온 셈이다. 드디어 내가 미친 듯하다. 그녀가 떠나면?

외르타의 어깨가 들려올라갔다, 다시 떨어졌다. 언덕처럼 완만한 경사가 햇빛 아래 잔잔히 반짝였다. 당혹스러울 정도로…….

"외르타."

그는 낮은 목소리에 당황하지 않았다. 제 머리와 성대를 통해 나온 말이 맞았다. 이유는 생각이 나지 않았다. 사실, 이유가 필요하다는 생각조차 들지 않았다.

외르타의 갈색 머리는 엉망진창이었다. 항상 정자세로 자는 그녀건만, 무슨 바람이 불어야 저리 난장판이 될 수 있는지는 도무지 짐작이 가지 않았다. 체칼라스를 풀어 헤친 듯 결 고운 실. 반쯤 풀린 긴 머리칼이 치렁한 목걸이처럼 피어 있었다. 어깨, 눈썹, 뺨, 심지어 한 묶음은 그녀의 입술에 물려 있기까지 했다.

발렌시아는 그녀를 잠시 내려다보았다.

몸을 숙였다. 손을 뻗었다. 동작에는 막힘이 없었다. 그녀 입술에 물린 머리칼에 손끝이 닿았다. 사자가 새끼를 핥는 양 유하고 고요한 손길이었다. 그는 검지를 세워 나무껍질을 주웠다. 갈고리처럼, 나비를 영영 제 손에 가두고 싶어 하는 철부지가 되어 외르타의 머리칼을 옭아맸다.

순간, 외르타가 눈살을 찌푸렸다. 발렌시아는 불에 덴 듯 놀라 손을 떼었다.

뤼페닝은 팔을 들었다. 왕가의 빛 아래 창백했다. 시야에 잡힌 손은 어느덧 소년이라기보다는 남자에 더 가까워져 있었다. 그는 습관처럼 주먹을 쥐어 보았다. 검을 잡지 않았음에도 이토록 굵어진 손매를 보려니 다소 기이한 기시감이 들었다. 아비에게서 대물림된 것일까.

시선을 더 내리자, 갈색 기장으로 단단히 움켜쥐어진 살이 보였다. 그리 두껍지는 않다. 적당 적당한 팔뚝에 무난한 손목. 힘도 그리 세지는 않다. 굳은살은 고사하고 향유를 바른 듯 부드러운 마디만 가득 차 있었다. 도저히 무력을 쓰는 자의 팔로는 보이지 않는 손매. 그러니, 결코 제 아비는 아니다.

그는 아비를 부정하는 자신을 생각하며 포만감을 느꼈다. 아버지의 주검을 보며 스스로 무언가 발전을 하기는 한 것이다. 이전이라면 그에게 아무런 감정이 없었을 자신, 그러나 이제 뤼페닝은 핏줄을 평가하는 도량을 가지게 되었다. 아버지의 죽음을 똑똑히 목격했기 때문이다. 죽은 권력자에게 객관적으로 접근할 수 있는 사람이 자신뿐만은 아니겠지만.

제 아버지는 거만하고 냉담하며, 왕 특유의 음습함을 지닌 자였다. 단점이라면 머리가 무력을 따라가지 못한 것. 모자라지는 않았지만 좌우간 자신의 고평가를 받을 만큼 명석한 사람은 아니었다. 물론 그의 아버지는 왕권의 확립이라는 모범적인 기치를 들고 있던 사람이었다. 그러나 그것을 주장하는 장본인이 무계획의 표본이라면 자신은 존경을 표할 필요가 없다. 사실, 제 욕심을 못 이기고 귀족원의 입김을 키워 버린 자에게는 동정조차 아까운 편이다.

뤼페닝은 귀족원의 오물 구덩이를 벗어난 자신에게 박수라도 쳐 주고 싶은 기분이 되었다. 이 자리에 앉아 계획의 진척을 보며, 벌써 처형대가 눈앞에 서 있는 것 같다는 인상을 받았기 때문이다. 물론 그 처형대는 제 것이 아니다. 적의 것. 귀족들의 목은 수 없으니 목을 매다는 줄 역시 마땅히 다양해야겠지.

귀족들은 뤼페닝과 레스트왈이 날 적부터 온갖 사탕발림으로 복종을 맹세했다. 뤼페닝은 그에 안착했다. 자신이 그들에게 보여 주는 호의가 정말 호의인 줄로만, 천진해 빠졌던 유아기에는 그리 믿고 있었다. 머리가 굵고, 그 죄인들을 떨쳐 내고 제거하지 않았더라면, 자신은 아마 아직도 스스로가 제 자유 의지대로 행동한다고 믿고 있었을 것이다. 꼭두각시에 불과한 제웅이 스스로에게 확신을 가지고 있다면 그 얼마나 지독한 감옥 안의 자유겠는가.

그는 문득 노루아를 떠올렸다.

"전하, 한 바구니의 추락은 공평합니다. 그 속의 여럿은 스스로 얼마나 빨리 종말로 향하는지 이내 맞부닥뜨릴 종막의 크기가 어떠할지 알 수 없기 때문입니다."

여덟 살 때 들었던 말이다. 처음이자 마지막으로 부끄러웠다. 자각은 빨랐고, 동시에 충격도 컸다. 이전까지 자신의 통제 아래에 두었다고 생각했던 귀족들이 실상은 그 반대였다는 사실을 깨닫게 되자 제 알량한 머리로 여러 날을 앓았다. 자신은 왕의 아들이었고, 분명 명석했고, 스스로 명하는 것들은 항상 전부 옳았다. 그것만큼은 아직도 확신할 수 있었다. 그러나 눈과 귀가 막힌 상태라면 전부 의미가 없다. 당시의 자신이 그러했다. 장님이자 귀머거리. 제대로 작동하고 있던 것은 한결같은 머리뿐이었다.

자신이 레스트왈에게 열패감을 느끼는 부분이 바로 이 시기였다. 스스로 이용당할 동안 레스트왈은 어느새 가지를 뻗어 자신의 다섯 번째 수족처럼 귀족들을 붙들어 놓았다. 애초부터 협력에 익숙하던 아우다. 군림한다는 생각보다는 의견을 맞추는 식으로 접근하자, 생각보다 많은 이들이 그에게 매료되었던 것이다. 여덟 살짜리 꼬마에게.

자신은 정반대였다. 그는 누군가가 제 옆자리에 서 있는 것 자체를 용납하지 못하는 사람이었다. 오로지 자신만이 옳아, 나머지는 인정할 생각을 하지 못했다. 내가 하는 말이 마땅한데 그것에 어떤 알량한 논리로 반박하는지? 이 사고방식 하에 모두가 복종하는 모습만 보고 세상이 안정된 줄 알았던 것이다. 물론 귀족들은 이런 성격이 더 이용하기 쉽다는 사실을 경험으로 알고 있었다. 하마터면 멍청한 작자들에게 쓸려 내려갈 뻔했다. 자신이 그 어린 나이에 독창성이 거세된 습관을 세뇌 당했다면.

그런 자신을 벼려 준 이가 바로 노루아였다.

"잘못이 전하의 부주의였다고 생각하십니까? 이 세상엔 하극상에 능통한 미친놈들도 있고 그저 무리 짓고 싶어 하는 미친놈들도 있습니다. 전하께서 밤늦게 혼자 계시다 그런 놈을 만나 자멸한다면 그것은 전하의 부주의입니까? 아닙니다. '부주의'가 아닙니다. 전하의 논제는 무언가 잘못되어 있습니다. 미친놈들이 그리하지 않으리라 기대하는 것이 아니라, 그 미친놈들의 부화뇌동을 선수로 방어하셨어야 합니다.

전하의 미비를 부주의로 모는 세상이 미친 것입니다. 그것이 부주의입니까? 대비하지 못한 죄를 반성하실 수 있을지언정 어찌 부주의라는 단어로 안이한 자기 위안을 하십니까? 전하께서는 어휘 선택을 다시 하시는 편이 좋을 것 같습니다."

묘사할 수 있는 단어가 있다면, 명쾌폭언이다. 그렇지. 내 오류는 부주의가 아니지. 죄지. 뤼페닝은 손을 쫙 폈다. 얼마 다듬어지지 않은 생의 손금들을 바라보았다. 기실 죄일 수밖에 없다. 자신이야말로 대단히 '도덕적인' 사람이었기 때문이다. 세상의 유일한 죄인 판단 오류를 저지르지 않는 내가 어찌 비도덕적일 수 있다는 말인가?

저 긴 폭언 역시 여덟 살 때 들은 말이었다. 지금껏 권력의 상하에 대해 착각했던 스스로를 변명하자, 노루아가 들끓으며 충고해 준 내용. 물론 앞서 말했듯 뤼페닝 역시 자신의 '죄'가 '부주의'가 아님을 알고 있었다. 사람에게 부주의란 없다. 그러나 당시에는 부끄러움을 견디지 못해 변명했다. 어쩌나 완벽한 논설이었는지 뤼페닝은 그것을 말하며 자신조차 설득되고 말았다. 물론 결과는 저러했지만.

그녀가 자신을 만들어 준 것은 아니다. 사실 뤼페닝은 스스로 완벽하다고 생각하는 고집 센 이기주의자였다. 때문에 스무 살의 그녀는, 자신을 두드린 사람. 능력과 자아 안에 만족하고 있던 그를 깨부술 듯한 힘으로 걷어차 준 이다. 유리에 금이 가지는 않았다. 그러나 적어도 자신

이 몸을 돌릴 만큼은 되었다. 스스로 뒤를 돌아보았다. 그리고 지금에
이르렀다.

"넋 빼고 앉은 태자라니. 낚싯줄에 썩 대단한 것이 걸렸군."

뤼페닝은 몸을 일으켰다.

"오셨습니까."

"그래. 꼭두새벽부터 짐을 만나겠다고 징징댄 이유가 뭔가?"

"저는 오월 이십 일을 전후해 오스페다를 떠날 예정입니다."

상대가 눈을 치켜 올리는 모습이 보였다. 게슴츠레하던 새벽에 돌연
생기가 돌아오는 모양이었다. 뤼페닝은 속으로 계산을 정리하느라 그
의 반응에는 큰 신경을 쓰지 않았다. 그는 뼈마디 안에서 숫자를 세며
차분하게 말했다.

"폐하, 저는 두 달간 이곳에 있는 것만으로도 충분한 시간을 낭비한
셈입니다. 삼월부터 오월까지 제 모국에서 얼마나 많은 일이 진행되었
고, 진행되고 있으며, 진행될 것인지는 신만이 아시겠지요. 저는 제게
이처럼 중요한 두 달을 버린 만큼의 대가를 폐하께 바라고 있습니다. 물
론 지금까지의 결과는 상당히 실망스럽습니다만."

"뤼 뤼페닝, 개도 웃고 가겠네. 네게 무심한 딤니팔은 너도 익히 알았
으리라 믿네. 그럼에도 네가 다음 달까지 떠나지 않겠다 고집 부리는 이
유를 짐이 짐작하지 못할 것 같나?"

"저는 무료한 나날을 보내고 있습니다. 천만부당한 의심이십니다."

"짐은 그대가 이곳에 머무름으로써 딤니팔, 동부, 북부 전반의 프레
몽트레를 획득했다는 사실을 알고 있네. 눈 가리고 아웅이야. 한 가지
목적으로만 움직이는 자가 어찌 왕의 그릇이 되겠나?"

뤼페닝은 모른 체했다.

"폐하, 시간이 촉박하니……"

"한 달 남았네."

"시간이 촉박하니 우선 서로 간의 입장을 정리해 보지요. 게외보르트는 모국의 내전에서 제 아우를 지원합니다. 그 반대급부로, 저는 딤니팔의 지원을 얻고 싶습니다."

자카리는 그 뻔뻔하고도 직접적인 요구에 잠깐 입을 벌렸다. 그러나 고요는 찾아들지 않았다.

"폐하께서는 게외보르트와의 전쟁을 원하십니다. 이에 제가 가진 강점은, 딤니팔이 저를 지원하는 행위와 동시에 게외보르트와의 마찰 계기를 확보할 수 있다는 점입니다. 그러나 폐하께서는 이 강점을 거절하셨습니다. 상세히 표현하자면, 폐하께서는 스스로 더 큰 전쟁을 원하므로 내전에는 매력이 없다고 말씀하셨습니다. 저는 그것을 인정합니다."

정치적인 수사를 도통 모르는 것 같다. 자카리는 인상을 확 찌푸렸다. 저리 굴지 않던 놈이 저렇게 구니 더욱 기분이 이상했다. 무슨 꿍꿍이지.

"때문에 폐하의 큰 청사진을 방해하기 위해, 저는 전쟁의 열쇠인 외르타 발미레를 해하려 들었습니다. 성공할 뻔했습니다만, 약간의 차이로 아쉽게 기회를 놓치게 되었습니다."

"……그것을 그대 입으로 말하나?"

"이 시도에 노여워한 폐하께서는 불가침 조약의 우회 파기로 저를 협박하셨습니다. 아직 왕이 서지 않은 나라의 치안을 전승국이 정비하겠다는 제안은 제법 대범하고 호탕한 말씀으로 들립니다. 그러나 용납할 수는 없습니다. 저는 통제할 수 없는 뱀을 나라에 풀어 놓을 생각이 없습니다. 때문에 저는 현재 제 모든 계획을 유보하고 정지해 있습니다. 폐하의 안배에 감읍할 따름입니다."

"그대가 왕이 되면 필시 서류 두께로 욕설을 써 보내겠는데."

"부당하신 말씀입니다. 각설하고, 폐하께서 저를 저울질하시며 오스

폐다에 머무르게 하는 이유는 단 한 가지입니다. 저는 폐하의 마지막 노림수지요. 폐하께서는 제 어머니로 인해 게외보르트와의 전쟁이 발발하지 않을 시 분명 저를 이용하실 겁니다. 내전도 전투인 까닭입니다. 저는 폐하의 그 의도에 반박하고 싶은 마음이 없습니다. 외려 감사할 따름입니다. 그러나 그 의도로 제 시간을 이토록 구속하시는 행위에는 불만을 제기할 수밖에 없습니다. 저는 타인의 차선책이 되는 일에 익숙하지 않은 사람입니다."

"……."

"때문에 폐하, 저는 지금 이 자리에서 마지막 화두를 던지겠습니다. 아니, 화두라기보다는 폐하께서 고려하실 수 있는 논안입니다. 저를 숙고하실 만한 기회가 될 것입니다."

자카리는 지금이 본론이라는 사실을 알아차렸다.

"폐하께서는 공작을 경계하셔야 합니다."

자카리는 천장을 한번 바라보았다. 무슨 표정을 지어야 할지 알 수 없었기 때문이다. 가만히 있기에는 너무 우스운 말이었고, 웃기에는 자신이 찔리는 바가 있었다. 사실 그는 뤼페닝이 무슨 말을 할 것인지를 이미 알고 있었다. 상대는 자신의 생각을 읽어 내는 듯한 어조로 딱딱거렸다.

"저는 물론 폐하께서 이미 깨달으셨으리라 믿습니다만, 그래도 만반을 기해 말씀드립니다. 폐하, 공작은 파렴치하게도 제 어머니에게 동했습니다."

저놈은 그것을 또 언제 알았을까.

"앞으로 말씀드릴 것은 불필요한 사족일 테지만 저는 분기를 참지 못하는 모자란 자입니다. 인내해 주십시오. 폐하, 공작은 인간으로서의 도리를 모르는 자입니다. 상대국의 왕을 함락시키고 왕비를 앗다니요?

이는 제 어머니의 의사를 무시하는, 야만인과 조금도 다를 것이 없는 행태입니다. 아무리 제 어머니가 순간의 실수로 왕을 모략했다 해도 그녀는 왕에 대한 마지막 미련까지 버릴 수 있는 사람이 아닙니다. 이런 이에게 보호자의 입장에서 정신적, 육체적 관계를 강요한다면 그것이 폭력이 아니고 무엇입니까? 폐하께서는 도덕의 수호자로서 공작의 터무니없는 욕심을 저지하셔야 합니다."

"그만 좀 해라. 듣기 힘들다."

"그리고 둘째로, 공작의 이런 집착은 폐하의 청사진에 방해가 될 수 있습니다."

자카리는 책상을 두드리던 손을 멈췄다. 아니, 멈춘 것이 아니다. 그의 손은 약간의 엇박자 뒤에 다시 툭툭 움직이기 시작했다. 물론 그는 상대가 제 엇박자를 눈치챘다는 사실을 알고 있었다.

"폐하의 마지막 계획은 그녀를 죽여 어수대에 혐의를 뒤집어씌우는 것이리라 생각합니다. 그리고 짐작컨대, 그 시기는 얼마 남지 않았을 겁니다. 제 어머니를 숨기는 기간이 정도 이상으로 길어질 수 없기 때문입니다."

"……."

"한데 촉박한 지금 이 시점에서, 제 어머니는 아직까지도 솔 미라이예에 머물고 있습니다. 솔 미라이예. 잉그레가 아닌 솔 미라이예입니다. 이는 후일 그녀에게 해를 입히기 위해서는 공작의 묵인이 있어야 한다는 말입니다. 아, 물론 저는 폐하의 뜻이 모든 법 위에 서 있다는 사실은 압니다. 때문에 저는 공작이 정식으로 무명을 거부하리라는 말씀을 드리는 것이 아닙니다. 제 첫째 염려는 그가 그 위명 자자한 실력으로 발미레를 보호할지도 모른다는 것입니다. 폐하의 무명이 대단하나 하나, 공작과는 비할 바가 못 됩니다. 그가 작심하고 제 어머니를 보호한다면 폐하께서는 제법 짜증스러운 마찰을 빚으셔야 할 겁니다."

이미 싸웠고, 이미 제 입으로 찌르겠다고 쐐기를 박았으므로 기각하겠다.

"그리고 둘째, 이번에는 혹여 공작과 폐하께서 합의가 되셨을 경우를 상정하고 말씀드리겠습니다. 저는 제 왕을 보고 자란 사람이므로 감정이 결코 이성적으로 재단되지 않는 괴물이라는 사실을 알고 있습니다. 폐하께서는 그와의 합의를 믿으시면 안 됩니다."

"짐은 합의보다는 그의 충성을 믿지."

"저도 공작의 충성심을 믿습니다. 평생을 그리 살아온 사람이 감정 하나로 자신을 흐트러뜨리지는 않을 테니 말입니다. 그러니 제가 저어하는 상황은, 공작이 제 어머니가 아니라 공작의 주변을 해칠 경우입니다."

"……."

"공작은 솔 미라이예의 일원을 해침으로써 어수대의 증거를 확보할 것입니다. 외르타 발미레는 다치지 않았지만 그 대가로 솔 미라이예의 방어가 해를 입었다 말하겠지요. 그리고 폐하, 죄송한 말씀이지만 이것은 필시 솔 미라이예 내부의 경비병, 밀정을 넘어, 공작 선까지 올라가게 될 것입니다. 솔 미라이예의 최고 무력은 결국 공작이기 때문입니다. 어수대가 출입했는데 공작이 막지 못했다면 그 또한 후일의 오점이 될 것입니다. 공작은 이미 이것을 알고 있을 겁니다."

"결론."

"때문에, 스스로 자해할 위험이 있습니다."

"……."

자카리는 할 말을 잃었다. 뤼페닝은 눈을 한 번 내리깔았다가, 다시 왕을 바라보았다. 자카리는 자신이 지나치게 당황하면 아예 표정을 잃는다는 사실을 알고 있었다. 무슨 심정인지는 결코 드러나지 않을 것이다. 어쩌면 그것만이 유일한 장점일 수도 있겠다. 그는 머리가 아파 오는 것을 느꼈다.

"미라이예의 수장인 공작의 자해는 폐하께도 상당한 피해가 되리라 믿습니다. 그는 공작일 뿐만 아니라, 동시에 딤니팔의 최고 기사이기도 합니다. 그만한 인재를 여인으로 놓치지 않으시기를 바랍니다."

"……."

"그에게 해가 미치는 것을 바라지 않으시고, 사람의 감정이 쉽게 돌려질 수 없다는 사실을 믿으신다면, 폐하, 제 붉은 기를 잡으십시오."

그는 계속해서 책상을 두드렸다. 상대의 시선이 제 검지 끄트머리로 왔다가, 파도가 밀려가듯 스러지는 것이 보였다. 그 후퇴와 더불어 나지막한 목소리가 들렸다.

"저는 폐하께 제 걱정을 말씀드리기 전에 작금의 상황을 전부 풀어 놓았습니다. 정치적이지 않다는 것을 알지만, 그럼에도 불구하고 제 진정 섞인 고려를 폐하께서 검토해 주시기를 바랐기 때문입니다. 다소 선을 넘은 언사에 아량을 베풀어 주십시오. 이것은 어떤 술수라고 말씀드릴 수도 없습니다. 제 진심을 미루어 깨달아 주시기 바랍니다."

그는 답하지 않았다. 뤼페닝은 답을 들을 마음도 없었던 모양이었다. 청년은 무릎을 짚더니, 마치 노인과도 같이 한숨을 내쉬며 자리에서 일어섰다. 자카리는 미간을 좁힌 채로 팔짱을 꽉 끼었다. 상대는 예의바른 태도로 고개를 숙였다. 입을 다물었다. 어디서부터 어디까지 짚어 보아야 할지 모르겠다.

뤼페닝은 잉그레의 예를 표하자마자 바람도 없이 집무실을 나섰다. 자카리는 얇지도, 두텁지도 않은 뤼페닝의 그림자를 노려보았다. 그가 나갔다. 문이 쾅하고 닫히는 순간, 자카리는 투덜거렸다.

"저 몹쓸 놈."

덜그럭덜그럭 무언가가 부딪치는 소리가 들렸다. 조약돌이 유리 위로 구르는 소음이었다. 부드럽고 청명하지만, 동시에 거슬렸다.

자카리는 그 소리가 어느 곳에서 들려오는 것인지 잠깐 고민했다. 그리고 곧, 자신이 자각도 못한 채 작은 수석 몇 개를 굴리고 있다는 사실을 깨달았다. 손이 절로 멈췄다. 그는 오른 주먹을 펴 돌 두어 개를 확인하고는 고개를 들어 시계를 보았다. 방에 들어온 지 채 십 분도 되지 않은 시점이었다.

발렌시아와 헤어진 지도 채 십 분이 되지 않았다.

그는 자신의 시간 감각을 걱정하며 돌을 내려놓았다. 그는 모서리를 돌아 아무렇게나 돌려진 의자에 앉았다. 책상에 바짝 다가갔다. 시장판의 장부보다 더욱 난잡하게 펼쳐진 서류들에 잠깐 골치가 아팠으나, 순간이었다. 그는 정확한 위치에 정확한 손을 뻗어 종이 한 장을 잡았다.

다음 순간 제 눈앞에 닥친 것은 미라이예의 객 공중서였다. 그는 시선을 내려 왕의 서명, 도장, 인주의 삼중 보호 아래 있는 발렌시아의 서명을 바라보았다. 그의 글씨가 항상 그러했듯 잉크마저 증발한 듯 바짝 메마른 서명이었다. 그리고 다시 그 아래, 거의 수직으로 기울여 쓴 서명은 게외보르트 왕실 언어로 이루어져 있었다. 자카리는 겸허한 태도로 인정했다. 그래, 뼛속까지 게외보르트인 것이로군.

그는 펜대로 그녀의 서명을 툭툭 쳤다. 상아로 만든 살이 발미레를 두드렸다. 자카리는 시선을 앞에 둔 채 눈을 몇 번 깜박였다. 다시 내렸다. 사태를 처리했으니, 이제는 개인적인 호기심을 채울 차례다.

외르타 발미레. 라르디슈의 전 왕비. 게외보르트의 왕녀. 결혼 경험은

한 번. 아이도 하나. 평범하게도 갈색 머리, 갈색 눈. 스물다섯. 제법 아름다움. 그만큼 잔머리가 좋음. 더불어 철두철미하고 뒤끝이 없는 성격으로, 놀라우리만치 무정함. 그러나 철이 없음⋯⋯. 자카리는 펜을 쥔 손으로 이마를 짚었다. 어딜 보나 사춘기를 제대로 넘지 못한 소녀다. 배려라고는 조금도 없이, 저 홀로 만족하면 된다는 당혹스러운 이기주의. 기실 그것은 무정함이라기보다는 이기심이었다. 정말이지 철이 없다.

이 평범한 사람에게 도대체 무엇을 본 것일까.

발렌시아.

자카리는 긴 한숨을 내쉬었다. 발미레는 정말 잘난 구석이 없는 이였다. 구태여 그녀의 장점을 꼽아 본다 해도 악착같음, 강단, 미소. 자신이 아는 것을 온통 긁어모아도 이뿐이다. 그나마도 오만 가지 단점 앞에서는 그 빛을 상실했다. 신경질적임, 감정 기복이 심함, 오만함, 이기심, 배려 없음, 철없음, 염치없음⋯⋯.

물론 그도 인정했다. 자카리는 발미레가 자란 계외보르트 왕실이 상대를 배려하지 않는 무정함으로 악명이 높다는 사실을 알고 있었다. 그녀의 냉정함 역시 그에 기인한 것이리라. 그러나 그렇다면, 그녀의 오라비는? 그 역시 이처럼 미숙하다던가?

그럴 리 없다. 자카리는 그녀와 같은 곳에서 자란 발터하임부르겐 1세가 공사 양면으로 유능한 사람이라는 사실을 알고 있었다. 그 왕과 이 여자의 뿌리가 같다. 다른 점이라면 그는 성격을 오랜 기간 갈고닦아 세상에 적합한 물건으로 내놓았고, 그녀는 그리하지 못했다는 점이다. 갈고닦기는커녕 어쩌면 더 곪아 들어갔을지도 모른다. 그녀에게는 나이를 먹을 시간이 없었기 때문이다. 머리가 조금 굵었나 싶을 때에 로크뢰에게 잡힌 후, 이어진 칠 년간의 유폐에서 발미레가 무엇을 보고 성숙해질 수 있었겠는가. 그녀에게서 종종 보이는 당혹스러운 천진함은 바로 이 때문이다.

"오해가 있으십니다."

그 유치한 천진함은 네 관심사가 아니었을 텐데.

"저는 달라진 것이 없습니다."

그것이 아니라면 제 길은 제가 개척하겠다는 그 맹렬한 이기주의에 반한 건가. 하지만 그 당당함에는 자기 살까지 깎여 나가리라는 사실을 모르나? 하긴, 그것을 알았다면 애정을 가진 와중에도 이성을 찾았을 테지. 그것이 아니라면 혹여 흔히들 사랑에 빠지는 주된 이유인 동정? 자카리는 고개를 흔들었다. 천박하다. 제일 혐오하는 종류였다.

한 시간 전, 발렌시아는 외르타 발미레에게 내통의 혐의가 없다는 사실을 잉그레에 보고하러 왔다. 서류를 고스란히 반납하더니 지껄이는 말이란 '무고자입니다'였다. 자카리는 놀라지도 않았다. 무언가 안도한 듯한, 진실을 공표하는 것에 지나친 자신감을 가진, 발렌시아는 자신의 말투를 숨기려 들지 않았다. 스스로 그런 향을 풍기고 있다는 사실에 완전 무지할 사람이다. 알지 못하는 자가 어찌 숨길 수 있겠는가.

사람이 망가졌다고 말하지는 않을 것이다. 그만큼 무례하게 굴 마음이 없었을뿐더러, 아니, 저 변화는 애초에 자신이 바라왔던 바가 아닌가. 그러니 달리 표현할 수 있는 방법은 단 하나였다. 달라졌다. 정도 이상으로. 자카리는 발렌시아가 평생 그럴 수 있으리라곤 상상도 하지 못했다. 바람을 가졌다지만, 사실 그것은 죽으면 좋은 곳에 가게 해 달라는 기복 신앙과 다르지 않았던 것이다.

"좀 냉정히 뒤돌아보게. 넌 지금 짐과 완벽히 유리된 상태다. 평상시라면 너는 짐과 잉그레의 모든 극비를 공유했을 테지. 짐에게도 홀로 몸을 건사하는 것은 상당히 힘든 일이거든."

"폐하."

"발렌시아, 사실 짐은 이것이, 짐이 흔히 보아 왔던 종류의 애정사였더라면 크게 신경 쓰지 않았을 걸세. 물론 발미레를 죽이는 것만큼은 자제했겠지. 네 감정을 고려해서. 그러나 이 이상 신경 써 주는 것은 짐이 아닌 네가 원치 않았을 거다. 넌 원래 공과 사가 어긋나는 것을 끔찍이 싫어하는 사람이거든. 이건 애정과 겹친대도 결코 바뀌지 않을 네 그림자 같은 놈이다. 장점이기도 하고, 단점이기도 하고."

자카리는 펜을 내려놓았다. 방금 전 지껄인 헛소리가 역류하는 바람에 두통이 시작되고 있었다.

"때문에, 다르다. 지금 보면 이건 고작 애정이 아니야. 너는 무언가 좀 더 절박한 느낌이 있다. 짐은 그것을 감당하고 싶지 않아."

"……."

"짐이 감수해야만 하는 것이 발미레의 목숨 하나라면, 인정하네. 괜찮아. 살려 줄 수 있어. 그러나 네게 그녀가 이 이상이기 때문에 문제가 되는 걸세."

평소처럼 초점이 명확한 벽안이라, 자카리는 상대가 자신의 말을 한마디 한마디 경청하고 있다는 사실을 알았다.

"네가 그 여자에게 마음이 있어서 무얼 어찌할 테냐? 첫째 난점. 발렌시아, 그녀를 해치라는 짐의 조건을 기억하리라 믿네. 짐이 발미레를 구명하겠다 말한 것은 바로 이 약속을 믿었기 때문이지. 심술을 부린다고 생각해도 좋네. 하지만 짐이 양보하는 것이 있는데 네가 없다면 말이 안 되잖나. 합의했지? 한데 발렌시아, 짐은 네 감정이 애정 혹 그 이상이라면 그녀를 해칠 수 있을 것 같지 않네. 자명한 인과야. 그리고 둘째 난점, 혹 모든 것이 성공해 그녀는 살고 전쟁은 발발하고 딤니팔은 행복해진다 해도, 미안하지만…… 네게 돌아갈 이득이 없네. 아, 물론 여기서 말하는 이득은 발미레와 관련된 이득일세, 발렌시아. 가망이 없어. 조금도 없어. 그녀가 그 결혼을 겪은 뒤에도 네게 회유될 수 있으리라 생각하나? 그녀 인생의 삼분지 일이 그러했네. 몸이 메마른 것보다 정신이 더 황폐해졌을 걸세. 설득은 어불성설이야."

"……."

"발렌시아, 혹 못 들었나? 발미레가 네게도 말하겠다고 하던데."

"전쟁 도중 왕도를 떠난다는……."

"그래, 그것."

"확언이 아니었습니다."

자카리는 입을 잠깐 벌렸다가, 닫았다가, 다시 벌렸다. 몇 초간 말문이 막혀 어쩔 수 없었다.

"확언이 아니었다…… 확언이 아니었다라…… 발미레가 떠나는 것을 재고하고 있다고? 발렌시아…… 그 말을 믿나?"

"……."

"발렌시아, 지금 발미레는 지나치게 피로한 상태네. 그녀는 오라비와, 저 망할 놈의 아들이 있는 이상 자기 목숨을 보전하는 것만으로도 분주할 사람이다. 전쟁이 발발한다 해서 달라질 것은 없네. 다들 지치지도 않고 그녀를 죽이려 들 테지."

"압니다."

"때문에 발미레는 최대한 그들의 시야에서 벗어나야 하네. 그들의 최대 거점인 오스페다는 결코 그녀가 머무를 만한 곳이 아니지. 왕도에 있으며 지금처럼 너나 짐의 보호를 받으면 되지 않느냐고? 발렌시아. 언제까지 발미레에게 유폐를 강요할 텐가? 칠 년으로 부족한가?"

"……."

"짐을 그리 야박한 사람으로 몰지 말게. 짐도 짐이 할 수 있는 최대한의 보호를 약속했네. 왕도가 아니라면 바깥에 나가서라도 무명의 수호를 받게 해 주겠노라고. 한데 발미레가 거절했네. 누군가 하나라도 자신의 거처를 알고 있다면, 실을 거꾸로 잡아 저를 뒤쫓는 사태가 벌어질 거라더군. 짐은 발미레가 제 결정을 뒤집지 않으리라 확신하네."

상대는 잉그레 앞에 두고 온 니소르를 가장 빨리 가져올 방법이 무엇인지 고민하고 있는 것처럼 보였다. 자카리는 한숨을 쉰 뒤, 다시 본론을 주지시켰다.

"짐은 네게 발미레가 범상한 여인이 아니라는 사실을 아네. 사실 아는 것을 넘어, 확신하네. 그러니 일찌감치 놓게."

"폐하."

그 단어는 반박을 위한 것도 수긍을 위한 것도 아니었다. 그러나 스스로 미처 그 의미를 정의하기도 전에, 입이 먼저 열렸다.

"발미레는 잉그레에 머물도록 하는 것이 좋겠네."

발렌시아는 고개를 돌려 왕을 보지 않았다. 이미 두 시선이 마주한 상태였기 때문이다. 자카리는 옆에서 누군가가 칼을 맞붙여 거슬리는 비명을 낸 것 같다고 생각했다. 발렌시아의 벽안은 그 정도로 날카로워져 있었다. 자카리는 뒷말을 준비하며 잇새에 힘을 주었다.

"······."

"발렌시아, 오해하지 말게. 이건 절대 강요나 명령이 아니네. 가해자 역은 그대에게 맡겨 두고 정작 머무르는 곳은 잉그레로 하라니. 말이 안되지. 네가 깨어난 발미레를 보지 못할 것을 감안한다면 정말 도리가 아닌 일이지. 때문에 네 의견도 충분히 경청할 걸세. 아니, 전적으로 네 의사에 따를 걸세. 짐이 설득을 위해 이때까지 이것저것 지루한 말을 늘어놓지 않았나. 네가 설득된다면 좋은 것이고, 거부한다면 짐이 물러서겠네. 기한은 무제한이네."

"······."

"발렌시아, 그녀를 살리는 대가로 네가 감당해야 하는 것을 생각하게. 지금 포기하는 편이 낫네."

그는 대답하지 않았다.
자카리는 대답을 강요하지 않은 채 보내 주었다.
고개를 내렸다. 시야에는 다시 그들의 공증서가 있었다. 자신의 세 가지 표식, 발렌시아의 정갈한 서명, 발미레의 마무리. 그는 다시 펜대를 들었다. 이번에는 발미레의 서명을 폭행하지 않았다. 그는 펜대를 빙글빙글 돌리며, 자신이 말을 제대로 한 것인지 곰곰이 돌이켜 보았다.

발렌시아가 설마 자기 긍정의 단계에 다다랐을까? 설마. 그럴 리가. 평생을 지켜 온 가치관이 애정 한 줌으로 부서지지는 않을 것이다. 침입자를 만난 문처럼 스스로 더 닫아걸지언정, 함부로 열지는 않겠지. 적어도 자신이 아는 발렌시아는 그러했다. 한 발자국 내딛는 것에마저 신중하기 이를 데 없는 사람이 어떻게 애정 하나로 붙잡힌다는 말인가.

때문에 자신이 바란 것은 발렌시아의 착각이었다. 그가 스스로 발미레에게 지나친 무언가를 느끼고 있다 생각하는 것. 더불어 그것이 초래하는 결과까지. 겁먹겠지. 겁먹고, 곧 물러난다. 저 사람이 정체불명의 해일을 용납할 리 없기 때문이다.

무턱대고 외르타를 송환하라는 말보다는 나았다. 그가 제 말에 반박한다면 자신은 끝내 왕명을 내려야 할 것이기 때문이다. 그것은 양자 간의 마찰을 기록에 남기는 결과를 초래한다. 잉그레를 위해서도 미라이예를 위해서도 그리할 수 없었다. 그러니 발렌시아가 자발적으로 그녀를 포기하게 만들어야 하는데, 이런 방식이 아니라면 불가능한 미래였다.

자카리는 제 손을 물끄러미 내려다보았다. 조금 역해졌다. 발렌시아가 제 이야기를 모르지는 않을 것이다. 모르기는커녕, 자신보다 더 명확히 의도를 걸러내었을 사람이다. 그럼에도 별수 없이 끌려오게 될 터, 이제 자신에게 남은 것은 기다리는 일뿐이었다. 이를 갈며 오지는 않을 것이다. 그만큼 품위 없지는 않다. 그저 잔뜩 이해해 가라앉아 있을 시선만이 눈앞에 선했다. 이처럼 발렌시아조차 노여워하지 않는 일에 자신이 역겨워 하는 이유는……

감정을 약점으로 만들었기 때문이다.

자카리는 한숨을 쉬었다. 지나치게 정확해 다른 무슨 말로 치환할 수조차 없겠다. 이성만으로 이루어진 사람은 없다. 불가능하고, 있더라도 완벽히 돌아 버린 놈이다. 누구보다 많은 사람을 만난 자신의 생각이니

대체로 맞을 것이다. 때문에 자카리는 발렌시아가 발미레에게 마음이 있다는 사실을 알고도 크게 놀라지 않았다. 좌중은 경악해도 자신만큼은 아니었다. 감정은 당연하다. 때문에 감정이 있다는 그 사실을 약점으로 만들고 싶지는 않았다. 모두를 지진아로 만들 것이다.

자카리는 손을 뻗어 두터운 종이 묶음을 잡았다. 제 앞으로 끌어왔다. 미라이예의 객 공증서는 주름이 잡히다, 견디지 못하고 바닥으로 떨어졌다. 바람 요람을 타고 흔들거렸다. 떨어졌다.

🎻

"진짜 어이가 없다."

앙히에는 칼자루를 꽉 쥐었다.

"지금 어디다 대고 그…… 죽고 싶어 환장했나?"

"죽음을 걱정해야 할 사람은 내가 아니오."

"대단하시군. 내가 널 어떻게 믿고? 어디서 미친놈이 굴러 들어와 어수대 행세를……."

"이상하군. 당신, 어수대를 목격한 일이 한두 번도 아니잖소. 왜 유난이오?"

그는 무슨 말을 해야 할지 도저히 감을 잡을 수 없었다. 광증이 있는 놈이라 여겨야 하나. 햇살 좋은 날에 웬 벌집 한 통이 머리 위로 떨어진 느낌이었다. 햇빛은커녕 어둠도 없는 그저 멍멍한 충격.

시작은 고작해야 몇 분 전으로 거슬러 올라간다. 시간은 정오였다. 앙히에는 북부 놀금의 장부를 마무리 짓고 기지개를 펴며 건물 바깥으로 나왔다. 지난 며칠의 철야 덕분에, 그는 대낮부터 무료하고도 나른한 한량이 될 수 있었다. 그러나 느긋하게 마구간에 접어드는 순간 누군가에게 말로 덜미를 잡혔다.

"말씀 좀 묻겠소."
"예?"
"르나치 경이오?"

순간적으로 오만 망상이 떠올랐다. 출렁출렁 파도를 넘던 생각들은 채 정리되지도 않고 그의 목을 탔다.

"무명이십니까?"
"아니. 어수대요."

그 말을 듣는 것과 동시에 남자를 죽일 뻔했다. 제 꿈틀대는 손을 막은 것은 본능과도 같은 경계 때문이다. 저가 칼을 뺀다면 필시 계외보르트 왕가의 검이 드러날 텐데. 아무래도 어수대 앞에서 보이기 좋은 꼴은 아니다. 저자는 자신에게 죽지 않을 자신, 혹은 죽더라도 뒷마무리를 할 동료가 있다는 자신으로 온 것일 터다. 칼이 드러나 좋을 일이 없다.

앙히에는 모든 감정을 꾸역꾸역 밀어 넣고는 말했다.

"야, 꺼져."

그는 눈 한 번 깜짝하지 않았다. 예상했기에 놀라지 않았지만, 그 익숙함에는 웃음이 터질 것만 같았다. 좋지 않은 의미로. 상대는 약간의 결락조차 없이 빠르게 말했다.

"당신에게 예고하라는 폐하의 명이 있소. 나는 그에 따르오. 우리는 내달 내로 왕녀를 죽일 거요."

그는 더 이상 꺼지라 말할 수 없었다. 일 초 만에 막힌 폭언이 참 허탈했다. 바위를 던져 단박에 저를 혼란시키려는 것이 저자의 목적이었다면 제법 성공한 셈이다. 그 사실에 화가 나면서도, 상대가 말한 내용을 상기하는 순간 항변할 수밖에 없었다. 혼란은 당연하다. 어수대임을 증명하라 말하기도 전에 지금 뭐?

"진짜 어이가 없다. 지금 어디다 대고 그…… 죽고 싶어 환장했나?"
"죽음을 걱정해야 할 사람은 내가 아니오."
"대단하시군. 내가 널 어떻게 믿고? 어디서 미친놈이 굴러 들어와 어수대 행세를……."
"이상하군. 당신, 어수대를 목격한 일이 한두 번도 아니잖소. 왜 유난이오?"

"용건은 끝인가?"
"이만 가오."
앙히에는 뒤를 도는 그의 어깨를 잡아챘다. 그 어깨를 바스라트릴 듯한 힘이었다. 그러나 상대는 별다른 표정 없이 고개를 돌렸다. 앙히에는 그 모습에서 몇 년 전의 블랑쉬 젤로를 발견하고는 대단히 골이 났다. 저 종자란 본디 저렇지. 리볼텔라와 함께할 때부터 적지 않게 본 놈들이었다.
그는 낮게 물었다.
"누구냐?"
"어수대라 했소."

"증거는? 내가 어디에 있는 줄 알고 이리 나타나? 어디의 무슨 사기꾼이냐?"

"마음대로 생각하시오. 폐하의 옥언은 두 번 반복하지 않소."

앙히에는 칼을 옮겨 쥐었다. 리볼텔라의 검보다는 짧지만, 사람을 죽이는 데에는 무리가 없을 것이다.

한숨은 없었다. 소리 한 자락 없는 칼이 새어 나왔다. 칼집이 칼을 게워 내는 모양이 꼭 맹수의 이빨 같았다. 적당히 목을 날려 버리면 될 것 같다. 싸한 바람이 눈앞을 스치는데도, 어떻게 눈을 깜박이겠다는 생각을 할 수가 없었다. 눈에 뭐가 들어간 것 같은데. 병신같이. 오랜만에 칼을 놀리는 것도 아니건만 벌써 눈꼴사나운 실수를 하고 있다.

물론 더 한심스러운 점은 따로 있었다. 앙히에는 제 중검을 막은 칼을 바라보았다. 아무런 특색이 없는 무료한 검날이었다. 검을 고려한다면 저자는 어수대가 맞다. 물론 그래도 죽여야 함은 변하지…….

"내가 무명이면 어쩌려고."

앙히에는 칼을 바깥으로 튕겨 냈다. 검의 길이가 짧다고 해서 실력까지 짧아지는 것은 아니다. 그는 팔을 반 바퀴 돌렸다가, 그대로 휘둘렀다. 가슴을 그대로 노출한 것은 상대에게 조금의 적의도 없다는 의미니까. 이래서야 걷는 것보다 쉬운 살인일 텐데.

"내가 무명이면 어쩌려고."

미친 망아지 같던 팔이 우뚝 섰다.

무명?

"폐하께서 날 시험하시려 널 보냈다 해도, 넌 내게 있어 그저 수상한 자다."

"……."

"어쩌라고? 죽여야지."

"그러면서 칼은 멈추는군. 경, 입과 손이 따로 노오."

"경, 경 하지 마라. 혓바닥을 뜯어 버린다."

"나는 더 이상 설명해 줄 마음이 없소. 경은 아이가 아니지 않소. 혼자 생각하시오."

앙히에는 지금 자신이 짓고 있을 표정을 가늠할 수가 없었다. 표현할 수 있는 말이 단 하나니, 얼굴도 딱 그만한 모양이지 않을까? '기가 막힌다.'

"와……."

"당신은 오스페다에 방문한 것이 잘못이었소. 위치가 고스란히 노출됐거든."

"내가 만만해 보이나?"

"혼자 생각하시오. 나는 이만 가오. 계외보르트 내 놀금을 전부 찢어 버리고 싶지 않으면 자제하시오."

"무명이라며?"

"어수대라고 했는데."

"노망났나?"

"무명이라 믿고 싶으면 그리 믿으시오. 그러나 날 죽일 수 없는 건 똑같지."

무명이라면 '폐하의' 무명이기 때문에, 어수대라면 놀금이 두렵기 때문에. 앙히에는 바보가 아니었다. 그러나 지금은, 머리를 굴릴 줄 아는 것이 서러울 지경이다. 분통이 터졌다.

"미친놈."

"안쓰럽소."

"미친놈이 누구인지는 너도 아나 보군."

"당신 마음대로 생각하시오. 나는 이만 가오."

상대는 정말로 칼을 집어넣었다. 앙히에는 제 팔뚝이 울렁이는 것을 느꼈으나, 도저히 어떤 조치를 취할 수가 없었다. 짐승 같은 칼은 상대보다는 제 머리와 부딪혔다. 저놈을 죽여야 하나. 무명이라면? 어수대라면? 뻔뻔스레 걸어가는 뒷모습에 주체할 수 없는 화가 치밀어 올랐다. 저것이 정신이라도 나갔나.

"야!"

대답은 없다. 허허로운 중년으로 보이던 남자는 길옆에 세워져 있던 말의 고삐를 쥐었다. 저것을 타고 도망가기 전에 죽여 버려야겠다. 제머리를 진탕 때리고 도망가는 꼴이 정말이지 미친 듯이 화가 났다.

그러나 칼을 들 수가 없었다.

중년 사내는 끝까지 말의 속도를 높이지 않고 유유히 길을 걸어 나갔다. 앙히에는 부글부글 끓으며 그 뒷모습을 바라보았다. 제 멀건 시선이 얼마나 멍청해 보일지는 신만이 아실 것이다. 무명이든, 어수대든. 이렇게 완벽하게 무력해진 기분도 참 오랜만이다.

앙히에는 칼을 땅바닥에 내던졌다. 날은 뎅그렁뎅그렁 소리와 함께 흙먼지를 뿜내며 굴러 갔다.

저놈이 무명이라면 그를 죽이지 않은 것은 잘한 짓이다. 정말 잘한 짓이다. 감히 왕의 수하를 죽일 수는 없다. 그가 제 정체를 어수대로 밝히고 왔다지만, 그렇다 해서 신하 된 자로서 무명을 죽이는 것은 아예 말도 안 되는 일이다. 논리는 없다. 감쪽같이 눈속임을 해도 무명만큼은 알아채 주어야 하는 것이 제 임무인 것이다.

갑자기 속이 싸해졌다. 만약 저자가 정말 무명이라면 그 말마따나 지금 이 상황은 자카리가 자신을 시험하고 있는 것이 맞다. 외르타와 친밀한 자신이, 만일 선택의 기회가 온다면 어느 쪽을 향할 것인가 묻는 것이다. '어수대가 내달 내 외르타를 죽일 것이다' 라는 정보를 외르타에게 전할 것인지, 자카리에게 전할 것인지.

제기랄. 천만뜻밖이다. 그가 자신을 간 볼 줄은 정말 상상도 하지 못했다. 저가 아무리 핫바지라 한들 어쨌든 미라이예의 일원이 아닌가. 자카리는 지금 미라이예를 떠보고 있는 것이다.

물론 그의 의혹은 옳았다.

그것이 허황된 물건이었다면 지금 자신이 이토록 갈등할 이유는 없었다. 앙히에는 겸허하게 인정했다. 자카리의 의심 섞인 눈초리는 분명 이치에 맞았다. 자신은 지금 이 사실을 왕에게 전해야 할지, 외르타에게 전해야 할지를 피 마르게 고민하고 있었다. 나는 도저히…….

그러나 정말 어수대라면?

앙히에는 사실 이 이야기에 상당히 회의적이었다. 리볼텔라와 함께할 적, 어수대는 제가 접근함과 동시에 그들만의 암호나 표장을 드러냈다. 서로를 알아볼 수 있는 가장 전통적이고도 효과적인 방식이다. 그러나 저자에게는 그중 어떤 것도 없었다. 그저 접근해서, 지껄이고, 떠났다. 그는 자신이 계외보르트에서 여러 해를, 그것도 왕녀의 수족으로 머물렀다는 사실을 아는 이가 그처럼 증명 없이 떠났다는 사실을 믿을 수가 없었다. 저런 허술한 놈이 어수대라는 것이 말이나 되나. 앙히에는 자신이 어수대에 대한 묘한 확신을 가지고 있다는 점을 깨닫고는 죄책감을 느꼈다.

앙히에는 한숨을 삼켰다. 어쨌든 상대가 어수대일 것을 경계해, 놀금의 무산을 경계해 놓아준 것은 사실이다. 변명이라고 해도 좋지만. 그는 칼을 버리고 뒤돌았다. 어차피 다른 곳으로 뜨려고 했으니 그리하도록 하자. 걸음은 느렸다. 이 혼돈의 와중인데 빠를 수가 없다. 그는 주먹을 여러 번 쥐었다 펴며 다시 한 번 어수대를 곱씹었다.

어수대가 설혹 진짜라도 도대체 왜 자신에게 저 중요한 사실을 알려 준 것인지 모르겠다. 발터는 어수대를 이용해 자신을 죽일 수 있었다. 머릿수에는 장사가 없으니까. 그러나 그러지 않았다는 것은, 그가 이 전언을 누구에게든 전달하고 싶어 했다는 의미다. 그런데, 그래서, 뭐? 이를 외르타에게 알려 주든 자카리에게 알려 주든 게외보르트로서는 득 볼 것이 하나 없을 텐데! 경계가 높아진다면 암살을 노리는 어수대에게 무엇 좋겠는가.

다른 관점은 어떨까. 발터는 자신과 외르타의 친밀한 관계를 아는 몇 안 되는 사람 중 하나였다. 설마 내가 그녀에게 고해하리라 생각한 것인가? 그래서 그녀를 구출해 내리라고? 그 뒤에는 어쩌게? 내게 외르타가 있으면 그녀를 가만히 두겠는가? 설마 지금보다 좀 더 손쉽게 빼앗기 위해?

그는 말의 갈기를 쓰다듬으며 쓰게 웃었다. 도대체 누구를 어느 정도로 얕보는지 모르겠다. 자신이 신상을 세탁한 일이 한두 번이 아닌데. 사람은 이름이다. 이름이고, 지위고, 관계다. 그것이 없다면 그 사람은 이 세상에 없는 것이다. 무슨 도시 하나에서 뒤지는 것도 아니고 전 대륙이 그 대상이라면 어수대라도 잘난 점은 없다. 너는 너무 건방지다.

앙히에는 등자를 짚고 말 위에 올랐다. 머리가 아팠다.

"전했다 하나?"

"예."

"반응은?"

"죽을 뻔했답니다."

"나를 의심하던가?"

"아니요. 전혀."

그는 얕게 웃으며 손짓했다. 수행인은 그 미소에 답할 표정을 찾지 못하곤 어색하게 뒷걸음질 쳐 나갔다. 그는 깍지 낀 두 손으로 이마를 짚었다.

앙히에 르나치 기지 얀 미라이예. 실로 마땅한 전시종傳侍從이다. 저자는 왕과 친밀한 사이였다. 왕비와는 더더욱 친밀하다. 더군다나 이유는 알 수 없지만, 외르타와도 지독히 가까운 사이였다. 도대체 어디의 누가 이런 인간관계를 형성할 수 있는지 경이롭기까지 하지만, 실제로 존재했다. 그는 이자를 보면 볼수록 제 주구에 알맞다는 생각을 해 왔다. 그리고 지금에 이르러 드디어 일을 실행한 것이다.

그가 제 전언을 자카리에게 전한다면 자카리는 아마 대경하여 외르타를 잉그레로 불러들일 것이다. 죽어 있는 외르타보다는 살아서 증언도 하고, 어수대의 시체까지 덤으로 달고 오는 미끼성 외르타가 훨씬 매력적이기 때문이다. '어수대의 경고'를 들은 공작은 그 왕명에 반발할 수 없다. 얽힌 감정 따위는 대패로 밀어내야지. 그리고 제 손에는 마땅한 칼이 있고, 마땅한 시체가 있었다. 제법 괜찮은 이야기다.

그가 제 전언을 외르타에게 전한다면 그녀 역시 살기 위해 잉그레로 기어 들어올 것이다. 자신의 말을 한 번 극복해 낸 것으로 보아 그녀의 삶에 대한 의지는 강했으면 강했지 약하지는 않다. 저 게외보르트 왕가에서 난 여자가 어찌 그럴 수 있는지는 모르지만, 어쨌든 살기 위해 안전한 잉그레로 오리라. 물론 제 손에는 여전히 칼이 있고, 시체가 있었다. 이야기는 똑같다.

유일한 난점이라면, 미라이예의 소공자가 외르타를 데리고 줄행랑을 놓을 경우. 자신과 자신의 수하가 목격한 그 둘 간의 유대는 농담이 아니었다. 목격뿐이랴? 그는 소공자와 외르타가 재회 — 맞는 단어인지는 모르지만 — 했을 당시에 대해 들었다. 칠 년을 함께 자란 제 손에도 덜덜 떨던 외르타를 단박에 잠재우는 포옹. 말이 안 된다. 그러나 현실이었고, 현실이라면 이유는 따질 필요가 없었다. 논리에는 담백함이 생명이 아닌가.

때문에 그가 정말이지 정신이 나갔다면 외르타를 보호할 위험이 있는 것이다. 웃음을 터뜨릴 뻔했다. 설마 그가 외르타를 보호할까? 그에게 그런 능력이 있느냐 없느냐는 둘째치고, 그래서야 완전히 제 왕을 배반하는 신하 아닌가. 이 나라의 왕은 사람을 어찌나 못 부리기에 무릎 밑에 저런 망나니 하나를 데리고 있나.

물론 저로서는 좋은 것이 좋은 일이었다. 소공자가 외르타를 데려가 자카리와 사달이 나든 그것은 알 바 아니다. 다만 자카리의 손안에 외르타가 없다는 것. 그 무기의 부재는 정말 매력적이다. 다시 느긋하게 이야기를 나눠 볼 만한 기회가 될 것이다.

모든 가짓수에서 자신이 이겼다. 이미 자카리에게 발렌시아의 감정에 대한 덫을 놓았다지만, 그는 그 물렁한 왕이 얼마만큼 빠릿빠릿하게 대처할 수 있을지 의심스러웠다. 나였다면 그런 불쾌한 이야기가 도는 즉각 공작을 밀어내고 외르타를 회수해 왔을 텐데, 저자는 영……. 때문에 몇 가지 안배를 더할 수밖에 없는 것이다. 내 잘못이 아니라 네 잘못이지. 내게 멍청하게 보인 잘못.

그는 머릿속으로 몇 가지 이야기를 상상 검토했다. 큰 이상은 없는 것 같다. 무언가가 손에 채였다. 그는 자신이 제 손에 들려 있던 서간을 잊었던 모양이라고 혀를 찼다. 고개를 숙였다. 편지는 이와 같이 시작되었다.

전하, 뤼 레스트왈의 공문을 첨부합니다.

익숙한 글씨체였다.

저는 개인적으로든 공적으로든 전하께서 빨리 이곳에 돌아오시기만을 바랍니다. 외람된 말씀이오나 사순 내로 결정을 내리지 않으신다면 제가 직접 그곳에 갈 의향도 있습니다.

사르트뢰즈 노루아 상스 퓌미셸.

뤼페닝은 다음 장으로 넘기기 전, 잠깐 동안 그녀의 시퍼런 눈을 떠올렸다. 내가 얼마나 열심히 일하고 있는지 설명을 해 주어야 하나.

🎼

레아는 한숨을 쉬었다. 제 눈앞은 차마 말로 형용할 수 없는 난장이었다. 왕 이외 이곳에 출입할 수 있는 이는 무명뿐인데, 어쩌면 이리 폭풍 맞은 듯 너저분할 수 있을까. 그녀는 제 발에 차이는 문진을 조심스레 밀어낸 뒤 책상 옆으로 다가갔다. 그 위에, 무슨 묵직한 짐 같은 것이 얹혀 있었다.

"자카리."

답은 없었다. 누가 들어왔다고는 짐작도 못한 채 그저 쿨쿨 자는 모양이었다. 그녀는 저러니 칼 한쪽 못 쓰지 투덜거리고는 그가 앉은 옆자리에 바짝 붙었다. 귓불을 잡아당긴다. 레아는 그의 귀에 숨을 훅 불어넣었다.

"미친……."

"나야."

"아…… 레아…….."

"올라와서 자."

그는 물 맞은 새처럼 부산스레 퍼덕거렸다. 앉아서 겉옷을 걸치려는 모양이다. 레아는 그를 도와주려다, 그가 옷자락으로 제 얼굴을 치는 바람에 토라져 뒤로 물러났다. 그는 상당히 정신없는 모양으로 화려한 왕가의 옷을 걸쳤다.

"자카리, 뒤집어 입었어."

그는 들은 체도 안 했다. 일어서지도 않았다. 그저 큰 손을 모아, 다시 한 번 제 얼굴을 덮을 따름이었다. 공기가 다시 멈췄다. 레아는 초조하게 몇 분을 기다렸다. 조금만 지나면 일어나겠지, 조금만 지나면 일어나겠지, 조금만 지나면 일어나겠지.

계속 잔다.

"자카리."

"……."

"난 벌써 당신 이름을 세 번째 부르고 있어."

"……."

"피곤한 건 알겠는데 지금은 새벽이야. 무명이 날 들여보내 준 걸 보면 모르겠어?"

"……."

"내일 어깨 결려……. 여기서 이렇게 있지 말고 같이 올라가자."

그는 여전히 죽어 있었다. 등불이 켜진 방 안은 대낮보다 더 밝았다. 사방에 흩어진 서류 조각, 보는 족족 던져 놓은 듯한 책 몇 권, 벽을 장식한 어떤 고귀한 초상화 위에는 자카리가 붙여 놓은 간이 과녁이 있었다. 뭐, 이 정도야 견딜 수 있지. 레아는 지치지도 않고 그의 어깨를 흔들었다.

"올라가자."

"레아…… 여기서 조금만……."

"올라가서."

"아…… 발터하임…… 부…… 망종도 이런…… 망종…… 이…… 없……."

"내일 다시 욕하면 맞장구쳐 줄게."

"뤼페닝…… 이 개…… 새끼…… 그 아비가…… 그 꼴이니……
그…… 망할…… 개새끼…… 낯짝을…… 뻔뻔하기…… 짝이 없는……."

"징징대지 말고. 욕은 내일 하라니까?"

그러나 그는 계속 징징댔다.

"개자식…… 개애애자식…… 할 수만 있다면 죽였지…… 망할 새
끼…… 그 수작이…… 누구 엿 먹으라고…… 누구를…… 천치로……
아나……."

"혹시 해서 물어보는 건데 당신 술 마셨어?"

자카리는 제 손아귀 안에서 몇 번 더 희한한 소리를 냈다. 레아는 그
에게 한 발자국 다가갔다. 혀를 차며 팔을 뻗었다. 그 조그마한 품 안에
담기는 아무래도 버거웠던지, 그녀는 기합을 넣으며 그의 반대편 어깨
를 끌어당겼다.

자카리는 정신이 번쩍 든 듯 고개를 들었다.

"아."

"좀 깼어?"

"음……."

"그놈이 개자식인 건 산천초목이 알 테니 구태여 당신이 더 욕해 줄
필요는 없어. 피곤하지?"

"아……."

레아는 있는 힘껏 그를 잡아 올렸다. 그는 실에 꿰인 것처럼 비틀비틀 일어섰다. 새파란 눈은 아직도 반쯤 감긴 채 정면을 바라보고 있었다. 저 난장판. 이곳을 정리하는 무명은 아마 노련하기가 딤니팔에서 제일 가는 자일 것이다. 레아는 무슨 말을 꺼내려 잽싸게 입을 벌렸다. 그러나 그보다는 자카리가 먼저였다.

"열 받는다."

그녀는 눈을 동그랗게 뜬 채 그의 게슴츠레한 시선을 바라보았다. 말은 험했으나, 그 시선은 여전히 반쯤 잠긴 채 메말라 있었다. 화를 내면서도 화를 내지 않는. 그 묘한 절반의 노여움.

잠시 뒤, 자카리는 내뱉듯 말했다.

"피곤해 죽겠군."

"이미 죽은 것 같으니 자제해."

"이득이 맞지 않으면 믿을 놈 하나 없어."

레아는 그가 무슨 말을 하는 것인지 잘 알고 있었다. 대계외보르트전. 서쪽의 대영주 셋을 제한다면, 나머지에게 그것은 결국 강 건너 불구경인 셈이다. 아니, 더 나아가 적극 반대할지도 모르지. 자카리는 찡그린 콧등을 쓰다듬으며 슬슬 말했다.

"진실을 아는 서부 영주들마저 '결단이 난 뒤' 전폭 지원해 주겠다는 입장이고…… 아니, 그들이 그럴 수밖에 없단 건 나도 잘 알지. 그들을 탓할 수는 없지. 이 와중에 뤼페닝은 무슨 파리 새끼처럼 주변에서 왱왱대지. 미치겠군."

"욕하고 싶은 사람 욕해. 다만 위에 올라가서……."

"그리고 발렌시아…… 발렌시아, 발렌시아."

레아는 한숨을 쉬었다. 잠에서 깨자마자 불평하는 대상이 저러하다. 공작은 또 얼마나 더 자카리의 속을 썩인 것일까.

"이건 도저히…… 말이……."

"응? 뭐가…… 윽!"

그녀는 순식간에 꽉 눌려 버린 제 양쪽 볼을 움직여 보았다. 아프지는
않다. 자카리는 제게 손을 대는 모든 행동에 있어 참 소름 끼치게 주의
를 기울이는 사람이었다. 그녀는 당황하지도 않고 슬금슬금 커지는 상
대의 벽안을 바라보았다.

"뭐?"

그는 답하지 않았다. 다만 숨이 기울었다. 벽에 흐르는 물줄기처럼,
까슬하고 찬 무언가가 이마에 닿았다. 레아는 아무 반응도 보이지 않았
다. 맥조차 한 치 변화가 없는 것 같다. 때문에 약간의 침묵 뒤, 먼저 입
을 연 사람은 자카리였다.

"손도 못 대고…… 참……."

"그래, 그래. 계속 혼자 말해."

"그래 놓고…… 끝끝내 고집은…… 어떻게 될지 뻔히 알면서……."

"시끄럽고. 이마 간지러우니까 떨어져. 그 위에서 말하지……."

"레아, 그냥 이대로 안고 올라갈까?"

레아는 콧방귀를 뀌었다. 가능할 리가 없다. 그는 그 말도 안 된다는
반응에 너털웃음을 터뜨리며 고개를 들었다. 시선은 위, 그러나 그녀의
뺨을 감싼 손만큼은 여전히, 미동조차 없었다. 레아는 천장을 올려다보
며 왕의 괴이쩍은 행태를 인내하려 했지만, 끝내 몇 초도 넘기지 못하고
불쑥 내뱉었다. 불편한데 어째.

"이만 자."

"공작이 한 여덟 살 때 이만했던가……."

"징그럽다. 지금 아낼 보면서 남자 생각을 해?"

"레아, 내가 위선자였는지도 모르겠다."

"어?"

"난 내가, 공작에게 여자가 생기면 진심으로 기뻐할 거라고 생각했어. 축하해 주고…… 그 상대가 어떻든 간에."

그녀는 눈을 휘둥그레 떴다.

"공작에게 여자가 생겼다고……?"

"그런데 막상 상황이 닥치니, 내가 먼저더군."

"뭐? 공작이 날 사랑해?"

"도대체 무슨 추론 과정을 거쳐야 그런…… 아니야."

자카리는 그녀의 뜬금없는 반문에 제 할 말을 잊어버린 듯했다. 그는 잠시간 인상을 찌푸렸다가 가까스로 용건을 다시 추슬렀다.

"좀 당황했다."

"내 헛소리에?"

"……나한테. 너 지금 나 우스갯소리로 지치게 하려 작정했냐? 안 웃기니 그만해라."

"……."

자카리는 그녀를 놓고선 뒤로 물러섰다. 레아는 피곤한 저 모양이, 외려 그를 평소보다 더 엄중한 왕처럼 보이게 하는 것 같다는 생각을 했다. 석고를 바른 양 딱딱한 얼굴. 그 얼굴에 진 음영이 마음에 들지 않았다. 새벽을 대낮처럼 지새우니 그렇지.

다음 순간, 그는 언제 잠들어 있었냐는 듯 흩어진 서류를 잡아 올리기 시작했다. 그 모습이 꼭 다시 일에 열중하려는 왕 같아 레아는 깜짝 놀랐다.

"당신 안 자?"

"……."

"당신 안 자면 나도 안 자."

그는 주운 서류를 책상 위에 올려 두었다. 몇 장은 다시 날아갈 정도로 성의 없는 손짓이었다. 그녀는 그제야 그가 반사적으로 주변을 정돈한 것이라는 사실을 깨달았다. 그가 마른세수를 했다. 한숨이 흘러나올 법도 하건만 주변은 아직 고요했다.

"내가 어렸을 때……."

웃으려던 입매가 굳었다.

"아니지, 기억할 거리가 별로 없군. 발렌시아는 제 유년기를 통째로 날려 버린 것 같았으니까. 레아, 내가 그 사실에 얼마나 안도했는지 말하면 믿어 줄 테냐?"

그녀는 대답하지 않았다. 끼어들 순간이 아니었다.

"지금 와 생각해 보면 나는 그때 아주 직감적으로, 후일 상대가 참 부리기 편한 수족이 되리라 생각했던 것 같다. 물론 어렸을 땐 마냥 즐거웠지만. 그저…… 얼마나 근사하냐. 문무 양면으로 천재 소리를 듣는 미라이예가. 감정이 좀 모자라 보이는 것이 흠이라면 흠이지만, 나는 사실 그때만 해도 그것이 세상에 있는 수많은 인간 군상 중 하나라 생각했거든."

"……."

"그런데 오랜 기간, 찬찬히 살펴보니 그건 아니더군. 그건 결코 일반적인 것으로 치부될 수 없는 부분이었어. 그에게는 확실히 무언가가 결여되어 있었다. 다른 이들은 그가 단지 무심할 뿐이라 생각하지만, 사실 그보다는 더 깊은 문제야. 리베 몬테도 그 문제에 이를 갈다 자살한 게 틀림없다."

"……."

"그건 도저히 어떻게 회유할 수도 없는 성격이다. 나는 그 깨달음에 대단히 놀랐지. 동정했어. 그것을 고치기 위해 오만 가지 꾀를 부렸지만, 남는 건 내 한숨뿐이더군. 기막힌 한숨. 이건 앙히에가 떠났을 때 절정을 찍었다. 그 뒤는…… 그 뒤 내가 공작에게 있어 왕이 아닌 적이 있던가?"

자카리는 가장 가까운 곳에 있던 등불을 껐다. 치직하는 소리와 함께 어둠 한 줄이 찾아왔다. 그것은 어쩐지 대화의 완급을 조절하기 위한 장치처럼 보였다.

"레아, 순종적인 사람에게 명령하는 것이 얼마나 무료한 일인 줄 아냐? 부려 먹는 것도 한두 번이지. 예, 예, 예. 누구는 그런 놈을 최상의 수하로 볼지 몰라도 난 아니야. 난 내가 홀로 이곳을 지배할 수 있으리라 생각한 적이 단 한 번도 없거든. 때문에 난 상대가 적어도 같은 인간처럼 보이길 원한다. 좀 웃고, 울고, 화내는. 그런 사람들을 대하는 편이 좀 더 성취감이 있고, 사실 결과도 더 낫지."

"……."

"그래서 발렌시아가 변하기를 바랐어. 그 사기 같은 능력은 좀 없어도 괜찮아. 그보단 사람이다. 물론 친구로서 그 무덤덤함을 염려한 것도 있지만, 사실 왕의 자리에서 왕관을 아예 떼어 놓고 생각하기란 좀 힘든 일이거든. 난 윗사람으로서도 그가 변하기를 바란 거지. 좀 더 나아지도록……. 레아, 난 그걸 해결하는 가장 쉬운 방법이 여자라고 생각했다. 나도 어쨌든 몇몇 부분에선 정신 차린 셈이잖아."

그녀는 별다른 반응을 보여 주지 않았다. 보일 수가 없었다. 그때까지도 이 말을 들은 것으로 여겨야 할지, 아니면 무시해야 할지 숙고 중이었기 때문이다. 물론 상대 역시 그 낯간지러운 말에 큰 의미를 부여하지 않았다.

"그런데 영 소용이 없어서 어느 순간부터는 진짜 두 손 두 발 다 들었다. 내가 끼어들 일이 아닌가 보군. 될 대로 되어라. 다만 어떤 운명이 여자든 남자든 누구든 점지해 주기만 한다면 무조건, 진심으로 축복하겠다.”

“……”

“그때는 진짜 그렇게 생각했거든?”

레아는 눈을 가늘게 떴다. 찌푸린 듯 조용한 자카리의 얼굴이 인상적이었다.

“그런데 난 지금…… 도대체 당시의 내가 어떤 심정으로 그리 생각했는지 모르겠다.”

“……”

“진심이긴 했나? 내 편의에 따라 단박에 휘둘릴 축원이었나? 몇 번이고 그 생각을 해 놓고도, 도대체가 이건…….”

뚝 끊겼다. 그는 갑작스레 입을 다물었다. 할 말이 없어 다문 것도, 숙고를 위해 말을 줄인 것도 아니다. 레아는 알 수 있었다. 자카리는 막힌 것이다. 한 뼘 길이의 막대가 혀를 내리 찌른 듯 막혔다. 레아는 천장을 흘끗 쳐다본 뒤, 다시 시선을 정면으로 돌렸다. 어느새 자신에게로 주의를 돌린 자카리와 눈이 마주쳤다. 그는 그것을 허락의 신호로 본 듯 지체 없이 입을 뗐다.

“이만 올라가자.”

“……”

“레아?”

“자카리, 오늘 무슨 일 있었어?”

“……”

“……”

“내 위선에 질렸다, 질렸어.”

자카리는 고개를 저으며 집무실의 문으로 향했다. 레아는 잠시 침묵을 지키다, 그보다 빨리 뛰어가 문을 짚었다. 그는 시선으로 질문했다.

왜?

레아는 발끝을 들어 그에게 키스했다.

$$✦$$

외르타는 한숨을 쉬었다. 제 눈앞이 좀처럼 믿겨지지가 않았던 것이다. 그녀는 주의를 환기시키기 위해 문틀을 똑똑 두드렸다.

그는 뒤를 돌아보지도 않았다.

"경, 하녀들이 한 시간가량 서성이다 돌아갔어."

그는 뒤를 돌아보았다.

"석찬이 준비되었는데 안 내려오신다 하더구나. 내 방에서 지켜보려니 여간 불쌍하지가 않아."

"저는 괜찮습니다."

"게다가 방은 이 꼴이니 어찌 부를 엄두를 냈겠어? 아무튼…… 뭐…… 내 말도 무시할 줄 알았는데…… 바로 답해 줘서 외려 민망하구나. 알겠다."

그녀는 마지막으로 기가 막힌다는 듯 집무실 안을 쓱 둘러보았다. 농담이 아니다. 물론 일반인의 '어지럽다' 수준에는 못 미치지만, 발렌시아의 관점에서 볼 때 이곳은 이미 혼란의 도가니였던 것이다. 문득 그에게 무슨 일이 생긴 것인지 궁금해졌다.

고즈넉한 밤이었다. 바깥에 나가는 것은 조금 꺼림칙하니 방의 테라스에라도 기대어 볼까. 외르타는 배부른 배를 쓰다듬으며 아래로 걸음을 뗐다. 아마 모리가 끼워 둔 간식이 남아 있을 것이다.

누군가 팔을 잡았다.

외르타는 기겁하여 그것을 떨쳐 냈다. 한 손아귀에, 아주 단박에 팔뚝이 감싸이는 느낌. 그 압박이 지나치게 낯익었기 때문이다. 소름이 오소소 돌았다. 그것은 그 주인을 알게 된 뒤에도 어찌 멈출 수 없는 생리적인 반응이었다.

"깜짝이야! 뒤에서 손대지 말라 말했잖아!"

"뒤에서 껴안지 말라 말씀하셨습니다."

"그거나 그거나. 말은 하고 잡아. 그렇게 덥석덥석 잡으면 사람이 안 놀라고 배겨?"

"그리하겠습니다."

"……아무튼, 왜?"

발렌시아는 곧장 답하지 않았다. 외르타는 그와 눈을 마주치기 위해 무진 애를 썼다. 이처럼 코앞에 서 있으니 눈을 마주치기는커녕, 얼굴을 제대로 볼 수조차 없었다. 그녀는 예의상 상대와 시선을 맞춰 주어야겠다고 생각했다. 자연스레, 걸음이 뒤로 물러났다. 한 발자국만 가도 뺨은 보이겠네.

그러나 다시 한 번 잡혔다.

외르타는 잡힌 제 팔을 뚫어지게 바라보았다. 슬슬 불쾌해지려 했다. 이유가 있어 자신을 잡았으면 말을 하던가. 기둥처럼 붙드는 행동이 무엇을 뜻하는지 내가 어찌 알고?

"경, 뭐해?"

"……."

"나 할 일 있어."

"무슨?"

외르타는 깜짝 놀랐다. 그가 절반이나마 반말을 쓰는 모습을 근래 들어 처음 봤기 때문이다. 그러니까, 자신에게. 사람이 참 간교하다. 극하대로 처음 만나 고작해야 몇 달 동안 공대를 받은 처지 아닌가.

그녀는 반색했다.

"경, 오랜만이구나."

"예?"

"하대. 얼마나 오랜만이면 이제는 심지어 신기할 지경이다. 당연한 일인데 말이지."

"……당연하지 않습니다. 방금 전은 제 불찰입니다. 용서하십시오."

"아니, 아무튼 이 실수를 계기로 말을 놓아도 난 상관없다."

"저는 당신에게 하대할 마음이 없습니다."

그녀는 코웃음을 쳤다.

"그 말투를 가지고 공대라? 그냥 하대해라. 괜찮……."

"하대할 마음이 없다고 말씀드렸습니다."

"어…… 왜 성이야?"

"제가 감히 당신에게……."

"날 잡아 놓고 용건은 없다, 하대를 해 놓고 하대하기 싫다, 화를 내 놓고 화를 낸 적 없다……."

외르타는 못 이기겠다는 듯 고개를 설레설레 저었다. 이해할 수가 없었다. 무언가 이상했다.

사실 그녀는 요새 들어 저 사람이 걱정되고 있었다. 남을 걱정하는 일에는 짐승만도 못한 자신이다. 그런 저가 이런 반응을 보이는 것은, 그가 이전에 비해 지나치게 달라졌기 때문이다. 이전의 그는 예에 어긋나면 목이라도 맬 듯한 인상이었는데. 이제는 그것이 어찌 되든 아예 상관없는 것처럼 보였다. 심각하다. 후자가 나쁘다는 것은 아니었다. 다만 사람이 저토록 쉽사리 변했다는 사실이 걱정되는 것이다.

'쉽사리' 가 아닌가?

외르타는 조심스레 제 팔을 끌러냈다. 이번만큼은 그도 저를 다시 낚

아챌 염치가 없는 듯했다. 그녀는 의도했던 대로 한 발자국 물러나 그의 얼굴을 바라보았다. 걱정스러운 표정이었다.

"요새 무슨 일이 있나 보구나."

"······."

"경황이 없어 보여. 얼마나 피곤하면······ 이렇게 뜬금없이 잡아도 화를 낼 수가 없잖니. 경, 잠은 자?"

"염려치 마십시오."

"정말?"

"괜찮습니다."

"경은 어째······."

외르타는 고개를 저으며 뒤로 물러났다. 저를 밀어내는 사람에게 구태여 참견할 만큼 오지랖이 넓지는 않다. 의리나 애정도 없고, 있다면 생소함 정도인데 그것만으로 타인을 다독일 수는 없는 것이다. 그녀는 걱정을 떠넘기고는 가볍게 몸을 돌렸다.

"그래, 그럼 이만······."

"외르타."

느릿느릿 스미는 검은 먹에 기어이 종이가 찢어졌다. 종이를 찢고도 한참을 누르고 있으려니 어느 순간부터는 그 검은 얼룩도 피로한 듯 멈추었다. 더 이상 넓어지지도, 진해지지도 않는 둥근 원. 그 단정함이 외려 더 산만했다. 고작해야 몇 분을 가만히 두었을 뿐인데 수 천 수 만 번 억누른 듯 지독한 어두움에 기분이 좋지 않았다.

발렌시아는 얼룩을 빤히 보며 그것과 비슷하던 기억을 상기했다. 그처럼 선명하고 명확한 노여움이었으나, 그 순간 이성이 마비되어 사실 제대로 된 장면은 이미 제게 남아 있지 않았다. 그때를 조각조각 모아 본들 나오는 것은 채 한 줌도 되지 않는 단편적인 외침이리라.

"저는 변한 것이 없습니다."

발렌시아는 그 말을 상기하자마자 반사적으로 펜을 내던졌다. 나무가 강팍한 책상에 부딪치며 빠드득 깨지는 소리가 났다. 제 앞으로 다시 굴러 왔다. 얼마나 지독한 힘이었는지 물에 담근 물푸레로 만들어진 펜대에 기어이 금이 가 있었다. 그는 그처럼 어긋난 펜대를 숨도 못 쉬고, 오래도록 노려보았다. 그 맹렬함은 방금 전의 힘과 그리 다르지도 않았다.

한참 동안 대상 없이 노여워하던 그는 결국 천천히, 천천히 제 얼굴을 감쌌다. 지치지도 않고 한숨이 꼬리를 물었다. 너는 도대체 왜 화를 내나. 너까지 스스로를 이해하지 않는다면 누가 이 말도 안 되는 성을 보듬으랴.

어떤 문은 잠근 채 두기도 해야 한다. 발렌시아는 이 생소한 감정을 견딜 수가 없었다. 애초에 격한 것을 품은 일이 드문 사람이라, 그에게는 대처 방법에 대한 가장 기본적인 지식조차 없었다. 그저 전장의 첨단에 선 듯 잠시 입매가 빳빳해졌다가, 목울대가 아찔해졌다가, 결국 이도 저도 아닌 채 불씨를 짓밟는. 웬 거인이 가슴을 짓누른 양 그 타는 듯한 느낌을 안다.

"고작 애정이 아니야. 너는 무언가 좀 더 절박한 느낌이 있다."

오후에 들은 말이건만 벌써 몇 년 전의 기억인 것처럼 희미해져 있었다. 어차피 왕의 말은 누구의 눈에도 당연한 계산이었다. 외르타를 염려하는 자신을 충동질하여 그녀를 잉그레로 돌리는 것. 그로써 혹시 모를 자신의 일탈을 막고 안전하게 그녀의 상해를 도모하는 것. 자카리도 제게 이 수를 숨길 수 있으리라고는 기대하지 않았을 것이다.

물론 그의 기대와는 달리, 발렌시아는 외르타를 솔 미라이예에서 내보낼 생각이 조금도 없었다. 왕의 권유를 듣고 난 지금에도 이 생각만큼은 요지부동이었다. 자신이 그녀에게 가진 감정을 배제하더라도, 사실 자카리의 부탁이야말로 저와의 계약 위반이기 때문이다. 발렌시아는 한 번이 두 번이 되고, 두 번이 세 번이 될 확률을 간과할 수 없었다. 이번 제안을 허락하면 이 뒤에도 스스로 물러서기를 강요받을 확률이 높다. 그는 결코 그녀를 보내지 않을 것이다.

그러나 외르타가 보내 달라 요청할 경우에는?

그는 제 앞에 놓인 서류를 노려보았다.

"발미레가 떠나는 것을 재고하고 있다고?"

시한이 상당히 남은 서류였다.

"발렌시아, 그 말을 믿나?"

집중할 필요도 없는 잡무에 주의를 기울이고 있었다.

"지금처럼 너나 짐의 보호를 받으면 되지 않느냐고?"

이 또한 제 나름의 노력이었지만, 어차피 온 신경이 쏠린 결절을 끊어 내기란 불가능한 일이다.

"언제까지 발미레에게 유폐를 강요할 텐가? 칠 년으로 부족한가?"

리미니산 리넨 수급에 차질이 생긴 것이 나와 무슨 상관이지.

"짐은 발미레가 제 결정을 뒤집지 않으리라 확신하네."

발렌시아는 서류를 옆으로 밀어냈다.

자카리가 그녀를 걱정해 그처럼 말했을 리는 없다. 그의 의도는 명확했으며, 단지 상대를 자극하기 위해 날 선 어휘를 넣은 것뿐이다. 그녀가 그런 과거를 가지고 있지 않았더라도, 필시, 어떤 이유로든 이야기를 휘감아 쳤을 것이다. 자카리는 자신의 정치적인 위협을 만들고 싶지 않았으리라. 매끈하고 천박한 논리는 겉껍질로 들어도 좋다. 그래도 괜찮다. 그러나 문제라면, 그 밑바닥조차 전부 진실이라는 것.

발렌시아는 느릿느릿, 그러나 확고하게 사실을 인정했다. 자신의 부탁은 그녀에게 아무 의미도 되지 못한다. 그녀는 기어이 왕도를 떠날 것이다. 제 말에 고개를 끄덕인 것은 순간적인 발뺌에 불과하다. 마음을 돌렸을 리가 없다. 여전히 이곳을 떠나리라 다짐하고 있을 터, 사실 그녀가 말을 번복했다 믿고 싶은 것은 제 무가치한······.

그는 제 오른쪽 엄지를 내려다보았다. 붉은 것이 눈처럼 녹아, 피가 배어나오고 있었다. 눈치채지 못한 사이, 아니, 서류를 밀어 낼 때 고스란히 베인 것 같았다. 아무런 감각이 없었기에 발렌시아는 곧 그 자리에 관심을 끊으려 했다. 하지만 그는 다음 순간 곧장 자리에서 일어섰다. 피를 보며 생각한 사람이 있었다.

디무어, 정확히는, 디무어가 제게 기증한 민지대. 그녀의 마지막 서간을 분명 이곳 어딘가에 아무 의미 없는 서류처럼 끼워 두었다. 동부에 있는 그녀의 민지대는 외르타에게도 좋은 제안이 되리라. 그때 이후 단 한 번도 펼쳐 본 일이 없지만 아직까지도 기억에 선한.

나 무타스 디무어는 무타스 민지대와 그에 소속된 인력, 재화 전반을 딤니 팔의 공작 발렌시아 마조레 기지 얀 미라이예에게 인계한다.

그는 불안한 손길로 잠긴 서랍을 열었다. 이토록 경황이 없는 와중에도 단박에 들어가는 열쇠가 놀랍다. 그는 태엽이 멈춘 시계처럼 잠시 머뭇거리다, 기어코 그 안에 손을 넣었다. 서류의 양은 얼마 되지 않았다. 묵은 종이 내가 매캐하게 풍겨 왔다. 그는 비교적 차분하게, 반쯤 선 채로 서류를 훑어보았다. 미라이예의 사설 금광 — 물론 불법인 —, 수하 귀족의 내부 반란책, 가문 망명객 기록, 사적 암살 기록, — 항상 대를 잇지 않고 사라지는 — 가문의 사생아 관리, 몇 가지 위법성 조각 청탁, 왕실과 교류한 밀서들, 그리고 제일 바닥에, 대공작이 놔둔 것이 분명한 사설 상단 입금계. 발렌시아는 그 자리에, 어떤 날짜 이후로 놀금의 금이 추가되었다는 사실을 알아차렸다. 가문에 편입된 것이 아닌 정기 기부 차원으로 받는 모양이었다. 그는 그것을 애써 무시했다.

디무어는 없다. 희미한 노을이 속눈썹을 꾹꾹 짓눌러 왔다. 손매는 벌써 잊혔건만 희한하게도 햇살에 얻어맞는 눈이 쓰렸다. 발렌시아는 잠깐 숙고하다가, 다시 몸을 돌이켜 차곡차곡 서류들을 놓아두었다. 그 모습은 잉그레에 보낼 공문을 작성하는 것처럼 침착했다. 그러나 서랍을 닫는 소리만큼은…… 계단에서 석찬을 드시라 고하던 하녀가 기겁하여 뒷걸음질 쳤다.

발렌시아는 자신이 다른 서랍에 볼일이 없다는 사실을 알고 있었다. 첫 번째, 두 번째 단은 자신이 항상 문지방이 닳도록 관리하고 정리하는 부분이었기 때문이다. 그는 잠시 멈추었다. 그리고 곧 몇 걸음 앞에 있는 궤짝을 열어젖혔다. 유목과 연철로 만들어진 뚜껑이 둔탁한 소리를 내며 벽과 부딪혔다. 그는 종이를 들어 읽고, 사정 두지 않은 채 바닥에 떨구었다. 마음이 앞서 정돈할 겨를이 없었다. 확인하고, 떨어뜨리고, 다시 확인하고, 바람에 미끄러지는. 다음은 다른 궤, 그다음은 책장 아래의 수납실, 그다음은 따로 빼 둔 서랍, 포도주 진열대 아래의 비밀 공간, 칸칸이 나뉘어 서 있는 촉륜.

그는 한참이 지났을 때까지도 디무어의 비공식 서류를 찾지 못했다. 스스로 어느 곳에 두었는지 도통 기억이 나지 않았다. 발렌시아는 초조해졌다. 목덜미에 들어간 긴장이 어깨, 팔을 타고 내려와 손을 건드렸다. 그는 손매에 힘을 주었다가 무언가 벌어지는 느낌에 고개를 숙였고, 길게 베인 상처를 발견하고는 헛웃음을 터뜨릴 뻔했다. 물론, 잇새에 걸려 고꾸라졌지만. 괜찮다. 어차피 민지대 자유민에게 하명하면 그들이 직접 문서를 다시 작성해 올 것이다. 소유권이 허공에 뜰까 걱정할 필요도 없고, 디무어의 친필을 잃었다 상심할 필요는 더더욱 없다.

"……한 시간가량 서성이다 돌아갔어."

발렌시아는 뒤를 돌아보았다.

"석찬이 준비되었는데 안 내려오신다 하더구나. 내 방에서 지켜보려니 여간 불쌍하지가 않아."

잠깐 숨이 막혔다. 내용이 제대로 들어오지 않는다. 그는 거의 반사적으로 답했다.

"저는 괜찮습니다."

"게다가 방은 이 꼴이니 어찌 부를 엄두를 냈겠어? 아무튼…… 뭐…… 내 말도 무시할 줄 알았는데…… 바로 답해 줘서 외려 민망하구나. 알겠다."

외르타는 당황한 눈으로 집무실을 휘휘 둘러보았다. 그는 제 옆을 내려다보며, 이곳이 유례없이 어지럽게 보인다는 사실을 인정했다. 눈치채지도 못한 사이 제게 밟혀 삼각으로 접힌 서류 두 장이 보였다. 발렌시아는 뒤로 한 발자국 물러난 뒤, 어떤 가시덤불에 꿰인 양 시선을 확 들었다. 종이는 서서히 벌어지고, 햇살은 책상을 비껴 들어오고, 또다시 다른 그림자를 만드는 와중, 외르타는 어느새 그에게 관심을 끊은 뒤였다. 그녀는 제 할 말을 다했다는 양 가뿐히 몸을 돌렸다. 머리카락 중간에 매달린 장식이 위태로웠다.

그는 생각할 겨를도 없이 재게 걸어갔다. 느긋한 밤색 머리칼. 색 배합이 겹겹이 엉망인 실내복. 치맛자락 뒤로 살짝 드러나는 발목 뒷부분. 목덜미에 붙은 솔에 사라졌다, 우는 팔뚝. 잡았다. 숨을 들이켜는 소리와 함께 떨쳐졌다.

"깜짝이야! 뒤에서 손대지 말라 말했잖아!"

발렌시아는 무례한 어조로 답했다.

"뒤에서 껴안지 말라 말씀하셨습니다."

"그거나 그거나. 말은 하고 잡아. 그렇게 덥석덥석 잡으면 사람이 안 놀라고 배겨?"

"그리하겠습니다."

"······아무튼, 왜?"

그녀는 자신을 바라보기 위해 고개를 젖혔다. 뒤로 넘어갈까 두려울 정도로 양껏. 그는 그 노력을 무시했다. 시선을 맞추려 뒤로 물러서려는 그녀를 다시 쥐었다. 외르타는 파르르 떨지도 않았다. 두 번 속지 않겠다는 듯 의심쩍은 시선으로 제 손을 노려볼 따름이다. 물론 갈아붙인 것 같은 말도 빠지지 않는다.

"경, 뭐해?"

"……."

"나 할 일 있어."

누군가 칼로 한 겹을 베어 낸 듯 아랫배가 저렸다. 도대체가 당신
은…….

"무슨?"

외르타의 표정이 확 변했다. 투명한 눈이 크게 뜨였다가, 가늘어졌다
가, 끝내 웃음기 어린 곡선으로 휘었다. 무엇이 저리 기쁜 것인지 모르
겠다.

"경, 오랜만이구나."

"예?"

"하대. 얼마나 오랜만이면 이제는 심지어 신기할 지경이다. 당연한
일인데 말이지."

몇 초 전의 일마저 잘 기억이 나지 않았다. 지독한 압박을 받으면 흔
히 그러하듯 관자놀이가 쑤셔 왔다. 발렌시아는 이를 깨물었다가, 아무
소용이 없음을 깨닫고는 가까스로 입을 열었다.

"……당연하지 않습니다. 방금 전은 제 불찰입니다. 용서하십시오."

"아니, 아무튼 이 실수를 계기로 말을 놓아도 난 상관없다."

"저는 당신에게 하대할 마음이 없습니다."

"그 말투를 가지고 공대라? 그냥 하대해라. 괜찮……."

"하대할 마음이 없다고 말씀드렸습니다."

"어…… 왜 성이야?"

"제가 감히 당신에게……."

"날 잡아 놓고 용건은 없다, 하대를 해 놓고 하대하기 싫다, 화를 내
놓고 화를 낸 적 없다……."

외르타는 고개를 저었다. 발렌시아는 그녀가 무슨 생각을 하는지 몰

라 불안해졌다. 제멋대로인 상대에게 화가 난 것인가. 곧 포티미외에서
처럼…… 한순간, 그녀는 주의 깊은 손길로 자신을 떼어 냈다. 발렌시아
는 원 바깥으로 떨쳐지는 제 손을 사나운 시선으로 쏘아보았다. 그것에
신경을 쏟느라 그녀가 한 걸음 물러나고, 물끄러미 저를 바라보고 있다
는 사실을 뒤늦게야 깨달았을 정도다.

"요새 무슨 일이 있나 보구나."

어떤 정확한 수도를 맞은 것처럼 순간적으로 숨이 멈추었다.

"……."

"경황이 없어 보여. 얼마나 피곤하면…… 이렇게 뜬금없이 잡아도 화
를 낼 수가 없잖니. 경, 잠은 자?"

"염려치 마십시오."

"정말?"

"괜찮습니다."

"경은 어째……."

그는 대답할 거리를 찾았다. 그러나 외르타가 답을 바라지 않는 듯하
여 아무런 대안을 제시할 수가 없었다. 그녀가 스스로를 봉쇄한 날이 한
둘도 아니건만 이번만큼은 유독 속이 썼다. 자카리의 말이 짐승의 되새
김질처럼 떠올랐다.

"지금 포기하는 것이 낫네."

"그래, 그럼 이만……."

"외르타."

그녀는 눈썹을 치켜 올리는 것으로 답을 대신했다. 아무래도 상대가
영 냉정을 잃은 모양이라 달리 다른 답을 줄 수가 없었다.

"당신은 떠나실 필요가 없습니다."

외르타는 영문을 모른 채 눈만 깜박였다. 말이 너무 뜬금없어 허둥지둥 논리를 찾고 있는 기분이다. 설명을 기다렸으나, 없었다. 한참이 지났지만 여전히 어디를 둘러보아도 논리라고는 조금도 없었다. 그녀는 기특하게도 조곤조곤 그 억지를 달래 주었다.

"무슨 뜻인가? 지금?"

"……."

"경?"

"당신이 상해를 입은 이후를 말씀드리는 것입니다. 떠나실 필요가 없습니다."

"응? 나중에 이야기하자. 어차피 난 당신이 돌아온 뒤에야 채비할 거잖아."

"저는 그 약속을 믿지 않습니다."

그녀는 한 대 맞은 듯 휙 고개를 들었다. 딱 한 걸음 떨어진 곳에서 발렌시아가 저를 노려보고 있었다. 외르타는 그처럼 불편한 시선을 받으면서도 어안이 벙벙해 웃지도 못했다. 물론 타당한 의심이기는 하다. 애초에 스스로 떠나지 않겠다고 생각한 일이 단 한 번도 없으니까. 하지만 실제로 제 약속에 의혹을 제기하는 발렌시아의 모습이란 어쩐지 익숙지 않은 면이 있었다. 자신을 향한 불신이 믿음보다 배는 클 사람인데, 도대체 무슨 이유로 이처럼 당황하고 있는지.

그녀는 자신의 침묵을 깨닫고는 깜짝 놀라 말을 받았다.

"아니! 발렌시아 경, 진심이었어."

"믿지 않습니다."

"정말이다. 당신……."

"저는 당신이 '왕도를 떠나는 것' 자체를 만류하지는 않을 생각입니다. 저는 그에 대해서 아무런 기대가 없습니다. 당신은 제가 무슨 설득을 하든 기어이 뜻을 이루실 겁니다. 때문에 제가 떠나실 필요가 없다 말씀드린 것은……."

"잠깐, 경, 나는……."

"당신이 저와 연을 끊을 이유가 없다는 점을 다시금 주지시켜 드리기 위함이었습니다. 제가 미라이예령領에 자리를 봐 두겠습니다. 결단코 발각될 리 없는 곳입니다."

"발렌시아 경, 난 당신을 보기 전까지는 떠나지 않을 거야. 그때 얘기하자."

"믿지 않습니다."

"진심이라고 말하잖나."

"그를 믿고 믿지 않고는 제 자유입니다."

외르타는 뒤로 한 걸음 물러나다가, 그대로 딸꾹질을 할 뻔했다. 그가 그 말을 끝으로 다시 제 팔목을 붙잡았기 때문이다. 숨을 삼킬 시간조차 없었다. 그녀는 반항할 기회도 잡지 못한 채 그가 이끄는 대로 비틀비틀 걸어갔다. 막 걸음을 걷기 시작한 유아들이 흔히 그러하듯 엇걸음으로, 위태롭고 아슬아슬하게. 그녀는 억센 손에 몇 초간 끌려다니다 가까스로 팔을 흔들었다.

"좀, 놔!"

그가 돌아보지 않자, 외르타는 지지 않고 그 자리에 주저앉았다. 속도는 여전히 변함이 없었다. 그녀는 이를 빠득 갈며 팔을 털어 냈다. 팔이 빠져도 상관없다는 양, 그의 정반대 방향으로. 발렌시아는 그제야 잠깐 멈추었고, 외르타는 그 기회를 놓치지 않고 있는 힘껏 그를 떨쳐 냈다. 하중을 실은 공격이었다. 덕분에 그녀는 소파 쪽으로 굴러떨어졌다. 그녀는 쿠션에 얼굴을 묻은 채로 소리를 질렀다.

"무슨 짓이야!"

"당신이 곧 자리를 뜰 사람처럼 보였습니다."

"입 없어? 입! 입! 말로 하라고, 말!"

"저는 당신을 믿지 않습니다."

외르타는 돌고 도는 이야기에 지쳐 이마를 짚었다. 그녀는 지겹다는 신음 소리를 냈다. 그것은 어쩐지 맹수의 으르렁거림처럼 들리기도 했다.

"일찍 안 떠난다고 했다."

"제 용건은 그것이 아닙니다."

"그러면 뭔데?"

그녀는 아직까지도 씨근대며 그의 얼굴을 보지 않고 있었다. 시선을 내리깔기는커녕, 눈을 감고, 아예 소파 속에 얼굴을 파묻어 버렸다. 때문에 외르타는 침묵의 길이만으로 발렌시아의 생각을 파악할 수밖에 없었다. 좁지만, 깊은, 산꼭대기 두터운 만년설, 그러한 정적.

"외르타."

"……."

"제가 당신이 머무르실 곳을 제안해도 되겠습니까?"

"안 된다고 했잖아. 꼬리가 잡힌다고 몇 번을 말해?"

그는 그녀의 칼 같은 거절에 조금도 놀라지 않았다. 그녀는 그 사실을, 강약의 변화 없는 침묵과 목소리로 알아차릴 수 있었다.

"추적 받지 않을 만한 장소입니다."

"자신만만하구나. 내가 왕도에서 사라지면 어수대가 가장 면밀히 살필 지역이 왕령과 미라이예령이라는 사실을 알아, 몰라? 경이 모를 리가 없지. 알면서 왜 또 고집이야? 발렌시아 경, 도대체가 경은 정말……."

"추적 받지 않을 장소입니다. 제가 보증……."

"말했잖나. 너무……."

"······합니다. 폐하조차 낌새를 눈치채지 못하실 것입니다. 그것
은······."

"······자신만만한 것······."

"······제가 다년간 단 한 번의 추궁도 받지 않았던 것으로······."

"······아니냐고······."

"······증명된 사실입니다. 저는 당신의······."

"······아······."

"······목숨을 지키겠다고 맹세한 이입니다. 그런데 지금 당신은 제 제
안을 들을 생각조차 없어 보이십니다. 저는 함부로 말하지 않습니다. 이
를 가벼이 여기시는 것은 저를 모욕하시는 행위와 다름없습니다."

외르타는 삼 초 정도 숨을 골랐다. 저가 짐승이었다면 필시 목 뒤의
털이 빳빳하게 섰을 텐데, 분수에 맞지 않게 인간인지라 단지 고요했다.
그녀는 꿉꿉한 날씨처럼 화를 삼켰다. 득 될 것이 없다. 조용히 넘어가
자. 외르타는 몸을 일으켰다. 부스스한 머리카락 사이로 곧게 선 발렌시
아의 모습이 잡혔다.

"우선 경고하마. 말 끊지 마라."

"······."

"그리고, 알겠어. 가벼이 여기지 않으마. 그래, 되짚어 보지. 뭐라 했
더라? 폐하께서도 모르시는 미라이예령······? 폐하께서 모르시는 미라
이예령이라고? 경, 좀 말이 되는 소리를 하고 믿어 달라고 해······."

"제게는 동부 민지대가 있습니다."

"당연히 있겠지. 동부 원정은 공으로 갔나? 얻은 땅 전부가 당신 것이
라 해도 믿어 주지."

"다릅니다. 동부 원정에서 딤니팔이 얻은 부는 일부를 제하고는 전
부 폐하께 귀속되었습니다. 더군다나 민지대라는 동부의 명칭은 딤니

팔에서는 의미가 없습니다. 이 단어는 딤니팔 영내 편입 직후 전부 소각됩니다."

그녀는 그의 저의를 파악하기 위해 열심히 머리를 굴렸다. 도대체 어떤 해괴망측한 논리로 자신을 꾀어내려는 것인지 궁금하기도 했다.

"제가 개인적으로 소유한 동부 민지대는 동부의 중심부에 위치해 있습니다."

"너희가 저번에 어디까지 점령했더라? 반-나티나모? 거기를 중심으로 치니?"

"제가 말씀드리는 동부의 중심은 일라리쿰입니다."

외르타는 깜짝 놀라 머리칼을 귀 뒤로 넘겼다. 순간적으로 시야가 밝아졌지만, 발렌시아의 표정은 이전과 똑같았다. 그녀는 이어질 설명을 기다리지 못하고 냅다 물었다.

"반-나티나모가 아니고? 동부의 수도잖아."

"'옛' 수도입니다. 그곳은 이미 딤니팔에 편입되었습니다. 동부의 중심은 그들의 새 수도인 일라리쿰으로 옮겨 갔습니다. 제 동부 민지대는 그 중부에 위치해 있습니다."

"이해가…… 안 가. 타국의 영지를 무단 소유해도 되는 건가?"

'폐하께서도 모르신다며? 당신 말을 잘못한 거 아니야?' 하고 물으려는 순간, 그가 말했다.

"아니요."

"……"

"이 동부 민지대는 제 개인 소유입니다. 서류 한 장 남아 있지 않은 기밀 중의 기밀입니다. 따라서 당신이 불편함 없이, 또한 발각될 위험 없이 머무를 수 있는 자리를 찾으신다면 이곳이 마땅할 것입니다."

"잠깐……"

"말씀하십시오."

그녀는 그의 시퍼런 눈에 약간 겁을 집어먹었다. 내가 제대로 이해한 것이라면, 저자는 내가 아는 사람이 아닌데. 외르타는 멍하니 앉아 있다가 문득 정신을 차린 것처럼 자세를 곧추세웠다. 인상이 물 맞은 양 확구겨졌다. 그녀는 읊조렸다.

"불법…… 그거 불법 아니야?"

"불법입니다."

"도대체 어쩌다가…… 원정 도중 착복한 건가? 그래도 괜찮아? 폐하께서 아시면 정말 사달이 날 텐데……."

"제가 감수해야 하는 부분입니다. 당신은 개의치 마십시오."

"아니. 그래도 경, 난 지금 경을 걱정해 주는 거다. 민지대를 직접 현장 관리하는 사람들이 있잖아. 그 사람들의 충성심이 오래도록 보장될리 없다. 위험해. 혹여 다른 십이공회원에게 발각된다면 당신 완전히 몰릴 텐데……."

"제가 감수해야 하는 부분이라고 말씀 드렸습니다. 또한 제 관리자들의 충성심에는 흠 잡을 곳이 없습니다."

"맹세는 언제나 번지르르하지."

"그들에게 주인의 명은 자뉘호의 뜻과 진배없습니다. 평범한 자유민이라도 그럴진대, 하물며 그 주인이 동부의 신이라면 그들의 충성은 더이상 의심할 여지가 없게 됩니다."

"경, 이해가 안 간다. 주인이 동부의 신이라고? 당신 언제부터 그런 자기 자랑을……."

"그들의 주인은 제가 아닙니다."

"나랑 농담해?"

"무타스 디무어입니다."

외르타는 입을 다물었다. 그녀는 난데없이 뺨을 맞은 얼굴로 멍청하게 상대를 바라보았다. 몇 초간. 아무래도 올려다보는 모양이다 보니 제 멍청함이 더욱 부각되는 것 같다. 외르타는 팔을 뻗어 그의 손목을 붙잡았다. 정장 안으로 느껴지는 단단함에는 등골이 섬뜩했지만, 그보다는 제 말이 먼저라 어찌어찌 참을 수 있었다. 그녀는 재촉하듯 그의 소매를 마구 흔들었다. 발렌시아는 팔꿈치를 들어 그녀를 떨쳐 내려 하다가 결국 투항했다. 외르타는 문 바깥을 흘끗 바라보고선, 아무도 없다는 것을 확인한 뒤 나지막이, 아주 나지막이 윽박질렀다.

"발렌시아 경!"

"예."

"당신 지금 디무어의 민지대를 승계 받았다고 했어! 당신 입으로!"

"크게 말씀하십시오. 안 들립니다."

"이걸 어떻게 크게 말해! 폐하 몰래 민지대를 감춰 두고 있었단 것도 놀랄 거린데, 그게 원래 누구 것이었다고? 무타스 디무어? 경! 경은 지금 딤니팔의 주적에게서 유산을 받았다고 말하는 거야!"

"말씀은 다 마치셨습니까? 그렇다면 이제 답해 주십시오."

외르타는 그의 말을 하나도 이해할 수가 없어 애꿎은 그의 팔목만 더 꽉 잡아당겼다. 발렌시아는 버티지 않고 그녀 쪽으로 몸을 기울였다. 소파 아래로 보이지는 않지만, 아무래도 한쪽 무릎을 꿇은 것 같았다. 마치 힘 하나 없는 허수아비를 당기는 느낌이었다. 그러나 외르타는 그 생소한 감각에 당혹하지 않았다. 제 눈앞 천치를 달랠 질문이 급했다.

"뭘 답해!"

"후일 무타스 디무어의 동부 민지대에 체류하실 의향이 있으십니까?"

흥분과 걱정은 참으로 쉽게 가라앉았다. 외르타는 뻣뻣하게 굳었다.

"당신이 대경했듯, 저와 무타스 민지대 간의 연계는 누구도 상상키 어려운 것입니다. 그러나 무타스 디무어의 유언 덕에 저를 향한 민지대의 충성은 강력합니다. 당신의 편의를 돌봐 드리겠습니다. 들킬 리 없는 곳에서 안전하게 지내실 수 있을 것입니다."

"⋯⋯."

"외르타."

"⋯⋯."

"대답하십시오."

등 뒤의 쿠션이 꾹 눌리는 기분이 들었다. 아니, 기분이 아니었다. 스스로 몸을 물린 것이 맞다. 그녀는 제 팔뚝을 따라 시선을 미끄러뜨렸다. 이런. 여전히 그의 손목을 쥐고 있었다. 외르타는 왼쪽 가슴 부근으로 손을 회수했다. 주먹을 꾹 쥐는데, 실제로 무언가가 쥐어 짜인 듯 순간적으로 숨이 가빴다. 어깨가 제법 크게 들려 올라갔다.

"안 돼."

아무래도 제 모든 긴장은 이 말을 내뱉기 위한 준비였던 것 같다. 자신의 둥근 시야 안에 있던 벽안이 움찔하는 모습이 보였다. 눈이 움직인 것이 아니다. 미간이 경련했다. 외르타는 그의 반응 하나하나에 잔뜩 곤두서 있는 자신이 한심해졌다. 그래. 내가 거절한다고 날 때리기라도 하겠니. 그녀는 지루함을 설파하고 싶은 사람처럼 한탄조의 중언부언을 시작했다.

"경, 우선 나를 믿고 무타스 디무어의 민지대에 대해 이야기해 준 것은 정말 고맙다. 내 목숨을 걸고 함구하겠어. 하지만 제안은 거절한다. 나와 당신 모두에게 위협이 되기 때문이야. 당신이 민지대에 있는 나에게 신경을 쓴다면, 당신과 민지대 간의 밀월 관계가 드러나는 것은 시간문제가 될 거다. 그에 꼬리 물듯 나 역시 발각되겠지. 양측 모두 해를 입을 확률이 너무 높아. 이걸 감안하겠다고? 안 될 말이지."

바싹 언 눈이 한 번 깜박였다가.

"발각되지 않습니다. 제가 노력하겠습니다."

"경, 경, 당신이 내 행적을 알고 있겠다는 건 결국 언젠가 나와 다시 만나겠다는 거잖아. 경이 몰래 국경을 넘어오는 게 안 걸린다면, 이 내가 게외보르트 국내에 들어가서 천년만년 장수하겠다. 응? 말도 안 되는 소리 말렴."

"원하신다면…… 저는 영영 그곳을 방문하지 않겠습니다. 오로지 드문 전서구로만 왕래할 것입니다."

"그러면 내가 당신이 모르는 곳에 숨나, 연락이 닿는 곳이 숨나, 무슨 차이야?"

외르타는 고개를 흔들었다. 그의 억지에도 슬슬 한계가 보이고 있었다. 저 사람이 그 무타스 디무어를 꺼내 들다니. 그것이 진실이든 — 아마 진실이겠지만 — 거짓이든 그녀를 이유 삼았다는 것만으로도, 이 제안은 이미 발렌시아의 마지막 패였다. 그것을 자신이 거절한 것이다. 그녀는 잔뜩 초조해져선 제 코앞에 있는 그의 표정에 집중했다. 그가 화를 낸다면 그 전조를 알고 싶었다.

"……."

"외르타."

"……."

"저는 최선을 다했습니다. 이마저 불허하십니까?"

그녀는 아까 전 그의 손목을 잡았던 제 손을 꽉 부여잡았다. 저 사람은 당연한 답을 내뱉는 것마저 죄스럽게 만든다. 숙고할 필요조차 없었는데. 본능처럼 거절하겠다는 답이 나오는데. 상대가 간절하면 간절할수록 죄책감이 스멀스멀 피어오르는 것이다.

"번복하지 않으십니까? 떠나시게 된다면, 여전히 이전의 모든 연을 끊고 홀로 잠적하실 예정입니까?"

"……."

"외르타, 당신에게 저는 어떤 의미도 가지지 못합니까?"

"뭐? 아니야! 난 경에게 큰 빚을 진 사람이다."

"항상 말씀뿐이십니다. 저는 저를 향한 당신의 감정을 행동으로 확인 받은 일이 없습니다. 외르타, 제게 큰 빚을 졌다 하시는 당신의 말에는 진심이 없습니다."

외르타는 그만 양심에 찔려 입술을 꾹 깨물었다. 그의 말은 틀린 것도 옳은 것도 아니었다. 자신이 그를 아끼는 것은 맞다. 그러나 그보다는 자신을 더 아낄 뿐이다. 발렌시아가 무타스 디무어까지 드러내며 협조를 요청해도, 그처럼 자신보다 외르타를 우선시해도, 정작 그녀는 어정쩡한 미소밖에 돌려줄 것이 없는 것이다. 열위에 선 자가 우위에 선 자와 똑같이 행동할 수는 없지 않나. 위에서 적선하는 행위에는 큰 이유가 없어도 씀씀이가 헤퍼지기 마련이다. 아마 발렌시아도 마찬가지일 것이다. 그래서 이처럼 관대한 품을 보여 주는 것일 테지.

그녀는 기운 시선을 돌려 그와 눈을 마주했다. 언제 내 얼굴과 높이를 맞췄지? 이유 없이 계면쩍었다. 제 속의 변명을 들킨 기분이었다. 자신을 꿰뚫어 보는 벽안. 빈 공간이 없도록 꽉꽉 들어찬 바닷물이 제법 아름답다는 생각을 했다. 몇 가지 흐린 빗방울이 그 짙은 바다 사이로 발자국을 냈다. 외르타는 순간적으로 상대의 동공이 커졌다는 느낌을 받았다. 그러나 발렌시아는 언제나 그러했듯 흥분한 것처럼 보이지 않았다. 흥분했을 리가 있나. 제 착각일 것이다. 턱에 힘이 들어가 있는 것도 제 오해에서 비롯된 광경이리라. 거 봐. 서서히 풀리잖아. 이 얼마나…….

"차라리 제 첩으로 남으십시오."

외르타는 순간적으로 저 남자가 미친 줄로만 알았다.

"물론 명목상의 첩입니다. 저는 당신에게 손끝 하나 대지 않겠습니다. 당신이 이 제안에 동의한다면 현재 우리가 직면한 두 가지 난점은 더 이상 문제가 되지 않을 것입니다. 첫째로, 저는 첩으로 격하된 당신을 제 영향력 아래 거둘 수 있습니다. 이로써 폐하께서는 과한 의심을 접으실 것입니다. 둘째로, 당신은 솔 미라이예에 머물며 엄중한 보호를 받으실 수 있습니다. 어수대의 능력 고하는 문제가 되지 않습니다. 제가 전승을 거두고 온 이상 당신의 목숨은 협정으로 보장될 것입니다. 따라서 당신은 오스페다에 머묾으로써 사람들의 이목을 받고, 그 시선으로 암살을 미연에 방지하십시오. 시간이 지나면 발터하임부르겐 1세 역시 당신을 해할 마음을 접게 되리라 믿습니다. 당신이 적당한 시간 제 '첩'이었음에도 임신을 하지 않는 것을 본다면 자연스러울 결론입니다. 그 후에 제가 당신이 여생을 보낼 곳을 마련해 드리겠습니다."

"그래……."

"동의하십니까?"

"당신, 정신 나갔어?"

외르타는 그의 얼굴을 발로 걷어찰 뻔했다. 자신이 단단한 실내화를 신고 있지 않더라면 필시 그러했을 것이다. 그녀는 너무 기가 막혀 제대로 말을 내뱉지도 못했다.

"아니…… 뭐…… 당신? 뭐……."

그의 표정을 통 읽을 수가 없었다.

"잠깐……."

외르타는 몸을 일으켰다. 정신 산만해서 견디지를 못하겠다. 귀가 멍멍했다. 그녀는 제 앞에 선 발렌시아를 짧게 바라보고는 곧장 소파에서 내려갔다.

그가 있는 정면으로는 갈 생각도 하지 않았다. 고꾸라지듯 소파의 등

허리를 뛰어넘었는데, 그 순간 누군가의 손이 자신을 꾹 잡는 것이 느껴졌다. 그녀는 벌레 붙은 듯 후닥닥 팔을 털었다. 힘이 떨어져 나가자 즉각 그 자리에 넘어졌지만, 차라리 무릎이 좀 아픈 편이 나은 것 같았다. 외르타는 일어서서 옷자락을 여러 번 털었다. 그녀는 인사도 없이 쌩하니 방을 나섰다.

혹은, 나서려 했다.

"외르타."

그녀는 그의 말에 뒷덜미를 잡혀 우뚝 멈췄다. 고개가 반쯤 돌아가다가, 무슨 장애물에 걸린 듯 덜커덕 굳어 버렸다. 그녀는 어설프게 손을 들어 제 얼굴 중앙을 짓눌렀다. 손가락 사이로 콧숨이 빠져나갔다. 의외로, 그 어중간한 열기에 차츰차츰 정신이 가라앉았다.

"대답하십시오."

외르타는 아직 내리지 않은 손끝에 힘을 줘 이마를 압박했다. 지끈지끈한 것이 두통의 전조인 듯싶었다. 멀쩡한 정신으로 저 소리를 듣고 있어야 하는 자신에게 자괴감이 들었다. 그녀는 그를 향해 몸을 완전히 돌렸다. 손바닥만 한 창이 손톱만큼 열려 바람을 토해 냈다.

"가불가可不可를?"

예상외로 말은 쉽게 나왔다.

"예. 저도 예의가 아닌 줄 압니다. 사정이 여의치 않아 부득불 무례한 요청을 드리게 된 점에 대해서는 다시 한 번 사과드립니다."

그 경솔하기 짝이 없는 뻔뻔함에 순간적으로 혓바늘이 돋았다. 그녀는 도저히 무슨 말을 잇지 못하고 입을 벌렸다. 외르타는 몇 초의 침묵 뒤에야 겨우 말을 터뜨릴 수 있었다.

"경……."

"말씀하십시오."

"당신 말은 무례한 게 아니야……."

"예?"

"그냥 미친 거지……."

그의 시선이 기울었다. 외르타는 물러나려는 발을 애써 앞으로 돌렸다. 한번 돌리니 걷기는 쉬웠다. 처음에 물러난 것은 정말 반사적인 반응이었을 뿐, 저 정신 나간 소리에는 화를 낼 기력조차 없었던 것이다. 처음부터 화는 나지 않았고, 지금도 넋이 한바탕 두들겨 맞은 느낌만 쨍쨍 요란했다. 그는 꼿꼿하게 일어서 있었다. 도망치다 고꾸라진 자신을 잡느라 저 모양인 것 같다.

외르타는 성큼 걸어 소파 위로 올라갔다. 그를 내려다보려니 기분이 좀 이상했지만, 어쨌든 제가 하려는 일에 적합한 위치였던지라 개의치 않았다. 그녀는 두 손을 들어 아직까지도 고개를 숙이고 있던 그의 양 뺨을 감쌌다.

그는 그 순간에야 현실로 돌아온 듯 고개를 확 젖혔다. 외르타는 손을 놓지 않았다. 할 말이 많았다.

"발렌시아 경."

"……."

"경이 많이 바쁜 거 안다. 전쟁이 끝나자마자 격무에 진창 시달리지, 도와주는 사람 하나 없지, 도와주기는커녕 여태껏 고생하셨으니 좀 쉬시라 말하는 사람도 없지, 애초에 당신이 그럴 사람도 아니지, 그러니 한계까지 몰려서 전장에 있을 적보다 더 피로하겠지."

"아닙니다."

"그리고 나. 전쟁 동안 거의 당신 손으로 살렸다고 생각할 터인 나. 살려 주겠다고 선심 썼는데도 자꾸만 뻗대지, 삶을 보장하는 데 성공했음에도 감사 인사 없이 영영 떠난대지, 도대체 저게 상식 있는 사람의 행동인지 이해가 안 가지, 연락이라도 붙여 보려는데 내동댕이라면 이제 저 인간이 내게 고마워하고 있는지조차 의심스럽겠지. 경, 다 이해한다. 이해해. 알겠어."

"……."

외르타는 제 손에 닿은 그의 까슬까슬한 턱에 왠지 모르게 웃음을 터뜨리고 싶었다. 제 기억 속의 로크뢰. 아무리 깔끔히 면도한들 밤만 되면 저 모양이었기 때문이다. 발렌시아가 같은 남성이라는 것을 거의 잊고 있었는데, 이렇게 직접적으로 느끼려니 무언가 희극적인 기분이 되는 것이다. 그렇게 싫어하고도 또 이러고 있지. 그녀는 그에게 시선을 고정시키고는 또박또박 말했다.

"하지만 경, 내 그토록 신신당부를 했는데 다른 누구도 아닌 당신 입에서 첩이라는 말이 나오는 모습은 과히 보기 좋지가 않다. 저번에 그랬지? 누구의 부속품이 되느니 차라리 내 목을 매겠다고."

"하지만 현실적으로 이편이 낫습니다."

외르타는 슬슬 저 사람이 제 인내의 한계를 시험하는가 싶어 불안해졌다. 손에 힘을 더 주었다. 붙잡히고도 가만히 있는 그의 모습은 어쩐지 조금쯤 처량해 보이기도 했다. 공작이 말했다.

"어차피 명목상일 따름입니다. 더군다나 당신 혼자 숨는 것보다는 제 도움을 받으시는 편이 만 배 유리할 것입니다. 저는 지금도 당신을 살리고 있습니다. 이 뒤라고 그리하지 못하겠습니까?"

아무래도 상대를 처량하다고 생각하는 것은 그만두어야 될 듯싶다. 외르타는 발렌시아의 눈을 뚫어져라 바라보았다. 도대체 저 똑바른 청정의 어떤 부분이 비뚤어졌길래 저리도 미친 고집일까.

"제발 귀 좀 열고 들어라. 명목이라지만 언제까지 명목이게?"

"외르타, 제가……."

"……."

"……."

"제가, 뭐?"

그녀는 청산유수처럼 쏟아져 나올 줄 알았던 그의 음성이 턱 막히자 약간 당황했다. 그것은 발렌시아 역시 마찬가지인 듯했다. 그는 놀란 것처럼 급하게 말을 이었다.

"제가 감히 그런 일을 용납할 리 없습니다. 애초에 당신을 향한 생각 자체가 불경한 것입니다. 말이 되지 않습니다. 그것이 명목을 넘어선다면 전 당신이 요구하는 무엇이라도 대가로 내놓을 것입니다."

"당신을 못 믿는 게 아니란다. 나는 당신이 내게 그런 마음을 품으리란 의심은 추호도 없어. 때문에 당신은 문제가 안 된다. 주변 상황이 문제지."

"외르타, 저는 미라이예의 주인입니다. 저는 남이 왈가왈부하는 것을 결코 용납하지……."

"아니. 바로 그렇기 때문에, 당신이 미라이예 공이기 때문에 내가 곤경에 처하는 거다. 당신, 지금까지 여자 들인 적 있어? 어? 이 솔 미라이예에? 그 위치에서? 없잖아. 그런데 덜커덕, 그것도 전쟁 이후니 이미 라르디슈 전 왕비로 밝혀졌을 나를 첩으로 들이겠다고? 경, 아예 내 앞에 진짜 가시밭길을 깔아 주는 게 어떤가? 내 발만 갈가리 찢기는 게 낫지 내 삶을 다시 잘게 쪼개겠다고? 발렌시아 경, 나는 사실 당신이 진짜 바라는 것이 뭔지도 잘 모르겠다. 당신이 바라는 것이 내 안위라면 나를 놓아주는 것이 옳다. 당신 옆에선 결코 안온하지 못할 테니까. 걱정에 대한 위안을 얻고 싶다면 게외보르트의 반응을 보는 편이 낫다. 발터가 내 시신을 공개 효수하지 않는 이상 나는 살아 있는 것일 테니까."

"당신이 사망하면 이미 늦습니다."

"늦어?"

외르타는 말을 이해하지 못했다. 그는 그제야 가까스로 손을 들어 그
녀를 떼어 냈다. 서서히, 서서히 쌀쌀하게 붙어 있던 얼음 두 개를 분리
해 내듯. 외르타는 제 손자국이 벌겋게 남은 그의 얼굴에 제가 부끄러워
해야 하는지 그가 부끄러워해야 하는지 구분할 수 없었다.

침묵이 흘렀다. 외르타는 멍하니 서서 그에게 이 자세가 불쾌하지는
않을까 생각했지만, 그는 애초에 스스로 상대를 올려다보는 구도에 아
무 거리낌이 없는 것처럼 보였다. 외르타가 정적을 바라보는 순간, 그가
낮게 말했다.

"제가 늦습니다."

"무슨 소리야?"

"더 이상 돌이킬 수 없게 됩니다."

"내 죽음을?"

"외르타, 다시 한 번 요청드립니다. 당신이 명목상의 '첩'을 감수하는
방법은 이미 폐하께서 먼저 권유하신 바입니다. 폐하께서는 당신을 제
권역 내에서 감시할 수 있다는 장점 때문에 이 방안을 높이 평가하셨습
니다. 물론 저는 아닙니다. 저는 당신의 안위를 지금처럼 제 눈으로 직접
확인할 수 있다는 점을 높이 삽니다. 발터하임부르겐 1세가 의심을 물릴
만큼의 시간이 지나면, 그때 제가 지방에 자리를 만들어 드리겠습니다.
그때의 당신에게는 더 이상 어떠한 목숨의 위협도 없을 것입니다."

외르타는 화를 내야 하는 순간이라고 생각했다. 저 덜떨어진 남자
가 이전의 선언을 토씨 하나 빠짐없이 반복하는 모양에는 그럴 수밖
에 없다.

그러나 통 화가 솟지 않았다. 기이한 일이다. 언제고 포악으로 상대를
물어 버리던 자신이 마치 맥없는 보릿대가 된 듯 멍멍해서 당혹스러웠

다. 내 맥이라도 멈춘 것은 아닐까. 살아 있나? 왜 이리 양순하지. 인두겁을 새로 쓴 것만 같았다. 외르타는 기가 막혀 헛웃음을 터뜨렸다.

"저런…… 저런 소리를 하는데……."

"……."

"미치겠구나, 내가, 정말, 하하하……."

"외르타."

"내가…… 리오넬 첩 꼴로 일곱 해를 산 게 바로 어제 일인데, 하하…… 어디서부터 꼬집어 주어야 할지 모르겠어…… 그거랑 똑같은 몰골로 또……."

"다릅니다."

"같아."

"외르……."

"경, 떠나는 이야기에 토 달 수 있는 건 이번이 마지막이다."

자신의 팔목을 쥔 그의 손아귀에 힘이 들어갔다.

"이번만큼은 참고 넘어가마. 첩 이야기도, 그래, 내 참겠다. 그러니 이제 다시는 언급하지 마라. 다시는. 절대! 다시는! 이번이 마지막이야!"

마지막 말은 흡사 목 졸린 비명처럼 들렸다. 발렌시아의 눈썹이 아주 약간, 미풍 속의 말갈기만큼 흔들렸다. 정말 약간이었다. 코앞에 선 외르타도 스치듯 볼 수 있었을 따름이다. 그녀는 숨을 깊게 들이마셨다. 홀로 열 솟은 고함이라 다시 돌아온 냉정이 부끄러울 법도 하건만, 외르타는 멀쩡히 제자리로 돌아왔다. 원체 염치가 없는 성격이기도 했다.

"……."

"화를 내야 하는데…… 당신과는 영 동떨어진 감정으로 느껴져서 그만두었다. 발렌시아 경, 내가 지금 경이기 때문에 멀쩡히 있는 거야. 다른 누구도 아닌, 당신이 말해서 지금 멀쩡히 서 있는 거라고. 다른 사람이 그런 말을 했다간 죽었어…… 진짜…… 어떡하나. 내가 당신을 참지 누구를 참겠니."

찰나, 그의 시선이 확 변했다. 생각 없이 그를 마주하고 있던 외르타는 순간적으로 오싹 소름이 돋아 입을 벌렸다. 농담이 아니라, 누군가가 전장의 그를 잘라 와 고스란히 덧붙인 느낌이었기 때문이다. 무슨 이유로 저 모양이 되었는지 모르겠다. 그 경악과 한데 이어붙인 듯 찬 말이 배여 나왔다.

"저를 '참고' 계십니까?"

"어? 사소한 표현에 집착하지 마라."

"당신은 저를 '참고' 계십니까?"

"그 말에 큰 의미를 부여하지 말렴. 당신은 좋은 사람이야. 구태여 내게서 당신 가치를 확인 받지 않아도 괜찮잖나."

"지금 제 앞에 선 이는 당신입니다. 저는 당신에게서 제 가치를 확인 받아야 합니다."

"도대체……."

"저는 당신에게 여러 번 진심으로 요청했습니다. 당신은 전부 뿌리치셨고, 지금에 이르러서는 돌이킬 여지도 없을 만큼 쐐기를 박고 계십니다. 저는 이에 당신에게서 직접 이야기를 듣고 싶습니다. 제 요구가 이처럼 아무것도 아니라면, 당신에게 저는 무엇입니까?"

외르타는 제 팔목을 내려다보았다. 핏줄이 불거진 그의 손이 겹쳐 보였다. 힘이 아니라 긴장인 것 같기도 하다. 그 둘은 엄연히 달랐다. 외르타는 발렌시아가 무엇 때문에 긴장했는지 몰라 미간을 약간 좁혔다. 답을 해 달라니 하기는 한다만…….

"당신은 좋은 사람이야."

"……."

"가끔 나한테 하는 걸 보면 떼쓰는 것 같을 때도 있는데, 사실 그 때문에 좋은 사람처럼 보이는 거야. 당신 같은 사람에게도 허점이 있다는 사실이 놀랍기 때문이지. 종종⋯⋯."

"저는 저에 대한 당신의 평을 여쭌 것이 아닙니다. 저는 제 가치를 여쭈었습니다."

"아, 가치. 발렌시아 경, 당신은⋯⋯."

외르타는 잠깐 입을 다물었다. 다시 열었다.

"음⋯⋯ 역시⋯⋯ 좋은 사람이야. 이유는 앞이랑 다르지만. 내 남편을 죽이고 나를 살려 주겠다고 했으니까⋯⋯."

"그 외의 이유는 없습니까?"

"어? 당신이 내게 해 준 걸 설마 내가 빠뜨린 거니? 미안하다."

"그 뜻이 아닙니다. 외르타, 당신은 제가 당신에게 실질적인 도움을 주지 않았다면 제게 가치가 없다고 여겼을 생각입니까? 제가 당신을 돕지 않았다면, 당신은 지금 저와 아무 사이가 아니었을 것 같습니까?"

"만일의 경우는 따지지 마. 결국 지금⋯⋯."

"저는 당신이 제게 어떠한 실제적인 도움을 주지 않으셨음에도 불구하고 당신을⋯⋯ 당신에게 가치를 두고 있습니다. 이 대조를 인정하십니까?"

그녀는 조심스럽게 제 양팔을 빼냈다. 저 시퍼런 눈에 베일 것만 같다. 저 사람은 도대체 이 이상 무엇을 바라는 건가.

"그래. 인정해."

외르타는 옷자락을 털며 소파에서 내려섰다. 순식간에 한참 작아졌다. 그녀는 시선을 둘 곳이 없어 애꿎은 제 솔만 노려보았다. 무슨 답을 해야 했던 것인지 나는 영 모르겠다. 그녀는 이해할 수 없는 냉랭한 공기를 넘기고자 애써 아무 말이나 주워 넘겼다.

"왜 이러지…… 사실, 경, 당신도……."

"……."

"자기와 무관한 사람에게 냉정하기로는 어디 가서 지지 않잖아. 나나 당신이나 비슷한 이치라고 생각해. 문제가 되나?"

"설명하십시오."

"당신을 보면 알겠는데 굳이 설명해야 하나? 그리고 나는 첩 이야기까지 들은 상황에서 더 추궁 받을 마음 없다. 내가 화를 내면 냈지 왜 당신이 성질이야?"

"설명하십시오. 경청하겠습니다."

"으아! 정말! 나도 당신도 자기한테 상관없는 사람은 죽는다 해도 눈 깜박 안 하잖아. 그걸 몰라서 물어?"

"제대로……."

"아무튼 당신은 내게 의미가 있으니 항상 진심으로 감사하고 있어. 만족스러운 답이 되리라 믿고 가마."

"당신 방금 리베 몬테를 언급하신 것입니까?"

"당신 방금 리베 몬테를 말씀하신 것입니까?"

외르타는 베개에 얼굴을 푹 파묻었다.

어제 일이다. 이 뒤에 이어진 말을 기억할 수 없는 것은, 자신이 그 말을 듣는 즉시 줄행랑을 놓았던 까닭이다. 어떤 변명을 하든 죽은 사람을 들먹인 자신이 무식했던 셈이다. 선을 넘어도 한참을 넘었고 잘못했어도 저가 고개 숙여 사과할 만한 거리였던 것이다. 그러나 그 자리에서 사실을 인정할 수는 없었다. 무슨 이유에선지 온갖 동요를 억누르는 듯하던 그때의 발렌시아, 그런 사람을 건드려서 무슨 이득이 있다는 말인가. 지금 생각해도 자신이 뒤도 안 돌아보고 떠난 것이 참 잘한 일이었구나 싶었다.

하긴. 스스로 무관심하던 사람의 죽음이 내게 별것 아니라 해서 그조차 그렇게 생각할 리는 없지. 아니, 그 이전에, 그 둘이 어떤 사이였는지조차 외르타는 자세히 몰랐다. 그저 발렌시아가 보여 준 반응, 그리고 그의 성정상 데면데면 약혼했겠거니 추측했지만, 이것이 사실이 아닐 가능성도 충분히 있는 것이다. 곱씹으면 곱씹을수록 그날 자신이 무지막지한 무뢰한이었다는 생각에 언짢아졌다. 첩이라는 헛소리를 봐 줬으니 이만 퉁 치기로 할까…….

"으흑……."

외르타는 배를 감쌌다. 또 이 난리다.

"으……."

아침나절부터 간헐적으로 배가 아팠다. 아니나 다를까 달 손님이 온 것이라, 모리마저 답이 없으니 참으라 충고했다. 외르타는 진통제를 달라며 골을 냈지만 모리가 월경통 따위에 마약을 투여할 생각은 없다며 결사항전하자 결국 포기했다. 그래. 내가 아파서 기절하고도 진통제를 안 주나 보자.

"으흑……."

미치겠군. 외르타는 식은땀이 차오른 이마를 느끼며 몸을 꽉 웅크렸다. 이제는 아랫배가 아픈 것인지 허리가 아픈 것인지 얼굴이 졸라 매인 것인지 구분되지도 않았다. 하나, 둘, 셋, 넷…… 다섯, 여섯, 일곱……여덟…….

"리베 발미레, 괜찮으십니까? 모리를 불러 드릴까요?"

그녀는 놀라 반사적으로 일어나다 덜컥 쓰러졌다. 아니, 쓰러질 뻔했다. 외르타는 가까스로 침대 기둥을 잡은 채 언어로 표현할 수 없는 신음을 몇 마디 내뱉었다.

"괜찮으십니까? 제가 들어갈 수 없어…… 모리를 불러오겠습니다."

"이미…… 왔다…… 갔어. 한참 동안."

"그런데 어째서……."

"월경통이야. 진통제밖에 답이 없는데 마약은 안 준다잖니."

그녀는 자신이 월경통 운운을 내뱉자마자 상대가 도망칠 것이라고 생각했다. 자신이 아는 남자들은 대개가 그러했으니까. 그러나 누프리는, 조금도 당황한 기색 없이 곧장 말을 받았다.

"그래도 전담 의원은 리베 곁에 남아 있어야 합니다."

"와서…… 잠깐…… 또…… 으윽…… 후…… 와서 뭘 하려고? 손이라도 잡아 주게? 배라도 문질러 주려고? 되었다. 내가 가라고 했다. 봄에 난방 때라고 하기에도 경우가 없으니 그냥 이리 있으마."

"리베 발미레, 그럼 우선 합하께 리베의 상황을 전해 올리겠습니다."

"왜?"

"합하께서 지금 올라오시라 부탁하셨으니까요."

"그 사람이 왜, 또?"

"저는 모릅니다."

외르타는 어제의 반복이 되지는 않을까 하는 걱정이 들었다. 또다시 나를 다방면으로 추궁하고 닦달하려는 무염치는 아닌가. 이 짜증이 전부 가라앉을 때까지는 그와 말을 섞을 마음이 없었다. 정말 끔찍이도 올라가기가 싫었는데, 마침 월경통이 극심해 다행이라는 생각이 들었다.

"전해 드리겠습니다."

"그래, 마음대로…… 흑…… 아흐윽……."

"그럼……."

"아…… 참…… 누프리, 가기 전에 질문 하나만."

"하문하십시오."

"궁금했는데, 대공작에게 첩이 있었니?"

그녀는 뒹굴 굴러 다시 침대로 떨어졌다. 누프리는 당황했는지 어느 정도 입을 다물고 있다가, 가까스로 대답했다.

"젊으셨을 적 그림자 둘을 두셨습니다만 전 공비님께서 들어오신 이후에는 전부 멸적되었습니다. 그런데 왜 여쭈시는 겁니까?"

"공작이…… 음…… 저렇게 쉽게 첩첩 소리를 내뱉을 수 있었던 이유를 생각해 보고 있었어. 평생 저와 관련 있는 '첩'을 못 봐서 저리 무식한 것 같다고 생각했는데, 알고 보니 사실이 그랬구나. 그 관계를 자신이 알 리가 없지. 암, 겪어 보지도 못했다며."

"그림자는 지방 영지에 두는 여인으로서 솔 미라이예에 두는 애첩과는 의미가 다릅니다만…… 그런데 왜 갑자기…… 합하께서 여인을 맞이한다고 하셨습니까?"

외르타는 베개에 얼굴을 묻은 채 침묵했다.

"중요한 일입니다. 부디 답해 주시면 감사하겠습니다. 부탁드립니다."

"음…… 아니, 아니다. 누프리, 그냥 네가 가서, 공작 첩이란 게 함부로 넣었다 뺐다 할 수 없는 존재라는 걸 알려 주면 어떻겠니? 그래야 그치도 현실 인식이 좀 되려나."

"아니요. '함부로'라는 수사는 의미가 없습니다. 그것이 전적으로 합하께 달린 사항이기 때문입니다."

"아니, 그래도 이제 와서, 저 정도 지위나 되어서 타인을 신경 쓰지 않을 수는 없지. 보렴. 경은 벌써 세 번이나 파혼했잖아. 듣자니 여자 둘은 죽고 하나는 패가망신하는 등 남아나는 게 없었다던데, 그처럼 잔인하게 살던 사람이 첩을 들이는 모습을 보고 말 많은 사교계가 쉽게 놔줄까?"

누프리는 스스로 어디서부터 변명하면 될지 몰라 상당히 당혹한 모양이었다. 그녀는 제 뒷목이 뻐근할 정도로 느껴지는 그의 당황에 쓴웃음을 지었다. 이런. 아픔이 휴식처럼 찾아왔다. 외르타는 그가 문틀을 정확히 열여섯 번 두드릴 때까지 차분히, 이를 악물고 고통을 넘겼다.

"……리베 발미레, 우선 여쭙겠습니다. 합하께서 리베께 첩 자리를 권유하셨습니까?"

"도대체 무슨 사고 회로를 거쳐야 그런…… 아니."

"리베의 어조나 말투를 돌이켜 보십시오. 저는 그리 이해했습니다. 다시 여쭙겠습니다. 왜 거절하셨습니까?"

"받은 적도…… 으으…… 아…… 흑…… 없어…… 으읏……."

"모리 라치올에게 리베의 말씀을 전달하겠습니다."

외르타는 몸을 돌려 쏘아보고 싶었으나 한숨과 함께 그만두었다. 모리에게까지 헛소리가 새어 나가는 것보단 입이 천금같이 무거운 누프리가 차라리 나을 것이다. 애초에 곧이곧대로 고해할 것도 아니고, 제 심정적인 문제를 정리하는 데 말이 도움이 될 것 같기도 했다.

"누프리, 소문에 휘둘리지 않는 네가 그렇게 어처구니없는 주장을 하면 뭐라 답해야 할지 참 막막하다. 그렇지만 지금껏 네가 내게 제공한 편의를 봐서 가정하에 대답해 줄 수도 있어."

"감사합니다. 목소리를 낮춰야 할까요? 들어가 문을 닫을 수도 있습니다."

"아니, 괜찮아. 빨리 끝내고 너도 보낼 거니까. 누프리, 만일 그가 내게 첩이 되라 제안했고, 내가 거절한 것이 진짜라면 내 이유는 첫째, 누군가의 부속품이 되는 것에 대한 내 태생적인 거부감이었을 거야. 그리고 이보다 둘째, 나는 타인에게 그리 독야청청 잔인할 사람과는 어떤 공식적 관계도 맺고 싶지 않았겠지. 됐지? 끝."

　사실 그녀가 항시 '발렌시아는 그런 사람이 아니다' 라고 생각하는 것
은 심리적인 문제에만 국한된 면이 있었다. 외르타는 자신들이 서로 가
진 묘한 유대감이 외면화, 공식화되는 것을 끔찍이도 꺼리고 있었다. 그
가 변할 경우, 비공식적인 자신은 그저 받아들이면 된다. 그러나 공식적
인 자신은 끝장이 날 수밖에 없는 것이다.

　"리베 발미레, 잘…… 이해가 안 됩니다. 합하께서 그럴 분이십니까?
잔인이요?"

　"누프리, 이해하기 쉽게 예를 들어 보마. 그는 제 인생에 있어서 얼마
되지 않는 의미 있는 사람인 ─ 지금까지 기억하는 걸 보면 말 다한 거지. ─
리베 몬테마저도 가차 없이 버렸다. 반병신이 되자마자 파혼했잖아. 아
니! 비난하려는 게 아니야! 나라도 그랬을 테니까! 내가 논하려는 건 그
결과다. 누프리, 리베 몬테와 발렌시아 경이 고작해야 '비공식적인' 연
인 관계였더라면, 그녀가 그만한 피해를 봤을 것 같아? 나는 그리 생각
하지 않아. 리베 몬테는 '공식적인' 약혼자 자리에서 공개적으로 내쳐
졌기 때문에 자살을 선택한 거지. 비공식과 공식은 그 정도로 다르다."

　"그건 어쩔 수 없는 일이었지 않습니까……."

　"나도 '어쩔 수 없어질' 수 있잖아."

　누프리는 제 말의 뜻을 정확히 이해하지 못한 듯했다. 외르타는 배를
감싸며 허탈하게 웃었다. 저 사람은 애초에 명목뿐인 첩이 왜 필요한지
도 모를 것이다. 다만 공작과 첩이라는 단어가 붙어 나오니 흥분하여 비
맞은 강아지인 양 보챈 것이겠지.

　"그러니 누프리……."

　"이만 나가."

　외르타는 기겁하여 몸을 일으켰다. 목에서 헉하고 바람 빠지는 소리가

났지만, 너무 놀라 어찌 반응하지도 못했다. 몸을 돌리는데 허리를 삐끗해선 순간적으로 끔찍한 고통이 있었다. 배도 더부룩하고, 등은 아프고, 도대체 저 인간은 왜 여기, 어떻게 소리도 없이, 언제 내려온 건지.

"예."

고분고분하기도 해라. 그녀는 빈정이 상한 눈으로 누프리를 바라보았다. 그가 계단을 반 이상 내려간 뒤에야 역시 계단 부근에 서 있는 발렌시아를 향해 고개를 돌렸다. 외르타는 제 잘못은 기억도 못한 채 먼저 그의 말을 봉쇄하려 들었다.

"그 이야기는 어제 끝난 거야. 또 지껄이려면 차라리 날 한 대 치고 시작하렴. 듣기 싫으니까 기절이라도 하자."

"저는 그 말씀을 드리려 당신을 불렀던 것이 아닙니다."

"그럼 뭐…… 아…… 잠깐…… 으흑…… 으…… 아니, 괜찮아…… 악…… 뭐 이런, 아…….."

외르타는 파르르 떨며 이불 속으로 기어 들어갔다. 그런다고 달리 뾰족한 수가 생기는 것은 아니지만. 멍청한 새가 머리만 땅 속에 파묻고 안전하다고 생각하는 것과 같은 이치다. 그녀는 온몸에 두꺼운 이불을 덮어 버리고는 몇 번 깊게, 뜨끈한 호흡을 들이마셨다.

"외르타."

한층 가까워진 모양이다. 내가 들어오라고 허락한 적이 없는 것 같은데.

"모리에게 편찮으시다는 소식은 들었습니다. 한데 그것이 아침 소식이었던 차, 저는 지금쯤이면 당신이 쾌차하셨으리라 생각했습니다. 감히 병중이신 분을 꼭대기 층으로 부른 저를 탓하십시오."

"어…… 아니, 그건 됐어. 용건 있으면…… 빨리 말하고 나가렴."

"저는 어제 당신의 말씀에 답을 드려야겠다고 판단했습니다."

외르타는 그가 자신의 위치를 알리기 위해 계속해서, 쓸모없는 말까지 하고 있다는 사실을 알아차렸다. 그 사실을 이해하자 그가 가까이 오고 있는데도 긴장이 풀렸다. 고통도 조금씩, 조금씩 저물고 있었다. 이제 또 잠깐 동안은 괜찮겠지.

"외르타, 당신에게 제가 그런 모습으로 보였으리란 사실을 인정합니다."

"뭐…… 무슨 소리를 하는 건지. 진짜 다짜고짜 본론이로구나."

"제가 아무리 리베 몬테를 애도한들 그 본질은 당신의 눈에 선명히 보였을 것입니다. 저는 그마저 감추지 못할 정도로 악질입니다."

그녀는 이불 속에서 고개만 쏙 뺐다. 그는 어느새 제 옆의 의자를 끌어당기고 있었다. 외르타는 그가 옆 탁자에 놓인 목걸이 덩굴을 보고는 잠깐 멈칫하는 것을 눈치챘다. 주체할 수 없는 웃음이 터지는데, 그 순간 그가 몸을 돌려 가까스로 입술을 깨물어야 했다. 발렌시아는 한쪽 팔로 등걸을 짚으며 천천히 의자에 앉았다. 앉는 것보다, 말이 더 급하게 나왔다.

"그러나 그것은 리베 몬테의 요청에 의한 파혼이었습니다."

외르타는 머리를 한 대 얻어맞은 충격에 이불을 확 걷어 냈다. 일어나려다가, 기우뚱 중심을 잃고선 다시 베개 위로 떨어졌다. 그의 말은 끊기지도 않았다.

"리베께서는 제 무관심에 상심하시고 자해를 꾀하셨습니다. 그로써 촉발된 결과는 참혹했습니다. 그분은 그런 스스로를 견디지 못했던 듯, 차마 이런 몸으로 공비가 될 수는 없다며 저를 고사하셨습니다. 저는 세 번 거절하고도 리베의 의사가 변하지 않자 그분의 부탁에 따르기로 결심했습니다."

"아니…… 잠깐…… 내가 어제 그 여자를 언급했다는 건 미안하지만 부정 안 하마…… 그렇지만 이렇게까지 고백할 필요도……."

"저는 당신에게 그런 인상을 드리기 싫습니다. 무겁지 않은 이야기니 부담 없이 들으십시오."

아무도 안 믿을 뻔뻔스러운 변명에 외르타는 기가 막혔다.

"저는 리베 몬테의 자존심을 존중해 몬테 백작에게 이것이 제 뜻이라고 말했습니다. 그날 저녁 리베 몬테께서는 독으로 자진하셨습니다. 저는 저를 향한 시선들을 감수해야 한다고 생각했습니다. 사달의 원인을 거슬러 올라가면 결국 제가 있기 때문입니다."

"진짜, 어떤 건가 했더니…… 무관심은커녕……, 으흑…… 아, 또 아파…… 윽…… 무관심…… 으훗, 무관심은커녕 증오해야 마땅한 여자네, 완전히. 그거 당신 엿 먹으라고 자살한 거 아닌가? 장난 아니다. 진짜 엄청나다. 실제로 그녀 의도대로 되어서 십 년째 수절인……."

"그보다는 복잡한 문제입니다. 좌우간 저는 당신에게 이 같은 사실을 알리고 싶었습니다. 신뢰 여부를 결정하시는 것은 당신의 몫입니다."

그녀는 그의 곧은 시선에서 비정상인의 전조를 찾아보려 했다. 요새 들어 가리지 않고 제게 턱턱 고해하는 것이 도무지 정상인의 행태처럼 보이지 않았던 것이다.

물론 그것이 싫다는 것은 아니다. 자신은 이미 밑바닥을 드러내도 정말 오래전에 드러낸 사람인데, 상대의 밑을 보는 것이 부담스러울 리 없었다. 다만 저 사람이 제 비밀에 보답할 만한 사람인가? 답은 아직까지도 부정이었다. 그런데 어째서 계속해서 이러는지 모르겠다. 사람 당혹스럽게. 마치 결혼해 아이까지 셋 낳았건만, 죽은 줄 알았던 옛 연인이 돌아올 때 느낄 듯한 당혹감이었다. 흔흔하기는 하지만 어쩐지…… 껄끄러운…….

"발렌시아 경……."

문득 그가 제 반대 방향으로 시선을 돌렸다. 외르타는 자신의 말에 집중하지 않는 발렌시아가 생소했다. 그의 시선을 좇았다. 방금 계단 위로 올라온 듯 헐레벌떡 숨을 쉬는 누프리가 곧장 문을 밀어 닫고 있었다. 외르타는 당황하여 눈썹을 치켜 올렸다. 무슨 의도로 나와 발렌시아만 남겨 두고 문을 닫는 거지? 저가 생각하는 그 이유라면 저 사람은 사지가 온전하지 못할 것이다. 발렌시아 역시 저 같은 무례에 화가 난 것일까?

문이 닫히는 와중, 잠깐 이상한 것을 보았다.

"에스드로 누프리."

외르타는 그 서걱서걱 찬 목소리에 눈을 돌릴 겨를조차 없었다. 자신도 방금 전, 아주 언뜻, 계단 옆으로 빼꼼 나온 무언가를 본 것 같았으니까. 검고 짧은 머리, 새파란 눈, 들려올라간 눈썹과, 실수를 깨닫고 재빠르게 다시 몸을 빼는.

"문 열어."

태생부터 칼을 품고 나온 말이었다. 적어도 제 귀에는 그렇게 들렸고, 자신이 본 것이 맞다면 제 옆에 앉은 사람이 갑작스레 확 굳은 것도, 명령이 저토록 차가운 것도 기이한 일은 아니다.

외르타는 번뜩 상황을 자각해서, 힘이 꽉 물린 그의 주먹 위에 제 손을 겹쳤다. 무거운 추를 매단 듯, 돌연 그의 시선이 내려왔다. 그의 어깨가 아주 약간 움직였다. 주먹에 악력이 들어갔다가, 확 스러졌다. 다소 힘 빠진 목소리가 반복되었다.

"누프리, 두 번 말하게 하지 마라."

"……."

"문 열어."

외르타는 꽁꽁 얼어 있을 누프리를 도와주기 위해 말을 더했다.

"괜찮아. 경 칼 없다."

"외르타."

그녀는 책하는 듯한 호명에 발렌시아를 올려다보았다. 그 얼굴에는 별다른 표정이 없었다. 그러나 외르타는 거의 직감적으로 발렌시아가 자신을 말리고 있다는 사실을 알 수 있었다. '나서지 마십시오.' 어떡하나. 자신은 이미 이 집안사에 한 발자국을 딛고 있는 상태였다. 저가 아는 화상 중 최고라도 어쨌든 앙히에를 그 핏줄 손에 죽게 둘 수는 없지 않…….

"악! 아흑…….."

발렌시아에게 얹은 손에 순간적으로 엄청난 힘이 들어갔다. 외르타는 꼿꼿이 세웠던 몸을 숙이다가, 끝내 다시 올라오지 못한 채 비명 같은 신음을 흘렸다.

"잠깐…… 으으흑…… 훗…… 아윽…… 잠깐, 아니, 악! 아, 아흑…….."

"진통제를…….."

"모, 모리가, 아흑…… 안 된다고…… 잠깐만…… 아, 으으…… 아…….."

외르타는 그의 낮은 한숨 소리를 들었다. 그냥 두고 가지를 않고…… 돌연 배 속을 칼로 긁어내는 듯한 통증이 닥쳤다. 정말, 날카로운 발톱으로 내벽을 푹푹 쩨는 양 끔찍하게 아팠다. 외르타는 헉 숨을 들이켜며 가까스로 입을 다물었다. 옆에 선 이들은 이해도 못할 텐데, 별것 아닌 고통에 엄살을 피우는 얼간이로 보이고 싶지는 않았다.

식은땀이 쭉 흘렀다. 무언가가 제 머리카락을 걷어 올려 가까스로 시원한 공기를 받을 수 있었다. 그러나 동시에, 너무 급격한 온도 차에 눈앞이 아찔해졌고, 외르타는 사레에 걸려 크게 기침했다.

"콜록, 콜록, 콜록, 케헬록, 쿨럭, 헉!"

"외르타, 통증이 심하시면 진통제를 드리겠습니다."

외르타는 손사래질을 했다. 모리가 안 된다니 먹지 말아야지. 그것이 몸에 안 좋다는 사실을 자기가 모르는 것도 아니었다. 아직까지는 기절한 것도 아니고, 아니, 따지고 보면 사실 첫날 기준으로는 아주 양호한 셈이었다. 그녀는 참을 수 있는 한 참아야겠다고 생각했다.

"……합하."

발렌시아는 고개도 돌리지 않았다.

"누프리, 할 말이 있으면 네가 직접 해라."

"예……."

그녀는 너무 아파 어느 누구도 제재할 수 없는 자신에게 깊이 상심했다. 자신이 할 수 있는 행동은 그저 제 이마를 쓸어 넘긴 발렌시아의 손등을 꽉 누르는 것뿐이다. 이러면 적어도 방정맞은 동생을 폭행할 수 없겠지.

"없으면 끌고 나가."

발렌시아는 여전히 상대를 보고 있지 않았다. 외르타는 전적으로 자신에게 기운 숨을 느끼고는, 더 단단히 그의 손을 눌렀다. 마음 같아서는 배를 감싸 쥔 채 침대 위를 온통 굴러다니고만 싶었다. 그러나 불청객이 너무 많았다. 그녀는 고통을 가라앉히기 위해 숨을 들이마셨다. 내쉬었다. 이를 악물었다. 마지막 발악인 듯 께느른한 사지에 곧 죽을 것만 같았다.

"외르타."

"어…… 아흑……."

"모리를 다시 불러 가장 약한 진통제를 처방하라 명하겠습니다."

"괜찮아…… 괜찮……."

그는 침대의 등에 손을 뻗어 베개를 제대로 눕혔다. 지금처럼 어정쩡한 자세로는 통증이 가라앉지 않으리라 생각한 모양이다. 외르타는 배를 감싸 안았다. 좀 나아지는 것 같기도 하고. 그의 배려를 제대로 받기도 전에 식은땀이 가시고 있어 조금 계면쩍었다. 그녀는 다시 한 번 그의 팔을 잡아당겼다. 발렌시아는 그녀를 잡아 눕히려다 잠깐 멈칫했다.

"쉿…… 나아졌어……."

그녀는 가만가만히 숨을 쉬었다. 외르타는 아픔이 점차 소강상태에 접어들자 가까스로 고개를 들 수 있었다. 도대체 무슨 사태가 벌어졌기에 이처럼 어설픈 침묵이 이어지는지 궁금했다. 문이 열렸으니 한참 전부터 노성이 오갔어야 당연할 일인데, 왜 울리는 것은 내 신음 소리밖에 없지?

가장 먼저 눈에 띈 것은 아무래도 발렌시아였다. 미세하게 일그러진 얼굴이 낯설었다. 외르타는 무엇 대수냐는 듯 인상을 찌푸렸다. 그 옆, 그러나 거리는 한참 먼 곳에, 누프리가 안달복달 못하는 모습, 그리고 그 두 발자국 뒤에서 옷자락에 묻은 먼지를 떼고 있는 앙히에가 보였다. 기가 막혀서 반갑지도 않았다.

제 끈질긴 시선을 따라 드디어 발렌시아도 문께로 눈을 넘기는 것이 보였다. 누프리는 계속해서 뻣뻣하게 굳어 있다가, 기회를 놓치지 않고 주인에게 변명했다.

"합하, 고개 숙여 백 번 사죄를 드려도 염치가 없을 것입니다. 변해辯解 드리지 않고 벌을 받는 것이 이 죄인에게 마땅할 일입니다. 하오나 여기 계신 르나치 공보다는 제가 더 정확히 상황을 설명해 드릴 수 있을 것 같아 송구합니다…… 염치 불구하고 첨언하겠습니다."

"……."

"저는 대공작님의 명에 따라, 그리고 미라이예의 가규家規에 따라 놀 금의 기부 장부를 정리해야 했습니다. 어떤 형식의 장부든 미라이예의 회계는 잉그레의 명이 아닌 이상 솔 미라이예를 나갈 수 없습니다. 때문에 평소에는 놀금의 수행원이 이곳에 방문해 왔습니다만, 오늘 돌연 르나치 공께서 행자를 자처하고 문 앞에 계셨습니다. 저는 어쩔 수 없이…… 일 층의 곁방까지만 허락하며 공을 들여보냈습니다. 하오나 공께서는 제 부탁을 묵살한 뒤 위층으로 달려가셨습니다…… 저는 제 알량한 눈가림이 소용없을 줄 앎에도, 사달이 날까 두려워 합하께서 계시는 장소의 문을 닫았습니다."

외르타는 고통을 떨쳐 내며 몸을 일으켰다. 앙히에가 미간을 좁힌 채 제게 인사하는 모습이 보였다. 거의 보름 만에 만나는 사람에게 표정이 왜 저 모양일까. 저놈은 자기를 걱정하는 것이 아니라 나를 걱정하는 건가. 외르타는 누프리의 말로 모든 상황을 파악하자 도저히 어떻게 즐거운 기색을 보일 수 없었다. 저 멍청한 놈.

"놀금의 금을 받는 일에 네가 오가야 한다면 아버님의 명이라도 즉각 파기될 것이다. 누프리, 확언 받고 내쫓아라."

"저, 그런데 형님."

그녀는 이만 닥치고 꺼지지 않는 앙히에의 가슴을 걷어차고 싶었다. 스스로 발렌시아를 잡아 두는 것도 한계가 있다. 아니나 다를까, 초조하게 고개를 들어 보니 그의 턱이 약간 들려 있었다. 외르타는 실례가 될 듯해 주의를 환기시키지 않았다. 그러나 자신이 얻은 손만큼은 더 단단히, 확실히 쥐었다. 이 소란을 벗어나게 해 줄 구명줄 같았기 때문이다.

"어떻게 문을 열고 그런 말씀을 하십니까?"

"당장 나가."

"나 같은 사람한테는 다 들려. 누프리야 우리 누프리고, 바깥에 지나다니던 수행인들이야 운 좋게 하나도 없어서 망정이지, 지금 문을 벌컥벌컥 열어 두고 리베 몬테가 뭐?"

그녀는 누프리가 사색이 되는 모습을 보았다. 아무래도 그는 그 이야기를 아예 모른 체하려 했던 것 같았다. 외르타는 털 세운 맹수처럼 긴장하여, 저도 모르게, 제게 쥐인 왼손의 엄지손톱을 힘주어 눌렀다.

그 순간 발렌시아가 자신을 돌아보았다. 그의 표정에는 별다른 변화가 없었다.

"외르타, 진통제를 고려해 보셔야 합니다. 그래도 꺼리신다면 통증에 좋은 약을 검토하라 명하겠습니다."

"……."

저가 그를 붙잡은 것을 고통의 전조라고 보았나 보다. 외르타는 잠깐 어안이 벙벙해졌다가 고개를 흔들었다. 그게 아니라…….

"암만 형님이라도 사람 죽은 이야기를 그리 쉽게 말씀하고 다니시진 않았을 것 아닙니까. 누구한테 고해를 하려 했다면 좀 더 신중하게 행동하셨어야지요."

앙히에의 말은 지나치게 날카로웠다. 몇 초 전까지 그 멍청한 용기에 화가 났다면, 지금은 그저 영문을 모르겠다. 말에 저리 가시가 돋친 이유를 알 수가 없었다.

누프리의 손이 당장이라도 앙히에를 끌고 나가려는 듯 들렸다가, 이내 잠자코 죽었다. 감히 미라이예에게 그런 무례를 저지를 수 없다는 것처럼. 그녀는 앙히에와 눈을 마주하려고 노력했다. 자신이라고 가라앉힐 수 있을지는 의구심이 들지만, 그래도 노력은 한다. 저 기세로 봐서는 금세라도 칼부림이 날 것만 같아 불안했기 때문이다.

"공자……."

"아니, 날 부를 일이 아니지, 누프리, 나 말고 형님을 불러야지. 형님은 어디서…… 열린 게 입이라고…….."

"르나치 공!"

"데리고 나가라. 이 이상 내 눈앞에 띄면 죽어도 할 말이 없을 것이다."

"존명. 르나치 공, 나오십시오."

"나는 이게……."

외르타는 혼란에 빠진 앙히에를 노려보았다. 저자가 자신이 아는 사람이 맞다면 저런 표정은 결코 쉽게 나오는 것이 아니었다. 적어도 자신을 만났을 때, 그리고, 또, 없다. 이런. 자신과 재회한 때에나 저처럼 횡설수설했던 앙히에가 아닌가. 그녀는 기가 막힌 채 살아 돌아온 시체를 본 양 정신 사나운 그를 쏘아보았다. 그러다가 시간이 지체되어 정말 사달이 나기 전에 입을 열었다.

"앙히에, 나중에 얘기하자. 너 지금 이상하다."

"아니…… 그게 문제가 아니라……."

"저번에는 고마웠어. 그러니 나가."

앙히에는 고개를 거칠게 휘저었다. 누프리는 더 이상 참지 않으려는 것처럼 정말 인정사정없이 그의 어깨를 잡아당겼다. 힘이 들어간 손. 그 모양이 어째 어마어마하다고 생각하는 순간, 앙히에가 주춤하더니 뒷걸음쳤다. 외르타는 누프리를 쉽게 보았던 그간의 자신을 반성했다. 앙히에는 한 번 밀리자 관성으로 몇 발자국이나 더 뒤로 물러날 수밖에 없었다. 순식간에 문턱을 넘었다.

외르타는 침대 위에서 벌떡 일어났다. 무슨 말을 이으려는 앙히에를 죄 무시하고는 재빠르게 바닥으로 뛰어내렸다. 왼발이 약간 욱신거리고, 즉각 떠오르는 모리의 사나운 얼굴에 겁을 먹었지만, 문은 멀지 않았다. 그녀는 이 이상의 소란을 막기 위해 달려가 문을 쾅 닫았다. 제 코앞 앙히에의 엄격한 눈이 좀 마음에 걸리기는 했다. 하지만 그래 봤자 제 형님 턱밑에 붙어야지 어쩌겠는가. 외르타는 등으로 양쪽 문을 민 뒤, 손을 돌려 걸쇠를 걸었다.

잠그자마자 턱하고 누군가 방문을 걷어차는 소리가 들렸다. 턱. 쾅쾅쾅. 쾅쾅쾅.

"야! 안 나와? 나와!"

"……미쳤어?"

"나오라니까! 나오면 짜증 안 낼게. 나와 봐. 나……."

"가! 누프리! 기절시켜서라도 데려가!"

"야! 안 나와도 돼! 문이라도 열어! 형님! 문 좀 열어 봐!"

"진짜 미쳤나 봐……."

"아 좀! 건드리지 마! 으…… 잠깐만 야! 문 열어! 문! 아니……."

갑자기 말이 뚝 끊겼다.

외르타는 뒤돌아 문가에 귀를 가져다 댔다. 잠깐 몇 명이 수런거리는 소리가 나더니, 누프리의 긴 한숨이 들렸다. 앙히에의 목소리는 물속에 던져진 듯 영 들리지 않았다. 외르타는 누프리가 어떻게든 잘 처리한 것이라고 판단하고는 빙그레 웃으며 다시 침대 부근을 바라보았다.

발렌시아는 무서울 정도로 무표정했다.

앙히에는 물 잔을 엎을 기세로 팔을 휘두르며 외쳤다.

"에스드로!"

"누프리라 하십시오. 진이 다 빠집니다."

"진이 빠져? 주인 목을 쳐서 기절시킨 주제에 진이 빠져?"

"공께서는 제 주인이 아니십니다. 그리고 아시다시피 수도手刀는 정확성을 요구하는 기술이지요. 살아계시니 제 노고를 인정하셔야겠습니다."

장정을 불러다 양팔을 옴짝달싹 못하게 만든 뒤 목을 내리친 것이 얼마나 훌륭한 수도였는지는 잘 모르겠다. 하긴. 그렇게라도 안 하면 문짝을 뜯어 낼 기세인 나를 말리지 못했겠지. 앙히에는 어렸을 적 한 손의 힘만으로도 저를 우습게 누르던 누프리를 기억하며 약간 서글퍼졌다.

　물론 그 서글픔은 기절 직전의 기억들을 떠올리자 금세 사라지고 말았다.

　"누프리, 봤지? 봤어. 봤지. 그런데 그 둘을 그대로 내버려 두고 와?"

　"예?"

　"와! 내 용건이고 뭐고 단박에 날아가더라. 어처구니가 없어서! 할 말이 있었는데 이건 무슨……."

　"공자, 저는 말씀의 절반도 이해할 수가 없습니다. 부디 제 미진함을 탓해 주십시오."

　"도대체……."

　앙히에는 도무지 상대의 말을 듣는 기색이 아니었다. 그의 손가락은 정신 산란하게 탁자 위를 돌아다니고 있었다. 누프리는 그것을 잡아 누르고 싶다는 충동을 느꼈다.

　"도대체…… 언제부터 저런 거지? 단언하건대 이번에 내가 떠나기 전까지는 안 그랬다. 그거 고작해야 보름 전이야. 도대체 왜? 언제? 기미도 없었어. 그 자리에서 기함할 뻔했다."

　"……."

　"외르타가 아파하니 안절부절못하는 게, 세상에 누구도 아니고 바로 이 아우 눈에 다 보인다. 머리도 쓸어 주고, 손을 잡혀도 떨치기커녕 잘 길들여진 짐승처럼 고분고분한데, 하물며 그에 온 정신이 팔려 나를 대하는 말투마저 무덤덤해? 누가 보면 우리 화해한 줄 알겠다? 아니, 누프리, 나 간 사이에 무슨 일 있었냐? 어?"

　"……."

　"나는 사실 리베 몬테 얘기가 들렸을 때부터 기절할 뻔했다. 저거 단 한 번도 자기 입으로 내뱉은 적 없을 것 아니냐. 폐하조차도 사건의 진상을 모르셔. 왜? 형님께서 함구하셨으니까! 이제야…… 난 이제야 그때 일이 전부 그 미친 여자 잘못이었단 사실을 알겠어. 형님은 그 누명을 뒤집어쓰고도 왜 계속 입을 다물고…… 그런데 그걸 지금 생판 모를 남인 외르타에게 얘기…… 그것도 '그런 인상으로 비치기가 싫어' 서……."

"……."

"누프리! 형님 여자에 관심 없어? 가장 애태웠을 사람이 왜 입을 다물고 있어! 말 좀 해!"

누프리는 눈을 꽉 감았다 떴다.

"저는 그 일에 대해 전혀 아는 바가 없습니다."

"내 말 똑똑히 들어. 나는 아버님 임종 자리를 홀로 지킨 사람이야. 아버님의 첫째 부탁은 '형님께 사죄하고 화해하라' 였지만 그건 지금에 와서는 영 답이 없고, 둘째 부탁은 집안에 어른이 안 계시니 형님 여자 문제에 대해서는 네가 압력을 넣어라, 이거였거든?"

"……."

"누프리, 그러니 지금 이 자리에서 입 닥치고 있는 네 행동은 대공작의 명을 어기는 거다. 변명의 여지없이."

"이해할 수 없습니다. 합하께서는 관례(冠禮)를 치르신 지 오래입니다. 여자관계가 없었던 것도 아니고, 왜 합하께서 당신의 앞가림을 제대로 하지 못하리라 생각하시는지요?"

"지금까지 정말 못! 봤! 냐! 못 봐서 물어? 내가 비록 지난 몇 해 간은 폐하의 한탄으로만 형님의 사생활을 접했다지만, 아니, 근데 이게 단점으로 여겨질 법한가? 단점도 아냐. 이것저것 다 따질 필요 없다. 그냥 폐하의 말씀을 추리면, 형님은 내가 떠난 뒤에도 똑같았던 거야. 사람 변하는 게 어디 쉬운가? 누프리, 이 말은 인정하지?"

몇 초의 침묵이 있었다. 누프리는 자신이 부정한들 신뢰 받기 어려우리라는 사실을 알아차렸다. 그는 침묵을 후회하며 땅이 꺼져라 한숨을 쉬었다.

"인정합니다."

"놀랍지도 않다. 그런데 형님이 이전과 다를 바가 없다면…… 도대체 저건…… 외르타는 뭐…… 아…… 누가 나한테 설명 좀 해 줘…….."

"방금 전."

누프리는 포기했다. 대공작의 명이다. 저가 하려는 변명은 죄 찌꺼기뿐인지라 차라리 안 하느니만 못했다. 게다가, 자신의 가라앉은 얼굴에서는 쉽게 눈치챌 수 없는 일이겠지만, 그의 심정은 앞에 선 앙히에와 아주 똑같았다. 그 역시 누군가에게 설명을 듣고 싶은 마음이 굴뚝같았던 것이다.

"리베 발미레께서 제게 고해하셨습니다. 그분께서는 가정형으로 말씀하셨습니다만, 결코 그럴 리 없으니 전부 걸러 전달하겠습니다."

"말해."

"공, 합하께서 리베 발미레께 공작의 첩 자리를 제안하셨다 합니다."

앙히에는 한 대 맞은 것처럼 입을 벌렸다.

저 놀란 모양은 어떻게 어렸을 때나 다 큰 지금이나 변한 것이 없었다. 거의 필연적으로, 침묵이 흘렀다. 그것은 쉽사리 사라질 기미가 보이지 않았다. 나도 그러했으니 공께서도 그러시겠지. 합하를 잘 아는 이일수록 기가 막히는 이야기였다. 그는 상대의 얼빠진 모습을 인정하고, 느릿느릿 고개를 돌려 커튼이 쳐진 큰 창을 바라보았다. 저 엄격한 창을 열지 못한 지도 벌써 여러 해가 넘었다. 제 앞 공자가 나고 자란 이 방은 사실 자신에게도 그에게도 그리 절절한 추억이 아니었다. 담백한, 어쩌면 아찔한 충격을 담은 정적이 지나갔다.

"어……."

마침내 신음인지 탄성인지 모를 단어가 새어 나왔다.

"나는……."

누프리는 시선을 돌려 앙히에와 눈을 마주했다. 그는 그리 거친 소식을 듣고도 냉정할 수 있는 모양이었다. 누프리는 저 청년을 아주 잘 알았다. 앙히에를 욱하는 성질이 있다고 묘사하는 것은 굉장히 단편적인 평가가 될 것이다. 그보다는, 그에게 있어서 냉정을 표현하는 방식이 바로 흥분이라는 말이 맞다. 때문에 자신이 보기에 앙히에는 지나치게 당혹했을 때 돌연 차가워지는 경향이 있었다. 흥분이라는 과육 안에 냉정이라는 씨앗이 담긴, 그리고 그것이 드디어 드러난 느낌이었다.

앙히에는 정교하다는 표현이 어울릴 정도로 대단히 찬찬히 말을 살피고 있었다. 시선이 말할 수 있었더라면 그것은 조곤조곤한 시선으로 표현될 수 있을 것이다. 얼음에 맺힌 가장자리 물을 얇게 걷어 냈다. 정밀하고도 세심한 훔쳐보기.

"형님은 정말 미친 게 아닐까?"

물론 역시 말만큼은 영 세심하지가 못하다.

"……사랑을 광증과 동일한 것이라 보는 이들도 있지요."

"내가…… 아니, 아니다."

"공, 정말 외람된 말씀이오나 아무리 합하께서 마음이 있으시다 해도 첩 자리는…… 무리입니다. 저는 제 의견을 말씀드리는 것이 아닙니다. 가규입니다. 첩은 아무리 지위가 낮아도 적어도 귀족의 일원이어야 합니다. 이건 체신 문제예요. 더군다나 외국인……."

"문제가 되는 건 어마어마하게 많지만 그중에 지위는 없어. 그건 조금도 거슬릴 게 못 된다."

누프리는 외르타의 지위에 대해 묻지 않았다. 넘어갈 수 있는 선이 있고, 그렇지 못한 선이 있는 법이다. 그는 이전, 앙히에가 솔 미라이예에 출입해 사람 꼴이 아니던 외르타를 돌볼 때에도 그 둘의 사이가 무엇인지 묻지 않았다. 같은 이치였다.

앙히에는 제 검은 머리칼 속에 양손을 넣었다가, 입을 앙다물고는 다시 뺨을 긁어내렸다.

"외르타는…… 아나?"

"아니요. 그분께선 이를 범상한 일로 치부하시는 듯합니다. 합하를 잘 모르시니 당연한 일이지요. 더군다나 첩 이야기까지 아무 의심 없이 제 앞에서 하시는 것을 보면…… 정말 조금도…….'

"그 첩인지 뭔지는 그래도 차분히 보면 이해가 간다만…… 외르타가 한 점 의심을 안 한다는 게 좋은 건지, 나쁜 건지, 아니 그 이전에 그냥 내가 어떻게 해야 할지 자체를 모르겠다…….'

"합하를 말리셨다간 공 정말 죽습니다."

앙히에는 미간을 좁혔다.

"내가 말릴 생각은 없어. 외르타가 충분히 치를 떨 테니까. 지금 저거 뭘 믿고 덥석덥석 손잡고, 단둘이서 방 안에 틀어박히는 둥 방심하는지는 몰라도, 알면 반드시 기함할 거다."

"……."

"아니…… 그런데 어떻게 모르지……? 난 보자마자 깨달았는데…….'

"저는 두 분 사이에 이상한 기미가 없다 말하며 제 코를 걸었습니다. 저보다는 낫지요."

"넌 눈이 장식이냐…….'

"제 불찰입니다. 내기는 물려야겠습니다."

앙히에는 여전히 탁자를 두드리고 있는 제 손가락들을 바라보았다. 길고, 억척스러운, 진창 불에 담갔다 빼낸 듯한, 결코 아름답지는 않았다. 그는 문득 영문을 모른 채 제게 토로하던 열여섯의 외르타를 상기해 냈다.

"언니가 말하던데."

정말이지 지금 이 사태에 대해 생각하기가 무진장 싫은가 보다. 사실 그는 아직까지도 현실 인식이 잘 되지 않는 상태였다. 바늘만큼이나 확실한 용건을 가지고 왔다가, 정신 나간 광경에 넋을 놓아 버린 소식꾼. 사실 이 멍청함에는 그다지 변명할 말도 없었다.

"남자를 볼 땐 손을 보래."

형님 손이 어떻게 생겼더라. 형님 인상처럼, 부드러운 강제. 딱 그런 인상이었다. 어쨌든 제 손보다 잘생겼을 거란 사실만큼은 확실하다.

"앙히에."

그녀를 아끼지만 앙히에는 방금 전 처음으로 발렌시아를 '보았다.' 자신은 그 변화를 도저히 놓칠 수가 없었다. 그 변화에 정말이지 제 목이라도 걸 수 있을 것 같았다. 하늘이 무너져도 이와 같은 충격을 받지는 않았을 것이다. 세상에. 저 사람이. 저렇게 정신 못 차리고 빠져서는.

"이게 무슨 미친 소리야? 설명해 봐."

그는 순간적으로 현실로 돌아왔다.

"르나치 공?"

"……아, 응."

이런. 광언이고말고. 외르타와 남자라니. 정말 정신 나간 조합이지 않나. 앙히에는 찬바람을 맞은 듯 어깨를 부르르 떨었다. 리볼텔라가 방금 전에 저가 한 생각을 알면 경을 칠 것이다. 어디서 저만큼 다친 아이를 또 다른 칼에게 떠안기려 하냐고. 이것은 확실히 책임 방기다.

"공, 장부 문제에 대해서는 나중에 사람을 보내 주십시오. 제가 알아서 하겠습니다."

형님은 외르타가 아니어도 괜찮을 것이다. 하지만 외르타는 그가 아니어야만 했다.

"알겠어. 그래서 지금, 난 이만 가라고?"

"예. 합하께서 공이 떠나지 않은 것을 보신다면…… 말을 잇기도 싫군요. 부디 가십시오."

"안 그래도 나갈 거였어. 정신 사나워서 원. 아무튼 됐고, 외르타한테 이 책…… 아, 나 기절했지. 책, 어디 있어? 내가 들고 온……."

"바로 옆에 있습니다."

"아! 아무튼 이 책은 외르타에게 줘. 구해 달라고 징징대서 가져온 거다."

"그리하겠습니다."

"이만 갈 테니까…… 형님이 자제 못하고 외르타에게 손대는 모습 보면, 아니 기미라도 보이면 제발 말려. 못 말리면 나라도 불러."

누프리는 눈을 깜박였다.

"노력하겠습니다."

"확언해."

"저는 합하의 의지를 막을 권한이 없습니다."

앙히에는 그의 짙은 회색빛 눈썹을 바라보았다. 참 옹골찬 고집이다.
협박은 씨알도 먹히지 않을 것이다. 때문에, 설득뿐이다. 앙히에는 답지
않도록 조용히 말했다.

"누프리, 솔 미라이예에서 사람 자살하는 꼴 보기 싫으면 내 말 들어,
제발. 나까지 형님이랑 척지기는 싫다."

"두 분께서는 이미 충분히 대립하고 계십니다."

"아니지. 지금은 형님만 나를 혐오하고 계시는 거지. 난 모든 걸 초월
해서 그저 무관심한 거고. 하지만 외르타에게 형님이 일방적으로 얽힌
다면…… 누프리, 나까지 칼을 들게 하지는 마. 형님만으로도 이미 충분
하잖아."

"……."

"형님이 저열한 욕심으로 사람을 안지 않기를 바란다. 아, 그럴 사람이
아니란 건 나도 잘 알아. 하지만 사실 나는 형님이 '저런' 모습을 보여 줄
사람이 아니란 것 또한 '잘 알고' 있었거든. 이제 확신할 수가 없다."

"공…… 공께선……."

"뭐?"

"리베 발미레가 합하와 비견될 만큼……."

누프리는 차마 말을 잇지 못하겠다는 듯 숨을 들이켰다. 앙히에는 그
의 경악을 인정했다. 상대는 형제가 자라던 모습을 전부 기억하는, 해묵
은 기억 보관자였다. 발렌시아가 지금 제게 잔인한 것을 그 시절의 반동
으로 이해할 수 있는 사람인 것이다. 그것은 앙히에에게도 마찬가지로
적용되는 이야기일 것이다. 그만한 정. 그런데 그것이 외르타와 비교해
다르지 않다고?

앙히에는 너털웃음을 터뜨리며 변명했다.

"누프리, 오해하지는 마. 나는 외르타보다는 형님을 훨씬 더 사랑한

다. 으, 말이 이상하군. 아무튼 무게로 따지면 그 둘은 애초에 비교 대상
조차 못 돼."

"그러면…… 외람된 줄 아오나…… 왜……."

"죽은 사람은 아무도 못 이기거든……."

앙히에는 자리에서 일어섰다. 어느새 자란 앞머리가 눈썹을 간질이
고 있다. 아, 잘라야 하는데.

"이만 갈게. 경고는 명심해 둬."

외르타는 그의 무시무시한 기색에 놀라 약간 떨떠름하게 웃었다.

"경, 괜찮아? 앙히에에게 그렇게 화가 났나?"

"……아닙니다."

전혀 아닌 것 같지 않은 어조였다. 그녀는 자신이 또다시 쓸데없는 참
견을 한 것이라고 확신했다. 물론 후회하지는 않는다. 의도한 오지랖이
기 때문이다.

외르타는 바람 빠진 웃음소리를 내며 침대 위로 올라갔다. 무릎을 꿇
고 앉았다. 그녀는 발렌시아의 시선이 충실한 시종처럼 저를 따라오자
빙그레 다시 웃었다. 머리맡 탁자까지 무릎걸음을 걸었다. 그곳에는 자
신이 본디 목표로 했던 물 잔과, 그리고 어제 저녁에 두었던…….

외르타는 무언가가 생각난 듯 바로 옆에 있던 발렌시아를 돌아보았다.

"경."

"예."

"머리 잘라 줄까?"

"……."

외르타는 그의 침묵을 긍정으로 받아들였다. 일어서지도 않고 저토록 끈질기게 제 옆을 지키고 있다면, 이것은 어쩌면 당연한 해석일는지도 몰랐다. 그녀는 물 잔 옆에 놓여 있던 작은 바느질용 가위를 들어 올렸다. 볼썽사납게 기어갈 필요도 없었다.

"앞만 자를게. 아무래도 너무 긴 것 같아. 난 이마가 좀 보이는 게 시원시원해서 마음에 들더구나."

"……."

"싫어? 싫으면 말하렴."

"……."

이 정도면 확실히 긍정이라고 봐도 괜찮겠다. 그녀는 웃으며 기둥에 걸려 있던 붉은 천을 끌어 올렸다. 그녀는 그것을 의자 등걸에 얹혀 있던 그의 양팔 위로 사뿐히 덮어 주었다. 발렌시아가 놀라는 것이, 아무 기색 없이도 잘 느껴졌다.

외르타는 별다른 준비 자세 없이 그의 앞쪽 머리칼을 한 움큼 쥐었다. 그녀의 경력은 어린 시절 애마의 갈기와, 아델의 붉은 머리를 다듬어 본 것 정도였다. 나쁘지는 않지. 그녀는 조심스레 작은 가위를 댔다. 머리칼을 사이에 넣고 나머지를 잘라 내려다, 문득 어떤 충동에 이끌려 아래를 내려다보았다. 그가 얼마나 어처구니없다는 표정을 하고 있을까.

의외로, 발렌시아는 입을 꽉 다물고 있었다. 결코 기가 막힌 느낌은 아니고, 그렇다고 아니꼬워한다거나 화를 내는 기색도 아니었다. 가장 적당한 말을 비유해 보자면 그나마 긴장이나 초조라는 단어가 어울릴 법했다. 저 딱딱한 사람이 무엇에 그리 바싹 얼었는지 모를 일이다.

아.

"발렌시아 경."

"……."

"아까 내게 한 고백을 후회하고 있니?"

"아니요."

"……앙히에나 누프리까지 알아 버린 것 같은데."

"그들에겐 신경 쓸 필요가 없습니다. 저는 당신에게 사실을 전달해야 했습니다."

사각 하는 소리와 함께 검푸른 머리칼이 손톱만큼 잘려 나갔다. 외르타는 그가 자신을 쳐다보지는 않을까 걱정했다. 그는 그저 조용히 앞만 바라보고 있었다.

"미안하다."

"설명하십시오."

"내가 아무 생각 없이 당신에게…… 음…… 험담을 해서 미안해. 기어이 당신이 직접 고해하도록 만들었구나."

다시 사각. 발렌시아는 붉은 천 위로 떨어지는 제 머리칼을 잠시 응시했다.

"아닙니다. 어차피 언젠가는 말씀드려야 할 내용이었습니다."

"……."

"외르타, 저는 기억하지도 못하는 과거에 잔인했을 수도 있습니다. 당신이 지적하신다면 인정하겠습니다. 거슬리신다면 저를 바꾸겠습니다. 저는 더 이상 당신에게 무엇을 요구하지 않을 생각입니다. 다만 제가 노력하겠습니다."

사각.

"아니야. 구태여 남을 깎아 내는 것은 취향도 아닐뿐더러, 경, 나는 지금의 당신이 좋아. 안 고쳐도 돼."

"저는 차라리……."

그녀는 몇 마디를 더 자른 뒤 의아하다는 눈으로 발렌시아를 내려다보았다. 차라리, 뭐? 그는 어느새 다시 자신을 빤히 응시하고 있었다. 분명 소금기까지 메말라 버린 듯 황량한 눈인데, 그것은 어쩐지 아델이 제게 보챌 때의 그 간절함으로 보였다. 말이나 되나. 외르타는 자책하기 전에 기가 막혀 입술을 꾹 깨물었다.

"차라리 제가 당신의 마음에 들지 않았기를 바랍니다."

"왜?"

그는 대답하지 않았다. 사각. 외르타는 대충 깔끔해졌다고 생각한 뒤 다소 호들갑스럽게 가위를 놔두었다. 그러나 그것을 놔두기 직전, 발렌시아의 손이 날을 잡아당겼다.

"손!"

발렌시아는 그녀의 같잖은 말에 대꾸도 하지 않았다. 다만 그의 손만큼은 착실히 가위를 돌려 쥐어, 외르타의 긴 머리칼 중 한 마디를 잡아당겼다. 그녀는 눈썹을 치켜 올렸다.

사각.

희한하게도, 그녀의 잘려 나간 머리칼은 천 위로 떨어지지 않았다. 외르타는 어리둥절하여 사방을 살피다가 간신히, 반 뼘 길이의 제 머리칼들이 그의 손안에 옹기종기 모여 있는 것을 발견했다. 뭘 저렇게 많이 잘랐대. 삐죽삐죽. 도저히 미용 목적으로 자른 것이라 볼 수가 없었다. 그녀는 자신의 정성에 대한 보답으로 제 옆 몇 가닥을 애처럼 잘라 놓은 발렌시아에게 골이 났다. 나중에 아랫사람들에게 가 머리를 다듬어 달라고 해야겠다.

"발렌시아 경, 당신은 어째 영 소질이 없다. 이게 뭐야……."

고개를 돌렸을 때, 그에게는 이미 제 머리칼이 없었다. 외르타는 그가 아델의 천에 그것을 떨어뜨렸나 생각했지만 그곳에는 여전히 거뭇거뭇한 얼룩밖에 없었다. 어디 갔지? 그녀는 의구심 섞인 눈길로 발렌시아를 바라보았다. 그러나 그는 이제 다 되었다는 듯 조용조용히 가위를 놓아두고 있었다.

"경?"

"말씀하십시오."

외르타는 시선을 내리며 마주친 그의 벽안을 놓지 못했다. 제 것과 너무도 달라 한 번 보면 덫에 걸린 듯 계속 묶이게 되는, 그런 푸르름. 아름답다고 말할 수는 없다. 그리 말한다면 세상 모든 아름다운 것에 대한 모욕이 될 것이다. 다만, 깔밋함, 메마름, 무관심, 냉정. 잘게 갈린 유리가 한 가지 오솔길로 깔려 있었다. 외르타는 추궁하려던 스스로를 포기했다. 의미가 없다.

그녀는 농담처럼 물었다.

"바쁜 일은 언제 끝나?"

발렌시아는 그 저의를 파악하지 못하는 것처럼 보였다. 외르타는 웃으며 털썩 무릎을 꿇었다. 그는 그 무릎께를 주의 깊게 관찰하다가, 가까스로라는 표현이 어울리는 목소리로 말했다.

"급한 일은 전부 마무리 지었습니다. 지금도 분주하지는 않습니다."

"그래? 그럼 언제 나랑 교외라도 나가자."

"……."

"싫어?"

"아니요. 당신이 완쾌한 이후라면 괜찮습니다."

외르타는 고개를 끄덕인 뒤 그에게서 아델의 붉은 천을 잡아챘다. 그는 그녀를 도와주려는 것처럼 팔을 들었지만, 그녀가 워낙 순식간에 천을 끌어안았기에 기회를 놓쳤다. 그녀는 안에 담긴 그의 머리칼을 털지도 않고 고이 접어 머리맡에 두었다. 사실 정리하기가 귀찮기도 했다.

"좋아. 다음 주에 가자. 모리한테 물어볼게."

"……."

"그리고 고마워."

"무엇이……."

"나한테 얘기한 것."

그는 잠자코 있었다. 저와 마주한 그의 눈에서는 철이 물에 젖었다 마른 듯한 쇠 내음이 났다.

"여태까지 당신한테 무언가를 받고 고맙다고 한 적이 거의 없는 것 같다. 고마워. 당신 부탁을 받아들여 나를 낮추지도 않으마. 그저 항상 감사해. 그리고……."

"……."

"더불어 나도 한 가지 고해할게. 사실 나도 당신이 나를 찌르지 않았으면 좋겠어."

발렌시아의 손등이 약간 움직였다. 외르타는 그 확실한 동요를 눈치채지 못한 채 침대 위에 드러누웠다.

"무섭게 듣지는 말렴. 이 계획은 기정사실화된 거니까. 나는 결코 반항할 생각이 없단다. 경이 그만하겠다 고집이면 내가 나서 뜻을 꺾을 생각까지 있어. 그럼, 이제 경은 묻겠지. 변할 것이 없는데 왜 불편한 진실을 밝히느냐고."

"……."

"발렌시아 경, 나는 당신이, 내가 그 일에 무관심하다고 생각지 않았으면 한다. 경, 무관심하지 않아. 나도 거슬려. 내게 손 한 번 든 적 없는 사람이 칼부터 빼겠다는데 꺼림칙하지 않을 리 없지. 하지만…… 그것보단 내가 사는 게 중요한 거야. 당신이 고되다는 것을 알아. 그렇지만 이해해 보렴."

침묵이 흘렀다. 외르타는 더 이상 자신과 그 사이의 정적이 불편하지 않았다. 이제는 참는 것도 아니었다. 느긋하게 흐르는 물에 손을 담그고 있는 것처럼 느껴질 뿐이다.

잠시 뒤 그는 자리에서 살짝 일어섰다. 외르타는 무슨 일인가 싶어 눈을 크게 떴다. 손이 뻗어 오자 순간적으로 미간에 힘이 들어갔다. 그러나 발끝까지 심어진 긴장이 무색하도록, 그는 단지 베개를 고쳐 놓기만 했다. 다시 멀어졌다. 그녀는 익숙한 친절에 마음을 놓았다.

"주무십시오. 모리를 불러 두겠습니다."

외르타는 온기도 없는 곁에 누워 살짝 웃었다. 자신이 다듬어 준 그의 머리칼은 제법 괜찮았다.

외르타는 자신이 뽑아 둔 글씨를 노려보았다. 망할 놈. 이제는 나를 놀려먹는 짓에도 도가 텄지.

그녀는 사실 지난 닷새 동안 꽤 즐거운 나날을 보내고 있었다. 발렌시아에게 '고마워하기'로 결정하자, 답답하던 속이 믿기지 않을 정도로 뻥 뚫렸기 때문이다. 그녀는 더 이상 그에게 죄송해야 할 이유가 없었다. 항상 그 호의에 감사한다면 그것만으로도 충분하다.

그녀가 이제야 느낀 당연한 사실이 있었다. 미안하다고 생각하면 영영 고개를 들지 못하게 된다는 것. 그녀는 지난 반년 동안 발렌시아를 이런 송구함으로 대했다. 때문에 지금까지는 제 기본 성정인 당당함마저, 그의 면전에선 그저 무거운 추였던 것이다. 잡아 찢듯 드러낸다 해도 끝내 죄책감이 꼬리로 붙는, 차라리 가지지 않느니만 못한. 그러나 감사는 달랐다. 외르타는 발렌시아에게 감사함으로써 그와 동등한 위치에서 마주 볼 수 있었다.

그녀는 이제 더 이상 거리낄 것 없이 집무실에 나다녔다. 죄송하지 않다면 그의 아랫사람일 이유도 없어지기 때문이다. 하인들의 소문이야 고려할 대상이 아니다. 그 입방아에 자신이 신경 쓴 역사가 없고, 설혹 발렌시아가 난처해진다 해도 그 역시 그 정도는 감당할 만한 깜냥일 것이다. 정말이지 자신이 그를 걱정해 줄 이유가 없었다. 그저 그녀 스스로, 내키는 대로, 식사를 함께 하고 싶으면 시간이 되는지 묻고, 불러내고, 그가 갑작스러운 일거리에 몰려 있으면 제 옆 간식이라도 가져가고, 그가 보는 앞에서 기어이 목걸이 덩굴을 유리 볼에 옮겨 심거나, 허락을 받고 그의 어릴 적 글들을 읽어 보거나, 그간 쌓인 신뢰 깊은 침묵을 즐기는 것.

그처럼 평화롭던 와중. 이것은 어제 일이다.

발렌시아와 이야기하다 밤늦게 제 방으로 내려가는데, 계단 모퉁이에서 누프리가 불쑥 나타났다. 그는 무언가 하고 싶은 말을 꾹 밀어 넣은 듯 인상을 찌푸리고 있었고, 그 탓인지 그가 건넨 것은 말이 아닌 물건이었다.

"이건……."

"……르나치 공께서 리베께 전달하라 말씀하셨습니다. 개인적으로 전해 달라 부탁하셨는데…… 지난 나흘 내리 리베께서 합하와 함께 계셔 기회를 잡지 못했습니다."

"이걸 나한테 전하라 했다고?"

"예."

"도색…… 도색 서적이잖아."

외르타는 소리를 지르려다 높이를 확 낮췄다. 그랬다. 그녀가 받아 든 것은 낯 뜨거울 정도로 적나라한 제목을 가진 중간 굵기의 책이었다. 외르타는 어이가 없어 이마를 만지려다, 누프리에게 자신과 이 책의 제목을 나란히 보이기가 싫어 더 꽉 팔짱을 끼었다. 책은 이제 그녀의 품속에 묻힌 것처럼 보였다. 누프리는 계단 너머로 시선을 돌렸다.

"저는 모르는 일입니다. 공께서…… 리베가 요구한 서적이라…… 하셨습니다. 합하 앞에서 지나가는 체 드리고 싶었으나 도저히…… 책이 그럴 만한 성질의 것이 아니라……."

"……."

외르타는 누프리가 '왜 이런 책을 바랐느냐'라고 묻지 않는다는 사실에 대단히 감사했다. 일단 앙히에가 준 책이니 그 속에는 어떤 내용이 있을 것이고, 그것을 해석하려면 이 책을 가져가야 하는데, 여기에 이유까지 묻는다면 그녀는 그저 계면쩍어 얼굴을 붉힐 수밖에 없었다.

"고마워."

그녀는 후일 앙히에를 만났을 시 제대로 갚아 주겠다고 생각했다. 누프리는 귀신을 본 것 같은 얼굴로 떠났다.

외르타는 성질을 부리며 방 안으로 돌아왔다. 앙히에가 건넨 책은 성의 없이 옷더미 사이로 던져두었다. 물론 그녀는 순간적으로 이 열없는 책을 아침 하녀들이 발견하지는 않을까 두려워졌다. 결국 그녀는 그 책을 궤 안에 보관해야 했다. 한심했다.

이튿날, 외르타는 아침을 들기 직전 앙히에의 도색 서적을 떠올렸다. 그녀는 한숨과 함께 문을 쾅 닫았다. 그런 뒤에야 무서운 기세로 책을 꺼내, 그와 자신 사이에 하나뿐일 암호 체계로 그것을 해석해 냈다.

답은 이러했다.

매일 밤 노을 정원에 있겠음. 나와.

자신이 지금 보고 있는 글씨도 이러했다.

매일 밤 노을 정원에 있겠음. 나와.

머리가 지끈지끈 아파 왔다. 오늘은 앙히에를 본 지도 벌써 다섯 밤이
나 지난 시점이었다. 그는 헛소리는 자주 해도, 허튼 약속은 하지 않는
사람이었다. 외르타는 앙히에가 지난 닷새 내내 노을 정원에 둥지를 틀
고 있었을 확률이 높다고 판단했다. 그리고 동시에, 저택의 경비에 대해
엄청난 의심을 품게 되었다. 아무리 저택 안이 아니라도 솔 미라이예에
혈혈단신으로 침입할 수 있는 사람이 뻔히 있는 이상…….

"외르타?"

그녀는 물 잔을 들어 벌컥벌컥 마셨다. 방금 전 부탁한 물이기에 유리
표면에는 물이 방울방울 맺혀 있었다. 외르타는 다 마신 컵을 잽싸게 종
이 위로 올렸다. 물은 자연히, 점차 종이를 적시며 글씨를 전부 일그러
뜨렸다.

"경, 왜 노크도 안 해?"

"듣지 못하셨다면 죄송합니다."

"……."

"외르타, 조반을 들지 않으셨다고 들었습니다."

"아, 응, 먹을 거야."

"내려가시는 것이 좋겠습니다."

외르타는 요사이 자신이 그에게 돌봄 받는 아이가 된 듯해 조금 기분
이 이상해졌다. 무슨 말을 해도 항상 긍정 받고, 일거수일투족에 배려
받는 일이 지나치게 오랜만이라 영 정신을 차릴 수 없었던 것이다. 고향
의 귀족들이 왕녀를 대접할 때에도 이렇지는 않았는데.

"여기서 먹을래. 생각할 일이 있다."

사실 이미 제 옆에는 자발리오네와 스폴리아텔레가 있었다. 달걀노

른자와 설탕, 강한 스위트 와인으로 만든 디저트, 그리고 긴 뿔 모양의 패스트리. 그녀는 그의 싸늘한 시선에 아침나절부터 이런 것을 먹고 있다고 꾸중을 듣지는 않을까 걱정했다. 물론 그런 생각을 한 자신에게 기가 막혔지만. 같잖게도 벌써 상대가 돌보아 주는 것에 익숙해졌나.

"……."

"올리라 명하겠습니다."

"응. 그러렴."

발렌시아는 어딘가로 내려가는 길이었던 듯 쌩하니 뒤를 돌았다.

"참, 발렌시아 경, 혹시 하녀들이 입는 옷 하나만 가져다줄 수 있어?"

발렌시아는 걸음을 멈추었다. 그가 외르타를 돌아보았을 때, 그는 그녀에게까지 보일 정도로 인상을 찌푸리고 있었다. 외르타는 그의 즉각적인 반응에 놀라 준비해 뒀던 변명을 내뱉었다.

"아니, 경, 별게 아니라, 자수 연습을 하려는데 미라이예 문양을 찾기가 힘들어서 말이야. 모리가 너무 간략히 그려 줬더구나. 다행히도 문양은 하녀들 안감에서 쉽게 볼 수 있잖아?"

"차라리 체칼라스를 이용하십시오."

"뭐? 말이 되는 소리를 해라. 천을 아예 분할할 건데."

그는 영 석연치 않다는 표정으로 그녀를 바라보았다. 외르타는 그가, 자신이 웃으면 일단 제게 동의해 준다는 사실을 알았기에, 정말 그렇게 했다. 그러나 그는 인상을 펴지 않았다. 외르타는 자신의 — 외도라는 — 목표를 잊고는 저자가 제 무엇을 그리 의심하는지 골이 났다.

"외르타, 하녀의 옷은 당신이 만질 가치가 없는 물건입니다."

설마 저 채신 문제 때문에 꽁해 있던 건가.

"아! 돌려줄 테니 걱정 말고. 응?"

"……."

"문양 부분만 제하고 내일까지 개켜서 내놓으마."

"새 옷을 드릴 테니 당신 손을 거친 뒤에는 버리십시오."

"······."

발렌시아는 그리 만만한 사람이 아니었다. 외르타는 그가 나가자마자 거의 교차해 들어오는 모리를 보고는, 제 감시역이 누구에게로 넘어갔는지를 알아차렸다. 외르타는 금세 입이 여러 발 나와 불평했다.

"나를 감시하라니?"

"예? 아뇨? 무슨 말씀이신지······."

"한 번만 부정해라. 거짓말 같으니까."

"아뇨. 진짜 아니에요. 뭐 잘 수행하라고는 말씀하셨지만요."

그녀는 말보다는 트롤리에 놓인 음식들을 꺼내는 데 더욱 열심인 것 같았다. 외르타는 무료하게 앉아 그녀가 꺼내는 따분한 음식 하나하나를 바라보았다. 두껍게 썬 빵, 갓 낳은 달걀, 그란사소산産 위스키를 넣은 포리지, 마멀레이드, 향초 샐러드, 아스파라거스, 송로 버섯 수프, 찻잎에 훈제한 야생 연어와 살사 베르데 소스.

아무래도 식당에서 먹는 것이 아니다 보니 되는 대로 전채와 본 음식을 섞어 들고 온 모양이다. 아침이라 많이 간소했다. 모리는 간이 탁자 위에 그 모든 것을 올리더니, 마지막으로 하녀의 옷을 침대 위에 던져 두었다.

"항상 그랬듯이 입가심거린 따로 나온답니다. 듣기에 갈리치아산 치즈, 쁘띠 푸르, 살구 셰리 아이스크림이나 타르트인 것 같던데······."

"공작가 음식이 왜 그 모양이야······."

"제가 보기에도 오늘 아침은 영 준비가 안 된 것 같아요. 아마 리베께서 꼭두새벽부터 자발리오네를 주문하셔서 그럴 거예요. 온 주방이 발칵 뒤집어졌으니까요."

"그래서 지금 내 잘못이라는 거야?"

모리는 콧방귀를 뀐 뒤 트롤리를 바깥으로 밀어냈다.

"뭐, 못난 후식이라도 양만큼은 풍족할 겁니다. 합하께서 단 것을 안 드시잖아요? 전부 리베께 오겠지요."

외르타는 어리둥절하니 앉아서 문을 닫는 모리를 바라보았다. 그녀는 지체 높은 사람의 식사 장면을 남에게 보여 주기 싫은 듯, 바람 한 점 새지 않도록 양쪽 문을 전부 고정시켰다. 외르타는 환기를 위해 다시 창가 쪽으로 달려가는 모리를 보며 얼얼하게 물었다.

"경이 단 것을 싫어해?"

"별로 안 드십니다. 체질상 맞지도 않으시고요."

"근데 위층엔 많던데?"

"그거야 리베께서 도토리 넣어 둔 다람쥐인 양 집무실에 드나드시니 그런 거죠."

"......"

"본디 합하 혼자 계셔야 하는 방인데, 리베께서 손 뻗는 곳마다 간식이 있는 것을 보면…… 뭐 당연한 인과 아니겠습니까."

"몰랐어. 경은 단 걸 싫어하나 보구나. 사는 데 보람이 없겠네……."

외르타는 고개를 흔들며 간단히 전채를 들었다. 모리는 이미 새벽같이 아침을 끝내고 온 듯 음식과는 멀리 떨어진 의자에 주저앉았다. 그녀는 좋은 햇볕 아래 말 많은 하녀가 된 듯 천천히 수다를 떨었다. 외르타는 '천천히' 라는 표현과 '수다' 가 어울리는 줄 이번에 처음 알았다.

"아래층 요리사들이…… 합하께서 솔 미라이예 유일의 '미라이예' 가 되자 얼마나 기뻐했는지 몰라요. 아, 물론 대공작님의 훙거薨去에 기뻐했다는 뜻이 아니라…… 음…… 아시죠? 아무튼 그랬답니다. 합하만 계시면 가장 번잡한 후식에는 주의를 기울이지 않아도 되니까요."

"그 정도야?"

"어렸을 적부터 후식에는 손도 안 대셨어요. 가장 달지 않은, 치즈? 이것도 새 모이만큼 드시고. 그나마 식후주食後酒나 좀 드셨지요. 원체 단 것 자체를 든 일이 없는 분이시거든요."

외르타는 약간 미안해졌다. 집무실에 어느 순간부터, 무슨 이유로 단 바구니가 늘어난 것인지 궁금해 했다. 알고 보니 결국 전부 제 불평불만의 결과였던 것이다. 이토록 손이 많이 가는 객을 부양하는 그에게 동정심마저 들 정도였다.

"그런데 모리, 정말 경이 날 감시하라고 한 게 아니야?"

모리는 눈만 데굴데굴 굴렸다. 그녀는 팔짱을 꼈다가, 풀었다가, 다시 단단히 꼈다.

"제가 왜 리베를 감시해요?"

"그야 나도 모르지. 다만 방금 전 경 기색이 심상치 않아서 물어보는 거야. 어디 멀리 나가는 것도 아니면서 끝까지 찡그리며 날 바라보는 게, 적어도 평상시 같지는 않더구나."

"……."

"모리?"

"아? 모르셨어요?"

"뭘?"

"합하께서는 방금 떠나셨어요."

"……어디로?"

"단신으로 어느 영지에 가신다고 들었는데, 가까운 곳이래요. 밤에는 돌아오실 거예요."

"지금부터, 쿨럭, 하루 종일?"

"예."

외르타는 우선, 온종일 심심해서 어쩌나 하는 생각이 든 자신을 원망
했다. 발렌시아는 제 무료함을 달래 주기 위해 이 자리에 있는 사람이
아니었다. 반성해야지.

그리고 둘째로, 그녀는 이 믿기지 않는 행운에 감탄할 수밖에 없었다.
아무리 오래도록 앙히에에게 성을 낸 뒤라지만, 사실 외르타는 초장부
터 그의 청을 따를 생각을 하고 있었다. 앙히에라면 아무런 이유 없이
자신을 불러낼 사람이 아니었기 때문이다. 분명 무언가 정곡을 찌르는
용건이 있기에 이 같은 도색 파본까지 특별 제작한 것이리라. 외르타는
그의 용건이 궁금했다.

모리는 어느새 자신의 손톱을 다듬는 데 정신이 팔린 듯 고개를 숙이
고 있었다. 외르타는 그녀의 답을 재촉했다.

"그래서, 정말 날 감시하라고 붙인 게 아니란 거야?"

"리베, 몇 번째예요? 아니라니까요. 리베께서 자수를 놓으신다고 하
고, 음, 또, 다시 아프실 수도 있다 — 이건 굉장히 여자 생리를 모르는 소리
지만 불경한 첨언은 드리지 않았어요. — 생각하셔서 절 보내신 거랍니다.
물론 합하의 부재로 누프리가 많이 바빠진 까닭도 있지만요……."

"후자가 진짜겠구나. 누프리를 대신하라고?"

"어머. 저는 그런 명령은 들은 일도 없고, 그것이 설혹 합하의 내심이
셨다 해도 충실히 실행할 이유가 없어요."

"그럴 리가……."

"리베, 오늘은 저와 같이 주무시지요. 그 정도면 충분해요."

외르타는 약간 긴장한 채 빙긋 웃었다.

정확히 열두 시간 뒤 외르타는 저택 바깥에 나와 있었다. 누프리를 대

신한 모리? 그녀는 제 방의 긴 의자에서 곯아떨어진 지 오래였다. 모리는 자신을 원망하면 안 되었다. 그녀가 원망해야 할 사람은, 자신이 월경통으로 고생하는 내내 진통제를 준 발렌시아였다. 외르타는 그가 조금씩 건네준 마약을 쓰려다가 한숨을 쉬며 놓고, 만약을 대비해 모아 두었다. 그녀는 그처럼 결정한 자신에게 박수라도 보내고 싶었다. 조금이 모이자 곧 어마어마한 양이 되었기 때문이다. 그것은 모리를 하룻밤 정도 쓰러뜨리는 데 충분한 분량이 되었다.

외르타는 자신과 누프리가 함께 다녔던 노을 정원 근방을 잘 알고 있었다. 그녀는 오솔길을 걸어 조심조심 나무 그림자를 따라갔다. 채 두 발자국을 걷기도 전에 자신이 얼마나 덜떨어진 차림을 하고 나왔는지 깨닫게 되었지만 어찌 돌이킬 방법이 없었다. 외르타는 속으로 온갖 불평불만을 내뱉으며 울타리, 즉 노을 정원의 가장자리 방면으로 걸어갔다. 길은 너무 밝아 부담스러울 정도였다. 자신이 평범한 하녀 차림을 입어 왔다는 사실에 조금 안심이 되었다. 누가 본대도 그녀는 저녁을 먹은 뒤 잠시 마실 나온 하녀로 보일 터였다. 위장은 완벽했다.

그처럼 생각하자마자 외르타는 담을 따라 걷고 있는 누군가와 눈을 마주쳤다. 외르타는 방금 전 스스로를 그토록 자화자찬했음에도 순간적으로 바짝 얼어붙었다. 아무래도, 아니 확실히, 이곳을 밤새도록 도는 병사인 것 같은데. 걸리는 것 아니야?

그러나 그는 짧게 경례 비슷한 손짓을 했다. 어쩐지 미소를 엿본 것 같기도 했다. 외르타는 그의 능글맞은 웃음에 잠깐 당황했지만, 그가 더 이상 자신에게 관심을 가지지 않고 걸어가자 가슴을 쓸어내렸다.

한 번 위기를 넘기자 이제는 더 이상 겁도 나지 않았다. 그녀는 정말 밤 산책을 나온 아랫사람인 양 품을 넓게 해서 걸었다. 물론 곧 저택의 가장자리가 다가왔고, 그녀는 다소 막막해져선 제자리에서 빙글빙글 돌았다. 뭉뚱그려 '노을 정원에 있겠음' 이라 하면 내가 마법이라도 써서 위치를 알아차릴 줄 아나. 역시 멍청하기 짝이 없다. 소리 높여 그를 찾을 수도, 구석진 곳으로 들어가면 들어갈수록 어두워지는 나뭇가지 사이에서 사람을 찾을 수도 없지 않은가. 외르타는 정원의 가장자리에 다다라, 앙히에의 바보 같은 점을 한 가지 더 발견했다.

그녀는 차고 흰 벽을 손으로 턱 짚었다. 저택의 다른 가장자리에는 자신조차 밟고 넘어갈 수 있을 정도로 낮은 철책들이 있었다. — 물론 경비는 그만큼 삼엄해 보였다. — 그런데 지금 이곳은, 변명의 여지가 없을 정도로 높은 벽, 그리고 그 위로는 아름답고도 살벌한 철창이 솟은 장소인 것이다. 적어도 앙히에 본인의 키만큼은 되어 보였다. 내가 넘어갈 수가 있을 리가 있나.

"야."

순간적으로 머리끝이 번쩍 솟는 듯했다. 담벼락 너머, 정확히 어디에 있는지 가늠이 되지 않는 목소리였다. 움찔 놀란 외르타는 딸꾹질을 했다.

"딸꾹질 계속하고 있어. 넘어갈게."

이게 누가 멈추란다고 멈춰지고 계속하란다고 계속할 수 있는 일인가. 그녀는 미간을 좁히며 양손으로 제 쇄골 가운데를 꾹 눌렀다. 숨을 깊게 들이마셨다 깊게 내쉬기도 했다. 어쨌든 통제할 수 없는 소리가 길어지면 안 되니까. 들이고, 내고, 들이고, 내고, 희미하게 아찔한 머리. 외르타는 팔짱을 끼며 저택 쪽을 바라보았다. 조금 초조했다. 히끅. 이 둘레를 도는 경비병이 한둘이 아닐 텐데. 히끅.

"이리 와."

외르타는 부끄럽게도 비명을 올릴 뻔했다. 앙히에가 그대로 입을 틀어막지 않았더라면, 정말이지 제법 큰 소리를 내고 말았을 것이다. 그녀는 얼굴을 확 붉혔다가, 이내 가라앉히고는 고개를 휘휘 내저었다. 앙히에는 그녀가 진정이 되었음을 깨닫고는 손을 내렸다. 외르타는 삼킨 기침 덕분에 눈물을 글썽이며 앙히에를 노려보았다. 그는 조용히 하라는 듯 침묵으로 윽박질렀다. 그녀는 씨근대다 가까스로 가라앉아선, 온 힘을 다해 그의 손을 내팽개쳤다.

앙히에는 그제야 성큼성큼 앞서 나갔다. 고요. 외르타는 한 치 앞도 제대로 안 보이는 상황에서 그의 옷자락만 보고 종종걸음을 쳐야 하는 자신의 처지가 약간 한심스러워졌다. 무슨 부귀영화를 누리자고 저 얼간이를 따라가고 있는지 사실 스스로도 잘 알 수 없었다. 앙히에는 그녀의 마음속 불평을 들었는지, 아니면 발소리 요란한 외르타가 불만스러웠는지 한순간 우뚝 섰다. 그녀는 추이를 지켜보고자 팔짱을 꼈다.

그는 몸을 주저앉혔다. 그 사이사이에도 필시 덤불이 있을 텐데 소리 한 자락 내지 않는 몸이 용했다, 앙히에는 그녀의 무릎 위치쯤 되는 곳에, 아주 작게 나 있는 철창을 양손으로 잡고선 몇 번 흔들었다. 정말 저 자식은 처음부터 끝까지 대책이 없다. 저처럼 단단한 철이 손으로 흔든다고…….

외르타는 할 말을 잃었다.

앙히에는 손짓으로만, 딱 외르타가 들어갈 정도의 크기인 틈을 가리켰다. 달 아래의 입 모양을 읽었다. '들어가.' 외르타는 주저하다가, 자신은 결코 담을 뛰어넘을 수 없다는 사실을 깨닫고는 한숨과 함께 몸을 웅크렸다. 담벽은 그리 두텁지 않았다. 숨만 잠시 참으면 어찌어찌 될 것 같았다.

매캐한 회반죽 냄새, 꺼끌꺼끌한 땅의 감촉, 터지는 기침, 그나마 틈에 비해 그녀의 체구가 많이 작다는 것이 다행이었다. 외르타는 먹기 싫은 것을 억지로 먹는 아이 모양으로 눈을 꽉 감고, 이를 꽉 물고 틈을 빠져나왔다. 사실, 한 번쯤은 반대편에서 뒹굴기까지 했다. 외르타는 분통을 터뜨리기 위해 앙히에를 찾았다.

그는 여전히 저택의 안쪽에 쭈그리고 앉아 자신이 제대로 빠져나갔는지를 확인하고 있었다. 외르타는 그 틈새에 대고 무례한 손짓을 해 보였다. 앙히에는 속이 없는지, 아니면 그것을 제대로 보지 못한 것인지 그저 씩 웃고는 다시 철창을 끼웠다. 외르타는 그제야 그가 어떻게 저택 안으로 넘어왔고, 어떻게 다시 이쪽으로 넘어올 것인지 궁금해 했다. 어쩌려고? 물론 그 의문은 채 삼 초를 가지 못했다.

외르타는 단박에 담을 넘어온 앙히에를 기가 막힌 듯 바라보았다.

"어떻게 했어?"

"손으로 짚고, 올라가서, 내려왔어."

"높이가……."

"아, 무슨 상관이야. 가자."

그녀는 한층 더 당황한 눈으로 그를 바라보았다.

"가긴 어딜 가?"

"가야 하는 곳."

"할 이야기가 있으면 여기서 하면 되잖아."

"안 돼."

"나 경한테 걸리면…… 경이 아주 노발대발할 거야……."

"네가 언제부터 형님 눈치 보면서 살았어? 그만해라."

외르타는 앙히에가 무엇에 저리 빈정이 상했는지 알 수가 없었다. 다만 그가 걸음을 확 돌리자, 왠지 모르게 오기가 들어 몸을 기울였을 뿐이다. 앙히에의 걸음은 느리지도 빠르지도 않았다. 요새 들어 가까스로 느려진 — 여전히 빠른 — 발렌시아와는 비할 바가 아니었다. 외르타는 앙히에의 그림자를 빤히 바라보았다. 여자에게 익숙한 걸음이었다.

그녀는 불쑥 내뱉었다.

"앙히에, 나는 농담 안 해. 지금 제대로 설명 안 하면 안 따라간다. 어디 가는 거야?"

"놀금 본산."

"내가 왜?"

"할 얘기가 있어."

"여기서 하라니까!"

돌연 앙히에가 홱 하고 몸을 돌렸다. 그의 시선은 고양이과 맹수처럼 묘하게 날카로운 유선형이었다. 외르타는 질 것 없다는 태도로 허리를 쫙 폈다.

"여기서……."

"한 시간도 안 돼서 형님이 오실 거야. 바로 이 길로."

"……."

"그냥 우리 집에서 얘기하다 가. 그게 이야기가 촉박해지지도 않고 피차 편하니까. 형님께는 내가 나중에 목을 걸고라도 고해할게."

"……."

앙히에는 그녀의 침묵을 수긍으로 받아들인 듯했다. 그는 다시 몸을 앞으로 돌렸다. 외르타는 그제야 침묵을 긍정으로 해석하는 제 버릇이 참 고약한 종류였다는 것을 깨달았다. 어떻게 더 고려할 사이도 없이, 앙히에는 이곽의 대로를 성큼성큼 걸어 내려가고 있었다. 방금 전까지만 해도 완벽한 무단 침입자였던 주제에 참 당당하기도 하다. 그는 심지어, 눈살을 찌푸리며 다가온 야경꾼에게 무슨 신분 증명을 보여 주기까지 했다.

외르타는 홀로 다니다 스스로를 증명하지 못할까 두려워 그에게로 달려갔다. 그제야 그를 따라 나오지 말 것을 하는 생각이 들었지만, 이미 엎질러진 물이었다. 안에서 말하라고 배짱을 부릴 걸 그랬어. 아직 발렌시아가 없으니 피를 보지도 않았을 텐데. 외르타는 제 불찰에 혀를 쯧 하고 찼다. 앙히에는 별 반응 없이 먼저 이수문에 다가갔다.

옹기종기 모여 있던 병사들이 그를 보며 일어섰다. 그러나 앙히에의 얼굴이 빛 아래 드러나자, 그들은 단 한 명만 빼고 전부 다시 제자리에 주저앉았다. 홀로 일어서 있던 한 사람조차 정말 내키지 않는 듯 오만상 을 찌푸린 채 앙히에에게로 다가왔다.

앙히에는 순순히 신분증을 보였다. 병사는 그것을 보는 둥 마는 둥 다 시 던져 주었다. 아예 상대의 신분 증명을 볼 생각 자체를 하지 않은 모 양이었다. 너무 뻔질나게 드나들어 낙인찍힌 공작의 아우. 외르타는 그 가 자신의 신분 증명을 어찌할 것인지 궁금해졌다.

앙히에는 손을 들어 그녀를 가리켰다.

"아까 낮에 사귀었는데. 보다시피."

외르타는 앙히에가 제 팔을 낚아채 가는 모양을 보고도 그저 흥미롭 다는 기색으로 서 있었다. 그는 팔꿈치까지 졸라맨 그녀의 소매를 한 단 접었다. 당연하지만, 짙게 찍힌 미라이예의 문양이 드러났다.

"우리 형님 소속이라 빼내기가 힘들더라고."

"아……."

"오늘 비번이래서 일단 데려왔다. 설마 하녀한테까지 신분을 물을 건 아니지?"

"이곽 내에서는 본디 이름과 신분 증명이 필수 사항입니다. 그렇지 만…… 일단 공께선 폐하의 인가를 받으신 상태니…… 이름만으로 넘 어가지요."

"뭘 그렇게 선심 쓰는 체 하냐? 저 옷이랑, 지금 기록할 이름이면 됐 지."

경비병은 웃지도 않고 고개를 설레설레 저었다. 그는 어떤 누런 종이를 끌어다 합판, 펜과 함께 외르타 앞으로 내밀었다.

"이름만 쓰십시오."

"아⋯⋯."

"문맹이다. 펜 내놔."

졸지에 문맹 취급을 받은 외르타는 더 이상 이 상황을 흥미롭다고 생각지 않기로 했다. 그녀는 도끼눈으로 펜을 가져가는 앙히에를 노려보았다. 그의 손에서는 처음 보는 이름이 새어 나왔다. 미르데토나 베야.

"가십시오."

외르타는 정신 차릴 겨를도 없이 앙히에에게 손을 붙들렸다. 그는 이러저러한 안내도 없이 냅다 그녀를 끌고 갔다. 그처럼 여인을 험히 다루는 모습에 경비병 몇이 혀를 찼지만, 공작의 아우를 말리고 싶은 사람은 아무도 없는 모양이었다. 그는 외르타가 제정신으로 화를 내기 전에 잽싸게 문을 빠져나와, 삼곽의 대로에서 달음박질을 쳤다. 그녀는 여러 번이나 고꾸라질 뻔했다.

"야!"

"공대해!"

"헛소리도 웬만한 헛소리라야 봐주지⋯⋯."

"잘하면 뒤에 들릴 수도 있단 말이야. 네 목소리엔 요령이 없다."

"넌⋯⋯."

"따라오기로 결정했으면 끝까지 따라와."

그녀는 텃새를 부리는 그의 정강이를 걷어차 주고 싶었다. 그러나 씨근대며 앞을 보는 와중, 그는 앞서 가고, 자신은 따르고, 다시 자신이 앞서 가다, 그가 걸음을 빨리해 앞지르는. 외르타는 문득 이 광경을 어디선가 많이 본 것 같다고 생각했다. 산취와 삽지를 기억해 냈다. 스스로 저이와 문지방이 닳도록 드나들었던 숄렘 노트란트의 빛을 담은 문.

이런. 그와 만나면 항상 이렇다. 옛 일과 현재가 무턱대고 맞물리는 것이다. 그때보다 그는 조금 더 컸고, 조금 더 단단해졌고, 조금 더…….당연한 일이다. 칠 년도 더 전, 여덟 해의 공백이 있는데. 그녀는 물을 맞은 불처럼 연기만 내뱉으며 성을 가라앉혔다.

앙히에는 그런 그녀를 짧게 쳐다보더니 별다른 말을 잇지 않고 다시 앞으로 돌아갔다. 외르타는 홀로 뻣뻣하게 걸어갔다. 결국 자신은 손님으로, 목적지는 그가 알아서 헤아려야 하는 내용인 것이다. 달은 종이로 한 겹 감싼 듯 뿌옇고, 밤은 별에 못 박혀 녹아내리고, 그림자는 걸음걸음 일렁이는 불. 매캐하게 흰 건물. 밤 벌이를 나온 듯한 검은 고양이. 배경처럼 지나가는 경비병. 외르타는 반쯤 눈을 감은 양 어두운 성도 제법 매력적이라고 생각했다. 밤을 먹어치우는 불야성과는 확연히 다른, 어둠이 배인 오스페다.

외르타는 앙히에가 어떤 좁은 길로 접어드는 것을 발견했다. 그녀는 앙히에에게 손을 붙잡히지 않고자 급하게 앞으로 걸어 나왔다. 물론, 뒤처진 앙히에는 곧장 기겁하여 달려왔다. 그는 그녀의 양어깨를 잡고는 잘못된 방향을 바로잡아 주었다.

"그쪽 아니야."

"……."

"이리 와."

"넌 아까부터 말버릇이 계속 그 모양이야?"

"그러니까 조용히 하고 내 뒤만 따라왔으면 아무 문제없잖아. 자꾸 엇나가니까 내가 이래라저래라 하지 않고 배겨?"

외르타는 그에게서 꾸중을 들었다는 사실이 기가 막혔다. 그러나 이미 앙히에에게 팔짱을 꽉 끼어 그 얼굴을 어찌 올려다볼 수도 없었다. 목 꺾이겠다.

"놀금 본산에 간다며?"

"그럼 그게 성 바깥에 있겠냐?"

"……."

"숙영지나 홍등가로 접어들기 싫으면 딱 붙어 따라와."

"……이쪽은 어느 방향인데?"

"상단 밀집 구역. 이 작자들이 의외로 깔끔한 것을 좋아해서 여긴 괜찮아."

"깨끗한 걸 넘어서 사람 사는 흔적이 없는데. 건물도 다 간단간단하고……."

"바나사바라!"

외르타는 큰 고함에 어깨를 움찔 떨었다. 귀청 떨어지는 줄 알았네.

누군가가 앞쪽 작은 건물의 창을 열어젖혔다. 그 안에서 나타난 것은 체구가 작은 남자였다. 그는 두꺼운 안경을 쓰고 있었는데, 그것이 너무 커서 고개를 숙일 때마다 계속해서 위로 치켜들어야만 했다. 그는 앙히에를 보며, 그가 증표를 낼 겨를도 없이 허리를 숙여 무슨 장부를 꺼냈다.

"놀금…… 오 월 칠 일……."

"불 좀 켜 봐."

"기다려요."

"바나사바라, 따로 주지 마."

"두 사람인데?"

"하나로 묶어."

그는 성의 없는 태도로 창가에서 사라졌다. 외르타는 앙히에를 돌아보며 설명을 요구했다. 그는 간략히 말했다.

"금이 썩어날 만큼 많은 오스페다 상업 본주本洲, 본사가 있는 중심지인데……."

그것만으로는 설명이 안 된다. 외르타는 다시 한 번 저 사람의 정체를 캐물려 했지만, 그 순간, 한 길의 불이 확 켜졌다. 그녀는 깜짝 놀라 뒤로 몇 걸음이나 물러났다. 앙히에는 그녀의 그런 반응을 예상한 것처럼 곧장 팔짱을 풀어 주었다. 그녀는 주먹을 꽉 쥐었다가, 여전히 답 없이 서 있는 앙히에를 노려보았다. 그는 다소 찔린 듯 방금 전의, 이유 모를 혼잣말을 마무리 지었다.

"리마네레의 유산도 못 가져오겠냐."

"마법은 다 사라졌어."

"오스페다에선 괜찮아."

도대체가 한 단어도 이해할 수 없도록 지껄이면 어쩌자는 건가. 외르타는 더 이상의 질문을 포기하고는, 길의 양옆, 발밑으로 빛이 피어난 장면을 바라보았다. 그것은 어떤 홰나 등불에서 나오는 빛이 아니었다. 그보다는 드문드문 땅에 뿌려진, 아주 불가사의한 흙가루에서 나오는 빛이었다. 앙히에는 그 길을 향해 몸을 돌렸다가, 그녀가 아직까지도 꿈쩍 않고 서 있자 짜증스럽게 외쳤다.

"너 나 안 따라오면 길 못 찾아!"

외르타는 그 외침에 놀라 반사적으로 그를 좇아갔다. 앙히에는 그녀의 어깨를 감싸 안았는데, 정작 그녀는 주변을 둘러보느라 그 사실을 눈치채지 못했다. 그는 당혹한 외르타를 보며 한숨과 비슷한 무엇을 내쉬었다.

"외르타."

"……."

"외르타."

"어, 어?"

"듣고 있어?"

"응."

"놀라지 마. 여긴 저녁 여섯시부터는 항상 이래."

"항상 이렇다는 게…… 무슨 뜻이야……? 뭐야, 왜 다들 문도 창문도 없어?"

"우리가 조각길에 들어왔으니 없지. 잘 들어. 낮이나 지금이나 이곳의 구조는 똑같아. 하지만 어스름이 지기 시작하면 이 상업구는 전부 밀폐된다. 지나갈 수 있는 이는 상단의 표지를 지닌 사람과, 십이공회 가문의 가주, 왕족, 그리고 그들의 동행 한 명뿐이지. 저 바나사바라에게 신분을 증명하면 그가 길을 터 주는 거야."

"길을 터 준다는 게 무슨 뜻인지 모르겠어……."

"방금 봤잖아."

"몰라."

외르타는 양어깨를 잡혔다. 그녀는 영문을 모르는 모양으로 제 앞에 번듯이 선 청년을 바라보았다. 그는 일 초도 기다리지 않은 채 그녀를 획 뒤로 돌렸고, 외르타는 아찔하니 시선을 기울이다가…….

"……."

"이해했지?"

그들의 뒤는 온통 검었다. 걸음걸음을 내디딜 때마다 그 발자국을 따라 빛이 사그라진 모양이었다. 달이 비치는데 저처럼 칠흑 같은 암흑일 수 있나? 왜 저희가 서 있는 곳 뒤에는 어떤 것도, 심지어 빛조차 없는 정적인지 몰랐다.

그 마음속 질문에는 앙히에가 답해 주었다.

"조각길이라니까? 실제 공간과 달라. 봐라. 외르타, 상인들이 얼마나 의심이 많은지는 너도 잘 알 거다. 때문에 우리는 밤중에 서로 부대끼는 것을 끔찍하게 싫어해. 누가 내 금을 빼앗아 갈까 봐. 그래서 각자가 오직 제 상단에만 출입할 수 있도록 안배를 해 둔 거야. 조각조각 갈라진 지름길이면 충분하겠지. 보통 조각길이라고만 하면 다들 알아듣는다."

"이해가 안 가……."

"아, 됐어! 전부 제쳐 둬! 그냥 넌, 날 놓치는 순간 처음 지점으로 다시 돌아갈 거라는 사실만 알아 둬. 바나사바라는 하룻밤에 두 번은 안 들여보내 주고, 난 이 밤중에 다시 나올 수 없으니 넌 꼼짝 없이 뒷골목에서 혼자 밤을 새워야 할 거야."

설명은 이해하지 못했지만 경고는 이해했다.

"뭐, 뭐? 여기서 다시 못 나와?"

"앞말은 전부 어디다 잘라먹고? '이 밤중에' 다시 못 나온다고. 내일 아침 여섯 시에는 나갈 수 있어."

"왜…… 나 그럼 경한테……."

"아! 좀! 형님은 신경 쓰지 말라니까!"

"앙히에, 경은 곧 돌아와. 그런데 내가 없으면 정말 사달이 날 거다. 솔 미라이예가 발칵 뒤집힐 거야."

"아니, 형님은 사달 못 내. 장담한다."

"왜?"

"네가 소리 소문 없이 사라진다면 형님이 뭐라 생각하시겠어? 뻔할 뻔 자지. 형님은 네가 어수대와 접촉했다고 보실 거야. 물론 이 자랑스러운 아우도 고려해 보실 테지만…… 전자가 좀 더 유력하거든."

외르타는 갑자기 숨이 딱 막히는 것을 느꼈다. 생각해 보면 당연한 일이다. 그녀가 이 사태를 예측하지 못한 것은, 스스로 적어도 새벽 내로는 돌아올 수 있겠다 생각했기 때문에, 즉 발렌시아에게 제 외도를 눈치채이지 않을 자신이 있었기 때문이다. 그러나 내일 아침까지라면? 그가 정말 그리 생각하면 어쩌지?

"형님이 그리 생각하신다면 폐하께서도 그리 생각하시겠지. 소란이 일면 너한텐 결코 좋은 일이 아닐 거다. 그리고 형님께선 너한테 좋지 않은 일은 절대 하지 않으실 분이고. 그러니 벙어리 냉가슴 앓듯 한밤 내내 기다리게 했다가 아침에 찾아가면 돼."

"앙히에, 앙히에. 안 되겠다. 난 가야겠어."

"못 나간다니까."

"너 지금 일부러 여기 안에 들어온 뒤에야 설명하는 거지!"

"뭔 소리래? 넌 저 정도도 예상 못하냐? 내가 설명한 건 이 조각길밖에 없어! 그것도 오스페다 사람들은 다 아는!"

"이게…… 내가 오스페다 사람이야? 애써 경이랑 친해졌는데…… 망치려고 작정을…….."

앙히에는 다시 걸음을 재촉했다.

"참 나, 친해져?"

외르타는 앙히에가 왜 저렇게 심통을 부리는지 모르겠다고 생각했다. 그가 언성을 높일 때마다 걸음도 한 치씩 빨라지고 있어, 사실 지금 시점에는 외르타도 약간 숨이 가쁠 지경이었다.

"젠장, 넌 형님 뭘 그렇게 믿냐? 어? 하룻밤쯤 떨어지게 되면 다행이다 생각하고 넘겨야지! 뭘 그렇게 득달같이 못 쫓아가 안달이야?"

"뭐…… 넌 왜 성질이야! 나 갈 거야!"

"너! 너는 형님이랑 붙어 있지 좀 마! 넌 생각도 없으면서 왜? 멍청한 게 무슨 피를 보려고…… 세상에 눈치가 발등에 달렸나!"

"그만 좀 화내!"

"내가 화 안 나게 생겼냐! 넌 당장 잉그레로 들어가야 해! 넋 놓고 솔미라이예에 있다간 완전히……! 다 망할 거다! 다!"

누군가 본다면 화내는 둘의 모습이 아주 똑같다고 말해 줄 것이다.

그리고 그곳에는 그럴 수 있는 사람이 있었다.

"무슨 언성이 그렇게 똑 닮아선⋯⋯."

여자는 문을 걷어차다시피 젖히고는, 그것이 지나치게 세게 열리자 조금 계면쩍은 듯 머리를 긁적거렸다. 하품을 했다. 앙히에는 자리에 우뚝 섰다.

"상고, 내가 함부로 누구 끌고 오지 말라고 했어요, 안 했어요?"

외르타는 누군가 숨을 틀어막은 듯 머리가 찌릿해지는 것을 느꼈다. 앙히에는 기어이 한 발자국을 더 걸어 나왔다. 이제 모든 땅불이 꺼졌다. 남은 빛은 여인의 문 안쪽에서 흘러나오는 미약한 숨뿐이다.

그 사람은 눈살을 확 찌푸렸다. 그녀는 늪에서 나오듯 느릿느릿 단어를 뗐다.

"저기⋯⋯."

"인사해. 아는 사람이잖아."

"잠깐⋯⋯."

외르타는 세 발자국을 성큼 걸어갔다. 비탈길에 떨어진 실타래처럼 그 이름이, 굴러 나왔다.

"이다?"

"⋯⋯."

상대는 도무지 상황 정리가 되지 않는 것처럼 여전히 인상을 찌푸린 상태였다. 스며들었다. 외르타는 전부 끝냈다. 그녀는 앙히에가 곁에 있다는 것까지 잊고선 큰 탄성을 질렀다.

외르타는 순식간에 열일곱이 되었다.

욜란다는 달려오는 아이를 얼결에 받아 안았다.

그녀는 멍하니, 거의 들었다 놓을 기세로 외르타를 맞이하고는, 다시 꽉 껴안았다. 손가락이 모래를 헤치듯 외르타의 머리칼 사이로 스며들었다. 몇 번이고 계속 계속 쓸어내렸다. 상대의 존재를 확인하는 모양이다. 욜란다는 힘주어 아이를 안고선, 방금 자신이 무슨 일을 했는지 깨닫고는 깜짝 놀란 눈빛을 했다.

"저……."

"이다! 오랜만이야! 앙히에 이놈이 왜 자꾸 본산에 가자고 고집인가 했지."

"아니……."

"기특하게도 너 때문이었나 싶구나. 반갑다. 잘 있었어?"

"저…… 잠시만……."

외르타는 영문을 모른 채로 그녀의 어깨에서 턱을 뗐다. 그녀는 그제야 양손을 들어 외르타의 뺨을 감싸 쥐었다. 찡그린 얼굴은 도통 펴질 기미가 보이지 않는다. 외르타는 그녀가 계속해서 주저하자 자신이 무엇을 잘못했나 싶어 눈을 깜박였다. 그리고 바로 다음 순간, 대단히 놀랐다. 욜란다의 손이 그녀의 뺨을 지나, 이마를 더듬고, 눈썹, 눈꺼풀, 콧대와 입술 순서로 꾹꾹 눌러 댔기 때문이다.

외르타는 작은 쿠션처럼 마구 휘둘렸다. 솔직히 아팠다. 도통 경우가 없는 힘이 아닌가. 외르타는 그녀의 폭거에 항의하려 숨을 들이켰다. 싸한 밤 맛이 났다. 내뱉으려는 순간.

욜란다가 억눌린 눈물로 말했다.

"……가…… 얼마나……."

외르타는 쏟아 내려던 말을 간신히 삼켰다. 그 말들은 상당히 뾰족했기에, 목구멍에 들어서서도 부드러운 속을 자꾸만 찔러 댔다. 따끔한 것이 입안을 굴러다니는 것만 같았다. 입안에 든 것은 제 숨밖에 없는데. 그렇다면, 공기가 그러한가 보다. 같은 공기를 맞고 있는 눈매가 지끈거렸다.

"제가…… 당신을…… 얼마나……."

"이다."

그 순간 왁 하는 울음이 터졌다. 외르타는 당황했다.

"이다? 이다……."

"장상고 이놈을…… 죽여 버릴 거야……. 언질도…… 안 하고…… 데려와? 아주 악질이야. 죽었어, 진짜……."

"왜 이래? 난 죽이지 마."

외르타는 그의 뻔뻔함을 보며 그저 기가 막혔다. 욜란다가 본격적으로 저를 끌어안는 모습을 보니, 앙히에가 얼마나 전조도 없이 자신을 끌고 온 것인지가 아주 자명했다. 그녀는 자신보다 반 뼘은 더 키가 큰 욜란다를 안기 위해 팔을 뻗었다.

"이다, 이다."

"전하…… 제가…… 윽, 으윽, 제가…… 제가, 잘못을, 으헉, 으으윽, 그때, 아니, 으윽, 윽, 흑……."

"그만……."

"으으흑, 으윽, 어떻게, 내가, 제가, 제가 어떻게, 으윽, 윽, 말씀을, 이, 이 여, 염치로, 으헉, 윽, 그날, 제가, 전하, 그날, 그날 제가, 으으윽, 그날……."

"이다……. 저……."

ॐ

"이제 그만 가셔야겠습니다."

자멘테는 웃지도 않았다. 메마른 장식과 함께 말려 올라간 주홍빛 머리. 그를 바라보는 저 농도 낮은 눈이 없었더라도 그 인상은 주목할 만한 것이었다.

"문서로 남길 예정인가?"

자멘테는 미소와 무표정 사이, 그녀만의 균형 잡힌 입매로 즉각 답했다.

"아니요. 제 아들의 일입니다. 동시에 제 후계의 일이기도 하고요. 한 치라도 기록되었다간 후일 어떤 사달이 날지 모릅니다."

"나를 불신하나."

"공을 불신하는 것이 아니라 저희가 처한 상황을 불신하는 것이지요. 어차피 미라이예 또한 이 거래를 공개한다면 떳떳할 위치는 아닙니다. 새삼스럽게."

발렌시아의 얼굴에는 별다른 감정이 엿보이지 않았다. 그는 잠시 창문 너머를 바라보았다. 절반 이상 가려져 있는 창문 덕에 밤은 가느다란 줄로 남아 있었다. 그는 명령하는 투로 질문했다.

"몇 시지?"

"곧 자정입니다. 열 시간가량을 한 주제로 주파하려니 지치기는 하는군요."

"합의가 이루어져 다행이군."

"예. 그럼 이 이야기는 여기서 끝내지요."

자멘테는 깍지를 꼈다. 그는 자연스레 그 방향으로 시선을 옮겨, 익숙하고도 익숙한 기사의 손을 물끄러미 쳐다보았다. 여성의 손이지만 굳은살이 박인 모양은 자신과 크게 다르지도 않았다. 마치 같은 거푸집으로 찍어 낸 듯 뻣뻣하고 시든 피부였다. 그 눈을 느낀 것처럼, 자멘테가 다시 손을 폈다. 거뭇거뭇하게 물든 손바닥 안이 보였다. 자부심이다. 파인 자국. 스스로에게 있어서만큼은 어쩌면, 왕의 훈장보다도 더 확실한 영광의 증거일 터다.

초조한 고요가 흘렀다. 그는 그녀가 손바닥을 내보이면서까지 침묵을 견디는 이유를 알고 있었다. 자신의 '사족'을 기다리는 것이다.

발렌시아는 이기지 못하고 말했다.

"자멘테 후."

"공작, 폐하의 충고를 받으셨습니까?"

그것은 쏜살같이 튀어나온 날처럼 들렸다. 발렌시아는 잠깐 침묵하다가, 약간의 계산 뒤에 입을 열었다.

"그래, 엿새 전에."

"그렇다면 제가 드릴 말씀은 없습니다."

"서부가 외르타를 두고 어떤 계획도 품지 않으리라 기대하는 것은 분명 과욕이다. 그러나 폐하께서 이토록 직접적으로 용도를 공개하셨을 것이라고는 미처 생각지 못했다."

"공작은 도대체 제 무엇을 보고……."

"오늘 열 시간 동안 당신과 대화를 나눈 이는 유령인가."

"……."

"대답해."

"공작, 폐하께서 서부에 리베 발미레의 용도를 '강의'하셨으리라 생각하시는 겁니까? 지나칩니다."

"브레타냐 백이 알고 당신이 안다. 달리 어떤 식으로 추측해야 할지 모르겠다."

자멘테는 눈살을 찌푸렸다.

"일페릭이 사실을 압니까?"

"저번 무도회 때 확신했다. 행동이 그러했다. 짐작이었으나, 지금의 당신을 보니 속단하지 않은 것이 아쉽군."

"저는 아는 바 없는 일입니다. 더군다나, 폐하께서 제게 직접 리베 발미레에 대해 설명하신 것 같습니까? 말도 안 됩니다. 폐하께서 그런 파격을 저지르실 분입니까? 전부 제 추측에 불과합니다. 제가 폐하께 들은 유일한 질문은 발미레를 잉그레로 귀환시키는 가장 효율적인 방법이 무엇이겠냐, 이뿐입니다."

"그래서."

"저는 답을 드리지 못했습니다. 어찌 드리겠습니까? 저는 사사로움에 대한 무지로 자매를 죽인 사람입니다."

침묵이 똬리를 틀었다. 자멘테는 자리에서 일어서서 꼿꼿이 허리를 폈다. 자매에 대해서는 별 감정이 없다. 그녀는 곧게 말했다.

"공작, 저는 이런 이야기를 나누기 위해 당신을 기다린 것이 아닙니다. 그보다는……."

"당신은 이미 내 일에 간여했다."

"어떤 간여를 말씀하시는 겁니까?"

"외르타에게 솔 자멘테 방문을 종용한 것. 내 객의 일은 곧 내 일이다. 내게 한 마디 말도 없이 접선을 시도한 행동이 무모하다."

자멘테는 잠깐 동안 할 말을 잃었다. 솔 미라이예 앞을 지나가다 부탁한 것이 책잡힐 줄은 몰랐다. 너무 사소한 일이 아닌가.

"폐하를 거들 의도였나."

물론 그런 의도가 없었노라고 하면 새빨간 거짓말이다. 그러나 애초에 큰 기대 없이 던진 초대였고, 때문에 이처럼 사나운 반발을 받을 줄은 꿈에도 몰랐다. 말투. 누가 들으면 자신이 외르타의 덜미라도 잡아 바깥에 내던졌다고 생각할 것이다.

자멘테는 공손한 태도로 사과했다.

"공작, 불쾌하셨다면 사과드립니다."

공작이 자신의 의도에 '불쾌감'을 표시할 수 있다면, 왕명은 확정된 것이 아니라는 뜻이다. 물러나야 했다.

"다시는 이와 관련된 어떤 말도 리베 발미레 앞에 꺼내지 않겠습니다. 잉그레에 맹세하지요."

"그리해야 할 것이다."

자멘테는 다시 한 번 침묵을 지켰다. 머리가 정리되지 않았다. 외르타를 잉그레에 보내고 싶어 하는 사람은 '딤니팔의 국왕'이다. 한데 공작은 어쩌면 저토록 당당한가. 마치 자신이 엊그제 본 왕과, 엿새 전 공작이 보고 온 왕은 같은 사람이 아닌 듯했다. 왕이 어떤 식으로 용건을 드러냈을지가 심히 궁금해지는 대목이다.

그녀는 목을 가다듬었다.

"공작."

"……"

"저는 이런 마찰을 빚기 위해 리베 발미레에게 소식을 전한 것이 아닙니다. 제가 그리 악독해 보였다면 자중하지요."

"……"

"그리고 죄송합니다만 리베 발미레 관련으로는 한 가지 더 드릴 말씀이 있습니다. 처음에 제가 기대했던 용건입니다."

"말해라."

자멘테는 책상까지 걸어가 뒤돌아섰다. 공작은 여전히 무덤덤한 자세로 자리에 앉아 있었다. 어두운 머리칼과 눈 모두가 인공적인 빛에 복받친 모습이었다. 휘황하지는 않았다. 그럴 수도 없는 색이다. 그보다는, 모든 것을 검게 떠안는 빛이었다.

그녀는 한숨을 쉬었다.

"미라이예 공, 아우분에게 조금 더 주의를 주시는 편이 좋을 것 같습니다."

그의 나지막한 시선에는 변함이 없었지만, 기척에 민감한 자멘테는 그가 얼마나 날 섰는지를 곧장 느낄 수 있었다. 팔에 오소소 소름이 돋았다.

"르나치 경이 왕도에서 떠난 것으로 이번의 소동을 마무리 짓고 싶었습니다만, 보름 만에 다시 돌아왔다는 소식을 듣고는 공께 한 번쯤은 말씀드려야겠다고 생각했습니다."

"'이번의 소동.'"

"예."

"그 아이가 외르타를 인지한 것을 '이번의 소동'이라 일컫나?"

"예. 왕도로 오는 길에 아우분과 합류하셨다고 들었습니다. 어찌 된 일인지 그 재회에 리베 발미레가 함께하고 있었고, 어찌 된 일인지 르나치 경이 그녀와 '조우' 했습니다."

"그만."

"십이공회의 손이 적잖게 섞여 있는 사령부입니다. 저 역시 제 아들에게 들어 알게 되었습니다. 소문에 주의하십시오. 아우분이 어떤 방식으로 게외보르트의 왕녀, 라르디슈의 왕비와 친밀해졌는지에 대해서는 관심 없습니다. 저뿐만이 아니라 모두가 그렇습니다. 그러나."

"당연한 경고에 감사한다."

감사의 말은 무채색이었다. 자멘테는 그가 이 경고에 불쾌해 하고 있다는 사실을 깨달았다. 딴에는 반 경고, 반 배려로 언급했건만, 대비를 철저히 하고 있는 이의 감정만 상하게 한 것은 아닌지 의심스러워졌다.

"이만 가겠다."

"아, 그러십시오. 사람은 전부 치워 두었습니다."

발렌시아는 벗어 두었던 겉옷을 주워 들었다. 품이 넉넉하고 모자가 달린, 신상을 숨기겠다는 의도가 역력히 드러나는 겉옷이었다. 그는 옷을 휘둘러 걸쳤다.

"후일 더 전할 사항이 있다면 모네티로 연락하겠다."

"그쪽으로 경과를 알려 드리겠습니다."

"......"

"내일 뵙지요."

그는 집무실 문을 닫았다. 사방은 쥐죽은 듯 고요했다. 발렌시아는 머리 위를 덮은 가리개를 헤집은 뒤, 소리를 죽인 채 계단을 내려갔다.

그녀의 '조카'에 대한 이야기가 무려 열 시간을 끌었다. 자멘테는 '아들'이라 말하지만 그것은 결국 양아들을 돌려 말하는 화법이었다. 발렌시아는 그 후계자가 후작의 이런 세심한 안배에 얼마나 감사할지, 그것으로 후작의 살인죄를 용서할 수 있을지 궁금했다. 이것은 자멘테가 제게 처음 사적 거래를 요청한 시점부터, 몇 번의 서찰과 비밀 면담이 끝난 지금까지 계속 의아한 점이었다. 자신이야 미라이예의 득이니 가릴 것이 없다지만, 자멘테는 도대체 무엇을 그리 신뢰하여 이토록 일방적으로 무모한지.

발렌시아는 두 번째 층을 돌아서며 번듯이 전시된 자멘테의 전통을 바라보았다. 여태껏 솔 자멘테를 지배했던 모든 수장과, 그리고 현재 후계자의 작은 팬던트들이 유리 액자 속에 못 박혀 있었다. 저것은 전부 모형으로, 진짜는 본인이 목걸이로 소유하고 죽으면 그 사람의 재에 파묻힌 채 보관된다고 한다. 마지막 것은 포티미외 때 제법 보았던 팬던트였다. 자멘테 경. 그는 계단을 내려서며 곰곰이 생각했다.

벌써부터 자멘테의 이름을 물려받은 '자멘테 경'은 여덟 살 때 친어머니를 잃었다. 다른 누구도 아닌 자신의 이모에게. 발렌시아 스스로의 기억을 반추해 본다면, 여덟 살, 그 시기의 죽음은 현재에도 또렷하게 남는다. 그런 기억을 가지고도 떳떳한 자멘테의 후계자라. 세간의 평은 주로 그를 비겁자로 매도했다. 어머니의 살인자에게 입적되어 부귀를 바라는 모양으로 보인다는 것이다. 물론 발렌시아는 그녀를 비난할 생각이 없었다. 냉정히 보면 전부 바른 행동이었기 때문이다.

후작은 기사 시절에 남용한 죄렛 탓에 불임이 되었다. 그 사실이 밝혀졌을 때 자멘테 가문에 남은 핏줄은 세 자매뿐, 그중 둘은 이미 다른 귀족과 혼인한 뒤였다. 후작은 아들을 낳은 첫째 동생에게 그를 자신의 양자로 넘기라 강요했다. 동생은, 그 아이는 이미 저와 그란사소 가문의 자식이라며, 여섯 해 동안 세 번에 걸쳐 거부했다. 그리고 마지막 거절 이후 닷새 만에 급사. 아무리 보아도 자랑스러운 죽음은 아니다. 그녀 사후 그란사소는 자멘테에게 아이를 양보했다. 그란사소의 후처로는 분수에 넘칠 정도로 좋은 집안의 딸이 들어갔다.

십이공회 중 누구도 그녀를 비난하지 않았다. 애초에 그런 사소한 실랑이에 신경을 쓸 여력도 없었지만, 가장 중요한 이유는, 그 수장들이 전부 그녀와 공감대를 형성할 수 있는 사람이었기 때문이다. 더 정확히 말하자면, '십이공회는 한 사람도 빠짐없이 전장을 거쳐 온 사람들이었다.' 자멘테 후는 십이공회 몇 세대 만에 실제로 기사가 되어 딤니팔에 봉사한 여인이었다. 전대 자멘테 후에게 처음 그 말이 나왔을 적에는 모두가 기겁하여 말렸다 한다. 여인이 구태여 그럴 필요까지야 있냐고, 잉그레의 표장을 얻어 작위를 물려받으라고. 그러나 대후작이 그리 주장했고, 그의 딸도 그리 주장했다. 모진 성질머리라며 다들 혀를 찼다.

고집대로 시행되었으나 그 빳빳한 성질과 여인이라는 신체적 한계는 별개였다. 그녀는 일 년이나 늦게 전장에 나아가서도 지독히 고생했다. 그 칠 년의 결과로 자멘테는 왼쪽 눈의 시력을 거의 잃었다. 가끔 보이는 어깨에는 무시할 수 없을 정도의 자상이 남았고, 월경도 바싹 말랐다. 팔도 손도 손톱도 여인의 것은 아니다. 남은 것은 발렌시아 자신과 비슷할 정도의 날카로움. 언사에 있어 사람을 짓누르는 힘. 침엽수처럼 곧은 걸음걸이와 시선. 그리고 여성성의 마지막 흔적처럼 남은 부드러움. 경악스러울 정도로 정치가로서 완성된 사람. 그런 이가 동생을 죽였다면 필시 이유가 있는 것이다.

어중간한 귀족들은 그 사건을 추문으로 받아들였다. 조카딸을 얻지 그랬느냐. 왜 그런 문제에 친동생의 피를 묻히느냐고. 그러나 이것은 물정 모르는 자의 헛소리다. 발렌시아는 알았다. 그는 자멘테를 이해한다기보다는, 십이공회의 생리를 이해하고 있었다. 그 가문의 수장으로서 전장을 겪지 않은 자는 업신여김을 당한다. 이것은 남녀 불문 적용되는 암묵적인 조롱이었다. 십이공회의 유일한 공감대가 바로 이 사선死線의 감각뿐이기 때문이다. 그것을 겪지 못한 자는 소외된다.

자멘테는 이 사실을 뼈저리게 깨닫고 있는 사람이었다. 다른 모든 십이공회도 알았다. 자멘테는 여인을 후계자로 삼았어도 똑같은 강요를 반복했을 것이다. 그러나 동시에, 스스로 그 처참한 난장을 기억하기 때문에 그녀를 그런 사지로 보내고 싶지 않았을 것. 이 이중성. 때문에 자멘테로서는 아들이 필요했다. 그녀의 첫째 동생에게 두 살배기 아들이 있었다. 도출되는 결론은 하나였다. 사실, 자멘테에게뿐만 아니라 십이공회로서도 결론은 하나였다.

자멘테 경이 십이공회의 생리를 체득했다면 지금 경의 행동은 비겁한 것이 아니다. 그가 자멘테라는 서부 대가문, 그것의 권력과 부를 물려받기 위해 어머니의 죽음을 무시하는 것이 아니라는 뜻이다. 그의 어머니가 축출된 것은 기실 직계를 위해 어쩔 수 없는 일이었다. 십이공회가 아무리 유연하다 해도 직계 승계와, 기사직 수행에 있어서만큼은 양보할 수 없으므로. 이것은 십이공회가 아니라면 공감할 수 없는 내용이었다.

어쩌면 후작은 모든 십이공회적 감각을 자신의 양아들과 공유했을 수도 있다. 지금 자신과 거래한 내용만 보더라도 추측할 수 있었다. 후작은 바보가 아니다. 자신과 약간의 적대감이라도 가진 이에게 저런 호의, 아니 헌신을 베풀 리가 없다. 무언가 확실한 유대가 있어, 저를 배반하지 않을 것이라는 기치 위에서 제 살을 잘라 주는 것이다. 마치 자신이 외르타에게 어떤 의심도 하지 않은 채 그저 쏟아 붓듯이.

발렌시아는 문지기에게 자멘테의 표지를 보여 주었다. 그는 상대가 자멘테의 솔정인 줄로만 알고 별말 없이 문을 열어 주었다. 발렌시아는 표지를 품에 넣은 채 바깥으로 나왔다. 솔 미라이예는 그리 멀지 않다. 제자리와 솔 자멘테는, 아침에 위장용으로 마차를 보내 두고, 홀로 숨어 걸어올 수 있을 정도의 거리였다.

발렌시아는 약간 속이 답답해지는 것을 느꼈다. 이토록 접선하기 쉬운 곳에서 외르타를 만나려 했던 자멘테에게 화가 치밀었다. 문 앞에 머무는 자멘테를 이상하게 여긴 발폼이 있어 천만다행이다. 외르타를 불러 무슨 말을 했겠는가. 게외보르트와 전쟁을 일으키고자 하는 욕망이 자카리보다 더 큰 사람이. 그녀가 자카리의 목적을 눈치챘다면 아마 그녀의 시도는 자카리보다 더 대담해질 것이다. 지금까지 인내해 왔으니까. 물론 그렇다 해도 왕의 뜻과 어긋나는 일을…….

"합하."

발렌시아는 이미 그 사람을 짐작하고 있었기에 놀라지 않았다. 니소르에는 여전히 걸쇠가 걸려 있었다. 고개를 들어 보니 아니나 다를까 벌써 솔 미라이예의 담이었다.

"마차는 돌아왔나?"

"새를 날리면 반 시간 내로 들어올 것입니다. 한데 합하……."

"지금 날려."

"합하…… 드릴 말씀이 있습니다."

발렌시아는 누프리가 치워 둔 정문에 들어서며, 큰 걱정 없이 물었다.

"무슨?"

"리베 발미레께서 사라지셨습니다."

그는 뒤를 돌아보았다.

"무슨 뜻인가."

"……말 그대로입니다. 합하, 라치올은 제게 오늘밤을 지새우겠다고 약속했습니다. 적어도 자정 이후로는 반 시간마다 보고하겠다고요. 그런데 정각에 그녀가 올라오지 않아 제가 직접 내려가 보니…… 십 분 동안 그녀를 불렀음에도 답이 없었…… 고, 문을 열자 그곳에는 잠든 라치올만 남아 있었습니다……."

"라치올의 관리 소홀인가."

"친케 씨앗을 굉장히 많이 복용한 모양입니다. 아직까지도 의식 불명입니다. 추정상 약효는 오늘 정오까지 가시지 않을 것 같습니다."

친케 씨앗은 자신이 외르타에게 준 진통제였다. 또다시 호의를 배반당했다. 놀랍지도 않았다. 그는 윽박지르듯 급하게 말했다.

"천은."

"예?"

"붉은 천."

"아, 침대 위에 남아 있습니다."

발렌시아는 대답 없이 솔 미라이예의 대로를 걸어 들어갔다. 누프리는 그를 조용히 뒤따르며 머리가 지끈지끈 아파 오는 것을 느꼈다. 온 피부의 긴장이 도드라졌다. 객의 실종을 안 주인의 노여움은 상상 이상이었다. 누프리는 그녀의 기척을 알아차리지 못한 자신과, 그녀에게서 눈을 뗀 모리가 얼마나 큰 벌을 받을지 도무지 짐작할 수 없었다. 지금껏 상대가 저토록 화를 낸 일을 본 적이 없으므로.

"합하, 저택을 깨우겠습니다."

"불허한다."

"……."

"너는 바깥 경비병을 심문해라. 자세히 묻지는 말되, 단지 밤늦게 하녀를 보았느냐 물어라."

"하녀요?"

발렌시아는 그의 말에 대꾸도 하지 않은 채 저택 안으로 들어섰다. 자신이 특별히 언급하지는 않았지만 누프리라면 분명 입단속을 시작할 것이다. 그쪽은 문제가 되지 않는다. 문제라면.

혼란스러웠다. 그는 평생 잡아 본 적이 없는 계단 난간을 꽉 눌렀다. 외르타. 지금 자신이 생각해야 할 것은 그녀가 '왜' 떠났는가였다. 지금에 있어서는 그것만이 자신의 첫 번째 의무였다. 딸의 천이 남은 것을 보아하니 영영 간 것은 아니다. 그러나 그와는 별개로, '왜?' 그녀가 잠깐이나마 솔 미라이예를 뜬 이유를 반드시 알아내어야 했다. 그것이야 말로 자카리의 추상같은 추궁이 될 테니까.

첫째는 당연히 어수대였다. 외르타에게 접근할 수 있는 이는 자신이 직접 고른 노련한 하녀 세 사람과, 모리 라치올, 에스드로 누프리뿐이다. 그중에 간자가 섞였을 리 없었다. 전부 대공작 시절부터 미라이예를 모셔 왔고, 동시에 다른 모든 솔정들에게 감시당하는 처지 아닌가. 심지어 누프리는 그 까다로운 잉그레의 무명 심사까지 통과한 사람이다. 이런 미라이예의 수족 중에 어수대의 끄나풀이 섞여 있으랴? 회의적이다. 만일 있다면 사지가 끊겨 죽어도 내게 사죄할 수 없을 것이다.

더군다나, 외르타. 그 교차된 해바라기 같은 얼굴. 하오의 햇빛을 받은, 언제고 반쯤 아래를 내려다보고 있을 것만 같은 느긋함. 모든 것에서 풀려난 그녀는 그러했다. 자신이 알았다. 이해했다. 그리고 그런 외르타는 제게 직접, 자신은 어수대와 아무 관련이 없다고 실토했다. 그는 그녀의 진심을 믿었다. 기실 믿어야만 했다. 믿지 않으면 도대체.

발렌시아는 난간을 던지듯 떠밀고는 위로 올라갔다. 외르타는 제게 진실을 말했다. 그는 도저히 그 대명제를 부정할 수가 없었다. 그것을 부정한다면 스스로가 그녀에게 가진 신뢰를 부정하는 것이고, 그렇다면 지금껏 자신이 어설프게 숨겨 왔던 불안감이 해골처럼 드러날 테니까. 내가 지금까지 인식했던 외르타가 그녀의 껍질에 불과하다면? 그 껍질이 자신의 죄를 사했다면? 상상만 해도 숨 막히는 이야기다. 뿌리째 다칠 것이다.

그러니 그가 온전하려면 외르타는 그에게 진심이었어야 했다. 진심으로 무관심해도 차라리 그것이 낫겠다. 속이 바짝바짝 탔다. 그는 그녀가 자신에게 호의를 보일 만한 이유들을 샅샅이 뒤지려 했으나, 시도하기도 전에 실패했다. 사실 발렌시아는 이 순간, 자신이 그녀에게 주었던 그 어떤 것도 떠올릴 수가 없었다. 모조리 받은 것뿐이다. 그는 세 번째 층에 올라서 잠시 이를 악물었다. 전부 받았다. 주었다면, 그녀를 무덤 속으로 던진 「전술」 역주본이나 포티미외에서 가져가도록 두었던 중검뿐.

발렌시아는 양쪽으로 훤히 열린 외르타의 방문을 노려보았다. 누프리가 라치올을 부축했는지 그곳에는 이미 어느 누구도 없었다. 그는 보이지 않는 방의 주인에도 잠시 주춤했다가, 간신히 발을 뗐다. 들어가자마자 보이는 책을 잡아들었다. 첫 페이지부터 끝까지, 제 얼굴에 바람이 튈 정도로 거칠게 종이를 훑었다. 날리는 것은 공기뿐이다. 겨울 서리 같은. 그는 책을 바닥으로 털어 내며, 자신이 경계하는 두 번째 가능성을 검토했다.

둘째는, 라그랑주 뤼페닝 브느와 라르디슈 올 발루아. 사실 첫 번째와 두 번째, 이 두 가지 가능성은 무엇 하나 선순위에 둘 수 없는 부분이었다. 어수대는 무슨 악다구니를 쓰더라도 외르타와 접선하러 발버둥 칠 족속들이고, 저가 본 뤼페닝 역시 그 추악한 모습과 다를 것이 없었기 때문이다. 적어도 이 가능성에서 안심되는 점은, 외르타가 뤼페닝을 만나고 싶어 하지 않는다는 것이었다. 그녀는 호기심으로 목숨을 잡아먹을 만큼 어리석지 않다. 피보호자에게 생명을 부탁한 상황이라면 그 발걸음은 훨씬 더 조심스러워질 것이다. 따라서 외르타가 직접 뤼페닝을 만나러 갔을 확률은 낮았다. 자신이 거의 세뇌시키듯 그의 불명확한 악의를 설명해 주었지 않나.

그렇다면, 이 둘 중 누군가가 억지로 그녀를 끌고 갔을 경우. 그는 곧장 고개를 저었다. 이번에는 누프리를 그 이유로 삼을 것이다. 누프리는 그 정도로 허술한 사람이 아니었다. 협조 없는 연행이었다면 아주 약간의 소란이라도 그의 귀에 들어갔을 것, 도저히 지금과 같은 유령의 증발이 될 수 없었다.

발렌시아는 외르타의 침상에 다다랐다. 흔적 없는 고요 속에 아델의 천만 흐드러지게 피어 있었다. 어미 없는 자리에 당혹스러운 얼룩이다. 그는 몸을 숙여 그것을 쥐었다가, 끝내 그 무게를 이기지 못하고 자리에 걸터앉았다. 이 방에 들어오는 순간부터 느끼고 있었지만, 자리에 앉자 더욱 극심하게 느껴지는 외르타의 향에 머리가 지끈거렸다. 초여름. 오밤중 열린 창을 통해 들어오는 달콤한 꽃냄새. 봄이 죽어 가는 향. 색, 면, 배경, 흐름. 사람이 떠난 곳에 향만 남아 잔인했다.

혹시 어수대는…….

그는 생각을 뚝 끊었다.

이 추측들이 다 무슨 소용인가. 자신은 방금 전 자카리에게 외르타의 외도를 알리지 않기 위해 함구령을 내렸다. 그녀를 수색하기 위해 저택을 밝히면 필시 무명과 자카리에게까지 한밤의 실종이 알려질 것이기 때문이다. 안될 일이다. 동시에, 도저히 왕의 신하로서 보이면 안 될 일이기도 했다. 상관없었다. 자카리를 거스른 이상 자신의 목적은 이미 그녀가 떠난 이유를 알아내는 것이 아니었다. 그보다는 최대한 빨리, 명확하게 추리하여 외르타를 다시 이 솔 미라이예에 붙들어 두는 것. 그것만이 시급한 사안이었다. 제 손을 떠났다는 사실에 욕심 섞인 불만을 느끼는 것은 아니었다. 그보다는, 불안감에 관자놀이가 찢어질 것 같았다.

도대체 목숨 아까운 줄을 모르는 건가. 왜 내게 제 숨을 붙잡아 달라며 하는 행동은 전부 그와 반대되나. 그녀가 생각하는 제 맹세가 그토록 사소한가 하는 생각에 손매가 욱신거렸다. 가슴이 선뜩해진다. 한 사람 때문에 이처럼 피가 마르는 자신이 좀처럼 믿겨지지 않다가, 끝내 헤아렸다. 포기를 한 것인지 포기를 당한 것인지 모르겠다.

그는 일어서 물 잔 하나를 잡아들었다. 살짝 입술을 축이고는, 물씬 풍기는 친케 씨앗 맛에 숨을 돌렸다. 라치올이 고분고분히 마셨다는 것이 이상할 만큼 진한 마약 향이 느껴졌다. 확실히 어수대는 아니다. 그들은 자신의 기술에 있어 기괴할 정도의 자부심을 가진 족속이므로, 이런 비전문가적인 물을 만들지는 않았을 것이다. 뤼페닝은 결코 이 솔 미라이예 안에 끄나풀을 두지 못한다. 그렇다면, 결국 외르타였다.

이미 반 이상 추측하고 있던 사실이기에 특별히 더 놀랍지는 않았다. 그러나 소수점 단위의 확률이 영으로 내려갔을 때만큼의 충격은 있었다. 그녀가 '직접' 갔다. 목적지는 둘. 갈림길. 어수대, 혹은 뤼페닝. 방법은 하녀 행세와, 음약飮藥. 그는 돌아가지 않는 머리에 욕설을 내뱉을 뻔했다. 누군가 뻑뻑한 천을 바닥에 깐 듯 잔인할 정도로 느렸다. 부디 평소처럼만 움직여다오. 그리 큰 바람이라고 생각지 않았다.

그것은 그리 큰 바람이 아니었다.

발렌시아는 곧장 자리에서 일어섰다. 성큼성큼 걸어가 바닥에 구겨져 있던 종이를 주워들었다. 펼치기 전에 이미 판단했다. 하녀복을 제게 직접 달라고 했을 만큼 허술한 대비와, 저택을 나간 방향과, 소식 전달 방법. 그는 종이를 펼쳤다.

— 밤 — 정원 — 있 — 음. 오.

발렌시아는 턱에 힘을 주었다.

"앙히에……."

"합하."

그는 뒤를 돌아보았다. 누프리는 그의 갑작스런 쇳소리에 놀란 것처럼 보였다.

"말해."

"하녀를 보았다고 합니다. 방향은……."

"노을 정원."

"예, 서쪽. 맞습니다."

그곳에는 앙히에가 어렸을 적 갈아 끼워 둔 철창이 있었다. 너무 오랜만에 솔 미라이예에 돌아온 터라 방비를 바꾸는 것을 잊고 있었다. 내일이라도 돌로, 안팎으로 빛도 없이 막아 버려야겠다.

발렌시아는 숨이 막힐 정도로 화가 난다는 표현을 이제야 이해했다. 이번에야말로 너는 죽어 마땅하다. 자신이 그토록 그녀를 아끼는 것을 잘 알면서, 자신을 알기에 이를 더 잘 헤아렸을 사람이 제 욕심만 차린 것이다. 무슨 목적으로 그녀를 불렀는지는 제 알 바 아니었다. 그것이 얼마나 타당하든, 얼마나 그녀의 요구에 맞았든 그것은 지금 자신의 노여움과는 하등 상관이 없었다.

다만, 아직 내 보호하에 있는 사람이다.

발렌시아는 성큼성큼 걸어 외르타의 방을 나섰다. 누프리는 어리둥절한 채, 그리고 초조한 모양으로 그를 급히 쫓아 나왔다.

"합하."

그는 계단을 빠르게 내려갔다. 누프리는 애써 그를 따라잡으며 말을 붙이려 노력했다.

"합하, 어디 가십니까? 자정이 넘었습니다."

"……."

"채비하겠습니다."

"아니."

"……."

"너는 여기 있어라."

"어디로……."

"너는 이미 내가 갈 장소를 안다."

누프리는 입술을 꽉 깨물었다.

"합하, 부디……."

"입 다물어."

"대공작님의……."

"아버님을 들먹이지 마라. 네가 감히 댈 이름이 아니다."

"합하!"

"한마디면 더하면 넌 죽어도 항변할 말이 없을 것이다."

그는 사레가 들린 듯 기침을 했다. 발렌시아는 그를 완벽히 무시하곤 일 층에 내려섰다. 그는 그제야 처음으로 돌아서 누프리를 노려보았다.

"……."

"돌아올 때까지 누구도 그녀의 실종을 알지 못하게 해라. 라치올에게도 이야기하지 마."

"……."

"누프리, 대답해라."

"르나치 공은······."

누프리는 말을 뚝 멈추었다. 다음 순간에 닥칠 것이 무엇인지, 순식간에 깨달았기 때문이다.

목에서 피가 흘렀다. 검의 걸쇠가 언제 풀렸는지 채 확인할 사이도 없었다. 그저 가까스로 다듬은 제 감 덕분에 느끼고, 피할 틈도 없이 숨을 찌르는. 엉겅퀴에 온 발이 묶인 기분이었다. 사방천지 어느 곳으로도, 단 한 발자국도 움직일 수가 없는 긴장.

"입."

누프리는 미간이 쑤시도록 눈살을 찌푸렸다.

"대답해라, 누프리."

"······."

"당장."

"······예."

발렌시아는 칼을 치웠다. 만족스러운 침묵조차 없이, 다만 화급한 살인자처럼 획 뒤를 돌았다. 그는 뒤돌아 걸어가며 평소보다 배는 느리게 검을 넣었다. 누프리는 달 사이로 빛나는 니소르에 불안을 느꼈다.

외르타는 아래에 주저앉아 물끄러미 욜란다를 올려다보았다. 그녀는 여전히 어깨를 들썩이고 있었다. 외르타는 눈썹을 찡그렸다가, 끝내 너털웃음을 터뜨렸다. 욜란다가 놀람과, 충격과, 슬픔과 서러움으로 엉엉 우는 동안 그녀는 자신이 이곳에 오게 된 경위, 너는 내 일과 상관없다는 당연한 위로, 만나서 반가운데 계속 울고만 있을 거냐는 타박을 돌아가면서 설교했다. 그래도 울음을 멈춘 것을 보니, 적어도 이제 말을 하기는 하려나 보다.

"이다! 술 어디 있어?"

"으끅, 흑, 으끅, 흐끅."

"벌써 취한 거 아니면 어따 옮겼는지 말해."

저놈은…… 저 모양이다.

"앙히에."

"왜?"

"넌 지금 이다한테 미안하단 마음도 없어?"

"내가 왜? 만나게 해 주려고 데려온 건데. 찾았다! 보관고 바꼈냐?"

"……."

"어라, 바꾼 게 아니고 화주火酒네? 너 이거 어디서 빼돌렸냐?"

"흐끅, 윽."

"마셔도 되지?"

"으윽, 으윽, 흑."

외르타는 화주를 한 아름 들고 오는 앙히에를 도끼눈으로 바라보았다. 그는 그 시선에 아랑곳하지 않은 채 우당탕탕 술을 떨어트리고, 입가심거리를 찾는 듯 다시 안쪽으로 들어갔다. 잠시 뒤 달그락 달그락, 우수수수, 딸깍, 부욱, 쏴아아, 마지막으로 으악 하는 비명과 무언가가 깨지는 소리가 났다. 외르타는 너무 한심해서 한숨조차 쉴 수가 없었다.

다음 순간, 그녀는 욜란다의 울음이 멈추었다는 사실을 깨달았다. 외르타는 기쁨에 차 그녀의 옆자리에 올라앉았다.

"이다, 괜찮아?"

"예……. 제가 죄송해요……. 추태를……."

"그게 어떻게 추태야? 괜찮다. 자, 여기. 닦으렴."

그녀는 외르타가 건넨 손수건으로 두 눈을 꾹꾹 누른 뒤 코를 팽 풀었다. 외르타는 웃으며 손수건을 받아 탁자에 올려 두었다. 찰나 어떤 그림자가 드리워져 고개를 드니, 앙히에가 잡다한 것을 들고 번듯이 서 있는 모양이 보였다. 그는 거칠게 나무판을 아무렇게나 놔두고는 외르타를 손가락질했다.

"거긴 내 자리다."

그녀는 기가 막혔다.

"그래서…… 나더러 비키라는 거야?"

"응."

외르타는 자리를 박차고 일어났다. 욜란다가 눈을 휘둥그레 뜨고 자신을 바라보는 것이 느껴졌다. 그녀는 애써 무시하며 뒤를 돌았다. 인사도 없다. 아무래도 여기에는 이 이상 있을 수가 없었던 것이다. 욜란다야 어차피 날이 밝고 다시 솔 미라이예로 끌어들이면 되는 일이 아닌가. 앙히에 저놈의 경우 없음이라니. 게다가 저 작자가 술을 들 낌새가 분명해진 지금 자신은 아무 짝에도 쓸모가 없었다. 술을 안 마신 지가 일곱 해는 되었는데, 지금 들고 온 것이 뭐라고? 화주라고? 아마 냄새만 맡아도 기절할 것이다.

그녀는 멀지 않은 입구까지 저벅저벅 걸어가 야심차게 문을 열어젖혔다. 문 앞은 온통 컴컴했다. 이 미터가량의 바닥이 보였다. 지금 이 자리에서 이 정도로 밝으니 한 발자국 더 가면 다시 그 정도로 밝겠지.

한 발자국 갔다.

밝기는 똑같았다.

"못 나간다는 내 말은 귓등으로 들었나."

그녀는 이를 악물고 한 발자국을 더 내디디고, 더 내디디다가, 아무것도 없는 허공의 느낌이 나자 기겁하여 뒤로 물러났다.

"이, 이, 이게, 뭐……."

"그냥 문 닫고 들어와."

"싫어!"

"거기 떨어지면 못 찾는다."

외르타는 뒤를 돌아보았다. 앙히에는 이쪽은 바라보지도 않은 채 저 안에서 술을 따고 있었다. 욜란다가 자리에서 벌떡 일어나는 모습이 보였다. 외르타는 뒤로 가지도, 앞으로 오지도 못한 채 갈팡질팡 그 자리에 버티고 섰다.

그리고, 욜란다에게 손목을 잡혔다. 외르타는 힉 숨소리를 내며 고개를 들었다. 욜란다는 아이를 혼내듯이 ─ 정말 오랜만에 보는, 굉장히 익숙한 태도로 ─ 검지를 들었다.

"상고 말이 맞아요. 조심하세요. 세 발자국 앞에는 정말 아무것도 없거든요."

"……."

"그렇게 가고 싶으시면…… 아침에 나가는 수밖에 도리가 없어요. 죄송해요. 장상고의 무례에는 제가 사과드려요."

"네가 사과할 필요는…… 그런데 정말이야? 장난치는 게 아니라? 정말 못 나가?"

욜란다는 그녀가 물가에 선 것처럼 위험해 보이는 모양이었다. 그녀는 억세게 외르타를 안쪽으로 끌어들이고는 문을 쾅 닫았다. 외르타는 비틀거리며 중심을 못 잡다가, 욜란다의 한마디에 번뜩 정신을 차렸다.

"못 나가요."

"정말? 누구도?"

"딱 한 가지 방법이 있어요."

"말해 보렴."

"왕가의 칼."

"……이해가 안 가."

"이 검의 조건은 첫째, 네젠-롬바의 철. 둘째, 왕실의 첫 번째 대장간에서 만들어졌을 것. 셋째, 잉그레의 특정 장소에서 폐하께 직접 하사받았을 것. 이 칼을 가지고 있으면 조각길에 자유롭게 출입할 수 있어요. 같은 마법이니까."

"쟨 없잖아, 그런 거."

"지금 이 오스페다에서도 그것을 가진 분은 딱 한 분밖에 안 계세요. 상고에게 없는 것은 당연한 일이죠."

"누구……."

외르타는 질문하려다, 퍼뜩 답을 깨닫고는 입을 벌렸다. 그 칼을 망각할 수야 없지.

"합하요."

"……."

"가끔 폐하께서 몇몇 관리에게 대충 만든 소검을 쥐여 순찰을 보내시기도 해요. 그렇지만 뭐, 아시다시피 존엄하신 폐하께선 평시 저희를 방임하시거든요. 그러니 평화롭기 짝이 없는 지금은 무관하죠."

"……발렌시아 경만?"

"아, 다 듣고도…… 전하께서 합하를 아신다는 사실이 믿기지가 않네요. 예, 합하만 가지고 계세요. 니소르, 아시죠?"

외르타는 고개를 끄덕였다.

"합하께서 열넷에 하사 받으신 검이랍니다. 그걸 받으시기 전까지는 이곳이 장상고의 참 편한 피난처였는데 말이죠. 그분이 그 칼을 받자마자 여기에 아주 피바람이 몰아치더라고요. 마치 이곳에 마음대로 오가기 위해 태자 전하께 검을 부탁드렸단 것처럼."

"어?"

"맨날 질질 끌려 나갔으니까요……. 안 나가겠다고 기둥 붙들면 사람 다치는 건 순식간이었거든요. 뭐, 여기서 누가 죽은 적은 없지만."

욜란다는 웃는지 비웃는지 모를 얼굴로 다시 한 잔을 따르고 있는 앙 히에를 바라보았다. 그는 무시했다. 외르타는 그 해끄무레한 얼굴을 바 라보다가, 덜컥 겁이 나 욜란다의 팔뚝을 쥐었다. 그녀는 무슨 일인가 하여 외르타를 내려다보았다.

"이다, 지금 경이 오면 어떡해?"

"예? 말씀 안 드리고 오셨어요?"

"허락할 사람이 아니다. 도망쳤어. 여기까지 올 줄 모르고 가벼운 일 이라 생각했다."

"어…… 그건 좀……."

"괜찮아."

외르타는 앙히에를 노려보았다. 그는 그들에게 손짓하며 가볍게 말 했다.

"어차피 네가 살려 줄 것 아냐. 그냥 이리 와."

"너……."

"아! 좀!"

"전하. 죄송해요. 상고가 지금 이유 없이 무례해요. 저까지 민망해 낯 을 들지 못하겠어요."

"이다…… 도대체 저놈한테 무슨 일이 생긴 거야?"

"아무것도요."

"……."

"일단 계속 서 계실 수는 없으니 오세요. 죄송해요."

"이다. 네가 미안해야 할 이유가 없단다."

외르타는 너무 무례한 하나와 너무 공손한 다른 하나를 번갈아 쳐다보았다. 무례한 하나는 빈 잔을 하나 들더니 제 옆자리에 떡 났다. 굴먹굴먹한 병이 반질반질 빛을 냈다. 외르타는 파르르 성질을 세웠다.

"난 술 안 마신다!"

"너 마시라고 놓은 거 아니야. 여기 원래 이다 자리거든?"

"……."

"마시지?"

욜란다는 눈치를 보듯 외르타를 돌아보았다. 그녀는 멋대로 하라는 것처럼 고개를 저은 뒤, 욜란다보다 더 빨리 걸어 안락의자에 주저앉았다. 욜란다는 쭈뼛쭈뼛 다가와 그녀를 스쳐 지나갔다. 지나가면서 공사가 다난해서 비슷한 변명을 들었던 것 같은데. 외르타는 콧방귀를 뀌었다.

"그런데 외르타."

외르타는 반사적으로 고개를 들었다. 그것은 결코 앙히에를 돌아본 것이 아니고, 다만 자리에 앉아 있는 욜란다를 돌아본 것이다. 앙히에를 본 것은 정말 아니었다.

"왜 안 마신다고?"

욜란다가 좀 지나칠 정도로 큰 헛기침 소리를 냈다.

"너 예전에는 제법 잘 마셨잖아?"

'리비에게 붙들려서' 는 사정상 생략되었다. 외르타는 심술을 부려 그녀의 이름을 끄집어낼까 하다가, 어쩐지 그런 자신이 한심해 보여 그만두었다. 그녀는 느릿느릿 답해 주었다.

"이제 안 마셔."

"……."

"술만 들어가면 정신을 못 차려서 남편이 금했지. 벌써 칠 년이나 된 일이다."

"제가…… 그러게…… 입조심하라고……."

욜란다는 가능한 한 소리를 낮춰서 말하는 듯했지만 영 소용이 없었다.

"괜찮아. 나를 성역처럼 대우하지는 마라. 그가 술을 금지하지 않고, 내가 그걸 계속 마셔 왔다면 지금까지 살아 있겠니? 제정신이긴 하게? 좋은 것이 좋은 거라고."

"……."

"젠장."

앙히에는 고개를 비틀어 들었다. 말하다 보니 빈정이 상해 속을 게워 낼 것만 같았다. 마음이 바뀌었다. 외르타는 그런 그를 쏘아보며 가시처럼 표독스레 말했다.

"나도 줘."

"그래."

"상고!"

"왜? 달라잖아."

"도대체 장상고는……."

"마시고 싶대."

욜란다는 입을 꽉 다물었다. 외르타는 다소 높은 안락의자에서 펄쩍 뛰어내려, 콸콸 떨어지는 술 쪽으로 다가갔다. 앙히에는 남은 술을 전부 한 잔에 몰아 넣은 뒤 병을 구석진 곳으로 굴려 버렸다. 누구도 화를 내지 않는 것을 보니 나중에 치울 사람은 욜란다가 아닌 모양이었다. 그녀는 다만 조용조용히, 쉽게 구할 수 없는 화주를 음미하는 모양으로 널찍한 의자에 기대어 있었다.

외르타는 찰랑이는 잔을 두 손으로 받고는 곧장 입에 가져갔다.

"조심해."

"왜? 으…… 크…….”

"첫맛이 써.”

그녀는 퉤퉤 혀를 식혀야 했다. 외르타는 말도 안 되는 어절을 마구 뱉으며 바람에 혀를 쏘이다, 문득 그 범인을 깨닫고는 앙히에를 쏘아보았다.

"이런 걸 나한테 줘?”

"한 번만 더 마셔 봐.”

"누구 좋으라고 내가 또 속아?”

"그냥…… 안 속여. 내가 널 왜 속이겠냐.”

외르타는 미심쩍다는 눈으로 앙히에를 바라보았다. 그는 고개를 숙여 한 모금을 또 벌컥 들이켰다. 제 기억에는 그리 술이 세지 않았던 — 언니와 함께 마시면 어쨌든 아침에는 둘 다 뻗어 있던 — 앙히에였기에, 그가 이토록 센 화주를 무턱대고 붓는다는 사실은 다소 의심스러운 면이 있었다. 실은 별것 아닐지도. 외르타는 속는 셈 치고 다시 한 번 잔에 입을 댔다. 홀짝.

"…….”

"괜찮지?”

"이거 왜 갑자기…… 달아…….”

"별로 안 달아.”

"술치고는 달아.”

"화주. 두 번 증류했어. 장난 아니야, 이거.”

"증류주치고는 너무 달구나.”

"달아도 세.”

"넌 그럼 어떻게 그렇게 막 마시는 건데?”

앙히에는 자신이 가져온 안주 더미에서 한 주먹을 빼냈다. 그녀는 영문을 모른 채로 술을 한 모금 더 마시고, 그의 행동을 지켜보았다.

"로닝엔."

"응?"

"로닝엔은 화주를 잠재워. 같이 먹으면 '안' 취하지. 내가 괜히 안주를 가져왔겠냐?"

"뭘로 만든 건데?"

"동물 뼈를 갈아서 밀가루와 튀긴 거야."

"그게 뭐야……."

"아무 맛 안 나."

그녀는 납작한 모양의 튀김을 하나 집어 들었다. 크기도 작고 얇기도 얇아서 일반 과자와 다를 것이 없었다. 외르타는 그것이 정말 별 특징이 없는 밍밍한 튀김이라는 사실을 깨닫고는 전부 입에 넣었다. 그나마 다른 점은, 조금 기괴할 정도로 담백하다는 것? 입안에서 기름기가 하나도 느껴지지 않을 정도였다. 무색무취, 그저 잇새에서 부서지는 맛이었다.

"설탕 드릴까요?"

"아니, 되었다. 술이 충분히 달아."

"그래서 화주를 마시는 가장 좋은 방법은 반 시간에 한 잔을 마시는 거지."

"왜?"

"화주가 너무 세서 그래요. 이건 첫 번에 혀를 마비시키거든요. 그리고 달았다가, 좀 식으면 다시 썼다가, 다시 달았다가, 반 시간쯤 지나면 다시 또 원 상태로 돌아와요. 그러면 그때 다시 한 잔."

외르타는 이번에는 결심한 채 두 모금을 들이켰다. 약간 싸했다가, 달았다가, 미묘하게 쓰렸다가, 다시 들쩍지근했다가, 급격히 쓰게 변했다. 그녀는 콜록콜록 기침을 했지만 우선은 이 아름다운 맛에 수긍하기로 마음먹었다.

"괜찮구나."

"몇 년 만에 드시는 술로는 좀 적합하지 않을지 모르지만…… 뭐, 로닝엔만 꾸준히 드시면 크게 취하진 않으실 거예요. 로닝엔 잊지 마세요. 안 드시면 기절할지도 몰라요."

외르타는 겁을 먹고 로닝엔을 두 주먹 쥐었다. 여분의 그릇에 우수수 쏟은 뒤, 술잔과 함께 안락의자로 들고 갔다. 그녀는 가까스로 둥지를 틀었다. 로닝엔은 왼쪽, 잔은 오른쪽. 뒤돌아 자리에 앉는 모양이 꼭 그녀 고향의 왕녀위王女位 같았다.

그녀는 그 뒤 한참 동안이나 화주만 홀짝였다. 너무 고요해서 그렇다. 어떤 것도 없는 정적이었다.

"전하……."

"전하라고 부르지 마라."

"예?"

"이제 '리베' 야."

"전하, 아니 되어요. 그게 무슨 말씀이세요? 말이 되어요? 전 항상 전하를 전하, 아주 가끔 왕녀님이라 불렀을 뿐이에요. 그 둘 말고는 용납할 수가 없어요."

"이 땅은 딤니팔이잖아."

"……."

"내 보호자는 딤니팔의 공작이고, 내 앞에 선 놈은 그의 유일무이한 동생이고, 너 역시 딤니팔에 뿌리박은 거대 상단의 부상고지. 나는 그에 따를 예정이란다."

"전하……."

"안 돼. 전하라고 부르지 말렴."

"외르타."

그녀는 앙히에를 바라보았다. 그는 그녀를 보고 있지 않았다. 허공에 뜬 형체 없는 모빌을 노려보는 중이다. 그의 물결 친 눈썹이 꿈틀거리다가 끝내 위로 휙 솟았다.

"불렀으면 말을 해."

"넌 발터를 어떻게 생각하냐?"

"발터하임부르겐 1세?"

"넌 너와 내가 동시에 아는 발터가 둘이나 될 것 같냐? 당연하지."

외르타는 뜬금없는 질문에 당황하는 체라도 해야 할까 일순간 고민했다. 그러나 그녀는 외려 화주를 한입 들이켜는 만큼의 여유를 보여 주었다. 별수 있나.

"그가 왜? 또 널 죽이려 드니? 감당해, 멍청아."

"그거야 항상 있는 일이고…… 그냥 그에 대한 네 인상을 말해 봐."

"무슨……."

그녀는 로닝엔을 하나 집어 먹었다.

"그는 내 나라의 왕이다. 이 이상의 감상이 필요한가?"

"응."

"훌륭한 왕이야. 잘 해내고 있어. 반 슈체친도 꽉 눌려 있으니 나라의 전부가 왕의 뜻이지. 나도 박수를 보내고 싶단다. 더?"

"더 필요해."

"언니를 죽였지."

앙히에는 눈 하나 꿈쩍하지 않았다. 물론 외르타는 저것이 냉정의 발로가 아니라 단지 얼어붙은 것이라는 사실을 알았다. 그녀는 끝내 이 주제까지 저를 끌고 온 앙히에에게 감탄하려다가, 그가 각오하고 이끈 것은 아닌가 하는 의심에 눈살을 찌푸렸다. 그래 봤자 다칠 사람은 넌데.

"앙히에, 나는 내 남매들이 서로 같은 감정을 가지고 있으리라 판단했어. 누구도 눈 깜박하지 않고 상대를 효시할 거라고. 상대를 죽일 수 있는 자신의 능력에 경탄하고, 지금까지 버텨 온 적에게 경의를 표하리라고. 그러나 알고 보니 발터 쪽이 좀 더 깊더구나. 유치하게."

"뭘 보고 그렇게 말하는데?"

"죽이고도 얼마나 치를 떨었을까. 눈앞에서 당신의 모든 증거를 없애고 싶었을 거다. 롤란드가 그 효시고, 반 볼랑디스트를 위시한 당신의 다섯 귀족 가문이 그 둘째고, 당신과 결탁한 딤니팔 서부 영주들이 셋째고, 당신의 처분에 박하게 굴고, 죽이고 나서도 당신을 소산시키자 주장했을 모든 무리들. 아마 넷째겠지. 그런 의미에서 나는 아직까지도 발터가 반 슈체친의 사지를 찢어 놓지 않았단 사실이 놀랍다."

"반 슈체친은 못 죽여. 세력이 너무 크다."

"알아. 정확히 말하마. 나는 발터가, 반 슈체친을 죽일 수 없는 스스로를 참고 있다는 사실이 놀라워. 그런 자기를 어떻게 견디지? 믿을 수가 없네."

"주변에서 리비의 흔적을 없애는 살인이 증거냐? 발터 그놈의 자식이 리비를 아낀다는?"

외르타는 눈을 휘둥그레 떴다. 욜란다는 그녀가 로닝엔을 제대로 먹고 있는지 몰라 약간 걱정스러운 표정이 되었다. 안 먹으면 정말 확 가는데.

"아낀다기엔 약간 어폐가 있지만…… 아무튼 그의 살인은 첫째로, 언니의 외세 내통을 기록에 남기지 않으려는 발터 본인의 계획에 위배된다. 둘째, 기틀이 제대로 잡히지 않은 즉위 초반 동안 딤니팔과 맞서야 한다는 위험도 있지.

발터가 왜 그랬을까. 아슬아슬한 미친 짓이었다. 정교히 계산된 광태였어. 적어도 내가 떠날 때까지 그가 그 정도 관심을 기울인 사람은 언니가 유일해. 발터는 언니의 모든 흔적을 지우려 노력하고 있다. 그것이 그녀와 싸울 당시의 제 동지든, 그녀의 동지든 가리지 않고 소거시키려 드는 거야."

"야……."

"나와 있었을 때보단…… 어느새 떡잎을 내고 뿌리를 뻗어 주체할 수 없는 그늘이 되었지만. 이건 예상외고."

"넌 이상하군."

"내가 이상해?"

"아니. 그냥 이상하다고, 상황이. 내가 너보다 발터를 더 잘 아네."

외르타는 그 의심스러운 말에 눈살을 찌푸렸다. 그가 무슨 헛소리를 하고 있는지 이해하지 못했다. 뭐?

"뭐?"

"난 다른 건 모른다. 하지만 리비에 대한 감정만큼은 네가 더 몰라."

"무슨 소리야? 언니는 그의 계약 동반자였어. 그런 애정이다. 어마어마하지. 게다가 다섯 살 때부터 키워 준 공도 생각해야 했을 거고. 언니가 아니었다면 사자 새끼에서 도태됐을지도 모르잖아. 발터가 그 사실을 인지하지 않았을 리 없고, 당연히 그만한 부채는 가지고 있었을 거야. 그것을 가지고 당신을 친다는 죄책감은 물론 없었겠지만, 그래도 후일 헌사 정도는 바칠 수 있는……."

"진짜 몰라……."

"내가 떠난 뒤 나중에는 어떻게 변했는지 모르지만……."

"진짜…… 야, 넌 진짜…… 안 되겠다."

"도대체."

외르타는 말을 뚝 끊었다. 앙히에가 가라앉고 있었다. 어깨는 가쁘게 들렸다가, 내려앉았다, 다시 숨 막힌 듯 솟아올랐다. 그녀는 꽤 떨어진 곳에 앉아서도 그가 내는 숨소리를 들을 수 있었다. 외르타는 입술을 깨물었다. 욜란다가 위험을 감지한 듯 그를 따라 몸을 숙였다.

"상고."

"넌 발터 그놈을 도대체 어떻게 생각하기에…… 행복하길 하나 자유롭길 하나…… 그저 삶을 부지하니 똥밭에 굴러도 이승이 좋다 할 수 있나……."

"앙히에, 투정 부리지 마."

"입 다물어. 리비가 스트레파르에서 내게 뭐라 했는 줄 알아? 너 진짜 함께 갈 건가? 응. 잘 죽을 수 있어? 응. 후회 안 해? 응. 그럼 너랑 나랑 연을 끊자. 너 나가라. 나가서 발터에게 찢겨 죽든 들짐승에게 뱃가죽부터 갈라지든 너 혼자 발광을 해 숨을 끊든 너 알아서 죽어라. 여기까지다. 인사는 없다. 기억하지 않겠다."

언니답다.

"이 대화는 발터에게도 똑같았어. 똑같았겠지. 나는 확신해."

"발터가 미쳤니? 왜 그런다니?"

"소모렛…… 제기랄! 소모렛! 소모렛! 소모렛……!"

"상고. 로닝엔."

"소모렛에서…… 나는…… 그놈이……."

"언니가 그럴 사람이라는 건 잘 알아. 하지만 발터가 너 같다는 사실은 인정 못하겠다. 그만해."

앙히에는 얼굴을 짚은 채 가쁘게 숨을 내쉬었다. 술 냄새와 함께 쌕쌕거리는 비명이 흘러나오는 것 같았다. 외르타는 도무지 그의 감정에 공감할 수가 없어 바보처럼 눈을 깜박였다. 앙히에가 저런 줄은 이미 오래전에 알았다. 그러나 왜 발터까지 저따위 수렁에 빠뜨린다는 말인가?

발터는 이제 드디어 언니와의 마지막 약속을 깼다. 나를 살리겠다는 그 어처구니없는 자신감. 그가 약속을 한 것은 제 누나에 대한 애정, 부채일 것이다. 그러니 그가 가진 것이 '절대적인' 애정, 부채였다면 그는 그 약속을 깰 수 없었을 것. 하나, 약속은 깨졌다. 그것만으로도 명백하게 드러나는 한계였다. 비사 오필라의 애정이 앙히에의 저 절실함과 같으리라고? 말도 안 된다. 우리의 애정은 한계의 연장이었다. '상대를 얼마만큼 인내할 수 있는가.'

언니와 자신은 그나마 특별한 관계였을지 모르지만, 그들은 끝내 게외보르트였다. 그녀는 감금된 외르타에게 단 한 번도 전언을 보내지 않았다. 마지막으로 앙히에가 들고 온 말도 그의 협박과 애원에 힘입은 것이 틀림없었다. 그로써 외르타는 그녀가 자신을 특별히 생각했다는 사실을 알게 되었지만, 현실이 달라졌으랴? 리볼텔라에 대한 제 추억도 결국 한 시기의 보호자였다는 것. 그뿐. 발터 역시 아무리 그 폭풍이 거세다 한들 기억은 한 시기의 보호자였다는 것. 그뿐일 것이다. 인생 위에서 본다면 그토록 가볍다. 바로 이 자리에 그 감정의 산 증인이 있었다. 외르타는 앙히에가 같잖았다.

"외르타, 소모렛, 그건."

"알아. 언니의 마지막 전투."

"끔찍했어. 정말 끔찍했다. 끔찍했어. 내게도 끔찍했고, 발터 개자식에게도 끔찍했다."

"이기는데 왜 끔찍해……."

"하! 그놈은 아마 너무 끔찍해서 기억하고 싶지 않을걸? 외르타! 그놈이 내게 칼을 들고 뭐라 부탁했는 줄 알아? 어?"

그의 목소리는 동굴 속에서 웅얼거리는 것처럼 들렸다. 이다가 흥분한 앙히에의 등을 토닥이는 것이 슬쩍 보였다.

"아, 그래……. 발터가…… 지금 나를 잡아 죽이려는 것도…… 이해 못할 건 아니지……. 얼마나 밉겠어……. 얼마나 배신감을 느끼겠어……. 미친놈 아냐……? 내가 질 줄을 알았어야지, 이 미친놈…… 내가 누구한테 이겨……. 차라리 우리 폐하께 이기지 누구한테 이겨……."

"상고!"

"아, 아니지. 안 돼. 이건 아니야. 도대체 왜 또 이런 개소리를 지껄이는 거야……."

앙히에는 고개를 홱 들었다. 그의 얼굴은 머리만 조금 헝클어진 것을 빼면 평소와 아주 똑같았다. 그는 술병을 노려보더니, 몇 초 만에, 마치 그곳에 금이라도 빠뜨린 듯 허겁지겁 잔으로 비워 냈다. 외르타는 기가 막혀 그를 바라보았으나 그가 로닝엔을 한 주먹 입안에 털어 넣자 불만을 멈췄다.

앙히에는 머리가 쑤셔 오는 모양인지 이마의 정중앙을 꾹꾹 눌러 댔다. 외르타는 한심하다는 시선으로 그의 혼란을 바라보았다. 앉자마자 두 병을 내리 비울 때부터 알아봤다. 그는 얼굴을 쓸었다가, 이다와 몇 마디를 속삭이다가, 가까스로 그녀에게로 몸을 돌렸다.

"젠장, 용건이 아냐."

"당연하지. 투정이 용건이 될 수는 없지."

"묻고 싶은 게 있었다. 외르타, 대전제를 두는 데 시간이 너무 길어졌어."

"대전제?"

"우리 대전제를 두자. 발터는 리비를 아껴."

"포기했다니까?"

"아껴! 인정해, 그건!"

"네 맘대로 해라."

"그래, 그럼, 너는?"

"무슨 소리니?"

"발터가 널 아낀다고 생각하나?"

외르타는 토할 뻔했다.

"미친 소리를 자꾸 지껄이는 걸 보면 너도 온전한 정신은 아닌 듯하다. 그만 누워 자라."

"아니, 네 객관적인 감상을 얘기해 봐. 발터가 너에 대해 어떻게 생각하는 것 같냐? 정말 죽일 것 같냐? 나 이거 진지하게 묻는 거다. 네 생각엔 어수대가 받은 지령이 뭘 것 같냐? 확실히 죽이라는 명령일까?"

그녀는 분통이 터졌다. 자리에서 벌떡 일어나다가, 가까스로 걸쳐둔 로닝엔 그릇을 뒤엎었다.

"그가 내게 어떤 감정을 가졌든! 아, 물론 아무 감정 없을 테지만! 그가 내게 어떤 감정을 가졌든 그가 날 죽이려 드는 건 당연한 일이야! 무슨 일이 있어도 날 죽일 거다! 그게 규칙이야!"

"규칙 같은 소리 하고 있네."

"야!"

"너 리비랑 많이 닮았지? 그럼 그걸 발터가 아쉬워하지 않을까? 세상에서 지우느니 차라리 비사 오필라로 끌고 가지 않겠어? 너 그렇게는 생각 안 하냐?"

외르타는 그대로 자리를 박차 떠나고 싶었다. 하지만 곧, 자신이 꼼짝없이 이 자리에 갇혔음을 깨닫고는 분노 섞인 신음을 흘렸다.

"앉아."

"입 안 다물어? 너는 어쩌면 그렇게……."

"나는 대답을 바라고 있어. 네 시선으로 봐. 냉정히 봐. 발터가 너를 아무 감정 없이 처리할 수 있겠나? 판단해."

외르타는 눈을 꽉 감았다. 누군가 머리를 그물로 꽉 졸라맨 것 같았다. 점점, 점점 더 조여 들었다가…….

"폐하의 전언입니다."

블랑쉬 젤로. 머리부터 발끝까지 검은 주제에 새파랗게 빛나던 미인. 그녀가 떠올랐다.

"제가 탈출을 도울 수 있습니다."
"미쳤느냐?"
"허락하신다면 전하께선 내주 내로 이곳을 떠날 수 있으실 겁니다. 전하, 저는 어수대에서 나고 자란 이입니다. 신용해 주십시오."
"그걸 발터가 명했다고?"
"예, 폐하의 엄중한 명입니다. 전하께옵서 이곳을 떠나길 원하신다면 그 종복 된 자로 귀인을 수행하라 하셨습니다."
"미친놈."

그때, 젤로는 자신을 한 대 칠 듯 노려보았다. 그 날 선 암사자 같은 눈을 아직까지 기억했고, 발터의 제안에 기막혀 죽을 뻔했던 제 복부를 기억했다. 말이나 되나. 당연히 죽어야 하는 누이를 탈출시켜 비사까지 데려가겠다고? 이는 왕가의 수치. 결코 미라이예의 핏줄 앞에서 말할 수 없었다.

때문에 그녀는 말했다.
"그는 나를 처리할 거야."
"외르타."

"네가 원하는 답을 끌어내려 하지 마라. 이게 진실이야."

앙히에는 눈을 내리깔았다. 외르타는 부디 그의 어리석고 이유 없는 흥분이 가라앉기를 바라며 의자의 팔걸이를 꽉 쥐었다. 그가 손을 들어 로닝엔을 성의 없이 헤집는 모양이 보였다. 어쩐지 그와 함께 제 머리도 헤집고 있는 듯 골치가 아팠다. 저놈은 벌써 술에 잡아먹힌 것인가.

외르타는 그때 즈음 벌떡 일어선 자신이 민망해졌다. 저 멍청함에 같이 말려들면 어떡하나. 그녀는 고개를 숙인 앙히에와 욜란다를 둘러보고는 슬그머니 다시 자리에 앉았다. 마치 처음부터 그럴 의도였다는 듯, 외르타는 앉자마자 화주를 벌컥벌컥 들이켰다. 어째서 이토록 유명한 술이 되었는지 알 것 같다. 외르타는 겁도 없이 속 깊은 술잔을 비워 버렸다.

약간의 침묵 뒤, 앙히에는 사각거리는 소리를 안주 삼아 말을 툭 내던졌다.

"외르타, 그가 너를 처리하면……."

"응. 나 좀 더 줘."

앙히에는 병을 든 채로 일어섰다. 그가 저벅저벅 걸어오는 가운데, 외르타는 자랑하듯 빈 잔을 위아래로 흔들었다. 유리가 등불에 반짝반짝 빛났다. 그녀는 그처럼 정신 산만하게 잔을 흔들다가 — 욜란다는 의심의 눈길로 외르타를 바라보았다. — 앙히에게 손목이 잡혔을 때에야 움직임을 뚝 멈추었다.

"가만히 좀 있어. 따르게."

"하하……."

"좀!"

외르타는 불쾌해 인상을 꽉 찌푸렸다. 앙히에는 아예 그녀의 손에서 잔을 빼앗아 들고는 콸콸 자작했다. 옆자리에 놓았다. 외르타는 잔이 탁자에 놓이는 시간조차 아까운 듯, 그것이 바닥에 닿기 전 잽싸게 잡아갔다. 앙히에는 그녀가 무턱대고 두 모금 마시는 것을 막지 않았다. 다만 그녀 앞에 엉거주춤 서서는, 잠시 주저하다, 주저하다, 가까스로 물었다.

"발터가 죽으라면 죽을 거야?"

"아니."

"살고 싶어?"

"그럼."

"넌 원래 죽어야 하는데도 살고 싶어?"

"응."

앙히에는 잠깐 할 말을 잃었다. 어차피 자신은 오랜 고민 끝에, 저번에 만났던 이는 결코 어수대가 될 수 없다고 확정 지은 상태였다. 더불어 무명도 아니다. 어수대도 무명도 아니라면, 그 출처는 자신이 홀로 고민해야 할 부분이리라. 좌우간 어떤 동굴에서 샌 소문이든 그것들은 외르타에게는 말하느니만 못한 내용이었다. 따라서 그는 내달 내로 그녀가 죽는다던 허무맹랑한 예언을 전하지 않았다. 다만 진지하게, 오늘 밤 내리 준비했던 질문을 물었다.

"그럼, 내가 도망가자면 도망갈래?"

"아니이."

그는 입술을 꽉 깨물었다.

"왜? 여긴 위험하잖아."

"경이 날 도와."

"경? 형님?"

"응. 경은 날 좋아하니까. 믿을 만해."

앙히에는 기가 막혔다. 거의 반사적으로 뒤를 돌아보았다. 욜란다가 바닥에 떨어진 로닝엔을 망연히 바라보고 있었다. 자기처럼 반사적으

357

로 힘이 풀린 것이 틀림없었다. 그는 다시 앞을 돌아보았다. 꽉 막힌 목소리가 단번에 나오지 않았다. 그는 몇 번이고 목을 푼 뒤에야 간신히 반문할 수 있었다.

"형님이 널 좋아하셔?"

"응."

"넌 그런 느낌을 받으면서도 형님 곁에 있냐?"

"내가 경 옆에 안 있으면 어디 있겠어?"

"형님을 남자로 볼 생각이 있다는 거야?"

"어? 무슨 소리야?"

그는 이야기가 파격적으로 빙글 돌기 시작하자 턱에 힘을 꽉 주었다. 외르타는 소파 속으로 더 파고들었다. 화주를 한 모금 마신다. 로닝엔도 없이. 양히에는 그녀가 완전히 가 버리도록 말리는 시늉조차 하지 않았다. 그는 다급하게 반복했다.

"형님을 남자로 볼 생각이 있냐고 물었어."

"내가 왜?"

"방금 전에 그렇게 말했잖아!"

"어?"

양히에는 삼 초 전 자신이 했던 결심을 잊었다. 꽤 빠른 망각이다. 그는 자비도 없이 그녀의 술잔을 빼앗았다. 당연하지만, 즉각적인 짜증이 터져 나왔다.

"뭐하는 짓이야! 안 내놔!"

"제대로 대답하면 줄 거야. 형님을 남자로 볼 생각이 있어? 형님을 사랑할 수 있냐고 묻는 거야."

"도대체 무슨 헛소리야! 내가 왜? 싫어!"

"너야말로 무슨 헛소리야! 형님이 널 좋아한다는 사실을 안다며! 그런데 왜 솔 미라이예에 남아 있느냐 말이야!"

"무슨…… 잘 이해가…… 아! 아아."

외르타는 무언가를 깨달은 것처럼 주먹으로 제 손바닥을 내려쳤다. 앙히에는 제 속이 긴장으로 바짝 조여드는 것을 느꼈다. 제발 무슨 말이라도 해 봐라.

"앙히에, 오해야. 그런 느낌 말고. 음, 그래. 그럼 내가 말을 수정하마. 좋아한다기보다는 마음에 들어 한다? 어쨌든 우리에겐 특별한 유대가 있잖아."

이번에는 앙히에가 혼란에 빠질 차례였다.

"무슨 유대…… 아니, 알겠어. 대답하지 마. 하지만 그 감정은 너 어떻게 구분한 거냐? 넌 형님의 이성적인 관심이랑 일반적인 관심을 구분할 수 있어? 내 눈엔 그 둘이 동치던데. 애초에 아무 곳에도 관심이 없는 사람이라서."

"적어도 내가 이 부분에선 너보다 경을 더 잘 알겠구나. 발렌시아 경은 그럴 사람이 아니다."

앙히에는 이어질 말을 기다렸다.

"……."

"끝이야?"

"어? 더 필요한가? 술이나 내놔."

"대답하면. 형님이 널 여자로서 좋아하지 않는 거라는 이유를 좀 제대로 말해 봐."

"경은 그럴 사람이 아니라니까?"

"딴 거."

"아니 내가 그 사람을 아는데 이것 말고 다른 이유가 또 뭐가 있겠어? 없어! 말장난은 그만해라!"

"말장난은 네가 하고 있……."

그는 팔뚝을 잡혀 뒤로 엎어질 뻔했다. 그는 가까스로 외르타의 잔을 옆 탁자에 얹어 두고는 균형을 잡을 수 있었다. 골이 난 눈으로 홱 돌아보았다. 아니나 다를까 욜란다였다. 그녀는 다시 한 번, 무턱대고 앙히에를 잡아당겼다.

"상고, 이리 와 보세요."

골치가 아팠지만, 그는 욜란다의 말에 따르는 것이 대부분의 경우 제게 이득이 된다는 사실을 잘 아는 사람이었다. 앙히에는 고분고분히 그녀를 따라 큰 탁자 방면으로 철수했다. 욜란다는 외르타와 떨어지자마자 그의 귀를 끌어당겨 속삭였다.

"합하께서 전하…… 리베께 관심이 있으세요?"

"관심이 있다 뿐이겠냐? 난 형님의 그런 태도는 생전 처음 봤다."

"확실해요?"

"적어도 나한테는."

"리베께는…… 로크뢰 1세가 입힌 상처가……."

"남자 손만 닿아도 소스라치지. 나는 제하고. 이젠 희한하게 우리 형님 손도 제하고."

"상고에게 치를 떨지 않는 이유는 전혀 남자로 안 보이기 때문일 거고요……."

앙히에는 어깨를 으쓱였다. 욜란다는 간다는 말도 없이 몸을 돌려선 외르타에게로 뚜벅뚜벅 걸어갔다. 몇 걸음 만에 다다랐다. 무릎을 굽혀, 아니, 몸을 굽혀 그녀의 곁에 앉았다. 욜란다는 외르타의 한쪽 손을 잡아당겼다.

"응?"

"리베, 리베께선 합하를 어떻게 생각하세요?"

"좋은 사람."

"그뿐이세요?"

"왜 다들 나한테 그뿐이냐고 묻는 건지 모르겠구나. 너도 그렇고, 경도 그렇고."

"리베, 합하께서도 리베께 그리 반문하셨어요? 당신이 '좋은 사람'에 불과하냐고요?"

"응."

앙히에의 신음 소리가 들렸다.

"리베, 제가 아둔하여 한 번만 더 여쭤 볼게요. 합하께서 정말, 직접, 그렇게, 말씀하셨어요? 스스로가 리베께 '좋은 사람'에 한정되냐고요?"

"응."

"한 번 있던 일인가요?"

"아니, 여러 번. 이다, 술."

"로닝엔 먼저…… 상고."

그는 진이 빠진 듯 로닝엔과 술을 병째로 들고 왔다. 외르타는 잔을 쥔 쪽의 팔을 뻗었고, 앙히에는 성의 없이 빈 잔을 꽉 채워 주었다. 바닥에 떨어진 그릇을 들어 올려 로닝엔을 덜어 주는 것도 잊지 않았다. 욜란다는 부드럽지만 다급하게 외르타를 재촉했다.

"여러 번 있었다고요? 합하께서 리베께, 자신을 어떻게 생각하시냐 여러 번 여쭈셨다는 건가요?"

"내가 애야? 왜 몇 번이고 질문을 반복해? 그래. 경이 그랬어. 도대체 뭐가 문젠지 모르겠구나."

"리베, 질문 하나만 더 드릴게요. 혹 합하께서 리베를 자주 뵈러 오시는지요?"

"아니. 내가 항상 가는데? 경은 꼭대기 층에 있을 때가 많거든. 거기 없으면 연무장이고, 아니면 이이잉그레고."

"꼭대기 층에 출입을 허가 받으셨나요?"

"응."

앙히에의 신음 소리가 다시 들렸다.

"경이 나 때문에 이것저것 사소한 배려까지 해 주는 건 좀 미안하지만…… 서로 도움이 되어서 어쩔 수 없단다. 나는 그곳이 편안하고, 그는 가끔 내게서 게외보르트 건에 대한 도움을 받지."

"……."

"꼭대기 층의 소파 있지? 거기는 낮잠 자기가 딱 좋다. 앙히에는 알려나?"

"아니, 나도 몰라. 어릴 적에도 아버님 계신 꼭대기 층은 엄금이었거든."

"이상하구나. 경은 그렇게 엄하지 않던데?"

"꼭대기 층은 공작과 공비가 아니면 못 들어가. 이게 대전제다."

"청소하는 몇도 잘만 들어가던데."

"다 합쳐 봐야 그 넓은 층에 오를 수 있는 건 채 열 명이 안 된다. 전부 문맹이고, 전부 몇 백 년 동안 미라이예에 충성한 집이지."

외르타는 그렇겠거니 하고 구렁이 담 넘어가듯 이야기를 무시하려는 모양이었다. 그러나 앙히에는 꿋꿋하게 제 말 속에 담겨 있던 저의를 정리해 주었다.

"네가 특별한 경우라는 거야."

"그래."

"네가 형님한테 특별하단 말이야."

"누가 몰라?"

"형님은 너를 좋아하셔."

"알아."

앙히에는 포기했다. 차라리 벽에 대고 이야기하는 편이 낫겠다. 복장 터지게 하는 답은 주지 않을 테니까. 그는 대책을 고민하며 터덜터덜 자리로 돌아갔다. 이번에는 외르타도 그를 따라 벌떡 일어섰다. 욜란다는 입을 꽉 다문 채 그녀를 따라 고개를 젖혔다. 외르타는 벌써 반 가까이 빈 잔을 들고선 앙히에가 앉아 있는 자리로 종종 쫓아갔다. 욜란다는 기겁하여 일어섰다.

"리베! 그만 드세요!"

물론 외르타는 그만 마시지 않았다. 그녀는 욜란다의 말을 어기는 것에 재미가 들린 듯했다. 그런 그녀의 공범자인 앙히에는 본디 화주 마시는 요령을 알았고, 로닝엔을 계속해서 씹어 댔고, 중간에 한참 동안 쉬었으므로 그렇게까지 취한 상태는 아니었다. 욜란다는 말할 필요도 없다. 그녀는 첫 번 몇 순배를 제한다면 아예 잔을 내려놓아 가장 멀쩡한 상태였다. 그러나, 외르타.

욜란다는 걱정이 되어 긴 의자 위에 누워 있는 그녀를 바라보았다. 외르타는 앙히에의 허벅지를 베개 삼아 잠들어 있었는데, 욜란다가 보기에는 완전히 취한 상태였다. 사실 그 허벅지의 주인도 아예 멀쩡한 것은 아니었지만. 앙히에는 눈을 게슴츠레 뜨고 열심히, 열심히 한 지점을 노려보고 있었다. 꼭 무형의 상대와 눈싸움이라도 하는 것 같다. 욜란다는 그에게 가서 찬물이나 부어 주고 올까 잠깐 진지하게 생각했다.

"이다."

"어, 멀쩡하시네요."

"별로 안 멀쩡해. 지금 몇 시지?"

"자정이 조금 넘었어요."

"형님이 오실 때가 됐는데."

"……."

욜란다는 기가 막혀 그를 쏘아보았다.

"판단이 헷갈리셨을 수는 있지. 그러나 초반뿐이다. 노을 정원 쪽으로 누가 빠져나갔다면, 범인은 꼼짝없이 나다. 형님도 반드시 아실 테고…… 사실 반 의도하고 빼낸 거야. 목표는 형님이 외르타에게 얼마나 진심이신가…… 알아보기 위함이었는데, 이미 아까 전 외르타의 물정 모르는 고백으로 다 말짱 황 났다. 그 소릴 듣고도 어벙하게 뭐가 문제냐고 지껄이는 꼴을 보면 진짜 어이가 없어."

"장상고, 저는 아직도 좀처럼 믿기지가 않아요."

"나는 믿지 못하는 내 일부를 두들겨 패서 처넣었어. 지금 중요한 건 그게 아니거든."

"그럼?"

"외르타가 문제다. 저거 지금 말하는 걸 보면 전혀 몰라. 진짜 하나도 몰라. 상상조차 못하고 있을 거야. 그리고 내가 확신하는데, 외르타가 형님의 감정을 알면 이 평온은 끝장이다."

그녀는 긴 한숨을 쉬었다. 그의 말을 이해하다 못해, 동그랗게 누운 외르타에게 절로 손이 뻗어 나갔다. 부드러운 머리칼을 쓰다듬었다. 얼마나…….

"형님을 이성으로 보지 않기 때문에 이렇게 안심하는 거지, 진짜…… 그래서 일단 들키기 전에 솔 미라이예에서 나와 줬으면 하는데……."

"상고, 여쭤 보고 싶은 게 있어요."

"뭐?"

"상고는 합하 생각은 안 하세요? 이런 일은 처음이잖아요."

"형님은 외르타가 아니어도 돼."

"상고……."

"외르타는 형님이면 안 돼."

욜란다는 꿀 먹은 벙어리가 되었다. 맞는 말이다. 외르타가 다시 누군가를 받아들일 수 있다면 그것은 아마 천지가 개벽한 뒤일 것이다. 욜란다는 자신이 마지막으로 보았던 청량한 외르타를 기억했고, 메마른 가면이 언제 덧씌워질지 모르는 현재의 외르타를 깨달았다. 그것이 그것으로 변할 만큼의 모진 시간이었을 것이다. 심지어 저 소녀는, 한 아이의 어미였다, 끝내 그를 묻기까지 한 사람이다. 감금, 폭행, 죽음.

새 시작이라는 것은 도무지 말이 안 된다.

욜란다는 울컥 솟는 눈물에 눈가를 짚었다. 어쩌면 저토록 생이 잔인한지 모르겠다. 평범한 삶을 바란 꿈이 무어가 과욕이라고 조각조각 부서져 애정마저 꿈꿀 수 없나. 왜 사람을 두려워해야 살아갈 수 있게 된 건가. 이제 스물다섯인데. 나보다 한참은 어린, 머리에 피도 마르지 않은 아이가, 무슨 죄를 지었다고 이같이 눈물겨운 석상으로 내 앞에 서나.

"오셨네."

"……예?"

"문 열어."

갑작스러운 목소리에 욜란다는 확 굳었다. 앙히에는 제 넓적다리를 베고 누운 외르타를 내려다보았다. 다소 우울하게. 그 입에서 나온 목소리도 썩 유쾌하지는 않았다.

"이다, 뭐해? 문 열라시잖아."

상대는 그녀가 일어설 겨를을 주지 않았다.

폭력적인 소리라고는 한 치도 없다. 다만 약간의, 그러나 큰, 흔들림. 욜란다는 주먹을 꽉 쥐었다. 아직 제대로 일어나지 못해 퍽 어설픈 자세였다. 반사적으로 온몸에 엄청난 힘이 들어갔다. 순전히 긴장 탓이다. 문이 벌컥 바람을 토해 냈다. 그녀는 자신이 아까 문에 빗장을 걸지 않았던가 멍하니 생각했다.

발렌시아는 칼을 들고 있지 않았다. 앙히에는 그 사실이 퍽 의외라고 생각했지만, 다음 순간, 상대가 구태여 칼을 뺄 이유가 없다는 사실을 알아차렸다. 시선 자체에 새파랗게 날이 서 있으니 칼을 든들 같은 물감을 덧칠하는 정도밖에 안 될 것이다.

그는 자리를 둘러볼 생각이 없는 듯했다. 애초에 문가에서조차 정직하게 드러나는 외르타의 굳은 취침은 감출 수 있는 종류가 아니었다. 앙히에는 자신의 누운 칼자루에 손을 대려다가, 혀를 차며 포기했다. 첫째는 의미가 없기 때문이며, 둘째는 외르타가 칼에 팔을 밀착시킨 채 자고 있었기 때문이다. 무슨 잠을 자도 이렇게 불편하게, 벽과 자신 사이에 칼자루를 끼운 채 정자세로 자는 것인지. 그녀가 제 옆으로 왔을 때 칼을 눕혀 둔 것이 실수라면 실수겠다.

"앙히에."

앙히에는 깜짝 놀랐다. 닥친다면 칼일 것이라 생각했던 터다. 이토록 범상한 호명은 바란 일이 없었다.

"대답해라."

"아, 응."

"칼 들어."

어쩐지.

"아직 실력이 모자라서 안 되겠는데요."

발렌시아는 이제 그리 화난 것처럼 보이지 않았다. 이곳까지 오는 동안 모든 밤을 품고 온 양 그저 묵묵한 검정이었다. 방금 전 새파랬던 눈매조차 이제는 아래로, 아래로 가라앉은 느낌이었다. 성을 죽이기가 저토록 쉬울 줄은…… 앙히에는 순간적으로 그의 손 움직임을 눈치챘다. 아, 다음 순간. 추측은 어렵지 않았다.

니소르는 본시가 흰 곳 하나 없는 곧은 칼이다. 있을 수 없는 물감으로 희게 칠갑을 한 듯 티끌조차 없었다. 백사白蛇. 앙히에는 그 칼의 그리 유쾌하지 않은 별명을 떠올리며 어정쩡하게 수긍했다. 저 불가능한 것이 궤적 없이 살을 훔쳐 내는 모습을 보고 흰 뱀 이외에 어떤 비유를 들 수 있겠는가.

"칼 들어."

"너무 수준 떨어져서 의미가 없을……."

앙히에는 말을 뚝 멈추었다. 발렌시아가 한 걸음을 떼자, 즉각 온 긴장이 앞으로 쏠렸기 때문이다. 자신의 능청은 잘 조율된 능청이다. 그는 상대가 자신을 죽이고도 평범한 내일을 맞을 수 있음을 아주 잘 아는 사람이었다. 특히나, 외르타와 관련된 문제라면—. 아, 그랬지. 앙히에는 그제야 간신히 자신의 용건을 생각해 냈다. 목숨을 건 대가 정도는 요구할 수 있지 않을까.

"형님."

"칼 들어. 너는 선을 넘었다."

"형님, 외르타에게 마음이 있습니까?"

자신이란 화상은 정말 간을 배 바깥에 두고 다니는 모양이다. 앙히에는 더 이상 참지 못하고 칼자루를 꽉 쥐었다. 검이 닥쳤을 때를 대비해야 했다.

"네 알 바 아니다."

"부정해 봐."

"네 알 바 아니라 했다."

"한 번만 아니라고 해 줘. 형님 입으로 들으면 나도 의심 접을게."

발렌시아는 일고의 가치도 없다는 듯 저벅저벅 걸어왔다. 앙히에는 맥이 빠졌다. 책의 마지막 장을 들춘 기분이었다. 끝이다. 저것이야말로 상대의 답이었다. 절벽에서 추락하는 양 속이 답답하고 눈앞이 아찔했다. 정말? 이게 현실이기는 해? 형님께서?

스스로 리베 몬테를 끔찍하게 싫어했다지만, 앙히에는 종종 그녀를 데밀라라고 불러 주곤 했다. 그것이야말로 미래 시동생이 될 사람의 적절한 친밀감 표시라고 생각했기 때문이다. 그러나 정작 발렌시아는. 아마 그는 그녀가 죽을 때까지 이름을 불러 주지 않았을 것이다. 그런 사람이다. 영영 그러할 것이다. 그는 상대가 타인이라는 이유로 언제고 무관심했다. 상대의 감정을 이해할 필요조차 못 느끼는 무감함. 리베 몬테가 데밀라라는 호명을 요구했던 것은 심정적인 거리 문제였다. 형님은 그것을 몰랐고, 이해할 생각도 없었다. 알아주었다면 차라리 얼마쯤 떨어져 있던 자신이 더 잘 알아준 셈이지.

앙히에는 홀로 생각하다 무심코 혀를 깨물 뻔했다. 혀를 막은 대신 잇몸을 깨물었더니 피 맛이 났다. 이토록 무감각한 사람이 지금 누구를 이름으로 부르며, 누구 이름에 더할 나위 없는 주의를 기울이며, 누구의 감정에 대해 질문하며, 누구를 다루는 데 있어 곧 깨질 것처럼 보호하며, 마음이 있냐는 직설에 응답하지 않나. 말이 되지 않았다. 그는 이 상황과 저 사람의 근본적인 차이에 머리가 깨질 것만 같았다. 둘 중 하나는 분명 거짓일 텐데.

발렌시아는 계속 다가오고 있었다. 이 명랑한 돌바닥 위에서조차 발소리가 거의 없었다. 칼을 든 듯, 들지 않은 듯, 바닥에 끌리는 듯, 끌리지 않는 듯 묘한 자세였지만, 앙히에는 저 모양이 살인자의 전형이라는 사실을 알았다. 칼을 든 햇수가 그 정도는 된다.

다섯 걸음. 저 사람은 탁자를 먼저 가르려나. 넷. 그러면 그렇게 남은 시간에 내가 선수를 쳐야 하나. 이런. 선수를 친다면 내가 형님을 찔러야 한다는 소린가? 셋. 아니, 형님이 그런 허점을 만들 리가 없다. 그것도 내 앞에서. 둘. 역시 나에게 먼저 오시겠지? 하나.

욜란다가 숨을 삼키는 소리가 들렸다. 앙히에는 칼집째로 들어 니소르를 막았다. 저가 부딪힌 것은 또 얼마나 무시무시한 힘인지, 곧장 단풍나무 칼집에 금이 가고 있었다. 아무리 리볼텔라의 검과 짝지인 검집이 아니라고는 하나 이것은 좀 너무한 강도다.

그는 상대가 자신을 진짜 죽이려고 했다는 사실에는 집중하지 않았다. 놀랄 일이 아니었다. 다만 슬슬 살 방법을 궁리해야 하는 까닭에, 앙히에는 제 칼을 온전히 꺼내는 기술에만 집중했다. 두 검이 마주한 곳은 외르타 위다. 그러니 형님은 결코 아래로 내찌를 생각이 없을 것이다. 그러니 아주 잠시, 칼을 빼는 아주 잠깐의 여유만 확보하면 다음 순배에는 날에 날로 맞서 볼 수 있을 터.

그는 덜덜 떨리는 팔에 엄청난 주의를 기울였다. 한 번이다. 반의반 초만 놓쳐도 동맥이 날아갈 것은 낮 뒤에 밤이 오는 것보다 더 명백한 사실이었다. 제기랄. 되겠지. 앙히에는 순간적으로 팔에 힘을 뺐다. 상대가 그대로 밀어붙이려다, 아래에서 곤히 자는 외르타 탓에 멈칫하는 것이 느껴졌다. 앙히에는 그것을 느끼기도 전에 반쯤 부서진 칼집을 벗겨 던졌다. 정신을 차린 니소르와 리볼텔라의 검이 재차 쩌엉 하고 부딪치고, 얼마 날아가지도 못한 칼집은 외르타의 다리 근처에 떨어졌다.

"아!"

앙히에는 외르타가 깨기를 바라지 않았다. 그는 그녀가 일어나서 둘 간의 싸움을 막는 어설프고 불안한 모양은 상상하기조차 싫었다. 집안 사에 물정 모르는 불청객 한 사람이 훈수를 두는 기분일 테니까. 그러니, 자라. 자신이 어떻게든 해결할 수 있으니 제발 계속 자라. 화주를 홀로 세 병이나 비워 놓고 저 정도 충격에 일어나는 것은 어불성설이 아닌가. 제발 깨지 마.

"아…… 으…… 뭐……."

앙히에는 자리에서 일어섰다. 그 와중에 팔뚝을 베였지만 아무튼 외르타를 깨우는 것보다는 나았다. 이래서야 원. 장소를 옮겨야지.

다음 순간 외르타가 벌떡 일어섰다.

앙히에는 할 말을 잃고 그녀를 내려다보았다. 그의 형님도 그 자신도 그녀 위에서 검을 마주대고 있었다. 칼로 만든 울타리 아래 몸을 일으킨 외르타가 당혹스러웠다. 위만 안 보면 어떻게든 되지 않을까. 앙히에는 발렌시아에게 눈짓을 전하려 무진 애를 썼지만, 상대는 이미 외르타에게 시선을 고정시킨 뒤였다.

그는 헛웃음이 나오는 것을 느끼며 이를 악물었다. 칼을 되감고, 죽일 기세로 내리쳤다. 자신이 생각해도 지독히 빠르고 전조 없는 검이었다. 놀란 근육이 순간적으로 아려 올 지경이다. 하지만 아니나 다를까, 니소르는 농담처럼 제 칼을 막아섰다. 경계는 아주 명확했다. 날카롭고 높은 소리가 울려 퍼졌다. 앙히에는 절로 욕설이 터지는 것을 느꼈다.

"제기랄!"

"이게…… 무슨……."

외르타는 제 위를 바라보더니 기겁하여 숨을 삼켰다. 칼 그림자 둘이 그녀의 뒤통수 위에 드리워져 있었다. 그녀는 정신이 없는지 고개를 거칠게 흔들어 댔다. 꿈인지 현실인지 분간이 되지 않는 모양이다. 앙히에는 퉁명스레 생각했다. 꿈이든 현실이든 그렇게 마시고는 별 차이도 없을걸.

그녀는 발렌시아에게로 시선을 돌렸다. 할 말을 잊은 것처럼 입을 벌렸다가, 더듬더듬 무릎을 세웠다. 외르타는 마시는 동안 덥다고 하녀복을 두 겹이나 벗어, 지금은 도저히 고상하다고는 말할 수 없는 몰골이었다. 어디의 누구 침대에서 일어났다고 말해도 믿을 지경이니.

"경!"

"……."

"여긴, 멍, 일이야?"

앙히에는 자신이 칼을 들고 있지만 않았다면 이마를 짚었을 것이라 생각했다. 제대로 서지도 못한 채 혀만 왕창 꼬이는 모습이 아주 가관이다. 그렇게 로닝엔을 씹으라고 그리 충고했건만.

"외르타, 잠시만 기다리십시오."

아마 저 '잠시'는 자신을 죽이는 잠시일 것이다.

"아…… 경…… 경 와쓰? ……왔으니…… 이제 갈 수…….'"

"예, 가실 수 있습니다."

발렌시아는 몸을 돌려 다시 한 번 니소르를 꺾으려 했다. 시간이 촉박했다. 죽든 죽지 않든 사지를 제외한 어느 한 부분은 꿰어 두고 가야겠다. 그러나 벽에서 한 발자국 물러나는 순간.

"아!"

외르타는 발렌시아의 옷자락을 잡으려다 대차게 바닥으로 굴러떨어졌다. 그 상황에 얼마나 당혹했으면, 발렌시아의 칼이 처음으로 크게 밀렸다. 앙히에 역시 당황해 그녀를 바라보았으나, 그는 상대의 칼을 일방적으로 받는 처지라 어찌 대처할 수가 없었다. 앙히에는 고개를 돌려 욜란다에게 눈짓했다. 저 짐 덩어리 좀 안고 있어. 욜란다는 주저하다가 결국 걸음을 뗐다. 그녀는 그 둘이 대치하는 구역을 크게 돌아가선, 가까스로 발렌시아에게 말을 건넸다.

"합하, 리베는 제가…… 웃!"

발렌시아는 반사적으로 그녀에게 칼을 냈다가, 스스로 인상을 찌푸리며 니소르를 걷어 냈다. 자신이 왜 그토록 민감히 반응했는지 모르겠다는 표정이었다. 앙히에는 그 순간을 놓치지 않고 발렌시아에게 날을 뻗었다. 그리고 별수 없이 다시 쩡, 사이 나쁜 개처럼 쫓겨났다.

욜란다는 두 사람을 조심스레 바라보며 몸을 숙였다. 외르타는 방금 전 바닥에 부딪힌 머리를 감싸고는 알아들을 수 없는 짜증을 내고 있었다. 그녀는 끊임없이 칼이 오가는 위의 상황에 집중하며 술에 먹힌 금치산자에게 손을 뻗었다.

"리베, 이리 오세요."

"아파……."

"위험해요. 이리 오세요."

"경……."

"리베, 제게……."

"나…… 아…… 여기…… 그……."

"리베."

"발렌시아 경……."

외르타는 욜란다를 거들떠보지도 않고 탁자의 다리를 잡았다. 욜란다는 불안한 얼굴로 그녀의 다음 행동을 지켜보았다. 도대체, 챙과 쩡이 날실과 씨실인 양 난잡하게 교차하는 이 장소해서 무엇 그리 느긋하신지. 외르타는 순간적으로 탁자 다리를 잡고, 탁자를 잡고, 벌떡 일어섰다. 그쪽으로 칼을 찌르던 앙히에가 기겁하여 물러났다.

"이다!"

"죄송해요. 리베께서 제 손을 잡지 않으시고……."

"저, 저, 아, 좀 잡으라고!"

다음 순간, 외르타는 물불 분간도 못하고 니소르를 잡았다.

"야!"

앙히에의 악 섞인 고함과 함께, 발렌시아는 그녀를 밀쳐 냈다. 그는 당황해 자신이 처음으로 그녀를 쳤다는 사실조차 자각하지 못했다. 일 초만 더 늦었어도 외르타는 칼날을 감싼 채 힘을 주었을 것이고, 손가락 넷은 아마 고스란히 베어 나갔을 것이다. 그는 생각할 겨를도 없이 니소르를 내동댕이쳤다. 앙히에는 기가 막혀 허 하는 신음 소리를 내었지만, 상대에게 닿길 바라는 기색은 아니었다.

발렌시아는 바닥에 쓰러져 머리를 감싸고 있는 외르타에게 몸을 숙였다. 웅그린 모습을 보자 덜컥 공포가 엄습했다. 어쩔 수 없는 힘이었다고 변명해도 그녀는 구분하지 못할 것이다. 기분 탓인지 외르타가 덜덜 떨고 있는 것처럼 보이기도 했다. 속이 철렁 내려앉았다. 온몸이 선뜩하니 금방이라도 처형될 수인처럼 두려움에 질렸다. 그는 그녀에게 감히 괜찮으시냐 말을 걸 수도 없었다.

때문에 그것은 앙히에의 몫이었다. 그 역시 칼을 올려놓고 바닥에 주저앉았다. 그는 재빨리 외르타에게 기어가더니, 그녀의 양어깨를 부여잡고 확 일으켜 세웠다.

"야! 괜찮아? 손 봐 봐!"

"소…… 뭐? 손?"

그녀는 머리를 부여잡고 있던 손을 떼어 냈다. 눈앞에 가져갔다. 손가락과 손바닥이 맞붙은 모든 부분에서 피가 줄줄 흘러내리고 있었다. 앙히에는 눈이 뒤집어져 그녀의 손을 제게로 끌어당겼다. 흥분을 가라앉히지 못하고 살피는데, 형님이 그대로 밀친 덕인지 그녀에게는 스친 정도의 상흔밖에 없었다. 다행이다. 앙히에는 머리를 한 대 얻어맞은 듯 얼얼한 채로 방금 전의 광경을 되돌려 보았다.

반쯤은 제 죄였다. 외르타가 니소르를 쥐는 순간, 다른 무엇도 아닌 바로 제 칼이 상대를 짓누르고 있었기 때문이다. 자신의 힘은 그리 만만하지 않다. 물론 형님이라면 반드시 자기를 위로 올려 버렸을 테지만, 그 짧은 순간에 압도가 가능할 정도는 아니었다. 더군다나 형님이 칼을 회수했다면 그 누구도 아닌 자신이 외르타를 베었을 확률이 높다. 그가 옳았다. 외르타를 밀치는 것이 최선이었다.

"뭐…… 피…… 피가 왜……?"

"네 피잖아, 멍청아!"

"어……?"

"네가 베었다고!"

"몰라……. 어지럽다……."

외르타는 앙히에에게서 몸을 돌렸다. 그녀는 슬금슬금 기어서, 여전히 반쯤 앉은 채 굳어 있는 발렌시아에게로 다가갔다.

"경."

"죄송합니다."

꽉 막힌 목소리였다.

"뭐가……? 빨리 가자……. 아까부터 왜…… 자꾸…… 기다리게……."

앙히에는 신음을 흘렸다. 아무래도 그녀는 탁자 다리와, 탁자와, 니소르 중 그 어떤 것도 제대로 구분해 내지 못한 듯했다. 그녀에게는 전부가 다 같은 지지대였고, 마지막 것이 어째 흔들린 바람에 내가 쓰러졌구나 하는 느낌이었던 것이다.

외르타는 발렌시아의 팔을 잡았다. 비칠비칠 일어서려다, 다시 꽈당 쓰러졌다. 발렌시아는 제 앞에서 그녀가 쓰러지자 당황하여 그녀를 붙잡았다. 외르타는 고개를 숙이고 이 바닥이 얼마나 미끄러운지에 대해서 횡설수설 불평했다. 발렌시아는 그녀를 붙잡은 채 가까스로 자리에서 일어섰다. 외르타는 그제야 제대로 된 지지대에 기대어 같이 설 수 있게 되었다.

앙히에는 그 광경을 보며 제 마지막 남은 난폭함까지 버렸다. 그는 쑤셔 오는 이마를 무시한 채 조금 떨어진 거리의 니소르에 다가갔다. 몸을 숙여, 어떤 경의도 없이 그 칼을 쥐었다. 그 상황에서도 발렌시아의 눈매가 사나워지는 모습이 보였다. 앙히에는 기가 막혀 말했다.

"됐고. 외르타나 데려가."

그는 성큼성큼 발렌시아 곁으로 다가갔다. 니소르를 든 칼을 대각선으로 높이 치켜들었다. 정면에서 그 광경을 본 외르타가 배시시 웃었다. 앙히에는 그녀를 찌르는 자세인 지금 제 모습에 그녀 본인이 웃고 있다는 사실을 믿을 수가 없었다. 완전히 갔군. 그는 니소르를 주인의 칼집에 밀어 넣었다. 발렌시아의 양손은 여전히 외르타에게 묶인 상태였다.

앙히에는 투덜거렸다.

"나 죽이고 싶은 날 연락 주시면 찾아가겠습니다. 지금은 그냥 가죠."

그 순간, 외르타는 발렌시아의 목을 끌어안았다. 앙히에는 제 눈을 믿을 수가 없어 경악했지만, 다음에 나온 말에 모든 긴장을 풀었다.

"아으러…… 으…… 머리…… 머리 아…… 프…… 어흥…… 뭐…… 여긴…… 윽! 내 코……."

"저거 완전히……."

더듬거리다 가장 가까이에 걸린 것이 상대의 목덜미라 그대로 붙잡은 모양이었다. 냉정히 보니 실제 모습도 그러했다. '껴안은 것'이 아니라 '붙잡은 것'이며, '붙잡은 것'이라기엔 차라리 '꼬집은 것'이라는 말이 옳겠다.

발렌시아의 표정은 읽을 수 없었다. 그는 몇 초 동안 가만히 선 채 그녀를 인내했다.

"외르타."

"응……."

"걸을 수 있으십니까?"

"몰라……."

"실례하겠습니다."

"응……."

그는 자신에게 대롱대롱 매달린 외르타를 그대로 안아 들었다. 앙히에의 표정이 기묘해졌다. 발렌시아는 외르타가 제 말을 알아듣는 기색이든 아니든, 꿋꿋하게 그녀에게 모든 양해를 설명했다.

"조각길 입구까지만 이리 갈 것입니다. 이후에는 시간을 맞춰 둔 마차가 있으니, 그렇게 모시도록 하겠습니다. 괜찮으십니까?"

"어……."

외르타는 그의 어깨에 고개를 얹었다. 한숨인지 콧김인지 모를 것이 푹하고 새어 나왔다. 곁에 선 자마저 취할 정도로 독한 숨이었다. 그는 인사도 없이 뒤를 돌았다.

외르타는 하품을 하며 안쪽을 바라보았다. 그녀가 그대로 눈을 감으려는 순간, 욜란다가 튕겨 오르듯 일어나서 종종걸음으로 달려왔다. 외르타는 눈을 감는 것을 잠깐 보류했다. 욜란다는 발렌시아가 걸음을 뗄 기색이자 마음이 앞서, 상대가 술에 취했다는 사실도 무시하고는 다급하게 말했다.

"내일 다시 떠나는데 그전에 바쁜 분을 뵙게 되어 정말 다행이에요. 드리고 싶은 말씀은 아직 너무너무 많지만 모두 줄일게요. 어차피 다시 돌아올 테니까요. 그때 또 뵈었으면 해요. 꼭."

"응……."

"기뻐요."

외르타는 정신이 없어 무엇이 기쁘다는 것인지 따져 묻지 않았다. 물론 욜란다 역시 그녀가 되물었다 해도 명확한 답을 내주지는 않았을 것이다. 그래서 그 짧은 단어는 그간의 조심스러운 교감으로 남았다. 이해에서 이해로, 삶에서 삶으로.

발렌시아는 인사도 없이 문을 나섰다.

앙히에는 바닥에 주저앉았다. 욜란다에게 손을 뻗으며, 눈을 질끈 감으며 중얼거린다.

"나 화주 좀."

"상고, 이미 많이 드셨어요. 상고도 한계예요."

"아니. 외르타만큼 취하지 않으면 오늘 못 잘 것 같다."

"상고."

"안 주면 내가 기어가서 마실 거야."

"……."

발렌시아는 외르타를 고쳐 안았다. 그녀가 그 동작으로 인해 제 상황을 자각할까 걱정되었지만, 의외로 외르타는 금세 잠에 빠진 듯 큰 움직임이 없었다. 기껏해야 지금껏 고르던 숨소리가 약간 가빠진 정도다. 그는 자세를 고치다가 이내 불쾌한 사실을 깨달았다.

"외르타."

"……."

아무리 여름이라지만 한밤중이었다. 한 겹만 입고도 가만히 안길 수 있는 것은 순전히 술기운 탓이리라. 발렌시아는 약간 주저하다, 그녀의 어깨를 약하게 흔들었다.

"외르타."

"……."

"잠시만……."

"……뭐……."

"잠시만 서 계십시오."

"……응?"

그는 그녀를 조심스레 바닥에 내려 주었다. 외르타는 크게 휘청거리다가, 발렌시아의 팔을 잡고서야 가까스로 섰다. 눈은 채 뜨지도 못했다. 발렌시아는 지체하지 않고 제 겉옷을 벗었다. 무던한 공기에 확 펼쳐서는 그대로 외르타를 감쌌다. 그녀는 순간 자신을 안은 것이 옷인지 팔인지 분간도 못한 채 그저 비칠대다 그의 품으로 뚝 떨어졌다. 절로 턱에 힘이 들어갔다. 발렌시아는 스스로를 억누르며 겉옷에 그녀의 팔을 끼워 넣었다. 오른쪽은 어찌 성공했다. 그러나 외르타는 누군가 제 팔을 들어 올리는 감각이 싫은 듯, 이내 짜증을 부리기 시작했다.

"지금 뭐…… 하지 마……."

"밤입니다."

"그래서……? 놔, 좀……."

그녀는 왼팔을 홱 뿌리쳤다. 그리고 다음 순간, 제 팔의 무게에 뒤로 고꾸라질 뻔했다. 발렌시아는 그녀의 주정에 화를 낼 기운도 없었다. 그는 왼쪽을 마저 입히는 것을 포기했다. 재차 그녀를 안아 올렸다. 아이를 안는 어른처럼, 넓적다리 아래를 단단히 지탱하고 턱을 제 어깨에 얹는 방식이다. 서로에게 이것이 가장 편했다. 그 생각에 수긍하듯, 외르타가 곧장 안정적인 자세로 그에게 파고들었다.

그는 그녀의 등을 감싸며 약간의 죄책감을 느꼈다. 누군가 지금의 포옹을 묻는다면, 자신은 아마 그녀를 안아 들기 위해선 어쩔 수 없는 접촉이었다고 항변할 것이다. 그러나 그는 그 변명이 이 순간조차 위선임을 알고 있었다. 입맛 쓴 미소를 깨물었다. 그는 다시 한 번 외르타를 쓰다듬었다. 목덜미부터, 움푹 파인 등선. 눈길에 미끄러지듯 부드럽게 쓸어내렸다. 문득 무언가가 치밀었다. 발렌시아는 걸음을 멈추었다.

외르타가 제 어깨에 입을 대고 하품을 한번 하는 것이 느껴졌다. 발끝부터 힘이 들어갔다. 빨아들이던 숨이, 뜨끈하니 다시 새어 나오는. 그녀가 호흡을 댄 부분에 열기가 스며들어 목구멍까지 꿰뚫렸다. 이런. 그는 한숨을 쉬었다. 애초에 그녀를 안지 말았어야 한다는 생각은 제 가장 저열한 부분의 조롱을 받을 것이다. 지금 이토록 뱃속부터 새하얗게 탈색될 지경으로 만족하고 있는데, 이러지 말았어야 한다는 도덕적 후회만큼 우스꽝스러운 것이 또 어디 있겠는가. 어불성설이다.

외르타가 자신을 껴안았을 때 그는 지나치게 놀라고 말았다. 냉정은 물론, 그녀가 술에 취해 제 목에 깍지를 건 것뿐이라는 사실을 모르진 않았다. 그러나 감정은 아니다. 제 품에 와 닿는 외르타의 여윈 곡선에 발렌시아는 순간적으로 이성을 잃을 뻔했다.

“어……”

품에서 뒤척였다. 하나로 모은 그녀의 다리가 바르르 떨리더니, 헤엄치듯 오른발만 슬쩍슬쩍 움직이기 시작했다. 마치 그네를 타는 모양으로 제 허리를 툭, 툭 치는 것이다. 목을 껴안은 힘에는 변함이 없었다. 즉, 어떤 힘도 없었다는 뜻이다. 외르타는 제 어깨 너머로 팔뚝을 넘긴 채 축 늘어져 있었다. 그녀는 곧이어 조금 더 안정된 자세로 턱을 괴었다. 하품은 덤이다. 잠 속에서 어떻게 하품을 할 수 있는지 모르겠다.

“경……”

깼다.

“안 가……?”

그는 반사적으로 걸음을 뗐다. 외르타는 그의 어깨에 콧등을 비볐다. 그녀는 으윽 하는 기묘한 신음 소리를 내며 자신의 목덜미를 꽉 붙잡았다. 떨어질까 두려운 모양이다. 그녀는 옷자락에 목소리를 묻었다.

"미안⋯⋯."

"⋯⋯."

"일부러⋯⋯ 아니고⋯⋯ 잘못⋯⋯ 경, 미안하다⋯⋯."

"그만 말씀하십시오."

외르타가 숨을 내뱉을 때마다 온 감각이 어깨에 집중되는 느낌이었다. 차라리 말을 하지 말았으면 좋겠다. 그러나 그녀는 더 단단히 몸을 붙이더니, 지치지도 않고 대화를 걸었다.

"발렌시아⋯⋯."

"⋯⋯."

"경⋯⋯ 내가⋯⋯ 미안⋯⋯."

"주무십시오."

"화났어?"

"내일 말씀드리겠습니다."

"미안⋯⋯."

"외르타, 주무십시오."

그녀는 과장되게 한숨을 쉬었다. 독한 술 냄새가 훅 끼쳐 왔다. 발렌시아는 진부한 노여움이 치미는 것을 느꼈다. 그녀가 이 정도로 취할 때까지 어떤 조치도 취하지 않은 앙히에의 뻔뻔함이 괘씸했다. 팔뚝을 벨 것이 아니라 아예 그 팔을 잘라 버렸어야 했다. 어차피 상대 역시 일정 정도 취해 있었고, 따라서 자신이 그를 뜯어내는 것에는 채 몇 분이 걸리지 않았을 것이다. 그러나 사정도 모르고 덥석덥석 칼싸움에 끼어드는 외르타를 중간에 두고는 도저히.

"경."

"주무십시오."

"왜 자꾸 재우려 해⋯⋯."

"지금은 주무시는 편이 낫습니다."

"안 잘 거야."

"······."

"꿈을 꾸게 되니까······."

발렌시아는 문득 걸음을 멈췄다. 그는 그녀를 안았던 힘을 풀며, 외르타의 시선과 자신을 맞추었다.

"외르타."

"응?"

"어떤 꿈을 꾸십니까?"

"꼭······ 말해야······."

"예."

외르타는 반쯤 감긴 눈을 깜박였다.

"그럼 뭐······."

"말씀하십시오."

"재촉하지····· 마······."

"말씀하십시오."

"뭘 물었더라······."

"당신의 꿈에 대해 여쭈었습니다."

발렌시아는 지금의 자신이 굉장히 비겁하다는 사실을 알고 있었다. 평소라면 내 일에 무슨 상관이냐며 함구했을 외르타를 술의 힘을 업고 캐내려는 것이다. 이래서야 그녀를 취하게 만들었다고 앙히에를 탓할 수가 없다.

"내 꿈······?"

"예."

"사는····· 간섭 없이······."

잠깐 턱에 힘이 들어갔다. 그는 간신히, 간신히 제 성을 잠재웠다. 새롭지 않은 말에 흥분할 수는 없다. 그녀는 언제고 저리 선언하지 않았나.

"아니요. 그런 의미의 꿈이 아닙니다. 당신이 잠들었을 때 어떤 것을 보는지 여쭙고 있는 것입니다."

"아! 잘 때!"

"예."

"그놈이지 또…… 누구…… 아!"

그는 자신이 자각도 없이 그녀를 꽉 껴안았다는 사실을 깨달았다. 저와 눈을 마주하고 있던 외르타는, 등을 감싼 팔에 힘이 들어가자 고스란히 품으로 고꾸라졌다. 그녀의 고개는 또 어깨에 얹혀 절레절레 날갯짓을 했다. 발렌시아는 그녀의 등을 꽉 눌렀다. 외르타는 처음으로 버둥거렸다.

"왜……."

"다시 한 번 말씀하십시오."

"리오넬. 왜?"

그는 너무 당연하다는 듯 나오는 답에 숨을 삼켰다. 눈앞이 깜깜했다. 그래. 그녀에게 있어선 너무도 자명한 답인 것이다. 지금 이토록 단단히 제 품에 안겨 있어도, 하루의 절반 가까이를 증오에 머무는 사람이다. 발렌시아는 자신이 지금껏 그녀의 꿈을 경계하지 않았다는 사실에 대단히 놀랐다. 이에 대해선 외르타조차 거짓말을 하지 않았건만. 그녀는 유서에 리오넬의 이름을 남길 거라며 그에 대한 자신의 증오를 상기시켰다. 도대체 너는 무슨 자신으로, 그녀가 이제 그에게서 풀려났다 믿었나.

"외르타……."

"어?"

"로크뢰 1세에 대한 꿈을 꾸십니까?"

"응."

"어떤 꿈입니까?"

"하하……."

"외르타."

그녀가 가라앉는 것이 느껴졌다. 결 거친 가죽을 뺨에 댄 것처럼 섬세하게 알아차렸다. 외르타는 대답할 의지가 없는 듯 다시 스르르 잠에 들려 했다. 발렌시아는 그런 그녀를 막을 수가 없었다.

"음……."

그리고 가라앉았다.

발렌시아는 잠깐 동안 제 발밑을 노려보았다. 빛의 길이 새겨진 것처럼 얇고, 진한 백광. 그는 그것을 따라 앞으로 시선을 옮겼다. 끝이 얼마 남지 않았다. 노여움인지 원망인지 모를 것이 목부터 팔꿈치까지 쓸려 내려왔다. 마디마디 화농이 맺혀 움직임이 둔해졌다.

그는 걸음을 뗐다. 외르타는 가벼웠다. 너무 가벼워 속이 썼지만, 그녀가 그나마 포티미외 적보다는 나아진 듯하여 불만을 삼켰다. 농담이 아니라 당시 그녀는 저런 이가 어찌 한 나라의 왕비인가 싶을 정도로, 충격적으로 왜소했다. 얼마 크지도 않은 키에 제 절반은 될까 싶은 무게에, 그리고 그 마른 꼬투리 같던 성정. 그 성정은 얼굴에 전부 드러났다. 너무 몰려 더 이상 뒤로 물러서지도 못하는, 그래서 항시 새하얗게 질려 있던 그런 절박함. 지금은 확실히 후자가 없었다. 제 신경질적인 안배로 살도 올랐다.

삶은 그토록 변했다. 그런데 무슨 이유로 기억만 아교인 양 붙은 것일까. 매 초 과거가 되는 와중 뿌리박은 고목처럼 홀로 굳건한 기억이 아쉬웠다. 절망적으로. 속이 눅신눅신 쓸렸다. 누군가 비가 긴 계절 젖은 천을 상처에 덮은 듯 갑갑해 견딜 수가 없었다. 아니지, 갑갑해도 좋으니 차라리 제 상처였으면 좋겠다.

"델……."

저따위 소리를 듣지 않도록.

발렌시아는 스스로에게 놀랐다. 그에게는 이제 외르타의 딸마저 적이었다. 도의적으로 옳지 않고, 아니, 악의라고 보아도 좋을 감정이지만 지금 이 순간만큼은 어떻게 진심을 부정할 수가 없었다. 그 아이가 남아 있기 때문에 로크뢰를 지울 수 없는 것이다. 로크뢰를 지운다면 그 아이 역시 씻겨 나가야 한다. 오르막이 있으면 내리막이 있는 법, 그는 도저히 그 둘을 떼어 생각할 수가 없었다.

발렌시아는 다시 멈추었다. 몇 걸음마다 반드시 멈추는 모습이 마치 호흡 같았다. 그녀가 무거울 리 없는데 아주 자연스레, 발에 어떤 추를 매단 듯 마디마디 쉬게 되는 것이다. 그는 한숨을 쉬며 걸음을 재촉했다. 그녀를 안고 있어 생각이 쉬이 번잡해지는 모양이다.

출구가 보였다. 바나사바라가 바짝 얼어 길가에 대기하고 있는 모습이 보였다. 발렌시아는 저것의 순종적인 모습을 허다히 봐 와 그리 놀라지 않았다. 바나바사라는 물론 인간이 아니다. 굳이 구분 짓자면 저것은 일종의, 조각길의 허가를 내 주는 허상이었다. 그러나 그런 그조차 니소르에는 제 농담 같은 권위를 내세우지 못했다.

그는 발렌시아가 오는 모습을 보더니 건물 안에 걸려 있던 등불을 들고 나왔다. 그 자체가 하나의 추레한 광원이 되어 덩그마니 길 중간을 차지하고 있었다. 발렌시아는 고개를 까닥였다. 바나사바라는 펄쩍 뛰며 등불과 함께 뛰어왔다.

"죄송합니다, 합하, 소인이 바깥에 나가지 못해 마차를 확인하지는……."

"구태여 네가 그런 일까지 도맡을 필요는 없다."

"하지만 합하께는 눌라레의 검이 있습니다."

바나사바라는 한순간이라도 굽실거리지 않으면 자신을 용서할 수 없다는 듯이 굴고 있었다. 발렌시아는 그에 개의치 않은 채 모퉁이를 돌아나오는 발폼을 바라보았다. 아침부터 마차와 함께 나가 모든 기밀을 담당한 자, 그리고 지금은 제 연락을 받고 마차를 돌이켜 삼곽에 돌아온 밀정이었다. 누프리가 시기적절하게 새를 날린 듯했다. 그는 한시가 급하다는 듯 발렌시아에게로 뛰어왔다. 발렌시아는 긴장했다.

"발폼!"

발폼은 제자리에 우뚝 섰다. 가까스로. 발렌시아는 입술 안쪽을 꽉 깨물며 그에게로 성큼성큼 걸어갔다. 그 어리석음을 탓하지 않을 수 없었다.

"너는 조각길에 처음 오나."

"죄송…… 합니다."

그 역시 철렁 내려앉아 순간적으로 안색이 파랗게 질린 상태였다.

"바나사바라가 안쪽에 있어 경계를 제대로 파악하지 못했습니다."

그리 말하는 그의 손톱 몇 개가 으깨져 있었다. 아무래도 팔을 흔들며 오다 보니 왼손이 먼저 선을 넘은 듯했다. 바나사바라는 어느새 그들의 곁에 와 서, 비실비실 웃으며 발폼을 노려보았다.

"주의하지?"

"들어가라."

인간이 아닌 것에게 감정을 소모하는 것만큼 의미 없는 짓이 또 없다. 발렌시아는 제게 공손히 인사하는 바나사바라를 무시했다. 발폼 역시 그의 조롱에 응대할 생각이 없는 듯, 곧장 품에서 무언가를 꺼내 응급처치를 하고 있었다. 발폼이라면 손이 바스러진 것도 한두 번이 아닐 테니 그리 큰일은 아니었다.

"합하, 마차는 바로 앞에 있습니다. 야경꾼이 눈치채기 전, 빨리 가셔야 합니다."

"도착한 지 얼마나 됐지?"

"채 삼 분이 안 됩니다."

"딱 맞췄군."

발폼은 고개를 끄덕인 뒤, 모퉁이를 돌자마자 드러난 마차를 향해 달려갔다. 발렌시아 역시 걸음을 빨리 했다. 이 고요한 소란의 와중 숨 한 번 깜짝이지 않는 외르타라 다행이었다. 발폼은 마차의 문을 활짝 열었다. 그 동작과, 발렌시아가 턱에 올라서는 것은 거의 동시였다. 그는 될 수 있는 한 허리를 깊게 숙이며 마차 안으로 들어섰다. 등 뒤로 문이 닫혔다. 품에 안겨 있던 외르타가 꿈틀댔다. 방금 전 제 고함에는 미동도 없었으면서, 문이 닫히는 소리 한 번에 깜짝 놀란 모양이다. 그녀는 그의 목을 꼭 껴안더니 웅얼거렸다.

"경……."

발렌시아는 그녀를 놓아야겠다고 생각했다.

"곧 도착합니다."

"응……."

그리고 그녀를 안은 채, 그대로 자리를 틀었다. 더 이상 외르타를 지탱할 이유가 없는 오른손이 올라와 그녀의 등을 짚었다. 어깨뼈 사이를 짚고 있던 왼손은 둥근 뒤통수로. 고개는 절로 내려갔다. 턱이 그녀의 가마에 툭 가 닿더니 끝내 외르타를 고정시켰다. 꼭 눌린 머리가 아픈 듯 그녀가 부르르 떨자, 그는 당황하여 고개를 풀었다. 저도 모르게 힘을 주었나 보다.

외르타는 제 품에 완전히 갇혔다. 마차가 서서히 굴러가기 시작했다. 발렌시아는 스스로에게 화가 났다. 미친 것이 틀림없다. 지금 자신이 그녀에게 해 주어야 하는 일은 다섯 살짜리 애인 양 안고 있는 것이 아니라, 예를 지켜 마차의 긴 의자에 눕히는 것이었다. 분명히 알고 있었다. 한데 제 손은 도무지 움직일 생각이 없는 것이다. '그녀를 눕혀야 한다'와 '지금 이 손을 풀어야 한다'는 명제 간에 어떠한 교각조차 놓이지 않은 기분이었다.

외르타는 자세를 고쳤다. 그녀는 세상의 오만 술 냄새를 풍기며 경계도 없이 계속해서 제 품에 파고들고 있었다. 그의 어깨에 얼굴을 기대었다가, 슬슬 내려가 가슴께에 기대었다가, 지지대 없는 고개가 떨어지자 깜짝 놀라 다시 어깨에 턱을 올렸다. 외르타의 몸은 저와의 사이에 손마디조차 들어가지 않을 정도로, 아니, 아예 떨어진 곳이 드물 정도로 자신에게 단단히 붙어 있었다. 발렌시아는 스스로 먼저 그녀를 끌어당겼다는 사실은 새까맣게 잊고 그저 기가 막혔다. 도대체 왜 저 모양인지 알 수가 없다. 취했을 때 나오는 행동이 가장 정직한 것일 텐데, 그렇다면 그녀는 언제고 저러했다는 것인가.

그 왕에게도? 발렌시아는 화를 내기 직전 허탈한 숨을 내쉬었다. 눈매가 서다 순식간에 푸시시 가라앉았다. 이런 사소함에도 화를 내려는 제 어리석음이 도무지 믿겨지지 않았다.

그는 결국 그녀를 감싼 제 팔을 풀었다. 눈치채지도 못한 사이 어마어마하게 커진 제 욕심이 아예 두려울 지경이었다. 무언가에 '두려움'이라는 수식어를 붙인 일이 생전 처음인 듯싶지만, 아마 뜻은 확실할 터였다. 발렌시아는 반쯤 일어서 외르타를 반대편 자리에 눕히려 했다. 그러나 이번에는 그녀가 그를 붙잡고 떨어지지 않으려 했다. 그것은 애정 섞인 손길이라기보다는 홍수 위 나무에 매달리려는 필사적인 구조 요청처럼 보였다.

"외르타……."

"으……."

"누워 계십시오."

"왜…… 있을래……."

그러나 그의 손은 엄격했다. 외르타는 그의 팔뚝을 잡으려 했지만 세 번 정도 헛손질을 한 뒤에는 하품을 하며 쉽게 포기했다. 발렌시아는 그녀의 머리를 잘 받쳐 쿠션 위에 얹었다. 그녀는 눕히기가 무섭게 반대편으로 몸을 굴렸다. 그는 제자리에 돌아가지도 못한 채 제게서 등을 돌린 외르타를 바라보았다.

이미 알고 있었지만, 아무래도 조금 더 강렬한 현실감이 자신을 덮쳤다. 방금 전까지 자신에게 매달려 있던 외르타는 한밤의 꿈이었던 것 같았다. 아직도 그녀의 숨에 뜨끈한 품이건만 이제 남은 열기는 갈 곳이 없었다. 당연한 일이다. 어차피 저 혼자만의 광기가 아니었나. 그 무리한 맹목에 정상인이 답해 줄 의무는 없는 것이다. 광인은 광증을 참아야 한다.

발렌시아는 뒤로 물러났다. 외르타는 금세 바닥에 등을 붙인 채 흐트러졌던 자세를 모으고 있었다. 마치 혼자만 어떤 특정한 관성의 법칙을 적용 받는 듯, 그녀는 굳건히 불편한 모양을 고수하고 있었다. 보는 것만으로도 어깨가 쑤셔 올 지경이다. 그는 불만스레 생각했다. 자신이 그녀의 곁을 지킬 수만 있다면 결코 저 모양을 용납하지 않았으리라. 그리 주무시는 이유를 묻고, 제가 그것을 돌이킬 것이라 약속하고, 그녀의 온밤을 지켰을 것이다. 그 정도로 싫었다.

바깥에서 두런두런 말소리가 들렸다. 발렌시아는 자신이 이수문에 도달했다는 사실을 깨달았다. 이수문의 경계는 두려울 것이 없었다. 시간상으로는 의심 받을 내용이 없었다. 문제라면 외르타지만, 발렌시아는 왕실에 그녀의 일탈을 숨기지 않으리라 생각했다. 자신이 허가했다고 말하면 되기 때문이다. 밤중에는 잉그레보다 안전한 조각길이므로,

내가 외르타에게 외유를 허락해 주었다. 이 정도면 자카리도 충분히 수궁할 것이다. 이 오스페다의 주인만큼 조각길의 무시무시함을 자각하고 있는 이도 또 없을 테니.

이수문의 경비병들은 사람의 얼굴도 확인하지 않고 마차를 들여보냈다. 발렌시아는 그리될 줄 알았기에 놀라지 않았다. 터벅터벅 걸어가는 말의 움직임이 예민한 그의 발등에 닿았다. 오밤중, 도망자를 잡아 와 맥없이 나아가는 마차라니. 자신은 심지어 그 도망자에게 화를 내지도 못했다. 가관이었다.

노여움은 나중에 드러내야 했다. 적어도 외르타가 숙취에서 깨고, 냉정히 자신의 꾸지람을 들을 수 있을 정도는 되어야 하는 것이다. 그 이전에 분노를 드러낸다면 제 경고는 음계가 맞지 않는 악기보다 더 엉망진창으로 그녀에게 스며들 것이다. 아무 짝에도 소용이 없는 훈계가 되리라. 발렌시아는 이번에야말로 외르타에게 자신의 고단함을 알릴 생각이었다. 저런 무가치한 설명은 만 번을 한들 무용했다.

마차가 멈췄다. 커튼 덮인 창 너머로 발폼이 마부석에서 뛰어내리는 모습을 보았다. 그는 재게 달려와서는, 수를 셀 겨를도 없이 마차의 문을 벌컥 열어젖혔다.

그는 경고했다.

"조용히."

"죄송합니다."

발렌시아는 한숨을 쉬며 앞에 누운 외르타의 어깨에 손을 댔다. 흔들었다. 그녀는 아무 반응을 보여 주지 않았다. 옆에 선 발폼이 난처한 기색으로 발을 동동 구르고 있었다.

"합하……."

누프리까지 달려온 모양이다. 그는 발폼을 밀쳐 낸 뒤 억지로 마차 안까지 고개를 들이밀었다. 그는 곤히 자고 있는 외르타를 발견하기 전에, 인상부터 잔뜩 썼다.

"웬 술 냄새가…… 리베께서 취하신 겁니까?"

"그래."

"저, 르나치 공의 짓이겠지요?"

"……."

"혹시……."

"안 죽였다."

그의 안색이 밝아졌다. 발렌시아는 그 어리석은 낯에 무어라고 험악하게 꾸짖어 주고 싶었으나, 외르타를 옮기는 일이 훨씬 급해 말을 줄였다. 그는 다시 한 번 외르타를 흔들어 깨웠다.

"외르타."

"……."

"도착했습니다. 일어나십시오."

"응……."

그는 그녀가 신음을 흘리자, 더 지체하지 않고 그녀의 양 어깻죽지 아래에 손을 끼워 상체를 들어 올렸다. 외르타는 반항 한번 못하고 높이 들렸다. 눈을 비빈다.

"솔 미라이예……."

"예. 올라가서 주무십시오."

"어……."

그녀는 자리에서 일어나려다, 아래 방석에 미끄러져 고스란히 뒤로 고꾸라졌다. 발렌시아는 그 추락을 기다리는 모양으로 서 있었기에 가뿐히 그녀를 받을 수 있었다. 발렌시아는 누가 강제한 것도 아닌데 제 품에 떨어지는 외르타를 보고 잠깐 쓰게 웃었다.

그는 외르타를 안고선 마차의 문가를 물렸다. 누군가 딸꾹질을 했다. 아무래도 누프리인 듯싶지만, 그는 크게 신경 쓰지 않았다. 발렌시아는 올라왔을 때처럼 가볍게 땅에 내려섰다.

"누프리, 사람은 치워 두었나."

"물론입니다."

그는 더 이상 상황을 묻지 않았다. 그녀의 방이 코앞이었다. 어서 외르타를 침대 위로 모시고, 숨 가빴던 밤을 마무리 짓는 편이 낫겠다. 그는 또다시 버드나무처럼 축축 늘어지는 외르타를 지탱했다. 평소에 지나친 경계를 세워 술 취한 발길질 한 번에 전부 무너진 듯했다. 그는 자꾸만 제 목덜미로 입을 묻는 외르타에게 성이 날 지경이었다. 발렌시아는 그녀가 그럴 수 없도록 자세를 똑바로 고쳐 안았다. 그제야 흔들대던 그녀의 고개가 바깥쪽을 향했다.

누프리는 주저하며 말했다.

"합하…… 힘드시면 꼭대기 층을 도맡는 하녀를 데려오겠습니다."

"괜찮다."

"……."

"문 열어."

누프리가 우물쭈물 서 있는 와중, 발폼이 먼저 달려가 저택의 문을 열어젖혔다. 거대한 문양이 새겨진 바닥 대리석, 더불어 밤을 입고 육중해진 홀이 드러났다. 발렌시아는 익숙한 내음을 맡으며 성큼성큼 중앙을 가로질렀다. 외르타는 연신 몸을 뒤척였다. 그는 마음이 급해져 빠르게 계단을 밟았다. 턱하고 무언가가 걸렸다. 외르타가 놀라 숨을 삼켰다.

"뭐……."

"죄송합니다."

"……."

그는 제 상체 위로 충격을 전달하지 않으려 애쓰며 층을 올랐다. 그러나 외르타는 그 진동 자체가 신경에 거슬려 나머지 자투리 잠을 잘 수 없는 듯했다. 알아들을 수도 없는 불평들. 발렌시아는 이 층을 넘어가며, 차라리 그녀를 빨리 방에 데려가 재우는 편이 낫겠다고 판단했다. 그는 남은 층을 두어 칸씩 올라서 불과 몇 초 만에 삼 층에 다다랐다. 그녀의 방문은 자신이 나갔을 때와 마찬가지로 아주 활짝 열려 있었다. 침대도 깨끗하고, 자신이 던진 아델의 천도 고스란히 그 자리에 있었다. 발렌시아는 정돈된 방 안의 풍경에 만족하며 그녀를 안고 들어갔다.

그는 침대 앞에 이르러서야 그녀를 내려 주었다. 본디 목적은 제게 안긴 모양 그대로 침대에 눕히려는 것이었지만, 외르타가 돌연 파드득 떨어 바닥에 세워 줄 수밖에 없었다. 그는 의아한 채 물었다.

"외르타?"

그녀는 고개를 내려 멍하니 바닥을 바라보고 있었다. 발렌시아는 외르타가 현재 정상적이지 않다는 사실을 충분히 알았으므로, 더 이상 그녀의 괴행을 인내하지 않기로 했다. 최대한 빨리 재워야 했다. 그래야 자신도 편히 올라갈 수 있을 테니까. 그는 이제 습관처럼, 술 취한 외르타의 어깨에 손을 올렸다.

순간, 그녀가 화들짝 놀랐다. 정말 어깨째 들어 올렸을 정도로 경악한 모습이라, 발렌시아 역시 당혹하여 그녀의 손목을 잡았다.

"괜찮으십니까?"

"너…… 왜……."

그는 그녀가 자신에게 '너'라 하는 것을 처음 들었다. 발렌시아는 물론 그럴 수도 있다, 아니, 지위를 생각한다면 당연히 그러해야 한다는 생각에 큰 반응을 보이지 않았다. 그러나 희한하게도, 반응을 보인 사람은 그가 아닌 외르타였다. 그녀가 고개를 들어 올렸다. 외르타는 다소 먹먹한 표정으로 그를 노려보고 있었다.

"너⋯⋯."

발렌시아는 상황이 이상하게 돌아간다는 사실을 눈치챘다. 그는 뒤로 물러나려는 외르타를 꽉 잡았다. 악어가 먹이를 무는 모양과 다를 것이 없었다. 그는 머릿속으로 차분히 셋을 세었다. 그것은 제 추측이 빗나가기를 바라는 어설픈 기원이었다.

그는 물었다.

"제가 누구입니까?"

"리오⋯⋯."

자신도 느끼지 못하는 사이 그녀를 잡은 손에 힘이 풀렸다. 외르타는 지지대 없이 앞으로 고꾸라질 뻔하다가, 몇 초 뒤에야 간신히 그에게 붙들렸다. 그녀는 평소라면 소름 끼친다는 듯 간단히 떨쳐 내었을 힘에도 아무 반응을 보여 주지 않았다. 경기를 일으키지도 않았다. 외려 힘을 꺼리던 외르타보다 그것을 가한 발렌시아가 더 굳었다. 외르타는 기어이 반복하고 말았다.

"리오넬⋯⋯."

찰나, 발렌시아는 스스로도 믿지 못할 정도로 악의 섞인 분이 차오르는 것을 느꼈다. 순간적으로 너무 화가 나 이성이 날아가 버릴 뻔했다. 저 사리물고 하는 말에 무슨 감정이 배였는지는 잘 들리지도 않았다. 어차피 그는 그런 것을 생각할 만한 여유조차 없었다.

"내가⋯⋯."

그는 그녀의 말을 막지 않았다. 부는 말보다 부는 몸만 부여잡고 섰다. 그녀는 어설픈 남부 쥘브렝 발음으로 읊조렸다. 반쯤 자조적인 웃음이 배어든 것 같기도 하다.

"내가⋯⋯ 너였는데⋯⋯."

그의 고개가 약간 기울었다.

"이…… 미친놈…… 그래 놓고…… 내게서…… 없…… 더 이상……
나도 내가……."

외르타가 로크뢰에 대한 욕설을 터뜨린다고 해서 호흡이 기꺼워지는
것은 아니었다. 당연하다. 로크뢰에 대한 그녀의 감정이 칭찬으로 드러
날 턱이 없다는 사실, 그것은 발렌시아도 너무 무참하게, 처절하게 인정
해 온 바였다. 그러니 아직까지도 속이 들끓는 것은, 그녀가 증오로 마
음 맺은 사람과 영영 함께하리라는 사실이었다.

그렇게 죽이고도 아직까지 몸, 정신 할 것 없이 붙잡혀 이토록 악착같
이 매달려 있는 것이다. 반가운 해후, 감사한 얼굴과 얄궂은 행운을 겪
고도 막상 가슴속에 묻힌 생각은 이것뿐이다.

그를 죽인 자신마저 평생 그보다 얕으리라는 사실에 화가 났다.

이 어찌나 졸렬한지.

다음 순간, 외르타는 딸꾹질을 하며 자리에 떨어졌다. 푹신한 침대에
고스란히 묻혀, 마치 바다 같은 무덤에 얹힌 듯했다. 그녀는 신발을 벗
지 않았지만 그는 감히 그녀의 발에 손을 댈 수가 없었다. 여인의 발에
손을 댈 수 있는 것은 그녀의 남편뿐이다. 순간적으로 물을 맞은 느낌이
었다. '남편.' 발렌시아는 상황을 잊고 웃을 뻔했다.

그녀는 베개까지 기어가지도 못했다. 그럴 기운이 없는 모양이다. 발
렌시아는 울컥 치미는 감정을 간신히 짓누르고는, 몸을 숙여 그녀의 어
깻죽지를 안아 올렸다. 그리 높지는 않게. 적당히 제자리로 옮겨 갈 수
있을 만큼, 이불보와 비슷한 위치까지 안아 올리고는, 그녀의 머리를 베
개 위로 올려 주었다. '남편'이 아니라도 이 정도는 할 수 있겠지.

순간적으로 외르타가 슬쩍 웃었다. 그 누구도 눈치채지 못할 옅은 미
소였지만, 발렌시아는 스스로 그것을 알아보았다는 사실을 믿어 의심

치 않았다. 밤. 달을 깎아 낸 가루 같은 미소. 그는 턱에 힘을 주었다. 미소. 누군가 제 뒤에서 칼을 든 듯 온 등이 선뜩하고 써늘해 앞으로 나서지 않고는 견딜 수가 없었다. 미소.

그래서 앞으로 나아갔다. 다소 높은 베개 위에서 어느새 또 눈을 감은 외르타를 바라보았다. 그녀에게는 이 모든 것이 술독 안의 장난일까. 발렌시아는 제 손이 약간 떨리고 있다는 사실을 깨달았다. 경악스럽다. 검사에게 있어 떨리는 손은 그 자체로 자살 예고다. 그런데 그녀를 앞에 두고, 마치 고질병이라고 주장이라도 하듯, 도저히 주체를 못한 채로 흔들리는 손매를 가져다 대는 것이다.

사실 그녀에게 가까이 가는 것은 손뿐만이 아니었다. 발렌시아는 서서히 가라앉고 있는 제 고개를 눈치채지 못했다. 그저 점점 섬세해지는 그녀의 눈썹에만 묘한 만족감을 느꼈을 뿐이다. 짙고, 선선한, 담비의 결 많은 모피 같은 곡선. 그 아래 선명한 눈이 감겨 있어 속이 쓰렸다. 엄지에 힘이 들어갔다. 아직 닿지는 않았다. 가소로운 힘이 달싹이다 감히 그 목선까지 타고 올라갔다. 아직도 닿지는 않았다. 그러나…….

맥이 뛰었다.

누구의 맥인지 구분할 수가 없었다.

신음 한 번 없는 조용한 잠. 달이 스민 탓에 그녀는 어쩐지 차게 굳은 석고상과 같은 느낌이 들고 있었다. 혹은 박제된 시체? 아니지. 시체일 수가 없지. 닿지 않아도 이토록 뜨거운데. 닿지 않아도 이토록 흔들리고 닿지 않아도 이토록……. 그 손이 주의 깊은 의원처럼 목의 혈관을 짚었다. 얕은 펄떡임에도 제 손이, 제 온몸이 벌벌 떨리는 듯한 느낌이 들었다.

발렌시아는 자신이 몸을 숙였다는 사실을, 제 날숨이 그녀의 머리칼에 닿았을 때에야 깨달았다. 놀라지 않았다. 제 당연한 행동보다는 그녀의 고상한 품격이 더 놀라울 일이다. 앞으로 딱 한 줌 흘러내린 꼬리 치레, 고작 그뿐인데 그마저도 지독히 아름다웠다. 다행히도 그 가냘픔에 이마는 얼마 숨겨지지 않았다.

입술이 이마에 닿았다.

따끈한 찻잔 같은 감각이었다. 그는 놀라지도 않고, 마치 처음부터 이리 무도하겠다고 작정이라도 한 듯 몸을 더 기울였다. 그녀는 세상모르고 잠들어 있었다. 입가에 닿는 부드러운 눈썹이 간지러웠다. 달을 넣은 눈꺼풀을 지나 뺨으로 내려왔다. 마치 제 맞닿는 숨으로 상대를 묘사하려는 장님이 된 것 같았다. 발렌시아는 머리부터 발끝까지, 온몸의 감각을 한 다발로 모아 오로지 제 입가에만 쏟아붓고 있는 상태였다. 제 입술에 닿는 그녀가 지나치게 아름다워 머리가 아찔했다.

이마, 눈가, 뺨. 뺨. 뺨. 그는 어린아이와 다를 것 없는 촉감에 놀라, 잠깐 입술 안쪽을 당겨 물었다. 외르타의 말랑한 볼이 제 습한 숨에 붙어 함께 들려 올라왔다. 발렌시아는 덜덜 떨리는 꺼풀을 참지 못하고, 그녀의 뺨을 얕게 깨물었다. 시야가 금방이라도 닫힐 것처럼, 맥없는 여우비처럼 부슬부슬 흔들렸다. 너무 흥분해서 그렇다. 너는 선을 넘은 것이다. 너무, 흥분해서, 선을, 넘어서.

발렌시아는 이 명확한 자각에 놀라지도 않았다. 계획된 무례함인지도 모르겠다. 어차피 자신이 그녀에게 가진 감정을 자각한 뒤, 이는 천 번이고 만 번이고 예견되었던 일이었다. 외르타가 제 곁에 서면, 그녀는 이전과 다른 것이 없는데 오로지 자신만 그 향에 숨이 막히곤 했다. 자신이 선 땅만 줏대 없이 흔들린다. 홀로 온 세상의 감정을 떠맡은 듯 촛농처럼 뚝, 뚝, 질척한 발.

그러나 그녀는 이 정도로 절실한 자신을 돌아보지 않았다. 아마 영영 그럴 것이다. 상대가 저를 원하는 줄은 꿈에도 모르고 또 빙그레 웃으리라. 그는 경우 없는 노여움이 들끓는 것을 느꼈다. 도대체 왜 알아차리지 못하나. 저는 절박하다 못해 이토록 치졸하고, 비겁하고, 애써 힘주어 이성을 짓밟아도 감정이 지나갈 통로 하나 만들지 못하는데. 어떻게이 인두겁을 뒤집어쓴 애정 하나 매만져 주지 않나.

물론 발렌시아는 이미 답을 알고 있었다. '그곳에 그것이 있는 줄 몰라서.' 짐승을 쓰다듬는 무성의한 손길이라도 만족할 텐데, 아예 그곳에 그것이 있는 줄 모르는 그녀라 그마저 기대할 수가 없었다.

그러니 자신은 이 막간에 잠시 한눈을 팔아도 괜찮은 것이다. 찰나 동안은 평생토록 지켜온 예에서 벗어나도 된다. 발렌시아는 그리 많은 것을 바라지 않았다. 오로지 지금 그녀의 뺨에 닿은 알짝지근한 입가를, 그녀를 얄게 깨문 잇새를 조금만 아래로 돌려, 숨이라도 이을 수 있도록, 그것만으로도 족했다. 꿈이 오가는 것처럼 벌어졌다, 오므리는 얄은 잎사귀를 바랐다.

그는 거리낄 것이 없었다. 거리낀다면 오로지 제 지나친 욕망뿐이다. 발렌시아는 거의 이성을 잃고 뺨에 대었던 잇새를 떼어 냈다. 그리고……

돌연, 술의 잔향이 확 끼쳤다.

거짓말처럼 숨이 멀어졌다.

순식간에 세 발자국이나 물러난 발렌시아는 벌써 화가 나 어찌할 줄을 모르고 있었다. 자신이 경멸스러워 찰나 살의까지 일 정도였다. 지금무슨 짓을 하려고 했는지 스스로도 가늠할 수가 없었다.

숨을 쉴 때마다 딱딱한 돌을 넘기는 듯 아팠다.

그는 그대로 뒤돌아 떠났다.

외르타는 즐겁게 깼다.

그러나 숙취는 그리 즐겁지 않았다. 머리도 정신도 폭풍우를 만난 배인 양 오락가락. 그녀는 눈가에 정통으로 햇살을 맞고는, 시선을 깜빡였다. 문득 근본적인 의문을 생각해 냈다. 왜 즐겁지? 외르타는 멍하니 누워서 천장을 바라보았다. 몸을 조금 뒤척였다. 이불도 덮지 않은 채 반듯이 누워 잤나 보다. 그녀는 침대 위에서 팔짱을 낀 채 자신이 어제 겪었던 일들을 찬찬히 살펴보았다.

앙히에의 한심하다는 시선 뒤로 모든 것이 뚝 끊겨 있었다.

"아……."

실제로도 한심했다. 외르타는 몸을 번쩍 일으켜 자신이 누워 있는 장소를 확인했다. 눈을 떼었을 때 익숙한 내음부터 예감한 바지만, 아니나 다를까 제 방이었다. 제 옛 주인처럼 무채색의, 제가 깔고 누운 노란 이부자락만이 뭉글뭉글 빛을 발하는 방. 외르타는 이부자리를 손으로 꽉 쥐었다.

이 자리에 있는 것은 좋지만, 도대체 어떻게 여기까지 왔을까. 어제 듣기로 오밤중의 조각길에서는 누구도 나올 수 없노라 했다. 그래서 자신이 초반에 모든 것을 포기하고 술을 마신 것이 아닌가. 누구의 감시에도, 경계에도 걸릴 리 없고 오랜만에 단지 맹목적으로 자유로웠으니. 앙히에가 말했다. 이 밤중에 조각길에서 나갈 수 있는 자는 없다. 그리고 이다가 말했지. 조각길에는 오로지…….

순간, 속이 철렁 내려앉았다.

"리베! 깨셨군요!"

"어……? 어……."

외르타는 방금 전 자신이 깨달은 개념을 잊지 못하고 불안하게 고개를 들었다. 번듯이 열린 문 앞에 모리가 서 있었다. 외르타는 곧장 미안함에 발끝이 꼬여 드는 것을 느꼈다.

그녀는 사과에 있어서는 제법 정직한 사람이었다. 잠깐의 침묵 뒤, 외르타는 시야를 내리깔았다. 느릿느릿 사죄가 새어 나왔다.

"모리, 미안하다."

"……."

"괜찮아."

"제가 진통제에서 깬 때랑 리베께서 술에서 깨어나신 때가 똑같네요."

"……그렇게 많이 넣으셨을 줄 몰랐어."

"저도 리베께서 그렇게 많이 넣으셨을 줄 몰랐어요. 물맛이 좀 이상하기는 했지만, 저는 단 한 번도 리베께 그만한 양의 진통제를 드린 적이 없거든요. 덕분에 의심도 못했지요. 어디서 구하셨어요?"

"으…… 머리가…… 미안하다, 정말……."

"숙취에는 답 없습니다. 아래에서 꿀물이나 올려 보내라 할게요."

"아니……. 아무튼, 아니, 꿀물은 마셔야겠어. 웬 머리가……. 모리, 좌우간, 친케 씨앗은 발렌시아 경이 주었단다."

모리는 미간을 찌푸렸다.

"합하께서요?"

"응. 나 월경 때 너무 아파하니까 주더라고."

"언제고 그렇게 아프세요?"

"닷새 중 마지막 하루를 빼면 대부분 그래."

"으음."

모리는 고개를 숙였다. 엄지손톱으로 검지 안쪽을 툭, 툭 찌르며 무언가를 숙고하는 모습이었다. 외르타는 모리의 철저한 직업의식에 감탄했다. 어차피 윗사람을 책할 수 없으니 만큼, 차라리 제 본업으로 돌아가 증상을 진단해 주자는 것인지도 모르겠다. 그녀는 상대의 무심한 모습에 이전보다 더 미안해졌다. 물론 구태여 두 번 강조할 필요는 없을 것이다.

외르타는 슬슬 제 짐작을 확인해 보기로 했다.

"어제 누가 나를 데려왔어?"

"기침하셨습니까."

"……누프리?"

"모리, 팔."

문가에 서 있던 모리가 어리둥절한 채 번쩍 나타난 그에게 팔을 내밀었다. 그는 그녀의 맥을 짚더니, 손으로 두 뼘을 더 거슬러 올라가 살을 꾹꾹 눌렀다. 모리는 잡히지 않은 왼손으로 이마를 짚었다. 누프리는 양쪽 엄지를 그녀의 팔에 대고 쭉 밀어 사이에 살을 끼웠다. 별 차이는 없었다. 그는 그제야 모리를 떨쳐 내더니 고개를 끄덕였다. 모리가 허허롭게 웃었다.

"뭐한 건가?"

외르타는 어안이 벙벙해 물었다.

"친케 복용 후유증을 측정한 겁니다. 괜찮습니다."

"에스드로는 제가 의원인 것을 잊었나 봅니다."

"아무리 좋은 의원도 자기 맥은 못 짚지."

"모리, 미안."

"괜찮습니다. 보아하니 이미 약효가 거의 가신 모양입니다."

외르타는 그녀의 말을 끝까지 듣지도 못하고 한숨을 쉬며 머리를 감쌌다. 지치지도 않고 또 욱신욱신 쑤셔 대는 것이 숙취가 제법 독하게 남은 모양이다. 잘 마르지 않는 비오는 날 축축한 벽이 된 느낌이었다.

"으…… 그래……. 그 얘기는…… 나중에 더…….."

"아뇨. 영영 안 하셔도 됩니다. 리베, 지금 상당히 음…… 산만해 보이시는데 어떻게, 숙취에 좋은 물이라도 가져다 드릴까요?"

"아니, 나 멀쩡해, 누프리."

"예."

"내가 어제 어떻게 온 거냐고 물었어."

"합하께서 직접 내려가셨습니다."

외르타는 놀라지 않았다. 이미 확신하고 있던 일에 증언 하나가 덧붙여졌을 따름이다. 그녀는 슬슬 당연한 이야기를 더듬어 나가기 시작했다.

"조각길을 나온 이상 그가 날 데리러 왔을 거란 사실은 알았지만……누프리, 너도 함께 왔나?"

"아니요. 동행자는 없었습니다. 합하께선 홀로 가셨습니다."

"앙히에는 살아 있어?"

"그렇다고 하십니다."

"어떻게 살아 있지……."

누프리는 기가 막힌 듯한 시선을 보냈다. 외르타는 멍하니 앉아 자신이 발렌시아를 막았던가 하는 생각을 했다. 물론, 아무 기억이 나지 않았다. 이것은 안개로 가려진 것도 아니다. 아예 중간이 턱하고 잘려 나간 것처럼 제 양쪽 기억에는 어떠한 연결 고리조차 없었다. 외르타는 억울해졌다.

"경이 혼자 나를 데려왔다고?"

"예. 자세한 이야기는 합하께 들으시지요."

"음…… 화 안 났나?"

"리베께 노여워하시는 것이 아니라 르나치 공께 노여워하시는 것 같았습니다."

그녀는 용기를 얻었다. 적어도 사과를 받아 줄 만한 평온이기는 한가 보다. 외르타는 침대에서 주섬주섬 몸을 챙겨 내려왔다. 그녀에게서 감시의 눈길을 늦추지 않던 누프리가 잽싸게 물었다.

"어디 가십니까?"

"어딜 가겠니? 꼭대기 층에 간다. 사과는 해야지."

"지금은 안 됩니다."

"왜?"

"합하께서 엄금령을 내리셨습니다. 합하께서 나오실 때까지 꼭대기 층에는 아무도 못 들어가요."

"나도?"

"리베께서도 예외는…… 아니…… 시겠지요……."

그는 말꼬리를 흐렸다. 외르타는 의문을 느꼈지만 딱히 따져 되묻지 않았다.

"언제쯤 나올 것 같나? 아무래도 사과는 한번 해야지 싶은…… 아…… 머리……."

모리는 꿀물을 타 오겠다느니 궁시렁대며 계단을 내려갔다.

외르타는 그녀가 나갔으니, 누프리 역시 금세 제 방 앞을 떠날 줄로만 알았다. 그러나 그는 멍하니 문가에 서서 방 안쪽을 바라보고만 있었다. 그녀는 다시 한 차례 깨질 듯한 머리와 구역질을 견디고 나자, 그제야 돌처럼 굳은 그를 발견하고는 의아함을 느꼈다. 주의를 환기시켜야 하나.

"누프리."

그의 회색빛 눈에 불이 확 들어왔다. 아니나 다를까, 그 역시 잠깐 넋을 놓고 있었나 보다. 그러나 왜 하필 나를 보고?

"예."

"안 가?"

"리베, 여쭤 볼 것이 있습니다."

"뭐?"

"어제 있었던 일을 기억하십니까?"

"전혀. 왜?"

"기억하지 못하신다면 괜찮습니다."

"왜?"

"많이 취하신 듯 보여서요."

외르타는 당황했다. 덜컥 자신의 취중 행동이 걱정되었다.

"내가? 무슨 실수라도 했나?"

"아니요."

"그런데 그런 건 왜 물어?"

"별일 아닙니다."

"누프리, 명령이다. 말해."

"제게는 리베보다 합하의 명이 우선시됩니다."

"경이 함구하라 했니?"

"아니요. 다만 말씀드리라는 명을 듣지 못한 겁니다. 저는 모든 것이 금지되었음을 추정하고 행동합니다."

"그럼 내가 직접 가서 물어보마."

"꼭대기 층은 엄금입니다."

그녀는 달리 답할 말이 없어 입을 꾹 다물었다. 제가 내찌르는 주먹마다 벽인 기분이었다.

물론 외르타는 딱히 자신의 민폐에 신경을 쓰는 성격이 아니라, 그의 말이 정도 이상으로 거슬리지는 않았다. 발렌시아에게 제가 저지른 민폐라면 취중보다는 차라리 제정신일 적에 저지른 것이 더 많을 것이다. 고작 몇 가닥 술에 취했다고 해서 지금까지보다 더 심한 짓을 저질렀으리라고는 생각하지 않았다. 사실, 실제로 더 심한 짓을 저질렀다 해도 그녀는 모를 일이었다. 건강한 경이 심신이 약한 나를 인정해 줘야지.

거의 팔 년 만에 마신 술이 아닌가.

외르타는 다시 침대에 주저앉았다. 누프리가 짜증스러웠다. 차라리 말이나 말지, 왜 구태여 모호한 말을 꺼내 자신을 쿡쿡 찔러 대는지 이해할 수가 없었다. 그녀는 퉁명스레 손짓했다.

"나가."

"예……."

누프리는 그러고도 약간의 시간 동안 그녀의 눈치를 살폈다. 외르타는 자신이 무슨 담벼락 위에 올라선 구경거리가 된 듯하여 기분이 좋지가 않았다. 서서히 화를 내려는 순간, 모리가 헐레벌떡 도착했다. 외르타는 눈을 둥그렇게 뜨곤 경이로운 속도를 보여 준 모리를 바라보았다.

"하녀를 시키질 않고……."

"대청소 기간입니다. 애들 바빠요."

외르타는 어설프게 잔을 받아 들었다. 고개를 드니, 누프리는 간 곳이 없었다. 그녀는 불평하기 위해 모리에게로 방향을 틀었으나 그녀 역시 이미 반쯤 몸을 돌린 상태였다. 외르타는 얼떨떨하게 그녀의 이름을 물었다.

"모리?"

"아, 예."

"어디 가?"

"하녀 아이가 하나 다쳐서요. 죄송합니다, 잠시……."

"아, 괜찮다. 내려가렴."

모리는 꾸벅 인사를 하고 총총 자리를 떴다. 외르타는 침상 위에 우두커니 앉아 그녀가 아래로 가라앉는 모양을 지켜보았다. 머리가 주의를 요하듯 뜨끈하니 달아올랐다. 외르타는 눈을 꽉 감았다가, 모리가 건네준 정체 모를 액체를 한 모금 들이켰다. 이런. 차기만 하고 별 맛 없는 것 같은데. 물론 모리를 믿는 수밖에 도리가 없다. 그녀는 반신반의하며 목마른 사슴처럼 물을 들이켰다.

주변을 둘러보았다. 정오에 가까운 시각. 반쯤 열린 커튼 사이로 햇살이 주르륵 흘러내리고 있었다. 해가 마지막으로 닿은 곳은 제 무릎. 둥근 베일 위로 무수한 바늘이 깔려 있었다. 그녀는 햇볕에서 몸을 치웠다. 어제 얼마나 술을 많이 마셨는지, 깨어난 지 한참이나 지난 지금도 그저 멍하니 웅크린 채 아픈 머리를 풀고 싶었다. 식사는 생각도 없다.

한참 뒤, 정신을 차려 보니 햇살은 다시 제 무릎에 와 있었다. 외르타는 스스로 얼마 동안이나 넋을 놓고 있었는지 짐작조차 안 가자 깜짝 놀랐다. 그리고 더 이상 머리에 고통이 느껴지지 않자, 그 사실에도 깜짝 놀랐다. 제 손에 들려 있는 잔을 보니 어느새 비어 있었다. 효과가 있나?

고개를 들었다. 익숙한, 꼭대기 층으로 올라가는 계단이 보였다. 자신도 모르게 미소가 배어 나왔다. 제 눈에 오래도록 익은, 갈색의, 무덤덤한, 평온. 저 계단은 자신의 평화였다. 외르타는 손을 들어 올라간 입꼬리를 매만졌다. 신기하고 새로웠다. 무언가를 보면서 진짜 웃음이 흘러나온 일이 이 얼마만인가. 아니, 햇수를 셀 필요도 없다.

아델 이후 처음이었다.

계단. 조곤조곤히, 그림자와 햇살이 담쟁이처럼 엉켜 오르는 제 안 온한 땅. 마치 이곳이 전장 속의 온실이라도 된 모양이다. 보는 것만으로도, 눅눅하던 제 속이 말라 간지러운 느낌이 들었다. 믿음으로 웃는 일이 너무 오랜만이라 이토록 과장하는 것일까. 하지만 저곳의 주인의 본디 그러하다. 실로 대단한 벽처럼 서 있는데, 그것은 외려 제게 큰 은혜였다. 자신은 그 그늘 아래 누워 있으면 되니까. 벽에게 대화를 걸 필요는 없다. 사실 그녀도 벽이었다.

누군가 위층에서 내려오는 듯했다. 외르타는 그러려니 생각하다가,

번뜩 몸을 곧추세웠다. 꼭대기 층에서?

속도는 빠르지도 느리지도 않았다. 그녀는 조금도 긴장하지 않은 채 자리에서 벌떡 일어섰다.

"경!"

"……."

"어제 고생이 많았어."

그제야 발렌시아의 얼굴이 드러났다. 외르타는 종종거리며 문 앞까지 뛰어갔다. 마치 방금 전 넋을 놓고 있던 사람은 저와 다른 이였다는 듯. 그녀는 그와 마주 선 뒤에야 걸음을 멈췄다. 외르타는 멋쩍게 웃으며 고개를 들었다. 여전히, 지나치게 컸다. 그녀는 뒤로 한 발자국 물러났다. 그는 그녀를 잡지 않았다. 외르타는 그 사실에 의아함을 느끼다가, 의아함을 느끼는 자신에게 당혹했다. 그가 자신을 잡는 것이 이제는 당연한 일이라는 말인가?

발렌시아는 그녀가 아직까지도 쥐고 있던 잔을 빼앗아 들었다. 외르타가 눈살을 찌푸렸지만, 그는 별 반응을 보이지 않은 채 뚜벅뚜벅 걸어가 탁자 위에 잔을 올려 두었다. 그녀는 그의 뒤에서 팔짱을 꼈다. 그는 뒤를 돌아보았다.

"발렌시아 경."

"기침하셨습니까."

오후 두 시였다.

"아, 그래. 경, 미안하다."

"괜찮습니다."

"괜찮을 리가 없지. 직접 나를 데려왔다더구나. 그것도 앙히에……."

"괜찮습니다."

외르타는 그의 단언에 약간 당황했다. 말에는 감정이 실려 있지 않았다.

"내가 어제……."

"다만 지금부로 당신에게 조건을 걸겠습니다."

"응?"

"저택 바깥으로 나가지 마십시오. 지금 이 순간부터 당신의 저택 출입을 금합니다. 당신이 오갈 수 있는 공간은 솔 미라이예 안으로 한정됩니다. 바깥 정원에도 나가시면 안 됩니다."

그녀는 귀를 의심했다.

"경?"

"반복해 드려야 합니까?"

"……."

"당신은 이제 저택의 정문 바깥으로 나갈 수 없습니다. 제 선에서 관리할 것입니다."

"관리……."

"편의상의 단어 사용입니다. 개의치 마십시오."

외르타는 뒤로 물러났다. 단 몇 초 만에, 턱에 걸려 침대에 주저앉았다. 그녀는 인상을 찌푸렸다가, 폈다가, 다시 확 찌푸렸다. 저 사람이 왜 저럴까. 외르타는 단 한 가지 이유밖에 생각할 수가 없었다.

"발렌시아 경, 묻겠다. 내가 어제 그만한 실수를 했나?"

"취하지 않으신 듯 정정하셨습니다."

"그러면 도대체 왜……?"

"저는 어제와 같은 방종함이 당신의 안전에 해가 되리라 판단했습니다. 이것은 양국에서 목숨의 위협을 받는 분께는 당연한 경계입니다."

그녀는 기가 막혀 무슨 반박을 하지도 못했다.

"동의하신 것으로 알겠습니다."

그는 그 이상 말을 잇지 않고 뒤돌았다. 그녀는 계속 얼떨떨하게 앉아 있다가, 일말의 불안감을 느껴 소리를 질렀다.

"경! 농담이지? 농담이라고 하렴."

지금 훼방을 놓지 않는다면 저 거짓말 같은 말이 진짜가 될 것 같았다. 요구를 들은 발렌시아가 반쯤 몸을 돌렸다. 외르타는 물론 자신의 죄를 알았다.

"미안하다. 당신이 내가 없어진 자리를 보고 얼마나 놀랐을지는…… 정말 미안해. 고개를 들 수가 없다. 하지만 그렇다고 당신이 나를 강제할 수 있는 건 아니야. 경, 내가 그걸 조건으로 하고 솔 미라이예에 왔잖아."

잘못에 움츠러들어도 이 기세등등함만큼은 도무지 사그라질 기미가 보이지 않았다. 뻔뻔함은 결국 천성이다. 외르타는 마지막 남은 양심으로 제 오른손을 가슴에 댔다.

"앞으로는 절대 그러지 않으마. 알드 바제사께 맹세할 수도 있어."

"객으로 머무시는 한 유효한 명령입니다."

외르타는 확 들끓는 속에 침대 기둥을 잡았다. 맹세했던 손이 미끄러졌다. 자신도 모르게 거울 같은 말이 반사되었다.

"명령?"

"객과 가주는 피보호자와 보호자의 관계입니다. 고려하셨던 것으로 압니다."

"명령이란 말 당장 취소하지 않으면……."

"언짢게 해 드려 죄송합니다. 하지만 당신의 안전을 위한 최선의 선택입니다."

외르타는 침대에서 굴러떨어지듯 뛰어내렸다. 발렌시아는 그 모습에 살짝 고개를 기울였다가 다시 그녀를 바라보았다. 외르타는 그런 그에게 시선을 두지도 않고, 곧장 침대 옆 의자에 개어 두었던 아델의 붉은 천을 꾹 쥐어 들었다. 작은 맹금처럼 그를 노려보았다.

"당신의 말은 잘 알아들었다. 발렌시아 경, 명령이라? 명령? 되었다. 더 이상 여기에는 안 머문다. 객이고 뭐고 안 해."

정적.

외르타는 자신이 전조 없이 난폭해져도 상대의 표정에 동요가 없다는 사실을 깨달았다. 당황했다. 제 난폭함은 사실 시위였다. 방금 전 스스로 위층의 계단을 보며 생각했듯이, 딤니팔, 이 동부의 땅에서 그녀가 제대로 누울 수 있는 곳은 이 자리뿐이었다. 이곳이 아니면 도대체 어느 곳에 가서 편안할 수 있겠는가. 떠날 생각은 추호도 없었다.

"잉그레에 가신다면 이보다 더 엄중한 보호를 받으실 수 있을 테니 다행입니다."

그녀는 다시 한 번 귀를 의심했다. 저자가 지금 무어라 말하는 것인지 잘 이해가 가지 않았다. 물론, 외르타가 이해하든 말든 발렌시아는 적당한 속도로, 적당한 높낮이로, 무감동하게, 끊임없이 공고해 나갔다.

"비전하께서는 언제든 당신을 기쁘게 맞아 주실 것입니다. 아직 데카를로의 방에 계실 시간입니다. 전하께 무례를 끼치지 않도록 조심하십시오. 또한 폐하께서도 일전에 이미 제게 부탁하신 바, 당신의 의탁에 놀라지 않으실 것입니다. 자초지종을 설명하셔도 괜찮습니다."

외르타는 순간적으로 무언가를 깨달았다.

"새벽에 르나치 공에게 이끌려 조각길에 들어섰고, 그를 공작이 경계해 금족령을 내렸다, 그러나 나는 그것에 동의할 수 없었다, 말씀하십시오. 폐하께서는 이해하실 것입니다."

"당신…… 처음부터……."

"후일 뵙더라도 예의에 어긋남이 없도록 하겠습니다."

그리고 이번에는 정말로, 번복의 여지없이 성큼성큼 떠났다. 외르타는 한 대 맞은 듯 멍하니 서서 그의 메마른 등을 바라보았다. 그의 말을,

그의 표정과 그의 생각을 도무지 모르겠다. 방금 전 무슨 일이 일어났는지 알 수도 없었고, 알고 싶지도 않았다.

축객령은 순식간이었다.

⚜

떨쳐지는 것이 정말 한순간이라 당한 사람으로서는 갑자기 속이 욱신거려 아득하기만 했다. 자신이 얼마나 멍청하던지, 그녀는 끝의 끝에서야 간신히 깨달은 사실이 있었다. 발렌시아 경, 애초에 제 반응을 전부 계산하고 내뱉은 말이 아닌가. 잘 조율된 헛소리들이었다.

그는 '명령'과 '규제'라는 단어에 그녀가 신경질적인 반응을 보여 준다는 사실을 알았다. 미라이예의 객 일로 대판 싸우기까지 했으니 아마 발렌시아는 제 민감한 부분을 누구보다도 더 잘 이해하는 사람일 것이다. 그런데, 뭐? 저택 밖으로는 한 발자국도 나가지 말라, 명령이라고? 그가 며칠간 파격적으로 지능이 나빠지지 않았다면 저 어리석은 뻔뻔함은 나올 수가 없는 종류였다. 같은 말을 해도 돌려 말하는 방법이 있었을 것이다. 구태여 명령을 강조하지 않아도, 명령보다는 설득으로 제 말을 포장할 수 있었으리라. 저 사람은 항상 그리하지 않았나. 무슨 요청을 해도, 그 요청 한 줄에 이유를 열세 가지는 들 수 있을 만한 이였다. 그런데 방금은…….

발렌시아는 다만 금지했다. 그 자체로 명령이었고, 그를 받쳐 주는 이유는 얼마 나오지도 않았던 것이다. 외르타는 물론 발렌시아에게 타당한 근거가 있으리라 생각했다. 자신의 외도라든가, 객의 부주의로 인한 피로 등등. 그 근거는 그녀도 잘 아는 바였고, 실제로 그가 잘만 설명한다면 못 이기는 척 타협할 의사도 있었다. 그러나 외르타는 설득의 필요성을 느끼지 못하는 그의 태도에 구태여 친절할 필요가 없다고 생각했다. 때문에 그의 심기를 한번 거슬러 보았더니, 즉각 잉그레로 떠나라는 말을 하는 것이다.

그가 이런 반응을 보일 외르타를 몰랐을 리 없다. 뻔했다.

처음부터 자신을 잉그레로 내쫓기 위해 왔던 것이다.

외르타는 이 난데없는 벼락에 기가 턱 막혔다. 나를 왜 내쫓으려 할까. 바깥으로 나돌아 다닌 일이라면 지금까지 전혀 없었고, 더군다나 이제 제 주신인 알드 바제사의 이름까지 걸고 신중하겠다고 맹세한 터였다. 평소 자신을 아끼던 발렌시아라면 저 정도로 뜻을 접고, 여태껏 해왔던 방식대로 솔 미라이예 바깥만 금했을 것이다. 그런데 끝까지 금지한다고. 아니면 잉그레로 떠나라? 도대체 무슨 불쾌한 바람이 분 것일까. 외르타는 방금 전까지 으레 있는 일 아니냐 주장하던 제 주사가 갑작스레 걱정되었다. 엄청나게.

술을 마시고 도대체 무슨 짓을 저지른 것인지 모르겠다. 그에게 무슨 폐를 끼쳤지? 제 행동이 얼마나 노여웠으면 저를 솔 미라이예에서 내보내겠다는 강수까지 둔 것일까. 외르타는 입술을 깨물었다.

사실, 그녀 역시 자신의 옛 주사를 잊은 것은 아니었다. 술을 마시면서도 제 못된 버릇을 자각하고는 있었지만, 곁에 있는 것이 별것 아닌 앙히에뿐이라 개의치 않았던 것이다. 그녀의 오래된 주사는 자리 동행에게 엉겨 붙는 일이었다. 자신이 주로 매달린 대상은 물론 리볼텔라나, 발터. 제 버릇을 알았기에 그녀는 그때 그때 바뀌던 남자들과 술을 마시지 않았다. 사실 앙히에도 그녀가 어떻게 뻗을지 잘 알고 있었을 것이다. 그 역시 참 무지막지하게 자신을 모시고 다녔기 때문이다.

똑같은 짓을 했을까? 외르타는 순간적으로, 심장이 철렁 내려앉다 못해 자괴감까지 들었다. 정신이 나간 것이 틀림없다. 마치 제 인생에 지난 팔 년은 존재하지 않았던 것 같지 않나. 상처가 아물었을 리 없다. 그런데 남자 손에 안겼다고? 외르타는 제 입술을 찢기 전에 가까스로 입을 벌렸다. 로크뢰와 함께 있을 때 술을 마셨다면, 나는 설마 그에게도 안겼을까. 머리가 팽팽히 얼어붙었다. 제 속의 누군가가 가까스로 변명했다. 발렌시아 경이었기 때문이다. 그이기 때문에 안심하고 옛 버릇을 되살린 것이다. 그렇게 변명하지 않으면 스스로가 역겨워 견딜 수 없을 것 같았다.

외르타는 문득 스스로가 주먹이 하얗게 변할 지경으로 긴장해 있다는 사실을 깨달았다. 갑자기 현실이 닥쳤다. 이런. 중요한 것은 이것이 아니었다. 제 행동에 발렌시아가 얼마나 불쾌해 했을지가 요점이다. 그녀는 재차 속이 우그러지는 것을 느꼈다. 저 격식 차리는 사람은, 아무리 나라지만, 무관한 여자가 계속해서 자신에게 안기자 빈정이 상한 것은 아닐까? 그의 아내도, 애인도, 아니, 애초에 그와는 백 년쯤 차이가 있는 자신인데. 아이 돌보듯 다루는 것도 한두 번이어야 참을 수 있다. 발렌시아는 보모가 아니었다. 그녀는 선을 넘은 셈이다.

어쩌면 이 이상일 수도 있었다. 스스로 그에게 얼마나 큰 주사를 부렸을까. 고작해야 안긴 것만으로 저리 냉엄할 리 없다. 분명 주사를 부렸다면, 정도 이상이었을 것이다. 젠장. 말로 행사한 폭력이었을까, 아니면 몸으로 행사된 폭력이었을까. 후자는 정말 소름이 끼쳤다. 그에게 미안해서.

"리베."

외르타는 놀라 고개를 들었다. 발폼이었다. 그녀는 자신과는 데면데면한 그가 왜 이곳까지 찾아왔나 싶어 발뒤꿈치를 들었다. 그는 주저하는 기색도 없이 뚝뚝 말을 끊었다.

"반 시간 내로 떠나라 하십니다."

"뭐?"

"합하께서 바로 떠나라 명하셨습니다. 개인 소지품이 없으신 것으로 압니다. 잉그레까지는 제가 배웅하겠습니다."

그녀는 도대체 무슨 반응을 보여야 할지 몰라 멀뚱히 서 있었다. 아주 약간, 아델의 천을 쥔 제 손에 힘이 들어갔다.

"리베?"

"……."

"저…… 듣고 계십니까?"

"……."

"반 시간 내라 하셨습니다. 방금 전……."

"……."

"리베, 답해 주십시오."

"……."

"합하의 명이십니다. 채비하시길 바랍니다."

"입."

"예?"

"입조심해라."

"……."

"경이 그러던?"

"예, 반 시간 내로 방을 비우라 하셨습니다."

"그러마."

그에게 미안한 것과 제 자존심은 별개다. 외르타는 이마를 매만지며 천장을 바라보았다. 익숙한 무채색이 시야 한구석에서 노릇노릇 익어 갔다. 아직도 두 시였다. 그녀는 눈살을 찌푸렸다.

발렌시아라면 제게 '매달릴' 수 있다. 그리고 자신이라면 결정을 '번복할' 수 있었다. 그러나 현실은 반대였다. 그는 번복하지 않고, 자신은 매달리지 않는다. 언제고 이러했다.

외르타는 저벅저벅 걸어 방을 나섰다. 사실 따지고 보면 이 방에 제 물건이란 하나도 없었다. 목걸이 덩굴이야 제 물건이라기보다는 앙히에의 것이다. 앙히에의 것은 곧 이 미라이예의 물건이겠지.

그녀는 문 앞에 도사리고 있던 계단을 밟았다. 첫 번째 단에는 조금 느리게, 마치 늪으로 떨어지듯 내디뎠다. 그러나 두 번째 단, 세 번째 단, 네 번째 단. 속도는 점점 빨라졌다. 외르타는 어느새 반쯤 풀린 아델의 천을 겨드랑이에 끼운 다음, 모퉁이를 홱 돌아 내려갔다. 신발이 높지 않았기에 뛰어 내려가는 것에도 아무 불편함이 없었다.

"리베!"

"웃, 깜짝이야!"

외르타는 이 층 기둥을 돌다가 놀라 숨을 들이켰다.

"왜 그렇게 빨리 내려오세요! 주의하셔야죠!"

"모리."

"예?"

"나 간다."

"네?"

그녀는 모리를 스쳐 지나가, 지상까지 내려왔다. 뒤에서 모리가 놀라 따라오는 것이 느껴졌다.

"가시긴 어딜 가세요? 식사 드시게요?"

"아니."

"그럼요?"

"경이 나가라는구나."

"예?"

"축객령."

"싸우셨어요?"

"우리가 애야? 아니."

"합하께 잘못하셨어요?"

"몰라."

"리베!"

"물으려면 내가 아니라 경한테 물어!"

목소리는 날카로웠고, 외르타는 제 날 선 목소리에 다소 놀랐다. 자신이 정말 아무 감정 없이 축객령을 받아들였다고 생각했기 때문이다. 입 안이 꺼끌꺼끌했다. 아무래도 빈정이 상해 기분을 주체할 수가 없는 모양이다. 그녀는 잇몸을 깨물었다.

"되었다. 이만 가마."

"어디로 가세요?"

"이인, 이이인, 젠장! 왕궁!"

외르타는 더 이상 대답할 생각이 없어 홀을 가로질러 걸어갔다. 군인의 걸음만큼이나 단호한 길이었다. 뒤에서 잠깐 발폼과 모리가 싸우는 목소리가 들렸지만, 그녀는 조금도 신경 쓰지 않은 채, 다만 제 속의 짜증을 가라앉히려 노력하며 문을 나섰다. 마치 마음이 들쩍지근한 것을 메우기 위해 외려 행동이 더욱 매서워지는 느낌이었다. 그 차이를 자각하고 있는 자신이 안쓰러웠고, 그것을 알면서도 더 빨리 움직이는 자신은 우스웠다.

"리베! 마차를 제공하라는 명이⋯⋯!"

"시끄럽다. 걸어갈 거야."

"합하께서⋯⋯."

"내쫓았으면 더 이상 왈가왈부하지 말라고 해라."

"하지만 리베께서는 아직 솔 미라이예에 계십니다."

"나는 폐하께 속해 있다. 이 땅은 딤니팔이지. 족한가?"

"리베……."

그녀는 발폼을 뒤에 달고 정문을 나섰다.

ⴲ

"쫓겨났어요."

레아는 입을 벌린 채 활짝 팔을 폈다가, 끝내 어떤 반응도 보이지 못하고 둘 모두 닫았다. 그녀도 레아도 그 신분에 걸맞게 단색의, 간소하지만 값비싼 차림이었다. 화려한 난간을 사이에 두고 젊은 영애 둘이 뻣뻣하게 서 있는 모습은 어쩐지 데면데면한 연적 같기도 했다. 레아는 한참이나 입만 뻐끔대다 간신히 내뱉었다.

"솔 미라이예에서?"

"달리 있겠습니까?"

"발렌시아 경?"

"직접."

"그 작자 입으로?"

"예."

"뭐라고?"

"잉그레에 간다면 여기보다 더 안전할 거라 합니다."

여기서 외르타가 먼저 스스로, 제 발로 나가겠다고 한 사실은 완전히 무시되었다. 자신은 발렌시아가 마련해 둔 말 그물에 걸려든 것뿐이니까. 레아는 그 뜬금없는 축객령이 믿기지가 않는지 뒷목을 잡으며, 다른 한 손으로는 올라오라 손짓했다. 그녀의 입에서 신음 같은 소리가 흘러나왔다.

"공작이 미쳤나……."

외르타는 계단을 오르며 분명히 들은 그 읊조림을 무시했다.

"도대체 무슨 이유로?"

그녀는 계단을 오르는 데에만 집중했다. 오랜만에 오는 왕궁은 어제와 꼭 같은 얼굴로 어여뻤다. 레아는 외르타가 그저 속없이 느긋해 보이자 발을 쾅 굴렀다.

"왜!"

외르타는 안쪽으로 들어가 이야기하자는 듯 눈짓했다. 레아의 바로 뒤에는 제법 웅장한 문이 있었기 때문이다.

다음 순간, 그 문은 홀로 산 것처럼 살짝 열렸다. 외르타는 놀라 이 층에 도달하고도 레아에게 말을 놓지 못한 채 우두커니 섰다. 열린 곳에서는 해사한 소녀의 얼굴이 배어 나왔다. 외르타는 소녀가 누구인지 알았다. 그녀는 거의 반사적으로, 꽃을 만나 엉겨 붙는 나비처럼 즉각 인사했다.

"리베 안니발레?"

"아, 아, 예. 네."

"저를 기억하지 못하시나 봅니다."

"아, 아니요. 리베 발미레시죠?"

"그래, 리베 안니발레. 이만 가는 게 좋겠다. 백작비에게는 그리 전해라."

"네, 전하. 전하의 하해와 같은 은혜에 감사드립니다."

"은혜라기보다는 조언이지."

"예…… 감사합니다."

리베 안니발레는 레아에게 깊게 인사했다. 외르타는 예전 무도회에서 그랬던 것처럼 다시 감탄했다. 어디 하나 흠 잡을 곳 없이 도자기 같은 소녀였다. 인형인 듯 보이는 보랏빛 눈이 조심스레 위로 올라오더니, 돌연 자신을 바라보았다. 외르타는 완전히 제삼자였던 자신에게 관심이 집중되자 다소 놀랐다. 그냥 갈 줄 알았는데.

"저⋯⋯."

"예?"

"질문에 양해를 먼저 구합니다. 저, 괜찮을까요?"

"무슨 질문을 하시기에 이리 뜸을 들이십니까?"

"아⋯⋯ 리베, 솔 미라이예에서 나오신 건가요?"

참 별것 아닌 질문을 저토록 진지하게 한다. 외르타는 고개를 끄덕였다.

"예, 오 분 전예요."

"아, 네⋯⋯. 주제넘은 질문에 대답해 주셔서 감사해요."

"아닙니다."

"리베 안니발레, 이만 가는 게 좋겠다."

"아, 옛! 송구합니다. 저, 저는 이만⋯⋯."

"인사는 되었으니 가라."

리베 안니발레는 다시 한 번 고개를 숙이다 허리를 문고리에 부딪쳤다. 외르타는 그녀가 상당히 아파하는 것처럼 보인다고 생각했다. 아니나 다를까 으흑하고 가냘픈 신음이 새어 나왔다. 외르타가 가서 아이를 거들려는 순간, 레아가 냅다 그녀를 뒤로 물렸다. 외르타는 하마터면 계단 위로 굴러떨어질 뻔했다.

리베 안니발레는 허리를 짚으며 다시 여러 번 인사를 하고는 더듬더듬 계단 난간을 짚었다. 어디선가 바람처럼 나타난 시녀 몇이 옹기종기 모여 소녀를 부축했다. 외르타는 그 낯선 청순함이 신기하여 고개를 길게 뺐고, 거의 동시에 레아에게 팔뚝을 붙잡혔다.

"레…… 윽!"

레아는 반쯤 열린 문 안으로 그녀를 들여보냈다. 외르타는 그곳이 어떤 곳인지도 모른 채 허겁지겁 밀려 들어가, 문이 닫힌 순간에야 방 안을 살펴볼 수 있었다. 여름에 가까운 날씨에도 공기는 그리 뜨끈하지 않았다. 외려 돌 속에서 메마른, 응접실. 외르타는 뒤를 돌아보았다.

이야기는 마치 끊겼던 일이 없던 양 다시 빠르게 시작되었다.

"외르타, 이유가 뭐야? 객이란 건 그렇게 오라 가라 단순한 말로 주고받는 게 아냐."

"……."

"짐작이라도 해 봐."

"모르겠다."

"짚이는 것도 없어?"

"어제 새벽까지 허락 없이 조각길에 있기는 했지만…… 앙히에와 함께였어. 걸리는 건 이뿐이다. 심지어 머무른 곳도 놀금의 본산이었건만."

"공작이 그럴 사람이 아닌데…… 당신은 외국인이라 지금 상황 파악이 잘 안 될 텐데, 딤니팔인인 내 입장에서 이건 완전히 책임 방기放棄야. 당신, 지금 신상이 붕 뜬 거라고. 이젠 공식 석상에 나오지도 못할 거란 말이야. 어떻게 처음에 맡는다고 억지를 쓴 공작이 이런대?"

외르타는 어깨를 으쓱여 보였다. 들고 온 것이라고는 아델의 천밖에 없는 사소한 행색이라 금방이라도 어디에 눕고 싶은 모양이었다.

"숙취가 덜 풀려 아직 피곤하다. 그리고 기분이 별로야."

"아아암. 짜증 내야지. 이건 당연히 짜증 낼 만한 사안이지……, 그런데 숙취?"

외르타는 기어이 소파에 엎드렸다.

"어제 마셨어."

"당신 취해서 공작한테 무슨 실수했어?"

"몰라……."

"얼마나 심한 주정이었으면 저택에서 쫓아낼까."

"기억이 안 나서 미안하구나. 동의해. 버릇이 얼마나 고약했으면 저 대쪽 같은 경이 날 운반해 놓자마자 축객령을 내리겠어."

레아는 외르타가 부끄러움을 느끼지 않는 사람이라는 사실에 놀라지 않았다. 기억이 없는 순간에 어떤 실수를 했는지 전혀 모르면서도, 민망함이라고는 조금도 없는 저 태연함이 인상적이었다. 자신에 대한 믿음일 수도 있지만 그보다는 부끄러움이 천성적으로 결여된 것은 아닌가하는 추측이 더 컸다.

"궁금하네…… 가 아니라! 그건 변명이 안 돼! 가주가 이렇게 가변적으로 객을 들었다 났다 할 수는 없단 말이야! 폐하께 말씀드리지도 않고 발등에 불붙은 듯 내쫓다니! 파렴치한!"

외르타는 고개를 베개에 묻은 채 팔만 내밀어 손짓했다.

"알았으니 나 다시 깨면 이야기하자."

♩

그들은 다섯 시간 뒤에야 서로 멀쩡히 마주 볼 수 있었다. 그나마도 대화에 집중할 수 있는 응접실이 아닌, 왕가의 만찬 자리에서. 외르타는 평범한 사람이라면 불만을 터뜨릴 식은 음식들에도 딱히 언짢아하지 않았다. 그녀에게도 독물 검사를 거친 음식들은 익숙했기 때문이다.

레아가 포크로 삿대질을 했다.

"공작을 불러야겠어!"

아직까지 음식이 입으로 들어가는지 코로 들어가는지 구분을 못하고 있던 외르타는 그제야 정신이 번쩍 들었다.

"괜찮아요."

"짐은 동의하는데."

"공작을 불러 무슨 말씀을 하실······."

"진지한 이야기."

"절 쫓아내고 싶으십니까?"

"아니, 그 문제가 아닐세."

"······."

"짐은 이 사태를 이해할 수가 없어. 가주가 객을 놓아? 짐은 정말 이해가 안 가네. 진심으로. 보통의 십이공회원이라도 의아해 할 일인데, 하물며 그 발렌시아가?"

"어떤 면에서는 발렌시아 경의 말이 맞다고 생각합니다. 소중한 인질에게 해가 가는 것을 견딜 수 없었나 보지요. 실제로 왕궁이 좀 더 안전할······."

"발렌시아가 지키는 솔 미라이예는 여기보다 훨씬 엄중하네."

"공작이 도대체 왜 그랬을까. 개인적인 불화로는 절대 속단하지 않는 사람인데······."

"레아, 넌 짐작 가는 게 조금도 없느냐?"

"전혀요. 전 오히려 폐하께서 무슨 짓을 저지르신 건 아닌가 의심하는 중인데."

"짐은 아무 짓도 안 했어. 발렌시아는 항상 똑같았다."

잠깐 침묵이 있었다. 식사 도중이라 달각거리는 식기 소리만 몇 가닥 흘렀다. 외르타는 제 앞에 놓여 있는 붉고 방울진 생선 알을 뚫어져라 노려보았다. 시야를 들었다. 제 반대편에는 음식에 열중하는 레아와,

한쪽 팔을 괸 모양인 자카리가 있었다. 외르타는 문득 근본적인 의문이 드는 것을 느꼈다. 딤니팔의 왕인 자카리가 제자리, 즉 상석에 앉아 있지 않았던 것이다. 왜지? 레아와 나란히 있음에도 별로 어색하지 않은 모양을 보니, 본디부터 저리 행동했던 모양이다.

외르타는 다시 고개를 숙였다. 아무리 그 만찬이 화려하다 한들 국왕 내외가 외부인과 옹기종기 모여 식사를 하고 있는 모습은 소박한 맛이 있었다. 처음 붙들려 왔을 때의 외르타는 정신이 없어 이 파격을 잘 헤아리지 못했지만, 이 '소박함'에는 점차 뻔뻔한 그녀조차 거리를 두게 되었다. 왕과 왕비다. 아무래도 무작無爵의 자신은 한참 격이 떨어지는 것이다.

"레아, 이거 봐. 너무 차다. 심한 거 아니냐?"

"치워요."

"한 입만."

"너무 식어서 향도 안 나……. 전 안 먹을 거예요."

"짐은 입 댔는데."

"무슨 상관이에요? 아으! 나 안 먹어! 안 먹는다니까!"

"폐하."

"순순히…… 응?"

"이 건에 대해서 추궁하지 말아 주셨으면 좋겠습니다."

자카리는 레아에게 가져가던 정체불명의 무언가를 천천히 내려놓았다. 그는 눈썹을 치켜 올리며 포크와 나이프를 가지런히 정렬했다. 시선은 그녀에게 두지 않았다.

"누구를 추궁하지 말라는 건가?"

"물론 발렌시아 경이지요."

"왜? 짐은 마땅히 물어야 하네. 의무는 아니지만, 그래도 십이공회 일원의 독단을 묻는 것은 짐의 역할이 아닌가."

"저는 발렌시아 경이 타당한 이유 없이 축객령을 내렸으리라 생각지 않습니다."

"그대가 생각하는 이유가 뭐기에?"

"들으셨던 그대로겠지요. 제가 함부로 바깥을 오갔기 때문입니다. 제 안전을 염려하는 경에게는 탐탁지 않은 행실이었을 겁니다."

"그렇다고 자기 책임을 방기해?"

"폐하, 말씀 도중 죄송합니다. 미라이예 공작이 알현을 요청하고 있습니다."

외르타의 눈매가 바짝 섰다. 자카리는 그런 그녀의 반응을 주의 깊게 살핀 뒤, 그 말을 전한 시종에게 고개를 끄덕였다. 레아는 무관심하게 접시 위에 놓인 생선 하나를 박살 내고 있었다.

"미안하지만 짐은 잠깐 실례."

레아는 여전히 본체만체 음식에 집중했다. 외르타는 그녀의 무반응에 조금 당황하여 자신이 대신 인사했다. 자카리는 풀어 헤쳤던 목 칼라를 단단히 졸라매며 자리에서 일어섰다. 흰 실크가 뜨신 바람을 맞곤 이리저리 뿌옇게 흔들렸다.

자카리는 식당 옆에 나 있는 복도로 접어들었다. 시종, 아니, 시종장이 송구하다는 듯 그의 뒤를 따랐다. 양탄자 위로 묻히는 걸음. 그는 도무지 종잡을 수 없는 표정으로 시종에게 물었다.

"공작이 언제 왔나?"

"반 시간 전 잉그레에 온 것으로 압니다. 다만 폐하께서 메를 들고 계신다 하여……."

"기다린다 하더냐? 그런데 지금은 왜?"

"공작은 기다리는 도중, 지금 폐하와 함께 계시는 분이 어떻게 되냐

물었습니다. 저는 정직히 답했습니다. 비전하와…….”

“리베 발미레.”

“예.”

“그러자 즉각?”

“예. 그리 말하자 공작이 말을 번복했습니다. 바로 폐하께 말씀을 전해 달라 했습니다. 메를 방해하는 것은 중대한 무례라고 누차 권고했지만 공작은 뜻을 물리지 않았습니다. 다시 한 번 사죄드립니다.”

“괜찮네. 공작은 어디 있지?”

“응접실에서 기다리고 있습니다. 저층 오른 날개 여섯 번째 응접실입니다.”

“뭘 그렇게 구석진 곳에 처박아 두나. 달려가서 나오라 해.”

“어디로 부를까요?”

자카리는 검지와 중지를 붙여 위로 흔들었다. 이 층. 당연히, 그가 항상 머무르는 새끼 집무실을 일컫는 것이다. 시종장은 보이지 않는 인사를 깊게 하더니 왕을 지나쳐 달려갔다. 자카리는 저 위태로운 걸음이 엎어질까 걱정하지 않았다. 항상 저런 자니까.

그는 짙은 금발을 헤집으며 방만하게 계단을 올라갔다. ‘저층 응접실’이라면 결국 발렌시아는 일 층에서 기다리고 있다는 소리였다. 시종장의 걸음은 빠르고, 전언도 빠르고, 발렌시아의 걸음도 이에 못지않게 빠르니 그와는 아마 집무실에 도착하기 전 마주할 수 있을 것이다.

자카리는 방금 전까지 제 앞에 앉아 있던 외르타를 떠올리며 떨떠름하게 웃었다. 그는 그녀와 발렌시아에 대해 말을 나눴다. 그가 자신과 여러 달 함께했던 사람이라는 점을 감안한다면, 외르타의 얼굴은 거의 우스꽝스러울 정도로 무감동했다. 그를 배려하지만, 배려하기에 더욱 의미가 없어 보이는 감정이었다. 자카리는 최대한 호의적으로 그녀의 무료한 시선을 해석해 보려 했다. 외려 감정이 있어 자신을 더욱 감춘 것이 아닐까?

"폐하."

"푸…… 아, 사람 놀라게!"

자카리는 제 자문을 비웃다가 깜짝 놀랐다.

"죄송합니다."

"따라와."

발렌시아는 대답도 하지 않고 그의 뒤로 접어들었다. 자카리는 난간을 툭툭 치며 올라가다가 결국 한숨처럼 웃었다. 실제로 그의 고분고분한 모습과, 방금 전 시종장에게 들었던 그의 행동이 우스웠기 때문이다.

자카리는 언제나 그랬듯 제 속에만 말을 담아 두지 않았다.

"웃기는 소리를 들었네."

"말씀하십시오."

"발미레 이름을 듣자마자 짐을 불러오라고 깽판을 났다며."

사실과는 거리가 좀 멀다.

"죄송합니다."

"대체 뭐가 불안해서?"

"저는 제가 폐하의 말씀에 따라 외르타를 잉그레로 보냈다는 인상을 주고 싶지 않습니다. 폐하께서 외르타에게 그리 전하실까 저어했습니다."

자카리는 잠깐 걸음을 멈추었다. 아주 찰나, 한숨 쉴 겨를도 없는 정지였다. 다시 걷는다.

"말 안 했네. 그런데 발렌시아, 짐이 그리 말한들 무슨 차이가 있나?"

"개인적인 사정입니다."

"말해."

425

"개인적인 사정입니다. 폐하께서 들으신들 큰 차이는 없을 것입니다."

"즉, 말하기 싫다."

발렌시아는 답하지 않았다. 어이가 없군. 자카리는 대답하려다, 집무실에 다다르자 답을 포기했다. 제 앞문을 열어젖혔다. 문이 무거운 까닭에 손에 힘을 주는 행위와 이마를 짚는 행위를 동시에 할 수 없다는 사실이 안타까웠다. 그는 발렌시아의 사정을 봐 주지 않은 채 홀로 들어왔다. 홱 닫히는 문을 뒤로하곤 왼쪽 촉륜燭輪 위의 잔을 하나 잡아들었다. 발렌시아가 제 뒤의 꼬리처럼 이어 들어와 조용히 문을 닫는 것이 느껴졌다. 자카리는 역시 촉륜에 놓여 있던 병을 들어 잔에 쏟아부었다.

"……."

"노려보지 말고 술이 아니냐 묻지그래."

"……."

"약한 걸세."

그는 그처럼 술을 따라 뒤를 돌아보았다 발렌시아는 아직까지도 문 앞에 선 채 미동도 없었다.

"들어."

"괜찮습니다."

"명령이다."

발렌시아는 저벅저벅 걸어와 잔을 받아 들었다. 딱히 주저하는 기색은 없었으나 그렇다고 썩 내켜서 마시는 느낌도 아니었다. 그저 대리석처럼 싸한 수긍이었다. 그는 반쯤 옆으로 돈 뒤 왕이 하사한 잔을 한 모금 마셨다. 그대로 손이 내려오려는 모양이자, 자카리가 눈살을 찌푸렸다.

"애도 아니고……. 비워."

늘어지던 팔이 다시 위로 올라갔다. 발렌시아는 그대로, 여인의 손으로 한 뼘 길이는 될 법한 높이의 잔을 들이켰다. 자카리는 그가 도중에 멈추지 않을 것이라는 사실을 깨닫자 곧장 뒤돌아 제자리로 걸어갔다. 뒤이어, 단단한 쟁반 위에 잔이 놓이는 소리가 들렸다. 달각.

"앉지."

발렌시아는 잠깐 지체하다가, 결국 여느 때처럼 새끼 집무실의 소파를 차지했다. 그의 왕은 한숨을 쉬며 책상에 걸터앉았다.

"용건은?"

"폐하, 저는 폐하의 명에 따랐습니다. 최소한의 호의를 바랍니다."

"읊어."

"첫째."

"이런 맙소사. 심지어 여러 개냐?"

"첫째, 외르타에게 폐하의 명을 말씀하지 마십시오. 둘째, 뤼페닝을 주시하십시오. 셋째, 그녀를 공식 석상에 내보내지 마십시오."

"셋 다 못 들어 준다."

침묵이 흘렀다. 발렌시아는 깍지를 꼈다. 물에 가라앉는 느낌으로, 서서히 고개를 낮추더니, 끝내 손깍지 위에 얹혔다. 자카리는 말 한마디 없이 그의 반응을 주시했다. 깍지는 점차 기도하는 모양으로 죽 길어졌다. 이마는 곧게 모은 엄지 부근까지 미끄러져 내려갔다.

자카리는 바닥을 한 번 내려다보았다. 커튼을 닫아 두었기에 오로지 햇살에 반 투과된 그림자만 양탄자를 짓누르고 있었다. 건질 향이 없군. 날 다듬지를 못해. 그는 실망하며 슬슬 칼을 들었다.

"부탁할 때와 돌이킬 때의 자세가 천양지차라는 점에 사과하네. 하지만 전부 이유가 있잖나. 어쩔 수 없어."

"알려 주십시오."

"첫째, 발미레에게 짐의 입장을 말해야 하는 이유. 짐은 외르타를, 바로 너 때문에 잉그레로 들여오려 했네."

"이해가 가지 않습니다."

"넌 그렇게 행동하고도 네 감정이 들키지 않을 거라 생각하나."

발렌시아는 여전히 고개를 들지 않고 있었다. 자카리는 드디어 그가 스스로를 알아차렸구나 싶어 기분이 묘해졌다. 아니, 물론 이상하게 여길 일은 아니다. 그토록 명석하면서 자신의 기행을 눈치채지 못하는 것은 말이 안 되니까. 익숙하지 않은 감정에 놀라는 것이 한순간, 그 뒤에 이어진 것은 그 찬란한 빛에 대한 자각이리라.

자카리는 목을 가다듬었다.

"큼, 크흠. 발렌시아, 짐의 진의를 곡해하지 말고 듣게. 짐은 그녀에게 너와의 유대를 주의하라는 조언을 할 필요가 있네. 그것이 그녀에게 마땅한 예의이기 때문일세. 너도 알다시피 발미레는 이성적인 관계를 끔찍이 싫어하네. 너 역시 그 사실을 깨달아 그녀를 잉그레로 보낸 것이 아닌가."

"폐하, 무용합니다. 어차피 그녀는 믿지 않을 것입니다."

"무슨 뜻인가?"

"제가 지금 당장 외르타에게 제 감정을 고백한들 어떤 것도 변하지 않을 것입니다. 그녀에게는 그것이 저와 같은 의미로 와 닿지 않을 겁니다. 폐하, 폐하의 목적이 오로지, 외르타에게 저에 대한 경계심을 북돋아 주는 것에 있다면 부디 뜻을 접으십시오. 소용이 없습니다."

"네 이유를 듣고 결정하지."

"저는 외르타에게 최소한의 생을 약속했습니다."

자카리는 이어질 말을 기다렸다. 그러나 발렌시아는 한 문장으로 말을 뚝 끊은 뒤에는 그저 정적이었다. 얼굴조차 손에 가려 보이지 않았다. 자카리는 도저히 그 말을 해석할 수 없어 떫은 질문을 하려다가, 순간적으로 깨달았다.

세상에. 계속해서 느끼는 바지만 오늘 그의 말은 어떻게 한 올 한 올 어처구니가 없었다. 생각은 그대로 제 목소리가 되었다.

"어이가 없군. 네가 외르타에게 최소한의 생을 약속했다고? 그래서, 짐의 명령을 고분고분히 따르는 꼴은 보여 주기가 싫다? 짐이 후일 그녀를 죽일 확률도 있으니? 너 심하다. 그럼 짐을 어떻게 믿고 이 자리에 둘 수 있는 거냐? 어?"

"폐하, 저는 폐하를 신뢰합니다."

"당연히 그렇겠지. 짐이 언제고 '마지막' 약속을 어긴 적 있나? 그 정도 신의는 있어. 이런 짐을 네가 모를 리 없다. 그러니 지금으로선 안심하고 짐에게 맡긴 거지, 짐이 발미레를 살리겠노라 약속하지 않았으면 절대 보내지 않았을 거다."

"……."

"그래. 여기서 다시 한 번 못 박아 주마. 짐은 어떤 일이 있어도 발미레를 살릴 예정일세. 네가 처리를 맡기 전까지는 반드시 그리할 걸세. 이제 되었나? 발미레에게 사실을 말해도 되나?"

"아니요."

"……."

"말씀드렸습니다. 저는 폐하를 신뢰합니다. 따라서 지금 제가 저어하는 것은 외르타입니다. 그녀가 제 약속을 얼마나 진지하게 받아들일 수 있느냐……."

"즉, '네'가 '나'를 거스르고서도 자기를 살릴 사람이라 믿게 해 주고 싶다는 거지."

자카리는 책상을 쥐고 있던 제 손에 힘을 주었다. 도대체 어느 부분부터 지적을 해야 할지 모르겠다. 아찔했다.

"그래서, 그럴 테냐?"

"폐하, 우선 '나' 라는 단어 먼저 번복해 주십시오. 폐하께 마땅한 단어가 아닙니다. 저는 지금껏 폐하께 그 같은 범인凡人의 말을 들은 일이 없습니다."

"시끄러워. 대답해라. 그럴 테냐?"

"저는 폐하의 단어 하나에도 냉정을 차리지 못하는 종복입니다. 제가 그럴 리 없습니다. 왜 당연한 질문으로 저를 시험하십니까?"

그는 막힘없이 대답했다. 자카리는 너무도 쉽게 나온 그의 답에 다소 미심쩍다는 표정을 했다. 노려보았다. 상대는 자카리의 시선을 의식하는 것인지 아닌지, 느릿느릿 팔을 내려 무릎 위에 얹었다. 익숙지 않은 감정의 호소에 벌써부터 지쳐 버린 모양이다. 자카리는 제 술이 굉장히 독한 종류라는 사실을 알았으므로 — 아까는 거짓말을 했다. — 그가 어느새 술에 먹혀 버린 것은 아닌가 조심스레 살폈다.

물론, 그럴 리 없지. 자카리는 퉁명스레 생각했다. 그 긴 동행 기간 동안 발렌시아가 취해 흐트러진 모습을 단 한 번도 본 일이 없으므로, 아마 이것 역시 새로울 것 없이 헛된 기대이리라.

"폐하, 폐하께서 납득할 수 있는 방향으로 설명하겠습니다."

"……."

"딤니팔에서 외르타가 신용하는 이는 오로지 저뿐입니다."

"그걸 자랑이라고……."

"이것은 후일 폐하께서 그녀에게 과한 요구를 하시거나, 그녀를 속여야 할 일이 있으실 때 유용한 장점이 될 것입니다."

"그 무슨 미친 소리냐. 네가 그녀에게 감정이 있는데 그녀를 속이긴 뭘 속여?"

"폐하, 저는 폐하를 따릅니다. 이것은 폐하께서 즉위하신 이후 변치 않을 맹세로, 외르타를 향한 제 집착이 감정에 불과하다면 폐하를 향한 제 충정은 정언명령입니다. 끝내 폐하께 복종할 것입니다."

"허……."

"잠깐의 바람으로 평생의 충성을 의심하시면 저는 설 곳이 없습니다."

자카리는 인상을 찌푸렸다.

"폐하, 이 딤니팔 내에 그녀가 아군이라고 여길 만한 사람이 남아 있는 편이 낫습니다. 재고해 주십시오."

"……."

발렌시아는 시선을 내렸다. 갑작스레, 그를 노려보던 자카리의 눈매가 움푹 죽었다. 도대체가 영 고개 숙인 맹수 같아 함부로 탓할 수도 없었다. 안쓰럽다는 웃긴 감정 탓이 아니라, 다만 그의 저런 모습이 지나치게 생소했기 때문이다. 사람이 아예 다른 듯하여 서른 해 동안 알던 친우로 대할 수 없었다. 아는 사람이 아닌데 어찌 사생활을 헤집는다는 말인가? 자카리는 예의바른 신사였다.

그는 떨떠름하게 입을 열었다.

"이유가 너무 정직하잖나……."

"……."

"하나만 묻자."

"하문하십시오."

"전쟁 끝나고 발미레를 첩으로 들일 테냐?"

"……."

상대는 고개도 들지 않았다. 무언가 변하는 기색도 없고, 소리도 한 점 없었다. 그에게서 바뀐 것이라곤 잠깐의 바람으로 흔들리는 머리칼 뿐이다. 그 딱딱한 모습에 자카리가 혀를 쯧 찼다.

"말도 못 꺼냈나?"

"……."

"세상에, 벌써부터 잡혀 사는군."

그는 마치 자신은 아닌 것처럼 말했다. 발렌시아는 잠깐 시선을 들었다가, 자카리가 아닌 창가 쪽으로 고개를 돌렸다. 자카리는 왼손으로 책상 위에 있던 문진을 꽉 눌렀다. 그것은 잇새 대신이었다.

"발미레에게 이번 건을 얘기하지 않을 테니 말해 봐라. 너 어쩔 테냐? 그녀는 계속 행방을 알리지 않고 떠난다는데, 그리 보내기로 작정했나?"

"그녀가 원한다면 물론 강제하지 않을 것입니다."

"허."

"저는 이미 충분히 외르타의 경계를 본 사람입니다. 구태여 나서 강압자가 되고 싶지는 않습니다."

"처음이잖나?"

"저는 제게 처음이 생길 것이라고 생각한 일이 없습니다. 따라서 두 번도 있으리라 믿습니다."

"안이하군."

"폐하, 저는 지금 당장 그 일에 대하여 논하고 싶지 않습니다. 저는 다만 폐하께서 제 두 번째, 세 번째 요청을 기각하시는 이유를 알고 싶습니다."

자카리는 요새 네놈같이 짐에게 무례하게 구는 사람을 못 봤노라 투덜대려다가, 아무런 실효가 없을 것을 깨닫고는 그만두었다. 속이 욱신거렸다. 서른 해 만에 드디어 나한테 자기를 드러내는 이유가 바로 여자 문제란 말이지.

"아니꼽지만 대답하겠네. 발렌시아, 짐은 뤼페닝이 발미레에게 무슨 대처를 할지 궁금하네."

"폐하, 그 호기심에 거는 것은 외르타의 목숨입니다."

"아니…… 걱정 말게. 그녀 곁에는 이제 스물네 시간 무명이 따라붙

432 | 나무를 담벼락에 끌고 들어가지 말라

을 테니까. 목숨에는 지장이 없을 걸세. 짐은 다만 뤼페닝이 어떤 식으로 발미레를 집적댈지 궁금할 따름이네."

"……."

"그리고 세 번째는…… 이거야 너도 무리한 요구란 사실을 잘 아네. 모를 수가 없네. 발미레를 공식 석상에 내보내지 말라니? 진심으로 한 말이라 생각지 않겠네. 됐으면 이만 나가."

발렌시아는 잠시도 지체하지 않았다. 유려히, 한 문단과 같이 나온 명령이었는데도 순식간에 잡아낸 모양이다. 그는 명한 자카리가 놀랄 정도의 속도로 자리에서 일어섰다. 옷자락에 바람이 일 지경이었다.

"이만 물러가겠습니다."

자카리 역시 일어섰다. 그는 발렌시아의 예를 보는 둥 마는 둥하고 먼저 나서 집무실의 문을 열어젖혔다. 애초에 자기 말을 더 들을 마음도 없는 놈과 가타부타 골이 깨지고 싶지 않았다. 차라리 한시라도 빨리 외르타가 없는 솔 미라이예로 쫓아내는 것이 벌이라면 벌이 될 것이다. 지금이야 그녀가 원하면 보낸다니 어쩌니 따박따박 말대꾸를 하지만, 아직까지 외르타와 한시도 떨어져 본 일이 없는 남자 아닌가. 그녀가 없는 자신을 겪어 보지도 못했으면서 자못 당당하게 말하는 꼴이 같잖았다. 마치 다섯 살짜리가 겪은 세월이 많다 말하는 꼴을 보는 기분이었다.

자카리는 속으로만 투덜거리며 계단을 내려왔다. 왕의 채신머리와는 영 인연이 없는 걸음이었다. 때문에 그는 하마터면 누군가와 부닥칠 뻔했다.

"아, 사람 놀라게!"

난간을 돌아오던 여인도 화들짝 놀란 모양이다. 그녀는 어깨를 바르르 떨면서 뒤로 물러나, 가까스로 자카리의 얼굴을 확인했다. 자카리는 그제야 그녀의 정체를 알아차리고는 의아한 채 물었다.

"왜?"

"비전하를 따르던 중이었습니다. 제가 머무를 곳을 알려 준다고 하십니다."

"그렇…… 군……."

그는 말을 질질 끌며 슬쩍 뒤를 돌아보았다. 물론, 자카리는 그럴 필요가 없었다. 그 앞에 서 있던 외르타가 금세 도끼눈을 떴기 때문이다.

"헛, 헛, 알겠네. 짐은 일이 있어 이만 가네. 좋은 시간 되게."

외르타는 공손히 잉그레의 예를 표했다.

그리고 멱살을 잡을 기세로 남은 계단을 달려 올라갔다. 그녀는 자신이 신은 얇은 슬리퍼는 생각지도 않고 냅다 달려서, 제자리에 멈춰 있던 발렌시아를 잡아챘다. 적어도 그녀의 의도는 그러했다는 말이다. 외르타는 순간 발을 삐끗해서, 흔들거리다 돌기가 많은 벽을 꽉 붙잡았다. 외르타는 곧장 중심을 찾고 몸을 확 빼냈다. 발렌시아는 어느새 제 코앞에 서 있었다. 그녀는 한 발자국 물러난 뒤, 옷자락을 툭툭 털며 뻔뻔스레 말했다.

"자, 이제 이유를 말해 주겠니?"

"들어가십시오."

"거절한다. 이유는 듣고 갈 거야."

발렌시아는 그녀를 뚫어져라 바라보고 있었다. 외르타는 약간 의아했다.

"외르타, 말씀 드렸습니다. 저는 당신의 안전을 염려합니다."

"솔 미라이예에서 염려했으면 됐잖아."

"부족합니다."

외르타는 옷에 감싸인 그의 팔목을 잡았다. 그가 팔을 뒤로 빼려는 것이 느껴졌지만, 그녀의 힘보다 약한 충동이었다. 그녀는 무턱대고 옆방의 문을 열어젖혔다. 화사한 채 텅 비어 있었다. 외르타는 제 온 힘을 다해 발렌시아를 끌고 방으로 들어갔다. 그는 도저히 반항할 수 없는 듯 터덜터덜 따라 들어왔다. 문을 닫았다. 쾅.

"……."

"경, 내가 사과하마."

"당신이 사과하실 일이 없습니다."

"내가 취해서 차마 눈 뜨고 보기 힘든 짓까지 했니? 얼마나 민폐였으면 경이 나를 쫓아내겠어. 미안하다."

"그것과는 상관이 없습니다. 당신의 잘못이 아니라 말씀드렸습니다."

외르타는 여전히 그의 팔을 잡고 선 상태였다. 고개가 약간 욱신거렸다.

"다시는 안 그럴……."

"외르타, 당신 잘못이 아닙니다. 제 부주의 탓입니다."

"무슨 부주의?"

"아닙니다."

그녀는 마치 횡설수설의 표본처럼 보이는 그를 떨떠름하게 바라보았다. 그는 입을 꽉 다물었다가, 무슨 말을 하지 못하고 그녀에게서 벗어났다. 외르타는 그의 힘 한 번에 떨어져 나온 제 손을 보며 다소 기묘한 기분을 느꼈다.

"외르타."

"응?"

"저는 당신을 해하여야만 하는 사람입니다. 함께 솔 미라이예에 머물며 친밀할 수는 없습니다."

이번에는 그의 손을 제 손으로 덮었다. 발렌시아가 약간 움찔하는 것이 느껴졌다. 그리 명확히 잡은 것이 아님에도, 다만 스치듯 손등에 자신을 얹은 것뿐인데도 놀라는 모습이 좀 웃겼다.

"발렌시아 경, 설마 그것 때문이니?"

"그리 가벼이 말씀하실 일이 아닙니다. 외르타, 저는 오늘 이후 당신을 알지 못할 것입니다."

"어……?"

"잉그레 주최 무도회나 십이공회 등으로 당신과 제가 마주하는 일은 적지 않을 것입니다. 다만 저는 이제 당신에게 인사 이상의 대화를 건네지 않습니다. 그것을 지키지 못한다면 당신을 이 자리까지 보낸 제 이유가 퇴색됩니다."

"절교를 이렇게까지 친절히 공지하는 사람은 또 처음 보는구나."

"외르타, 기껏해야 이순입니다. 제가 당신과 절연할 리 없습니다. 저는 제가 일을 저질렀을 시 주변의 의심을 피하기 위해 당신을 멀리하려는 것입니다. 필요에 따른 거리입니다. 인정하십시오."

외르타는 얼떨떨하니 서 있다 순간적으로 그의 손등을 깨물듯 잡았다. 눈살은 한껏 찌푸린 뒤다.

"경, 안 돼. 나는 이순 뒤면 병석에 눕고, 당신은 곧 전쟁터에 나가. 당신이 돌아왔을 때 난 왕도에 없을 거다. 이 이순을 귀중히 여기지 않는다면 우리에게 남은 시간은 없어."

"괜찮습니다."

그녀는 약간의 충격을 받았다. 지금까지 그토록 제게 남으라 종용했던 이가 지금, 떠나도 괜찮다, 이것으로 끝을 내도 괜찮다 말하는 것이다. 외르타는 입술을 꽉 깨물었다. 끝내 손을 떨쳐 냈다. 뒤로 여러 발자국 물러나 소파의 팔걸이에 쓰러지듯 앉았다. 딱딱한 나무에 엉덩이가 욱신욱신 아팠지만 지금 제 충격에 비하면 그것은 감각조차 아니었다.

발렌시아는 그녀를 따라가지 않았다. 다만 그 자리에 붙박인 듯 서서 책장 쪽을 바라보고 있을 따름이다. 그는 아직까지도 들고 있던 손을 내렸다.

"외르타."

"……."

"이만 가 보겠습니다. 건강하십시오."

"……."

그는 방을 떠났다.

외르타는 문소리와 거의 동시에 제 이마를 짚었다. 지끈지끈 아팠다. 그가 지금 무슨 말을 하고 떠났는지 잘 가늠이 되지 않았다. 나중 일에 우리가 서로 친밀한 것은 도움이 되지 않는다. 그래서 이제 안 그러기로 했다고?

신음 섞인 감탄이 나왔다. 그게 그토록 자른 듯 끊길 수 있는 일이라는 사실을 나는 미처 몰랐다. 이것은 결코 조롱이 아니었다. 진심으로, 그리 냉정히 행동할 수 있는 발렌시아가 신기하고 또 두려웠다. 일을 하기 위해서는 나를 끊어야 한다. 그래서 이만 끊겠다. 자기 입으로 나에 대해 돌이킬 수 없음을 선언하고도, 이제 와 기어이 돌이키는 것이다. 맙소사. 그에겐 언 폭포수, 명경 같은 냉정뿐이다. 자신은 그놈의 감정 하나를 못 끊어 제 목을 건 복수를 감행했는데. 사람이 저렇게까지 냉정하면 감정에 따른 일이라곤 죄 쓸모없는 물건이라고 재단할 수 있을지 모르겠다.

그래서, 그에게는 내 복수가 불쾌했을까?

외르타는 돌연 제 사고를 꿰뚫은 질문에 깜짝 놀랐다. 그러나 아귀는 맞았다. 지금까지 그녀가 로크뢰를 말할 적마다 항상 화를 내던 발렌시아다. 저가 바보가 아니듯 그 역시 빤히 보였다. 그것이 그녀의 복수에 대한 경멸이라면 말이 된다. 사람이니 제 고통에 대해서는 동정하되, 그 것을 해결한 방법에는 어렴풋한 미소만 보내는 것이다. 그는 예의바른 사람이니 제 진의를 결코 보이지 않았으리라. 아마 이번이 아니었다면 자신은 또 영영…….

외르타는 이 순간적인 깨달음에 속이 철렁 내려앉는 것을 느꼈다. 평생토록 남의 입씨름 따위에 신경 쓴 일이 없는데도, 제 복수에 대한 발렌시아의 평가에 지레 겁먹고 몸을 사리는 것이다. 그가 그럴 수는 없다. 포티미외에서 그만한 감정을 목도하고 내 복수가 어리석다고 말할 수는 없다. 경, 경은 내 복수 때문에 전승했지 않나. 그리고서 내 감정에 따른 복수를 인정하지 않는다니 어불성설이다. 당신은 내게서 이득을 봤으면서…….

치졸했다.

외르타는 얼굴을 짚었다. 세상에. 이토록 저열할 수가 없다. 자신이 해 준 것을 휘두르며 상대의 심정적인 부분까지 건드리려는 무뢰배가 되고 싶지 않았다. 그렇게 해서까지 발렌시아의 인정을 받으려는 자신 역시 역겨웠다. 마치 내가 아닌 듯싶다. 나는 이런 사람이 아니다…….

그녀는 발렌시아의 말이 타당하다는 사실을 인정했다. 떨어져야 했다. 함께 있으면 그의 일에 차질이 생기고, 또한 자신까지 망친다. 그녀는 그렇게 망가지고 싶지 않았다.

외르타는 관심을 밀어 둔 채 고개를 들어 창밖을 바라보았다. 앙히에의 마지막 말에 딴지를 거는 레아가 들렸지만, 무시했다.

아침을 먹고 모였건만 벌써 정오를 넘긴 것처럼 보였다. 낮의 해가 살갗을 찌르는 모양으로 따스했다. 외르타는 햇살 속에 종알대는 레아의 음성을 들으며 갑작스레 발렌시아를 떠올렸다. 그의 기억이 치밀었다. 외르타는 스스로를 약간 비웃었다. '치밀었던' 기억? 얄팍한 가장이 가소로웠다. 그때부터 지금까지 제 바닥에 깔려 있는 생각은 전부 발렌시아가 아닌가. 순간순간 다른 곳에 기울이는 감수성을 제하면 모든 것이 그에게 쏠려 있었다. 신기할 지경이다. 마치 저가 아닌 다른 사람을 보는 것 같았다.

그날 어떻게 온 거지? 정말 안겨 왔나? 그렇게 안겨도 온순했나? 술에 취하면 마지막 '나'마저 없어지나? 새로운 발견이다. 이 사실을 추궁해야 할지 감사해야 할지 갈팡질팡했다. 아니, 애초에 이 사실에 대해 말을 꺼내야 하는지 여부도 갈등되었다. 상대는 이미 잊었는데 저 혼자 흥분하여 나서는 꼴이 될지도 모르기 때문이다.

그녀는 꿈결처럼 물었다.

"오늘 십이공회가 있나?"

"어. 오늘 새벽에 있었는데 지금 끝났는지 안 끝났는지 모르겠다."

"음…… 난 이만 나가마. 생각할 게 있어서."

외르타는 자리에서 벌떡 일어섰다. 막 레아에게 쿠션을 던지려던 앙히에는 다소 당황했다. 다소 당황하여, 따라 일어섰다. 그는 레아를 한 번 바라보고는 입을 벙긋하다가 겨우 말했다.

"데려다 주고 올게."

"어? 어. 그래."

아무래도 이 자리에 이런 느긋한 낯이 저 소꿉친구들의 노는 모양인 것 같았다. 외르타는 보일 듯 말 듯 희미하게 미소를 짓고는 문을 열었다. 앙히에가 허겁지겁 따라 나오는 것이 느껴졌다. 다시, 닫혔다.

"들어가지 않고."

"시종보다는 내가 나아."

"앙히에, 여긴 인그레야. 웬 호위야?"

"아무튼."

앙히에는 인그레라는 단어를 너무 많이 들어 비웃을 기력조차 없는 모양이었다. 외르타는 쯧 혀를 차고는 복도를 종종 걸어갔다. 그는 저벅저벅 따라오며 멍하니 주변을 살폈다. 계속 앉아 있거나 반 누워 있다 보니 벌떡 일어선 지금 온몸이 찌뿌드드한 모양이다.

외르타는 모퉁이를 도는 동작과 거의 동시에 계단 아래로 내려갔다. 성의 없는 발걸음에 몸만 악기 음계처럼 뚝뚝 떨어졌다. 그녀는 문득 이 자리가 예전, 첩이라는 말도 안 되는 소리를 듣고 스스로 발렌시아를 쫓아갔던 계단이라는 사실을 깨달았다. 젠장. 왜 자꾸 똑같은 생각에서 맴도는 거야? 깨달음과 동시에 질문도 찾아왔다. 그녀는 준비운동처럼 잇몸을 몇 번 깨물다가 고개를 슬쩍 돌렸다.

"앙히에."

"어?"

"혹시 그날 내가 조각길에서 어떻게 떠났는지 알아?"

"형님 품에 안겨서 잘 자던데."

"······정말?"

"그럼 가짜야? 형님 성격에 그만큼 취한 사람을 막 데려갈 것 같냐."

"······."

앙히에는 어쩐지 될 대로 되라는 듯 말을 마구 던지고 있었다. 무엇에 골이 났는지 모를 일이다. 외르타는 눈살을 얕게 찌푸린 채 상대를 노려보았다. 그녀는 사실, 방금 전 방을 나설 때까지만 해도 십이공회가 파한 뒤 발렌시아를 붙잡을 생각이었다. 묻고 싶었다. 혹시 경이 그랬니? 그러나 지금은······.

'혹시 그랬니?' 이것은 탓하는 질문이 아니라 사실의 확인이었다. 따라서 지금은 앙히에의 퉁명스러운 해명에 이럭저럭 윤곽이 잡혀, 발렌시아와 이야기를 나누고 싶다는 욕심이 뚝 떨어졌던 것이다. 입맛 까탈

스러운 임산부처럼 금세 마음에 차지 않았다. 사실을 알았으니 자존심 상하게 발 벗고 나서 그를 찾을 필요는 없다. 발렌시아 경도 그리 설득하지 않았나. 서로 얼굴을 마주하는 것은 도움이 안 된다고. 그리 똑똑한 사람이니 말이 무엇 틀렸을까. 외르타는 빈정이 상했다.

알고 보면 비슷한 이유로 빈정이 상한 두 사람은 침묵 속에서 층을 내려갔다. 외르타는 이렇게 딱딱거리려면 왜 자신을 따라왔는지 모르겠다고 생각하며, 앙히에를 짧게 노려보았다. 그는 영문을 모르고 짜증을 되갚았다.

"뭐야?"

"아니야. 가."

그녀는 문고리를 잡았다. 앙히에는 툴툴거리며 다시 위층으로 떠날 채비를 했다. 외르타는 방문을 열고, 몸을 쑥 들여보내다, 갑작스레 번쩍 놀랐다. 그녀는 옷자락이 흐트러질 정도로 거칠게 시선을 돌렸다.

"앙히에."

"왜?"

"도대체 내 기억력이란……. 여태껏 제대로 감사도 안 했구나."

"어?"

"고마워."

"뭐가?"

앙히에는 영문을 모른 채 다시 외르타에게 다가오려 했다. 그러나 그녀는 손바닥을 보였다. 그는 무형의 두터운 벽에 막힌 양 우뚝 섰다. 외르타는 짧게 반복했다.

"고마워."

"설명해."

"레아로 나를 구해 주어서 고맙다."

"참견하지 말라면서 이제 와 고맙다는 건 무슨 헛소리야?"

"세 번 감사했어. 무릎 꿇은 거나 마찬가지야."

그는 무슨 말이 울컥 솟은 것처럼 잇새를 깨물었다. 외르타는 그 모양이 마치 물이 터지기 직전의 분수대 사자 같다며 희극적인 감정을 느껴보려 했다. 물론 노력의 대부분은 실패했다. 외르타는 긴장한 채 이번의 앙히에가 또 무엇으로 자신을 담금질해 줄까 걱정했다.

그의 입가가 벌어졌다. 말은 나오지 않았다. 다만 텅 빈 숨뿐이다.

"알겠어."

"화났어?"

"아니. 화 안 났어. 하지만 충고는 해. 왔다 갔다 사람 헷갈리게 하지 마라. 네게 그렇게 자랑스런 가치관이라면 필요에 따라 멋대로 비틀면 안 되지."

"……."

"……."

"노력할게."

앙히에는 인상을 찌푸리며 그녀를 납득했다. 물론 다음 순간, 그는 그래서 어느 쪽으로 기울 거냐고 묻고 싶은 듯 보였다. 그러나 이미 기회를 놓쳤다. 외르타는 그 빤한 기색을 전부 읽어 낸 다음, 쓴웃음을 지으며 재차 인사와 감사를 덧대어 갔다.

"고마워. 나는 조금 쉬마. 다시 보자."

외르타는 그의 답을 듣지 않고 방 안으로 들어갔다.

잠시 동안 그가 떠나는 소리가 들리지 않았다. 성인 남자의 키만 한 바람 뒤, 일부러인 듯 거칠게 계단을 내딛는 소리가 났다. 외르타는 방문 앞에 기대어 꾹꾹 힘을 주었다. 등뼈가 순서대로 문에 닿았다.

그녀는 정적에 귀를 기울였다. 그리고 곧, 습관처럼 익숙지 않은 자신의 방을 둘러보았다. 너무 컸다. 너무 화려하고, 너무 빛났다. 매번 느끼지만 제가 꼴에 여인이라고 아기자기하고 어여쁜 방을 골라 준 모양이다. 물론 이는 게외보르트나 라르디슈의 제 침실과 다를 것이 없으므로, 자신의 비교 대상은 결국 솔 미라이예의 무채색 방뿐이다. 한심하지 않은가. 무엇에 비교하여 잉그레의 이 아름다운 방을 나이에 어울리지 않는 화장이라 말하나.

외르타는 고개를 절레절레 저으며 가운데에 놓인 침대로 걸어왔다. 양탄자가 푹신하게, 얇은 신발을 동물처럼 감싸 주었다. 속이 들쩍지근한데 목욕이라도 할까.

다음 순간, 그녀는 연둣빛 이부자리의 중앙에 놓인 어떤 책을 발견했다. 아까 나갈 때까지만 해도 깨끗하던 이불이라 그녀는 제법 대단한 이질감을 느꼈다. 책이라. 어디서, 누가 가져다 둔 책이지? 서너 발자국을 더 가까이 다가가고 나서야 그것의 제목을 읽을 수 있었다. 중앙 삼국의 식민지 병합 역사, 534년 제 3판. 이상하게도 어디선가 분명히 본 표지와 제목이었다. 사서史書답지 않게 금박 치장이 화려해 확실히 기억하고 있었다. 설마 오래전의 그라벤호펜인가? 아니다. 아니면 라르디슈의 왕실 도서관인가? 확실히, 아니다. 그것도 저것도 아니면 도대체……?

운라쿰 남작.

그녀는 제 기억력에 감탄하는 대신 긴장하여 책을 노려보았다. 고민할 겨를도 없었다. 외르타는 토할 것 같은 기분을 억누르고 갈고리처럼 책을 채어 왔다. 금방이라도 책 표지가 살아 가슴을 뜯을 듯해 심장이 두근거렸다. 책. 중앙 삼국의 식민지 병합 역사, 534년 제 3판. 적색으로 두꺼운 표지. 뻐꾸기 새끼인 양, 둥지를 잘못 차지하고도 끝내 목적을 이루려는 것처럼 확고했다. 외르타는 뻐꾸기를 키우는 뱁새가 되었다. 자식을 모른 체할 수 없는 것처럼 보란 듯이 놓인 책 또한 무시할 수 없다.

그것은 번개와도 같은 깨달음이었다. 외르타는 심호흡을 깊게 한 뒤 천천히 책을 펼쳤다. 종이 위를 더듬더듬 훑는 모양이 꼭 장님 같았다. 그녀는 쪽이 잘 넘어가지 않자 막무가내로 구기기까지 했다.

궁

릉

정원 유일의 백주목. 백주목과, 오른쪽 자홍 장미 사이의 땅. 아래.

그녀는 마지막 '래' 자를 해독하며 손톱으로 종이를 짓눌렀다. 읽는 법을 잊고 있었다는 사실이 믿기지 않을 만큼 빨랐다. 암호가 아닌 듯, 일반적인 문장인 듯 신속했던 것이다.

머리가 하얗게 비었다. 무언가 놓치거나 오독한 것이 있을까 하여 다시 한 번 격 장을 살폈지만 말은 여전히 같았다. 궁릉 정원 유일의 백주목. 백주목과, 오른쪽 자홍 장미 사이의 땅. 아래. 외르타는 초조하게 책을 훑어보았다. 책이 스스로 살아 다른 명령을 뱉어 냈으면 좋겠다. 백주목과, 오른쪽 자홍 장미 사이의 땅. 아래. 매캐한 종이 재 냄새가 코를 메웠다. 아래.

자리에서 일어서는 것과, 책을 던지는 행동은 거의 동시에 일어났다. 머리가 어질어질하여 도통 정신을 차릴 수가 없었다. 외르타는 사납게 침대 기둥을 감아 돌았다.

그렇지. 우연이 아니다. 운라쿰 남작이 어디의 어떤 천치라 그토록 번듯이 책을 내팽개친 것이 아니며, 보란 듯 'W'를 새겨 둔 것도 아니다. 그렇게 쓸모없는 말을 해 가며 지체한 것은 그녀에게 발터를 전달해야겠다는 사명감이 있었기 때문이다. 외르타는 눈을 꽉 감았다가, 제 손으로 어스름을 만들어 가렸다. 시야가 서서히 서서히 컴컴해졌다. 그 어둠 속에서 자신이 보였다. 너. 발터가 누이를 완전 묵살할 것이라는 흥미로운 오해를 하고 있었던 모양이다. 왜 그런 기막힌 오해를 했는지까지는 잘 보이지 않았다.

외르타는 즙 많은 과일처럼 암호를 짓씹었다. 궁륭. 백주목. 그래. 발터, 솔 미라이예 궁륭 정원에 내가 찾아야 하는 물건이 있다는 거지? 솔 미라이예. 미라이예. 발렌시아 경. 미라이예라는 단어 하나에 마법처럼 발렌시아가 따라왔다. 그에게 운라쿰 남작의 외도를 고해할 것이냐? 외르타는 짐승도 웃고 갈 소리라고 생각했다. 비사의 핏줄을 탄 누가 감히 어수대를 분지른다는 말인가. 그녀는 손을 미끄러뜨렸다. 손목은 허수아비 팔처럼 대롱대롱 어깨에 매달렸다.

외르타는 침묵 속에서 숙고했다. 그것은 숨겨진 것을 보러 갈지 고민하는 침묵이 아니라, 어떻게 하면 자신의 의도를 숨길 수 있을지 고민하는 침묵이었다. 그녀는 스스로가 무명에게 감시를 당하고 있으리라 믿어 의심치 않았다. 때문에, 그녀는 곧 적당한 크기의 주머니를 품속에 하나 챙겼다.

외르타는 방을 나섰다. 그녀의 발은 빠르지도 느리지도 않았다. 다만 마치 산책을 하는 듯 여유로운 걸음으로 뚜벅뚜벅 계단을 내려섰다. 앙히에는 흔적도 없는 것이 아마도 다시 레아에게 돌아간 모양이다. 그녀는 난간을 슬슬 매만지며 몸을 지탱했다. 그리고 단숨에 지상으로 내려섰다. 큰 홀에 다다라서야 걸음이 다소 가빠졌다. 어깨가 뻐근했다. 현실감이 들지 않으며, 흥분한 입매 덕에 혓바닥만 자꾸 꼬였다.

그녀는 제 눈에 익은 시녀 몇이 자신을 이상하게 보는 것을 느꼈다. 외르타는 성을 내는 대신, 차분히 다가가 왕실의 십자 정원이 어디 있느냐 물었다. 그들은 친절하게 안내해 드리겠다 말했지만, 외르타는 홀로 걷고 싶다며 거절했다. 시녀들은 그러려니 생각한 듯 그녀에게 정원의 위치를 알려 주었다. 그곳의 수목은 전부 폐하의 소유이니 주의하시라는 충고와 함께. 외르타는 충심으로 이해한 체 고개를 끄덕였다.

십자 정원은 그녀가 알기로는 왕실에서 가장 좁고, 입구에서 가장 가까운 정원이었다. 아니나 다를까 외르타는 거의 날아온 듯한 속도로 아담한 정원에 도착했다. 그녀는 감시를 신경 쓰며 정원 이곳저곳을 돌아보는 체했다.

그리고 곧이어 정문을 나섰다. 커다란 아치가 눈썹을 지나는 느낌이 매우 오싹했다. 시선 몇 개가 화살처럼 자신을 따랐다. 외르타는 주목에 다소 위축되어, 스스로 방을 나설 때 가장 처음 생각했던 말을 곱씹었다. 과하다 싶을 정도로 당당해져라. 불법적인 일을 저지르는 것이 아니니 뻔뻔하게 굴어도 괜찮다. 그래야만 자신을 감시하는 무명도 의구심을 느끼지 않을 것이다. 분명 무언가 대단하고, 드러내도 이상하지 않은, 정당한 이유가 있어 공작의 저택에 방문하는 것이라 느끼겠지. 외르타는 입이 바싹바싹 마르는 것을 느꼈다. 그녀는 꼭 궁륭 정원에 가고 싶었다.

외르타는 왕궁의 문을 지키는 기사에게 정확한 목적을 밝혔다.

"솔 미라이예에 출타할 일이 있다."

그녀의 말을 들은 기사는 다소 어리둥절한 것처럼 보였다. 외르타의 말은 앞뒤를 전부 잘라먹어 어처구니없을 정도로 뻔뻔하게 들렸다. 기사 역시 기가 막힌 듯했지만, 안타깝게도 그녀는 무시하기엔 너무도 눈에 익은 인사였다. 때문에 그는 짧게 반박했다.

"십이공회는 아직 끝나지 않았습니다."

"응. 그런데 나는 공작에게 볼일이 있는 게 아니란다. 그곳에 있는 내 의원을 봐야 해."

외르타는 모리를 팔았다. 경비 기사는 갈등했다. 그러나 끝내, 그녀를 제재할 어떤 이유도 발견하지 못한 모양이었다. 그녀는 얕게 인사하며 문을 지나갔다.

십이공회가 끝나지 않았다니 정말 다행이다. 만일 발렌시아가 저택에 있었다면 제 본디 목적은 반드시 들통 났을 것이다. 그녀는 저를 졸졸 따르고 있을 것이 분명한 무명보다 발렌시아를 더 경계하는 자신에게 웃음보가 터졌다. 이래서야 그를 보고 싶어 하는 것인지 영영 꺼리려는 것인지 구분이 잘 안 가는데. 이것은 그녀가 어릴 적 제 어머니를 생각하던 감정과 아주 비슷했다. 저를 내팽개친 어머니라도 내심 눈 흘기며 그리워했다가, 막상 다가오면 끔찍이 싫어지는.

사실 이것은 제 모든 관계에서 공통적으로 적용되는 이치였다. 외르타는 항상 자신이 먼저 다가가야 했다. 자신이 다가가기 전에 오는 사람들은 모조리 쳐 냈다. 어쩌면 주도권 문제일 수도 있겠다. 발렌시아와 외르타라면 권력은 항상 그에게 있을 것이고, 주도권을 빼앗긴 자신이 꺼림칙한 감정을 삭일 날은 오지 않을 것이다. 아마도 영영.

외르타는 쓸데없는 생각을 주워 삼키며 솔 미라이예에 도착했다. 익숙한 철문이 눈에 보이자, 다시금 발터 생각에 온몸이 천금처럼 무거워졌다. 그의 생각을 밀어내기 위해 말도 안 되는 잡음을 만들고 있었나 보다. 외르타는 스스로가 한심해졌다.

자신과는 잘 아는 문지기가 입을 열려 했다. 그녀는 잽싸게 쉿하고 검지로 입가를 가렸다. 그는 어안이 벙벙한 듯 보였다.

"저……."

"쉿."

"누구를 뵈러……."

그는 외르타가 미친 듯이 검지를 흔들어 대는 모습을 보고는 말을 멈췄다. 혼란스러운 것 같았다. 그녀는 마치 무슨 속내가 담겨 있기라도 한 듯 자신을 가리키고, 다시 저택 쪽을 손가락질했다. 뒤이어 문지기가 무슨 말을 하려 할 때마다 마구잡이로 손사래를 쳤다.

황당한 침묵이 계속되자 문지기는 오래 버티지 못하고 자신의 역할을 포기했다. 리베께서 누구를 깜짝 놀래켜 주시려나 보다. 왜 저분이 솔 미라이예를 떠나셨는지는 잘 모르지만, 어쨌든 무해한 인사시지 않나. 어차피 지금은 합하도 안 계신데. 외르타는 그의 자기변명에 감사하며 문 안으로 들어섰다.

솔 미라이예의 궁릉 정원은 노을 정원의 정반대편, 연무장 근방에 있었다. 다행스럽게도 정문에서 눈에 띄지 않는 장소에 궁릉 정원으로 향하는 지름길이 존재했다. 자신에게는 참 고마운 일이 아닌가. 그녀는 솔 미라이예 안에 들어서자 드디어 달음박질을 치기 시작했다. 처음으로 속력을 낸 것이다. 뒤를 돌아보니 문지기가 자신을 빤히 응시하는 모양이 보였다. 외르타는 한숨을 쉬며 계획을 약간 수정했고, 그 수정과 거의 한 줄로 지름길에 들어섰다.

백주목이라. 외르타는 오랜 백주목이 어디에 있는지 아주 잘 알고 있었다. 그 흰빛이야말로 정원의 입구를 알리는 장식이기 때문이다. 외르타는 몇 걸음 제대로 뜀박질을 하기도 전에 대단히 창백한 나무를 발견했다. 껍질이 희게 일어난 채 작지도 크지도 않게 서 있었다.

그녀는 허겁지겁 몸을 숙이다 장미 덤불에 뺨을 쓸리고 말았다. 그러나 그녀의 앙다문 입에서는 신음성 한 번 새어 나오지 않았다. 엄살보다 몇 배는 더 급한 일이 있었다. 주목과 장미 사이의 땅은 번듯이 황폐했다. 그러나 외르타는 실망하지도 않고 부러진 나뭇가지를 들었다. 어느 나무의 큰 가지였던 듯 두터워 땅을 파는 데 아무런 문제가 없었다.

우두둑 우두둑 잔가지가 쓸리는 소리도 잠시, 외르타는 무언가를 발견했다.

"아……."

"그만."

루틸로 후작은 요 며칠 배로 퉁명스러워진 공작을 노려보았다. 발렌시아는 그를 무시한 채 다시 원탁 중앙 모호한 곳에 시선을 두었다.

"자멘테 후의 후계는 여기서 논의될 만한 주제가 아닙니다. 기간이 일치한다는 이유만으로 유착을 의심하시는 것은 천만부당합니다. 저 역시 요를림의 완전 말소가 진행될 당시, 모든 연락이 끊긴 채 알론조 캄비 근방에서 왕도로 귀환하는 중이었습니다. 저마저 의심하시겠습니까? 근거가 너무 빈약합니다. 더군다나 이는 본론에서 지나치게 벗어나, 고의로 논지를 흐리려는 시도로 보이기까지 합니다."

그 확고한 지지에 자카리가 입을 벌렸다. 그것이 놀람이라면, 루틸로 후가 입을 연 것은 오로지 노여움 때문이었다.

"이보시오, 공작, 공이야말로 논지를 흐리려 작심하신 듯하오. 지금 이것이 오로지 나 혼자만의 의심이오? 아니오. 사실 평균 정도의 지성만 있다면 누구나 제기할 수 있는 의문이오. 첫째, 자멘테가 차출한 사병은 북부에서 요를림 진압에 힘쓰고 있었소. 둘째, 자멘테의 사병이 따르는 통수권자는 오로지 두 사람이오. 자멘테 백작과 그의 유일한 후계자. 그러나 요를림의 가장 격렬했던 시기 동안 자멘테는 왕도에서, 무명의 검열 없이는 결코 서신을 반출할 수 없는 상태였소. 반면에 자멘테 경은 포티미외에서 공과 갈라진 뒤 종적이 묘연했지. 경은 이번 달에 들어서야 본 영지에 나타났다고 알고 있소. 사병을 책임진 파베 남작이 미친 것이 아니라면 — 주변의 모든 인사를 참조할 때 그는 고지식하고 바른 사람임이 분명하오. — 확실히 어딘가에서 명을 받았을 거요. 그리 생각하지 않소?"

"내 요점은."

발렌시아는 인상을 약간 찌푸렸다.

"방화가 누구의 소행이었든 간에 요를림 전소와 요를림 후처리 간에는 아무 관련이 없다는 것이다. 물론 나는 그 광태가 자멘테와는 무관한 불행이라고 믿는다. 이유는 첫째, 요를림을 전부 불태워서 자멘테가 얻을 수 있는 이익이 없다. 서부의 백작이 북부를 해함으로써 얻는 이익이 무언가? 게다가 요를림의 진짜 자산은 그들의 철이지 황량한 땅이 아니다. 둘째, 자멘테 경의 행방이 묘연하다 하는데 그것은 사실이 아니다. 자멘테 후와 내 유대에 감사하게도, 경은 그간 내게 주 간격으로 자신의 위치와 직면한 문제에 대해 조언을 구해 왔다. 나는 당연히 거리당 소요되는 전달 시간을 알고 있다. 그는 거짓을 말하지 않았다."

"요를림에 서신으로 명했을 확률은……."

"후계자가 사병을 부릴 수 있는 경우는 오로지 가문의 인주가 함께할 때뿐이다. 내가 알기로 자멘테 후는 반지를 나누지 않았다."

"못 믿소."

"후작이 잊은 것 같아 반복한다. 천착하지 마라. 나는 방화가 자멘테의 명령이었는지 따지는 것과 지금 우리가 논하던 후처리 간에 무슨 관련이 있는지 모르겠다. 나는 이 둘을 연관 짓는 것에 반대한다."

"그리고, 후작께서는 내게 입이 있다는 사실을 무시하시는 모양이오."

자멘테였다.

"근본적인 질문을 하지. 내가 왜 요를림을 태우겠소? 물론 상종하고 싶지 않은 치들임은 틀림없소. 그렇지만 이번 건은 너무 잔인한 처사요. 엄청난 수의 사람이 죽었소. 내게 이득이 있기는 하오?"

"후작이 북부의 내게 영향력을 행사할 수 있게 되었다는 점이 이득이겠지. 감히……."

"그만, 그만, 그만!"

자카리는 원탁을 쾅쾅 내려쳤다.

"근거 없는 음해, 놀림거리가 된 의심에, 전혀 생산적이지 않은 토론 경주까지."

그는 하나를 셀 때마다 탁자를 때려 주목을 요구했다. 말이 막힌 루틸로 후작은 황공하다는 듯 고개를 숙였다. 자멘테는 바닥을, 발렌시아는 원탁의 한 부분을 노려보았다. 다들 이전의 반듯한 시선과는 달리 비스듬이 떨어진 모양이었다.

"지금 그대들은 짐을 앞에 두고 장난하는 건가. 너희가 다섯 시간째 이 자리에 앉아 있단 사실을 알기는 아나? 한 발자국 나갔다 하면 애새 끼 떼쓰는 양 징징징 엎어져 발버둥 치고 있고. 두 발자국 물러났다 하면 좋다고 그 자리에서 종이 칼 싸움이나 하고 있고!"

자멘테의 굵은 눈썹이 꿈틀거렸다. 그녀 옆에 앉은 브레타냐는 모두에게 들릴 정도로 큰 한숨을 내쉬었고, 루틸로 후작은 모두에게 들릴 정도로 크게 이를 갈았다. 자카리는 탁자를 때리느라 벌겋게 부은 손을 이리저리 살펴보았다. 어디가 그리 거슬리는지 인상을 팍 찌푸렸다. 그는 짜증스레 다시 시선을 올렸다.

"세 시간 뒤에 다시 모인다."

"……."

"집에 굴러 들어가서, 식사하고 정신이나 좀 차리게."

다들 넋을 챙기지 못한 채 주섬주섬 예를 표했다. 자카리는 두 명 정도의 인사만 받고선 거칠게 방 안을 떠났다. 물론 그 방에서 그가 가장 무례한 사람이었던 것은 아니었다. 발렌시아는 그보다 더 심해, 누구와도 시선을 교환하지 않고 자리를 떴던 것이다.

그는 윗옷의 카라를 헐겁게 풀며 계단을 내려갔다. 세 시간 뒤에 다시 와야 했다. 그는 그 시간 동안 식사를 하기보다는 좀 더 귀중한 일을 하기로 마음먹었다. 예컨대 루틸로 후가 곧 따지고 들 343년 두오란체 칙

령이라든가, 자멘테 경의 위조된 서한이라든가, 요를림에 파견했던 미라이예의 사병이라든가, 지겹도록 많았다. 물론 이것은 열두 번째 검토가 될 것이므로 그리 큰 차이는 없을 것이다.

그는 누가 뒤따라오기 전에 정문을 나섰다.

왕실의 경비 기사는 가타부타 말 한 번 하지 않고 그에게 길을 비켜주었다. 발렌시아는 그중 콧수염이 두터운 남자가 제게 할 말이 있는 것은 아닌가 생각했지만, 아치를 전부 지나갈 때까지 별 신호가 없어 그러려니 넘겼다. 그는 돌려받은 니소르를 매만지며 모퉁이를 돌았다.

왕궁 앞 작은 광장을 제하면 잉그레와 가장 가까운 곳에 있는 건물은 솔 미라이예였다. 덕분에 그는 얼마 걷기도 전에 익숙한 문지기 앞에 도착했다. 그는 상대와 눈을 마주하지도 않고 정문에 확 들어서려 했다.

"합하, 다녀오십니까."

"……."

"리베 발미레께서 저택에 방문하셨습니다."

발렌시아는 자신의 귀를 의심했다. 즉각적으로 눈살이 찌푸려졌다. 문지기는 무심히 사실을 보고했다가, 주인의 급변한 기색에 우물쭈물 말을 주저하는 모양이었다. 발렌시아는 최대한 상대를 꾸짖지 않도록 노력했다.

"언제?"

"……고작해야 몇 분 전입니다. 연무장 쪽으로 가셨습니다."

그는 입술 안쪽을 꽉 깨물었다. 자신의 이유 없는 축객령 탓에 저택의 모든 이들이 외르타의 부재를 궁금해 했다. 그러니 문지기의 이런 평온과 뒤이은 당혹은 당연하고, 발렌시아 역시 문지기가 무턱대고 외르타의 출입을 허가했다는 사실에 놀란 것이 아니었다. 다만 외르타에게 놀랐다. 저가 그녀에게 엄금령을 확언했던 것은 아니나, 그녀가 그 자존심에 다시 한 번 저택을 방문하리라고는 미처 생각지 못했던 것이다. 그는 문지기를 탓하는 둥 마는 둥 대로로 걸어 들어갔다. 걸음은 평소보다 빨랐다.

들쩍지근한 바람이 짜증을 돋웠다. 그는 기실 난데없는 칼에 얼굴을 찔린 느낌이었다. 도대체 왜 이곳에 왔나. 그녀가 왔다면 무명도 이곳 어딘가에 숨어 있을 텐데, 저택 안에 무명을 들이는 것은 아무리 발렌시아라 해도 썩 유쾌한 일이 아니었다. 그는 네발짐승과 다를 것 없는 속도로 지름길에 들어섰다. 지름길의 첫 번째 모퉁이에 궁륭 정원이 있고, 그 뒤 이어지는 직진 행로가……

발렌시아는 걸음을 멈추었다.

백주목 옆에 둥글게 쭈그리고 있는 작은 그림자가 보였다. 적당히 차려입은 평상복 위로 긴 머리칼이 가지런히 흘러내렸다. 발렌시아는 까마득한 아래에 있는 그녀를 보며 하마터면 그대로 끌어 올릴 뻔했다. 발이 앞으로 크게 나갔다가, 멈추었다.

"경?"

걸음 소리를 들은 모양이다. 외르타는 비스듬이 위를 올려다보며 놀란 듯 눈을 크게 떴다. 그제야 그녀가 무엇을 품고 있었는지 빛 속에 드러났다. 그녀는 왼팔 안쪽으로 적당한 크기의 주머니를 펼치고, 오른팔로는 땅속에 묻힌 무언가를 파내고 있었다. 발렌시아는 이것저것 복잡한 말을 잇지 않고 외르타를 일으켜 세우려고 했다. 가까스로, 다시 한 번 그 충동을 참아 냈다.

"솔 미라이예에는 무슨 일이십니까? 그리고 왜 흙을……"

"아, 모리를 보러 왔단다. 어제 읽었는데 마약 후유증엔 백주목 뿌리가 좋다 하더라고……. 들어가기 전에 조금 잘라 가려 했어."

"약재는 저택에 충분히 있습니다."

"그 문제가 아니지. 나는 성의를 보이고 싶은 거야."

외르타는 뻔뻔하게도 남의 정원 나무를 잘라 가는 행위를 성의라고 일컬었다. 그녀는 잠시 침묵했다가, 멋쩍은 듯 말을 이었다.

"이잉그레에서도 찾아봤는데 백주목이 있는 곳은 전부 엄금이더라고. 그나마 십자 정원 하나만……."

"외르타."

"어?"

"우선 일어나십시오."

"잠깐만."

그녀는 기어이 뿌리 몇 자락을 더 잘라 냈다. 흙을 털어 낸 뒤 주머니에 곱게 담는 섬세함은 그다음이다. 외르타는 끝을 굳게 졸라맨 다음 웃샤 하는 기합 소리를 냈다. 자리에서 일어섰다. 그녀는 고리를 제 손목에 묶고는 재차 발렌시아를 올려다보았다. 그녀의 얼굴에는 언뜻 실망한 기색이 비쳤다.

"당신이 안 오면 살짝 모리 얼굴만 보고 오려 했는데…… 뭘 이리 빨리 와?"

"다섯 시간이 넘는 공회였습니다."

"알겠어. 그래서 난 저택에 못 들어가나?"

그는 입을 꽉 다물었다. 햇살에 먹힌 녹안이 다소 골이 난 듯 접혀 있었다. 나뭇잎 가운데 떠 있는 색 짙은 동공. 슬쩍 굴러갔다. 발렌시아는 참지 못하고 외르타의 손목을 잡아당겼다. 그녀는 영문을 모른 채 그쪽으로 주춤주춤 끌려갔다. 어쩌면 영문을 모르는 것이 아니라, 다소 겁을 먹은 것 같기도 하다. 그는 허리춤에서 손수건을 꺼내 외르타의 손을 감쌌다.

"어?"

그는 구태여 말을 잇지 않았다. 다만 상대의 손에 손수건을 쥐여 준 즉시, 외르타를 데리고선 지름길의 입구로 다시 끌고 나갔다. 그리 빠른 걸음이 아니라 외르타로서도 따라가기에 힘들지 않았다.

발렌시아는 대로에 나오자마자 외르타를 저택의 정문으로 들여보냈다. 그녀는 웃으며 감사 인사를 하려 했지만, 그보다는 그의 딱딱한 말이 먼저였다.

"저는 세 시간 뒤 다시 잉그레로 떠납니다. 그때까지 회포를 나누십시오. 돌아가실 때에는 저와 함께 갑니다."

"아, 응."

"들어가십시오."

외르타는 당신은 왜 들어오지 않느냐는 듯 눈썹을 치켜떴다. 그러나 그는 더 이상 그녀를 상대하고 싶지 않았다.

"경, 잠깐 말할 것이 있다."

"들어가십시오."

"저번에 내가 취했을 때를 기억하나? 하긴…… 기억 못할 리가 없지. 아무튼 그때 이야기를 들었어. 나를 데려와 줘서 고맙다. 그게 설사 좀 무례한 태도였더라도 괜찮아."

"……"

외르타는 그의 냉담한 시선에 혀를 차며 등을 돌렸다. 작은 발걸음 소리가 탁탁 땅을 내디뎠다. 문이 열리고, 사라졌다.

그는 그녀가 무슨 말을 한 것인지 잠깐 동안 잘 이해하지 못했다. 때문에 그저 자리에 가만히 서선 그녀가 떠난 것도 실감할 수 없었다. 멍하니 선 것도 잠시, 무언가 벽력같이 깨달은 것처럼 인상을 확 찌푸리다가…….

"잉그레 무명이 합하께 고두합니다."

발렌시아는 짜증스러운 얼굴 그대로 그에게 시선을 돌렸다. 무명은 아무래도 자신이 계속해서 이 자리에 남아 있는 것이 그를 기다리는 행동이라 오해한 모양이었다. 물론 외르타의 일거수일투족을 감시하는 무명이라면 그에게서 그녀를 캐는 것도 나쁘지는 않은 판단이다.

그는 짧게 명했다.

"방금 있었던 일을 고해라."

"우선 명심하십시오. 저는 합하의 권력에 굴복하여 저분의 행동을 설명하는 것이 아닙니다. 폐하께서는 공작에게 이 내용이 공개되어도 무방하다고 말씀하셨습니다. 때문에 별다른 절차 없이 현재 보고드릴 수 있는 겁니다."

"말해."

"리베 발미레께서는 왕비의 친우 자격으로 잉그레 본궁 이 층에 머무르고 계십니다. 그분은 정오까지 비전하, 소공자와 환담을 나누셨고, 곧이어 방 안에서 쉬셨습니다. 리베 발미레는 잠시 뒤 비단으로 만든 주머니를 하나 채비하신 뒤 십자 정원으로 내려가셨습니다. 무언가를 찾는 듯했는데 끝내 실패하시고는 잉그레 정문을 통과하셨습니다. 솔 미라이예에 자신의 의원을 만나러 간다 하셨습니다. 그리고 보셨다시피 솔 미라이예의 문지기를 그간의 친밀함으로 통과하셨고, 곧장 궁릉 정원 쪽으로 접어드셨습니다. 궁릉 정원이 눈에 띄자 돌연 장미 덤불과 백주목 사이를 파고드셨습니다. 주변 나뭇가지로 땅을 판 뒤 당신이 가져온 주머니를 여셨고, 그로부터 계속해서 상당한 양의 백주목 뿌리를 채취하셨습니다."

"……."

"제가 관찰한 바는 이것이 끝입니다."

발렌시아는 그를 노려보았다. 다소 왜소한 무명의 얼굴에는 얼핏 따

분하다는 기색이 서려 있었다. 따분할 만하다. 누군가를 죽이는 임무가
아니므로.

그는 뒤돌아 저택으로 들어갔다.

외르타는 궁륭 정원 일 이후로 발렌시아와 말을 나누지 못했다. 모리
에게는 제대로 된 사과와 백주목 뿌리를 전달했다. 그리고 거의 즉시,
꼭대기 층의 명령으로 쫓겨났다. 외르타는 당황하여 세 시간 뒤에 나가
는 것이 아니냐 항의했지만, 누프리는 미안하다는 듯 어설픈 미소만 짓
고 있었다.

모리만 그녀를 배웅해 주었다. 그녀는 외르타에게 짧은 감사 인사를
하고, 도대체 무슨 이유로 합하와 싸우신 거냐 꼬치꼬치 캐물었다. 외르
타는 자신들이 싸운 것이 아니라 나름대로 사정이 있어 갈라 선 것이라
주장하려 했다. 그러나 사실, 오늘을 포함한 최근 그의 행동은 별로 필
요에 의한 퉁명스러움으로 보이지 않았다. 정말 어디서 자신에 대한 나
쁜 소리만 줄곧 듣고 온 것처럼, 가끔은 그 선뜻함에 몸이 움츠러들 지
경이었다.

그녀는 발렌시아가, 살인하는 기사라는 제 속성을 아예 잊은 것은 아
닌가 생각했다. 로크뢰도 물론 그러했지만 기사란 것들은 화를 내기 시
작하면 도통 그 험악함을 견딜 수가 없었다. 물론 발렌시아가 로크뢰만
큼 화를 냈느냐 묻는다면 아직까지도 제 손에 있는 손수건이 면구해지
리라. 다만 그의 가벼운 짜증. 그의 가벼운 노여움뿐이라도 제 어딘가에
똬리를 튼 두려움이 훅훅 끼치는 것이다.

정말 때인가 보다. 발렌시아는 이제 자신에게서 그녀의 지분을 몰아
내려 노력하고 있는 듯했다. 외르타는 약간 실망했다. 제법 괜찮은 관계

를 하나 만들었나 싶었는데, 그리 느끼기가 무섭도록 칼같이 잘리는 것이다. 하긴. 언젠가 그럴 사람이라고 생각하기는 했다. 외려 지금까지 자신의 편의를 봐준 게 신기하지.

외르타는 겉옷을 애벌레 껍질처럼 벗어 던진 뒤 욕실로 들어갔다. 문을 쾅 닫았다. 넓으면서 좁은 욕실이 아늑하게 그녀를 맞이했다. 이는 아마 한참 전부터 받아 둔 제 욕조 물 때문일 것이다. 김이 모락모락 피어올라 시야까지 가리고 있었다.

그리고 또한, 칼날을 가렸다.

외르타는 문을 잠근 뒤, 자신이 쥐고 있던 칼을 성의 없이 욕조 안으로 던져 넣었다. 이어서 급하게 옷을 벗었다. 그녀는 옷이 발목에 걸려 하마터면 대리석 위로 고꾸라질 뻔했다. 습기 때문에 걸음이 자꾸만 꼬였다. 그녀는 옷가지들을 전부 모아 세면대에 걸쳐 두었다. 그리고 첨벙첨벙 한 걸음씩 욕조 안으로 들어갔다. 물은 딱 적절하게 따뜻했다. 외르타는 반질반질한 욕조 끝에 몸을 기대고는, 팔뚝 아래에 깔린 칼을 끌어내었다.

글자가 안 보였다. 외르타는 칼날, 아니, 칼자루까지 이리저리 전부 뜯어보았지만, 글자라고는 아예 흔적도 없었다. 그녀는 제 팔뚝을 약하게 베어 보았다. 피가 슬금슬금 배어 나왔다. 그러나 아무리 그것을 날에 문질러도 아무 변화가 없었다. 외르타는 희미하게 웃었다. 그러니까 '칼'이라는 거지. 단검은 심지어 게외보르트의 물건도 아니었고, 당연히 왕가의 표식도 없었다. 발터는 대륙 어디서나 굴러다니는 흔해 빠진 단검을 제게 건넨 것이다.

그러했다. 이것은 아까 전 자신이 궁릉 정원에서 파낸 물건이었다. 흙을 몇 뼘 헤치기도 전에 칼날이 나타나자, 외르타는 어쩐지 올 것이 왔다는 기분이 들었다. 어차피 그녀는 무명이 지켜보고 있을 것을 대비해

덤불 사이를 감싸는 듯한 자세로 웅크려 있었다. 아마 무명은 외르타가 잠깐 멈칫하는 모습밖에 보지 못했을 것, 그나마도 장미 가시에 찔려 그런 것이라 대뜸 판단했을 것이다. 그녀는 즉각 칼을 옷 속에 숨긴 뒤 챙겨 온 주머니를 열었다. 그리고, 백주목. 아마 완벽한 위장이었으리라.

외르타는 한 뼘 과거에서 다시 현재로 돌아왔다. 그녀의 시야에는 뿌연 단검뿐이었다. 그녀는 칼자루를 거꾸로 쥐어 보았다. 이미 한 번 해냈던 일인데 영 생경하여 견딜 수가 없었다. 외르타는 고개를 숙여 제 배에 얼룩처럼 남은 자상을 바라보았다. 발터, 다시 하라고?

정말이지 무심한 칼이다. 계외보르트의 왕이 몇 년간의 침묵을 넘어, 딤니팔로 넘어간 누이를 보며 던져 준 것이란 고작해야 이처럼 단순한 칼. 예식도 없고, 심지어는 전하고자 하는 왕명조차 전무했다. 발터가 무언가 실제적인 말을 하고 싶었다면 그것은 책 속 암호로도 충분했다. 그러나 그는 그리하지 않았다. '궁릉 정원 유일의 백주목. 백주목과, 오른쪽 자홍 장미 사이의 땅. 아래.' 이 정도로 긴 말을 전할 정신이 있었으면서 자진하라는 네 글자조차 입에 담지 않았다.

그것은 이 누이와 거리를 두고 싶어 하는 그의 결벽일 수 있겠다. 어수대의 끈을 당기는 사람이 결국 발터 본인이라도, 최대한 저와 무관하게 외르타를 죽여 보이려는 것이다. 어수대로 너를 처리하기 전에, 짐이 네게 자진하라 명하기 전에, 그저 간소한 단검 하나. 그러니 이해했겠지?

외르타는 그의 소심함에 절망했다. 제대로 지르지도 못하고 더듬거리는 장님 같았다. 그의 오감을 막고 있는 자는 아무래도 그녀의 자랑스러운 자매. 아직까지도 발터에게 영향을 끼치고 있다는 사실은 정말 놀랄 노 자였다. 예상했던 일이기에 더욱 놀라운 것이다. 그러길 바라지 않으면서, 바랐으면서, 또한 바라지 않으면서, 마치 꽃점을 치듯 멍하니 바라보던 주사위가 어느 한 점에 우뚝 선 모양이다.

그저 한심했다. 이 멍청한 오라비. 나는 외르타에게 죄를 짓는 것이 두렵다고 난장맞을 신전에 고해라도 하지. 차라리 어수대를 써서 나를 죽이지. 그날 운라쿰 남작에게 살인을 명하고, 죽이고, 그를 버리는 패로 삼든 다른 나라에서 써먹든 무궁무진한 길을 활용하지. 그렇게 직접적으로 꼭두각시를 놀리기가 두려워 지금 이 짝이로구나. 외르타는 돌에 부딪치는 쇳소리를 흘겨보았다. 네 주인이 고작해야 그런 놈이다. 비사에서 얼마나 대단한 위세를 부리고 있을지 나는 모르나, 그 안은 고작해야 쉽게 타기 쉬운 짚단이었다.

그녀는 그것을 타게 내버려 두기로 했다. 그의 감정이 리볼텔라에 대한 사랑인지 정인지 미련인지는 잘 모르겠다. 그러나 그 덜떨어진 꼬리를 자르지 않고는 자신의 앉은 자리가 배겨 살 수 없을 것 같았다.

나라의 왕이 저러하다. 아니, 발터는 저를 죽이지 않고는 왕이 될 수 없을 것이다. 자신의 무심한 무정함에 묻어가려는 낯짝이 아주 괘씸했다. 더군다나, 내가 이미 살기로 결심했다면?

※

발터는 잠에서 깨어났다. 그는 잠시 고개를 들지 않고 어두컴컴한 종이 위 음영을 노려보았다. 상황을 파악하려 노력했다. 어슴푸레한 등, 종이, 종이를 걸어가는 글씨, 트리흐트…… 운라쿰…… 발데마르스도테…… 아이흘러…….

그는 양손으로 책상 모서리를 짚곤 단박에 몸을 일으켜 세웠다. 그렇게 일어서고도 머리가 아찔하여 주름이 질 정도로 눈을 꽉 감았다 떴다. 꼭 가까스로 똬리를 푼 흑룡 같았다. 아, 도대체 얼마나 누워 있었는지 감도 못 잡겠군. 주변을 둘러보자 책상 위는 손 디딜 틈도 없이 전부 서류였다. 이 업무에서 어떻게 깜박 잠에 들었는지 아주 미칠 노릇이다. 그는 이마를 꽉 누르며 제 앞 흐트러진 서류를 주워 모았다. 종이 한 뭉치를 수합해 옆으로 쓸어 냈다.

잠에서 깬 두통은 이마를 지났다. 발터는 지끈거리는 눈을 어찌 처리할지 고민하다가 결국 자리에서 일어섰다. 빛이 뺨을 쓸고 지나갔다. 발터는 얼굴에 진 그림자를 생각하며 몇 발자국을 더 걸어 나갔다. 손이 절로 뻗어 종을 두드리고 있었다.

잠시 뒤 시종장이 조심스레 문을 두드렸다. 그는 어디선가 불어오는 바람에 정신이 팔려 구태여 그런 사소한 소리에 주의를 기울이지 않았다. 창문은 전부 닫혀 있는데 이건 어디서 흐른 바람인지 모르겠다. 그가 골똘히 궁리하며 잠자코 있자, 그것을 허락으로 받아들인 듯 두꺼운 마호가니 문이 열렸다.

발터는 문틈을 흘끗 바라보며 말했다.

"물…… 요오스?"

예기치 않은 인물이었다. 발터는 뜬금없는 하인이 닥치자 어리둥절한 채 인상을 찌푸렸다. 그의 방문을 연 사람은 비사의 시종장이 아니었다. 그보다는 초로의 남자. 요오스, 슈트람 요오스, 어수대의 수장은 그에게 다시 깊게 인사하고는 허락을 구했다.

"분주하실까 저어하여 폐하께서 시종을 호출하실 때까지 함부로 움직이지 않았습니다. 혹 잠시 귀중한 시간을 내 주실 수 있으십니까?"

"얼마나?"

"반 시진이면 충분합니다."

"들어와라."

요오스는 기이한 눈 색을 가지고 있었다. 이상하게도 영영 세지 않는 그의 검은 머리와 금안金眼은 그를 마치 파충류의 일종처럼 보이게 했다. 발터에게는 그 이질감이 아주 익숙하여 굳이 상대가 무슨 용건을 가지고 왔을까 고민하지 않았다. 그는 항상 타당한 이유로 자신을 방문하기 때문이다. 대신, 발터는 자리에 다시 앉을지 말지를 고민했다. 그는 곧 더 뒤로 물러나 창에 몸을 기대었다. 방만하게도 주머니에 손을 찔러 넣었다.

"짧게 말해."

"달마시오 산치가 보고해 왔습니다. 폐하의 누이와 미라이예 공작 사이에 밀월 관계가 성립된 듯합니다."

"......."

"물론 사람의 감정은 확언할 수 없습니다. 다만 그들이 이상한 기류를 보이고 있다는 사실만큼은 확실합니다. 다른 말씀은 드리지 않겠습니다. 폐하의 누이는 최근 온종일 솔 미라이예의 꼭대기 층에 머무른다고 합니다. 딤니팔의 꼭대기 층이라 함은......."

"귀족 내외가 아니면 출입이 엄금되는 곳이지. 안다. 도대체 그곳에서 뭘 하는데?"

"모르겠습니다. 저희가 피상적으로 얻을 수 있는 정보는 그뿐이었습니다. 다만 산치가 폐하의 누이에게 소문을 확인했을 시, 즉 라퀼라에 드나드냐 직설했을 시 그녀는 확실히 부정했습니다.

그러나 산치는 그 말의 진실성을 보장하지 못하고 있습니다. 그녀가 주변의 이야기를 들었다면 꼭대기 층의 의미를 제대로 알지 못할 리 없으며, 둘째로 그 의미를 아는 공작조차 묵인하고 있기 때문입니다. 그리고 이제까지 산치가 현 미라이예 공에 대해 느낀 바, 그는 원칙에 있어 어떤 예외도 두지 않는 이성적인 사람이라고 했습니다. 그런데 폐하의 누이를 꼭대기 층에 들인다뇨?

스스로 판단함에 있어 만 번 부복하겠습니다. 하오나 폐하, 이런 감정상의 문제는 실제로 그간의 기류를 지켜본 산치의 어림이 옳을지도 모릅니다. 그는 추론했습니다."

"공작이 외르타에게 관심을 가졌다."

"폐하, 폐하의 누이에게서 죄를 사하지 마십시오."

"그 둘이 서로에게 관심을 가졌다."

"물론 다시 말씀드리지만 이것은 사실이 아닐 수 있습니다. 미라이예 공은 단지, 그간 자신과 외르타가 쌓았던 친밀감을 높게 평가하여 꼭대기 층을 용납하는 것일 수도 있습니다."

발터는 창가에 덧대어진 봉을 뒤로 꽉 쥐었다.

"가지가지 하는구나……."

"황공합니다."

"공작은 그 나이에 약혼자도 없다더냐? 무작의 여인이 함부로 꼭대기 층에 드나드는데 그저 방치하는 건가?"

"아직 없습니다. 공작가 휘하 분파들이 그를 혼인시키기 위해 노력하는 중입니다만, 이번에도, 즉 그가 포티미외에서 돌아온 뒤에도 실패했습니다. 놀라울 것 없는 일입니다. 공작이 약혼자의 죽음에 경기를 일으켜 결혼을 미뤄 두고 있다는 사실은 널리 알려진 바입니다."

"널리 알려졌든 말든 그놈이 무성애적 고자는 아닐 것 아니냐."

"예. 밤을 지낸 여인이 그리 드물지 않은 것으로 압니다. 또한 계간의 혐의 역시 전무합니다."

"그런 놈이 외르타를 꼭대기 층으로 들여?"

"저희에 대입하자면 미혼의 순뫼레에 여성이 출입하는 꼴입니다. 공작가의 아랫사람들은 여전히 라퀼라를 믿고 있습니다."

"도대체가 그 아이는 그렇게 당해 놓고도 제정신을……."

그것은 걱정이 아니었다. 그럴 리가 없다. 발터의 반응은 그 자체로 경악이었다. 요오스는 왕의 이 악문 놀라움을 깨닫고는 공손하게 고개를 조아렸다. 왕은 이마를 짚었다. 근본 없는 바람이 불었다. 발터는 뒤를 돌아 아예 양쪽 창문을 모두 열어 버렸다.

"폐하, 우선 의견을 제시함을 사죄드립니다. 다만 이것은 저 본인의 의견이라기보다는 어수대 전체의 뜻을 부복하여 고하는 것이므로 관대하게 이해해 주셨으면 좋겠습니다. 폐하, 폐하의 누이가 석녀라는 사실을 압니다. 그것으로 폐하께서 그녀를 방관하시리라는 사실도 압니다. 그러나 석녀라는 이유만으로 지금 저희가 듣고 있는 이야기를 묵인할 수는 없습니다. 화냥년의 자식인 딤니팔이 저희를 조롱할 것입니다. 아무리 전쟁을 피하고 싶기로서니 로크뢰 1세 적과 똑같은 진행을 묵살하느냐 웃을 것입니다. 저희는 일관성을 지켜야 합니다."

"아이를 못 가진다."

"폐하."

"어차피 뤼페닝에게 제거당할 것 아닌가."

"폐하, 치욕은 우리 손으로 제거하는 것이 좋습니다. 폐하의 누이도 그것을 압니다."

발터는 지금껏 아무렇게나 대답한 듯 무표정했다. 애초에 마디마디 반박에 어떤 감정이나 논리, 의견도 실려 있지 않은 모습이었다. 요오스는 조심스레 그의 시선을 살핀 뒤 아무 전조 없이 무릎을 꿇었다. 발터의 어두운 눈은 양탄자에 닿는 그의 이마까지 침착하게 지켜보고 있었다. 양손, 이마, 양 무릎과 발로 바닥을 기는 복종. 그의 목소리는 바닥에 짓눌리고도 명쾌히 울렸다.

"폐하, 저희는 폐하의 가장 신실한 수족입니다. 그리 천하되, 폐하의 명에 복종하지 못할 정도로 무지하지는 않습니다. 폐하, 저희는 왕녀께서 얼마나 어린 여동생을 아꼈는지 알고 있습니다."

발터는 그의 머리를 걷어차지 않았다. 다만 가만히 서서, 도무지 무슨 생각을 하는지 모를 정도로 조용하게, 무생물처럼 고요했다.

"그분이 폐하께 어떤 부탁을 하셨는지 허황된 짐작을 하는 것은 힘들지 않습니다. 하나 너무 오래 지났습니다. 더군다나 폐하의 누이가 라르디슈에서 죽은 듯한 삶을 살았다면 그것은 인내할 수 있는 수준입니다만, 이제는 보는 눈이 너무나 많습니다. 굴라르모가 지켜보고 있습니다. 굴라르모가 중요하다는 말씀을 드리는 것이 아닙니다. 그러나 그의 시선은 정치적인 무게가 상당합니다. 부디 참작해 주십시오."

"보는 눈이라."

"게외보르트는 지금 포티미외를 세 번도 더 치를 수 있는 국력을 가졌습니다. 더군다나 딤니팔에게 졌던 이전의 빚, 그리고 정체된 양국의 관계를 되잡기 위해 전쟁은 필수 불가결합니다. 적어도 귀족들의 동향은 그러하고, 저희 어수대의 입장도 다소 방관적이기는 하나 결국 같습니다."

"짐이 보낸 단검은 어찌 되었나?"

"아직 확인하지 않았습니다."

"빤한 전언은 확인하지도 않고, 보란 듯이 공작과 놀아나고."

"……."

"그래, 알겠다."

정적이 흘렀다. 요오스는 엎드려 왕의 어떤 말이라도 더 잡을 수 있기를 고대했지만 침묵 속에서 어떤 요철도 없었다. 그는 끈기 있게 웅크려 주인의 첨언을 기다렸다. 무슨 생각을 하고 있는 것은 아니었다. 다만 숫자 일 다음에 이가 나오는 것처럼 당연한 수순을 간절히 바라는 것뿐이었다.

"산치가 추천하는 자는 누군가."

요오스는 긴장을 토해 냈다.

"베디냐테 마라디아가, 오스페다 날개 일 다시 이 장입니다."

"더 설명하라."

"잉그레 본궁에서 시종으로 임무를 수행하고 있습니다. 다만 솔 미라이예라면 옥쇄의 각오를 해야 할 것이라 합니다. 아무래도 그녀의 침실은 라퀼라에 너무 가깝고, 집무실과는 기실 한 꼿 차이기 때문입니다. 그리고 만일 요행히 들통 나지 않는다 하더라도 절차상 몇 년 동안은 다른 지역으로 돌려야 할 것입니다."

"좀 더 낮은 이는?"

"직급이 실력입니다. 산치는 검에 강하다기보다는 전반적인 지휘에 강합니다. 그러니 현 오스페다에서 가장 뛰어난 칼은 마라디아가일 수밖에 없습니다."

"그 자리가 비면 블랑쉬 젤로를 보내라."

요오스는 한꺼번에 닥친 두 가지의 호재에 숨이 막힌 듯했다. 웅크리고 있던 몸이 아주 약간, 보이지도 않을 정도로 미세하게 떨렸다. 발터는 그의 희열을 못 본 체했다. 어쩌면 자신의 일이 분주하여 정말 못 본것일 수도 있겠다.

"언제…… 명을 전해야겠습니까?"

"당장."

"황공합니다."

"나가라."

그는 조심스레 일어서서 다시 한 번 고개를 깊이 숙였다. 발터는 어느새 뒤돌아 그를 내려다보고 있었는데, 도무지 내심을 알기 어려운 표정이라 긴장되었다. 그러나 요오스는 더 머무르지 않고 뒷걸음쳐 방을 나섰다. 문을 열었다. 먼지 하나만큼의 소음도 없이 왕의 집무실에서 빠져 나와 복도로 스며들었다. 혹은, 스며들려다가……

"……"

블랑쉬는 문으로 턱짓을 했다. 닫으십시오. 요오스의 눈이 찌푸린 채 가늘어졌으나, 그는 결국 그녀의 뜻을 이해했다. 그는 주름진 손으로 아주 자연스레 문을 닫았다. 탁하고 완전히 닫히는 소리가 났다. 그는 그녀를 인도하듯 성큼성큼 복도 끝까지 걸어갔다. 그제야 가까스로 입을 열었다.

"젤로."

"예, 수반."

"감히 폐하의 집무실 앞을 지키고 서 있다니, 제정신이냐."

그녀는 우선 꾸벅 인사를 하곤 양손을 잡아 모았다. 발터 앞에서 그녀가 보이는 모습이 무생물의 완전한 복종이라면, 이것은 친밀한 상사에 대한 자발적인 상명하복이었다.

"폐하께서 다음 정시까지 집무실로 올라오라 말씀하셨습니다. 그런데 요오스 수반께서 안에 계시더군요. 복도 끝에서 기다리려는 순간 수반께서 나오신 겁니다."

"내용은 들었느냐?"

"아니요. 그럴 리가 없지 않습니까."

그것은 그녀의 의지에 달린 문제가 아니었다. 그보다는 실제적으로 불가능한 것이다. 왕의 집무실은 거의 편집광적으로 방음 처리가 되어 있으므로. 요오스는 무언가 고민하는 투로 블랑쉬를 바라보았다.

그녀는 침묵으로 그를 견디다 결국 내던지듯 말했다.

"말씀하십시오."

"……"

"수반?"

"달마시오 산치…… 모센 반달리, 바에하 브란다우에르, 비키오마조 수페리오레, 스칸사 예이바 중 하나라도 아는 이가 있느냐?"

"오스페다 날개 일 다시 일 장, 삼 장, 이 다시 일 장, 이 장, 삼 장으로 알고 있습니다."

"아니, 개인적으로 아느냐 물은 것이다. 달마시오 산치만 제하면 전부 기숙 출신이다."

"아니요. 다만 베디냐테 마라디아가는 압니다. 일 다시 이 장. 동기입니다."

"기묘한 일치로군. 교체 예정이니 네게만 알리겠다. 베디냐테 마라디아가는 곧 폐하의 누이를 죽인다. 발각되지 않기는 힘들 것이다. 설혹 발각되지 않는다 하더라도 그리 중한 임무를 맡았던 어수대원을 계속해서 그 자리에 묵혀 둘 수는 없다. 따라서 그 뒤, 네가 그 자리를 대신한다."

블랑쉬는 눈썹을 추켜올렸다. 당혹스럽거나 놀란 듯한 표정은 아니었다. 다만 사실의 확인이었고, 절반은 반가운 기색 같기도 했다.

"언제로 예정되었습니까?"

"폐하의 누이가 살아 있을 때 가는 것은 별로 좋은 선택이 아니다. 인수인계는 여기서 하고, 그녀가 절명한 뒤에 가라. 일에 착수하기 전 마라디아가가 준비해 둘 것이다."

"폐하께 목숨을 바칠 수 있어 다행입니다."

"그 역시 그리 생각하겠지. 아무튼 곧 떠난다는 사실을 염두에 두고 행동해라. 반 슈체친이 감히 어수대 내부 일에 어깃장을 놓을 리는 없지만, 폐하께 '비교적' 가까워진 어수대원은 내 보기에도 문제가 있으니."

"반성하겠습니다."

"그래, 폐하께 가 본다니? 가거라."

그녀는 고개를 숙이고선 그를 떠났다. 한 살 때부터 아버지처럼 모시던 직속상관이라 전혀 긴장되지 않았다. 자신이 그에게서 멀어지는 것과 동시에 그도 타다타닥 빠르게 계단을 내려가는 소리가 들렸다. 그의 나이를 고려한다면 경쾌하기까지 한 발소리였다.

블랑쉬는 왕의 집무실 앞에 섰다. 무슨 말로 그의 주의를 이끌어야 할지 다소 고민했고, 결국 평소처럼 입을 열었다.

"폐하, 블랑쉬 젤로입니다."

"들어와."

그녀는 그리했다. 방 안은 방금 전 요오스가 나갔을 때와 마찬가지로 어두움과 빛이 절반씩 버무려진 모양이었다. 그녀는 책상에 걸터앉은 발터에게 집중했다가, 곧이어 지옥처럼 바닥에 흐트러진 서류에 입을 다물었다. 책상에 남은 종이가 아예 없을 지경이었다. 심지어 펜과, 그것을 꽂아 두는 펜대, 문진 몇 가지마저도 바닥에 떨어져 있는 모습에 속이 섬뜩했다.

"폐하?"

"형님, 드릴 말씀이 있습니다."

"……."

"여기서는 말고요."

발렌시아는 자신의 명령을 후회했다. 저택에 들여놓지 말라 명할 것이 아니라 아예 주변에까지 엄금을 시켰어야 했다. 협박에 넘어간 듯한 문지기들은 고개를 조아린 채 시선을 들지 못했다. 그는 니소르의 칼자루를 꾹 쥐었다가 가까스로 말했다.

"짧게 하고 가라."

앙히에의 손이 돌연 어깨 위로 들렸다. 발렌시아는 상대가 자신을 향해 주먹질이라도 할까 하여 아연하게 섰다. 앙히에의 손은 엄지를 넣은 주먹을 만들어 보였다. 마구잡이로 흔든다.

"알잖아."

폭력을 행사하겠다는 소리가 아니다. 발렌시아는 그 손짓을 아주 잘 알고 있었다. 앙히에가 아버지 앞에서 불벼락을 맞을 때, 그가 어떤 식으로든 아우를 도우려 하면 항상 나오던 모양. 요약하자면 아버지 앞에서 입 벙긋하면 사태가 악화되니 나중에 말하라는 뜻이다. 그는 갑작스레 바싹 긴장했다. 지금은 아버지, 어머니도 계시지 않고, 저희의 주인은 저희일 따름이다. 따라서 그들을 지켜보고 있을 사람은······.

"누구 일이냐?"

앙히에는 더 거칠게 손을 흔들었다. 발렌시아는 무명에게 들키면 안 되는 일이 무언지 도무지 짐작할 수가 없었다. 특히나 앙히에의 경우에는. 그가 자카리에게 숨겨야 할 사항이 얼마나 된다고? 게외보르트에서의 그 사달도 미주알고주알 전부 고해바친 신하가 아닌가.

발렌시아는 순간적으로 한 가지 개념을 떠올렸다. 잇새에 힘이 들어갔다.

"아무도 없다. 얘기해라."

"형님을 못 믿는 건 아닙니다. 다만 만반의 대비를 하자는 거죠. '소공작 방'에라도 가야 안심이 될 것 같은데."

추측은 사실이 되었다. 발렌시아는 앙히에를 노려보다 거의 자포자기한 태도로 몸을 돌렸다. 평소라면 씩 웃었을 아우는 의외로 뚱하게 그를 따랐다. 뒤따르며 말을 걸지도 않았다. 발렌시아는 화를 억누르려다 실패하고는 노성이라도 터뜨리지 않기 위해 걸음을 빨리했다. 이제는 그에게 느리게 걸으라 타박할 사람도 없었다.

앙히에는 어떤 말도 잇지 않고 가만히 길을 재촉했다. 짧지 않은 저택 안 대로를 지나고, 하인들이 다가오며 기겁하는 곳까지 기이할 정도의 침묵이 이어졌다. 발렌시아는 한참 뒤에야 그 상황이 제법 이상하다는 사실을 깨달았다. 그것도 누프리의 충격을 직접 물린 뒤에야 비로소 눈 치챈 사실이었다. 그는 느릿느릿 뒤를 돌아보았다. 죽었다 깬 시체처럼 늑진늑진 걸어오던 아우가 눈썹을 휙 치켜 올렸다. 발렌시아는 큰 반응을 보이지 않고, 다만 연무장으로 방향을 틀었다.

앙히에가 항의했다.

"집무실이라니까."

"그곳에 너를 들일 생각은 없다."

"내가 한 말을 잊었어?"

외르타 이야기라. 그러니 무명을 조심해야 한다? 발렌시아는 그 빤한 말에 답할 생각이 없었다. 한시라도 빨리 궁륭 정원으로 접어들어, 한시라도 빨리 연무장에 도착하는 것만이 그의 관건이었을 따름이다.

그러자 앙히에가 그의 팔뚝을 잡았다.

발렌시아는 사실, 상대가 손을 들어 올린 순간부터 그 전조를 알고 있었다. 찰나 그것을 붙잡아 꺾어 버릴지 갈등했다. 그리고 그 '갈등' 자체에 끔찍하게 놀랐다. 이 선택에 고민의 여지가 있다는 것인가. 짧은 싸움이 이어졌다. 발렌시아는 뒤를 돌아보지도 않고 억세게 앙히에를 떼어 놓았다. 앙히에는 자신이 실제로 그를 붙잡았다는 사실에 경악한 듯 어찌 반항도 못하고 벙벙하게 손을 물렸다. 너무 놀란 나머지 약간 목멘 말이 새어 나왔다.

"형님."

"아무도 없다. 네가 지금 여기에서 용건을 이야기한다 해도 무명은 너를 알지 못할 것이다."

발렌시아는 흘끗 아래를 내려다보았다. 공교롭게도 그들은 외르타가 백주목 뿌리를 잘라 가던 자리에 있었다.

"확신할 수 없지 않습니까."

"있다."

"외르타 일인데도 확신할 수 있어?"

"그래."

"하긴 개 일이 아니었으면 내가 들어올 수나 있었겠어."

그는 설명을 요구하지 않았다. 다행히 앙히에 역시 말을 끌 생각이 없는 모양이었다. 그는 형식적으로 주변을 한 바퀴 휘 둘러본 뒤, 다시 제형에게 시선을 고정시켰다. 짧게 토막 친 말이 빠르게 떨어졌다.

"알로지아드 진에서 누가 날 찾습디다. 다짜고짜 날 붙들고 놀금의 장상고인 르나치 경이냐 물어요. 아니, '묻는 건' 아니었지. 확신이었으니까. 이번엔 또 뭔가 싶어서 오냐 대답했습니다. 그랬더니 외르타가 내 달 안에 죽을 거랍니다."

"......"

"정확히는 '죽일' 거라는 말이었습니다. 그 인간은 자길 어수대라고 했거든요. 당연히 저는 칼을 들었는데요. 드니까 이젠 또 자기가 무명으로서 너를 시험하는 거면 어쩔 거냐고 나오대요."

앙히에는 구구절절 설명하지 않아도 되는 형님의 식견이 마음에 들었다. 끔찍하다 생각했던 날도 많지만, 지금에 와서는 그저 감사할 따름이었다. 그는 이 짧은 시간 안에 자신이 했던 모든 계산을 넘겨볼 것이다.

지독히, 짧은 시간.

"폐하께 말씀드렸나?"

"아뇨."

"그러면 외르타에게 전했나?"

"아무한테도 말 안 했습니다."

"그렇다면 왜 내게 말하나?"

"고민을 떠넘기는 거죠. 언제나 그랬듯이."

"내가 왜 고민할 거라고 생각……."

"아, 좀!"

발렌시아는 미동도 없었다.

"예, 넘겨짚어서 죄송합니다. 그런데 넘겨짚지 않을 수 없도록 만들었잖아요. 저번에 기억 안 납니까? 내가 꼭 상기시켜야 돼? 형님, 나는 나랑 똑같은 고민을 가질 사람에게 말을 전한 것뿐이야. 왜냐하면 그 사람이 나보다 배는 똑똑할 테니까."

"나는 내 무능함을 깨닫고 그녀에게 축객령을 내렸다. 도움이 되지 않을 것이다."

"형님…… 난 자칭 어수대라는 놈에게 그 개소리를 듣고도 지금까지 아무 행동 못 했어요. 형님께선 이보단 나을 거라 생각해요."

"그렇다면 이제 더욱 함구하라."

"대책이 있어?"

그는 무시했다. 말을 무시했을 뿐더러, 아예 반대편으로 걸음을 옮기기까지 했다. 앙히에는 팔짱을 긴 채 그를 제지하지 않았다. 자신에게 꺼지라 말하지 않았다는 사실만 보더라도, 상대가 얼마나 급박한지 알 수 있었다. 무언가 짚이는 것이 있기는 한 것이다. 한결 마음이 놓였다.

발렌시아는 바람 같은 속도로 정원을 떠났다.

"아직도 그 볼기짝을 붙이고 있더냐?"

"예."

"그럼 별수 없군. 냄새가 고약해 철로 숨기는 싫었는데…… 열하나, 가서 잘못 알았다고 전해라. 폐하께선 잉그레의 철에 계신다고 해. 한두 시간쯤 전부터."

"예."

"너는 가지 말고……. 책임자가 어딜 가나. 이름이 마라디…… 뭐라고?"

"베디냐테 마라디아가입니다."

"아마 우리가 그에 대해 아는 유일한 사실이겠지. 무료하니 안내해라."

무명이 하나 떠나고, 이제 홀로 왕을 이끌던 또 다른 무명이 고개를 조아렸다. 자카리는 턱을 매만지며 계단을 내려갔다. 철에 있다고 변명하며 한적한 방에서 낮잠을 자는 방법도 있었지만, 사실 지금의 철에는 외면하기엔 너무 매력적인 죄인이 있었다. 자카리는 진귀한 동물을 구경하러 가는 기분으로 그 불쾌한 곳에 출입하기로 결심했다.

지저에 닿았다. 무명이 입구에 걸린 등불 중 여럿을 잽싸게 움켜쥐었다. 그는 광원처럼 멍멍하게 서서는 왕에게 목례했다. 자카리는 안내하라 말하고도 먼저 빠르게 잉그레의 복도를 걸어 나갔다.

잉그레의 복도. 물론 '잉그레의' 복도라는 단어에는 약간의 어폐가 있었다. 퀴퀴한 지하 냄새가 가득하고 사방에는 묵직한 문뿐인, 심지어 이곳에는 죄수의 시야를 돕는 철창마저 없었다. 그저 토굴처럼 암담한 공간이었다. 얼마나 꽉꽉 사이를 메워 두었는지 죄인의 신음 소리조차, 살이 문드러지는 냄새조차 느껴지지 않았다. 자카리는 이 중 몇은 이미 죽은 것이 아닐까 의심했다. 물론 그것은 인도적인 걱정이 아니라, 단지 공간의 확보를 위한 간수장의 우려였다. 어차피 동정 받을 만한 가치가 없는 것들이다.

"저곳입니다."

"너무 멀군."

"송구합니다. 운반 중의 급사를 염려했습니다."

"적당히 해라."

"죄송합니다. 열겠습니다."

"……."

이상한 냄새가 났다. 피와 살의 자식임이 틀림없었다.

그는 혀를 쯧 차며 무명이 여는 문을 바라보았다. 간수가 처리를 맡았다면 죄인은 그나마 박애적인 대우를 받았을 것이다. 그러나 자신이 지시한 상대는 무명이었고, 애초에 처우에 제한을 두지도 않았다. 무명은 복도 바깥에 걸려 있는 등불과, 자신이 왕을 안내하며 들렸던 등불 셋을 전부 감옥 안으로 들여보냈다. 자카리는 머리를 긁으며 그를 따랐다.

무명이 좁지도 넓지도 않은 방의 네 모서리에 등불을 거는 동안 그는 어디에 앉을지 고민했다. 물론 길게 고민할 필요는 없었다. 자신이 들어오는 속도와 거의 동시에 어떤 이의 급한 걸음 소리가 들렸기 때문이다. 자카리는 잠시 대기하기로 결심했고, 곧 누군가 나타나 백 번쯤 굽실거리며 휘황한 의자를 세워 두었다. 자카리는 사죄의 말을 끄덕끄덕 들으면서 문이나 닫으라는 둥 충고했다. 문은 닫혔다.

그는 그제야 몸을 돌려 죄인을 바라볼 수 있었다. 그는 상당히 정석적인 대우를 받은 듯 사지가 족쇄로 묶여 매달려 있었다. 짐승이 물어뜯거나, 혹은 불탄 핏자국, 살 자국 같은 것이 온몸에 남아 있었다. 손은 고통을 주기 위해 일부러 절단하지 않은 것처럼 세심하게 문드러졌다. 마디마디 으깨졌다. 그리고 왼발이 없었다.

가관이로군. 자카리는 무명이, 외르타를 감시하라는 자신의 명령에 꽤 지루함을 느끼고 있었다는 사실을 깨달았다. 그는 마른 입안을 적시며 말했다.

"말이나 하겠냐?"

"그리 심한 상처가 아닙니다."

"발은 왜 잘라? 좀 성히 내버려 두지."

"상처가 곪았습니다. 죄인을 치료하기보다는 차라리 절단하는 편이 낫겠다고 생각했습니다."

"그걸 이유라고 대고 있구나. 잘한다, 잘해."

"죄송합니다."

"깨워 봐."

물론 자카리는 무명이 물동이를 들려는 것을 만류해야 했다. 무명은 명을 받잡겠다는 표시로 깊이 고개를 숙이고는 죄인에게 가까이 다가갔다. 뺨을 툭툭 쳤다. 자카리는 이전의 행동에 비한다면 정말 부드럽기 그지없는 손짓이라고 생각했다.

죄인은 곧 눈을 떴다. 자카리는 반색을 하며 의자를 가까이 당겼다.

"거참, 이놈이 어수대라니. 이 층에서 자주 봤는데."

"……."

"너도 같은 잉그레에 살았다면 네 왕의 얼굴쯤은 알 것 아니냐."

무명은 그제야 상대의 재갈을 풀었다. 죄인은 약간 인상을 찡그린 채 그의 감탄에 답했다.

"그만."

자카리는 웃음을 참지 못했다. 픽픽 바람 같은 소리가 새어 나오더니 급기야는 터져 버렸다. 무명은 표정도 없이 죄인의 뺨을 갈겼다. 자카리는 웃음기를 감추지도 못하고 손사래질을 하여 무명을 내쫓았다.

"나가거라."

그는 자신의 본분인 듯 깊이 절을 하고 방을 나섰다. 문이 닫히는데 미끄러지는 소리조차 없었다. 자카리는 방이 밀봉되었음을 확인하곤 다시 죄인을 향해 고개를 돌렸다.

"베디냐테 마라디아가."

"……."

"아마 한 사흘 정도 혼자 열심히 생각했겠지만, 짐은 친절하니 확신시켜 주마. 설마 짐이 발미레를 가만히 내버려 뒀을까."

"……."

"한 며칠 더 보다 얽어서 줄줄이 끌고 들어가려 했는데…… 이것들이 영 접선도 안 하고 흔적 찾기도 쉬운 일이 아니고, 아니, 다 제치고라도 네가 발미레에게 준 게 웬 놈의 단검이라 기다리길 포기했지……. 그런데 시월 삼 이놈은 다리몽둥이를 부숴 버리라니 진짜로 발을 잘라 버렸네……. 좀 당황스럽군……. 다시 내보낼 수도 있는데 말이다."

"헛소리 좀 하지 마라."

"오른발까지 잘라야 그 입을 좀 닥칠까."

베디냐테에게는 별 표정이 없었다. 흥분도, 냉정도, 아니, 저 몸으로 고통 섞인 얼굴마저 보이지 않았다. 감정이나 감각 자체를 아예 굳혀선 버려두고 온 모양이다. 자카리는 물론 놀라지 않았다. 자신이 부리는 무명 역시 이와 별로 다르지 않을 것이다.

"거절을 각오하고 묻는데, 혹시 짐과 발터하임부르겐 사이의 전령이 되어 줄 수 있나?"

"적에게서 귀환하는 어수대는 이미 어수대가 아니다."

"응. 알겠다. 그럼 두 번째 질문을 하지. 그놈은 전쟁할 생각이 진짜 없나? 이해하기 쉽게 바꿔 주자면, 발미레를 죽일 생각이 진짜 없나?"

"……."

"좋아. 그럼 단검은 왜 전한 거냐? 자결하라는 뜻인가?"

"……."

"모른다고도 못 말하겠냐? 네가 하임부르겐의 진의를 모른다는 사실은 짐도 알고, 너도 알고, 하늘도 아는데."

"……."

"그녀가 자결하면 짐은 게외보르트를 추궁할 것이다. 혐의를 벗을 수 있나?"

"……."

"그녀가 자결하지 않더라도 짐은 발미레를 해할 것이다. 다르지 않다. 이 경우에도 혐의를 벗을 재간이 있나?"

"……."

"도대체 너희는 우리와 교역을 끊은 뒤 얻은 어마어마한 손해를 어디서 메우고 있는 건가? 이대로 천 년 만 년 입 다물고 살 건가?"

"……."

"이 질문들은 이미 무명이 고스란히 물었겠지. 무슨 답이 나왔다면 내가 모를 리가 없고."

"……."

자카리는 빤한 질문이 모두 닳자 투덜거리기 시작했다.

"이래서 첩자는 잡는데도 자기 만족감밖에 얻을 게 없어. 예전에도 프레몽트레 쥐새끼 두 마리를 잡았는데 열심히 닥치고 있다가 황천으로 가더군. 이럴 줄 아는데 짐이 왜 왔냐고? 접견 미루려고 내려왔지, 너한테 볼일이 있어 왔겠나."

베디냐테는 그를 완벽히 무시했다. 자카리는 시간이 얼마나 지났는지 궁금해 했다. 스파라쿰 백작은 내가 철에 들어갔다는 소리를 듣고 오늘의 접견을 포기할까? 내 비위가 강한 것을 그가 모르지는 않을 텐데.

그 순간 자카리는 이상한 기미를 느꼈다. 어수대를 흘끗 걸쳐 보며 가까스로 알게 된 사실이다. 그는 제 옆에 놓인 물동이를 바라보았다. 고통은 익숙해지지 않을 것이다. 그답지 않게, 번개 같은 속도로 튕겨 나온 손이 물동이를 낚아챘다. 자카리는 어수대원의 상처투성이 몸에 물을 내던졌다. 숨을 헉 삼키는 소리와, 덜그럭덜그럭 물동이가 떨어지는 소리가 이어 들렸다.

딤니팔의 왕은 기가 막힌다는 듯 베디냐테를 쏘아보았다.

"짐을 바보로 아나."

"……."

"잉그레의 철에 들어온 지 사흘 만에 죽어 나가려 하다니 야망도 크지……. 시간 낭비로군. 차라리 위로 올라가 핑계를 대야겠어."

자카리는 인상을 찌푸리며 자리를 털고 일어섰다. 침묵을 예상치 못한 것은 아니다. 그는 애초부터 완벽한 정적을 기대했으므로, 입 다물라는 말을 하는 것마저 반가울 지경이었다. 그러나 어수대의 자결을 좌시하는 멍청한 군주로 보이리라 예상한 것은 아니었다. 그는 고통에 입술이 다 찢어질 정도로 힘을 주고 있는 베디냐테를 보며 다시 무명에게 맡겨야겠다는 생각을 했다.

그는 성의 없이 의자를 밀어 두었다. 따라오지 않는 체했던 어수대원의 시선이 위로 들렸다. 고통을 삭이는 시간이 지나치게 빨랐다. 질린 숨이 나려 했지만 내색조차 하지 않았다. 자카리는 퉁명스레 물었다.

"나가기 전에 혹시 해서 묻는데, 발미레가 그녀의 자매를 닮았나? 우리와 손을 잡았던 일 왕녀 말이야."

"……."

"처음 본 순간 어라 싶더라고. 닮은 것 같기는 한데 초상화로만 보니 영 구분이 안 가더군. 이건 그냥 대답해 줘도 괜찮지 않나? 짐의 순수한 호기심이니."

"닮았다."

"많이?"

"옛 왕녀를 기억나게 할 만큼은 닮았다."

"좋아. '많이.' 그렇다면 하임부르겐이 그녀를 잊지 못해 이리 버둥대는 거라 믿어도 되나?"

베디냐테는 다시 침묵했다. 그는 아마 이것이 적국 왕의 질문이 아니었더라도 함구했을 것이다. 감히 자신의 왕을 판단해야 하는 질문이기 때문이다. 어수대에게는 판단 능력이 없다.

물론 질문 자체도 망조 든 늙은이었다. 자카리는 자신의 노망을 순순히 인정하고는 고개를 절레절레 저었다.

"미안. 헛소리를 했군. 그렇게 어처구니없다는 침묵을 보일 필요는 없다. 이로써 경계해야 할 놈은 하임부르겐이 아니라 앙히에 녀석이겠지."

"……."

"짐은 사실 그가 이렇게까지 전쟁을 미루는 이유를 짐작할 수 없다. 시작한다면 너희라고 생각했거든. 그런데 반년이 넘도록 발미레 명줄을 붙여 주다니…… 예측 불가능한 진부함이라 놀랐다. 그 와중에 우리 친애하는 공작께선 수렁에 빠져 정신 못 차리고 뻗어 있고, 뤼 뤼페닝은 흘레붙은 개새끼처럼 줄레줄레 잉그레를 휘젓고 다니고, 짐의 코앞에선 어수대가 제 세상처럼 뛰놀고 있고. 잘하는 짓들이다, 그래."

자카리는 혼잣말처럼 구시렁구시렁 말이 많았다.

"이쯤이면 포기하고 물러났으려나……. 아니면 다른 중죄인에게라도 가서 비비적거려 볼까……. 참, 참고하라고 짐의 철칙 하나를 말해 주마. 잉그레의 철에 들어온 자는 한 해를 넘기기 전에 나갈 수 없다. 언제나 그러했다."

"……."

"바뀌지 않으리란 사실을 아니, 이만 간다. 아, 무명은 바꿔 줄까? 사흘 만에 발을 잘라 놓는 인내심을 가지고는 도저히 한 해를 못 버틸 것 같거든."

"……."

"아니면 다른 이에게 발미레 감시 임무를 전담시키면…… 시월 삼도 좀 신나서 온건해질까……."

자카리는 묵직한 문을 열었다. 복도는 어두컴컴해 차라리 방 안이 더 밝을 지경이었다. 그는 다시 뒤돌아보지 않고 바깥으로 나왔다. 방을 엄중히 지키고 있던 무명이 고개를 숙이고는, 뒤 정돈을 위해 왕을 스쳐 지나갔다.

자카리는 주변에 시계가 없다는 사실에 절망했다. 이 정도면 백작도 물러갔을까. 고개를 모로 틀자 방금 전 올라갔던 무명이 서 있었다. 자카리는 그가 자신을 마중 나왔겠거니 생각하고는 별말 없이 앞으로 나섰다. 그러나 무명은 왕을 따르며 급히 말을 이었다.

"스파라쿰 백작이 떠났습니다."

"잘됐군. 짐이 철에 머문다 하자 떠난 건가?"

"아니요. 미라이예 공작이 그를 쫓아냈습니다."

"……."

"공작이 폐하께 다급한 일이라 하자, 백작은 어찌 답을 못하고 떠나게 되었습니다. 이제 미라이예 공이 폐하를 기다리고 있습니다."

"공작은 만나 줄 수 있겠군. 그런데 무슨 일인지 물어봤나?"

"예. 그러나 직접 말씀드리겠다고 합니다."

"뭐 그놈이 말하지 않는다 해서 내가 모를 것은 아니지. 급하게 오는 이유가 둘이나 있을까……."

"폐하, 제게 자신을 어수대라 자칭하는 이가 방문했습니다."

방금 전 어수대원 하나에게 물을 퍼붓고 온 자카리는 오만 생각이 다 들었다. 모든 정황 파악이 백 가지 논리로 꼬여 태풍에 휩쓸린 것만 같았다. 그처럼 기막힌 사이 발렌시아가 설명을 시작했으므로, 자카리는 잠시 입을 다문 채 경청하기로 결심했다.

"그는 게외보르트가 내달 내로 외르타를 죽일 것이라 했습니다."

자카리는 한숨을 쉬었다.

"어수대는 아니군."

"저는 그를 제거하려 했습니다. 그러자 그는 자신이 무명일 가능성을 상기시켜 주었습니다. 폐하께서 저를 시험하고 계신다는 것입니다. 저는 그 가능성을 인정했습니다. 동시에, 무명에게 위해를 끼쳐선 안 된다는 금과옥조를 되새기며 그를 보냈습니다."

"발미레에게 먼저 말했나?"

"아니요, 폐하. 하나 그것은 중요하지 않습니다. 그를 보내고 생각해 보니 그는 어수대도 무명도 아니었습니다. 그보다는 뤼 뤼페닝이 제 고민을 노렸을 확률이 높습니다."

"그래, 짐이 보내지 않았네. 그러니 다른 놈이겠지."

"뤼 뤼페닝은 제게 그런 경고를 함으로써 세 가지 확률을 노릴 수 있습니다. 첫째로 제가 함구할 경우를 짚겠습니다. 저는 외르타의 안전을 염려합니다. 때문에 그녀는 가장 엄중한 잉그레로 떠나게 되었을 것입니다. 둘째로 제가 폐하께 전언을 고하는 경우를 짚겠습니다. 폐하께서도 주변을 경계하시어 외르타를 잉그레로 들였을 것입니다. 셋째로 제가 외르타에게 말을 전했다면, 그녀 또한 저보다는 왕실의 경계를 더 바랐을 것입니다. 그녀도 이제 중심부에서 도망친다고 더 안전해지진 않는다는 사실을 압니다. 폐하께서 계신 중심이 가장 안전합니다. 따라서

이상의 세 경우 모두 외르타가 잉그레로 들어가는 결과를 도모할 수 있
습니다."

"……."

"현 상황에서 이 변화를 가장 바라는 사람, 동시에 어수대를 가장할
만큼 정황에 해박한 사람은 뤼 뤼페닝뿐입니다. 폐하, 저는 뤼 뤼페닝의
정체를 알고 난 뒤 가장 철저하게 외르타와의 접촉을 차단해 왔습니다.
따라서 솔 미라이예가 아닌 잉그레라면, 그는 더 쉽게 외르타에게 접근
할 수 있을 것입니다. 그가 외르타에게 우호적일 리 없습니다. 경계해야
합니다."

"경계하고 있어."

"폐하."

"경계하고 있다고 했네. 무명 못 봤나? 욕실 빼고 전부 감시하니 걱정
말게."

자카리는 이마를 짚었다. 뤼페닝이 또 무슨 되도 안 되는 수를 썼나
보다. 자신에게 해도 의도가 빤한 지금에는 안 먹힐 판에, 하물며 저 발
렌시아에게? 웃기는 노릇이다. 이처럼 물 뿌린 듯 놀라 달려올 것이 자
명한데.

발렌시아는 아직까지도 문 앞에서 거의 움직이지 않고 있었다. 백작
을 내쫓은 것은 정말 아무 일도 아니라는 듯, 마치 방금 전 들어와 용건
을 고한 듯한 모습이었다. 자카리는 그가 자신을 만나는 데 체칼라스도
지참하지 않았다는 사실에 문득 놀랐다. 얼마나 급하게 왔으면.

"폐하, 분수에 넘는 일이 아니라면 감히 여쭙고 싶습니다."

"뭘?"

"뤼 뤼페닝은 언제 돌아갑니까?"

"이번 달 안에."

"……."

"정말이야. 이번 달 안에 안 나가면 짐이 걷어차 내쫓으마."

"그간 그가 외르타를 해치지 않을 것이라 확신하십니까?"

"아니."

"저는 폐하와 약속을……."

"그래, 했다. '죽이지는 않는다'고 했다. 그런데 뤼페닝 손으로 그녀를 해한다면 차라리 나은 것 아닌가? 네가 하는 것보단 낫지."

"제가 하는 편이 안전합니다."

"언제는 싫다더니……."

"폐하."

자카리는 저 '폐하'라는 단어가 '제발'이나 '부디'라는 단어로 치환될 수 있음을 알았다. 그래야만 뤼페닝의 찌르기 하나에 이렇게 급히 달려온 것이 설명된다. 자카리는 턱에 힘을 주었다.

"짐이 알아서 한다."

"……."

"앞으로 두 주간은 발미레에 대해 한마디도 꺼내지 마라."

"폐……."

"그만! 왕명이다. 아예 생각도 하지 마라. 발미레가 살았든지 죽었든지 상해를 입었든지 신경 쓰지 마라. 그녀는 짐의 눈 아래 있다."

발렌시아는 그의 말에 수긍하는 것처럼 보이지 않았다. 석상처럼 잠자코 서 있었다, 시선을 들었다. 자카리는 그가 무슨 반박을 꺼낼 것이라 기대했다. 인간 같아서 좋았다. 그러나 그는 기대를 기만한 채 그저 잉그레의 예를 표했을 뿐이다. 자카리는 팔짱을 낀 채 그가 나가는 모습을 지켜보아야만 했다.

그는 이마를 짚은 채 한숨을 푹 쉬었다.

"나와."

그러자 시월 삼이 나왔다. 외르타를 감시하던 무명이었다. 자카리는 조금도 죄책감을 느낄 수 없었다. 그가 무뢰한인 것이 아니라, 애초에 누군가 지켜보고 있다는 사실을 발렌시아가 몰랐을 리 없었기 때문이다. 알면서도 감수했겠지. 그는 컬컬한 목 그대로 퉁명스레 물었다.

"교대는?"

"공작이 나갈 때 따르려 했습니다."

"안 나가 다행이군. 너 어제 짐에게 말했던 거 있지? 넘어가라."

무명은 잠깐 멍하니 기억을 더듬는 모양으로 서 있었다. 그러나 곧이어 어제의 제 말을 끌어왔다.

"뤼 뤼페닝의 수하가 기회를 노린다는 보고 말씀이십니까?"

"그래. 뤼 뤼페닝은 너를 알아 전전반측하고 있지. 짐에게 제 속셈을 들키기 싫으니 끝내 네게 약이라도 먹이려 들 것이다. 넘어가 줘라."

"예."

"그리고 나가서 이월 스물을 불러."

그는 고개를 숙였다. 명에 따랐다. 자카리는 그제야 기지개를 펴며 소파 위에 걸터앉았다. 풀썩 쓰러지자 소파 위에 가지런히 쌓여 있던 서류 몇 뭉치가 흘러내렸다. 그는 다소 우울한 눈으로 폭포수인 양 쓰러지는 종이를 바라보았다. 다시 주울 엄두가 나지 않았다.

"아……."

자카리는 일부러 낸 듯한 인기척에 고개를 돌렸다.

"폐하, 부르셨습니까?"

"그래, 그래. 시월 삼을 따라다녀라."

"현재 외르타 발미레의 감시를 맡고 있는 시월 삼 말씀이십니까? 함께 행동합니까?"

"아니. 곧 뤼페닝이 시월 삼에게 약이든 뭐든, 아무튼 조치를 취할 거다. 아마 죽이지는 않겠지만…… 확신할 수는 없군. 좌우간 무명이 짐의 명에 따라 약에 순응하면, 그 뒤는 네가 맡아라."

"예. 그에게는 언질을 주고 움직이겠습니다."

"그래, 그래야 누가 안 죽지. 너무 실, 바늘처럼 쫓아다니지는 마라. 그러면 너마저 눈치채이니까."

"예."

자카리는 눈을 한 번 가렸다가, 다시 치웠다. 잠깐의 정적이었다.

"그리고…… 뤼페닝은 말리지 마라. 하고 싶은 대로 하게 내버려 둬."

"예."

外르타는 무료한 표정으로 자리에 붙박인 듯 앉아 있었다. 턱을 괴고, 혹시나 더 있을지 모를 어수대의 접선을 기대하면서. 물론 무슨 청탁을 받든 전부 거절하겠지만.

여원 바람에 베일이 거슬리는 소음을 냈다. 그녀는 잠시 인내하다가, 결국 떨떠름하게 구겨진 옷을 폈다. 바람에 정성이 쓸모없었다. 다시 잡아 늘였다. 바람. 외르타는 한숨을 쉬며 포기했다. 한여름 밤의 바람이라면 옷이 구겨지는 것쯤이야 감당할 수 있었다.

그녀는 소란한 연회장을 등지고, 자신이 왜 이 자리에 나오게 된 것인지에 대한 근원적인 고찰에 빠졌다. 이제 그녀는 더 이상 미라이예의 객이 아니었다. 어떤 명목으로도 감히 잉그레 연회에 참석할 수 없는 미천한 몸인 것이다. 그러나 자카리가 농담처럼 '권유'했다. 외르타는 거절할 수 없었다.

그녀는 레아의 손을 잡고 연회장에 들어오자마자 발렌시아와 마주쳤다. 외르타는 그만큼 놀란 스스로가 당혹스러울 정도로 당황하고 말았다. 그는 어떤 소문이 날 줄 알면서도 그녀에게 인사했다. 아니, 어쩌면 그녀를 무시하는 것이 더 큰 풍파를 불러왔을지도 모르겠다. 외르타는 그의 인사를 받고 답했으나 정작 그 상대는 예의도 없이 빠르게 떠났다. 앙히에는 간 곳이 없고, 곧이어 레아마저 팔 붙들려 끌려가자, 끝내 외르타는 외딴 섬처럼 남아 타인의 시선을 감당해야 했다. 이따금 발렌시아의 눈이 제게 닿는 것이 느껴져 입안이 썼다. 혹 그것이 보호자 없는 자신에 대한 우려라면. 정말 끔찍할 일이다. 우려야말로 동정이 되기 가장 쉬운 감정인 까닭이다.

외르타는 그를 견디지 못하고 연회장을 나섰다. 미련 없이 정원에 발을 디뎠다. 자카리가 이번 연회에서 참 오랜만에 기조연설을 한 듯 바깥에는 그 누구도 없었다. 방해 받지 않을 것이다.

"어…… 안녕하세요?"

혹은 그렇게 생각했다. 그녀는 작은 새처럼 푸드덕 고개를 들었다. 어깨마저 흔들렸기 때문에 제법 웃긴 꼴이 되었으리라 생각했다. 외르타는 한숨을 쉬며 옷자락을 꾹 쥐었다.

"리베 안니발레?"

소녀는 제 밝은 갈빛 머리에 어울리는 푸른 드레스를 입고 있었다. 어깨와 목덜미 위 너울거리는 베일은 누구라도 경탄할 만큼 아름다웠다. 외르타는 그에 덧붙여, 이 어둑한 정원의 등불 아래선 정말 빛이 나는 아이라고 생각했다. 그녀는 약간 웃었다. 확실히 나이가 들긴 든 것 같다.

"아, 아, 예."

"이 자리에는 무슨 일로 나오셨습니까?"

"어…… 호, 혹시 거슬리시나요?"

"그럴 리가요. 하지만 들어가시는 편이 나을 겁니다. 제가 왜 나와 있겠습니까?"

그 충고에도 불구하고 리베 안니발레는 외르타를 떠나지 않았다. 떠나기는커녕, 주저주저 의자에 앉으며 얼굴까지 붉혔다. 외르타는 저 아이의 속마음을 알 것 같아 미소를 지었다. 리베 안니발레는 참 희한하게도 발렌시아에게 빠져 있었다. 때문에 외르타가 더 이상 미라이예의 객이 아니게 되자, 남의 불행을 기뻐하는 듯하여 견딜 수 없었던 것이다. 더군다나 그 '남' 이 예전에 그녀를 도와주기까지 한 사람이라면.

"저번에는 죄송했어요."

"예?"

"잉그레에서 뵈었을 때요. 비전하도 계셨고…… 죄송해요. 제가 너무 저만 생각했죠……."

외르타는 이해하지 못했다.

"예?"

"솔 미라이예에서 떠나게 되신 고초는 생각지도 않고 다시 여쭈었잖아요. 더 이상 객이 아니신 거냐고…… 죄송해요. 자꾸 마음에 걸려서……."

"아, 아닙니다. 괜찮습니다. 신경 쓰실 필요 없어요."

리베 안니발레는 그 흔쾌한 거절이 난처한 듯 보였다. 그녀는 손등이 경직될 정도로 의자를 잡았다가, 놓았다가, 다시 잡았다. 파릇파릇한 입술마저 계속해서 짓씹는 게 아무래도 곧 피가 날 것 같았다. 선천적으로 소심한 사람인가, 아니면 내가 속고 있는 건가. 외르타는 고개를 절레절레 저으며 상대의 긴장을 바라보았다.

"리베?"

"네!"

"……."

"아, 아니, 그게 아니고…… 네……."

"리베께서 공작을 왜 그리 위하시는지 모르겠습니다."

그녀는 놀란 듯 입술을 벌렸다가 오므렸다. 외르타는, 상대가 그것을 어찌 알았느냐 물으면 꿀밤이라도 한 대 먹일 심산으로 기다렸다. 리베 안니발레라면 그러고도 남을 사람이 아닌가. 그러나 그녀는 눈만 여러 번, 가파르게 깜박이고는 고분고분 답했다.

"그렇게 보이시나요?"

"예."

"저…… 많이 티 나요?"

"예."

"공작께서도 아실까요?"

"예."

외르타는 무료하게 답하다가 상대가 동요하고 있다는 인상을 받았다. 고개를 돌리니 각오했던 대로, 벌써부터 글썽거리기 시작하는 소녀가 보였다. 외르타는 그 진부함에 혀를 차면서도, 사실은 내심 신선하다고 느끼고 있었다. 제 주변 사람 중 이성에 눈물짓는 이가 하나라도 있던 가. 민망해서 어깨가 싸하니 떨릴 지경이었다. 그녀는 급히 수습했다.

"아니, 아닐 겁니다. 제가 잘못 말씀드렸네요. 공작은 몰라요."

"공작께서…… 아니에요……."

"……"

"믿을 수 있는 분 같아서요."

"……"

"신뢰할 수 있는 분이 제 앞에 계셨으면 좋겠어요."

"그보단 믿고 뒤를 맡길 수 있는 사람 같습니다만…… 관점 차이겠지 요. 예, 이해가 갑니다."

외르타는 그를 지칭하는 단어가 어느새 평소처럼 돌아왔다는 사실을 깨달았다. 이런. 실수가 크다. 다행히도 리베 안니발레는 제 생각에 몰두하느라 듣지 못한 듯했다.

그녀는 중얼거렸다.

"될 리가 없는데요."

"가장 유력한 후보시잖습니까? 공비의."

"공작께서 바라지 않으신데 가문의 위세가 무슨 소용일까요."

외르타는 한숨을 폭 내쉬었다.

"사실 리베께서 제 자매셨다면, 저는 이만 마음을 접으라 충고했을 겁니다."

"네? 역시 리베 발미레께서……."

"아닙니다. 그보다는 공작의 무관심이 가장 큰 문제예요. 아내 된 분이 그의 무신경함을 견디지 못할 겁니다. 더군다나 연배 문제도 있지요. 리베 안니발레, 그는 당신 나이의 두 배에 가깝습니다."

"저, 리베 발미레, 미라이예 공은 지금 오스페다 최고의 신랑감이세요."

"그리고 리베 안니발레께서는 오스페다 최고의 신붓감이기도 하시죠. 대우 받을 수 있는 남편에게 가시길 바랍니다."

"말씀은 정말 감사해요. 하지만 저는…… 아직은…… 리베 발미레……."

리베 안니발레는 두 손으로 눈가를 짚고 있었다. 부드럽게 눈썹을 두드렸다. 그러나 그녀는 곧, 그것이 예의가 아니라고 느낀 듯 얼굴을 드러냈다. 화사한 장밋빛 뺨과 보랏빛 눈. 외르타는 혀를 차는 노인의 심정이 되어 소녀를 바라보았다.

"혹시…… 정말로 공작께 마음이 없으시면……."

"없습니다."

"정말이세요? 조금이라도 미련이 남으셨다면 절대 부탁드리지 않을 거예요. 고마운 분께 폐를 끼칠 수는 없어요."

"배려 감사합니다. 저는 괜찮습니다."

"그러시면 혹 나중에…… 저를 도와주실 수 있을까요? 무, 물론 공작의 의지와 리베의 의지를 배반하지 않는 선에서요."

"상관없어요."

외르타는 순간 덤불 너머에서 누군가를 보았다고 생각했다.

"응? 누구야?"

리베 안니발레 역시 무언가를 발견한 모양이다. 그녀는 눈을 휘둥그레 뜨며, 어울리지도 않는 모양으로 으박질렀다. 덤불이 웃는 듯 떨렸다. 열렸다.

"아……."

아쉽게도 외르타는 덤불처럼 웃지 못했다. 너무도 허탈했기 때문이다. 그녀는 여전히 상황 파악이 되지 않고 있는 리베 안니발레의 어깨를 꼭 붙잡았다. 그녀는 화드득 놀라며 고개를 들었다.

"리베 안니발레."

"네?"

"이만 들어가시는 것이 좋겠습니다."

"저분은……."

"들어가세요."

외르타는 단호했다. 리베 안니발레는 거듭된 거절에 얼굴을 붉힌 뒤, 인사와 동시에 자리에서 일어났다. 우물쭈물 고개를 한 번 더 숙이는 모습이 귀여웠다. 외르타는 그렇게 느끼는 자신에게 너털웃음을 터뜨리면서 리베 안니발레가 총총 테라스로 넘어가는 모습을 지켜보았다.

순간적으로 외르타는 소름 끼치는 사실을 깨달았다. 이곳에서 '웃고 있는' 사람은 저뿐이 아니었다. 그녀는 잔뜩 긴장한 채 저와 함께 웃음을 터뜨리던 뤼페닝을 노려보았다. 웃음 한 조각에 이토록 긴장하게 되는 사람은 여전히 그뿐이었다.

"입 다물어."

"웃긴데, 하하, 가관이다."

"뭐가 가관인데? 그 입 닫아라."

"언제부터 그렇게 친절했냐?"

"뭘?"

"왜 밤톨만 한 애 연애사에 참견이냔 뜻이다. 오지랖도 넓지."

"신경 쓰지 마라."

그러나 생각하니 이상했다. 자신답지 않았다. 아무리 술렁술렁 무관심하게 대응했다 하더라도, 징징대는 아이를 달랠 만큼 그녀는 박애주의자가 아니었다. 외르타는 상대의 지적에 자신을 돌이키곤 다소 기묘한 감정에 빠졌다. 땅을 노려보았다. 내가 왜 그랬지?

"널 사모하는 공작이 들으면 아주 까무러치겠군."

외르타는 얼굴을 찡그렸다.

"무슨 소리야? 아니, 말하지 마라. 헛소리일 테니."

"설마 설마 했는데, 아직도 모르나? 공작이 널 여자로 보고 있던데."

"그야 내가 여자니 당연한 일이지. 그만. 굴라르모가 너를 견제하지 않던가? 무명에게 발각된다면 이 이상……."

"정말 모르는 건가? 난 네가 사실을 눈치채고 잉그레로 들어간 줄……."

"그만!"

그녀는 버럭 짜증을 부렸다. 죄다 영양가 없는 이야기였기 때문이다. 외르타는 의자를 짚고 자리에서 벌떡 일어섰다. 되새겨 보자면 결국 발렌시아의 충고가 가장 옳았다. 뤼페닝이 자신에게 득이 되는 일을 할 리 없다는 것, 따라서 아예 말을 섞지 않는 편이 낫다는 것. 어차피 이 자리는 다른 어느 곳도 아닌 잉그레 중앙이었다. 딤니팔의 중심에서 감히 제게 강제할 수 있겠는가. 그저 피하는 것이 좋겠다.

"외르타, 충심으로 조언하건대 공작에게 이상 징후는 없었는지 돌이켜 봐라. 그는 이미 나와 대판 붙었어. 널 포티미외에서 빼돌린 것으로 모자라 폐하에게서까지 빼앗으려 드냐고. 아니, 애초에 솔 미라이예로 데려온 것이 사심 가득한 수단 아닌가?"

"입 닥쳐. 나는 이제 로크뢰와 상관없으니 함부로 섞지 마라. 짐승 새끼 같으니라고."

"그 짐승 새끼를 낳았던 사람에게는 좀 이상한 폭언이로군."

"입…… 되었다. 꺼져."

외르타는 화를 낼 가치도 없다는 듯 고개를 저었다. 차라리 저 안쪽 칼날 밭이 낫겠다. 연회장의 무슨 눈초리든 지금 뤼페닝의 한 음절보다는 순진하고 여릴 것이다. 그녀는 몸을 돌이켰다. 의외로 뤼페닝은 그녀를 붙잡지 않았고, 아니, 외려 기척을 듣자니 스스로 팔짱이라도 낀 것 같았다. 외르타는 어서 이 자리를 뜨기 위해 빠르게 걸음을 뗐다.

"정말 공작을 의심하지 않는 건가? 참 대단한 믿음이로군. 곧 박살 나고 얼마나 어리석었는지 깨달을 거다. 아, 아무튼 용건은 이게 아니지."

"안 듣는다. 가라."

벌써 테라스에 가까워지고 있었다. 뤼페닝은 제자리에서 움직이지 않았다.

"공작이 널 너무 아낀 나머지 끝끝내 레스트왈의 전언을 전하지 않은 것 같다. 나는 레스트왈을 내 일생만큼 봐 온 사람이야. 때문에 난 그가 분명 네게 조롱과 경고를 보냈으리라 확신한다. 모르긴 몰라도 그 경고는…… 아마 포티미외 조약을 맺으러 레스트왈 본인이 나선 이유겠지. 과한가? 그럼 절반쯤?"

흘려 넘기고 싶었다. 외르타는 발렌시아의 엄중한 목소리만 떠올리며 결단코 반문하지 않겠노라 되새김질했다. 호기심이 너를 죽일 것이다. 그러나 뤼페닝은 애초에 상대의 동의를 구할 생각이 없었던 듯했다. 발이 빨라지는 속도보다 말이 빨라지는 속도가 더 급했다.

"포티미외 조약을 체결하기 직전, 레스트왈이 왕가의 장묘를 대대적으로 공사하겠다고 공표했다."

외르타는 걸음을 멈추었다. 메마른 입술이 붙었다가, 서서히 떨어졌다.

"나는 사태를 예측할 수 있었다. 그것도 모자라, 이미 예전에 그 일을 처리한 상태였어. 순전한 선의로. 뒤에 온 레스트왈은 노발대발했다. 나중에 듣자 하니 그놈은 아델라이데의 주검을 가지고 웬 부관참시를 하려 했다는군."

숨이 거칠어졌다. 바닥을 노려보았다. 잘 보이지 않아 자신이 마치 공허 위에 선 것처럼 느껴졌다.

"아무리 네가 밉다 한들 그 아이는 우리 누이다. 그따위 짓은 도의에 어긋날 뿐더러…… 정말 막무가내로 실행했다면 좋지 않은 선례와 언짢은 평판을 얻게 되었겠지. 불쾌했다. 그래서 난 후일 레스트왈이 다시 한 번 주검을 빼돌린다 해도 써먹을 수 없도록 호의를 베풀기로 했다."

"……"

"외르타?"

막 전력 질주를 끝낸 병사처럼 목이 아파 왔다. 외르타는 잠깐 진정하기 위해 자리에 주저앉았다. 느릿느릿. 모든 것이 여름 바람처럼 끈기 있었다. 그녀는 손목으로 관자놀이를 짚었다.

"듣고 있을 테니 말하겠다. 난 내 누이를 화장할 예정이다. 어머니 된

이에게 알리는 것이 예의라 생각해 마지막으로 방문했다. 어차피 곧 떠나니까."

뤼페닝은 미련 없이 뒤를 돌았다. 모든 용건을 마쳤다는 듯 홀가분하고 고요하게. 그러나 외르타는 더 이상 침묵을 지킬 수 없는 상황이었다. 눈가가 화끈화끈 온 얼굴이 달아올랐다. 가슴이 끓는 물이라도 부은 양 뜨거워 녹아내렸다.

외르타는 돌아서 달려갔다. 뤼페닝을 붙잡았다.

"내가……."

"왜?"

"내가 살아 있는 게 네 삶에 그리 방해가……."

"방해가 된다면 어쩔 건데?"

아무것도 아닌 일에 깜짝깜짝 놀랐다. 생각이 날 적마다 심장이 터져 나갈 듯 아팠다. 아무 때나 멍하니 서 있고, 그럴 때마다 로크뢰를 증오했다. 견뎌 냈다고 생각했건만, 확실히 나아졌다 해도 어떤 부분에서만큼은 절대 벗어나지 못하는 것 같았다.

고개를 드니 뤼페닝이 제 어깨를 짚고 있었다. 외르타는 숨을 삼킬 여력조차 없었다. 그저 아무 의욕도, 생각도 없이 그 시퍼런 녹음을 바라보았다. 내 색과 그리 다르지 않은 눈인데 어쩌면 저토록 미어질까.

"외르타."

"……."

"레스트왈은 무관심했지. 게을렀어. 그리고 앞을 내다보지도 못했다."

"……."

"너도 마찬가지다. 너도 무관심했고, 게을렀고, 근시안적으로 멍청했다. 넌 외부로 넘어가면서 네 딸이 인질이 될 경우를 상정해야 했어……. 어쨌든 레스트왈이라는 첫 칼은 내가 막았다. 그러니 이제는 아예 기회를 멸절시키마. 친절로 여겨라."

오물 다 묻혀 가며 그래도 너만은 깨끗한 세상에서 자랐으면 좋겠다고 생각했다. 도대체 어디서부터 이렇게 엉망진창으로 얽히고 있는지. 누군가 세심히 붙어 있는 옛 조각을 두들겨 부서뜨렸다. 그 잔인한 냉정이 아주 흉측했다. 외르타는 새삼스럽게 정말 뤼페닝이 싫다는 생각을 했다. 그러다 보니 노여움도 걷잡을 수가 없었다. 화가 많이 쌓였나 보다. 화가 나면 울어야 한다. 그런데 울음이 나오지 않았다.

"그럼 이만."

뤼페닝은 그녀의 어깨에 얹혀 있던 손을 들어 올렸다. 그러나 한숨 쉴 사이도 없이, 이제는 외르타가 그 손을 잡아챘다. 그녀는 겨울처럼 벌벌 떨리는 목소리로 말해야 했다.

"당당하지 마라."

"뭐?"

"네가 세상 정의 같나. 그런 협박을 하면서 당당하게 굴지 말라는 뜻이다."

심장은 여전히 발작하듯 쿵쾅대고 있었다. 가슴은 한없이 내려앉았다. 자신이 무슨 말을 하고 있는지도 잘 알 수가 없었다.

"외르타."

뤼페닝의 목소리는 딱히 변한 구석이 없는 것 같았다. 그러나 행동은 변했다. 그는 그녀의 손을 다른 쪽으로 고쳐 쥐었다. 외르타는 제 손으로 넘어오는 물건을 느꼈다. 목을 타넘는 독약과 다르지 않았다.

"네 몫으로 두마."

그녀는 그가 떠난 제 손을 서서히 펼쳐 보았다. 손마디 두 개만큼 작고 울퉁불퉁한 유리병이 뉘여 있었다. 입술을 깨물고 고개를 들자, 뤼페닝이 말했다.

"죽진 않는다. 내가 보증한다."

발렌시아는 다소 탐탁찮은 눈길로 저층 테라스를 바라보고 있었다. 네게는 말을 붙일 가치도 없다는 듯 쌩하니 외르타가 나간 자리였다. 그녀가 나가기 전 그의 시선은 이따금 상대를 확인할 뿐이었다. 그러나 외르타가 너무도 당당히 연회장을 뜬 뒤, 제 시선은 아예 그 창에 붙박여 있었다. 무명이 지키니 너는 무용할 것이라? 그러나 설득력이 없었다.

아까는 급기야 리베 안니발레까지 저 자리로 나갔다. 눈치를 보며 살금살금 새어 나가는 모양이 결코 들키지 않을 것이라 생각했던 모양이다. 그러나 사실 그녀는 어딘가로 숨기 어려운 사람이었다. 연회가 한창인데 바깥으로 떠나는 사람은 없으며, 그것이 연회의 주역이 되어도 모자라지 않을 소녀라면 더더욱 의아한 일이 된다. 발렌시아는 그녀가 외르타를 쫓아 나간 이유를 짐작하기 어려웠다. 물론, 리베 안니발레가 산책을 위해 바깥에 나갔을 확률도 있다. 어설픈 우연은 자신의 기막힌 상상력이 빚어낸……

그때, 리베 안니발레가 연회장 안으로 들어섰다. 그녀는 사방의 눈치를 보다가, 자신을 바라보는 이가 별로 없다는 것을 확인하고는 가슴을 쓸어내렸다. 아무래도 연회의 중간에 빠져나갔으니 백작의 꾸중을 염려한 모양이다. 그녀는 슥슥 고개를 돌리다 당연히, 그녀를 뚫어져라 보고 있는 발렌시아를 발견했다. 삽시간에 그녀의 양 뺨이 붉게 물들었다. 발렌시아는 눈을 물리지 않았다. 저 소녀는 굉장히 예측하기가 쉬워서, 자신이 그리한다면 십중팔구 설명이나 변명을 하기 위해 제 곁으로 오리라 생각되었다.

그녀는 실제로 그리했다. 체구가 작아 사람들을 지나 제게 오는 데 상당한 시간이 걸렸다. 발렌시아는 견디지 못하고 앞으로 성큼성큼 나섰다. 대부분 그를 요령껏 피해 갔고, 드물게도 그와 부딪힌 사람마저 고개를 돌리고 물러섰다. 발렌시아는 두 여자 사이에 끼어 어쩔 줄 몰라 하는 리베 안니발레에게 다가갔다. 구원자를 만난 것처럼 환해지는 표정에 속이 불편했다. 그녀는 발렌시아가 꺾어 내민 팔뚝을 잡고는 허겁지겁 인사를 했다. 그는 저가 팔을 내민 것만으로도 흔쾌히 잡아 주는 리베 안니발레가 약간 답답해졌다. 손을 드려도 받지 않는 사람이 있건만.

그들은 벌써부터 집중된 여러 시선들을 의식하여 멀리 가지 않았다. 발렌시아는 그 자리에서 가장 가까운 벽으로 그녀를 인도했다. 그가 자리에 멈췄을 때, 리베 안니발레는 왠지 모르게 숨이 가빠져 있었다. 발렌시아는 예의상 물었다.

"괜찮으십니까?"

"아, 네. 네."

"무슨 일로 바깥에 다녀오셨습니까? 폐하께서 주최하신 중한 연회입니다."

"죄송해요. 잠시 뵐 분이 있어서요."

"누구를 만나셨습니까?"

"저, 리베 발미레를 뵙고 왔어요. 그분은 연회장의 관심을 견디지 못하셔서…… 사과드릴 것도 있었고요."

발렌시아는 자신 앞에서 외르타 이야기를 꺼낼 만큼 배짱 좋은 사람이 별로 없다고 생각했다. 공식적으로는 자신이 그녀를 쫓아낸 셈이기 때문이다. 그는 그런 애로점에 개의치 않고 시원시원하게 답해 준 리베 안니발레에게 감사했다. 그녀의 천성인 도를 넘은 친절 덕분인 것 같다. 어느 면에서도.

리베 안니발레는 상대가 흔치 않게 유해 보이자 긴장을 풀었다.

"그런데 리베 발미레께서도 이 잉그레에 지인이 계시나 봐요. 왕도에 거주하셨던 분이 아니라 의외였어요. 조금 더 말씀드리고 싶었는데…… 너무 급히 쫓겨난 것 같아 아쉬워요. 아, 아, 물론 이건 그분의 자유지만요."

"지인이라 말씀하셨습니까? 앙히에입니까?"

"네? 아뇨. 갈색 머리의 남자 분이셨는데, 혹시 아세요?"

외르타는 마지막 발버둥으로 네가 거짓을 가장한다며 윽박질렀다. 그러나 그는 목소리도 높이지 않고, 네가 판단하라며 천 조각을 건네주었다. 색 바랜 붉은 바탕, 수놓아진 무늬. 맙소사. 손에 힘이 풀렸다. 절로 의자에 웅크려 뻣뻣한 목덜미를 가다듬게 되었다.

그녀의 손에는 그가 준 천 조각이 남아 있었다. 외르타에겐 아델의 수의 조각이 하나의 증거가 되었다. 때문에 뤼페닝 역시 그것을 앗아 가지 않겠노라 생각한 모양이었다. 눈앞에 있어야 현실감이 들지 않겠느냐 머리를 굴렸을 수도 있다. 물론 이 이상, 그 머리 안에서 얼마나 많은 수를 떠올렸다 지웠는지, 얼마나 고민한 뒤에야 과하지도 적지도 않은 협박 인사를 자아냈는지는 가늠할 수 없지만. 공포를 주는 친절함, 침착함, 부드러운 협박, 무관심하게 보여 주는 대가, 대가에 대한 확실한 보상.

"네가 잘하면 주검은 공작 편으로 돌려주겠다. 네게 있어 가장 믿을 만한 사람인 것 같더군."

그녀는 아무 대답도 못했다. 그는 떠났다.

뤼페닝의 협박은 그가 의도했던 대로 자신을 때렸다. 기절할 만큼. 너무 맞아서 외려 정신이 멍멍한 듯 앉을 수밖에 없었다. 저번 포티미외에서 로크뢰에게 철갑으로 얻어맞던 감각과 그리 다르지 않았다. 정서적으로나 육체적으로나, 같다.

뤼페닝은 아델의 주검을 언급하는 것만으로도 그녀를 위협할 수 있었다. 외르타에게라면 그 이상의 협박이 없기 때문이다. 레스트왈에게서 아델을 보호하기 위해 주검을 빼돌렸다고? 그 이야기는 개도 웃고 갈 창작물이다. 그의 그런 친절이 말이나 되나. 더군다나 '주검의 소산' 을 직접적으로 언급하다니. 그 개자식은 발터가 언니를 태우지 않기 위해 무슨 노력을 경주했는지 분명 알고 있을 것이다. 망자를 태운다. 가까스로 그 거부감을 극복한다 하더라도 그가 레스트왈처럼 하지 않으리라는 보장이 없었다.

"외르타."

그녀는 힉 하고 숨 삼키는 소리를 냈다. 제 꼴이 우습다고 느낄 만한 여유가 없었다. 외르타는 목덜미를 들썩이며 가슴을 꾹 눌렀다. 고개를 들지 못해 목소리만 들었다.

"괜찮으십니까?"

이제는 꿈에서 들려도 이상하지 않을 목소리였다. 외르타는 그의 낮고 조용한 음성에 한숨을 쉬었다. 어둠 속 섬광처럼 귓가에 스치는 말이 있었기 때문이다. '공작이 너를 여자로 보고 있던데.' 그는 몇 초 이상 침묵이 이어지자, 결국 포기한 뒤 진의를 툭 꺼냈다.

"당신이 뤼 뤼페닝과 마주쳤다는 이야기를 들었습니다."

그녀의 어깨가 떨렸다. 발렌시아는 무작정 팔을 뻗어 고개를 숙이고 있는 외르타의 어깨를 짚었다. 그녀는 다시 한 번 소스라치게 놀라며 그를 떨쳐 냈다. 눈을 꽉 감았다. '공작이 너를 여자로 보고 있던데.' 뤼페닝은 냉정한 사람이다. 아델의 주검을 말하며 구태여 진의가 의심스러운 거짓까지 꾸며 내지는 않았을 것이다.

그녀는 입술을 꽉 깨물고선 시선을 들었다. 날 선 그림자는 길고 컸다. 돌연 두려움과 혐오감이 엄습했다.

"경."

"말씀하십시오."

"나를 좋아해?"

"예?"

외르타는 그의 목소리에서 한 조각 당혹을 찾아냈다. 그러나 그것은 어떤 도움도 되지 못했다.

"나를 이성으로서 좋아하냐고."

"어째서 그런 질문을 하십니까?"

"뤼페닝이 그리 말했어. 사실인지 거짓인지 당신 입으로 확인해야겠다."

"외르……."

"경!"

"터무니없는 의심입니다."

그녀는 고개를 모로 돌렸다. 발렌시아는 여느 때와 다름없이 반 무표정, 반 못마땅한 얼굴로 서 있었다. 그 일생의 동반자처럼 붙어 있는 무신경함. 외르타는 순간적으로 엄청난 안도감을 느꼈다. 정말 감각적으로, 폭포처럼 물밀듯이 쏟아지는 안도감이었다. 제발 정신 좀 차리고 말하라는 것처럼 떨떠름한 그의 얼굴이 만족스러웠다.

외르타는 픽 웃으며 그의 팔뚝을 잡았다. 얼핏 그의 눈썹이 꿈틀거린 것처럼 보였다. 그녀는 그 힘에 이끌려 일어선 뒤, 마치 아무런 대화도 안 나눴다는 듯 뒤를 돌았다. 어차피 뤼페닝은 이 자리를 떠났을 것이다. 죽음까지 생각할 거리가 있으니 잠시 고요를 누리고 싶었다.

그러나 발렌시아의 손은 그녀의 팔을 한 바퀴 감아 돌았다. 외르타는 어정쩡하게 걸음을 멈췄다.

"뤼 뤼페닝이 당신에게 불손한 언사를 행했으리라 짐작합니다."

"불손한 언사? 방금 내가 말한 것?"

"그뿐이 아닐 것입니다."

"어?"

"그 이상이 있다는 사실을 압니다."

"……경, 쓸데없이 이목 끌지 말고 이만 들어가렴. 당신을 보고 있는 사람이 몇 명이나 되는 줄 알아?"

"신경 쓰지 마십시오."

이래서야 여상스런 우리의 대화인데……. 그녀는 왠지 모를 기시감을 느끼곤 몸을 반 바퀴 돌렸다. 덜떨어진 태엽인형처럼 삐걱거렸다. 외르타는 상대를 똑바로 잘라 내야겠다고 결심했다. 하지만 그와 동시에 그의 시선을 발굴해 냈다. 그 시선. 외르타는 숨을 들이켰다. 들숨이 너무 커서 어깨가 목덜미를 넘어선 느낌이었다. 그의 벽안이 '걱정'으로 표현될 수 있다는 사실을 알아차린 것이다. 방금 전 그가 부정한 애정이 거짓말은 아닐까.

이런.

"경, 지금 놓지 않으면 내게 미련이 남아 있는 것으로 간주하마."

"미련은 언제나 남아 있습니다."

외르타는 기겁했다. 그녀는 입을 꽉 다문 채 억지로 팔을 쥐어짰다. 간단히 막힐 법도 하건만, 그는 의외로 순순히 물러났다. 잡혔던 팔뚝 근처가 뜨끈했다. 외르타는 다급히 그를 지나쳐 테라스에 다가갔다. 느린 목소리가 그녀를 잡아당겼다.

"외르타, 죽지 마십시오."

체칼라스 없는 목덜미가 유난히 휑뎅그렁했다. 외르타는 반쯤 고개를 돌렸다. 눈초리가 바람 가는 결에 매달려 어쩔 수 없이 그를 따라간 것 같았다. 어스름하게 밝은 곳, 움직임 없이, 가지런한 남자. 그녀는 사실 묻고 싶은 것이 산더미 같았다. 제 목구멍까지 차오른 물음이 전부 그에 대한 질문이었다. 일전에는 우리가 끝난 것처럼 행동했으면서? 남은 것은 내가 당신 손에 피를 보는 일뿐이라 했는데?

"당신이 신경 쓸 일이……."

"아니라고 하지 마십시오. 저는 여전히 약속을 지키고 있습니다. 당신이 저를 신용하지 않는 것은 물론 어찌 강제할 수 없는 일입니다. 강제할 수 없기 때문에 저는 진실을 알려 달라 보채지 않습니다. 하지만 적어도……."

"……."

"외르타, 약속을 기억하십시오. 당신의 부탁이었습니다."

그녀는 읽을 수 없는 표정을 하고 있었다. 살짝 고개가 내려갔다. 그것이 발아래 그을음을 보기 위한 것인지 긍정의 신호인지는 쉽게 구분할 수 없었다.

𝄞

병은 작았다. 유리가 아닌 크리스털로 만들어진 용기인 듯했다. 햇살에 비추면 우글우글한 빛이 안에 갇혀 헤어 나오질 못했다. 또한, 그 안에 철렁하고 든 열 방울 정도의 액체. 색은 없다. 향을 맡아 보려 노력했지만 불가능했다. 무서워서 피부에 떨어뜨리지도 못했다.

외르타는 한 바닥짜리 창문 아래에 누워 있었다. 소파의 등받이가 비교적 낮아 햇살을 받기 좋았다. 그녀는 사흘 전 레스트왈에게 받은 병 덕분에 끙끙 앓고 있었다. 어젠 감히 자카리에게 가서 뤼페닝이 언제 떠나느냐는 질문까지 했다. 협박 기한이 얼마나 남았는지 궁금했기 때문이다. 그는 큰 의심 없이 사흘 뒤 저녁이라 말해 주었다. 사흘 뒤. 그러니 아마 스물네 시간 뒤까지는 무슨 행동을 보여 주어야 할 것이다.

사흘째 밤을 샜다.

확실한 것은 단 한 가지뿐이었다. 어떤 선택을 하건 너는 반드시 후회할 것이다.

둥그렇게 말린 띠 위에서 종착 깃발을 기다리는 모양이었다. 뤼페닝에게 맞서 불행해진 이가 어찌 나뿐이랴만 그래도 이 배신감은 감당이 되지 않았다. 뤼페닝을 우군으로 신용해서 배신감 운운을 지껄이는 것은 아니었다. 그보다는 상식. 외르타는 사실 이 지경까지 상상해 본 일이 없었다. 그녀에게 망자를 건드리는 행위는 무언가 일반적인 고려를 넘어선 일이었기 때문이다. 내가 순진했던 건가? 주검은 존중되어야 한다는 생각이 그리 멍청했나? 어떻게 시체를? 산 자는 죽은 자를 건드릴 수 없다. 적어도 그녀가 살던 곳에서는 그랬다.

또한, 외르타는 쌍둥이와 칠 년이 넘도록 유대를 쌓은 사람이었다. 불편한 유대였다는 점이 마음에 걸리지만, 그래도 그 일곱 해를 겪으면서 상대를 익히지 못했다면 그녀는 지금 죽어도 할 말이 없을 것이다. 쌍둥이는 물론 정치적으로 잔인하다. 그러나 동시에, 정치적이기 때문에 최대한도로 자제하곤 했다. 그러한 제약 속에서 누이의 주검을 함부로 다룰 수는⋯⋯.

너는 그들과 칠 년 있었지만, 세상은 그들과 열아홉 해를 있었지.

"⋯⋯."

고민은 끊겼다. 단 한 문장만으로 막히는 추측이라니 네 예견이란 것도 참 얄팍하겠다. 외르타는 햇빛 담은 병을 바라보았다.

그녀는 아델의 주검을 해치는 문제에 대해서만큼은 결코 양보할 수가 없었다. 만일 저번 무도회 때 발렌시아에게 사실을 고했다면 그는 주검의 소산을 설득하기 위해 자신을 묶어 놓기라도 했을 것이다. 그러나 시간이 닳아 가는 와중, 외르타에게 문제가 되는 것은 이미 그 단계를 뛰어넘은 상태였다. 중요한 것은 '뤼페닝이 아델의 주검을 태울 것이다'가 아니라, '뤼페닝이 아델의 주검을 가지고 있다'였다. 이제 그는 무슨 짓이든 할 수 있었다. 이미 사람의 시체를 꺼냈는데 그보다 더 비윤리적인 일을 꺼릴 리 없는 것이다. 아마 열에 아홉 소산보다 더 무서운 형태로 이루어지겠지. 명령 불복종에 따른 대가는 수장, 풍장이 될 수도 있고, 타인을 가장한 시체 공개 처형이 될 수도 있고, 레스트왈이 목표했던 부관참시가 될 수도 있다.

용납할 수 없었다. 따라서 외르타가 생각해야 하는 것은 협상보다는 협상에 따라올 결과였다. 이제 그녀는 완벽한 피동자였다. 어쩌면 이토록 한결같이 타의에 의해 움직이는지 모르겠다. 이번이 끝이라 생각하고 명령에 고분고분 따라도, 끝내 또 다른 다음이 찾아오는 것이다.

나는 아마 뤼페닝의 요구를 수용할 것이다. 외르타는 바짝 마른 입안을 적셨다. 따끔거렸다. 기이하게도, 실감이 나지 않는 것이다. 협박의 갑작스러움 때문이다. 한 달 동안 코빼기도 비추지 않던 사람이 돌연 나타나서 아델의 수의를 주고, 자기 제안을 받으라 말한다고? 현실 감각이 돌아오지 않았다. 직전까지 굉장히 충만하고 평온한 시간을 보내고 있었기에 더 납득이 안 가는 것인지도 모르겠다. 발렌시아, 앙히에, 레아, 그리고 리베 안니발레와 실없는 대화를 나누며 이 순간이 언제까지 지속될 수 있을까 생각했다. 지겨운 고문, 기다림, 초조감. 가끔 그런 불행한 생각을 하는 게 너무 싫어서 차라리 끝내 버리고 싶을 때가 있었다. 그 지경으로 평화로웠다. 물론 이제는 차라리 그때 바스라져야 했음을 안다.

사흘째 밤낮을 지새우니 이제는 정말로 이 현실이 비현실처럼 느껴졌다. 깨어 있는다고 제대로 된 해결책이 생기는 것도 아닌데 차라리 눈이라도 붙일 것을 조금 후회되었다. 머릿속에서 무가치한 양비론만 빙글빙글 돌았다. 외르타는 병을 흔들어 보았다. 머리가 어지러운 탓인지 소용돌이가 실제보다 두세 배는 더 빨리 돌아가는 것처럼 보였다. 병을 배 위에 놓아두었다. 차가웠다.

외르타는 배 위에서 유리병을 누른 채 몇 바퀴 돌려보았다. 이걸 다 마셔야 하나? 입에 쓰지는 않을까? 이런, 무슨 상관이야? 쓰면 쓰라지. 라르디슈에 있을 적 매번 달고 다닌 것이 세상에서 가장 지독한 약인 것을. 그렇다면 마신 뒤에는? 아플까? 아프다면 얼마만큼 아플까? 아이를 낳을 때만큼? 발이 부서진 채 걸어 다니는 것만큼? 곤죽이 되도록 얻어맞는 고통만큼? 미안하게도 외르타는 상당히 오랫동안, 상당히 지독한 고통을 수용해 온 사람이었다. 사지가 썩어 들어간다 하더라도 죽음이 아닌 이상 꺼려지지 않았다.

'죽음이 아닌 이상?' 외르타는 자신이 이상한 말을 곱씹었다고 생각했다. 그러나 명확한 개념이 잡히지 않았다. 내가 무슨 말을 잘못한 거지? 그녀는 이해한 것을 반복했다. 뤼페닝이 말하길 약을 먹어도 죽지는 않는다던데. 아니, 그걸 믿는 건가? 죽지는 않는다잖아. 누이의 주검을 가지고 협박하는 놈의 말을 믿어? 젠장, 그래. 죽을 수도 있지. 그깟 죽음으로 무엇이 달라지는데? 무엇이 달라지기는 네 삶이 달라지지.

예전의 사고방식이 뚜껑 덮듯 자연스레 돌아오고 있었다. 더 이상 그것을 경계하지 않아도 되는 것은 자신에게 즉각적인 거부감이 이는 까닭이다. 외르타는 이미 얼마 전 최대한 열심히, 진솔하게 살기로 결심한 바 있었다. 여러 번 피를 보고 받아들인 교훈이라 효과가 컸다. 물론, 이 것이 제대로 된 효과인지에 대해선 논란외 여지가 있지만.

아델을 위해 뤼페닝의 제안을 거절해야 했다. 아델을 위해 뤼페닝의 제안을 받아야 했다. 아델을 위해 살아야 하고, 아델을 위해 죽어야 했다. 세상에 모순이 너무 많았다. 화가 난다기보다는 그저 당황스럽고 갑갑하고 숨이 막혔다. 아델이 제게 어찌 권유할지는 이제 생각지 않기로 했다. 어쨌든 그 아이의 보호자는 자신이었고, 아델의 신체에 해가 가는 이 시점에서 결정권자는 분명히 그녀였다. 둘 중에 무엇을 선택하느냐는 이제 제 선택이었다. 처음으로 자신이 갈등해 스스로 결정할 수 있는 제안인 것이다.

외르타는 정자세로 가만히 누워 있었다. 이 자세를 몇 시간째 유지하면서 잠에 들지 않은 것이 용했다. 쥐꼬리만큼 먹은 음식에 속이 아파왔다. 차라리 굶으면 감각이라도 없지. 생각이 중구난방으로 뛰어 놀았다. 반딧불을 가까스로 모으고 있는 손 같았다. 뛰쳐나가려는 생각, 방향 없는 생각, 깜박깜박거리는 생각. 전부 알량한 머리에 갇혀 빠져나오질 못했다. 차라리 어떻게든 비집고 나오면 아름답기라도 할 것이다. 전부 몽롱해서 맥아리가 없었다.

생각이 깜박.

깜박.

깜······.

🎼

발렌시아는 옆을 내려다보았다. 살아 있는 사람처럼 침대에 기댄 니소르가 보였다. 비스듬히, 균형이 맞는 평온함으로. 그는 손을 뻗어 어두컴컴한 칼자루를 쥐었다. 칼의 걸쇠를 풀었다. 기이하게도, 손에 닿는 온도가 대단히 차가우면서도 제법 뜨끈했다. 발렌시아는 의외로 시퍼런 날을 드러내지 않았다. 그저 가만히, 길이 잘 든 자루를 부여잡았다. 그는 한참 동안 바닥을 노려보았다. 낭떠러지에 멈춰 숨을 고르는 기분이었다.

그는 칼을 눕힌 뒤 한 손으로 이마를 짚었다. 제 냉정과 다름없는 니소르가 도움을 주리라 생각했건만 아주 대단한 망상이었다. 사실 요새 들어 칼이 자신을 위해 기능한 적은 거의 없었다. 죽여야 사는 칼날이 숨을 못 쉬고 갇혀 있으려니 제 구실을 못하는 모양이다. 발렌시아는 문득 자신의 말이 살인광처럼 들린다는 사실을 깨닫고는 충격에 빠졌다.

"나는 그년을 죽이고도 남을 대가를 알아. 아주, 아주, 잘 알지."

그는 순간적으로 니소르를 다시 찾을 뻔했다. 물론 무용한 짓임을 깨닫고 멈추었지만. 묻히지 않으려 발악하는 기억이다. 그러나 더 이상 궁금하거나 의심쩍지는 않았다. 레스트왈이 무슨 목적으로 저리 말했는지 짐작하고 있으므로. 처음에는 종잡을 수 없었지만, 뤼페닝이 외르타를 헤집은 뒤에는 이미 수면 위로 드러난 것과 다름없었다. '뤼페닝과 레스트왈의 협박에 공통분모가 있다.' 그 험악한 쌍둥이들마저 입을 모아 외르타에게 효과적이리라 확신하는 협박. 이는 추리하는 데 간단하고도 중대한 증거가 된다. 따라서 그들의 대가는 첫째, 외르타이고, 둘째, 그녀의 딸일 것이다. 지금의 외르타에게 상처를 줄 수 있는 존재는 저 둘뿐이기 때문이다.

그리고 고작해야 사흘 전의 일을 기억했다. 발렌시아는 속이 답답해졌다. 그는 사흘 전, 외르타의 반응을 보고선 모든 것을 추측해 냈다. 뤼페닝의 옷자락도 보지 못했으나 그 둘 사이에 어떤 대화가 오갔을지는 명약관화였다. 뤼페닝이 그녀의 목숨이나 안위를 손에 쥔 채 협박했다면 그녀는 자신에게 도움을 요청했을 것이다. 자신이 한 번 거리를 두었다고 그간 쌓은 신뢰가 무너질 것 같지는 않았다. 그리고 그 역시, 그녀의 그런 요청쯤은 효과적으로 해결할 수 있었다. 그러나 외르타는 입을 열지 않았다. 그 즉슨······.

발렌시아는 잠깐 굳었다가, 자리에서 일어섰다.

아이의 주검을 가지고 할 수 있는 일은 무궁무진했다. 이 한 문장이야말로 제가 지난 며칠 되뇐 고민의 정수였다. 그 아이를 어찌할까. 예전 외르타의 반응을 상기한다면, 뤼페닝은 주검의 소산을 논할지도 몰랐다. 더 심하다면 부관참시. 상상력이 부족하여 이 정도밖에 떠올릴 수가 없었다.

그녀에게 무슨 말이라도 건네고 싶었다. 그러나 말주변이 부족했다. 또한 자카리가 있었다. 이 사실을 짐작하고도 전부 자카리에게 맡겨 두자니, 발렌시아는 매 순간 심지가 타들어 가는 것만 같았다. 물론 그도 이성적으로 봤을 때 자신이 외르타에게 전혀 도움 되지 않는다는 사실을 알고 있었다. 자카리의 무명이 철저히 보호하고 있다면, 어차피 제 곁에 있으나 잉그레에 있으나 외르타에게는 똑같이 안전할 것이다. 자신이 그녀 곁에 머문다 해도 감히 어떤 위로를 하지 못할 테니 다를 것은 전혀 없다. 그는 말솜씨에 있어선 별로 쓸모가 없는 사람이었다.

그러나 제 손에 없으면 불안해서 심장이 뛰었다. 사실 그는 평시에도, 제 눈으로 직접 확인하지 않으면 그녀가 존재한다는 사실을 믿지 못하곤 했다. 이 감정은 꿈이며, 눈을 뜬다면 아마 비 오는 날의 그 막사로 돌아가 있으리라 생각했다. 여인도 승리도 없고 아마 소름 끼치는 죽음만 니소르에 박혀 있을 것이라 의심했다. 그것이 평범한 감정이었다. 이 '평범한' 감정 때문에 그녀만 보면 항상······.

하물며 뤼페닝이 무도한 협박을 내팽개치고 갔을 경우에는 어떻겠는가. 발렌시아는 자신 앞에서 다시는 발미레를 꺼내지 말라며 일갈한 자카리를 떠올렸다. 그녀에게 직접 자신의 추측을 건네는 방법도 떠올렸다. 그러나 전자든 후자든 바뀔 것이 없었다. 자카리는 전부 알고 있을 것이고, 외르타는 그의 관심을 달가워하지 않을 테니까. 차이가 없었다.

발렌시아는 긴 한숨을 내쉬었다. 라퀼라를 한 번 둘러본 뒤 습관처럼 니소르의 중간을 쥐고 걸음을 돌렸다. 달빛조차 드문 밤이었다. 머리가 아팠다. 두세 시는 되었을까. 잠이 오지 않았다. 옷도 라퀼라에 들어온 그대로였다.

그는 복도로 나와 걸음을 재촉했다. 라퀼라와 그리 멀지 않은 집무실에 채 그림자가 늘어지기 전에 다다랐다. 모자란 달빛을 드문 촛불이 감당하려니 온 복도가 덜덜 떨렸다. 발렌시아는 고민도 없이 계단을 내려섰지만, 모퉁이를 돌아서선 우뚝 멈췄다. 온기조차 메마른 소공작의 방에 속이 철렁 내려앉았다. 있을 리 없는 사람을 찾고 있나 보다. 그는 급하게 나머지 계단을 내려갔다. 걸음을 멈추지 않고 방에 들어섰다. 불은커녕 향도 없었다. 그는 잠시 주저하다가, 저벅저벅 걸어가 침대 기둥을 잡았다. 경황이 없다 보니 칼을 쥔 손이었다. 발렌시아는 니소르를 떨어뜨렸다. 푹신한 이불에 안개처럼 묻혔다. 칼답지 않은 유약함과 소심함. 그는 부드럽게 파묻힌 칼을 무시했다. 그 대신, 그 옆에 걸터앉았다.

이 자리에 온 이유를 이해할 수 없었다. 말 그대로 아무것도 없는 방인데, 제 유년기를 탐색하겠다고 이 자리에 왔을 리는 없다. 유년기라니. 발렌시아는 자신이 웃을 수 있나 생각해 보았다. 말도 안 되는 변명을 꺼내는 것을 보니 확실히 유죄다. 단지 순간 너무 치밀어 난폭을 가라앉히기 위해 이곳에 온 것이다. 난폭. 발렌시아는 다소 허탈한 자괴를 느꼈다. 정말 그 인간과 다를 것이 없는 듯싶다.

물론 이 같은 갈등은 어차피 며칠 내로 모두 끝날 것이다. 자신의 칼로. 그녀에게 손을 대는 행위는 그 자체로 비공식적 선전포고나 마찬가지였다. 외르타가 다치면 자카리는 보기 좋게 장식할 것, 발렌시아는 아마 피가 채 식기도 전에 갑옷을 준비해야 할 것이다. 그녀를 찌르면 또다시 지겨운 전쟁이다. 그 이후는 생각지 않기로 했다.

그는 팔 닿는 곳에 놓인 베개를 하나 주워 들었다. 이미 수도 없이 연습한 바지만, 여전히 칼을 들기 전에는 미세한 긴장으로 손이 굳었다. 외르타가 앞에 없어서 상상하느라 더 두려운 것인지도 모르겠다.

발렌시아는 곧 습관처럼 허리춤에서 단검을 꺼냈다. 잘 쓰지 않는 길이지만, 어차피 찔리는 대상이 같은 인간이라면 별 차이는 없다. 각도를 외우는 것이 아니라 깊이와 감각을 직시하는 것이기 때문이다. 그는 베개를 한쪽 팔로 휘감아 고정시켰다. 칼을 들어 올렸다. 찌르는 것은 무조건 빨라야 한다. 무조건. 그래야 그나마 고통이 적다. 발렌시아는 왼손 검지로 베개의 아랫부분을 짚었다. 이곳이 배꼽일 때.

그는 주저 없이 찔렀다. 베개는 반항도 하지 못하고 완벽히 꿰어 들었다. 무생물을 베는 데에도 맥박이 뛴다. 다시 역수로 쥐고, 제 경험만큼 올려붙이는. 살인자가 어디 가겠는가. 생경한 기쁨과 익숙한 자괴감이 있었다. 이 상태. 발렌시아는 칼자루를 약간 아래로 내렸다. 심장 위로는 뽑지 말고 심장 밑으로는 뽑는 것이 좋다. 실제로는 어깨 쪽을 맞는 것이 가장 낫겠지만 그건 결코 그녀를 '위중한 상태'로 만들지 못할 것이다.

그는 칼을 꽂은 채 잠시 멈춰 있었다. 지금껏 했던 수많은 연습과 마찬가지로, 끝나고 나서도 한참 뒤에야 뒤늦게 손이 덜덜 떨리기 시작했다. 맥박이 먼저 급해지고, 그다음 손이 흔들리는 것이다. 아마 자신의 상상력이 미진한 까닭이리라. 그녀를 찌르고 있다는 생각이 현실적이지 않았다. 상상해야 했다. 가뜩이나 상상력이 부족한데 거부감까지 섞이면 종종 상상은 도무지 가능한 것처럼 보이지 않았다. 그래서 이렇게 뒤늦게야 거부감과 긴장이 치밀곤 했다.

발렌시아는 새하얗게 변한 제 손등을 노려보았다. 자기 자신을 볼 수는 없지만 아마 제 얼굴 역시 볼썽사납게 질려 있을 것이다. 방금 전까지만 해도 분명 제대로 했다고 생각했건만, 결국 또다시 이 모양이라 입 안이 깔깔했다. 단검을 놓았다. 팔도 놓았다. 베개는 잠시 선 채 균형을 유지하다가, 힘없이 허리가 무너지며 침대에 쓰러졌다. 다리부터 움푹 꺾였다. 목이 뒤로 넘어가고 몸이 따라갔다. 그는 그 광경을 멍하니 바라보았다.

궁륭 아래 쐐기풀 한 포기. 사실 그녀가 몰라도 괜찮았다.

𝄢

뤼페닝은 아치형 창문에 걸터앉아 있었다. 이제는 제법 익숙해진 잉그레의 흰 절벽이 시야를 장식했다. 그는 사과를 한입 베어 물고선, 깨물지도 않은 채 흘끗 아래를 내려다보았다.

"전하."

그는 사과를 깨물었다. 아삭하는 소리가 경쾌하게 유리창을 때렸다. 뤼페닝은 여전히 밖을 바라보고 있었으나, 그의 손끝이 살짝 움직였다. 드랭쿠르는 깊게 인사한 뒤 입을 열었다.

"전하, 기미가 없습니다. 열다섯 시간 가까이 자고 있는 사람을 언제까지 지켜봐야 할지 모르겠습니다. 축객령이 내려질 시간입니다."

"안타깝군."

"굴라르모 4세는 지금부터 두 시간 내, 어떤 라르디슈인도 자신의 성에서 보이지 않길 바란다고 말했습니다."

"더 안타깝군. 프레몽트레는 세상이 무너질 때까지 남아 있을 텐데."

"전하……."

뤼페닝은 창문의 잠금쇠를 열었다. 드랭쿠르는 빳빳하게 굳어서 그의 행동을 바라보고 있었다. 침묵과 바람 소리. 그는 창을 손등으로 밀어낸 뒤, 한입 베어 문 사과를 바깥으로 뚝 떨어뜨렸다. 이어지는 동작으로 창문을 닫았다. 바람이 멈추었다. 뤼페닝은 다리를 바닥으로 내려 천천히, 그러나 확실하게 몸을 일으켰다.

발렌시아는 자신에게 말을 전한 뒤 고개를 숙인 시종을 바라보았다. 그는 상대가 초조해 하기 직전까지 침묵한 뒤 낮게 말했다.

"알았다."

"관례상 마차를 준비해야 하나 폐하께서 바라지 않……."

"나를 아시는 분이다. 걸어갈 테니 먼저 나가라."

시종은 지체 없이 나섰다. 발렌시아는 누프리를 불러 체칼라스를 들고 오게 했다. 대낮이라, 그의 옷차림은 약간만 정돈하면 당장 잉그레에 가도 손색이 없을 정도였다. 발렌시아는 수십 장에 걸쳐 서명을 하느라 다소 구겨진 소맷자락을 펴고, 목 단추를 단단히 잠갔다. 벌써 여름이었다. 그는 책상을 돌아 나와 활차 위 하인이 보관해 둔 겉옷을 들었다.

"합하."

누프리는 주름진 미소를 지으며 그에게로 다가갔다. 올해 처음 만났을 때 그러했듯, 그는 허리를 깊게 숙이고 체칼라스가 담긴 함을 바쳤다. 발렌시아는 의미 모를 한숨을 내쉬고는 천을 들었다.

그는 손짓 세 번 만에 체칼라스를 둘렀다.

자카리는 집무실 책상 위에 제 엉덩이 자국이 나지 않는다는 점을 이상하게 여겼다. 이렇게 항상 양 볼기짝을 누르고 있으면, 마법이 보우하는 잉그레의 특성상 한 번쯤은 왕의 자국이 남아야 할 것 아닌가. 그래야 이 불편한 자세가 습관이 된 보상을 받지. 그는 실없이 투덜댔다.

자카리는 곧 발렌시아가 오면 건넬 서류들을 살펴보았다. 그의 손은 그가 할 줄 아는 유일한 손 운동 — 즉, 서류 넘기기 — 을 훌륭히 성공시켰다. 제 손에 든 서류는 고작해야 열한 장이었다. 중요하지도 않았다. 봄날 소풍을 간대도 무리 없이 지참할 수 있는 쓰레기였다. 때문에 시종에게 맡길 수도 있었지만, 자카리는 일부러 공작을 직접 소환했다. 양심상 그에게 해 줄 말이 있었기 때문이다.

사실 그는 뤼페닝이 무슨 협박을 하더라는 소식을 듣고는 약간 후회했다. 외르타를 동정한 것이다. 그녀의 죽음에 큰 연민을 느끼는 것은 아니지만, 그렇다고 그 죽음에 수반될 고통까지 무시할 수는 없다. 뤼페닝 저놈은 아무래도 진짜 나쁜 놈인 것 같다. 역시 자신이 지원하지 않길 천만다행히 아닌가. 협박도 정도가 있지, 쥐새끼처럼 혈육 시체를 캐다가 눈앞에 들이대는 꼴 하고는. 자카리는 고개를 절레절레 저었다.

물론 자신이라고 그리하지 않았으리라는 보장은 없다.

"마지막 하루를 잠으로 지새우다니 참 넉살도 좋아."

"……."

"아니…… 아니야. 내가 잘못 생각한 것일 수도 있다. 결정한 뒤 잠들었나 보군. 드랭쿠르."

"예."

"노루아에게는 언제 마지막으로 연락했나?"

"사흘 전입니다, 전하. 오스페다에서 떠나는 시점을 알렸습니다."

"이 지긋지긋한 북쪽 도시도 이제 끝이로군."

그는 개처럼 침묵했다. 뤼페닝은 노루아였다면, '하지만 곧 또 다른 북쪽으로 가시게 될 것'이라며 면박을 주었으리라 생각했다. 그녀가 없어 아쉬웠던 적은 허다하지만 떠나는 시점이라 그런지 아주 각별히 그리웠다. 뤼페닝은 창틀에 기대어 있던 허리를 뗐다.

"가자."

"주검은 어찌 처리할 예정이십니까? 명을 따르겠습니다."

"아니, 처리할 필요 없다. 들고 레스트왈에게 가야지. 그놈이 값을 치러 줄 거다."

외르타와 레스트왈에게 모두 걸맞은 거래를 찾아내기는 참 쉽지 않은 일이었다. 뤼페닝은 그녀가 자신의 제안을 거절했다는 사실이 조금 의외라고 생각했다. 화장을 우습게 본 것인가? 게외보르트의 강박증으로 보았을 때 영 가능성 없는 일이지만, 설혹 그것을 극복해 냈다 하더라도 제 손에 아델라이데의 시체가 있다는 점은 변치 않았다. 무슨 짓을 할지 몰라 불안할 텐데. 자신은 실제로도 곧 레스트왈에게 누이의 처분을 맡길 화상이었다. 레스트왈은 상당히 창의적인 처벌을 상상해 낼 것이다. 딸을 끔찍이 아끼던 어머니가 시체의 훼손을 묵인하다니.

발렌시아는 저택을 나섰다. 외워서도 갈 수 있는 길이라 챙긴 것이라곤 제 몸밖에 없었다. 자카리가 따로 무엇을 지참하라 명하지 않았으므로 제법 마땅한 산책이었다. 그는 조용히 걸으며 지금 이 상황이 이상하다는 생각을 했다. 최근의 자카리는 그를 거의 부르지 않았기 때문이다. 더 정확히 말하자면, 발렌시아가 외르타를 잉그레에 보낸 이후로는 상대를 무시하다시피 했다.

물론 그는 자카리를 원망하지 않았다. 자카리는 단지 외르타를 완전히 자신의 감시 아래에 두고 싶어 했을 따름이다. 솔 미라이예에는 무명조차 접근할 수 없는 구역이 많다. 발렌시아를 무시한다면 어느 정도 염탐할 수 있겠으나, 공작이 눈 가리고 아웅으로 넘겨주는 정보를 자카리가 기껍게 여길 리 없었다. 물론 발렌시아도 어리석지는 않아서, 자카리가 외르타를 팽하려는 목적이 아예 없다고는 생각하지 않았다. 이는 심지어 그가 수차례 직언한 바다. 그러나 그는 마지못해 자신과 약속했고, 발렌시아는 그 약속만으로도 약간의 냉대를 참을 수 있었다. 사실 예전이 이상하리만치 과하게 우대받던 것이다.

잉그레의 문지기는 그의 신분을 묻지도 않았다. 정문의 문지기도 그러했고, 길을 가로지르며 본 기사들과 시녀도 절대 정체를 묻지 않았다. 그저 인사, 예, 경례. 발렌시아는 무신경하게 답한 뒤 정문으로 들어갔다. 자카리는 자신을 부르며 장소를 명시하지 않았지만, 사실 어디로 가야 하는지는 언제나 자명했다. 발렌시아는 공식 알현실에 이끼라도 끼지 않을까 잠시 걱정했다.

그는 계단을 올랐다. 외르타와 마주치리라는 기대는 아예 없었다. 그 이야기를 듣고도 하릴없이 바깥에 있겠는가? 온전히 있다면 그것만으로도 충분할 일이다. 그는 복도를 걸어갔다. 얼마 전, 왕의 취향대로 북식민지산 녹지 않는 얼음을 박아 넣은 문이 보였다. 그 작은 조각은 괴팍하게도 손잡이 근처에 붙어 있어서 문을 열 때마다 저를 섬뜩하게 만들었다.

발렌시아는 문을 열었다. 손등이 얼음에 닿았다.

드랭쿠르는 예의바르게 옆으로 돌아섰다. 그는 자신의 앞을 지나가는 젊은 태자에게 고개를 숙였다. 숙인 채 잠시 주저하다, 가까스로 첨언했다.

"전하, 한데 왕비는…… 지쳐 쓰러진 것일 수도 있습니다. 사흘째 눈을 붙이지 못했잖습니까."

"그렇다면 그때까지 고민한 자기 잘못이겠지. 두어라. 어차피 조를 생각도 없었다. 고작 닷새를 준 걸 보면 모르겠나. 그건 고민할 시간도 안 되지."

"죄송합니다."

"듣는 즉시 결정하지 않도록 한 것이 내 자비다."

"실로 그렇습니다. 왕비는 냉정을 찾지 못했을 것입니다."

"사실 그녀는 항상 그랬어."

뤼페닝은 말을 마친 뒤 빠르게 계단을 내려갔다. 마지막 말소리는 그의 잰걸음에 묻혀 거의 들리지도 않았다. 그는 양탄자 위에서도 발소리를 냈지만, 드랭쿠르는 반석 위에서도 고요했다. 드랭쿠르는 엇갈리는 발자국 소리에 주의 깊게 귀를 기울였다.

"작별 인사라도 하고 싶지만 주무시는 어머니만 보면 마음이 애틋해져 어쩔 수가 없군. 바로 나가자. 누가 기다리지? 바스쥐르던가?"

"예. 정문에서 기다리고 있습니다. 굴라르모는 누구도 어떤 것도 묻지 않으리라 했습니다."

"마지막에서야 친절할 수 있는 놈이야. 다시 만났을 때는 적일 거다."

"마땅한 선언이십니다. 그리될 것입니다."

서서히 정신이 들었다. 허리 아래 무언가가 배겨 더 이상 눈을 붙일 수 없었다. 외르타는 눈꺼풀을 떼기도 전에 다시 몽롱해져 편한 자세로 웅크렸다. 그러자, 무언가가 옆구리를 꾹 찔렀다. 둥그스름하고 딱딱한 것. 외르타는 인상을 찌푸리고는 결리는 허리 안쪽을 짚었다. 매끄럽고 굴곡진 물건이 만져졌다. 그녀는 잠에 취한 채 그것을 붙들어 꺼냈다. 던지기 전 마지막으로, 눈가에 빛나는 유리.

외르타는 기겁하여 자리에서 벌떡 일어났다. 그녀가 손에 쥔 것은 당연히, 뤼페닝이 건네준 약병이었다. 저 중요한 선택지를 던질 뻔하다니. 칼에 맞은 양 놀라서 심장이 쿵쿵 뛰었다. 잠기운은 이미 씻은 듯이 사라져 있었다. 외르타는 창문 쪽으로 몸을 돌려, 시간이 얼마나 지났는지 가늠해 보려 했다. 얼굴 위로 쬐이는 햇살에 시간 감각이 돌아오지 않았다. 자신이 잠에 들었던 때도 낮이었는데, 지금도 낮이라니. 그녀는 어질어질한 머리를 감싸 안았다. 무언가 문제가 있는 것이 틀림없었다. 고개를 돌려 시계를 보았다. 두 시였다. 그러나 그녀는 자신이 잠 든 시각을 정확히 기억하지 못했으므로, 시계는 전혀 쓸모가 없었다.

외르타는 창백해져 자리에서 일어섰다. 그럴 리는 없지만, 그래도 순간적으로 속이 덜컥 내려앉았던 것이다. 설마 잠시 눈을 붙인 것으로 온 밤이 지나갔다는 말인가? 외르타는 손안의 유리병을 바스라트릴 듯 쥐었다. 식은땀이 흘렀다.

그녀는 점차 빨라지는 걸음으로 방을 나섰다. 무례인 것은 알지만 당장 자카리를 만나 이야기를 해 보아야겠다. 뤼페닝이 떠났느냐고. 이미 말씀하셨지만 제가 미욱하여 폐하의 옥언을 재차 들어야겠다고. 지금이 며칠이며 뤼페닝은 언제 떠나는지…….

"나달, 오늘이 며칠이지?"

지나가던 시녀 하나가 우뚝 선 채 인사를 올렸다. 외르타는 입안이 바짝바짝 마르는 것을 느꼈다.

"오월 이십 일입니다, 리베."

"……."

지체할 시간이 없었다. 그녀는 답한 시녀에게 고맙다는 말도 못하고 자카리의 집무실로 향했다. 계단을 내려가는 힘이 너무 거칠어서, 하마터면 부서진 왼발이 다시금 엇갈릴 뻔했다. 외르타는 쿵쿵 소리를 내며 막무가내로 층을 하나 내려갔다. 계단에서부터 벌써 자카리의 접견실이 보였다. 눈에 담자 마음은 더욱 급해졌다.

외르타는 빠르게 걸었고, 곧 뛰었다. 중간에 시종 하나가 그녀에게 접견객이 있다 외쳤지만 그녀의 귀에는 어떤 소리도 들리지 않았다. 그녀는 시야막이를 두른 말처럼 문에 다가가 가까스로 문고리를 짚었다.

"리베 발미레, 들어가실 수 없습니다."

외르타는 부지불식간에 나타난 남자에 기겁해서 숨을 삼켰다. 너무 놀란 나머지 그가 제 손목을 잡았다는 사실도 뒤늦게야 눈치챘을 지경이었다. 남자는 간소한 옷차림에, 이 날씨에도 불구하고 얇은 장갑을 끼고 있었다. 그녀의 손목을 잡은 손에는 힘이 없었으므로 두렵지 않았다. 그러나 외르타가 대답 없이 그를 떨쳐 내려 하자 상대는 주저하지 않았다. 악력으로 조여 왔다. 그녀는 이를 악물며 그를 노려보았다.

"놓아라. 정체도 밝히지 않은 자가 무례하다."

"저는 무명입니다."

"나는 폐하께 드릴 말씀이 있다."

"저는 이 입구를 지켜야 합니다."

"아주 잠시면 된다. 긴 이야기가 아니니 접견객도 아량을 보이리라."

"그것은 제가 판단할 문제가 아닙니다."

"내가 중요한 사안을 가져온 거라면 어쩌려 하나? 그래도 저 안에 든 접견객 따위를 우대할 수 있나?"

"제가 지금 지키는 것은 폐하의 시간이지 접견객의 시간이 아닙니다."

"아주 잠깐이면 된다."

"안……"

갑자기 문이 벌컥 열렸다. 외르타는 자카리의 얼굴을 보고 기뻐하는 것은 이번이 처음이자 마지막이 되리라 생각했다. 그녀는 기회를 놓치지 않고 무명의 손을 털어 냈다. 다른 쪽 손으로 억눌린 자국을 꾹 부여

잡았다.

"뭐가 웅얼거리나 했더니…… 들어오게."

무명은 한 걸음 뒤로 물러선 채 자카리에게 예를 표했다. 자카리는 집 무실을 다시 닫을 생각이 없는 듯 외려 문을 더 활짝, 둔각까지 밀어붙였다. 바닥에 있던 화려한 은 장식물로 문을 고정시킨 것은 그다음이다. 얼마나 대중없이 끼워 넣었으면 순간적으로 은이 약간 흰 듯 보이기도 했다. 외르타는 방으로 들어서는 왕의 뒤에 따라붙었다. 중요한 비밀이니 접견객 따위야 잠시 바깥으로 물릴 수…….

외르타는 발렌시아를 발견하고는 입술을 깨물었다. 여기서 만나리라 기대하지 않은 얼굴이었다.

"용건이 있다면 거리낌 없이 말하게. 발렌시아는 신경 쓰지 않아도 좋네."

물론 자신이 물불을 가릴 처지는 아니다.

"뤼 뤼페닝은 떠났습니까?"

"떠났네. 우리로서는 다행인 일이지."

짧은 선고였다. 외르타는 머릿속이 하얘지는 것을 느꼈다. 약병을 감추고 있던 손이 달달 떨렸다. 진동, 혹은 약의 기운이 온몸을 기어오르는 듯했다. 아무 생각이 들지 않았다. 쇠를 녹여 입안에 부은 양 호흡 자체가 불가능했다.

"정오가 좀 지나서 떠난 것 같은데? 다행이네. 그대도 다치지 않고."

정오. 정오면 아직까지는 자신의 소식을 들을 수 있을 것이다. 이것은 말도 안 된다. 이토록 허무하게 놓을 수는 없다. 아무 논리적 고려도, 어떤 안위의 걱정도 이미 그녀의 머릿속에는 존재하지 않았다. 약병이 마치 정언명령처럼 보였다. 때문에 외르타는 주저 없이 그것을 열었다. 코르크 마개가 기이한 소리를 내며 숨을 토해 냈다. 뤼페닝이 자신을 알아

주어야 한다. 그는 약속을 지킬 것이다. 그녀는 그대로 손을 들었다.

그러나 그녀가 팔을 들기도 전에, 누군가가 뒤에서 손을 뻗어 왔다. 병을 잡았다. 빼앗아 올렸다. 조금도 기울이지 못했고, 아예 반항할 틈도 없었다. 외르타의 동작이 워낙 빨랐기에, 그녀가 유리병이 든 손을 펴는 순간 접근하지 않았다면 불가능한 속도였다.

어떤 일이 일어날 줄 알고 있었던 것이다.

그녀는 숨이 가쁜 채 고개를 들었다. 방금 전 자신을 무명이라 소개했던 자였다. 그는 그녀에게서 마지막 남은 코르크 마개까지 빼앗아서는, 단단히 잠근 뒤 뒤로 물러났다. 외르타는 망연하여 입을 열 수가 없었다.

발렌시아는 어느새 자리에서 일어나 세 걸음이나 걸어 나와 있었다. 아무래도 그 역시 그녀가 약병을 보이자마자 대경하여 몸을 일으킨 것 같았다. 그의 턱에 잔뜩 힘이 들어가 있었다. 자카리는 그를 한 번 흘끗 바라보고는 얼어붙은 외르타에게로 시선을 돌렸다. 그의 표정 역시 썩 좋지 않았다.

"발미레……."

자카리의 음성은 드물게 낮았다.

"네 결정은 어리석었다. 짐은 네가 그리하지 않으리라 생각했다."

그녀는 눈을 깜박이지 못해서 눈에 잔뜩 눈물이 고인 상태였다.

"발렌시아, 이제 되었으니 데리고 가라."

발렌시아는 대답도 없이 성큼성큼 걸어 나와 그녀의 손목을 잡았다. 자카리는 스치듯 지나간 잉그레의 예를 보고 쓴웃음을 지었다. 자신이 눈이라도 깜박했더라면 보지 못했을 정도로 짧고 무성의한 인사였다. 방금 전 웬만한 진실을 공유했기 때문에, 발렌시아 역시 그녀가 어떤 무모한 짓을 하려 든 것인지 알 것이다. 뤼페닝의 손을 탄 병을 고스란히 입에 넣는다면 그것만큼 제 몸을 갉아먹는 일도 또 없을 텐데.

외르타는 어쩔 줄 모르고 양손을 주먹 쥐었다. 다시 폈다. 다시 주먹을 쥐었다. 여윈 핏줄이 소름 돋은 양 오소소 일어났다. 그녀는 간신히, 피리 부는 듯한 목소리로 말했다.

"폐하…… 저는 저것을 마셔야……."

"무명이 검사하고도 정체를 모르는 약이다. 그대가 마셔 좋을 것이 없다."

"그리하지 않으면 제…… 딸이…… 주검이……."

발렌시아가 그녀를 끌어당겼다.

"그만하십시오."

"폐하……."

"짐은 공작과 약속을 했네."

"전……."

"선택에 미련을 두지 말게. 아이는 어떤 것도 모를 걸세."

눈물이 뺨을 타고 흘러내렸다. 여전히 어떤 감정에 따른 눈물은 아니었다. 눈을 도저히 깜박일 수가 없어서, 바람에 얻어맞은 눈이었다. 눈이 아픈데 자신이 왜 아픈지 도통 가늠할 수가 없었다. 초조함에 모든 이성이 가라앉았기 때문이다. 그녀는 뒤를 돌아보았지만, 이미 무명은 귀신처럼 증발한 상태였다. 외르타는 다시 간청하려 했다. 그러나 이번에는 발렌시아가 그녀를 막았다.

"폐하, 먼저 물러나겠습니다."

외르타가 멀쩡했다면 아마 발렌시아의 화를 눈치챌 수 있었을 것이다. 그러나 그녀는 그러지 못했고, 따라서 그에게 조금의 죄책감도 느끼지 않았다. 아니, 죄책감은커녕 이 상황과는 아무 상관없는 자가 끼어든다고 생각했을 지경이다. 자신과, 제 결정을 막은 자카리 외에는 모든 것이 흑백으로 비현실적이었다.

그러나 힘은 진짜였다. 발렌시아는 평소의 그가 아닌 것처럼 힘주어 그녀를 끌어당겼다. 외르타는 눈물로 벌건 얼굴을 어찌 수습하지도 못하고 더듬더듬 그에게 이끌려 갔다. 폐하 하는 소리는 이제 비좁은 혓바닥에 끼어 잘 나오지도 못했다. 바람 새는 소리로 얕게, 폐하.

"두 사람 모두 꼴이 우습네. 곁방에서 잠시 쉬다 가게."

"예."

"바, 발렌시, 아 경……."

"따라오십시오."

외르타는 눈을 깜박였다. 눈물이 투두둑 쇄골 부근으로 떨어졌다. 눈꺼풀 사이에선 쉴 틈 없이 울음이 새어 나왔다. 그녀는 자신이 왜 눈물을 흘리는지 정말 모르겠다고 생각했다. 아직까지도 경황이 없었기 때문이다. 잠에서 깬 뒤로 지금까지 단지 맹목적인 목적. 자신은 저것을 마셔야 했다……. 그래야만 뤼페닝이 제 죄를 긍휼히 여길 것이다……. 자신이 그리하지 않으면 아델이…….

발렌시아는 그녀를 억지로 방 안에 밀어 넣었다. 문을 막고 외르타를 놓아주었다. 예상외로 그녀는 화를 내지도 않았고, 그를 무찌른 뒤 방 바깥으로 나가려 들지도 않았다. 다만 비척비척 걸어서, 힘들게 침대가 있는 곳까지 다가갔다. 대단히 느리게. 발렌시아는 그녀가 도망치더라도 즉시 잡을 수 있도록 문을 잠갔다.

외르타는 침대에 다다라 그 자리에 털썩 주저앉았다. 이불 위로 무너지려 했다. 그러나 원체 힘이 없어서인지, 그녀는 침대에서 미끄러져 바닥에 엉덩방아를 찧었다. 허탈해서 웃음과 함께 눈물이 나왔다.

"분명히…… 말씀드렸습니다."

그가 다가오고 있었다. 외르타에게도 멀지 않은 거리라 그에게는 몇 걸음조차 되지 못했다. 그녀는 눈을 감았다 떴다. 아까 전 억세게 코르크 마개를 뜯어낸 손이 자리자리하게 아파 왔다. 누군가 수십 개의 바늘 끝을 비벼 대는 것 같았다.

"구명을 요청하신 분은 당신입니다. 뤼페닝이 준 약을 드실 생각이었습니까?"

"……."

그가 다가왔다. 외르타는 고개를 들었지만 눈물 때문에 시야를 감당하지 못했다. 그녀는 다리를 접고, 머리를 숙이곤 양팔로 감쌌다. 웅크려 타원이 되었다. 그녀는 자신의 동굴 안에 고해했다.

"경, 나도…… 아무 소용없을 거란 사실을 알아……."

"……."

"뤼페닝은 엄격한 놈이야……. 시간…… 엄수를 못했으니 지금 내가 무슨, 짓을, 하든, 신경 쓰지 않을 테지……."

"……."

"어떡하지……. 정말 저지를 놈인데…… 내 딸……."

"외르타, 폐하의 말씀이 옳습니다. 죽은 자는 이미 어떤 것도 느낄 수 없습니다. 저들이 무슨 짓을 한다면 그것은 이미 자충수입니다. 세상이 험악하다 하나 제 누이를 건드리는 형제를 좋게 넘길 곳은 아닙니다."

"……."

"그리고 당신은 폐하를 좀 더 신뢰하셨어야 합니다. 물론 뤼페닝이 당신을 감시하고 있었으므로 폐하께 직접 당신이 받은 겁박을 고할 수 없었다는 점은 인정합니다. 하지만 그렇다고 폐하께서 사정을 모르시리라 생각하셨다면…… 외르타, 폐하께서는 이미 무명을 운용하고 계십니다. 뤼페닝은 아직 프레몽트레를 제 수족으로 부리지 못합니다. 그 곁에 있는 수하는 무명에 댈 것이 못 됩니다. 사달이 나기 전에 주검을 돌려받을 수 있을 것입니다."

발렌시아는 한쪽 다리를 굽혀 그녀를 마주 보았다. 그녀는 그가 한 뼘 거리로 다가왔음에도 미동이 없었다.

"더 하실 말씀은 없으십니까?"

"……."

외르타의 고개가 살짝 들렸다. 그녀는 반쯤 눈을 감고 있었다. 그는 그녀의 입술이 꽉 다물렸다가, 버들잎처럼 열리는 광경을 바라보았다. 아니, 노려보았다. 너무 집중해서 이마에 핏기가 모이는 듯한 느낌을 받았다.

"미안하다."

그녀의 시선이 다시 떨어졌다. 발렌시아는 대답 없이 외르타를 내려다보았다. 아직까지도 화와 놀람이 가라앉지 않았건만, 상황이 어찌 되었든 그녀가 살아 있으니 괜찮았다. 외르타가 무슨 잘못을 저질러도 살아 있기만 하면 되었다.

다음 순간, 발렌시아는 그녀의 손이 느릿느릿 올라오는 모습을 보고 있었다. 주의 깊게, 믿기지 않는다는 시선으로. 외르타는 그를 보지 않고도 정확히 그의 귓가에서 손을 멈추었다. 파도에 밀린 듯 주춤했다. 손가락이 마디마디 잎새처럼 움츠러들었다가, 가까스로 다시 열렸다. 그는 감히 입을 열 수가 없었다. 숨이 가팔라졌다.

외르타는 결심한 것처럼 그의 목덜미에 팔을 둘렀다.

시선 역시 발렌시아를 향했다. 그녀는 몸을 일으켰고, 그는 전반적으로 무너졌다. 외르타는 어설프나마 그를 안았다. 발렌시아는 자신에게 졌다. 유일하게 닿아 있는 어깨가 불에 맞은 양 화끈거렸다. 그녀가 숨을 크게 쉬고 있는 것이 느껴졌다.

"항상…… 고마워."

"외르타."

제 목소리는 쇠에 긁힌 것처럼 들렸다. 발렌시아는 자제하지 못한 자신에게 화가 났다.

"미안하고…… 고맙고……."

"괜찮습니다."

"그리고…… 나 지금……."

외르타는 깊게 숨을 내쉬었다. 그는 외르타의 몸이 정도 이상으로 가라앉자 약간 놀랐다. 그러나 그녀를 떨쳐 내 자신을 보게 할 마음도 없었다. 그녀가 물러설 때까지 기다려도 성에 차지 않을 텐데 자신이 먼저 거절한다니 웃기는 일이다. 발렌시아는 팔을 들 것인지 엄청나게 갈등했다. 스스로 팔을 들어 그녀를 안을 수는 없다. 민감한 외르타는 필시 그를 깨달을 것이다. 그녀가 먼저 다가오는 것은 괜찮지만, 자신은 반응조차 보이면 안 되었다.

"경……."

"예."

"뭐가…… 문제인지…… 모르겠어……. 몸이……."

발렌시아는 그제야 번쩍 정신이 들었다. 그는 곧장 외르타의 양어깨를 바로잡아 자신에게서 떼어 냈다. 그녀의 얼굴이 백짓장처럼 하얗게 질려 있었다. 방금 전 눈물 때문에 벌게져 있던 얼굴과는 천양지차였다.

"외르타?"

"아……."

외르타는 눈을 꽉 감았다. 방금 전만 해도 손톱을 갉아먹던 고통이 이제는 목 끝까지 치민 상태였다. 잠깐의 통증이라고 생각했으나, 요령 있게 퍼지는 고통에 입을 다물 수가 없었다. 잔잔한 물에 바위 수십 개를 던져 넣은 것처럼 찢어지게 아팠다.

"경……."

"외르타, 어디가……."

"나…… 눕혀……."

외르타는 숨을 몰아쉴지 입술을 깨물지 갈등하다 그 무엇도 해내지 못했다. 무기력하게 호흡이 넘어갔다. 발렌시아는 이미 지체 없이 자신을 안아 들고 있었다. 외르타는 혼란한 와중에도 발렌시아가 자신을 너무 세게 끌어안았다고 생각했다. 그러나 항의할 만한 기력이 없었다. 발렌시아는 스스로 먼저 침대에 무릎을 짚은 뒤에야 조심스럽게 외르타를 눕혔다. 그녀의 얼굴에는 식은땀이 흥건했다. 외르타는 그의 뺨을 바라보다가, 몽롱한 정신을 돌이키기 위해 눈을 꽉 감았다 떴다.

순간적으로 앞이 돌아오지 않았다.

외르타는 놀라 발렌시아를 붙잡으려 했다. 그러나 손도 움직이지 않았다. 소름이 오소소 돋으면서, 그녀는 부지불식간에 이것이 뤼페닝의 바람이라는 사실을 깨달았다. 나는 이미 넘어갔구나. 마개를 연 것만으로도 내게 영향을 미칠 수 있었던 것일까? 속이 허전하면서도 동시에 시원했다. 함부로 내릴 수 없던 결정을 누군가가 대신 내려 준 것 같았다. 불만도 만족도 없으나, 아쉬운 사람은 단 하나 있었다.

시야가 돌아왔다. 그러나 눈앞에 베일을 씌운 듯 흐릿하여 도무지 도움이 되지 않았다. 외르타는 악착같이 발렌시아를 잡았다. 심지는 빠르게 닳고 있었다. 시간이 없다.

"미안했어."

상대는 그녀의 유언 같은 날숨에 당황한 듯 보였다. 그녀는 발렌시아의 어깨를 잡고 어설프게 매달려 있었다. 잔뜩 찡그린 표정. 그가 무슨 말을 했다.

외르타는 그를 듣지 못한다는 사실이 안타까웠다.

잠시…….

"지금 무슨……."

"다행……."

그녀는 이번에야말로 발렌시아에게 안겨 들었다. 말캉하고 더운 몸이 훅 끼치자 그는 순간적으로 상황을 잊을 뻔했다. 물론, 그것은 눈을 한 번 깜박일 시간도 못 되었다. 발렌시아는 제 살을 뜯는 듯한 기분으로 그녀를 다시 밀어냈다.

"외르타."

외르타는 눈을 감고 있었다. 그는 당장에 그녀의 맥을 짚었다. 찰나, 온 시간이 멈춘 것처럼 아무 생각도 들지 않았다. 그러나 뛰고 있었다. 약간 급하게. 이것은 결코 좋은 징조가 아니었다. 발렌시아는 그녀의 혼절이 방금 전 약의 영향일 것이라 추측했다. 그렇다면 자신이 도울 수 있는 일은……. 손이 미세하게 떨렸다.

발렌시아는 외르타를 침상에 기대어 주었다. 손이 이끄는 대로 꼭두각시처럼 흔들리는 그녀의 모습이 믿기지 않았다. 맥이 쿵쿵 뛰었다. 그는 자리에서 일어나 문가로 다가갔다. 자신이 잠가 둔 문을 여는 데에도 몇 초가 걸렸다. 누군가 머리를 조이는 느낌이라, 손마저 평소의 냉정을 찾지 못했다.

그는 가까스로 문을 열었다.

"나달!"

"……."

"나달! 당장……."

"무슨 일이십니까?"

그의 앞에 나타난 이는 시종이 아닌 무명이었다. 물론 발렌시아는 사람을 가릴 처지가 아니었다.

"의원을 불러라."

"문제가 있습니까?"

"되묻지 마라."

무명은 눈썹을 치켜 올리며 공작을 바라보았다. 항상 무명의 구역과 권위를 존중하던 공작이기에, 그의 저런 결례가 신선하게 느껴졌던 까닭이다. 그러나 무명은 바보가 아니었다. 그는 상대의 표정과 떨리는 손에서 급박함을 느끼고는 즉각 복도를 달려갔다.

발렌시아는 그가 일을 제대로 수행하는지 볼 겨를도 없이 곧장 안으로 들어섰다. 외르타는 여전히 죽은 듯이 침상에 기대어 있었다. 눈도 입도 부드럽게 다물려서, 그녀가 지금 자는 것이 아니라는 사실을 도무지 인정할 수가 없었다. 그는 외르타에게 다가가 몸을 숙였다. 이어지는 동작으로 그녀를 들어 올렸다. 다시 눕혔다. 그는 외르타가 성장 중이 아니라는 사실을 알고도, 호흡을 더 쉽게 해 주기 위해 그녀의 허리 자락을 풀었다. 그러나 그녀는 여전히 시체처럼 누워 있었다.

"부르셨습니까?"

"……."

그는 감히 입을 열지 못했다. 다만 몸을 비킨 뒤, 시선으로 외르타의 눈매를 좇았다. 의원은 한시가 급하다는 기세로 누운 여인에게 다가갔다. 발렌시아는 앉을 생각도 없이 의원을 노려보았다. 아니, 노려본다기보다는 굳어 있다는 말이 옳다. 그는 온몸에 빳빳한 풀을 먹인 듯 얼어 있었다. 무명이 뒤따라 들어왔다.

"합하, 어떻게 된 일입니까? 문제가 있습니까?"

그는 대답하지 않았다. 무명은 끈질기게 질문했다.

"합하, 지금 폐하께서는 위층에 계십니다. 중한 일이라면 당장 올라가 고해야 합니다. 문제가 있습니까?"

발렌시아는 고개를 들어 무명을 노려보았다. 그것은 이유 없이 살기가 깃든 눈이라, 무명은 의아하여 눈썹을 치켜세웠다. 그가 말했다.

"임무 소홀이다. 너는 외르타의 안전을 지켜야 했다."

"리베 발미레는 방금 전 마개에 손을 대기 전까지만 해도 안전하셨습니다. 독? 입에 대지도 않으셨잖습니까. 제가 검사했습니다."

"임무……."

"왕명이었습니다. 폐하께서는 외르타 발미레의 선택을 궁금해 하셨습니다. 또한, 발미레는 당시 무슨 일을 하건 뤼페닝의 수하에게 들킬 위험이 있었습니다. 제가 할 수 있는 일은 극히 드물었습니다."

"솔 미라이예에 가서 모리 라치올을 불러와."

"합하의 명령은 이미 한 번 들었습니다. 저는 무명입니다. 사리 구분을 하십시오."

"시종이라도 불러서 명령을 넘겨라."

무명은 계속된 명령에 기가 막힌다는 표정을 지었다. 그는 왕 아래 배속되어 있으므로 본시 공작의 명에 복종할 이유가 없었던 것이다. 그러나 그런 무명 역시 시종을 부르라는 말에는 별로 반박할 생각이 없는 것처럼 보였다. 쉬운 호의이므로. 그는 인사도 없이 방을 나갔다. 발렌시아는 다시 침대로 시선을 돌렸다.

머릿속이 백지장처럼 무능했다. 그는 외르타를 바라보는 것 외에 어떤 고려도 할 수 없었다. 햇살 아래 윤곽이 녹아들었다. 방금 전 자신에게 팔을 둘렀던 이가 죽은 듯 누워 있는 모습이 도통 적응이 되지 않았다. 현실이 아니라 믿고 싶은 듯하다. 말도 안 된다. 도무지 상식적으로 납득할 수 없는 일이었다. 외르타는 내게 안겨 있었다. 오랜 피로에 잠시 잠에 든 것뿐이다. 사실 그 이상도 이하도 될 수가 없었다. 외르타는 약에 입은커녕, 손도 대지 않았기 때문이다. 그녀가 뤼페닝의 의도에 말려들어 갔을 리 없다.

의원은 심각한 표정으로 여기저기 맥을 짚었다. 그는 촉박한 듯 한숨조차 내쉬지 않았다. 발렌시아 역시 긴장했다. 그는 자신이 움직이는 줄 모르는 상태로 침대로 다가갔다. 의원은 그를 올려다보지 않았으나, 분명한 발음으로 질문했다.

"평소 지병이 있으십니까?"

"건강…… 하셨다."

"언제 의식을 잃으셨습니까?"

"네가 오기 삼 분 전에. 대략적인 처치는 했지만 그건 오로지 기절한 이를 다루는 요법이었다. 쓸모가 없었을 것이다."

"음독이라고 생각하십니까?"

"……."

"합하."

"가능성은 있지만…… 음용하지 않으셨다. 마개를 연 것뿐이다."

"손에 닿았을 수도 있습니다."

발렌시아는 입을 다물었다. 외르타는 침대에 누워 미동도 없었다. 의원은 잠시 가만히 서 있다가, 몇 가지 조치를 취하려는 듯 방 바깥으로 몸을 뺐다. 시종을 부탁하는 소리가 들렸다.

그는 침대에 한 발자국 더 다가갔다. 침상에 한쪽 무릎을 구부리고, 그녀의 인중에 검지와 중지를 가져다 댔다. 느리지만 꾸준하게, 뜨끈한 호흡이 규칙적으로 새어 나오고 있었다. 그는 손을 물리지 않은 채 그녀의 뺨을 얕게 눌렀다. 외르타는 반응이 없었다. 발렌시아는 아직까지도 상황 인식이 잘 되지 않았다. 디무어가 보여 준 여러 가지 회심의 수에도 감탄할지언정 경도되지 않았던 사람이다. 그 당혹스러운 전장과 죽음에서도 언제나 성실히 대처하곤 했다. 그러나 지금. 지금은 대처 이전에 인식조차 할 수가 없었다.

발렌시아는 외르타가 단 몇 분 만에 의식불명이 되었다는 사실을 믿을 수가 없었다. 자신이 여태껏 겪은 것이 파리 목숨처럼 날아가는 인명임에도 그러했다. 얇은 틈 하나만 있어도 죽는 것이 사람인데, 이 사실은 누구보다도 잘 알고 있다고 생각했건만. 이성을 잃은 나머지 그녀에게 한해서는 받아들이지 못했다. 외르타가 쓰러질 사람이 아니라면 쓰러진 이유를 살펴볼 필요가 없다.

그는 몸을 일으켰다.

다시 숙여서, 외르타의 뺨을 만져 보았다.

일어섰다. 그러나 역시 또 한 번, 무언가 이상하다는 듯 허리를 굽혔다. 호흡을 확인하고, 목덜미의 맥을 확인하고, 그리 행동하는 자신을 이해하지 못하면서 침상을 떠났다. 다시 기울었다. 과일 한 알을 확인하듯 이마부터 시작해 턱 선까지 세심하게 매만졌다. 지나치게 완벽했으므로 그저 일어났다. 하지만 역시 잠깐의 시간 뒤, 발렌시아는 어색하게 손을 뻗어 그녀의 머리를 정돈해 주었다. 얼굴을 만졌다. 이상하다. 발렌시아는 울컥 치민 제 속을 주체할 수가 없었다. 영문을 모르겠다. 그녀가 다친 것도 아닌데.

"합하, 모리 라치올입니다."

그는 뒤를 돌아보았다.

"의원께서 제게 설명해 주셨습니다. 그분의 진단과 제가 알고 있는 리베의 건강 상태를 합치해 볼 때, 아무래도 독 같습니다. 합하, 리베 발미레께서 약을 들지 않았다고 말씀하셨습니다. 한데 아예 닿지도 않으신 겁니까?"

"마개를 열었다."

"혹시 병을 볼 수 있을까요?"

"무슨 일이야?"

모리는 제 뒤로 왕이 나타나자 놀라 예를 표했다. 예전에 몇 번 그를 치료했다고는 하나, 여전히 가장 지고한 왕이므로. 그러나 자카리는 그녀에게 전혀 관심을 기울이지 않는 것처럼 보였다. 그의 시선은 발렌시아를 향했다가, 서서히 돌아가 침상의 외르타를 발견했다. 모리는 입술을 깨물었다. 이 상황에서 어찌 차분히 외르타의 상태를 볼 수 있을까 걱정했다. 그러나 의외로 누군가 제 옆으로 와 작은 유리병을 건넸다. 그녀는 고개를 들어 남자의 얼굴을 확인했다.

"리베 발미레의 약병입니까?"

"그렇습니다. 실제로 음용하시진 않았습니다. 그리고 이미 제가 독극물 검사를 마쳤습니다. 정체를 알 수 없는 약입니다."

"검사라 하면……."

"여러 반응 물질들을 묻혀 성분을 분류하는 방식입니다. 저는 물론 혀를 대어 보았습니다만 쓸 만한 결론은 내리지 못했습니다."

"독에는 얼마나 정통하신지?"

"무명입니다."

"……무명의 저항력과 무력한 여인의 저항력이 현저히 다르다는 사실은 아십니까?"

"저도 살상 독약을 맛보면 일시적으로 입에 마비가 옵니다. 그러나 저 독은 어떤 징후도 보여 주지 않았습니다. 때문에 맹독이 아닐 것이라 믿고 드렸습니다."

"위험한 물건은 빼앗으시지 왜……."

"왕명이었습니다."

모리는 저도 모르는 사이 왕을 바라보았다. 멍하니. 무명이 파악하지 못한 독약을 외르타에게 무방비로 넘긴 것인가? 자카리는 인상을 찌푸리고 있었다. 모리는 급히 발렌시아에게로 눈을 돌렸다. 그는 애초부터 왕에게 예를 표하지 않은 듯 보였다. 다만 외르타를 보고, 멍하니 사태가 해결되기만을 기다리는 것이다.

모리는 숨을 들이켰다. 그녀는 자신을 보지 않는 자카리에게 간단히 읍한 뒤 재빨리 외르타에게로 다가갔다. 그때까지 제 뒤에서 눈치만 살피고 있던 시녀 두엇 또한 알코올과 향유와 부채를 들고 따라왔다.

"발렌시아."

"……."

"언제 쓰러졌나? 향인가? 네 몸에 이상은 없나?"

"폐하께서 강건하시듯 저 역시 불편한 곳이 없습니다. 외르타는 독에 손을 댄 뒤 반의반 시간이 채 안되어 의식을…… 잃었습니다."

"진단은?"

모리는 외르타를 살피면서 점점 더 절망적으로 변했다. 그녀는 상대의 증상을 따지면 따질수록 음독 증세와 비슷하다는 사실을 인정해야만 했다. 도대체 무슨 독이기에 무명의 혀를 속이고, 손에 닿는 것만으로도 이리 사람을 무너뜨리는지 지식이 없는 자로서는 감당하기 힘들었다.

"폐하…… 차라리 무명에게 하문하심이 나을 듯합니다. 이는 분명 음독 증세입니다. 저도 물론 의원으로서 독에 대한 지식이 있으나, 무명에 비할 바는 아닙니다."

"추측해 봐."

"저는……."

"폐하, 제가 아는 독이 아닙니다. 물론 시간이 촉박하지 않고, 제게 주어진 견본의 양이 많다면 다시 한 번 분석해 볼 수 있습니다."

"의원, 독의 종류를 안다면 치료할 수 있나?"

"알려진 독이라면…… 비슷한 성분이 있다면…… 예. 그러나 다른 경우는 장담하지 못하겠습니다……."

"현 상태는?"

"평온합니다. 잠자는 것과 다르지 않습니다. 다만 첫째, 깨어났을 시 기억과 판단력의 손상이 우려되고, 둘째로…… 그 시기조차 장담키 어렵습니다."

자카리는 여전히 인상을 잔뜩 찌푸린 채였다. 모리는 저 표정이 어쩐지 죄책감의 계면쩍은 양상처럼 느껴진다고 생각했다. 자신이 저지른 일에 대한 죄책감이 아니라, 지금 자신이 느끼는 감정을 숨기기 위한 죄책감. 그녀는 속이 불편해졌다.

"라치올, 솔 미라이예로 간다."

모리는 깜짝 놀라 고개를 들었다.

"예?"

발렌시아는 그녀의 반문에 대답하지 않고 즉각 몸을 숙여 외르타를 안아 들었다. 모리는 어쩔 줄 모르고 문가에 선 왕을 바라보았다. 무명은 어느새 사라져 있었다.

"폐하, 손이 자유롭지 못한 저를 용서하십시오."

자카리의 표정이 이상했다. 모리는 다시 겁을 집어먹었다. 그러나 발렌시아는 예의바르게 고개를 숙인 뒤 곧장 그녀에게 턱짓을 했다. 그의 표정은 오래도록 함께해 온 그녀조차 함부로 읽을 수가 없었다. 모리는 마차를 대기시켜야겠다는 생각에 자리에서 벌떡 일어섰다.

"폐하, 염치없는 부탁이오나 저 무명이 시일 솔 미라이예에 출타할 수 있도록 허가해 주십시오."

"……."

"감사합니다."

모리는 더 이상 까마득히 높은 두 사람 간의 냉각을 견딜 수가 없었다. 그녀는 자신이 할 수 있는 최대한으로 왕에게 예를 표하고는, 즉각 방을 나섰다.

노루아는 빙그레 웃었다.

"무슨 용건이십니까?"

"뤼페닝을 불러와. 당장."

"말씀드렸습니다. 안 계신다고요."

"사르트뢰즈 노루아 상스 퓌미셸."

"왜요?"

레스트왈은 기막히다는 웃음을 터뜨리지도 않았다. 노루아는 본시 그를 대하길 저 모양이었기 때문이다. 그녀는 사실 그뿐만이 아니라, 그녀의 모든 적에게 전부 무례한 자였다. 그는 그답지 않게 평온한 목소리로 입을 열었다.

"내 그놈의 부재중 소리는 귀에 못이 박히도록 들었다. 나도 바쁘니 두어 달까지는 그냥 참으려 했어. 그런데 지금은 다섯 달이 넘었지. 나랑 장난해? 저번에 말했어. 일주일 내로 얼굴 안 비추면 생 로욜을 쓸어버리겠다고."

"안 그러셨잖습니까."

"그 일주일 뒤가 오늘이거든?"

"그래서 지금 쓸어버리실 겁니까? 제 눈은 단춧구멍입니까?"

"아니. 눈알처럼 보이긴 하는데 높게 평가하진 않아."

"아무튼 전하께선 안 계십니다. 배째세요."

"처음으로 이해관계가 일치하는군. 지금 여기서 네년의 배를 갈라 주랴?"

"쯧."

레스트왈은 웃기만 했다. 노루아는 긴장도 없이 팔짱을 꼈다. 레스트왈은 명석함과 예의가 동시에 따라오는 특징이었으면 얼마나 좋았을까 잠시 생각했다. 머리는 좋은 데 예의가 없으면 사람의 성질을 돋우기에는 아주 안성맞춤인 도구가 된다. 예컨대 제 앞에 선 사람처럼. 혹은 나나 뤼페닝도 그렇고. 레스트왈은 세상에 불쾌한 놈들이 너무 많다는 사실에 개탄했다.

"전국에 뤼페닝이 가 있을 수 있는 성이란 성은 전부 뒤졌다. 코빼기도 보이지 않더군. 설마 외국으로 나간 거냐? 이해가 안 가. 왜? 그 백치도 움직일 때에는 이유가 있을 줄 알았지."

"물론 제 전하께선 여러 가지 이유로 움직이십니다. 그분의 안배는 항상 전하의 상상을 뛰어넘습니다."

"재미있는 말을⋯⋯."

그는 노루아의 뺨을 갈겼다.

"⋯⋯하는군그래."

"에, 에취! 하실 말씀 있으시면 빨리하고 가십시오."

"할 말은 저번 주에 전부 끝났어. 일단 너부터 죽이고 생각해야겠다."

그녀는 쯧하고 혀를 찼다. 레스트왈은 노루아의 어깨를 꽉 붙들었다. 그는 무성의하게 칼을 들어선 상대의 목을 찌르려 했다. 물론, 당연히, 누군가 달려 나와 그를 떼어 냈다. 그 속도는 셋 전부 놀라울 정도로 느려, 정말 무료하기 짝이 없는 활극 같았다. 재미도 없고 일관성도 없는 연극을 보는 기분이었다. 노루아는 제 손목을 여러 번 주물렀다. 벌게졌을 뿐 아프지는 않았다. 그녀는 고개를 들어 한 발자국 뒤에서 칼을 빙글빙글 돌리는 레스트왈을 바라보았다.

"전하, 안 될 줄 아셨잖습니까. 그리고 저를 여기에 묶어 둔 채 쇼드라 모트를 칠 예정이셨으면 그것도 안 될 줄 아셨어야 해요.”

“왜?”

“제가 왜 답해야 하죠?”

“왜냐하면 난 그곳을 칠 생각이 전혀 없었거든.”

“잘됐군요. 저도 그쪽을 지키고 있는 것이 아니니.”

“모랑드리는 어때?”

“아니죠.”

“퉁게렌.”

“쓸모없어요.”

“낭테즈앙.”

“안 지켜요.”

“알프마리팀.”

“쯧.”

“잘됐어. 전부 사람을 보내 두었으니.”

“괜찮아요. 모두 지키고 있어요.”

둘 모두 웃지 않았다. 물론 노루아 옆에서 그녀를 지키던 드 방지거만
큼은 어처구니가 없다는 듯 코웃음을 쳤다. 어쨌든 대화를 비웃는 그는
애초부터 두 사람이 무슨 선문답을 하는지 신경 쓰지 않는 사람이었다.
그의 머리가 모자란다기보다는, 저 둘이 비약과 넘겨짚기, 경계, 위협,
헛바람 등등을 지나치게 잘 사용하고 있었기 때문이다.

레스트왈은 입맛을 다셨다.

“역시 동종의 개새끼 중에서 가장 잘 짖는군.”

“아까는 높게 평가하지 않으신다면서요.”

“고급 견종이라는 거지.”

“칭찬 감사드려요.”

"어디서 썩은 생선 같은 게 성질을 건드리네. 다음부턴 이러지 마라."

"말씀을 좀 일관성 있게 해 주셨으면 좋겠습니다. 그리고 안 가십니까? 저야 저로서 두뇌지만 전하께선 지금 전하만 계시잖아요."

"어, 갈 거야. 이따 보게 생겼군."

그것은 아무 의미 없는 말처럼 들렸다. 그런데 처음으로, 노루아의 안색이 변했다. 그녀는 눈을 확 치켜떴다가, 돌아서려는 레스트왈의 어깨를 잡아챘다. 잡아채려 했다. 그는 간단한 동작만으로도 가볍기 짝이 없는 노루아의 악력을 떼어 낼 수 있었다. 드 방지거는 자신이 참견할 일이 아니라고 생각했으므로 여전히 멀뚱멀뚱 서서 그들 간의 험악한 기류를 지켜볼 뿐이었다.

노루아는 인상을 찌푸렸다.

"그러지 마십시오."

"시끄러워. 간다."

"보내 드려."

"뭘 안다고 지껄여. 입 다물어라."

"허, 저년 말본새 좀 보게."

"당신보다는 낫습니다. 전하, 후회하실 겁니다."

"나는 후회로 끝나지만 넌 얻어터지겠지. 좋은 하루 돼라."

레스트왈은 칼을 휙 던진 뒤 성큼성큼 복도를 걸어 나갔다. 노루아는 턱에 힘을 잔뜩 주었다가, 그가 던져두고 간 칼에 시선을 보냈다. 다시 고개를 들었다. 그의 그림자는 점점 짧아지고 있었다. 주머니에 손을 넣고, 회랑을 돌아가는 가벼운 발걸음. 도저히 축제가 즐거운 청년 이상으로도 이하로도 보이지 않았다. 속이 울렁거렸다. 노루아는 불편한 기색으로 상대가 던져두고 간 칼을 주워 들었다.

"드 방지거."

"어?"

"칼…… 랑도크 단검 있나?"

그는 별말 없이 품에서 다소 긴 단검을 꺼내어 주었다. 노루아는 그것을 받아 들고, 레스트왈이 두고 간 칼을 탁자 위에 올려 두었다. 숨을 고르지는 않는다. 단검을 높이 들고, 위치를 맞춘 뒤, 그대로 내리 찌르는, 어마어마한 정확성. 힘이 아니었다. 그녀는 사실 힘에 있어서는 성인 여성을 넘지 못하는 사람이었다. 그러나 그 눈의 정교함은 확실히 대단했다.

"잘 쪼개졌네."

드 방지거는 자루와 칼날이 깨끗이 분리된 단검을 보며 어이가 없다는 듯 웃었다. 역시 좋은 궁수의 자질이었다.

"저놈은 어떻게 전하와 같은 태에 나서는…… 내가 저놈을 보며 가장 억울한 것은 저놈 부모 욕을 할 수가 없다는 사실이다."

"그만해."

"네놈은 아까부터 사정도 모르고 말리려만 들지."

"내가 알아서 어쩔 건데? 어차피 전하께 꾸중 듣는 건 너 혼자다. 그러게 일 처리를 잘했어야지."

"내가 네놈을 왜 살렸을까."

"그야 내가 당신 동생을 죽여 줬기 때문이지."

"원이라면 오늘 나가서 뒈져라. 당장 뫼르에루가젤로 가."

그는 눈썹을 치켜떴다. 어디서 베어 왔는지 험악하게 상처 입은 이마가 한꺼번에 우그러졌다. 마흔이 채 모자란 주름. 그는 의아하다는 기색으로 물었다.

"귀족원? 왜?"

"레스트왈이 두 시……."

그녀는 시계를 들여다보았다.

"그래, 두 시 이내로 칠 거다. 귀족원까지 건드리지는 않길 바랐는데 어쩔 수 없군. 내가 병력 배치는 해 두었지만 네가 가라. 가서 빨리 뒈져."

"알겠어."

"그리고 순서대로 티오리에, 오슈뒤, 발라사르와 뱅상을 불러라. 배치될 곳을 직접 전해 줄 수도 있겠지만 네놈이 너무 멍청해서 믿을 수가 없군."

"그럴게."

"전하께서는!"

"귀청 떨어지겠네."

"내가 그토록 연서를 보내는 데도 오월에서 꿈쩍을 안 하신다. 그나마 며칠 내로…… 떠나시는 게 위안이군. 오셔서는 뫼르에루가젤이 박살 나는데 무슨 망중한이었냐 나를 꾸중하시겠지."

"좋은 게 좋은 거야."

노루아는 드 방지거가 자신의 말을 하나도 듣지 않았다는 사실을 깨달았다. 그녀는 혀를 차며 정돈 중인 남자를 바라보았다. 그는 그녀가 말을 멈추자, 희한하다는 듯 상대를 노려보았다. 노루아는 고개를 절레절레 흔들었다. 턱짓을 했다. 꺼져.

"너는 안 나오나?"

"레스트왈이 내게 나오라 했으니 안 나가야지. 그리고 안 나가지만 나가야지. 네 쪽으로 갈 예정이다."

"응."

노루아는 몸을 돌리다, 무언가에 부딪치고는 깜짝 놀라 성을 냈다.

"아, 미친, 깜짝이야! 이게 왜 아직도 여기 있어!"

"승계식 뒤에 치우잖아. 아이구, 방부제 냄새."

"전하께서 빨리 오셔야겠군. 제발……."

뤼페닝은 서간을 바라보았다. 인사가 없는 시작이었다.

5월 19일. 수도의 다섯 거점. 뫼르에루가젤, 쇼드 라 모트, 퉁게렌, 알프마리팀, 낭테즈앙에서 교전이 일어났습니다. 저희 측 사망자 433명, 레스트왈 측 사망자도 비슷하리라 추측합니다. 민간인 희생은 적습니다. 한자리 수를 넘지 않을 겁니다. 전하, 전하께서 계시지 않아

그는 '저것들'이라고 쓰인 글씨가 북북 지워져 있는 것을 발견했다.

레스트왈 일파가 광대놀음을 하고 있습니다. 주제도 모르고 생 로율의 주인이 저희라 선포라도 할 작정인가 봅니다. 전하, 짐작하셨다시피 이 완벽한 장악력에도 불구하고, 저희가 불리합니다. 그자는 교전 뒤 태자의 얼굴을 보일 수 있습니다. 그러나 저희에게는 고작해야 이 노루아밖에 없습니다. 한시라도 빨리 돌아오셔서 깃대를 잡아 주셔야 합니다. 제가 능력이 모자라 전하를 뵙고자 하는 것이 아닙니다. 그건 전혀 문제가 안 됩니다. 하지만 전하께서, 전하라는 왕가의 상징이 이 자리에 없다면 그것은 문제가 됩니다. 저는 뫼르에루가젤을 부서진 곳 하나 없이 수호했습니다. 부디 보답해 주십시오.
사르트뢰즈 노루아 상스 퓌미셸.

자존심과, 노여움, 그럼에도 불구하고 머릿속에 쌓인 생각을 주체 못하는 편지였다. 뤼페닝은 자신이 그녀의 화를 받았으니 이제는 정말 일찍 돌아가야겠다고 생각했다. 벌써부터 교전이 일었다고? 예상외였다.

인내하는 것은 오히려 레스트왈이 되어야 했다. 생 로욜은 본시 왕당파의 세력권 안이었고, 레스트왈의 본거지는 좋든 싫든 동부의 몽상뜨였기 때문이다. 본격적으로 시작하기 전 본가에서 모든 사무 처리를 다하고 제반 자료를 가져가라고 호의를 보였건만, 무식하게 지금 무슨 짓들인지. 수도에서 채 반 시간도 안 걸리는 자리에 그들의 군이 있었다.

때문에, 뤼페닝은 이번 사달이 레스트왈의 장난이라고 판단했다. 자신이 어디 있는 줄 모르므로, 나타날 수는 없지만 소식은 듣는 그의 처지를 이용한 것이다. 대단히 공들인 조롱임이 틀림없다. 팔백의 피를 흘리면서까지. 그는 혀를 찼다. 장난으로 맞아 주는 뺨도 여러 대면 잇몸이 찢어진다.

"전하, 전하를 뵙고자 하는 이가 있습니다."

뤼페닝은 말고삐를 부드럽게 끌어당겼다. 평생토록 손에 익은 몸짓이었다. 그는 그 손짓과 마찬가지로, 차분하고 다소 매섭게 물었다.

"누구라더냐?"

"게외보르트의 어수대라 합니다."

그는 잠깐 할 말을 잃었다.

"오게 할까요?"

뤼페닝은 인상을 찌푸린 채 고개를 끄덕였다. 어느 쪽의 어수대일까? 오스페다의 어수대에서 자신을 만나러 왔을 확률이 높다. 안장에 엎혀 있던 허리가 긴장해 꼿꼿이 섰다. 자신을 만나러 오는 이유. 프레몽트레와 모종의 접선을 하길 원하나? 협력 요구?

어수대원의 걸음은 지나치게 빨랐다.

"전하, 저는 전신傳信의 용도로 쓰이는 짐승입니다."

침묵.

"……숄렘에서 왔나."

"예. 저는 저희 폐하의 뜻 그 자체입니다. 용건을 말씀드려도 되겠습니까?"

"말…… 해."

"폐하께선 곧 전개될 라르디슈의 내전에서 전하를 지지하실 겁니다. 요청만 하신다면 지금 당장 군사 오만을 준비할 수 있습니다. 최정예로. 받아들이신다면, 더 자세한 내용은 서로의 밀사로 확인하길 바라십니다.

혹시나 해서 말씀드리지만, 레스트왈의 밀사는 이미 오래전에 저희에게 도달했습니다. 지난 십일월 일입니다. 그자는 폐하께, 외르타 발미레가 전하의 아이를 배었다고 말했습니다. 또한 그러니 왕가의 핏줄을 없애고 싶다면 죄인 뤼 뤼페닝과 외르타 발미레를 전부 죽여야 한다고 주장했습니다. 예, 중상모략이지요. 폐하께선 그 간악한 계략을 알아차린 뒤 대단히 노여워하셨습니다. 때문에 이처럼 전하께 저를 보내신 겁니다."

"……."

"보다 일찍 뵙지 못한 점 죄송합니다. 라르디슈와의 국경에 이르러서야 전하께서 오스페다에 가 계신다는 정보를 들었습니다. 그제야 방향을 선회해 전속력으로 달려왔으니 부디 때가 늦지 않았기를 바랍니다."

뤼페닝은 말을 뒤로 물렸다. 주먹에는 새파란 핏줄이 서 있었다. 짐승의 뺨에 생채기가 생겼다. 말이 놀라 새된 목소리로 울었다. 드랭쿠르는 그가 그 정도로 무도하게 힘을 주었다는 사실에 약간 놀랐다. 그가 기억하는 한 뤼페닝은 단 한 번도 날카로운 우아함을 깨뜨린 일이 없는 자였기 때문이다. 이 좋은 이야기를 듣고.

왜 저토록 어마어마한 화를.

그는 더 거칠게 말을 뒤로 물렸다. 드랭쿠르는 너무도 놀라 눈을 크게 떴다. 시선을 돌렸다. 어수대원을 바라보니 그는 외려 눈을 더 가늘게 뜨고 있었다. 상대의 반응을 찬찬히 뜯어보는 모양이다. 드랭쿠르는 자신의 전하께선 한 번도 무례하셨던 일이 없노라고 변명하려 했다. 항상 생각보다 먼저 행동하는 그였기에, 누군가 외치지만 않았더라면 실제로 그리 말하고 목이 베였을 것이다.

"전하!"

뤼페닝의 고개가 빠르게 돌아갔다.

"프레몽트레의 급신입니다. 공개된 자리에서 말씀드릴 수……."

"말해."

"예, 전하. 어제 정오가 넘어 외르타 발미레가 약을 복용했습니다. 정확히는 약을 복용하지는 않고, 마개에 접촉한 것 같습니다만 바라신 결과대롭니다. 그녀는 의식을 잃은 채 솔 미라이예로 보내졌습니다."

"……."

뤼페닝은 숨을 깊게 들이마셨다. 너무 화가 나자 이제는 머리가 아니라 목구멍이 조여 드는 것 같았다. 무슨 말을 하려 했으나 속이 울렁여 감히 목소리를 낼 수가 없었다. 입을 열면 안 된다. 그는 흥분한 제 음성을 듣기가 끔찍이도 싫었다. 단 한 번도 들어 본 일이 없으나 필시 우스꽝스러운 광대처럼 느껴질 것이다. 자신은 노성을 내는 사람도, 속으로 화를 끓이는 사람도 아니었다. 단 한 번도 이성을 잃을 정도로 노엽던 일이 없었다.

그러나 미칠 듯이 화가 났다.

내가 틀렸다.

형체도 없는 고생을 했다.

이제 제 수고로움의 결과까지 눈앞에 나타나자 정말로 화가 나 돌아버릴 것 같았다. 완전히 헛다리를 짚었다. 누가 어디에 외세를 청해? 레스트왈은 형제의 험담으로 게외보르트를 '끌어들이려' 한 것이 아니다. '끌어들이려' 한 것이 아니라 '배제시키려' 한 것이다. 자신을 믿지 못했기 때문에. 중앙 삼국의 반감을 최대한으로 키워 두어, 만일 형제가 외세를 바라더라도 아예 제안조차 불가능하도록 만든 것이다. 적어도, 그렇게 의도했다. 저 어수대원은 자세히 언급하지 않았으나 전후 사정과 레스트왈의 성정을 볼 때 이는 물어볼 필요도 없는 일이었다.

자신은 1월에 제대로 된 판단을 내릴 수 있었다. 거듭 의심했다면 레스트왈의 멍청한 본의를 깨달을 수 있었을 것이고, 마땅한 대처로 그의 뺨을 갈긴 뒤 제 입으로 외세의 불침을 오금 박았을 것이다. 자신이 단 한 가지 가능성만 더 살폈다면. 단 한 가지. 단 한 가지!

애써 누른 신음이 날숨 한 번에 자제도 없이 흘러나왔다. 희미하고 위태로운 음이었다. 그는 화가 나 어쩔 줄을 몰라 했다. 고삐를 잡은 손이 덜덜 떨렸다. 스스로 틀렸고, 그로 인해 메스꺼운 결과가 야기되었다는 사실을 좀처럼 받아들이기 힘들었다. 왜 틀렸을까. 그때 왜 제대로 된 판단을 내리지 못했나. 자료가 부족했나? 상황이 급박했나? 노루아가 보조에 소홀했나? 전부 아니었다. 제 어리석음에 후회하는 것은 쓸모가⋯⋯. 그는 드디어 자신에게 어리석음이라는 단어가 쓰였다는 사실을 깨달았다. 기가 막혔다. 결국 자신이 뒤떨어졌던 탓이다.

어떻게 틀렸을까. 왜. 내가. 뤼페닝은 도저히 스스로를 부정할 수가 없었다. 자신은 틀렸던 일이 없다. 특히나 이런 중대한 판단을 내릴 때 제 결정은 언제고 최선이었다. 스스로 이끄는 가문만 세 자리다. 그들의 머리가 되며 실수를 저지를 수 없기에, 또한 잘못은 왕의 자질이 아니기에, 그는 모두가 그러하듯 결단하기 전 숙고해 왔다. 그의 숙고는 고통과 비슷한 의미였다. 끝나지 않아 지겹고, 상상력을 발휘하기 위해 이틀을 굶는. 그런 과정을 거쳐 나온 예측은 틀릴 수가 없다. 틀려서는 안 되었다.

뤼페닝은 시퍼런 핏줄이 툭툭 불거진 제 손을 바라보았다. 계면쩍은 일이 될 줄 알면서도 짧은 웃음이 터졌다. 잉그레에서 자카리를 만나기 전, 제 손은 아버지와 전혀 닮지 않았다며 고상하게 논하던 기억이 있다. 안 닮기는 무엇을 안 닮았나. 화를 주체 못하는 모습이 꼭 팔다리에 머리가 먹힌 병신을 보는 것 같았다. 아버지. 자신이 노여워하는 꼴에서 아버지를 발견하자, 그는 완전히 이성을 잃을 뻔했다. 간헐적으로 터지는 헛웃음만 아니었다면 정말 그러했을 것이다. 다행이다. 제 한편에는 아직도 흥분한 자신을 비웃는 뤼페닝 본인이 있었다. 완전히 먹힌 것이 아니었다.

물론 자신은 틀렸지만, 그 누구라도 자신의 행동을 땜질할 수는 있다. 그러나 그는 지금껏 자각하지 못했고 고치지도 못했다. 틀리고도 실수를 돌이킬 수 있는 방법이 무궁무진하건만 이 지경까지 사달을 끌고 온 이유? 뻔하다. 판단을 돌아보지 않는 제 성격. 한 번 결정하면 절대 번복하지 않으며 다만 끝까지 밀고 나가는 천재성. 이것은 실로 천재성이다. 자신은 항상 옳았으므로, 제게는 재고라는 단어가 존재하지 않았다. 온 과거가 그러했다. 나는 단 한 번만 생각하면 된다. 틀렸다고 생각하기가 그토록 힘들었다. 아마 죽었다 다시 깨어나는 것만큼, 지옥처럼 힘들었을 것이다. 이처럼 제 눈으로 확인하지 않는다면 언제까지고 결정을 고집했을 터.

뤼페닝은 얼굴을 짚었다. 바람 새는 창문 같던 웃음은 사그라지고, 사그라지고, 사그라져 끝내 한숨만 남게 되었다. 네가 잘못했다. 속으로 읊조리는 것만으로도 섬광 같은 공포가 일었다. 네가, 잘못했지. 그는 숨을 들이켰다. 더 이상 실수하지 않으면 될 일이다.

그는 말을 돌려 어수대를 바라보았다. 상대는 무언가 곰곰이 생각하는 투였다. 뤼페닝은 어깨를 가라앉히지 못하고 사납게 말했다.

"거절한다."

뤼페닝은 혓바닥이 깔깔하다고 생각했다. 그가 그리 단언하는 순간, 그는 지난 몇 개월간 자카리를 설득하려 했던 모든 노력을 제 손으로 박살 낸 셈이었다. 외르타를 해하여 계외보르트의 호의를 사 보려던 노력도 전부 가루가 되었다. 상관없다. 어차피 다 조각을 내려 했다. 잘못을 깨달은 그에게는 쓸모없는 노력이므로. 레스트왈이 그리 원칙을 지킬진대 자신이 어길 수는 없고, 애초에 그럴 마음도 없었다. 제 아우가 이상한 짓을 저지르지만 않았더라면 자신은 결단코 이 더러운 딤니팔까지 행차하지 않았을 것이다. 그가 하지 않았다면 이제 자신도 하지 않는다.

어수대원은 이상한 표정을 짓고 있었다. 사실 그 표정은 주변 사람들 전부에게 적용되는 사항이었다. 그러나 뤼페닝은 변함없이 이를 갈며, 이번에는 방금 전 제게 보고를 올린 수하를 바라보았다. 평소보다 약간 높은 목소리가 흘러나왔다.

"외르타가 중독되었다 했나?"

"예."

"늦게도 움직이는군……. 어수대."

"예?"

벌써부터 새를 날릴 채비를 하던 남자가 흘끗 돌아보았다.

"폐하께 첫째, 레스트왈을 지원하지 말 것, 둘째, 현재 신상이 구속된 계외보르트 내의 프레몽트레 둘을 석방할 것, 셋째, 라르디슈와 다섯 해 불가침조약을 맺을 것을 요청 드려라. 뒤의 둘은 내가 생 로욜에 도착하는 즉시 사람을 보내 결재 받겠다."

상대는 너무 어이가 없는지 곧장 대답하지 못했다. 자신에 대한 지원을 거절하며 레스트왈을 지원하지 말라는 것도 기가 막히는 구절이지만, 겨우 적발한 프레몽트레 둘을 석방하고 아무 이유 없이 다섯 해간 불가침조약을 맺자는 것은 더욱더 상식에 맞지 않는 일이었다. 어수대는 입을 열었다가, 무슨 반응을 보이지 못하고 다시 꾹 닫았다. 물론 그뿐만 아니라 그의 수하들까지 공통적으로 보이는 시선이었다. 말한 사람이 뤼페닝만 아니었다면 볼멘소리가 나올 법했다.

그러나 정작 뤼페닝은 터무니없는 조건들을 나열하고도 화를 가라앉히지 못한 상태였다. 그는 말 위에서 제 왼쪽 주먹을 꾹꾹 쓰다듬으며 입을 열었다. 그의 음성은 평소답지 않게 가벼워서 다소 불량배의 협박처럼 느껴지기도 했다.

"약조하시면 내 외르타 발미레에 대한 범죄를 인정하겠다."

어수대원의 얼굴이 눈에 띄게 굳었다. 뤼페닝은 개의치 않았다. 아직까지도 노여웠다. 내가 틀렸다고? 자신이 틀렸다. 석 달을 분실했다. 틀렸다면, 그간 저질러 둔 잔해 사이에서 몇 가지 원석이라도 주워 내야 할 것 아닌가.

"당장 전해라. 네가 새를 날리는 모습을 내 눈으로 봐야겠다."

"……기다리십시오. 밑판으로 쓸 물건이 있습니까?"

그는 시선으로 명령했다. 주변에 있던 수행원 하나가 짐이 실린 말 사이로 들어갔다. 뤼페닝은 이제 외르타의 소식을 전했던 이에게로 고개를 돌렸다. 아직까지 그가 말한 '부탁'의 여파가 가시지 않은 상태였다. 뤼페닝의 목소리는 난장판에 홀로 선 섬광 같았다.

"너는 내 누이의 주검을 데려가라. 드랭쿠르에게 있다."

"……예. 한데 누구에게 전달해야 합니까? 프레몽트레입니까?"

"아니. 솔 미라이예에 전달해야 한다. 미라이예 공작에게 전달하라. 절대 삼곽 안으로 들어가지 말고, 성문의 경비병에게 뇌물을 먹여라. 네가 가면 죽는다."

"의심을 사지는 않겠습니까?"

"공작가에 뇌물을 전달하려는 이가 적지 않을 거다. 위장해라."

"예."

"전하."

뤼페닝은 말을 뒤로 물렸다. 고개를 돌렸다. 어수대원은 서간을 작성하고 있었다. 드랭쿠르는 칼자루를 꾹 쥔 채 서 있고, 말들은 자리를 지키는 정적. 그는 그런 뒤에야 자신을 부른 몽피에를 발견할 수 있었다.

"왜?"

"왕가의 핏줄이십니다. 주검을 딤니팔에 두는 것은 안 될 일입니다."

"장묘에 왕실의 관을 두고 왔다. 그 정도면 충분하지. 언제부터 시체가 그리 가치 있었다고?"

"전하의 동기십니다. 적의 손에 넘길 수는 없습니다."

"그 어미 되는 자가 솔 미라이예에 있잖나."

"어차피 영영 깨지 못하잖습니까?"

그는 눈썹을 치켜떴다.

"독은 드랭쿠르가 만들었다. 네가 확신할 일이 아니다."

"지금 그녀의 용태야말로 전하께서 바라신 바가 아닙니까? 앞으로도 전하의 바람과 같을 겁니다."

"그만. 나는 약속을 지킨다."

"전하…… 그렇다면 왕비가 깨어났을 때 주검을 보내는 것은 어떻습니까? 미라이예에 왕손을 넘길 수는 없습니다. 공작이 어떤 짓을 저지를지 모르지 않습니까."

"자기네 장묘에 매장하려 들 것 같은데. 외르타가 주검의 소산을 허락할지는 모르겠지만."

"예?"

뤼페닝은 점차 속이 가라앉는 것을 느꼈다. 그래. 저기도 멍청한 놈이 하나 있지. 그리 명민하면서도 개로 머물고, 그것도 모자라 여자에 빠져 정신 못 차리는.

"토론 끝이다. 아, 공작에게 전할 말이 있군. 부셰."

"직접 전할……."

"공작이 널 살려 두지 않을 거다. 한시라도 빨리 주검을 전달하고 숨든지, 달아나든지 해라."

"전하, 도저히 삼곽의 경비병을 믿을 수가 없습니다. 분명 그들이 착복할 것입니다. 왕가의 주검이 천박한 손을 탄다니요. 안 될 일입니다. 차라리 이곽에 맡기는 것은 어떻습니까?"

"그렇게 해라. 들키지 않는 것은 네 재량이다."

"예."

그는 어느새 제 앞에 온 종이를 바라보았다. 공작에게 전할 말은 간단했다. 그는 곧이어 제 손에 쥔 펜을 들곤 짤막하게 썼다.

외르타에게 사과의 말을 전해라.

라그랑주 뤼페닝 브느와 라르디슈 올 발루아.

물론 뤼페닝은 자신이 실수하지 않았다면 결코 이따위 말을 쓰지 않을 사람이었다. 사실 지금도 죄책감을 느끼고 있지는 않다. 다만 도의적인 책임감을 알아 아델로 보답하고, 재차 사과하는 것이다. 잘못을 인정했다.

그는 간단히 쓴 뒤 접어 봉하고는, 아래에서 대기하고 있는 부셰에게 서간을 전했다. 부셰는 깊게 인사했다. 그가 곧장 말을 타자 뤼페닝은 더 이상 그쪽에 관심을 기울이지 않았다. 이제 아델라이데는 처리했다.

사실 '닿아서' 중독되었다는 것은 외르타의 본의가 아니었다는 뜻이지만, 어쨌든 그는 아량을 보이겠노라 결심한 상태였다. 아량을 보여야 했다. 제 실수에 희생된 꼴이니 보상은 해 줄 것이다. 물론 아쉽게도, 실수를 책임질 수는 없겠지. 약은 드랭쿠르가 제조한 것이었다. 자신은 해독제를 만들라 명한 일이 없다.

"다 썼나?"

어수대원이 펜을 놓았다. 뤼페닝이 그에게로 다가가자, 그는 약간 어색한 얼굴로 답변했다.

"전하, 이해하지 못하실 겁니다."

길지도 짧지도 않은 서간이었다.

검은 홀의 주인.

바르나바 탁자에서 검은 홀. 여섯 발 확실한 문장입니다. 전쟁이 퇴장하여 우위에 임명장 금과 은을 임명해 주십시오. 혼란하지 않은 것은 홀의 스무 번째 육신 탓으로

뤼페닝은 또 한 번 서간을 접었다. 항상 이따위로 말을 전달하나 보군. 들어 알았지만 실제로 보니 기분이 더 괴상해졌다. 어지간한 언어를 익히는 것보다 저런 혼돈이 더 암기하기 까다로울 듯했다.

"어수대가 제 왕에게 헛소리를 지껄이지는 않겠지. 특별히 쓰는 새가 있나?"

"예. 지금 부를까요?"

그가 고개를 끄덕이자, 어수대원은 품을 뒤적여 작은 자기 하나를 꺼냈다. 희한한 곳에 공구孔口, 구멍가 달려 있었다. 그는 지체 없이 자기를 불었다. 낮고 둥근 소리가 났다. 평온하게 기다리자 곧 평범하게 생긴

새 한 마리가 어수대원의 팔로 날아들었다. 그는 새의 다리에 서간을 돌돌 말아 묶었다. 슬쩍 튕겼다. 새는 지저귀지도 않고 높게 날았다.

"되었습니다."

뤼페닝은 말머리를 돌렸다.

발터는 자기 조각을 짓밟았다. 그것이 가지런히 부서지는 소리는 보는 이의 눈살을 찌푸리게 할 만했다. 그는 실내화를 신고 있었지만, 이런 경우에는 큰 도움이 되지 않을 것이다. 발터는 화를 주체하지 못하고 다른 도자기를 찾기 시작했다. 그 와중에도 바닥을 힘주어 밟고 다니는 것은 또 당연한 일이었다.

누구도 감히 말리지 못했다. 이제는 거의 개인 비서 역으로 자리에 붙들려 있는 블랑쉬 젤로, 왕이 소환한 반 슈체친, 소식을 전달한 슈트람 요오스와 서류 처리를 맡아야 하는 레흐토 쇠렌센, 전부 침묵 속에 서 있었다. 블랑쉬는 요오스와 쇠렌센이 조용히 시선을 교환하는 모습을 발견했다. 다시 눈을 내리까는 와중 반 슈체친이 시야에 잡혔다. 그는 홀로 꼿꼿이 서서, 도무지 노인 같지 않은 굳건함으로 존재했다. 나이가 어떻게 되더라. 예순넷? 다섯?

"폐하."

요오스가 말을 꺼낸 반 슈체친을 노려보았다. 항상 침착하고 조용한 요오스로서는 별난 일이라, 블랑쉬는 놀랐다. 상대가 정말로 마음에 들지 않는 모양이었다.

"입 다물어."

"그렇다면 저는 이곳에 있을 이유가 없습니다."

쇠렌센의 표정이 순식간에 무너졌다. 블랑쉬는 살짝 움직인 그의 입매를 읽을 수 있었다. '미친 새끼.' 그녀는 다소 걱정스러운 표정으로 어수대 동지들을 바라보았다. 요오스 또한 눈을 바닥에 내리꽂은 상태였고, 추측컨대 자신 역시 그리 멀쩡한 낯은 아닐 것이다.

"폐하, 뤼페닝에게 답을 주셔야 합니다. 그는 무례한 놈이나, 결코 물정 모르는 천치는 아닙니다. 그의 협박은 타당합니다. 딤니팔과 전쟁하기 싫다면 조건을 수락하라는 뜻이지요. 폐하, 폐하께서도 아시다시피 저희에게는 전략적 목표가 아예 없습니다. 딤니팔과 전쟁을 치르기 위해서는 저희에게도 반드시 공략해야 하는 국가적 차원의 목표가 필요합니다. 딤니팔에는 그것이 존재하나 게외보르트에는 그것이 존재하지 않습니다. 전략 목표 없는 승리는 눈가리개를 씌운 말입니다. 또한 단기간에 목표를 세운다 하더라도 그것은 단기적인 숙고인 만큼, 절대 전쟁으로 저희가 입을 손해를 메워 주지 못할 겁니다. 시기상조입니다."

블랑쉬는 쇠렌센이 점차 험악해지자, 그가 상대의 뺨이라도 갈기지 않도록 둘 사이를 막아서야 했다. 요오스 역시 그의 화를 눈치챘지만 왕 앞에서 함부로 입을 놀릴 수 없다는 당연한 사실 때문에 무어라 주의를 주지 못했다.

"반 슈체친, 짐이 너를 부른 것은 의견을 제시하라는 뜻이 아니었다. 짐은 짐이 원한다면 얼마든지 전쟁을 시작할 수 있다."

"폐하……."

"입 닥쳐. 짐이 너를 부른 것은 트리흐트를 점검하라 명하기 위함이었다. 왕명이다. 당장 시행하라."

"폐하, 설마 전쟁을……."

"당장 시행하라."

반 슈체친은 입을 다물었다. 무지렁이가 보아도 가시 돋친 침묵이라 느낄 법했다. 방 안의 분위기가 자못 험악해졌다. 긴 줄을 팽팽히 당긴 듯한 초조함이 지나갔다.

반 슈체친은 깊이 고개를 숙였다. 그의 마른입술 사이로 명을 받잡겠다는 맥 빠진 말이 새어 나왔다. 쇠렌센의 눈초리는 줄곧 노귀족의 하얗게 센 머리를 노려보고 있었다. 반 슈체친은 젊은 어수대원에게 눈길 한 번 주지 않은 채 매몰차게 방을 나섰다. 블랑쉬는 제 앞을 스친 찬바람에 헛웃음을 머금을 뻔했다. 문은 고요히 닫혔다.

그리고 이제는 셋. 그들은 모두 왕의 침묵이라면 몇 년이라도 제자리에서 견딜 수 있는 인물이었다. 드디어 여유로워졌다. 그녀는 간신히 평온을 되찾고는 다시 제 속으로 침잠해 들어갔다. 뤼페닝의 제안은 아무래도……

여유로운 기다림은 금세 깨졌다. 그녀는 유리가 박힌 발로 책상을 돌아가는 왕을 기이하다는 듯 바라보았다. 발터는 책상에 고개만 가까이 한 채 종이를 끌어당겨, 무언가를 쓰기 시작했다. 짧은 서신이었다. 블랑쉬는 자신이 너무도 훔쳐보기 적합한 자리에 있다는 사실을 깨닫고는 당황했다. 그녀는 사선으로 몸을 틀었다.

"요오스."

"예."

"뤼페닝의 경로를 추측했을 때, 사흘 뒤 그가 도달할 곳은 알로지아드 발나티다. 그곳에 가장 가까이 있는 어수대원이 누군가."

"올레타 아인지델른이 정보원 점검을 위해 발니에스에 나가 있습니다. 발나티와는 두 시간 거리입니다."

"전달해라."

서신이 중하면 중할수록 사람을 써야 하건만, 일전에 뤼페닝에게 지원 의사를 전달할 때도 어수대를 운용했건만, 어째서 지금은 전서구인지 요오스는 묻지 않았다. 물론 왕에게는 반문할 필요가 없다. 그러나 이것은 왕의 무오성無汚性보다 더 근본적이고 논리적인 문제였다. 딤니팔이 선전포고를 하기 전에 어떻게든 일을 처리해 두어야 한다는 뜻이니까. 한시가 급박했다.

한데 그렇다면, 왕의 의사는 결코 전쟁이 아니었다. 이처럼 빨리 움직인다면 도달하는 곳은 평화와 균형이기 때문이다. 전쟁을 막기 위해 신속히 대처하는 것이다. 그런데, 그렇다면 트리흐트는 왜? 반 슈체친은 전쟁을 하는 줄 착각하고 나갔지 않나. 블랑쉬는 혼란스러워졌다.

"예."

발터는 인주로 서간을 마무리 지었다.

"폐하, 제 임무기에 여쭙습니다. 뤼페닝의 제안을 수락하셨습니까?"

"수락했다."

"……."

"수락하지 않았으면 내 피투성이 발이 노엽겠지. 왜 화낼 이유가 없는 일에 화를 냈냐고."

수락해야 하기 때문에 화를 냈다……. 블랑쉬는 책상 아래에 감춰진 왕의 다리를 비껴 보았다. 여전히 트리흐트에 대한 답은 나오지 않았다. 다만 요오스의 불안한 표정을 발견했다. 왕은 무표정하게 선언했다.

"우리에게 전쟁을 치를 능력이 부족한 건 아니다. 차라리 넘치지. 하지만 아직은 때가 아니야."

누구도 무슨 '때'냐고 묻지 않았다. 이곳에 모인 이 중 왕의 심중을 헤아리지 못하는 천치는 없기 때문이다. 블랑쉬 역시 벽력처럼 깨달았다. 그가 트리흐트를 언급한 것은, 충성심이 약한 귀족을 가려내기 위한 분탕질이다. 트리흐트는 전쟁이라는 의미를 함축하고 있으므로 아마 며칠 내로 제 안위만을 챙기는 귀족 무리가 머리를 들 것이다. 그들의 방패막이가 되어 줄 반 슈체친이 존재한다. 겁날 것이 없겠지. 때문에 아직 때가 아니라는 것은……

"폐하, 전쟁으로써 숙청하실 겁니까?"

"아직은 아니야……. 요오스, 수고해라."

"송구합니다."

요오스는 두 손으로 서간을 받들어 품 안에 넣었다. 그는 쇠렌센과 거의 동시에 인사한 뒤, 소리 한 자락 없이 문을 열어젖혔다. 블랑쉬 역시 그의 행동을 똑같이 따라 했다. 마지막에 남긴 말만이 약간 달랐다.

"폐하, 발을 치료할 의원과 검은 시녀를 불러 두겠습니다."

"그리하고, 너는 남아라."

요오스의 꽁지에 매달린 쇠렌센마저 떠나, 희미하게 '슈체친 저 광견병 개새끼는 목을 쳐야 해요'라는 말이 들릴 무렵이었다. 블랑쉬는 고개를 숙이고 돌아와 방 안쪽의 줄을 당겼다.

"폐하, 자리에 앉아 주셨으면 좋겠습니다. 제가 유리 조각을 빼겠습니다."

"괜찮아."

"피가 납니다."

"베였으니 당연한 일이다."

"그럼 저는……."

"너는 딤니팔로 가지 않는다."

"예?"

블랑쉬는 실망한 기색을 감출 수 없었다. 항상 무심한 사람이지만, 아무리 그래도 요사이 자신의 역할은 마음에 들지 않았던 것이다. 왕과 잠자리를 함께하는 것이 불쾌하다는 뜻은 결코 아니다. 다만 그에 묻혀 자신이 본디 해야 하는 일을 하지 못한다면 그것은 그 목표를 위해 살아온

557

사람에게는 상당히 가혹한 일이었다. 블랑쉬는 언제고 목을 내놓기 위해 어수대에 종사했다. 이런 안전한 안방이 아니라.

한때는 정말 이런 생각까지 했다. 폐하께선 한 번 규칙을 위반한 어수대원을 신용하지 않으시는 거다. 자신은 이미 눈 밖에 났다, 요행히 왕의 취향에 들어 침대를 덥힐 수는 있었지만, 더 이상 어수대 고유의 자질은 존중받을 수 없게 된 것이다……. 물론 아니었다. 그런 것치고 그녀는 항상 많은 극비를 다뤘고, 온갖 어수대 사무를 나누어 분담해야 했다. 자신이 어수대에서 온전히 배제되었다 함은 옳지 않은 말이다.

"베디냐테 마라디아가 굴라르모에게 발각되었다. 네게 직위를 온전히 인수인계할 수 없는 상태지. 그 직속 어수대원이 자리를 맡게 될 예정인데…… 일에 익숙한 부하도 꽤 시일이 걸릴 거다."

"……마라디아가…… 마라디아가 신상 관리에 소홀했습니까?"

"그보다는, 외르타에게 짐의 단검을 전하려다 들통 난 모양이다. 부주의했지."

"검이요?"

"뤼페닝에게 소식을 듣기 전에 자결하라고 검을 보냈다. 한데 짐의 말을 따르지 않았더군. 그러니 저런 꼴을 당하지."

"폐하의 누이는……."

"짐의 누이는 지금 차라리 죽는 것이 나을 거다. 몇 달이고 몇 년이고 못 깨어난다……. 당장이라도 손을 써 죽이고 싶지만 아직 때가 아니라 어쩔 수가 없군. 게다가 지금은 공작의 경계가 어수대도 접근 못할 만큼 엄중할 거다. 어차피 외르타가 몇 년, 아니, 몇 달만 안 깨어나면 포기할 놈이 오지랖도 넓지. 시간이나 안 하면 다행이겠다."

마지막은 그답지 않게 조롱하는 어투처럼 들렸다. 블랑쉬는 발터가 어떤 이유로 저렇게 골이 났는지 추측할 수가 없었다. 아, 뤼페닝의 주제넘은 요구 때문인가. 사방에 성을 내고 싶은 기분이신가.

"좌우간 외르타는 이제 나도 괜찮다. 죽은 패다. 뤼페닝도 죽은 패다. 그가 짐을 바라지 않는다면 인정해야지. 짐이 화난 것은 두 번째, 세 번째 이유 때문이니까. 뤼페닝이 약속을 이행한다면 이제 딘니팔도 라르디슈도 죽은 패다. 신경 써야 할 것은 우리 스스로다."

"폐하."

"네가 짐의 시침녀 역에 지친 것을 안다. 해괴한 집착이라 생각하겠지. 인정한다."

"예?"

"통제할 수 있는 일도 있지만 통제할 수 없는 일은 항상 훨씬 많은 법이다. 너는 왕의 사람이 되어라. 아직 일이 많이 남았다."

블랑쉬는 그의 말을 자꾸만 이상한 방향으로 해석하는 자신에게 화가 났다. 그녀는 스스로를 꾸짖었다. 다행히, 발터가 느릿느릿 말을 이었다.

"짐은 반 슈체친을 제거할 예정이다."

"마땅하신 결정입니다."

"아직 시일이 남았으나, 슬슬 짐의 실 하나에 움직일 사람을 선발해야 한다."

"폐하, 모든 어수대가 그렇습니다."

"하지만 그만한 덩치가 움직이면 자연히 눈에 띈다. 설사 그것이 너희라도 피해 갈 수 없는 일이다. 그러니 네가 처음이다."

"송구합니다."

"송구하다는 말 말고."

"그리하겠습니다."

블랑쉬는 시선을 들어 발터를 마주했다. 제 속눈썹이 엄청나게 거슬렸다. 발터는 그녀를 보고 있는 것 같기도 했고 보고 있지 않은 것 같기도 했다. 블랑쉬는 그의 그런 시선이 마음에 들었다.

"얼마나 오랫동안 기다렸는지 모르겠다."

발터는 빙그레 웃었다.

♪

발렌시아는 외르타 곁에서 꼬박 이틀 밤을 샜다. 그녀는 마치 변한 것 없는 옛날처럼 소공작의 방에 돌아와 있었다. 부드럽게 닫힌 눈은 그녀를 잠시 잠든 사람처럼 보이게 했다. 그는 무슨 표정인지 모를 조용함으로 그저 우두커니 선 그림자였다. 앉을 의자가 옆에 없는 것도 아닌데 한나절을 그리 있었다. 미동도 없이, 표정도 없이, 어떤 마음도 없이. 일종의 무감각 상태처럼 보이기도 했다. 여러 번 노을이 뺨에 졌다. 자신 말고 그녀의 뺨.

앙히에는 사흘 만에 소공작의 방을 나선 발렌시아를 바라보았다. 그가 외르타의 방에 엄금령을 내리는 바람에, 앙히에는 용서를 받고도 계속해서 문 앞에 쭈그려 앉아 있을 수밖에 없었다.

그래.

그는 용서 받았다.

앙히에는 제 손을 바라보았다. 아직까지도 용서란 굉장히 생소한 개념이었다. 특히나 그 용서가 제 형님의 입에서 나온 말이라면 그것은 더할 나위 없는 기적이다. 앙히에는 기적을 목도한 경우가 없었다. 이번단 한 번을 제하고는.

그는 외르타가 정신을 놓은 지 반 시간 만에, 정확히는 발렌시아가 그녀를 솔 미라이예로 보낼 때 찾아왔다. 사정을 알고는 화를 주체하지 못했다. 속이 터질 만큼 노여운데 그 화를 도통 어디에 풀어야 할지 모르

겠는, 방향성 없는 황소였다. 그때 자신은 제 온 손톱을 맹렬하게 물어
뜯고 있었다. 그에게는 평생 그런 습관이 없었으나, 너무 초조해서 그
낯설음을 미처 느끼지도 못했다.

"외르타가⋯⋯."

발렌시아의 표정이 약간 일그러졌다.

"의원들이 입을 모아 목숨은 건질 수 있다고 말했다."
"형님은 그게 전붑니까? 숨만 살면 어쨌든 상관없다고? 온종일 외르
타한테 붙어 다니다 조금 떨어졌다고 이렇게 순식간에⋯⋯. 나는 이 병
신 따가리 같은 게! 저건 또 얼마나 아플지, 공포는 얼마나 더 심해졌는
지 모르겠다. 살기만 하면 된다니 말이 왜 그래? 형님은⋯⋯."
"아니."
앙히에는 바람이 일 정도로 빠르게 고개를 돌렸다. 발렌시아는 차분
하게 반복했다.

"아니. 나도 그렇게 생각지 않는다. 너를 이해한다."

앙히에는 순간적으로 외르타에 대해서 모조리 망각했다. 그를 채우
고 있는 것은 지금 자신을 이해한다고 말하는 발렌시아뿐, 터무니없는
방향에서 예측할 수 없는 각도로 얻어맞은 듯 입매가 일그러졌다.

"뭐라고?"

그러나 발렌시아는 제 말을 반복하지 않았다.

"너를 용서한다."

앙히에는 선 채 기절할 뻔했다. 자신의 귀에 무슨 요상한 장치가 있어 말을 왜곡해 들려주는 것 같았다. 그렇지 않고서야 저 발렌시아가 자신에게 저런 말을 할 리가 없지 않나. 용서한다고?
형제는 그것이 무엇에 대한 용서인지 아주 잘 알았다.

"뭐, 뭐…… 뭐뭐뭐?"
"그리해야겠다는 생각이 들었다."

발렌시아는 거의 경기를 일으킬 지경인 아우를 우울하게 바라보았다. 소공작 방의 문을 닫기 직전이었다.

"형님, 진짜로? 도대체 왜?"
"그만."
"진담이야? 정말? 난 그때 완전히 배반하고 줄행랑쳤어."
"그 사달은 용서 안 했다."

앙히에는 이건 무슨 귀신 씻나락 까먹는 소리인지 알 수 없다는 표정을 지었다. 온 얼굴에 물음표를 새겨 놓은 것 같은 제 명청한 낯짝에 외르타라면 웃음을 참지 못했을 것이다. 그러나 발렌시아는 웃지 않았다.

"내가 사람을 이해하지 못한다고 말했던 너를 용서한 것이다. 너는 그때도 지금도 같은 말을 하고 있지만…… 이제는 내가 구애받지 않도록 노력하겠다."

'노력하겠다.' 결국 미봉책이라는 뜻이다. 앙히에는 자신이 다시, 형님은 남에게 무지하니 어쩌니 하고 지껄인다면 즉각 저 용서가 파기될 것이라는 사실을 깨달았다. 어쨌든 그것이야말로 발렌시아의 유일한 급소였으니까. 앙히에는 심지어, 저것이 자신이 만들어 놓고 떠난 급소라는 사실도 알았다. 독을 넣은 자가 떠나, 열 해 동안 해독제도 없이 농도 짙게 숙성되었을 것이다. 그런데 그 죄인이 돌아와 감히 형님은 외르타를 이해 못한다고 이전과 같은 조롱을?

앙히에는 그때 참 오랜만에 진심으로 미안해지는 것을 느꼈다. 자각하지 못했던 제 감정이 발렌시아의 무거운 기색에 번뜩 수면 위로 떠오른 것이다. 형님이 지금 대단한 진심이라는 사실을 깨달았다. 그동안 그것이 얼마나 단단한 응어리로 속에 맺혀 있었는지를, 그리고 그 갈라진 구덩이는 앞으로도 가장 깊게, 평생토록 목메어 있으리라는 사실을 깨달았다. 자신이 저질렀다.

"미안해."
"얘기 끝났다."

앙히에는 경첩을 잡고 일어섰다. 아직까지도 꿈 위에서 걷는 듯 기분이 이상했다.
"형님."
발렌시아는 제 형제를 내려다보았다. 키 차이가 얼마 나지 않았기에 사실 그것은 내려다보는 것도 못 되었다. 그는 상대를 무시할 것인지 아주 짧은 찰나 동안 고민했다. 섬광 같았지만, 동시에 상당히 긴 심연이었다.

"그리해야겠다는 생각이 들었다."

그는 그때 거의 경기를 일으킬 지경인 아우를 바라보고 있었다. 상당히 낮고 우울하게. 앙히에를 용서한 것은 지극히 순간적인 결정이었다. 입 바깥으로 떠밀어 두고도 도무지 귀를 믿을 수 없는 화해였다. 그것은 발바닥 꺼끌꺼끌한 맹수처럼 제 혓바닥을 할퀴며 나왔다.

하지만 적어도 발렌시아에게는 확신이 있었다. 그는 앙히에를 용서할 수밖에 없었다. 너무도 확신했기 때문에 기다리지 못하고 아우를 붙든 것이다. 그는 외르타의 고통에 기함하는 아우를 보며 돌연 선명하게 깨달았다. 그 걱정을 이해했고, 노여움과 자괴 역시 헤아릴 수 있었다. 이상하고 희한한 일이지만 분명 그러했다. 때문에 더 이상 자신을 기만할 수가 없었다.

'기만.' 원망하지 않아. 형님은 원래 그랬어. 넌…… 정말…… 죽을 때까지 도저히…… 누굴 이해할 수는 있겠니? 사람을 이해하는 게 무섭나? 그래서 내가 준 동부 공화도 이해 못해 빌빌대나? 경, 나를 부정할 거야?

그는 그녀를 부정하지 않았다. 앙히에 역시 외르타를 부정할 수 없다. 때문에 이토록 부패한 속을 안고 그녀의 그림자를 따라온 것이다. 외르타의 가벼운 고통에 힘이 들어가는 것으로 시작하여 지금에 이르러선 완전히 터지기 직전인 긴장. 너무도 똑같았다. 소름 끼치게 공감했다. 이에 있어서만큼은 형제라 일컬을 만했다. '이해'였다.

스스로 남과 공감할 수 없다며 완고하게 벽을 치는 것이 이제 불가능

했다. 이것을 알고도 앙히에의 다른 부분을 이해할 수 없으리라 생각지
않았다.

그래서 용서하노라 말했다.

십 년은 너무 길다. 옛일이라도 잊어야 하지 않겠는가.

"그래."

"차도는……."

"없다."

"형님, 식사는 들었어?"

"아니."

"지금 사흘째 안 먹었다고?"

평소라면 발렌시아는 자신이 이토록 평범한 형제간의 대화를 나누고
있다는 사실에 놀랐을 것이다. 하지만 지금의 그는 그따위에 신경 쓸 시
간이 없었다. 매초가 이유 없이 초조하고 촉박했다. 발렌시아는 습관적
으로 니소르의 자루를 꽉 쥐었다. 지나치게 새파래 녹색에 가까운 핏줄
이 불뚝 섰다. 그는 앙히에의 칼을 잠시 바라본 뒤, 인사 없이 계단을 내
려섰다.

"어디 가?"

"폐하께."

아무래도 소란스러운 상황이라 그들 중 누구도 약속 없이 왕을 찾아
가는 행위를 이상하다고 느끼지 않았다. 이의를 제기하기는커녕 그곳
에 무슨 문제가 있는지조차 느끼지 못하는 것 같았다. 둘 모두 경황이
없어, 모든 사물과 모든 상황을 띄엄띄엄 보는 듯했다. 앙히에는 칼집에
자국이 남을 정도로 니소르를 노려보더니, 곧장 다시 고개를 들었다. 발
렌시아는 벌써 일곱 계단이나 더 내려가 있었다.

"형님, 방에 들어가 있어도 돼?"

"라치올과 함께라면 괜찮다."

앙히에는 제 인생에 저보다 더 친절한 말을 들어 본 적이 없었다. 그는 상황을 잊고 거의 감동한 표정으로 상대의 등을 바라보았다. 그러나 발렌시아는 시선을 되돌리지 않고 지체 없이 내려갔다.

머리가 어지러웠다. 비단 빈속으로 사흘을 견뎠기 때문만은 아니었다. 사실 그는 굶지도 않았다. 아니, 굶지 못했다. 후회가 자가발전하여 스스로 속을 채웠는데 어찌 빈속이라는 말인가. 와글와글한 벗이 이토록 많은데 외로이 단식했다고는 말할 수 없을 것이다. 명치가 지끈지끈 아파 왔다.

발렌시아는 일 층에 도달한 뒤 빠르게 솔 미라이예를 나섰다. 잠깐 누프리를 스쳐 지나간 것 같기도 했지만 미처 신경 쓸 겨를이 없었다. 그는 가까스로 정신을 차린 지금 자카리에게 가 할 말이 있었다. 스스로를 채찍질할래야 더 채찍질할 여지가 남지 않아서 이제는 급기야 맥마저 쿵, 쿵 빨리 뛰는 것 같았다. 최대한 빨리. 빨리. 어서. 발렌시아는 스스로를 지나치게 재촉한 나머지 자신과 부딪힌 남자에게 고함을 지를 뻔했다.

"……합하, 죄송합니다. 멈춰 서 인사를 드렸는데 미처 피하지 못하고……."

"비켜라."

"예, 일만 고하고 물러나겠습니다. 지금 이수문에서 소란이 일고 있습니다. 미라이예 공작가에 올라온 공물 문제로 심부름꾼과 문지기가 옥신각신하는 중입니다."

"그게 나와 무슨 상관인가."

"……."

"비켜."

"합하…… 그 선물이 문제입니다."

"당장!"

"관입니다!"

그는 상대를 밀치려던 손을 우뚝 멈췄다. 아니, 손뿐만이 아니라 온몸과, 심지어 표정까지 그대로 정지한 모양이었다. 발폼은 말할 기회를 잡았다고 생각했는지 입가에 침이 고일 정도로 빠르게 사정을 설명했다.

"십 분 전 허름한 행색의 심부름꾼 하나가 앞에서 부탁을 받았다며 수레를 끌고 왔습니다. 일정 크기 이상의 공물을 기록해 두는 이수문에서 검열을 요구했습니다. 제가 우연찮게 이수문에 있어 검열을 끝내면 맡겠다고 지원했고요. 심부름꾼은 당연히 허락했습니다만, 봉인을 풀고 뚜껑을 열자…… 합하, 도저히……."

"똑바로 고해라."

발폼은 인상을 잔뜩 찡그렸다.

"반쯤 썩은 시체입니다. 열자마자 냄새가 지독하더군요. 제가 봤을 땐 자연적인 속도로 썩은 게 아닙니다. 아, 정말 절대 아닙니다. 방부제를 처발…… 죄송합니다. 방부 처리를 지독하게 해 두어서 주검이 견디다 견디다 세월을 못 이기고 부패하기 시작한 모양입니다. 여성이고, 키는 대략 백 센티가 덜……."

발렌시아는 그를 무시하며 방향을 고쳐 잡았다. 그는 더 이상 잉그레를 앞에 두지 않았다. 순식간에 깨달았다. 깨닫지 않으면 자신이야말로 세상에 둘도 없는 천치가 될 것이다. 누구의 짓인지 안다. 화가 나서 돌아 버릴 것 같았다. 입안에서 확 불이 일었다. 그것은 숨을 죽이지도 않고 감히 목젖으로 스며들었다.

"……됩니다. 걸친 옷은 적어도 딤니팔 형식은 아닙니다만, 아니, 그러니까 우리는 어차피 화장을 하니 아니겠지만, 죄송합니다. 제가 복식에 어두워 정확히 구분하지 못하겠습니다. 심부름꾼도 놀라서 자기는 모르는 일이라며 변명하고 있습니다. 미쳤다고 솔 미라이예에 들어갈 선물을 썩은 시체로 들고 와선 뻔뻔하게 서 있겠냐더군요. 그럼 어떻게 된 거냐 물으니 대수문에서 어떤 삼십 대 남성이 금 열 장에 일을 맡겼다고 합니다. 선물이 저택에 도달하면 더 많은 보상을 받을 수 있을 거라고 했답니다."

이수문은 금세 눈에 띄었다. 꽤 떨어진 거리에서도 그곳의 난동이 아주 잘 보였다. 발폼은 빠르게 발렌시아를 따라가다가 골치가 아픈 듯 이마를 한 번 꾹 짚었다.

"시체의 신원을 아십니까? 만일 아신다면 어찌 처리할 예정이십니까? 솔 미라이예 안에 미라이예가 아닌 주검은 못 들이지 않습니까."

"나는 서른 해를 지내며 솔 미라이예에서 생을 마친 아랫사람들의 주검을 많이 봤다. 미라이예 안으로 들일 것이다."

발폼은 찡그렸던 인상을 서서히 폈다. 너무 놀라서 제 이마 위 주름이 스러지고 있었다. 그는 눈을 껌뻑이다 콧잔등까지 꿈틀대곤, 가까스로 말했다. 다소 조심스럽게, 앞서 가는 발렌시아의 발을 살피며.

"누구입니까?"

"네 알 바 아니다."

"합하, 원칙을……."

"입."

그는 저토록 노여워하는 발렌시아를 처음 보았다. 지금에 비한다면 저번 리베 발미레가 잠행을 나갔던 날 밤의 발렌시아는 평소와 다름없이 무감동한 분이셨다. 사실 발폼은 분노 이전에, 저만큼 어떤 감정이 극에 달한 주인을 목격하는 일이 아예 처음이었다. 말은 설명도 없이 뚝뚝 끊어지고, 그 짧은 어절 어절에조차 맹수의 뼈마디처럼 우두둑 꺾이는 소리가 섞여 있었다. 공작의 분에는 영 익숙지 않아 눈가가 아파 올 지경이었다.

"저는 모른다니까요!"

"아니, 도대체 이놈 새끼는…… 이렇게 죽은 내 풀풀 나는 걸 대수문부터 여기까지 끌고 왔으면서 눈치를 못 채! 네놈 콧구멍은 병신이냐! 이걸 솔 미라이예에 들이겠다고요, 암, 배짱 좋고 볼 일이야!"

"아, 모른다고요! 뭔 배짱이 어쩌고! 저쩌고! 그리고 제가 끌고 왔습니까? 말이 끌고 왔잖아요! 그리고 자꾸 말도 안 되는 소릴 하는데 이게 수레야? 어? 이게 수레면 잉그레도 말구종이야!"

"이놈이 진짜 어디서……."

"제기, 그래요. 말실수했네요. 그치만 씹, 아니, 그러니까 솔직히 이게 '수레'는 아니잖습니까. 이것만 갖다가 팔아도 집 두 채는 사겠습니다. 뚜껑도 덮여 있고. 뚜껑 안에 관으로 또 밀봉되어선 통 냄새가 나겠냐고요!"

"죄를 물을 사람은 있어야지, 쯧."

"더러워서 진짜……. 금 열 장 고스란히 다 줄 테니까 대강 넘겨요. 설마 짐 나른 죄밖에 없는 절 공작가에 넘기실 건 아니죠? 설마……."

경비병과 싸우는 이는 스물을 갓 넘긴 듯한 청년이었다. 이수문 옆 돌 의자에 앉아, 멍하니 소란에 휩쓸려 있던 또 다른 경비병이 고개를 돌렸다. 발폼은 경비병과 시선이 마주치자 눈을 피했다. 합하를 이 자리까지 모신 건 사실 본의가 아니었다. 더군다나 지금 제 주인의 기색을 보면 이 소란은 배가 될 것이 분명했고, 발폼은 그에 일말의 책임감을 느끼고 있었다. 잉그레로 갈 만큼 막중한 이유가 있던 공작을 고작 이따위 소란으로 유인할 수 있을 줄은 정말 몰랐던 것이다.

"합하!"

"합하!"

"합하!"

"합하, 죄송합니다."

"합하."

동시다발적으로 몇 개의 목소리가 흘러나오는지 셀 수도 없었다. 주변에는 이미 본디 임무를 맡은 경비병, 비번인 경비병, 지나가던 하녀, 하인, 아랫사람들, 귀족 두엇이 무슨 일인가 하여 걸음을 멈추고 있었기 때문이다. 발렌시아는 모든 이의 시선을 받고도 누구의 관심도 받지 않은 것처럼 행동했다. 발폼은 그의 뒤를 따라가며 불안한 표정을 지었다. 공작은 스무 살 청년을 지나쳤다. 그 지위와 기색에 기가 질린 청년이 딱딱하게 굳어 있었다. 발폼은 고개를 돌려 주인이 향하는 곳을 발견했다. 그는 놀라 고함을 내질렀다.

"합하! 열지 마십시오!"

발렌시아의 손이 단단히 닫힌 마가목 관을 짚었다. 발폼의 고함은 들리지도 않는 듯했다. 한순간, 그의 뼈대와 힘줄이 가시 돋친 듯 도드라졌다가, 뚜껑을 밀어젖혔다. 지금까지 그 안을 제대로 보지 못했던, 호기심에 찬 군중이 고개를 쭉 뺐다.

그러나 도대체 왜 시체를 궁금해 한다는 말인가? 보기도 전에 냄새에 압도당할 것이다. 아니나 다를까 순식간에 하인 하나가 헛구역질을 하기 시작했다. 궁금증에 사로잡혔던 귀족 하나도 얼굴이 하얘져선 품 안에서 손수건을 꺼내 코를 틀어막았다. 톨레도가의 하녀 셋은 나란히 서서 종아리가 드러나는 것도 개의치 않은 채 겉치맛자락으로 얼굴을 덮었다. 아니, 딱히 하나하나 꼽지 않아도 그 주변에 있던 모든 이는 어떤 식으로든 냄새를 쫓으려 자신을 격리시켜 버렸다. 심지어는 시체를 그토록 많이 본 발폼 역시 그러했다. 보통 썩는 내도 끔찍한데, 저것은 방부제의 기묘하고 퀴퀴한 냄새와 섞여 도저히 사람이 맡을 만한 악취가 아니었던 것이다.

발렌시아는 코를 막지 않았다.

발폼은 그가 시체에 가장 가까이 서서도 저토록 멀쩡하다는 사실에 감탄하지 않았다. 감탄할 만한 수준이 아니니까. 그는 걱정했다. 후각이 편찮으신 것은 아닌가. 아무리 전장에서 시체 썩는 내음을 많이 맡으신다 해도 이것은……. 발렌시아는 비스듬히 고개를 숙여 관 안의 썩은 주검을 마주했다. 한참을 머물렀다. 적어도 일 분여는 그리 있었던 것 같다. 절반은 어느새 냄새에 질려 도망가고, 오기에 찬 절반의 몇몇만이 수문의 벽에 기대어 구경하고 있는 상황이었다.

"가져온 이가?"

그는 그리 말하며 드디어 관 뚜껑을 밀어 닫았다. 거의 들리지 않을 정도로 나직한 목소리였다. 순식간에 몇몇이 파하 하고 숨을 터뜨렸다가 아직 채 사라지지 않은 시체 냄새에 기절하려 드는 것이 보였다. 눈이 시큼했다. 발폼은 어질어질한 머리를 가까스로 누른 뒤 새하얗게 질린 청년을 손으로 가리켰다.

청년은 당장에 자리에 엎드렸다. 땅바닥에 머리까지 조아린다.

"합하! 저는 전혀…… 저것이 저런 것일 줄은 전혀 몰랐습니다. 단지 돈을 받고 전달한 죄밖에 없습니다. 죄송합니다. 송구합니다. 딤니팔인이 되어서 저런 시체를…… 어떻게 감히 솔 미라이예에 보내겠습니까? 죄송합니다. 죄송합니다……."

"시끄러워! 아무도 멍청한 네놈은 처벌 안 하니까 심부름 시킨 놈 인상착의나 설명해!"

"말씀드렸잖아요!"

그 순간, 발렌시아는 청년의 멱을 잡아 올렸다. 인상착의나 설명하라던 경비병이 놀라서 숨을 들이켰다.

"합하?"

"저, 합하, 그놈은 아닙니다. 저희가 곧 초상화를 그릴 이를 데려오겠습니다."

"합하, 오해가 있으신 것 같습니다. 그 사람은 돈을 받고 심부름을 한 자입니다. 진범을 잡으려면 그놈을 취조해야 합니다."

이구동성으로 동의하는 소리가 났다. 청년이 이따위 무례한 장난을 치기에는 너무 배포가 없어 보이는 앳된 얼굴이었기 때문이다. 구경꾼들은 공작이 왜 저런 무가치한 공연을 펼치는지 몰라 당혹스러운 모양이었다. 기사가 저따위로 힘을 과시하는 건가? 아무 죄도 없는 사람의 멱을 끌어 올려? 청년이 상대적으로 작아, 그의 발끝은 이제 땅에 질질 끌리고 있었다. 그것은 가해자의 위엄을 돋보이게 해 주기보다는 외려 공작의 저열함을 돋보이게 하는 것처럼 보였다. 귀족 몇이 겁도 없이 쯧하고 혀를 찼다. 다른 구경꾼들도 귓속말을 몇 마디 주고받을 정도로 묘하게 공작을 탓하는 분위기였다.

그러나 발폼은 철렁 내려앉았다.

"합하, 이수문 안에서는⋯⋯."

발렌시아는 한 손만으로 청년을 끌고 이수문의 중앙을 넘었다. 이곽이 아니다. 삼곽 쪽의 절반. 그는 청년을 바닥에 내팽개쳤다. 그리 큰 힘이 담긴 것 같지 않았건만 청년은 버티지 못한 채 바닥에 무릎을 꿇고 엎어졌다. 청년은 어질어질한지 곧장 고개를 흔들며 상체를 일으켜 세웠다.

"⋯⋯살인이⋯⋯."

니소르가 흰 이를 드러냈다.

"⋯⋯금지되어⋯⋯."

끔찍한 소리가 났다.

발폼은 어쩔 줄 모르고 급하게 바닥을 바라보았다. 칼날에는 아직 피가 묻어 있지 않았다. 왜냐면, 날의 절반 이상이 청년의 흉부를 뚫고 들어가 흔적도 없었기 때문이다. 가장 처음 드러난 붉은빛은 청년의 입에서 끓어오른 피거품이었다. 발폼은 가망이 없다는 당연한 사실보다는 그 뒤처리에 집중했다. 그는 곧장 엄청나게 초조해졌다.

발렌시아는 경악과 침묵 속에서 검을 뽑았다. 혹은, 뽑아내려 했다. 거의 칼밑까지 사람 안에 박힌 니소르는 기사의 힘에도 쉽사리 끌려 나오지 않았다. 몇 번의 굴곡을 거쳐, 마지막 결절에서는 '주검'을 고정하지 않곤 끝을 뺄 수 없을 지경이었다. 그는 왼발로 청년의 가슴을 밟곤 마지막 수십 센티를 위로 뽑아냈다. 단박에. 발폼은 자신에게 시선이 닿기도 전에 품에서 측백나무 기름을 꺼냈다. 대중없이 천에 붓고는 주인에게 다가갔다. 그는 시체를 내려다보며 비스듬히 날을 내밀었고, 발폼은 조용히 받았다.

피는 참을 수 있다. 죽음도 주검도 못 견디는 수하가 이상한 것이다. 하지만 주변의 시선만큼은 발폼을 자리자리하게 괴롭혔다. 인파는 할 말을 잃은 듯, 하지만 누군가 나서 변명이나 설명을 해 주길 바라는 듯 우두커니 자리를 지키고 있었다. 발폼은 니소르를 정결히 했다. 발렌시아는 눈으로 칼을 훑은 뒤 소리 없이 패검했다.

"발폼."

목소리는 변한 것이 없었다. 마치 세상 목숨의 개수가 크게 달라지지 않았다는 것처럼.

"예."

"관은 솔 미라이예로 운반해라."

"……."

발폼은 제 목을 걸고 원칙을 주지시켜 드려야 하나 잠시 고민했다. 그의 고민을 해소해 준 것은 자신의 결단력이 아니라, 발렌시아의 빠른 걸음이었다. 발폼이 대답을 주저하는 사이 상대는 이미 몸을 돌렸다. 그는 당황하여 본래 의도와는 다른 질문을 했다.

"어디에 둘까요?"

"꼭대기 층 빈 방."

"합하!"

"아무 곳이나 상관없다."

발렌시아는 경비병을 밀쳐 내고 포위망에서 벗어났다. 한 번 뚫린 포위는 순식간에 진영이 흐트러졌다. 발폼은 붙박인 듯 서서 이제 자기 소관으로 떨어진 두 구의 주검을 바라보았다. 제 발끝에 닿은 피를 보자 순식간에 정신이 돌아왔다.

"단치, 도와다오."

"……이걸 어디다가…….."

"삼곽에서 죽었으니 일상적인 보고로…….."

"살…… 인자와 연유, 일시, 방법은 어떡해?"

"살인자에는 합하의 존함을 명기해다오. 연유는 명령 불복종. 일시와 방법, 기타 등등은 너도 똑똑히 봤을 것 아니냐."

"거참…….."

발폼은 경비병의 푸념을 듣지 않고 잔뜩 놀란 말에게 다가갔다. 콧김과, 짜증스러운 말발굽 소리가 다그닥 다그닥 요란했다. 피에 놀라는 것으로 보아 군마는 아니었지만, 그럼에도 주인이 있는 것처럼 제 손을 용납지 않는 행동은 약간 이상했다. 발폼은 아직까지도 넋을 놓고 있는 경비병 하나에게 날뛰는 말의 처리를 부탁했다. 그는 흔쾌히, 혹은 정신없이 수락하고 떠났다.

발폼은 머리가 아파 수레바퀴 위에 주저앉았다. 이제 이 시체도 처리해야 할 텐데……. 그는 한숨을 쉬며 관 뚜껑을 툭툭 쳤다. 어디의 누군지도 모르지만 입장이 요란하구나 원망스러웠다.

발렌시아는 잉그레의 정문을 지났다. 방금 전의 추문이 그 걸음을 따르지 못했기에 그는 평소처럼 왕궁에 출입할 수 있었다. 물론 칼은 반납했다. 경비 기사는 그 칼이 고작해야 오 분 전 피를 먹었다는 사실을 모른 채, 감사하는 태도로 니소르를 보관했다. 발렌시아는 표정 한 점 없이 잉그레를 올랐다.

"아."

그는 시선을 들었다. 자카리가 팔짱을 낀 채 자신을 내려다보고 있었다. 마치 그가 올 것을 미리 알고 있었다는 듯 태연하기만 했다. 발렌시아는 계단 아래서 용건을 꺼내려 했지만, 그 순간 자카리가 자신에게 다가와 모든 것을 멈출 수밖에 없었다. 그는 상대가 또다시 잉그레의 새끼 집무실로 향하려는 것인가 의심했다. 자신에게 용건이 있다면 당연한 일이다.

그러나 아니었다. 발렌시아는 제 곁을 지나쳐 내려가는 자카리에게 의구심 섞인 시선을 보냈다. 아는 체를 하고선 묵살할 셈인가? 이치에 맞지 않았다. 더군다나 자카리는 어떤 일이 있었건 자신을 피할 사람이 아니었다. 발렌시아는 그가 가는 궤적을 눈으로 좇다가, 문득 뺨을 맞은 듯 깨달았다. 그는 잉그레의 철로 가고 있었다. 발렌시아는 오랜만에 이성을 찾아 제 막무가내 용건을 억누른 뒤, 느릿느릿 물었다.

"폐하?"

스스로 왕을 제대로 해석했는지 알고 싶었다. 자카리는 귀찮은 기색
으로 손을 흔들었다. '따라와.' 물론 발렌시아는 무시했다. 이성은 그쯤
에서 끝났다. 그는 시종이 일곱, 시녀가 셋, 공물을 전하러 온 특사가 열
셋쯤 서성대는 요란한 잉그레의 홀에서 무턱대고 질문했다.

"폐하, 외르타 발미레의 본명을 언제 공개하실 예정입니까?"

공개할 것인지 가부를 묻는 것도, 심지어 조심스러운 어조도 아니었
다. 뻔뻔하리만치 낮고, 똑바르고, 단단하고, 큰 목소리였다. 그것도 본
궁 지상 홀의 중앙에서. 쪽문으로 나가려던 자카리의 걸음이 우뚝 멈췄
다. 믿기지 않는 것처럼 고개가 좌우로 기우뚱 움직이더니, 왼쪽 다리를
축으로 빙글 돌았다. 그의 얼굴은 가장 호의적으로 봐 주어도 엄청나게
불쾌한 것처럼 보였다. 가장 악의적으로 본다면 당장이라도 무명이라
는 칼을 들지 않는 것이 용해 보일 지경이다.

"뭐?"

"외르타 발미레의 본명을 언제 공개하실 것이냐 여쭈었습니다."

"다시 말해 봐."

"외르타 발미레의 본명을 언제 공개하실 겁니까?"

자카리는 말을 찍어 누르며 발렌시아를 향해 되돌아가고 있었다. 실
로 '찍혀' '눌리는' 단어들이었다. 말이 도끼였다면 잉그레 홀의 대리
석 바닥은 허파까지 드러내고도 남았을 것이다. 물론 발렌시아의 표정,
혹은 태도는 무던하니 달라진 것이 없었다. 어느새 무명인 듯 보이는 자
가 계단 옆에서 다가오고 있었다. 발렌시아는 모두 알고 있었지만, 구태
여 신경 쓰고 싶지 않았다. 너무 번거로웠다. 자카리는 자신의 주제 넘
는 행동에 화가 났고, 무명은 공작의 만용을 경계한다. 그래서? 관심도
없었다. 귀찮았다.

자카리는 저벅저벅 걸어와 자기 겉옷을 벗어 던졌다. 정확히는, 발렌

시아에게 벗어 던졌다. 그는 시야를 온통 가린 왕의 안감에 무슨 반응을 보여야 할지 알 수 없었다. 생각하기가 정말 성가셨다. 제발 대답만 듣고 어서 이 자리를 뜰 수 있었으면 좋겠다. 발렌시아는 감히 왕을 상대로 이따위 생각을 하는 스스로가 이상하다고 생각지도 않았다. 그럴 만한 정신머리가 아니었기 때문이다.

"들고 따라와."

아직까지도 적절한 대처를 못 보인 공작에게 떨어진 명령이었다. 자카리는 이젠 발렌시아가 웃기지도 않았다. 자신의 겉옷을 수의처럼 뒤집어쓰고 선 바보라면 몇 번 웃음을 자아낼 만도 한데, 현재의 공작을 짐작할 수 있어 기침조차 나오지 않았다. 저만한 사안을 낮의 본궁 홀에서 말하는 부주의함, 대답하지 않으면 죽이기라도 할 것처럼 엄격한 어조, 그리고 이 모든 것이 당당하다고 생각하는 듯한 저 뻔뻔함.

자카리는 외르타가 혹 일어난다면 반드시 그녀에게 이 모든 것을 고해하리라 생각했다. 부디 저놈의 고삐를 쥐라고. 가끔 시간 나면 손이라도 한 번 올려 주어, 등이라도 한 번 쓸어 주어 만족스럽게 길들이라고. 그리고 그게 특별히 내 부탁이었다는 점을 상기시키라고. 그로써 뻔뻔한 짐승에게 더 이상 제 왕을 냉대하지 말라 요구하라고.

그는 자신의 잘못을 인정했다. 뤼페닝이 그토록 정교한 독을 만들었을 줄은 생각도 못했다. 아니, 그보다는 무명을 눌라레인 양 신뢰했다는 말이 더 옳겠다. 무명이 하룻밤을 꼬박 샌 뒤 약에 큰 위험이 없노라 보증했다. 제 왕에게. 젠장, 믿을 수밖에 없잖아? 나보러 어쩌라는 거야. 그들이 왕에게 고했다면 그것은 아무리 나쁜 경우라도 사실이다. 혹은, 오해에서 비롯된 사실이던지. 자카리는 우울해졌다. 만지는 것만으로도 숨을 묶는 독이 있으리라곤 기실 상상하기 어렵지 않나.

"폐하, 저는 잉그레의 철에 갈 이유가 없습니다."

"한 달 전의 너라면 입 다물고 따라왔을 거다."

"솔 미라이예에 병자가 있습니다."

"발미레 곁에 붙어 있다 아예 죽지 그러냐. 웬……."

"……."

"따라와."

발렌시아는 떠밀린 모양으로 자카리를 따랐다. 여전히 불쾌해 견디질 못하겠는 표정이었다. 자카리는 뒤돌지 않고도 그의 시선을 읽을 수 있었으므로, 변명하는 어조로 그를 다독였다.

"발렌시아, 드디어 짐에게 얼굴을 보였으니 이 시점에서 타협을 하는 편이 좋겠네."

"……."

"좋은 게 좋은 거라고 생각하세. 외르타의 치료는 잉그레의 의원과, '그' 모리 라치올이 전담할 걸세. 독약 성분을 분석해 낸다면 곧 그 해독제도 마련할 수 있겠지. 딤니팔의 의술은 대륙 최고잖나."

"……."

"그리고 이로써 짐은 네 손을 더럽히지 않고도 짐의 뜻을 이루게 되었네. 짐은 더 이상 발미레에게 신경 쓰지 않을 거야. 짐의 목적을 이뤘으니 당연한 일이지. 사실 지금까지가 지나치게 잔인하고 이기적이었던 거야……. 발렌시아, 너는 이제 마음 놓고 발미레를 보호할 수 있다. 짐은 일절 손대지 않으마. 네 뜻대로 해라. 아니, 발미레 뜻대로 하게 두어라."

"폐하, 외르타는 지금 깨어나지 못하고 있습니다. 폐하의 모든 보장이 무용합니다."

"나을 거라니까. 어디 이 오스페다에서 왕이 이토록 귀애하는 사람이 죽는 것을 봤나. 온 잉그레가 나서서 그녀를 구원할 걸세."

"그리고 만일 그녀가 깨어나더라도, 외르타는 폐하의 바람대로 오스페다를 떠날 것입니다."

"진심으로 그렇게 믿는 건 아니겠지?"

자카리는 지하 공동으로 내려가며 웅웅거리는 제 음성을 감상했다.

"발렌시아, 발미레는 짐의 요청이 있든 없든 떠날 걸세. 짐은 정말 더 이상 손 안 댄다니까? 이 말은 진심이야. 반복하네. 짐은 발미레가 오스페다에 남아 있어도 큰 제재를 가하지 않을 생각이네. 네게 맡긴다고 했다. 그녀를 막을 수 있으면 막는 거고, 못 막으면 못 막는 거지."

"……."

"그리고 미안하네. 전부 알고도 여태껏 같은 입장을 고수한 것은 한 나라를 진 이로서 피할 수 없는 길이었네."

"……."

그들은 완전히 지하에 들어왔다. 마치 철광의 가장 안쪽에 들어온 듯 불유쾌한 냄새가 코를 괴롭게 했다. 자카리는 인내하는 시늉도 내지 않고 인상을 팍 찌푸렸다. 어째 개선될 여지가 없냐며 투덜대는 건 그다음이었다.

"짐이 너를 여기까지 데려온 건……."

그는 무명에게 손짓했다. 그는 제 왕이 무엇을 원하는지 알고 있다는 듯 자연스럽게 등불을 걸머쥐었다.

"물론 네 질문에 대답하기 위한 아늑한 장소를 찾으려는…… 목적도 있지만……."

자카리는 짜증스럽게 고개를 흔들었다. 무명은 그들만의 단어로 조심스레 고한 다음, 왕의 반응에 실수를 깨닫고는 사색이 되었다. 물론 발렌시아는 그들 간의 대화에 조금도 주의를 기울이지 않았다. 무슨 대화가 오가든 제 관심사가 아니었다. 제 모든 관심은 아직까지도 솔 미라이예에 쏠려 있었다.

"모든 것이 끝났을 때 네가 발미레를 잘 통제했으면 좋겠다는…… 바람이……."

"폐하, 저는 외르타를 통제하지 않습니다."

"뭐? 네가 바란 게 아니었어?"

자카리는 눈썹을 치켜 올리며 발을 멈췄다. 그들 앞에 섰던 무명은 큰 문을 앞에 두곤 열쇠를 고르고 있었다. 열쇠는 잘 찾아지지 않았다. 설마 긴장하고 있는 것인가? 그럴 리가. 아마 발렌시아 자신만큼 긴장하고 있을 것이다. 그러니까, 전혀.

"예. 폐하, 저는 외르타의 자유를 침범할 생각이 없습니다. 저는 그녀가 스스로 행동하기를 바랍니다. 그것이 제 통제라면 통제일 것이고, 바람막이라면 바람막이일 것입니다. 지금까지 겪은 태풍이 제가 감히 거역할 수 없는 폐하의……."

"알겠어. 이해했다."

"……."

"하지만 이 꼴을 보고도 계속 그 생각일지 궁금하군."

발렌시아는 빛 한 점 없이 열리는 문을 노려보았다. 냄새가 고약했지만, 자리가 자리인만큼 특별히 지독한 것 같지는 않았다. 그는 그보다는 자카리의 목적을 생각했다. 자카리가 자신에게 무엇을 보여 주고자 이 철에 끌고 와, 저 문 앞 죄인을 보여 주려는 것인지 모르겠다. 애초에 왕, 무명이 아닌 자가 철에 들어오는 일이 흔치 않다. 철의 정보에도 감히 접근하기 어렵다. 도대체 누구기에?

"불 켜 놓고 나가."

무명은 고개를 조아렸다. 그는 손안에서 불을 만든 뒤, 방 안 이곳저곳을 돌아다니며 조용히 시야를 밝혔다. 발렌시아는 무명에게서 불이 피어오른 순간부터 양팔이 묶인 죄수를 바라보고 있었다. 이상했다. 특별한 것이 없었다.

"아, 깜박했군. 어수대원이다."

바깥쪽에서 무명이 문을 밀어 닫았다. 발렌시아는 조금 더 주의 깊게 매달린 남자를 뜯어보았다.

"그리고 발미레에게 단검을 건넸지."

"……."

"어디 있더라, 짐이 참고용으로 여기 어디다 던져 놨는데…… 아!"

발렌시아는 자카리의 손으로 시선을 돌릴 수밖에 없었다. 그는 단검의 칼자루를 쥐고 천장을 향해 날을 세워 보였다. 빛이 아래서부터 위로 또르르 굴러갔다. 툭하고 거미줄처럼 끊겼다. 자카리는 단검을 다시 역수로 쥐었다. 의외로 익숙한 솜씨였다. 발렌시아는 저도 모르게, 그것을 건네 달라는 듯한 자세로 나아갔다. 자카리는 그렇게 했다.

"혹 기억할지 모르겠는데, 외르타가 너희 궁륭 정원에서 파 온 게 바로 이 단검일세."

발렌시아는 날을 검사하기 위해 제 검지를 베었다. 새파랗게 살아 있는 칼이었다. 피가 스며들었다.

"어수대는 책 속의 암호로 접선했네. 그녀는 고분고분 단검을 가져왔어. 시월 삼, 그러니까 발미레를 감시하던 무명은, 발미레가 자진을 고민하는 것 같다고 했네. 몇 시간이 멀다 하고 욕실에 들어가 꽁꽁 숨겨둔 보물을 매만지곤 했다니까. 물론 절대적으로 신용하진 말게. 같은 사람이 뤼페닝의 독약을 진단했네."

"……."

"아무튼 이게 바로 발미레를 위한 발터하임부르겐의 전언이지. '자살해라.' 그리고 외르타 발미레는 그 제안을 진지하게 고려했고. 뭐……

뤼페닝이 금세 초를 쳤지만 말일세."

"……."

"이래도 그녀를 방임할 건가?"

"……."

자카리는 발끝으로 의자를 툭툭 치며 답을 기다렸다. 침묵은 제법 긴 시간 이어졌다. 자카리는 더 이상 인내하지 못하고 몸을 숙여 물을 한 바가지 퍼 올렸다.

"다 듣고 있겠지만…… 이렇게 해야 깨는 시늉이라도 하겠지."

그는 고개 숙인 죄인을 향해 물을 내동댕이쳤다.

발렌시아는 그를 말리지 않았다. 말리기는커녕, 초조함까지 걸머쥐고 어수대원이 깨어나기를 기다렸다. 그에게 물어볼 것이 있었다. 그는 자카리가 물러서기도 전에 왕의 옆자리로 다가갔다. 자카리는 순간적으로 흠칫 놀라 몸을 물렸다. 상대를 알고 난 뒤에도 긴장은 좀처럼 풀리지 않았다. 그는 불쾌하다는 듯 발렌시아를 노려보고는 다시 죄인에게로 관심을 돌렸다.

"비명을 안 지른 건 칭찬해 주지."

남자는 조용했다. 다소 게슴츠레하게, 어두침침한 방에 걸맞은 겸손함이 인상적이었다.

"외르타가 어수대와 접선했나?"

발렌시아였다. 상관인 왕은 첫 질문을 꺼낼 기회조차 잡지 못했다. 자카리는 자신이 도대체 어디까지 인내해야 이 사태가 온건히 종결될지 예측할 수 없었다. 발렌시아는 또다시, 자카리에게 일언반구도 없이 질문했다.

"그녀가 접선을 시도했나?"

"……."

"네가 시도했나?"

"……."

"뤼페닝이 잉그레에 체류했다는 사실을 인지했나?"

"……."

"뤼페닝 수하 중 제약과 모살을 담당하는 자가 누군지……."

"그만."

물론 입을 연 이는 자카리였다. 그는 이를 한 번 북 갈고는 발렌시아를 뒤로 밀어냈다. 후일 외르타를 경계하라 이 자리에 불러 두었더니 머릿속에 든 내용이라곤 죄다 그녀의 구명을 염려하는 것뿐이다. 머릿속이 그 짝이니 입에 담는 것 또한 염려밖에 없지. 이래서야 자신이 그를 이 자리에 부른 의미가 없었다. 자카리는 억지로 속을 가라앉혔다.

"그놈은 짐이 안다."

"폐하, 아직껏……."

"그래. 잊고 있었다. 미안하다. 아마 무명이 요청한 뒤에야 기억을 뒤졌겠지. 사흘밖에 안 지났어. 짐은 바빴다고."

"……."

"쟈…… 뭐였더라, 이름은 잊었군. 아무튼 쟈 어쩌고 드랭쿠르였던 것으로 기억하네. 아마 관련 서류를 짐이 꺼내 놨을 걸세. 뤼페닝이 온 이후에 다시 검토했거든. 몇 장 안 되어서 얼마나 도움이 될지는 모르겠으나, 좌우간 무명에게 넘김세."

"정보가 부족합니까?"

"어. 사실 이전까지는 우리가 주목할 만큼 큰 인재가 아니었네. 사실 지금도 그렇고."

"어수대……."

"뭐?"

"어수대, 뤼 뤼페닝 수하 드랭쿠르에 대한 정보를 넘긴다면 반년 안에 죽여 주겠다."

자카리는 뒤를 돌았다. 손목 가장자리가 따끔따끔 쑤셔 왔다. 그는 뒤를 돌면서 차분히 판단했고, 이미 결정을 내린 상태였다.

그는 주먹을 들어 발렌시아의 뺨을 갈겼다.

"가관이다……."

입을 연 자는 어수대원이었다. 자카리는 주먹질 뒤 의례히 따라오는 침묵조차 허락받지 못했다. 왕은 오늘 처음으로 말문을 뗀 남자에게 침을 뱉었다. 공작과 똑같이 뺨을 모욕당한 죄인은 일그러진 얼굴로 빙그레 웃었다. 웃었나? 얼굴이 너무 망가져 그의 표정을 쉽사리 가늠할 수 없었다. 자카리는 발렌시아를 돌아보았다.

발렌시아는 왕의 두 발자국 뒤에 조용히 서 있었다. 마치 자카리의 지위를 고려해 봤을 때 그쯤 물러나는 편이 적절하겠다고 판단한 듯 침착했다. 자카리는 울컥하여 팔을 들었다가, 관성처럼 내려놓았다. 그는 물론 상대가 자신의 힘에 아랑곳하지 않을 것이라는 사실을 알았다. 스무 해 가까이를 전쟁터에서 구르다 온 놈이 아닌가. 제 유리주먹으로 위해를 끼치자는 생각은 아예 안 했다. 다만, 발렌시아가 자신이 그를 때렸다는 그 '신호' 자체에 신경 써 주기를 바랐다. 그 명백한 '신호.'

"폐하, 죄송합니다. 실언이었습니다."

"실언이고말고."

발렌시아는 기이할 지경으로 경직되어 있었다. 자카리는 미심쩍은 눈으로 그를 바라보았다. 아무리 태생부터 고요하다 일컬어지는 사람이지만, 침착과 경직은 분명 다른 뜻을 지닌다. 자카리가 다시 한 번 상대를 지적하기 직전, 죄인의 목소리가 들렸다.

"공작이로군."

"입조심해라."

"내버려 둬. 저놈은 짐한테도 저런다."

"폐하……."

"미라이예 공, 네가 비달 프리드리히 무지크 외르타 틸 게외보르트 트리첸바에게……."

"너희는 아직도 그걸 이름이라고 쓰고 있느냐. 외르타 발미레."

"외르타 발미레는 우리에게 존재하지 않는 사람이다."

"짐이 이제 곧 그 이름으로 전쟁을 치를 건데 그 뒤에도 무시할 수 있을지 궁금하군. 짐은 관대하니 넘어가겠다. 그렇다면 그 전 이름을 써야지. 뭐더라?"

"라그랑주…… 파르무티에 외르타, 라르공드 비에이라…… 라르디슈…… 올 발루아입니다."

"그래. 그건?"

"핏줄을 남긴 이름은 폐기한다."

"애는 죽었잖아."

"어미도 죽었어야 했는데……. 이름을 죽이는 것만으로 끝내는 걸 다행히 여겨라."

"폐하."

자카리는 우울하게 허락했다. 그래. 허락이라도 구하는 꼴이 어디냐. 발렌시아는 성큼성큼 앞으로 다가와 불 위에서 달궈지고 있는 쇠꼬챙이를 쥐었다. 그가 단순히 물을 끼얹을 줄 알았던 자카리는 놀라 눈썹을 치켜 올렸다. '발렌시아?' 그는 자신이 입을 열었다고 생각했으나, 아니었다. 발렌시아는 불그스름한 막대를 죄인의 얼굴에 가져갔다. 자카리는 둑이 터진 듯 가까스로 그를 꾸짖었다.

"혓바닥 지질 생각은 마라!"

"예."

그러나 바로 그 의도였던 것 같았다. 발렌시아의 손은 왕의 제지에 방향을 잃고 뚝 떨어졌다. 얌전하기까지 한 태도로 팔뚝에 옮겨 붙었다. 남자는 눈만 감은 채 조용히 기다리다, 발렌시아가 무턱대고 살을 지지는 순간 잇몸을 깨물었다. 고요, 숨을 삼키는 소리, 곧이어 악과 욕설이 터져 나왔다. 자카리는 급히 손을 뻗어 발렌시아의 무기를 빼앗아 들었다.

"넌 전문가도 아니잖나. 괴사하면 귀찮다. 발 안 보여? 어?"

"저도 생사의 선은 압니다."

"네…… 놈이 흑룡의 딸에게 품은 욕심을 누가 모를 줄 아느냐! 주제 모르는 상것이 어디서 감히 트리첸바를 넘봐! 천하디천한 개새끼 같으니라고! 폐하께서 그 사실을 모른다고 생각하나!"

자카리는 눈살을 찌푸렸다. 발터하임부르겐이 사실을 모르리라고는 생각지 않았지만, 그래도 직접 들으니 꽤 당황스러웠다. 그는 예상치 못했던 상황에 직면하자 이 골칫덩이를 어디로 밀어내야 할지 결정할 수 없었다. 치워야 한다는 사실을 알고, 치울 능력도 있었지만 정확히 어느 절벽에 버려야 하는지 감이 잡히지 않았다.

때문에 먼저 입을 연 사람은 그가 아니었다.

"그래서 이 천박한 미라이예 앞에 왕은 고귀하던가."

자카리는 안쪽 입술을 깨물었다. 피 맛이 느껴졌지만 그래도 차라리 그것이 다행이었다. 자신이 그러지 않았더라면, 채신머리없이 숨을 들이켰을 것이다. 로크뢰. 저토록 대놓고 자격을 비교해 대는 모습에 하늘이 노랬다. 아니, 노랗지 않고 검군. 제기랄, 미치겠다. 어울리지 않는 낭만주의자 때문에 낯이 화끈거리는 것인지, 단지 자신이 처했고, 앞으로도 처할 상황에 절망하는 것인지, 아니면 이 모든 사실을 직감하게 될 어수대에 대한 얄미움인지 전혀 모르겠다. 잘 모르는 것도 아니고 정말 전혀 알 수가 없었다. 그는 얼이 빠진 상태로 천장을 바라보았다.

"직접…… 확인하니 더 역겹군."

"그래서? 네 입으로 말해라. 나라의 왕이어야 그 뚫린 입에서 자격을 인정한다는 말이 나오나. 왕이어야 인정받나. 너희에게 자격을 인정받은 화상이 누구였는지 기억은 하나?"

"아주 잘 기억하지. 하지만 어쨌든 너보단 낫다. 그는 우리에게 허락을 구할 수 있는 위치였다. 너는 아니고말고. 로크뢰 1세는 실제로도 허락을 구했다. 그리고 제대로 받아 갔지."

"발렌시아."

자카리는 그를 나직하게 불러 제지했다. 발렌시아의 손이 움찔하더니 다시 툭 떨어졌다.

"내 경고하건대 흑룡을 건드리지 마라. 나는 폐하의 의중에 완전 무지하다. 너희들이 내게 알아낼 수 있는 것이 전혀 없을 만큼 무지하다. 다만 게외보르트의 영광된 짐승으로서 당연한 원칙은 말해 줄 수 있다. 네가 비달 무지크를 탐내면 그녀는 반드시 죽으리라는……."

"발렌시아!"

"……."

"……것. 현재 폐하의 의중은 내 모르나, 사태가 그리된다면 폐하께선 반드시 짐승을 부리실 거다. 반드시. 네놈의 아이를 가지고 말고를 떠나서 관계의 의혹만으로도 죽는다. 비달 무지크가 모장티에서 끝장을 보고자 안달했던 이유를 알기는 아나? 그 이상 가면 '관계의 의혹'이 일기 때문이다. '관계의 의혹'은 곧 '핏줄의 의혹'이다. 검은 홀의 주인은 엄격하시다."

"외르타 발미레는 미라이예의 보호 아래 있다."

딤니팔의 왕은 더 이상 나라의 이름을 빌리지 않는 공작에게 한숨을 내쉬었다. 남자 역시 민감하게 그 사실을 눈치챘는지, 그 일그러진 얼굴로도 용케 웃음을 만들어 냈다.

"여자 하나 살리겠다고 제 왕과 척지는 꼬락서니하고는……."

젠장, 마음에 드는군. 자카리는 우울하게 생각했다. 내가 어수대를 흔흔히 여기는 날은 정말 쉽게 오지 않지.

"제정신이면 명심해라. 비달 무지크에게 관심을 보이려면 그보단 차라리 네가 그녀를 죽이는 편이 나을 거다. 그편이 이기적이지도, 으으, 웃……."

자카리는 말을 하는 도중 불에 달궈졌는데도 비명을 참는 남자에게 감탄을 금할 수가 없었다. 그는 죽을 때까지 같은 경고를 반복할 것 같은 어수대원에게, 차라리 재갈을 물려 주기로 결심했다. 이 자리에 한 해는 있어야지 어디서 일찍 죽으려 수작인지 모르겠군. 그는 발렌시아를 사정없이 밀쳐 버리곤 숨을 토해 내는 죄인의 입을 틀어막았다. 재갈을 물리는 사소한 손재주조차 없어서 그저 천을 우겨 넣고 말았다. 그는 손을 툭툭 털며 뒤로 물러났다. 자리에 앉았다. 발렌시아의 시선은 왕을 착실히 따라가는 중이었다. 아직까지도 그 손에는 벌건 쇠꼬챙이가 쥐여 있었다.

"발렌시아."

"예."

"대답하겠다."

"예?"

"짐은 친절해서 큰일이다. 대답해 주겠다고, 언제 발미레의 이름을 공개할 건지."

"……."

"내일 아침."

"······."

"어때, 만족스럽나? 내일 아침 발표하고 선전포고는 이순 내다. 넌 적어도 유월 중순까지 오스페다를 떠나야 해."

"제가 전권을 쥡니까?"

"당연한 말을."

"송구합니다."

발렌시아는 바닥에 뿌리박은 듯 그 자리에서 움직일 줄을 몰랐다. 불을 허리에 두었으므로, 그의 얼굴 위로 음영이 지고 있었다. 꺼져 가는 불씨 같은 몰골이었다. 불씨가 입을 열었다.

"폐하, 외르타가 오스페다에 머물 수 있도록 설득해 주십시오."

"그래. 묶어 두마."

"아니요. 폐하께 바라지 않습니다. 폐하의 설득은 명령으로 들릴 것입니다. 때문에 저는 비전하께 무리한 부탁을 드리고 싶습니다. 제가 그리해도 되겠습니까?"

"괜찮네. 그런데 안 먹히면 어쩌려고? 그때는 붙들어 두겠다 말하는 거지."

"그때는······."

그의 얼굴 위로 얼핏 고뇌가 스쳤다. 자카리는 예리하게도, 저것이 욕심과 천성 사이의 갈등이라는 사실을 알아차렸다. 맙소사. 욕심이 어느새 저 정도나 차오른 것이다. 그는 당혹했다. 너무 당황해서 발렌시아가 대답하기까지 얼마나 긴 시간이 걸렸는지도 헤아리지 못했다.

"그때는 보내 주었으면 합니다. 외르타의 뜻대로 하게 두십시오. 제가 유일하게 바라는 것입니다."

"무명을 보내 주변을 감시하게 할까? 그 정도는 할 수 있네."

"외르타의 뜻대로 해 주십시오."

"행선지나 지원은……."

"그녀가 바라는 대로 해 주십시오."

"발렌시아, 혹시 기억하고 있나 해서 다시 말하는 건데 지금 발미레의 가장 큰 소망은 '증발'이네. 흔적도 없이 떠날 거다. 물론 짐이 찾으려면 찾을 수 있겠지만…… 너 혹시 여기에 희망을 걸고 있는 거냐?"

"폐하, 외람된 말씀이오나 그녀가 떠난다면 저 역시 그녀를 찾을 수 있으리라 확신합니다. 그러나 이는 무관합니다. 저는 그녀가 원하는 대로 행동할 것입니다. 발미레가 찾지 않기를 바란다면 제 손으로 수색하지 않을 것이며, 폐하께 요청하지는 더더욱 않을 것입니다. 폐하, 저를 아시지 않습니까."

자카리의 손이 굳었다. 잘못 들었나? '저를 아시지 않습니까.' 아니었다. 제대로 들었다. 그는 고개를 들어 발렌시아의 농도 짙은 눈을 바라보았다. 흔들림이 없다. 속이 비치지 않는 대리석 같았다.

"넌……."

침묵이 절뚝 걸음으로 지나갔다. 자카리는 입을 열었다 닫기를 몇 번이나 반복한 뒤, 제 지리함에 지쳐 자리에서 일어났다. 도대체 왜 앉았는지도 모르겠다. 이곳에 온 목적도 이제는 기억조차 나지 않았다. 잉그레의 가장 낮은 곳에 끌고 와 그의 가장 낮은 진심을 듣고 싶기라도 했나. 아니, 난 그럴 의도가 전혀 없었는데. 그에게서 가장 마지막으로 듣고 싶은 것이 그의 진심이었는데. 어떻게 이토록 처참한 결과가 나왔는지 속이 쓰리기만 했다.

자카리는 평온한 모습을 보이기 위해 여러 번 제 겉과 속을 까뒤집었다. 그러나 어떤 쪽도 평소처럼 느긋하게 굴지 못했다. 제기랄, 제기랄, 제기랄! 진정해라. 가라앉아라. 전장에 가서, 숨을 돌이키면 발렌시아도 지금의 흥분을 가라앉힐 수 있을 것이다. 어쩌면 지금의 자신을 돌이키며 모욕감마저 느낄지 모른다. 아직 시간은 많이 남았다. 벌써부터 미래의 일을 걱정하지 마라. 내가 걱정할 것은 전쟁이면 족하다. 혹은…….

그는 자신이 외르타의 치료를 방해할 수 있을 것인지에 대해 생각했다. 그와 거의 동시에 숨을 삼켰다. 발렌시아를 바라보았다. 공작은 자신이 무슨 상념을 떠올렸는지 아는 듯 모르는 듯 무표정으로 서 있었다. 자카리는 미안해 하며 감옥의 문으로 다가갔다.

아홉 번째 시종이 줄행랑을 놓았다. 발폼은 양손을 얼굴에 얹고 주저앉았다. 누프리는 그가 당장이라도 전부 포기하고 도망가지는 않을까 조마조마해졌다. 솔정치고는 정말 유례가 없을 정도로 곱게 자란 사람이니. 그는 주변을 둘러보고는 깔밋하고 우아한 솔 미라이예 대로에 한탄했다. 그 중앙에 놓인 관이 정말 지독히도 안 어울렸기 때문이다.

물론 발폼은 육성으로 한탄했다.

"미치겠군…….."

"그냥 관째로 옮김세. 어차피 다른 관에 옮긴다 해도 너무 오래돼서 다 바스라질 걸세."

"제길, 그래도 무향 처리는 해야 하오. 이런 걸 고스란히 꼭대기 층에 옮길 순 없잖소."

"관과 함께 부탁했나?"

"곧 올 거요. 어쨌든 사람이 필요하다고."

"거기 너."

누프리는 가장자리를 지나가던 경비병에게 손짓했다. 그는 잠깐 부정의 몸짓을 취했지만, 결국 줄에 매달린 듯 끌려 왔다.

"아레초, 디슬라오, 렘마를 불러 와라."

"전부 솔정분들 아닙니까. 제가 어딜 가서……."

"디슬라오와 렘마는 이 층 방에서 눈 붙이고 있을 게다. 아레초는 돌아다니면서 찾아야겠지."

"예……."

그는 전혀 내키지 않는 얼굴로 명을 따랐다. 누프리는 자포자기한 채 수레에 기대어 앉아 있는 발폼을 내려다보았다.

"일어나게. 모양이 안 좋네."

"도대체 저게 뭐길래 합하께서……."

"일어나게."

"싫소."

"무슨 일이 있었던 게야?"

"말씀드렸잖소. 합하께서 사람을 죽이셨다고."

"그래서? 자넨 허겁지겁 내게 와서 관을 날라야 한다느니 어수선만 떨었네. 그 와중에 그런 말을 했던 것 같기도 하지만…… 자초지종은 들은 바 없네."

"이게."

그는 관을 툭 쳤다. 누프리의 시선은 자연스레 갈색 짙은 관에 박혔다.

"공물이랍시고 이수문까지 들어왔소. 대수문 것들은 검열을 하는 건지 안 하는 건지……. 아무튼 이수문 경비병이 관 뚜껑을 들췄는데 나오는 게 정말 시체라, 그 옆에 있던 나까지 붙들고 소란을 피우지 않겠소. 내가 합하께 가서 일을 말씀드렸지. 즉각 오시더이다. 그리고 심부름꾼을……."

"죽이셨다?"

발폼은 고개를 끄덕였다.

"그게 뭔 소리야?"

그는 끄덕이던 고개 그대로 옆을 돌아보았다. 세 번째 사람이 등장한 것이다. 아레초가 정문을 넘어 빠르게 걸어오고 있었다. 고함과 함께. 잘 들리지도 않는데 우선 냅다 소리를 질러 본 것일 터였다. 발폼은 한숨을 쉬며 혀를 찼다. 누프리는 저 두 가지가 어떻게 동시에 이루어질 수 있는지 신기해 했다.

"누프리, 나는 두 번 설명 안 하오. 아레초에게는 당신이 설명하오."

"삼 초 내로 안 오면 설명 안 하네. 달려와! 그래서 왜 그러셨는지는 여쭤 봤나?"

"얼마나 흉흉하신지 여쭤 봤다간 나도 칼침을 맞았을 거요. 근데 더 이상한 건, 주변 사람들이 입을 모아 그 심부름꾼이 단지 두 번째 연락책에 불과하다고 말했다는 거요. 전혀 무관한."

"그런데도 죽이셨다고?"

"이상하지. 이상하지. 정말 무슨 연고인지……."

"무슨 일이냐?"

누프리는 아무 말 없이 관을 가리켰다. 아레초는 무방비하게 관 뚜껑을 열어젖혔다가 — "아무래도 관 같은데." — 입을 다문 채 다시 쾅 닫았다.

"무향 처리도 안 해!"

"아직…… 얻은 지 얼마 안 돼서……. 곧 올 거요."

"저 시체가 공물 탈을 뒤집어쓰고 이곽까지 올라왔어. 합하께서 공물을 나른 '두 번째 연락책'을 죽이셨다고 하네."

"죄 없는 사람을 왜?"

"그게 이상하다는 거요. 구경꾼들 모두 기가 질려서 떠났소."

"잠깐 설마 이곽 안에서 칼을 드신 거냐?"

"아니, 아니요. 이수문의 삼곽 쪽 절반에서 죽이셨…… 아! 왔군!"

발폼은 반갑게 일어섰다. 누프리는 상대를 얼싸안을 듯한 태도로 달려가는 발폼을 보고 한숨을 내쉬었다. 정문에 새 관과 물품이 도착한 것이다. 그가 고개를 돌린 곳에는 성가시다는 듯 제 고수머리를 툭툭 터는 아레초가 있었다. 어디를 지나왔는지 작은 나뭇잎이 엉겨 있었다. 그는 제게 꽂힌 시선을 의식하곤 습관처럼 질문했다.

"합하는 위에 계셔?"

"아니, 잉그레로 출타하셨다."

"사람을 죽인 뒤 바로 폐하를 뵈러 가셨다고?"

"그래. 그런데 그렇게 말하지 말게. 본새가 이상하잖나."

"내 말이 틀렸나?"

아레초는 혀를 찬 뒤, 다시 한 번 관 뚜껑을 열어젖혔다. 누프리는 무슨 일인가 해서 고개를 기울였다. 이쯤은 괜찮다. 그도 아레초도 이것저것 진력이 난 이들이었다.

"이상한 걸 봤어……."

"무얼?"

아레초는 관 안으로 손을 넣었다. 그는 주검의 헤진 머리칼을 귀 옆으로 넘겨준 뒤, 관 바닥을 긁어 대기 시작했다. 부드럽고 세심하지만 분명 집요한 손이었다. 누프리는 의아한 눈초리로 그가 하는 양을 지켜보았다. 자신 역시 특별히 이상한 점을 발견하지 못했건만, 그가 방금 전 그토록 짧은 시간 안에 무엇을 발견했는지 알 수 없었다.

"이거……."

그는 조심스러운 손길로 바닥을 슬슬 문질렀다. 곧장 구부러진 무언가가 그의 엄지와 중지 사이에 쥐어졌다. 작은 종이쪽이었다. 아레초는 종이를 읽고, 뒤집어 다시 읽고, 다시 뒤집어 세 번 읽었다. 입이 살짝 벌어졌다가 집게발처럼 꽉 다물렸다.

"이런……."

"말 똑바로 하게."

"봐 봐."

누프리는 그가 내민 쪽지를 받아 들었다. 그는 읽고, 또 읽고, 다시 읽었다. 그리고 어안이 벙벙한 얼굴로 아레초를 바라보았다. 새파란 얼굴의 청년은 어깨를 으쓱이며 종이쪽을 눈짓했다.

"이게 무슨……."

"비켜 보오!"

누프리는 두 발자국 물러났다. 발폼은 얼굴이 엉망인 채 다가와 한 뼘 깊이의 물동이를 어깨까지 들어 올렸다. 그리고 관 안에, 그 속에 담긴 무언가를 바가지째 쏟아부었다. 누프리는 놀라 눈을 치켜떴다.

"발폼! 그러다 밀랍인형 되겠네. 적당히 뿌리게."

"냄새가 원체 고약해서 말이요. 게다가 원래 처음엔 다 이렇게 하오."

"합하께서 특별히 명하신 주검 아닌가. '원래' 보다 더 주의를 기울이게. 그리고 이것."

"뭔데 이렇게……."

그리고 발폼 역시 말이 없어졌다. 그와 거의 동시에, 가장 처음 말을 잃었던 아레초가 한숨을 터뜨렸다.

"사과의 말을 전하라?"

"그 뒤가 더 문제지. 발루아."

"라르디슈 올 발루아."

"뤼페닝이라면 첫째다."

"그 인간이 왜? 사칭인가?"

"굳이 왜? 리베 발미레가 얼마나 대단한 사람이라고 사칭을 해? 아니, 리베 발미레를 지칭하는 게 확실하긴 한가?"

"'외…… 르타'가 그녀 외엔 없잖아."

"입단속하게."

"알아."

발폼은 쪽지를 접어 품 안으로 넣었다. 그늘진 뺨에 어두운 미간을 보자니 보통 고민스러운 것이 아닌 듯했다. 그는 몸을 돌려 새 관을 가져오는 두 명의 장정을 바라보았다.

"잠깐……."

"응?"

누프리는 주검이 누워 있는 관에 등을 붙인 뒤, 저희 쪽으로 다가오는 관을 향해 턱짓했다. 아레초는 다가와 누프리를 살짝 밀어냈다. 대체 무슨 연유로 저리 급하게, 소리가 날 정도로 요란하게 몸을 부딪쳤는지 의아한 듯했다. 그는 안쪽을 살폈다. 그의 녹빛 눈동자에 이채가 돌았다. 고양이과 맹수처럼 흥분에 동공이 축소된 모양이다. 시선은 발폼을 향해 획 꺾였다.

"저걸 확인 안 했단 말이야? 발폼, 쟤들 당장 내보내라."

"뭔데 그러오? 난 나흘째 잠 못 잤어."

"당장!"

"제발 앵앵대지 마시오. 너희, 값은 지불할 테니 가서 처리해라!"

"누프리 엉덩이 아랠 봐 봐."

"……."

발폼은 누프리를 한 뼘 정도 밀어내다가, 기겁해서 그를 다시 관에 쾅 붙였다. 멋대로 휘둘리고 있는 누프리가 인상을 찌푸렸다.

"내가 왜 못 봤지……. 아니, 어떻게 저……."

"어, 합하 오신다."

"뭐가 이렇게 어수선하나. 오시면 경을 치겠군."

발폼은 그들의 낮은 대화에 놀라 정문 쪽을 돌아보았다. 제 큰 실수를 들킨 것 같아 민망하고 면구했다. 그는 발렌시아의 얼굴도 보지 않은 채 고개를 깊이 숙였다. 아직 거리가 제법 떨어져 있었지만 개의치 않았다.

왜 벌써 오셨을까. 무슨 문제라도 있으신가. 아까 전 보통 기색이 아니었던 것에 비하면 지나치게 빨리 돌아온 셈이다. 발폼은 다소 서늘한 감각으로 우려했다. 물론 그것은 발렌시아에 대한 걱정이면서 동시에 저희 셋에 대한 걱정이기도 했다. 꼭대기 층에 올리라 명했을 만큼 귀중한 주검을 전시해 두고 옹기종기 떠드는 솔정 셋이라니. 상상하자 뱃속이 뒤틀리는 것 같았다. 그는 고개를 조아린 채 넋을 잃었다가, 아레초가 뒤통수를 때리는 바람에 가까스로 번쩍 놀랐다. 자신이 해야 할 일이 있었다.

"아, 합하, 관 안에 있던 종이입니다."

발렌시아는 어느새 코앞까지 다가와 있었다. 발폼은 반듯이 접힌 종이를 품에서 꺼냈다. 상대는 그를 받기 위해 걸음을 멈추지도 않았다. 계속 성큼성큼 걸어가기에, 발폼 역시 급하게 박자를 맞출 수밖에 없었다. 그는 주인의 손에 종이를 얹어 주곤 다시 뒤를 돌아보았다. 누프리와 아레초의 시선이 심상치 않았다. 왜?

"발폼."

그는 어떤 산송곳이 제 등줄기를 긁어 내리는 것 같다고 생각했다.

"예⋯⋯."

누프리와 아레초의 시선을 이해했다. 제 주인이 종이를 받자마자 걸음을 멈춘 것이다. 그 속의 내용을 기억한다면야 당연한 경악이지만 그래도 긴장되는 것만큼은 막을 수 없었다. 니소르를 목격한 지 채 얼마 되지도 않은 시점이었다. 그는 당혹과 초조함의 모서리에 섰다.

"함구하라."

꽁지에 불이 붙은 양 말이 튀어나왔다.

"물론 그럴 것입니다. 걱정 마십시오."

기척이 몇 센티 멀어졌다. 몇 초 뒤에는 그 배만큼, 더 뒤에는 그 열 배만큼 멀어졌다. 기하급수적으로 빨라지는 듯했다. 발폼은 돌아서지도 못한 채 답한 자신을 책했다. 그는 다시 관으로 돌아왔다. 누프리, 아레초는 괜히 주검에 집중하는 체하고 있었다. 그는 볼멘소리를 했다.

"너무들 하오."

"멍하니 선 게 뉜데 그래?"

"빨리 처리하기나 하세. 그나저나 이놈은 솥정을 만들러 갔나 왜 이렇게 안 와?"

"누굴 또 불렀어?"

"디슬라오, 렘마."

"아니, 왜 시종들을 안 시키고?"

"다들 시체 냄새에 기겁을 해서 어쩔 수 없었네."

"지금 냄새를 처리하면 괜찮을 것 같지 않소? 어떻게든."

발폼은 다소 안도하며 물동이에 걸려 있는 갯솜을 들었다. 누프리는 여전히 관에 몸을 붙이고 선 채 그가 하는 양을 지켜보았다. 발폼은 처음과는 달리 충분히 조심스럽게 몸을 숙인 상태였다. 물론 표정은 영 좋지가 않다. 누프리는 웃음을 꾹 참으며 차라리 네가 하라 말하기 위해 아레초를 돌아보았다. 아레초는 인상을 찌푸린 채 정문을 바라보고 있었다.

"아레초, 처리는 네가 하는 게……."

"정문."

"응?"

그는 그의 지적에 따라 고개를 돌리고는 놀라 눈을 크게 떴다. 정말 어수선한 날이다. 그는 상대에게 바로 달려가려 했으나 등이 관에 붙박여 있어 이러지도 저러지도 못했다. 아레초는 그런 누프리를 보고 픽 웃었다. 그러더니 자신이 직접 나서 손님을 향해 걸어가기 시작했다. 손님이 정문 앞 문지기와 말을 나누는 중이었기에, 그는 고함으로 주의를 끌었다.

"톨레도 경!"

남자는 간단히 정문을 통과한 뒤, 손만 살짝 들어 인사했다.

"안녕하십니까. 정말 오랜만에 뵙습니다."

상대는 무어라 말했으나, 거리가 상당했기 때문에 그 목소리는 다소 뭉개진 안개처럼 들렸다. 아레초는 더 빠르게 다가갔다.

"합하를 뵈러 오셨습니까? 보셨다시피 저기 들어가고 계십니다."

"……만일세. 그런데 이게 무슨 일인가? 저건 뭐지?"

"죄송합니다."

"음, 아니, 괜찮아. 어차피 나도 들어가는 공작께 잠깐 인사할 수 있을까 해서 온 걸세. 잉그레에 가려던 중 오시는 걸 봤지."

"방금 도착하셨습니까?"

"그래. 지금 공작을 바로 따라가도 괜찮겠나?"

"물론 절차 문제는 없습니다."

"……만?"

그는 말하지도 않은 뒷말을 잡아내는 톨레도에게 벙싯 웃었다.

"심기가 별로 좋지 않으신 모양입니다. 사실 사흘 전부터 온 집안 분위기가 엉망이긴 합니다만 오늘은 유난합니다. 경, 혹 엄한 경께서 기분이 상하실까 우려됩니다."

"응? 경께서, 아니, 공작께서 언제 그리 화를 내셨던가. 오해일 걸세."

"공작가의 객…… 아, 조금 애매한 말이기는 하지만, 아무튼 객이 음 독당한 상태입니다. 사흘 내리 의식이 없어서 합하께서도 좀 예민해지 셨습니다."

"객?"

"이름은 외르타 발미레입니다. 포티미외 이후에 온 분인데, 혹시 모르십니까?"

"아니…… 알긴…… 아는데……."

톨레도는 도대체 어디서부터 질문해야 할지 모르겠다는 얼굴이 되었다.

톨레도는 결국 발렌시아를 만나지 않았다. 전반적으로 어수선하고 흉흉한 분위기라 그에게 예고 없이 찾아가기가 꺼려졌기 때문이다. 어차피 잉그레에 가던 길이었으니 걸음을 돌리기는 어렵지 않았다. 나중에 다시 인사를 전할 기회가 있겠지.

문제는, 잉그레마저 분위기가 별반 다르지 않았다는 점이다. 그는 오스페다에 들어오기 전 소식을 알아보지 않은 자신을 후회했다. 고작해야 서너 달, 무슨 큰일이 있겠냐며 솔 톨레도와도 소식을 끊었건만. 그는 당황하는 시종을 앞에 둔 채 슬슬 걱정이 되기 시작했다. 폐하를 알현코자 한 방금의 요청이 이 정도로 난처한 것인지 모르겠다. 그는 조심스레 물었다.

"무슨 일이 있나?"

"아, 아니요. 일단 경께선 새끼 집무실로…… 아니…… 우선 비전하께서 어디 계신지를 알아야, 음, 그러니까……."

"비전하께서 실종되셨나? 그럼 당장 폐하를 알현하고 전하께서 계실 만한 장소를 알려 드리겠네. 가서 고하게."

"아니요. 제 말씀은 폐하께서 지금…… 음…… 아무튼 비전하께서 계셨으면 좋겠습니다. 혹 제게 그 장소를 알려 줄 수 있으신지요?"

"뒤에 계시는군."

시종은 고개를 홱 돌렸다. 어리벙벙한 얼굴의 레아가 서 있었다. 그녀는 오랜만에 동기를 본 기쁨과, 난장판에 대한 당혹이 섞여 어떤 말도 할 수 없는 것 같았다. 톨레도는 고개를 저었다. 시종은 발등에 불이 붙은 양 빠르게 한 층을 올라가 공손히 머리를 숙였다.

"전하, 잠시 수오모 집무실에 와 주십시오."

"어……? 새끼 집무실? 왜?"

"죄송합니다. 이유는 가서……."

"됐소. 오지 않으셔도 되오. 전하, 괜찮습니다."

톨레도는 제 시야에서 옹기종기 벌어지는 단막극에도 도저히 웃을 수가 없었다. 도대체 무엇이 문제기에 시종이 레아를 부르고, 레아를 부르는 시종을 무려 무명이 제지한다는 말인가. 그는 바짝 긴장했으나 레아는 그보다 침착했다. 그녀는 별일 아니라는 듯 푸르릉 한숨을 쉬더니, 그대로 계단을 달려 내려왔다. 톨레도는 깜짝 놀라 양팔을 벌렸다.

"오빠!"

"말……."

그는 가까스로 '조심'이라는 단어를 삼킬 수 있었다. 레아는 그를 꽉 껴안고는 이내 고개만 위로 젖혀 발랄하게 인사했다.

"오랜만이야! 어떻게 한 군데도 안 다쳤어?"

"……."

그것은 마치 그가 다치길 바랐다는 말처럼 들렸다. 그는 아직까지도 어색한 공대로 우물우물 인사했다. 레아는 웃었다. 톨레도는 두어 번 삶은 것처럼 떨떠름하게 선 채 그녀를 밀쳐 냈다. 나이 차 많이 나는 여동생은 딸만큼이나 다루기 어려운 존재다. 그는 반 억지로 레아의 팔짱을 낀 채 무명을 바라보았다.

"무슨 일인가? 폐하를 알현할 수 있나?"

"여쭙고 오겠습니다."

"그래, 여기서 기다리마."

"오빠, 언니는? 궐통은 좀 괜찮아?"

"그…… 렇습니다. 감사합니다. 부인에게도 옥언을 전하겠습니다."

"다 같이 왔지?"

"아니요. 저와 딸아이만 올라오게 되었습니다."

"리베 톨레도가 온다고? 그럼 시누사 경은?"

톨레도는 눈에 띄게 불쾌한 기색을 보였다. 물론 리베 톨레도와 시누사는 약혼까지 한 연인이었지만, 어쨌든 톨레도로서는 그다지 행복해할 만한 주제가 아니었다. 그는 답지 않게 불쾌한 목소리로 말했다.

"경은 아직 포티미외에 있습니다. 이 겨울까지 왕도엔 한 발자국도 못 들일 겁니다."

"매번 그렇게 진저리를 칠 거면 약혼 허락은 왜 했담. 내년에는 결혼시킬 거야?"

"전하, 저는 이에 대해서 이야기하고 싶지 않습니다."

"하반기 내내 조카한테 다른 사람을 찾으라고 설득하겠군. 절절매는 게 꼭 우리 아버질 닮았어."

"……."

"톨레도 경, 폐하께서 알현을 허하셨습니다. 가시지요."

레아는 그의 팔을 풀어 주었다. 그녀는 살짝 인사한 뒤, 무슨 급한 일이 있는 것처럼 치맛자락을 들고 홀을 가로질러 갔다. 톨레도는 순식간에 떨쳐진 자신의 팔뚝을 바라보았다. 다소 멍하게. 그는 변하지 않은 레아에게 한숨을 쉬고는, 고개 들어 무명을 확인했다. 세상이 지루해 자살이라도 하고 싶다는 얼굴이었다. 내가 잠깐 지체한 것이 저리 불만인가. 그는 혀를 차며 계단을 올랐다. 어디로 가야 하는지는 물을 필요도 없었다.

혹은 그렇다고 생각했다. 무명은 이동하려는 톨레도를 제 몸으로 살짝 가로막았다.

"그쪽이 아닙니다."

"왜? 새끼 집무실로 가야 하잖나."

"아닙니다. 정식 알현실로 가셔야 합니다."

그는 알현실의 위치를 기억해 내려 애썼다. 무명은 상대의 고민을 헤아렸는지 친절히, 당연히 앞을 안내하겠다고 나섰다. 톨레도는 어안이 벙벙한 채 무명을 따랐다. 자기가 알기로 자카리가 정식 알현실을 쓰는 때는 단 한 가지 경우다. 알현을 요청한 자가 대단히 급하게, 엄청난 도보를 주행해 와서 냄새가 끔찍할 경우. 자카리의 말에 따르면 좁은 새끼 집무실은 그 말똥 내를 결코 감당하지 못한다는 것이다. 때문에 천장도 높고, 품도 넓고, 냄새를 짓누를 만큼 권위적인 정식 알현실에서 전령을 맞이하는 것이다. 톨레도는 그곳에 불려 갈 만큼 제 냄새가 지독한가 생각했다. 하지만 분명 솔 톨레도에서 정돈을 했고, 레아마저 아무 거리낌 없이 안겼는데?

무명은 어느새 집채만 한 문 앞에 다다랐다. 톨레도는 오랜만에 보는 태양문에 긴장하여 발끝에 힘을 주었다. 왕을 알현하는 것은 저 소탈한 새끼 집무실에서조차 부담스러운 일이었다. 이처럼 어마어마한 홀이라면 정말 가시방석 위에 앉은 기분일 것이다.

문이 열렸다. 톨레도는 가까스로 한숨을 멈추곤 뚜벅뚜벅 대리석 위로 걸어 들어갔다. 뒤에서 문이 닫히는 소리가 들렸다. 톨레도는 예법에 따라 들어가자마자 예를 표하고, 바닥을 비스듬히 내려다보며 긴 통로를 걸어갔다. 느낌상으로도 실제로도 제법 긴 길이었다. 그는 적당한 위치에 서서 심호흡을 했다.

"폐하."

"……."

"……."

"……."

"폐하?"

"……."

톨레도는 고개를 들었다. 휘황한 왕좌에는 아무도 없었다. 그는 눈을 한 번 깜박였다. 그리고 바보처럼 말을 반복했다.

"폐하?"

"아! 미안하네."

톨레도는 뒤를 돌아보았다. 방금 전 자신이 들어온 문에서 자카리가 들어오고 있었다.

"오랜만일세, 처남."

"격조했습니다. 폐하, 여전히 강녕하신 듯하여 노아예께 감사드립니다."

"그래. 본인은 안녕한 것 같고, 부인은 안녕하신가?"

"예, 많이 호전되었습니다. 저 역시 국왕 폐하와 비전하께서……."

"레아를 만났나?"

"예, 방금 전 짧은 만남을 가졌습니다."

"건강하던가?"

"……예?"

"이런, 농담도 못하겠군."

자카리는 톨레도를 스쳐 지나가 단에 올랐다. 톨레도는 얼핏 그의 표정을 보았는데, 아무리 생각해도 자신이 알던 왕이 아닌 것 같았다. 그러나 그것을 묻는 것만큼 무례한 일이 또 없으므로 그는 단지 다시 한번 깊게 인사할 수밖에 없었다. 사실 이 이상 할 말이 없기도 했다.

"폐하, 이만 물러가겠습니다. 번거롭게 해 드려 죄송합니다. 왕도에 입성한 뒤 이 무궁한 은혜에 인사를 드리고 싶었습니다. 다음에 다시 소식을 올리겠습니다."

"그래. 그리고 그대 냄새가 고약해서 여기로 부른 건 아니니 걱정 말게."

"……."

톨레도는 부드럽게 웃으며 뒤돌아보려다가, 다시 관성처럼 왕을 향했다. 자카리는 고상한 왕좌 위에서 기지개를 켜고 있었다.

"폐하, 혹시 이제부터는 정식 알현실에서 저희를 맞으시는 겁니까? 제가 그간의 상황에 어두워 무례한 질문을 올리는 점 용서해 주십시오."

"왜 아니겠나."

"감사합니다."

"짐도 불편하다만, 토끼굴에만 있자니 누가 그러길 짐이 아주 깜찍한 들토끼 같다더군."

톨레도은 그런가 하고 수긍하려다, 그 속에 담긴 함의에 등골이 섬뜩해졌다. 저도 모르게 고개를 살짝 들었다. 자카리는 불편한 듯 이 자세 저 자세 바꿔 보다가, 할 수 없이 가장 건방지고 가장 편한 자세로 기울었다. 다리를 꼬고, 턱은 괴는. 금왕좌와 금발은 서로 녹아들어가 잘 구분되지 않았다. 그는 느슨하게 말했다.

"그렇게 깜찍하진 않아서 계면쩍었지."

"……."

톨레도는 고개를 숙이기 전의 아주 짧은 순간, 자카리의 옷을 살펴보았다. 몇 부분이 찢어져 있었다. 방금 전 상황을 기억했다. 시종이 굉장히 화급하게 레아를 찾고 있었다. 흐트러진 왕의 소매, 그리고 결정적으로 지금. 토끼굴에만 있으니 짐을 토끼처럼 본다고? 맙소사. 누군가 자신의 왕에게 지켜야 하는 선을 넘은 것이다. 수오모 집무실이 뒤집혔고, 그사이에 어설프게 기다리고 있던 자신이 정식 알현실에 오게 된 듯하다. 톨레도는 이 딤니팔에서 그따위 무례를 범할 만큼 담대한 자가 있나 의심했다. 설마? 그러나 왕이 그처럼 느꼈다면 그런 것이다. 그는 감히 누가 왕을 능멸했는지 알 수 없었다.

"용건 끝났나? 짐은 다음 손님도 있다네."

"아, 송구합니다."

⚜

발렌시아는 삼 층에 올라가자마자 앙히에를 쫓아내려 했다. 앙히에는 쫓겨 나가기 전 떨떠름한 눈으로 자신의 턱 부근을 짚었다.

"형님, 여기 뭐야?"

발렌시아는 반사적으로 손을 올려 같은 위치를 만졌다. 꺼끌꺼끌 한 턱 사이로 분명한 상처가 만져졌다. 손가락 두 마디 정도로 길게 난 흉. 그는 이것이 어제 면도 중 베인 상처라는 사실을 알고 있었다. 사실 스스로도 놀랐을 정도로 크게 베였으나 당시 그는 바로 면도를 그만두곤, 잊었다. 지금도 그럴 예정이었다.

"베었어? 암만 봐도 자기 손으로 긁은 것 같은데."

"가라."

"……."

"문 앞에 있지 마라. 하인이 안내해 주는 방으로 가."

자신은 허둥대기만 한다. 어차피 어떤 말로도 위로가 되지는 않을 것이다. 그에게든 자신에게든. 그는 앙히에를 밀어낸 뒤 문을 닫고 잠시 그 자리에 가만히 서 있었다.

외르타 옆을 지키고 있던 모리가 고개를 들었다. 일어서지 않았다. 그녀는 이미 공작이 들어와도 무시한 채 치료를 계속할 수 있는 권한을 부여 받은 상태였다. 모리는 살짝 인사했다. 그녀는 바짝 마른 그를 들여다보기라도 했는지 노곤함을 이기고 입을 열었다.

"합하, 차도가 없으십니다."

모리는 거짓말을 하지 않는 성격이다.

"하락초와 밤수수, 락마이다를 사용했습니다. 악화되지 않으셨지만, 동시에 호전되지도 않고 계십니다. 저도 이젠 방침을 바꿀 겁니다. 기본적인 병구완은 하녀에게 맡기고, 무명을 거들 예정입니다. 음용하신 독을 알아야 치료약을 만들 수 있을 테니까요. 물론 하루에 두 번 리베께 드리는 미음은 제가 만들겠습니다."

"치료약은?"

"더 이상 없습니다. 어디가 벼랑인지 모른 채 어둠 속을 걸어가는 꼴이 될 겁니다. 조치를 취한다면 상태가 더 나빠지실지도 몰라요. 차라리 지금, 안정된 지금이 낫습니다."

"……."

"합하, 나가 보겠습니다. 리베께서 저녁을 드셨으니 먼저 저희를 부르지 않으신다면 조용히 머무르실 수 있을 겁니다."

모리는 자리에서 일어섰다. 그는 입을 열지 않고, 모리의 인사도 듣지 않고 그녀의 자리를 대신했다. 모리는 조심스레 일어나 자신을 돌아보지 않는 공작에게 인사했다. 그래도 앉아 계시니 다행이다. 이전에는 거의 사흘 밤낮 동안 그가 앉은 모습을 보지 못했으니까. 그녀는 바깥으로 나왔다.

전날, 무명은 누프리를 통해 자신과 연락해 달라고 부탁했다. 그리해야겠다. 그가 어떤 방식으로 조사를 진행하고 있는지는 모르나, 이제 그녀는 그 자리에 끼지 않고는 견디지 못하게 되었다. 왜냐하면 자신은 지금 이 순간 외르타를 깨우기 위해 할 수 있는 일이 아무것도 없었기 때문이다. 어찌나 철저하게 사람을 눌러 놨는지. 정말 끔찍할 정도로 뛰어난 솜씨였다. 물론 그런 것을 '솜씨'라고 말할 수 있다면 말이지. 그녀는 퉁명스럽게 생각했다.

오랜만에 자신이 돌보던 외르타, 혹은 그녀의 몸을 보니 정말 기분이 안 좋았다. 누가 범행을 저질렀는지는 추측할 수도 없고, 추측해서도 안 된다. 그러나 누군지는 몰라도 그놈이 정말 썩어 빠진 녀석이라는 것 정도는 알 수 있었다. 외르타에게 고통을 주고 싶은 것이 목적이라면 그것은 이미 달성되지 않았나. 동일인의 소행이 아니라 해도, 외르타는 어떻게든 과거에 이미 충분히 벌을 받은 사람이었다. 그녀가 무슨 범죄를 저질렀든 이건 정말 아니었다. 그 몸에, 이 죽음에.

모리는 죽음이라는 단어를 사용하고는 어깨를 부르르 떨었다. 입조심하자. 그렇게 될 리 없지 않은가. 내가 모자라다지만 잉그레의 의원들까지 전심전력을 다하고 있는 상황에서 모든 희망 그릇을 뒤엎는 짓은 용납되지 않는다. 그녀는 우울해졌다. 합하께서 그토록 나를 믿고 계신데 모자라다는 소리 나 지껄이고 있구나. 하지만 너, 리베 발미레께서 깨어나실 수 있다고 생각하니? 모리는 계단을 내려섰다. 운과 노력이 따르면, 그리고 인과율이 따른다면 깨어나실 수 있을 것이다. 그 몸에, 이 죽음에. 연민할 만하지 않은가. 가장 적은 보답이라도 받아야…….

그녀는 덜컥 걸음을 멈췄다. '그 몸.' 리베 발미레의 '왼발.' 무슨 일이 있어도 알려지지 않길 바라셨다. 모리는 제 앞에 칼 밭이라도 펼쳐진 듯 놀라서 뒤를 돌았다. 그리고 그대로 삼 층까지 달음박질쳤다. 그녀는 꽉 닫힌 소공작의 방을 보며 심호흡하고는, 힘을 조절할 사이도 없이 문을 열어젖혔다. 엄청난 무례다. 그러나 기억 속 외르타의 발에 덧신이 없었던 것 같아 놀란 가슴을 진정시킬 수가 없었다.

모리는 문틀을 꽉 쥐었다. 발렌시아는 아까 그대로 앉아서 고개조차 돌리지 않았다. 그녀는 그의 옆얼굴을 바라보다가, 선을 따라 어깨를, 어깨를 지나 팔뚝을, 팔뚝과 팔꿈치를 지나 손을 응시했다. 그것은 실을 따라 미로의 출구를 발견하는 것처럼 긴장되는 일이었다. 그는 외르타의 손을 잡고 있었다. 아주 약하게. 손이라기보다는, 검지와 중지를 잡고 있었다는 말이 맞겠다. 아주 약하게.

"무슨 일인가."

시선 한 뼘 돌리지 않은 채 나온 말이었다. 모리는 종잇장 같은 혀를 꾹 내리눌렀다. 이상한 맛이 났다.

"리베의 다리를 정리해 드리지 않은 것 같아서요. 급히 들어와 죄송합니다. 정말…… 죄송합니다."

모리는 말을 뭉갰다. 염치가 없어 최대한 빨리 침상의 아랫부분까지 걸어갔다. 옆에 걸려 있는 새 덧신을 손에 쥐었다. 시녀들이 손을 댔을까. 모리는 이불을 들췄다. 제기랄, 누군가 이미 씻기고 옷을 갈아입힌 듯 구름처럼 깨끗한 덧신이 보였다. 모리는 다리 자세를 교정해 주는 체하며 다시 이불을 덮었다.

"물러가 보겠습니다. 거듭 사죄드립니다."

그는 답하지 않았다. 모리는 당장 나가 리베 발미레를 정돈한 하녀를 모두 불러 모으리라 다짐했다. 적어도 그 약속만큼은 지킬 수 있을 것이다. 그녀는 방을 나섰다.

발렌시아는 애써 피하던 시선을 돌이켰다. 고개를 조금 더 숙이고, 눈을 조금 가까이 했다. 어설프게 맞잡힌 외르타와 자신의 손이 보였다. 그는 그곳에 새로운 샘이라도 트인 듯 간절하게 노려보았다. 섬광 같은 시선은 손끝, 손볼을 지나 차근차근 팔뚝 위, 목덜미, 뺨까지 올라갔다. 노을이 그녀의 뺨에 지고 있었다.

참 살기 힘든 사람이라는 생각이 들었다. 살 수 있을 때에는 스스로 죽고자 했고, 살겠노라 마음을 먹으니 이제 주변이 그리 두지 않았다. 이처럼 언제나 삶과 죽음의 경계에 몸을 걸치고 있는데, 당혹스럽게도 그런 스스로에게 불만조차 가지지 않는 여자였다. 이 사람에게는 생이 용납되지 않는다는 말인가? 무슨 죄가 있기에? 답답했다. 이것은 발렌시아 자신이 주로 겪던, 노여움을 짓누르는 답답함이 아니었다. 그보다 더 깊고, 확고하고, 고집 센 고지식함.

씨앗 같은 사람이었다. 맹목적으로 자라난다. 이유도 모르고 목적도 없이, 그저 그리해야 하니까. 단 한 번도 선택하지 못했다. 그늘 속에, 메마른 땅속에 숨기더라도 주변 환경 개의치 않고 악착같이 싹을 틔우는 것이다.

그리 자라 결국 말라 죽는다.

햇빛 아래 나와 본 일이 없는 씨앗이었다.

떡잎을 피우고, 끈질기게 버티다가, 그저 말라비틀어진다. 그럼에도 불구하고 자신은 살아 있노라 우기는 모습을 많이 보았다. 누렇게 떠 만지기만 해도 버석버석 모서리가 떨어져 나가면서, 나는 살아 있단다. 담쟁이처럼 거스르는 힘을 가지고 있다면 모르되 저 사람은 정말 한 바닥 한 줄기에 불과했다. 그런 꼴로 담 아래에서 살려니 저리 죽는 것이다. 그곳에서 나오기를 간절히 바랐다.

발렌시아는 제 생각에 놀라 입매를 움츠렸다. 생각이 스스로 살아 움직이는 것처럼 계속해서 머리 가장자리를 두드리고 있었다. 대장장이가 모루에 칼을 재듯 있는 힘껏. 지독히 고통스러웠다. 그만 쳐라. 그래, 내 알아들었다. 담 아래에서 나오라 말했다. '간절히'라고 간청했다. 부정하고 싶지도 않다. 그는 '간절히'라는 수사를 제 인생에서 목격한 일이 있는지 고민해 보았다. 대답은 오래 걸리지 않았다. 그것은 애초에 무언가를 애써 바란 역사가 없던 그에게는 영영 필요 없는 단어였다. 제발, 부디, 간절히, 진심으로. 이 말들이 너에게 필요한가?

지금은.

발렌시아는 물러섰던 시선을 되돌렸다. 상당히 많이. 그는 손을 넘어서 바닥으로, 바닥을 지나 양탄자가, 양탄자를 지나 있는 커다란 창가를 바라보았다. 커튼 흐드러진 창문 앞 무늬 없는 의자가 세워져 있었다. 그는 햇살을 쪼이고자 의자에 걸어 둔 아델의 붉은 천을 내려다보았다. 나붓이, 곱게 가라앉은 희고 붉은색이었다.

발렌시아는 표정 없이 천을 응시했다. 앉은 의자를 뒤로 조금 뺐다. 외르타의 손도 놓았다. 스스로 무슨 생각을 하는지 그 자신조차 잘 어림이 되지 않았다. 옆에 누운 외르타의 독이 자신에게 전이되기라도 한 것처럼 속이 메스껍고 불편했다. 이상하다. 오랜만에 그 느낌을 상기했다. 자진하려던 칼을 떨어뜨리고 제 손에 묻혀 울던 그 여자. 그곳에서 덜덜 떨리던 내 손. 그때 스스로가 어찌나 미쳤던지. 나중 돌이켜 보니 이해할 수 없었고, 이해하고 싶지도 않았다.

그런데 방금 전 그것이 또 닥쳤다. 사막의 빗줄기처럼 피할 순간도 없이 후드득 떨어져 온 시야를 가리고 온몸을 두들겨 팼다. 외르타와 이 정도 거리를 둔 것이 천만다행이다. 그리하지 않았더라면 저 공포를 가지고 저 독으로 앓아누운 이를 힘주어 당겼을지도 모르겠다. 순간 자제할 수가 없을 정도로 강렬한 바람이었다.

제 속에서 누군가가 비웃었다. 너는 고상히 굴 필요가 없다. 욕망이라 하지 왜? 고고한 척 바람이라 꿋꿋이 돌려 말하는 낯짝이 우습기만 했다. 네게는 바닥을 치는 욕망이 없는 줄 아느냐? 가장 저열히 원하는 행태가 영영 오지 않을 줄 알고? 그는 단번의 반항도 없이 순순히 수긍했다. 거부할 수 없는 제 욕망이 맞다. 저를 반으로 뚝딱 가르고 지나간 듯 순식간의, 동시에 결코 참을 수 없는 욕망이었다. 인정하니 기분이 이상했다. '나'와 '욕망'이라. 이 둘에 아귀가 맞는 부분이 있으리라고는 한평생 생각해 본 일이 없었기 때문이다. 흥분이라기보다는 기묘한 관조였다.

욕망이라고.

그는 제 모든 사고를 접고 일어섰다. 갑작스레 냉정이 돌아오면서, 스스로에 대한 당혹감에 얼굴이 화끈거렸다. 지난 며칠 제정신이 아니었던 기억이 고스란히 역수로 쥐였다. 흥분이라기보다는 선뜻한 자각일 것이다. 스스로를 바라볼 수 있는 가장 시퍼런 창문을 발견한 기분이었다.

맥이 쿵쿵 뛰었다가, 이내 짓눌린 듯 차근차근 느려졌다. 바라는 것은 달라지지 않았다. 다만 그것을 보는 빛. 돌연 흑백의 세계에서 오색의 야생으로 돌아온 것 같았다. 하얀 것은 사실 햇살 머금은 노랑, 회색은 살구색, 검은 침묵은 선연한 빨강이었다.

발렌시아는 누운 외르타를 바라보았다. 천천히 몸을 돌려 창가 의자를 향해 걸어갔다. 바람도 없건만 자못 흔들리는 체하는 아델의 붉은 천이 있었다. 그는 그것을 들어 올려 얇게 펼쳤다. 바닥에 닿을까 두려워 높이 들었다. 급하게 반을 포개어 접고, 다시 뒤집어 개켰다. 하마터면 이전처럼, 체칼라스와 같이 접을 뻔했지만 손이 절로 멈춰 다행이었다. 그는 아델의 천을 평범하게 정돈했다. 기교도, 특별한 방식도 없이 그저 단정하게, 각이 어긋나지 않는 섬세함으로 개켰다.

발렌시아는 붉은 천을 외르타의 머리맡에 두었다. 원체 넓은 천이라, 몇 번이고 접으니 이제는 아예 작은 베개처럼 보였다. 그는 외르타의 얼굴을 바라보곤 스치듯 뒤돌았다. 한숨이 흘러나왔다. 아직은 제 어리석음을 전시할 때가 아니었다.

✤

레아는 조심조심 계단을 내려갔다. 닷새 전 오라버니에게 받은 신발 때문에 조금이라도 험한 곳에는 발을 함부로 내디딜 수 없었다. 이 신을 어디서 가져왔노라 했지? 아메레오 지방이었던가? 사실 제게 그곳 태생의 사치품이 적은 것은 아니지만, 건강치 못한 오라비의 부인이 직접 고른 신이라면 귀하게 여길 수밖에 없다. 그녀는 균형을 잡기 위해 양손에 쥔 꽃다발을 한 손으로 옮겨 쥐려 노력했다. 그러나 원체 묶음이 크고, 약한 매듭이 자꾸만 흐트러졌으므로 여의치 않았다. 바보 같은 모습일 것이다. 신발은 불편하고, 그럼에도 두 손은 얌전히 꽃을 모아 쥐고 있는.

울퉁불퉁 돌이 깔린 길은 흰 페르골라 앞에서 뚝 끊겼다. 아치의 양쪽 바닥에서 기어 오른 덩굴은 꼬리 긴 동물처럼 구조물에 매달려 있었다. 초여름다운 녹음. 레아는 머리 위로 떨어지는 꽃가루를 털어 낸 뒤 아치 안쪽으로 들어섰다. 큰 회랑 사이에 끼어 자못 아담해 보이기까지 하는 안쪽 공간이 나타났다. 얼핏 본다면 판돌을 깔아 놓은 딤니팔식 안뜰이지만······.

레아는 종종걸음을 쳐 어스름한 옆 회랑으로 들어갔다. 저 묘비 사이를 걸어가는 것보다는 이편이 덜 혼란스러울 것이다. 회랑의 바깥 부분은 딤니팔 특유의 미끈한 벽, 기하학적 장식으로 완전히 막혀 있었다.

따라서 들어오는 빛은 오로지 하늘에서 쏟아지는 햇볕뿐으로, 안뜰의 묘비는 모두가 황동색으로 광택을 낸 작품 같았다.

회랑의 중간에서 다시 안으로 접어들었다. 작지 않은 묘지라 벌써부터 어깨가 가쁘게 오갔다. 조각에 지나치게 공을 들인 나머지 열도 제대로 맞추지 못한 작품들이 보였다. 레아는 누군가의 무릎에 걸려 고꾸라질 뻔하곤 숨을 들이켰다. 찌푸린 채 시선을 돌리니 작은 여자가 다리를 접은 채 앉아 있었다. 이런. 익숙한 조각상이었다. 어떻게 지치지도 않고 걸려 넘어지는지. 레아는 신발을 다시 확인하곤 조심스레 걸음을 옮겼다. 신에 신경을 쓰다 보니 항상 부딪치던 중년 남자의 책도 피하고, 소녀의 머리칼과 의미 모를 칼집마저 피할 수 있었다. 레아는 비교적 흐뭇하게 한 묘비 앞에 섰다.

사실 이곳의 모든 묘비가 그렇듯이 이 조각 역시 묘비라고 부르기에는 애매한 구석이 많았다. 아래에 조그맣게 놓여 있는 석판이 아니라면 이것이 누구의 묘라는 사실은 눈치채기도 힘들 것이다. 그러나 레아는 알았고, 알았기 때문에 눌라레를 형상화한 여성과, 그 품에서 조용히 눈을 감은 아기에게 손을 뻗을 수 있었다. 그녀는 매끈한 대리석 뺨을 짚었다. 그리고 그 팔에 제 온 체중을 실곤 몸을 기울였다.

"……."

속삭였다.

섬세한 대리석은 반응이 적다. 그러나 레아는 개의치 않고 아기의 뺨에 키스했다. 바람 한 점 없는 초여름이었다. 그녀는 벅찬 가슴을 다독이듯이 숨을 크게 들이마셨다. 그 기세인 양, 낮게 외쳤다.

"오스위!"

공후의 당당함이라기보다는 기쁨에 찬 신부의 목소리였다. 그녀는 입술을 깨물며 웃었다. 뺨이 웃고, 눈이 웃고, 들뜬 품이 무엇을 안지 못해 안달이었다.

"새로 지은…….."

"전하!"

그녀는 깜짝 놀라 뒤를 돌아보았다. 한 가지에 너무 전념해 있다 보니 작은 소리에도 펄쩍 뛰는 모양이다. 가장 첫 사실을 고해하던 입술이 단단히 굳어 갔다. 레아는 이 순간을 망친 아랫사람이 못마땅하여 눈을 가늘게 떴다. 멀지 않은 입구에서부터 한 시녀가 징검다리를 밟듯 뛰어오고 있었다. 레아는 묘지에선 조심 좀 하라 외치고 싶었지만 그녀의 걸음이 제법 훌륭하여 꿀 먹은 벙어리처럼 섰다.

"전하!"

"……무슨 일이야?"

"당장 올라가셔야 합니다. 폐하께서 전하를 필요로 하십니다."

"그이가 나를 부르는 거니, 아니면 너희가 나를 부르는 거니?"

평소대로라면 물을 필요도 없이 전자겠지만, 최근의 자카리라면 후자가 더 유력했다. 레아는 이미 자카리에게, 침착해지기 전까지는 제게서 멀리 떨어져 있으라 부탁한 뒤였다. 어설프게 국정과 내사를 오가다 다친 왕비에 대해선 이미 충분히 들었으니까. 바꿔 말하자면 요사이 자카리는, 레아가 직접 나서 저 균형을 잡아야 할 정도로 혼란에 빠져 있었다.

시녀는 함부로 답하지 않았다. 레아는 침묵 속에서 답을 훔쳐 듣고는 한숨처럼 물었다.

"또 왜?"

"전령이 좋지 않은 소식을 전한 듯합니다. 알현실에 피가 묻었습니다."

레아는 손에 들었던 다발을 내려놓았다. 미숙한 매듭이 풀려 눌라레의 상과, 아기와, 조그맣고 납작한 묘비 위로 꽃이 흩날렸다. 잿빛의 침착하고도 중성적인 색조, 서늘한 파랑, 녹색, 풍부한 초콜릿색, 빳빳한 흰색, 감람색, 벽옥, 흰색과 분홍색이 만들어 내는 섬세한 문양, 터키석빛.

레아는 인사도 없이 묘비에 등을 돌렸다. 어차피 말로 전해지는 마음이 아니었다.

외전 정원

외전 정원

흰 손이 초록을 쥐었다. 줄기 끝이 움트더니, 곧이어 빛을 담은 잎
사귀가 피어났다. 잎맥에 숨이 들어찼다. 빛은 갑작스레 밝아지곤 다시
갑작스레 어두워졌다. 종내 잎사귀는 은은한 밤불로 정원을 비추었다.

"놀라레?"

놀라레는 뒤돌아보지 않고 스스로 빛을 불어 넣은 잎사귀만 만지작거
렸다. 그녀는 줄기를 더듬어 쥐었다. 빛의 결절이 울컥울컥 땅속까지 파
고들어 갔다. 불은 두더지처럼 숨었다. 사방에서 다시 솟아올랐다. 정
원은 순식간에 어스름한 잎사귀 불로 가득 차게 되었다.

그녀는 뒤를 돌아보았다. 그가 다시 한 번 물었다.

"피곤한가?"

"무얼 보고 그렇게 생각하는 거야?"

"네 한숨."

"한숨 쉰 적 없다."

"피곤할 만도 하지."

"가는귀가 멀었느냐?"

"정원은 웬 일이야?"

"네 왕국을 기념하고 있어."

"마법사의 방식인가?"

눌라레는 말없이 웃었다.

"데카를로."

"단어 한번 참 소박하군그래."

"명칭을 몇 번이나 바꾸든 내 앞에선 평생 살아왔던 이름으로 살아라."

"너는?"

"눌라레."

"그뿐인가?"

"나는 영생을 산다. 이름 외에 나를 증명할 것이 또 있겠느냐?"

"여왕이 되어도 그 짝일 텐가?"

"이봐, 나는 내 이름이야. 그것을 이해 못하는 놈이 모자란 게다."

"우리 아이 이름에 대해서는 어떻게 생각하지?"

"무슨 뜻인가? 설마 아이 이름에 내 흔적을 남기려 했나?"

"너는 내 왕국과 오스페다를 세웠지 않나."

그녀는 무슨 말을 하려는 것처럼 입을 벌렸지만, 끝내 숨소리 한번 터뜨리지 못한 채 침묵해야 했다. 눌라레는 잠시 아무것도 없는 허공을 바라보았다. 그것은 분명 사소한 화를 억누르는 시선이었다. 데카를로의 입술이 달싹였다. 눌라레의 답을 봉쇄하고 싶은 모양이었다. 그러나 그보다는 그녀가 빨랐다.

"그렇게 치하하듯 말하지 마라. 너 좋으라고 한 일은 하나도 없다. 차라리 딤니파에서 누구를 위했다면 예폰을 위한 것이지 너는 아니다. 게다가

이 성은 온전히 너희 도시가 아니야. 네 것이자 내 것이다. 내 것이고, 마누 르오윈의 것이고, 알론조 캄비의 것이다. 이 성은 평생토록 풍족하고 영영 흠집 하나 나지 않을 것이다. 이곳은 내 집이자 내 무덤이다."

"……나는 알론조 캄비의 일에 끼어들게 될 때부터 생각했지. 똥 밟았다고. 그 똥 같은 신의 일에 휩쓸려 종내 왕도 하나를 생불에게 넘기게 되다니, 이렇게 될 줄 모른 건 아니지만 그래도 여전히 견디기 힘들다."

"어쩌다 보니 일이 그리되었군."

"그런데 왜 하필 골라도 예폰인가?"

데카를로는 희극 배우처럼 과장되게 양손을 흔들며 화제를 돌렸다. 그 덩치에 걸맞지 않는 움직임이 웃길 법도 하건만, 눌라레는 고개를 옆으로 돌리지도 않았다. 다만 반쯤 멍하니, 다른 세계의 무엇을 눈에 담고 있는 것처럼 불빛이 흘러나오는 잎사귀를 바라보고 있었다. 그녀는 깊게 한숨을 쉬었다.

"좋은 마법사였으니까. 내가 좋은 마법사라고 할 정도면 네 아래선 최고, 대륙 아래선 최상급이지. 죽었지만."

"그럼 이젠 미라이예를 위해 주는 건가?"

"그 천치 같은 놈을 내가 왜? 예폰 아들네미가 그의 마법 재능이라곤 한 톨 물려받지 못한 게 아주 기가 막힐 지경이야."

"그렇게 이곳에 미련이 없는데 결혼은 왜 하자고 했어?"

눌라레는 물끄러미 데카를로를 바라보았다. 그는 어깨를 으쓱이며 다시 한 번 반복했다.

"너무 갑작스런 국혼에 이야기가 많더군. 우선 나부터 미라이예의 눈치가 보인다."

"그 여동생과 약혼해 두고 다른 사람을 구했다고? 벌써 두 해다. 너도 그자도 이제 그만 잊어야지."

"싫다. 난 안 잊을 거야."

"떼쓰는 것 하고는."

"나는 너도 안 잊을 거다."

"잊힐 수도 없다. 나는 네가 살아 있는 한 항상 네 앞에 있을 테니. 네 무덤 앞에서도, 혹은 이 잉그레의 무덤 앞에서도."

데카를로는 킬킬 웃으며 잎사귀 하나를 꺾었다. 눌라레는 빛을 불어 넣은 지 반 시간도 안 되어 무뢰한의 손길을 탄 잎을 동정했다. 그는 손 위에 잎사귀를 얹고 마치 나침반의 각을 맞추듯 신중하게, 날카롭게 노려보았다.

"말해 봐."

그녀는 그를 바라보았다. 그러나 그의 시선은 여전히 똑바르게 잎사귀에 붙박여 있었다. 눌라레는 자신이 무슨 말을 해야 하는지에 대해 특별히 고민하지 않았다. 그녀에게 비치는 데카를로의 시선은 아주 담백하고 곧았다. 그것은 꽤 괜찮은 느낌이었다.

그의 입이 다시 열렸다. 시선은 지치지도 않고 빛나는 잎사귀에 머무르고 있었다.

"여왕이 되고 싶었던 건가? 내가 아는 넌 그럴 리 없는 사람인데."

"아니, 나는 너를 축복하고 싶다. 네 자식들을 축복하고 싶어."

"내게 했던 것처럼 말로 축복해라."

"싫다."

"내가 보기에 넌 인간이 아니다. 난 딤니팔을 인간 아닌 자들에게 맡기지 않을 거다. 네 비인간성이 신성하고 고귀해 보여도, 나는 그보단 인간이길 바란다."

"네 자식들은 인간으로 남는다."

"넌 네 모습을 보고도 내가 그 말을 믿을 것 같나?"

"내가 무얼 어쨌기에?"

눌라레는 억울하다는 것처럼 제 손바닥을 들여다보았다.

"데카를로, 나는 비록 모든 것을 알지만 인간이다. 인간으로서 삶을 시작했으니 인간으로서 영생을 살 것이다."

"우리 자식 또한 영생인가?"

"그럴 리가 있나. 너부터 죽어 넘어갈 놈인 것을."

"비정상적으로 길게 살기라도 하나?"

"인간이라고 말했다."

"특별히 건강해지나?"

"잔병치레가 그렇게 억울해?"

"혹시 능력이 뛰어난가?"

"멍청하지나 않으면 다행일 거다."

"그럼 도대체 뭐가 축복이란 거냐?"

"내가 그 아이들을 위해 남겠다."

데카를로는 입을 다물었다. 눌라레는 시선만으로 그의 손에서 잎사귀를 들어 올렸다. 허공에서 잎이 움텄다. 고작해야 한 덩이 남은 잎사귀에서 줄기가 뻗어 나오고 뿌리가 돋고 점차 아래로 위로 자라서, 어느새 공중에는 남자의 얼굴만 한 꽃 식물이 둥둥 떠 있게 되었다. 그녀는 다시금 그에게로 고개를 내렸다. 아무 주문도, 동작도 없이 그녀의 눈 가장자리에 금색빛 뭉치가 결렸다. 호흡같이 자연스러운 마법이었다.

"내겐 오스페다를 지켜야만 하는 의무가 있어. 하지만 그 긴 시간 동안 너의 자손이라는 이유만으로 불편한 여러 가지를 인내할 수 있을지 의문이 든다. 너의 아이들 역시 끝내 어느 시점에는 나를 경원시하게 될 게다. 내 피가 섞여 있다면, 적어도 그보단 낫겠지."

"살아 있는 전설을 받아들이는 낯짝이 보다 정상적일 거란 얘기냐?

623

아니면 우리의 후손이 네가 조상이라는 이유로 유하게 굴 거라는 이야기냐?"

"사실 그건 상관없어. 나는 그들이 어떻게 굴든 당장에 오스페다를 유령도시로 만들고 잠들 수 있다. 하지만 굳이 그렇게 험악하고 싶지는 않다. 난 나름의 애착을 가지고 네 나라를 지켜보고 싶다. 이곳은 너, 물론 너지만 우리를 위해 그렇게 생고생을 한 달마테 부자, 또한 나, 그리고 마누 르오원이 협조한 땅이다. 알론조 캄비의 땅이야. 백 년을 하루처럼 사는 에쎄씨나는 딤니팔에 즐거워할 게다. 딤니팔이었던가, 맞지?"

"그래, 단순하지."

"나는 이 나라가 좋아."

"그런데?"

"몇백 년이 지나면 일이 어떻게 될지 모르는 거라고. 적어도 왕이 내 후손이라면 조금 더 침착하거나 뿌듯하게 볼 수 있을 게다."

"어차피 몇백 년이 지나면 너는 감정이란 게 뭔지도 모르는 상태일 거다. 넌 영생을 살고 모든 것을 알지만, 경험이 짧아. 자기가 고작 스물여덟 먹었단 걸 기억하고는 있나?"

그녀는 미소 지었다. 턱을 살짝 치켜세우자, 그녀의 시선 끝에는 어스름한 등불 속 잉그레의 흰 벽이 있었다. 아무래도 아름다웠다.

"그래, 내 그것을 모르겠느냐."

"……."

"데카를로, 한 가지 더 중요한 말을 덧붙이자면 나는 먼 훗날에도 감정을 잊지 않도록 안배 중이다. 나는 마누 르오원을 기다려야 한다. 나를 구원한 사람의 감각이란…… 나는 그것을 잊을 수 없어. 동시에 오늘도, 어제도, 리마네레를 패퇴시키고, 그자 죽기 직전까지 다쳐 나를 애태우고, 너는 애인을 잃어 실제로 죽을상이고, 내가 겪었던 비애, 그런 일련의 사건과 그때그때의 감정이 내게는 굉장히 소중하다. 내 자식들이 이 나라를 통치한다면, 어쩌면…… 아주 어쩌면…… 천 년 뒤에도 내게는 이 처음을 기억하는 감수성이 남아 있을 거야."

"……."

"어차피 여자도 없으면서 순순히 말이나 듣지."

데카를로는 들리지 않게 웃음을 터뜨렸다.

"너희가 특별한 목적이 있어 여기까지 달려온 것이 아니라는 사실을 안다. 심지어 어디가 끝인지도 몰랐겠지. 상당 부분 타성이었다. 멈출 수 없어 뛰었다. 너희를 신호로 이 바람 빠진 제국은 유사처럼 쓸려 나갈 게다. 왜? 그럴 수 있어서? 가능성을 시험한 시도였지. 징그럽게 무서운 적이었어. 나나 마누 르오윈이나 서로의 도움이 없었다면 이미 오래전에 죽고도 남았다."

"그래. 아마 그놈의 마법사까지 내 군대에 덤볐으면 나 역시 몽둥이로 얻어맞은 개처럼 쫓겨났겠지."

"그걸 기억하고 싶은 거야."

"그래."

"이 긴 역사에서 나는 이제 시작이다. 천 년, 이천 년, 영생 동안 마누 르오윈을 기다리게 될 게다. 오스페다는 그저 겉껍질이지. 너도 알다시피 이 땅속에는 지켜야만 하는 것이 있다. 아마 나와 함께 영생을 살."

"그래."

"하지만 나는 그것만 가지고 오래도록 살 자신이 없다. 내가 이 일을 하는 것은 오로지 알론조 캄비에 대한 책임감과 마누 르오윈에 대한 애정, 부채감 때문인데, 이 감정은 죄다 세월의 토사 속에 묻힐 테지. 아무도 보지 못한 채 석화되는 삶이다. 데카를로, 감정을 잊지 않게 해다오."

"네 자식으로써?"

"그들은 내가 무엇이었는지를 기억하게 해 줄 거다."

데카를로는 그제야 그녀에게로 걸어왔다. 성큼성큼 다가와 긴 의자에 옹송그려 앉았다. 눌라레의 시선이 빙글 돌아 그의 완벽한 성장에 내리꽂혔다. 금색 옷, 금발, 푸른 눈. 새삼 자신과 쌍둥이인 양 생겼다는 느낌이 들었다. 눌라레는 의식하지도 못한 채 몇 마디 웃음을 터뜨렸다.

"내 피가 강해서인지 네 피가 강해서인지 후대의 사람들이 알아내는 데 꽤나 골치가 아플 게다."

"적어도 끔찍한 미인이겠지."

"네놈의 자부심이란……."

눌라레는 혀를 끌끌 찼다. 서로 속없는 이야기를 늘어놓는 일이 너무 오래되어 이제는 그마저 어떤 통과의례처럼 느껴질 지경이었다. 그들의 실없는 대화는 누군가가 정중한 헛기침 소리를 낼 때까지 오래도록 이어졌다. 그들은 개국 연설이 얼마나 우스꽝스러웠는지에 대해 이야기했고, 공작가의 솔정을 이제 무슨 이름으로 바꿀지에 대해 실현 가능성이 없는 농담을 했고, 잉그레에서 길을 잃을 확률에 대해 잡담했다. 어떤 것도 영양가가 있는 내용은 아니었다. 눌라레는 대화를 깬 남자에게 감사함마저 느낄 지경이었다.

"폐하?"

그녀보다는 데카를로가 먼저 고개를 돌렸다. 눌라레 역시 그의 시선을 따라갔다. 시야에는 훌쩍 큰 기사가 서 있었다. 다소 창백한, 그러나 심리적인 창백함이 아니라 어느 정도는 병환에서 비롯된 창백함이었다. 의외로 눌라레가 먼저 선수를 쳤다.

"거동은 괜찮으냐?"

"예, 신경 써 주신 덕분에 이제는 고통도 많이 사그라졌습니다."

"눈은 잘 보이고?"

"예전만큼 잘 보입니다."

"팔은?"

남자는 새삼스레 자신의 오른손을 들어 보았다. 인간의 손이었다. 데카를로는 신음만 삼키는 부하 대신에 질문을 해 보기로 했다.

"저 손이 예전처럼 돌아갈 수 있는 건가?"

"이미 돌아왔잖느냐?"

"마법에 구속되어 있는 건 아니고?"

"내가 죽으면 사라질지도 모르지. 하지만 나는 적어도 너보단 오래살 게다, 미라이예 달마테."

데카를로는 눌라레의 영생에 대해 알지 못하는 미라이예를 바라보았다. 그녀가 인간이라고 생각한다면 불안해 할 법도 한데, 그는 의외로 이전보다 더 침착해 보였다. 어쩌면 팔을 잃고 눈을 잃은 기간이 지나치게 짧아서 자신의 장애를 뼛속 깊이 느낄 수 없었던 자의 한계인지도 모르겠다. 적어도 데카를로는 그렇게 생각했다. 그러나······.

"눌라레, 이제는 달마테가 아닙니다."

"난 그 긴 이름은 못 외운다. 게다가 너를 미라이예라고 부르기도 끔찍이 싫고. 이름을 부르는 짝이니 원 어색해서. 혹시 이건 공들인 심술인 게냐?"

"아닙니다. 다만 이제는 달마테가 제 이름이라는 사실만 알아주시면 됩니다. 그리고 다시 한 번 감사드립니다."

"팔과 눈에?"

"예. 그리고 구명해 주신 제 목숨에도 역시 고개 숙여 고두합니다. 이것이 당신이 세상을 떠나면서 사라진다 해도 그 유예 기간에 감사할 수 없는 것은 아닙니다. 저는 당신이 죽는 날 함께 죽어도 여전히 두 번, 세번, 저승까지 감사할 것입니다."

"데카를로, 말려라."

"그렇지. 눌라레는 신성이지. 우리의 도시를 하루 만에 뚝딱 만들어 내신 분을 어찌 신성하게 여기지 않겠나. 심지어 그 왕이란 작자는 성안에서 길을 잃는다고."

"……."

미라이예가 픽 웃었다. 그는 웃으면서 다시 한 번 자신의 손을 들여다 보았다. 예전과 다를 것 없는, 심지어 손마디의 상처까지 고스란히 재현된 팔이었다. 주먹을 쥐었다. 힘을 주자 손목 위로 핏줄이 도드라졌다. 도저히 반 토막 나 진흙 속에 떨어졌던 팔로 생각되지 않았다. 눌라레가 세상 모두를 능가하는 마법사라는 사실은 오래전부터 익히 알아 온 바지만 이처럼, 법칙마저 뛰어넘을 줄은 상상도 못했다. 그는 돌려받은 손을 보며 아직도 아침마다 깜짝깜짝 놀라는 사람이었다. 눈과 팔을 잃고 한 달을 고통스럽게 보냈다. 한데 돌려받고도 감사할 줄 모르고 않는 모양이다. 그는 다시 한 번 손바닥을 펼쳤다가 시험하듯 꽉 쥐었다.

"아서라. 그러다 칼까지 뽑겠다."

"예? 제겐 칼이 없습니다."

"있어."

"칼은 랄레레 신테에서 부러졌습니다. 저는 그간 병석에 있어 대장간을 찾지 못했습니다. 모르셨습니까?"

"나한테 꼬박꼬박 무언가를 몰랐느냐고 타박하는 놈은 네놈밖에 없다. 네 주인도 내게 그러지는 못해."

"처음 오셨을 때 제 소관이었으니 미덥지 못한 건 어쩌면 당연한 일입니다."

"이봐……."

"이 얼마나 다행이냐. 너를 인간 대 인간으로 대해 주는 사람이 적어도 딤니팔에 한 놈은 있는 거 아니냐. 아마 네가 코찔찔이 열넷이었던 시절이 인상 깊은 모양이지만."

"그렇게 찔찔거리지는 않았다. 달마테, 자."

미라이예는 자신이 무엇을 받아야 할지 모르겠다는 얼굴로 눌라레를 바라보았다. 그녀는 다시 한 번 턱짓했다. 그러자 드러나지 않게 바닥에 떨어져 있던 칼이 허공으로 떠올랐다. 데카를로는 자신이 들어올 때 저 칼이 자리에 있었는지를 기억하기 위해 무진 애를 썼다.

"선물입니까?"

"그러면 내가 너와 장사를 하고 있겠느냐?"

"감사합니다."

"네 놈은 밑도 끝도 없이 유들거리는 게 마음에 안 들어. 예의바른 체 하면서도 실상 데카를로보다 몇 배는 제멋대로란 말이지."

"뽑아도 괜찮습니까?"

"그래, 그래……."

"아니요. 폐하, 발도해도 되겠습니까?"

눌라레가 이마를 짚었다. 데카를로는 말없이 고개를 끄덕였다.

달을 갈라 먹는 듯한 소리가 났다. 칼집 자체가 칼로 이루어져, 두 칼이 종으로 스쳐 지나가는 느낌이었다. 미라이예는 자신이 발검하고도 놀라서 눈을 크게 떴다. 날을 보기 전부터 소리가 기묘해 소름이 끼칠 지경이었다. 데카를로는 턱을 괴었다.

"자세히 살펴봐라. 우리 여왕은 마법 낭비하기가 취미니까. 눌라레, 어디서 났지?"

"네젠 – 롬바산 철이다. 창고에 있기에 주워 만들어 봤다."

"언제부터 대장장이 일도 하셨나?"

"첫 번째 대장간에 예열이 필요했어. 네놈이 길을 잃고 돌아다닐 동안 나는 성을 달궈야 했다. 내가 내 손으로 했을 리도 없고, 어차피 모양을 본뜨기도 했지.”

“누구 것을?”

“마누 르오윈.”

그들이 이러쿵저러쿵 잡담을 나눌 동안 미라이예는 진지하게 칼을 검수했다. 둘 모두 검에 조예가 깊은 사람이 아니라 그가 무엇을 보고 있는지에 대해선 정확히 알 수 없었다. 그러나 한참 뒤, 미라이예는 검을 넣고 다시 한 번 감사하다는 인사를 했다. 눌라레는 손을 흔들며 모양을 본뜬 것이니 그리 수고롭지 않았다고 겸양했다. 데카클로는 굉장히 그녀답지 않은 겸양이라고 생각했지만, 왠지 미라이예 앞의 눌라레는 항상 저 모양이었던 것 같아 그러려니 했다. 뭘 못 준 부모처럼 구는 것도 한두 번이지. 불쾌한 추측이지만 미라이예는 이제 그녀의 그런 취급을 즐기는 것 같기도 했다. 마흔이 가까운 놈이.

“눌라레, 칼에 이름을 붙여 주실 겁니까?”

“네가 바란다면.”

“부탁드립니다.”

“랄레레 신테.”

“……”

“팔과 눈, 더불어 검을 잃은 기사는 영광스럽지만 아무 의미가 없으니 너는 이미 랄레레 신테에서 한 번 죽은 셈이다.”

“예.”

“아비와 누이를 잊고 오래도록 딤니팔을 위해 헌신해라. 나는 그들에게 충분히 감사하고 있다. 가족은 영원히 평온할 게다. 가치가 있었노라.”

“지극히 당연한 말씀이십니다.”

“그럼 썩 나가서 새 검과 호흡이나 맞춰 봐. 너를 보고 만든 모양이 아니라 움직임이 퍽 졸렬할 게다."

"마누 르오원을 보며 어깨너머로 시늉한 경험이 있어 괜찮습니다. 특이하긴 해도 괜찮은 놈입니다."

눌라레가 미소 지었다. 데카를로는 하마터면 열 살이나 많은 자식을 키우기 시작했느냐고 질문할 뻔했다.

"폐하."

"그래."

"폐하께서 익숙지 않은 잉그레에서 다시 길을 잃으실까 저어하여 돌아다니고 있었습니다. 지금은 눌라레께서 함께 계시니 한층 안심이 됩니다. 먼저 들어가 보겠습니다."

"참 고마운 배려로군."

"저는 이제 도면을 다 외웠습니다. 폐하께서도 한 번 보시지요."

"난 감으로 익힐 수 있다."

"……물러가겠습니다."

데카를로는 누가 들으라는 것처럼 혀를 크게 찼다. 미라이예는 고개를 깊게 숙이고 물러났다.

어스름이 지고 있었다.

눌라레는 먼 곳을 보는 시선으로 코앞 잎사귀를 바라보았다. 반세기 전 빛을 입었던 잎맥들이 어제 갓 태어난 것처럼 생생했다. 그녀는 어두운 저녁, 누군가를 기다리고 있었다. 지루하지 않았다. 이것이 지루하다면 자신은 평생 동안 지루함을 견뎌야 할 사람이었다.

"눌라레."

그의 목소리는 한결같았다. 자신이 그를 처음 만났던 딤니파의 본성,

지금은 흔적도 없이 무너진 그곳에서 옛 목소리가 울리는 것 같았다. 그와 함께한 육십 년이 그러했다. 그는 변하지 않았다. 슬며시 보여 주는 가벼움, 그럼에도 불구하고 씨앗 같던 줏대와 단단한 목적지 모두 변하지 않는 것이 최대 장점으로, 언제나 흔들림 없이 타인의 지주가 될 수 있는 남자였다.

"데카를로."

그는 천천히 걸어와 자리에 앉았다.

"왜 이곳에서 기다렸나?"

"글쎄, 네가 올 것 같았다."

"이 늙은 몸을 이끌고 여기까지 오라고?"

"엄살 피우지 마라."

데카를로는 서른의 얼굴로 빙그레 웃었다.

"오늘 아침에 깨어났을 때, 나는 생각했다. 삶과 만남이 그럭저럭 할 만했던 만큼 죽음과 헤어짐도 그럭저럭 괜찮을 테지."

"겁이 나진 않았느냐?"

"아니. 나는 오히려 영생이 겁난다."

"영생 이전에, 죽음이 두렵지는 않았느냐?"

"마주쳤을 때 막다른 길이라도 돌아서면 탈출로가 된다."

"넌 더 이상 못 돌아간다."

"괜찮아."

데카를로는 고개를 젖혀 하늘을 바라보았다. 겨울밤은 언제나 급하게 닥쳐 온다. 눌라레는 그의 표정을 물끄러미 뜯어보았다. 미라이예는 벌써 열다섯 해 전에 세상을 떴다. 그녀는 그날 아침에 일어나 그의 저녁을 깨달았다. 굳이 찾아가지 않았다. 그는 조용히 운명했다. 오래도록 알고 지내던 사람이 죽는 것에 특별한 감상이 들 것이라 생각했지만 끝은 그저 묵묵한 평온이었다. 어쩌면 그 죽음의 주인이 지나치게 태연해 자신에게도 감정이 스며든 것인지 모르겠다. 아니, 어쩌면 아직까지 자신에게는 데카를로가 남아 있다는 사소한 위안 때문이었는지 모르겠다. 눌라레는 죽음을 앞둔 데카를로를 차근차근 바라보았다.

"벌써 오십 년이다. 나는 내가 이렇게 징그럽게 오래 살 줄 몰랐다. 얼굴은 젊지만 그건 순전히 마누 르오윈의 후의였지. 그가 내 수명에까지 손대기를 바라지는 않았다. 몸을 혹사시킨 것에 비하면 정말 농담처럼 장수하고 있군."

"전쟁이 서른 해도 더 전이라? 천 년을 버티는 일도 그리 어렵지는 않겠구나."

"지금 생각해도 정말 행복하고 좋은 시절이었다. 비록 많이 힘들었지만…… 그랬다."

데카를로는 마른세수와 함께 고개를 숙였다. 그는 의자에서 미끄러져 내려갔다. 돌과 풀이 섞인 맨바닥에 털썩 주저앉았다. 그는 뒷목을 의자에 얹은 채 눌라레를 바라보았다.

"너는 항상 늦게 도착하는 바람에 어쩔 수 없이 테이블의 왕 자리에 앉은 사람처럼 보인다. 앞으로는 나아지길 바란다. 나는 너를 존경하지도 사랑하지도 않는다. 하지만 항상 네게 감사하고 있다. 너를 존중한다. 나는 너를 믿는다."

"희한하게도 너는 이 딤니팔에서 유일하게 나를 인간으로 대우해 주는 놈이다. 항상 아니라고 웃어도 참 그렇다. 네가 떠나면 나는 이제 신이 될 게다. 모두가 그렇게 만들 테지. 우리의 아들딸까지."

"그 시절을 겪은 사람들은 기억할 여력이 없고, 그 시절을 겪지 못한 이들은 기억할 필요가 없지. 말했지 않나? 넌 생불이 될 거라고."

그의 푸른 눈이 가늘어졌다. 웃는 듯, 찡그리는 듯 구분할 수 없었다.

벗겨도 벗겨도 계속 나오는 유별난 가면 같았다. 심지어 모두가 다른 표정이었다. 눌라레는 손을 뻗어 그의 콧등을 눌러 보았다. 그는 똑같은 자리를 눌린 개처럼 고개를 흔들었다. 손이 놀란 듯 살짝 들렸다. 그녀는 제 검지 끝을 바라보며 말했다.

"네가 그런 말을 할 처지는 아니지. 여왕 감투를 씌워 후광을 이어 준 네가 나쁜 게다. 나는 물러날 준비를 하고 있었다."

"넌 십오 년을 그리 과시하고도 평범한 왕비로 돌아갈 수 있을 줄 알았나? 그거야말로 허황된 꿈이로군."

"아니. 그보다 나는 네가 왕관을 쪼갤 생각을 했다는 것 자체가 놀라웠다. 넌 평생 유일한 왕으로는 못 남을 거다."

"나는 너를 존중한다고 여러 번 말했다."

"그렇다고 덥석 인생을 건 왕좌를 동강 낼 정도는 아니겠지."

"자꾸 이런 선문답할 테냐? 언제 묻든 나는 항상 같은 대답을 해 왔다. 죽기 직전에도 꼭 똑같은 소리를 하게 만들지. 나는 너를 존중한다. 나는 네가 나아지기를 바란다. 왕 자리에서 나아져라. 너는 그 자리에 넘치고도 남는다."

눌라레는 계면쩍은 것처럼 손을 들어 올렸다. 여러 번 물었지만, 그가 이 정도로 굳건할 줄은 몰랐다. 그녀는 마법사처럼 한숨을 쉬었다.

"데카를로."

"그래."

"썩 괜찮은 생이었다. 그렇지 않느냐?"

데카를로는 웃음을 터뜨렸다.

"나는 세상이 무너지는 걸 막고, 천 년의 리마네레를 반 토막 냈다. 대륙의 삼분지 일을 갈라 먹었으며, 심지어 영영 둘도 없을 여자와 결혼했지. 좋은 기사들, 좋은 마법사들이 내게 복종하고, 자식까지 아들딸

골고루 두었으며, 그 모두가 나를 존경한다. 이것이 네 축복에 힘입었다면 진심으로 감사한다. 참 믿기지 않을 만큼 미풍 같던 삶이다."

"나는 고작해야 모든 것을 알고 영생을 살 뿐이다."

"이건 농담인가?"

"끝까지 들어. 그러나 특별한 무엇은 아니다. 특출 날 것 없는 내게 너는 인상 깊은 인간이었다."

"이거야 원, 마치 은자가 왕을 인도했다는 말투로군."

"너는 원래 있었어. 찾아갔다면 내가 찾아간 게지. 너는 누군가가 발굴하기 전에 이미 충분히 제 몫을 하던 인간이었다. 심지어 에세씨나가 어렸을 적 너를 보았을 때도 그러했을 테지. 너는 때에 맞게 나타나 어마어마한 힘으로 알알이 썩은 넝쿨을 끌어냈다. 나는 한 번도 네게 고맙다는 말을 하지 못했다. 고맙다. 알론조 캄비가 네게 고개를 숙일 게다."

"그래."

"미풍 같던 삶이라 말하지만 이십 년의 전쟁 동안 너는 끝도 없이 희생했다. 시간이 지나 가벼이 여기는 것이냐? 너는 이전에 가졌던 모든 것을 잃고 밑바닥부터 쌓아 올려야 했다. 도통 손에 쥔 것이 없었다. 그 와중 네가 가장 신뢰하던 양아버지와 연인은 유명을 달리했다. 모든 것이 뿌리째 뒤엎이는 상황에서 심지어 그 길을 개척하던 사람은 너였다. 그것이 희생이 아니면 무어란 말이냐? 나는 아직도 당시의 너를 기억한다."

데카를로는 다시 한 번 크게 웃었다. 웃음은 곧 연기처럼 사그라졌다. 그는 신음처럼 웃음과 한숨을 삼키곤 등나무 사이를 빤히 응시했다. 눌라레는 이제 그의 옆모습을 바라봐야 했다.

그가 천천히 운을 뗐다.

"그때와 비교했을 때 나는 지금이 훨씬 인간적으로 성숙해진 느낌이다. 아무리 느린 듯 보여도 세상이 점점 나아지는 것처럼. 하긴 죽기 전까지 철이 안 드는 것은 또 얼마나 불행한 일이냐."

"데카를로, 나는 희생을 견디지 못하는 것을 철이 덜 들었다고 표현하지 않는다."

그는 한참 동안이나 침묵했다. 초겨울이라 공기만 다소 쌀쌀할 뿐 여전히 괜찮은 날씨였다. 느린 바람이 맑았다. 눌라레는 제 눈앞에 작은 불을 띄웠다. 데카를로의 시선이 따라오는 것을 느꼈다. 그가 손을 내밀었다. 그녀는 그의 손 위로, 그저 따듯하기만 한 불을 올려 주었다. 그는 주먹을 쥐었다. 불길은 사그라졌다.

"눌라레, 네 인생은 길다. 네겐 시작조차 하지 않은 나이일 거다. 부디 흔들리지 마라."

"그리하마."

"주검은 태워라. 흔적 없이."

"왜? 다들 야만인의 풍습이라 할 게다."

"그것이 야만인이라면 전쟁에서 죽은 모든 사람이 야만인일 테지. 눌라레, 나는 네가 반세기 전 그곳에서 그러했던 것처럼 나를 깨끗이 전소시켜 주길 바란다. 나는 그들과 다르지 않다. 그들이 비참한 끝을 맞았다고 생각하게 만들고 싶지 않다. 아마 새로운 전통이 된다면 더더욱 좋겠지. 나는 재가 될 것이다."

"네가 원한다면 물론 그리하겠다."

"네 불로 태워다오. 동등하게 떠나고 싶다. 쓸데없는 욕심에 사람이 너무 많이 죽었다."

"이제 와 후회하는 게냐?"

"아니. 미안할 따름이다. 내가 번복하지 않을 사람이라 더욱 미안하다. 평생토록 사람 죽는 걸 그리 싫어했던 나를 모르나? 눈 가리고 아옹이지."

"딱한 놈이로다. 나는 꿈도 없는 잠을 잔다."

그의 입가에 미소가 스친 것 같았다. 눌라레는 그 얼굴을 더 자세히 보기 위해 몸을 숙였다. 데카를로는 그녀와 시선이 마주치기 전에 눈을 감았다. 그녀는 왠지 모를 아쉬움을 느끼며 다시 의자를 짚었다.

"눌라레."

"듣고 있어."

"우리가 승리했던 날이다."

"랄레레, 신테."

"이만 잠들고 싶다. 삶이 길었다."

"그래."

데카를로의 어깨가 오르락내리락 조용한 숨을 쉬었다. 눌라레는 기어이 몸을 숙여 그에게 무언가를 속삭였다.

"부탁한다."

그녀가 무언가를 말했다.

"그래, 오래도록……."

눌라레는 데카를로의 어깨에 손을 짚었다. 그의 숨이 점차 사그라졌다. 그녀는 그의 고개를 받쳤다. 천천히 의자에 얹어 주었다. 겨울임에도 풀 냄새가 났다. 이 자리에 죽으러 온 것이 정말 그다운 일이라고 생각했다. 눌라레는 그의 이마에 입을 맞췄다.

"로쉬난 랄레레 신테 하손."

랄레레 신테를 기억하라.

"아릭 다모록 님파레."

약속은 남을 것이다.

"오드모르달 소리 밤모레."

축복 속에 잠들기를.

눌라레는 자리에서 일어섰다. 자신을 알던 마지막 사람을 보냈음에도 연못에 물을 던진 정도의 소음뿐이었다. 덜컥 두려움이 엄습했지만, 그를 기억하자 곧장 감정이 뱃속을 들어내고 기어 올라왔다. 그는 충분히 남아 있었다. 다만 죽음은 당연한 일이었을 따름. 그녀는 안심했다.

눌라레는 허공에서 엉킨 금그물을 끌어냈다. 미세한 빛이 흘러내리는, 실로 왕의 죽음에 걸맞은 수레였다. 그녀는 시선만으로 주검을 안아 올려 금에 얹었다. 황금 속에서 젊은 왕이었다. 그 얼굴을 보는 이들 모두 그것이 영웅의 증거라거나, 혹은 여왕의 놀라운 마법이라고 입을 모아 칭송하곤 했다. 물론 앞도 뒤도 죽음을 흐리지는 못한다. 눌라레는 자신의 망토를 걷어 그에게 덮어 주었다. 드물게도 스스로의 손으로 한 일이었다.

폐쇄된 정원의 입구에서 기척이 들렸다. 그녀는 자신이 잠근 문을 보고도 떠나지 않는 누군가가 굉장히 용감하다고 생각했다. 데카를로를 덮은 망토를 단단히 정돈하며 문을 열었다. 시선조차 들지 않았다. 그 순간, 고개를 젖히지 않아도 제 핏줄인 것을 알 수 있었다.

"어머니."

눌라레는 주름진 곳이 없도록 망토를 다듬은 뒤에야 몸을 일으켜 아들을 바라보았다. 그들은 거의 동년배처럼 보였다. 그녀의 아들은 잠시 놀란 듯 입을 벌렸다가, 곧이어 천천히 침묵했다. 그녀는 그의 긴장을 달래듯이 미소 지었다. 청년이 낮게 읊조렸다.

"소리 밤모레."

아버지를 고스란히 빼닮은 청년이었다. 눌라레는 제 배 속에서 나온 아이가 무슨 생각을 하고 있을지 궁금해졌다. 청년이 뚜벅뚜벅 걸어왔다. 그녀는 그와 시선을 마주하기 위해 고개를 들었다. 그의 주먹은 꽉 쥐어졌다가도, 곧 둥지를 털어 버린 새처럼 활짝 벌어졌다. 청년은 아버지의 손등에 조심스레 손을 올렸다.

"어찌 알고 왔느냐?"

"꼭대기 층에 계시지 않았습니다. 요사이 아버님께서 해 주신 여러 말씀들로 짐작했습니다."

"슬퍼하고 있느냐?"

"아버님께서 바라지 않으셨을 겁니다. 슬프십니까?"

"오랜 인연이 끊긴 충격은 있구나."

"어머니께서 떠나실 것이 두렵습니다."

"내 죽지 못하는 것을 너도 알지 않느냐."

"잠에 드실 것조차 두렵습니다. 어머니께서 깨어 보실 얼굴이란 제 주검뿐입니다."

"아래를 굽어보지 마라. 이제 네 것이다."

"저는……."

"오스페다는 벌써 변했다. 동사 속에서 명사가 몽니를 부릴 순 없는 일이다. 네가 내 잠자리를 잘 돌볼 것이라 믿는다."

"물론 어머니의 바람대로 하겠습니다."

"나도 소녀였지, 전쟁의 한가운데……."

청년은 아버지의 주검에서 손을 뗐다. 그의 시선은 고색창연한 흑백으로 보였다. 그의 몸가짐도, 숨도 그러했다. 청년은 몸을 숙여 눌라레의 양손을 잡아당겼다. 그는 그녀의 손톱에 살짝 입을 맞췄다. 감히 자신이 그리한다는 것을 믿을 수 없는 듯, 그러나 확고하게.

머리 위로 달이 두둥실 떴다.

굴라르모는 차라리 잎사귀에 빛이 없기를 바랐다. 빛이 없다면 이 어두운 밤 자신의 얼굴이 드러나지 않을 것이고, 얼굴이 드러나지 않는다면 자연히 시시때때로 떨리는 입매를 감출 수 있을 것이기 때문이다. 사실 젊은 왕이 감당하기에는 힘든 일이기도 했다.

정원의 문이 열렸다. 그는 급하게 고개를 들다 그런 자신이 한심해졌다. 한숨 쉴 정신도 없었다. 잉그레에 있을 리 없는 차림이 빛 잎사귀를 돌아 나왔다. 고집 센 이마에 가는 눈, 곧은 콧대, 작은 입술, 전반적으로 한참이나 동떨어진 곳에서 나타난 소녀 같았다.

"가느냐?"

"이곳까지 부르고서 굳이 가느냐고 묻는 당신이 웃깁니다."

"최소한의 배웅이다."

"별로 반갑지는 않군요."

"도대체 짐이 어찌해야 했나? 너는 왕비로 남을 수 없다. 게외보르트는 패배한 주제에 너를 내놓으라 발작일 것이다."

"당신에겐 권력이 아깝습니다."

"널 구원하라고? 짐의 팔다리가 몽땅 부러질 텐데."

"아뇨. 날 죽게 두라 이겁니다. 날 죽게 두어 그것으로 협정을 깨요. 부숴 버려요. 당신 하는 양을 보면 꼭 모든 게 장난 같습니다. 소꿉놀이 권력 놀음 말입니다. 왜 그걸 쥐고 그것밖에 못해요?"

"전쟁도 지친다. 이 나라는 지난 백 년 동안 싸우고 있었다."

"그만한 깜냥이니 자기 자식을 잃고도 협상 자리에 앉지."

그는 벌떡 일어섰다. 하지만 일어서고도 자신이 무슨 말을 해야 할지 갈피를 잡을 수 없었다. 게외보르트의 핏줄이라 하여 그 망령 난 어수대 놈들이 아이를 죽였다. 그래, 그런 일이 있었다. 하지만 그것도 벌써 다섯 해 전이다. 그로 인해 솔림와르 전쟁이 일어났지만 서서히 정신을 차리니 어느새 옛일이 되었다. 곧 한 손을 넘어갈 과거가 아닌가. 어차피 태어나자마자 죽은 것과 다름없던 아이였고, 자신에게 달린 것은 적어도 핏덩어리의 무게보다는 많았다. 그는 갈 곳 없는 손을 내려 주먹을 쥐었다.

"너는 게외보르트의 왕녀이면서 숄렘을 적대하기가 그 지경인가."

고작 이따위 말이나 지껄이는 것이다. 그는 스스로가 싫었다.

"아니. 내가 게외보르트인 것은 상관없어요. 게외보르트와 내 자존심은 별개입니다. 내 자존심이란 것이 당신 힘을 빌려야 구체화될 수 있다는 점이 화나지만, 어쨌든 그렇습니다."

"……."

"당신은 벌써 늙었습니까? 아니, 늙었대도 노욕조차 없어요?"

"난 충분히 했다. 사람을 더 죽이고 싶지는 않다."

"지금 안 죽이면 게외보르트는 다시 당신 사람을 노릴 겁니다. 아주 근시일 내에, 더 크게 노릴 겁니다. 당신이 너무 안이해서, 지금의 영달만 보고 앞으로 당신 자식들이 어찌 될지 생각하는 그 사소한 상상력마저 없으면 정말 끝장날 거예요. 내가 장담할 수 있습니다. 게외보르트는 당신네를 무너뜨려야 두 발 뻗고 잘 인간들입니다. 당신 자식이 죽어요."

"과장이 심해."

"세월이 가면서 이렇게 꺾이고 약해지는 것이 서글픕니다. 폐하, 당신은 서른입니다. 아직도 젊은데 혹시 낳을 적부터 꺾여 있었습니까?"

"아이를 잃은 것이 그리 고통스러웠나?"

여자는 양손으로 얼굴을 짚었다.

"아니라니까요! 아니라고 몇 번을 말씀드립니까? 나는 연 끊은 것처럼 행동하던 내 오라비가 갑자기 간질병에라도 걸린 듯 거품 물고 칼질하는 꼴이 같잖습니다. 마치 그러면 내가 곧장, 그에게 아무 피해 없이 죽기라도 할 것처럼요. 나는 그러진 않습니다. 그렇게 눈에 거슬리는 대로 치워질 장기짝은 아닙니다."

"벨뷔."

"제발 다시 한 번 싸우십시오. 트리흐트까지 짓밟아 버리세요. 그제야 저 화상들이 정신을 차리고 백 년은 잠자코 있을 겁니다."

"짐이 전승하지 못한 것은 네게 미안하다. 하지만 적어도, 이것으로 이번 전쟁은 끝이다. 그리고 내 자식들이 이 정도 전쟁을 감당 못하겠나. 다 잘할 것이고, 나는 지금 당장 피를 덜 흘려야 한다."

"이봐요……. 저치들은 지금 잃은 게 하나도 없습니다. 당신도 얻은 게 없어요. 얻은 것? 본디 당신들의 것이었던 땅, 배상금 조금, 게외보르트의 핏줄이 딤니팔 왕가에 포함되었을 시 그는 금록에서 삭제해 주겠다고? 누가 보면 싸우지도 않고 게외보르트에서 선심 써 주는 줄 알겠습니다. 이러지 마세요. 끝장을 보시란 말입니다. 안 그러면 저들은 지치지도 않고 덤빌 겁니다."

"좋아. 알겠다. 인정한다."

단단히 묶어 올린 밤색 머리 아래로 눈이 크게 뜨였다. 어쩌면 희열에 찬 시선인지도 모르겠다. 굴라르모는 그녀를 실망시켜야 한다는 사실이 짜증스러웠다.

"게외보르트가 언제고 짐에게 다시 덤빌 치들인 건 잘 알겠다. 사실 충분히 알아. 인정한다. 하지만 그건 나중 일이다."

"도대체가…… 어쩌면 이렇게 한심하지…….."

"제기랄, 피시아두 가문의 씨가 말랐다! 스파르기와 아말피도 이제 방계로 숨을 이어 가야만 하는 처지다! 그 많은 영주 중 이 셋만 다쳤느냐고? 아니! 개국공신 가문 중 하나는 멸족되었고, 둘은 거세되었다는 뜻이지! 나머지 짐이 손에 꼽기도 힘든 귀족들이 얼마나 큰 피해를 입었는지 너는 상상도 못할 거다! 미라이예? 그 어마어마한 미라이예도 서부 영지가 모조리 날아갔다! 그들이 지원할 수 있는 병력도 반 토막 났다! 짐보고 무엇을 어쩌라는 건가? 짐은 충분히 했어! 너는 이런 간소한 승리에 만족해야 한다!"

"그러면 이제 딤니팔이 게외보르트보다 약소국이라는 사실을 인정해야 할 때군요."

굴라르모는 할 말이 없었다. 화가 나서가 아니다. 자신은 오히려 그녀의 말을 듣고 가라앉았다. 할 말이 없는 것은, 이제 어쩌면 벨뷔의 말을 인정해야 할지도 모른다는 의심이 들었기 때문이다.

"폐하, 이 나라는 이백 년을 버텼습니다. 게외보르트는 갓 반세기도 살지 못한 놈입니다."

"……."

"나는 대륙의 중앙을 지배할 태자와 결혼했습니다. 이게 어찌 된 일입니까?"

그는 턱에 힘을 주었다. 빛이 너무 밝았다. 자신의 표정은 고스란히 읽힐 것이다. 그는 이 자리에 빛을 불어 넣은 눌라레에게 욕을 퍼붓기 시작했다.

"폐하…… 도망친 곳에 숨 쉴 자리가 있을 줄 아십니까? 도대체…… 이런…… 아닙니다. 그만하겠습니다."

"……."

"딤니팔의 왕에게서 이만한 패배 선언을 들은 사람은 나 이전에도 이후에도 없을 겁니다. 아니…… 실제로 멸망한다면 또 모르지. 당신 귀족들은 당신이 한심해서 어떻게 살까요."

"아마 그들 목을 구제해 주기 위해 그리한다는 사실을 알아 같이 슬퍼할 거다. 인정해야지. 짐이 어쩔 수 있나. 이제는 국정이 급하다. 전쟁은 우리 목을 졸라."

"계속 그리 생각하시면 곧 국정을 살피지도 못하게 되실 겁니다."

"마음껏 저주해라. 이만 떠나도 좋다."

벨뷔는 이를 갈았다.

"저는 떠나지 않습니다."

"그럼 어찌하게? 네 오라비가 너를 죽이도록 목 내놓고 기다릴 예정인가?"

"죽이라면 죽이라고 하죠. 그걸 못 막은 잉그레가 병신이 될 테니."

"……."

"별궁 하나만 주십시오. 죽은 듯 살지요. 평생 호화로움에 익숙해져 어차피 타지로 떠나선 살지도 못합니다."

"네 마음대로 해라. 간사한 것."

"폐하보다는 간사할 수 있어서 다행입니다. 사실 그만큼 무사 본위에 멍청해지는 것도 일입니다."

"나가."

벨뷔는 고개를 숙였다. 굴라르모는 그녀에게 무슨 감정을 가져야 할지 몰랐다. 약간의 미움, 민망함, 미안함, 아쉬움, 죄책감, 증오, 화. 물론 호의적인 냄새는 나지 않는다. 그녀는 쌩하니 바람을 일으키며 망토를 둘렀다. 태풍에 떠밀려 온갖 잎사귀들이 바들바들 떨렸다. 그는 눈을 가렸다. 너무 피곤했다.

그녀는 떠나겠노라 말을 하고도 오히려 가까이 다가왔다. 굴라르모는 문득 기척을 느끼곤 깜짝 놀라 마른세수를 하던 손을 내렸다. 비늘 같은 벨뷔의 눈이 그를 바라보고 있었다. 그녀는 아주 진지했다. 그는 자신이 이 밤이 새도록 욕설을 들어야 하나 싶어 머리가 아찔했다.

"폐하, 무릎 꿇고 사느니 서서 죽는 것이 낫습니다. 우리는 서서 죽다 못해 드디어 왕국을 세우기에 이르렀습니다. 악바리로 이루어진 계외보르트입니다. 이제는 당신을 넘어섰습니다. 부디 당신에게 무엇이 부족했는지 깨달으십시오."

"짐은 천재가 아니다."

"자신이 무가치하다는 것을 알아도 그리 가치 있는 발견은 아닙니다. 무엇을 하실 겁니까?"

"아이를 낳아서, 나라를 물려주겠지."

"그들에게 부끄럽지 않다고 확신할 수 있습니까?"

"벨뷔, 게외보르트가 또다시 난동을 부린다면 그것은 그놈들의 죄다. 내가 부끄러울 일이 아니다."

"당신은 영원히 안 됩니다. 나는 권력과 영광 없이는 단 하루도 살 수 없습니다."

"삶이 피곤하겠군."

벨뷔는 가타부타 말도 없이 뒤를 돌았다. 그녀의 한숨 소리를 들은 것 같기도 했다. 굴라르모는 그녀가 안타까웠다. 눈가리개를 한 말 같으니라고. 게외보르트인이라 차이가 큰 것이라 생각했다. 우리는 이 얼마나 다른가. 우리가 접붙기를 기대했다는 말이냐? 결과는 솔림와르였다. 전쟁이었고, 아이의 죽음이었다. 딤니팔 왕가는 두 번 다시 제 오스페다에 게외보르트를 들여놓지 않을 것이다.

구름 사이로 달이 들어갔다.

여인은 딤니팔의 왕임을 증명하는 황금을 지니고 있었다. 물결 같은 금발은 파도처럼 엉켜 올라가 하나로 묶었다. 그녀는 앞에 앉은 청년의 눈썹 위를 매만졌다. 아니, 매만지는 것을 넘어서 연고를 바르고 있었다. 상황이 애틋할 법도 했지만 의외로 그녀에게선 쉽사리 표정을 찾아

볼 수 없었다. 안타까움보다는 지금 당장 바르게 치료해야 한다는 사명감만이 자리한 얼굴이었다. 그녀의 손이 멈칫했다. 살짝 들렸다.

"괜찮으냐?"

"예."

"시력에는 문제가 없는 게 확실하지?"

청년은 다치지 않은 방향의 눈을 감았다. 남은 눈은 잎사귀 등불에 비치고도 새파랬다. 쨍한 하늘이라기보다는 깊은 심해와 같은 선뜻함이었다. 그는 몇 번이나 외눈을 깜박이며 제 코앞에 있는 여인을 바라보았다.

"예, 잘 보입니다."

"기사가 눈을 다쳐서 어찌하겠느냐. 천만다행이다."

여인은 풀연고가 듬뿍 묻은 엄지를 옷에 닦았다. 스스럼없이 어린아이 같은 동작에 오히려 청년이 더 놀란 모양이었다. 그는 그녀의 손목을 잡아당겼다.

"체사레?"

체사레는 그녀의 엄지를 제 소매에 문질렀다. 부부는 쌍으로 더러워졌다.

"참 신경 쓸 일도 많다."

"옷이 더러워집니다."

"시끄럽다. 네놈 엉덩이에는 이미 풀이 배겼을 텐데 이제 와 무엇이 더럽다 타령이냐?"

그는 고개를 숙였다. 그녀의 살짝 부른 배에 기대고 싶지만, 눈썹 위로 우스꽝스럽게 묻은 연고 때문에 이러지도 저러지도 못하는 모양이었다. 여인은 웃으며 그의 머리를 끌어안았다. 의자에 앉은 여인과 바닥에 주저앉은 청년은 한 쌍처럼 들어맞았다.

"괜찮다."

"……."

"게외보르트가 소위 '서딤니팔'을 지원하면 무엇 달라지겠느냐? 그 근본 없는 것들은 한 치 앞도 제대로 못 보고 자멸할 것이다. 이번에는 욕심이 너무 컸다. 비록 내가 '오리우엘라 예거'로 남아 있다지만, 딤니 팔의 왕은 오로지 나뿐이다. 이름은 아무 의미가 없다. 뒷골목 놈팽이들 이 산테카를로를 뜯어 갔다고? 왕은 나다."

"예거."

"어차피 게외보르트는 언제고 우리 살을 뜯어먹기 위해 발작하던 치 였다. 딤니팔이 방심하자 잡아 뜯긴 것은 당연하다. 이제는 그 모가지를 잘라 본디 물건을 돌려받을 차례. 네 조상은 잘린 팔을 들고 와 눌라 레에게 우러러 바랐다지. 눌라레는 팔을 붙여 주었다. 나도 그리할 수 있을 것이다."

"달마테 오스위 솔룬 얀 미라이예를 말씀하시는 거라면, 사실 그분은 눈도 잃으셨습니다."

"맥을 끊을 테냐?"

"죄송합니다."

"이 멍청이."

"죄송합니다."

그는 고개를 살짝 돌려 그녀의 배에 귀를 댔다. 아직 소리가 들릴 리 없는 시기인 데도 어쩐지 배 속이 떨린 듯한 느낌이 들었다. 그녀가 입 을 열 때면 그 느린 파동이 살갗을 타고 내려와 제 귀에서 울렸다.

"체사레."

"예."

"뒤통수를 친 그것들이 개잡놈들이다. 네가 병력을 육분지 일이나 회수해 온 것도 정말 잘한 일이다. 너는 게외보르트가 역도 패당을 지원하는 줄 몰랐다. 나도 무지했거늘 네가 어찌 알았겠느냐? 승리와 패배가 있지만 동시에 승리한 패배도 있고 패배한 승리도 있는 법이다. 너는 충분히 승리했다. 그 망종 개새끼들은 네가 전황을 수습하도록 둔 것으로 이기고도 이기지 못한 셈이다."

체사레는 언사에 주의를 요한다는 듯 헛기침을 했다.

"왜 그러느냐?"

오리우엘라는 정말 아무것도 모르고 묻는 모양이었다.

"예거, 말씀이 좋지 못하십니다. 태중에 아기가 계십니다."

"감히 누구도 왕의 말투를 지적할 수는 없다. 옹알이를 못 떼도 그건 알아야지."

"예거는 왕이 아니십니다."

"졸렬하게 이럴 때만 왕이 아니라고 말하지 마라."

"예거가 아니라면 제가 어찌 부르겠습니까? 잘려 나간 딤니팔이 절명하기 전까진 폐하의 폐 자도 꺼내지 말라는 것이 예거 당신의 명령이었습니다."

"너 자꾸 딴청 피우고 맥을 끊을 테냐? 들어가 자라."

"저는 이 자리가 좋습니다. 내쫓으실 겁니까?"

그녀는 그의 등을 내리쳤다. 원체 단련된 주먹이기에 순간적으로 꽉 막힌 동굴 같은 소리가 났다. 오리우엘라는 아무 일도 없던 것처럼 불편한 자세를 바로 했다. 자세를 바로 하는 것을 넘어서, 그의 등에 손을 올려 천천히 목덜미를 쓸어 주었다. 그는 긴장한 맹수인 양 숨을 들이켰다. 다시 천천히 가라앉았다.

"예거, 농담이었습니다. 제가 당신을 폐하라고 부를 수 있도록 허락해 주십시오."

"아직은 안 돼."

"한 번이라도 부탁드립니다."

"끈질기구나."

"폐하."

"그래, 체사레."

"이제 와 고백합니다. 보름 전 제가 죽다 살아났을 때 생각한 것은 제 병사가 아니었습니다. 저는 당신을 생각했습니다. 제가 당신을 다시 뵙지 못하고 죽는다면, 그리하여 영영 완성된 딤니팔을 보지 못한다면 저는 죽어서도 눈을 감지 못할 것 같았습니다. 겁이 났습니다. 제가 이 자리에 있고 당신이 이 자리에 있어 천만다행입니다."

"그래. 게다가 게외보르트 손에 죽는다니 이 얼마나 끔찍한 일이냐. 너는 살아와야만 했다. 내가 그러길 바랐다."

"게외보르트는 피값을 치를 겁니다."

"그렇고말고."

오리우엘라는 무언가를 곰곰이 생각하는 얼굴로 그를 바라보았다. 체사레는 잠시간 침묵을 견디다 결국 고개를 들었다. 바로 옆 잎사귀가 그녀의 귀밑머리를 밝히고 있었다. 마치 그것이 광원이기라도 한 양. 체사레는 여느 때처럼 말을 고르지 않았다. 그가 말했다.

"감히 게외보르트의 위세를 빌려 나라를 두 동강 낸 화상을 생각하고 계십니까?"

"아니."

"그렇다면 게외보르트를 생각하고 계십니까?"

"아니."

그녀는 그의 손을 들어 올렸다. 온갖 곳이 찢어지고 다시 붙고 굳은살이 박인, 단단한 가죽 같은 손이었다. 그녀는 그의 손바닥을 빛 속으로 끌어들였다.

"나는 아버님을 생각하고 있었다."

"……."

"사실 나는 네게서 소식을 들은 뒤로 문득문득 아버님을 원망하고 있었다. 그럴 수밖에 없다."

"굴라르모 1세께선 선왕이셨습니다. 그분께선 지금 상황과 관련이 없으십니다. 타국의 내전에 끼어든 졸렬한 게외보르트에 책임을 물으십시오."

"그 책임을 져야 하는 것이 왕이다."

"……."

"아버님께선 항상 당신의 자식들을 위해 당신이 근심한다고 말씀하셨다. 나는 이제 그분의 근심이 무엇이었는지 갈피를 잡을 수 없게 되었다. 왕 노릇이 그리 어려우셨을까? 그분께선 솔림와르에서 무엇을 한 것인지 도통 모르겠다. 승리한 패배도 있고 패배한 승리도 있다지만 애초에 그분은 승리와 패배 중 어떤 것도 견인하지 못한 느낌이다. 당시 게외보르트는 어떤 것도 잃지 않았다. 솔림와르 협정이란 딤니팔의 자위에 가까웠다."

"……."

"내가 알기로 벨뷔 전 왕비는 심지가 굳은 사람이었다. 그녀는 아이를 잃고도 아무렇지 않았다고 한다. 단지 모국에 그 죗값을 물으려 했다지. 하지만 아버님께선 어느 순간 모든 것을 그만두고 솔림와르 협정을 체결하셨다. 그놈의 아무짝에도 쓸모없는 보상금 몇 푼과, 산테카를로라는 성은 모든 핏줄을 세탁한다는 약속, 그리고 원래 우리 땅이었던 곳. 정말 말도 안 된다. 딤니팔은 그때 게외보르트를 박살 냈었어야 한다."

"······."

"나는 벨뷔 그 여자가 얼마나 대단한 충신이었는지 이제야 알겠다. 너도 알듯 그 여자, 자살했다. 목적이 무엇이었든 그녀는 아버님께 게외보르트와 전쟁을 일으키라고 확실한 신호 하나를 준 셈이다. 아버님께서 원했다면 충분히 그럴 수 있으셨을 테지. 하지만 그분은 침묵하셨다. 솔림와르에서 유야무야 넘어가셨던 것처럼 그때에도 더 이상 전쟁을 바라지 않으셨다. 나는 아버님을 사랑하지만 아버님의 그런 수구적인 면모까지 사랑하는 것은 아니다. 당시 아버님께서 싸우셨다면 나는 지금 서딤니팔이라는 근본 모를 것을 상대할 필요가 없었을 테지. 저 망령난 게외보르트 새끼들."

"······."

"되었다. 지금 노여워해 봤자 무얼 어쩌겠느냐."

"자식에게 부끄럽지 않은 왕으로 남으시면 됩니다."

오리우엘라는 픽 웃으며 그의 손을 내려놓았다. 그러나 이번에는 그가 그녀의 손을 감쌌다. 체사레는 자신의 것보다 좀 더 여윈 손마디를 더듬어 쥐었다. 목울대까지 잡아당겨 입을 맞추었다. 그녀는 온통 뜨끈뜨끈한 손을 내려다보았다.

"불안한가?"

"아니요. 저는 예거께서 계신 까닭에 감히 불안할 수 없습니다."

"나는 불안하다."

"······."

"내 손으로 칼을 쥘 수가 없다. 지금 목숨을 거는 이는 너뿐이다. 내게선 벌써 생사의 감각이 사라지려고 한다. 이건 엄청나게 큰일이야. 이 내가 정치를 해야 한단 말이다. 전쟁터의 감각이 없으면 정치는 못한다."

"예거, 예거께선 지금 태중에······."

651

"그놈의 아이, 아이. 이 화상아."

체사레는 고개를 숙여 그녀의 허벅지에 이마를 묻었다. 오리우엘라는 제 살과 체사레의 뺨 사이에 끼인 오른손이 답답하다고 생각했다. 불안하지 않도록 이미 후계자도 보았는데 제 새끼 함함하듯 구는 그가 마음에 들지 않았다. 그녀는 그의 머리를 몇 번 쓸어 준 뒤, 이제 어리광은 되었다는 것처럼 그를 밀쳐 냈다. 그는 고분고분히 물러났다. 오리우엘라는 옷자락을 털며 자리에서 벌떡 일어났다. 망토가 주르륵 미끄러져 체사레의 발치에 떨어졌다. 그는 단지 눈으로만 망토를 바라볼 뿐, 조금도 움직이지 않았다.

"들어가 쉬자. 네겐 여행이 너무 길었다."

그는 그녀의 망토를 감싸 쥐며 몸을 일으켰다. 시선에 살짝 웃음이 섞인 것 같기도 했다. 체사레는 꿈쩍 않는 오리우엘라에게 다가가 망토를 둘러 주었다. 그녀는 한숨을 터뜨리며 망토를 조였다.

"내가 단 한순간이라도 데카를로가 될 수 있다면 더 바랄 것이 없겠다."

"전지전능함을 바라신다면 눌라레가 걸맞습니다. 그분은 하루 만에 모든 것을 끝내고 주무셨을 겁니다."

"인간이 아니 되고 싶지는 않다. 모든 것이 좋아도, 그래도 인간이 낫다."

"그분은 당신의 먼 어머니십니다."

"하지만 인간은 아니야. 데카를로는 인간이다. 그 사람은 영웅이 필요한 시대에 태어나 영웅으로 살다 영웅으로 죽었다. 나는 그것을 가지고 싶다."

"충분히 가지고 계십니다."

오리우엘라는 웃음을 터뜨렸다.

"훗날 내 아이들이 나를 어떤 사람으로 떠올릴 것 같으냐? 오리우엘라 예거 역시 영웅이 필요한 시대에 태어나 영웅으로 살다 죽었다고 읊조릴 것 같나? 허황된 소문이라는 느낌이 든다. 데카를로도 이런 기분일지 모르겠다."

"당신은 열여섯의 나이로, 쌍둥이 오라비라는 짐까지 엎고 역적 도당을 진압했습니다. 또한 끝내 인내할 수 없게 된 시점에서 그를 죽이셨습니다. 아마 이것은 당신의 오라비라는 짐을 덜어 주기는커녕 모든 것을 배는 더 무겁게 만들었을 겁니다. 그럼에도 불구하고 당신은 끝내 역적을 찍어 누르셨습니다. 다만 멸적시키려는 순간 게외보르트가 나타났을 따름입니다. 게외보르트 역시 당신의 지난한 경험에 비한다면 한 가지 난관에 불과합니다. 예거, 당신은 이미 난세에 태어나셨습니다. 이것을 해결한다면 영웅이 되실 수밖에 없습니다."

"열정만으로 패자가 되는 것은 꿈에서나 벌어지는 일이다."

"당신은 그 이상이십니다."

"그래. 네 평가가 이백 년 뒤에도 계속된다면 믿겠다. 피곤하다. 이만 들어가자."

체사레는 낮게 웃으며 고개를 숙였다. 오리우엘라는 문득 생각난 것처럼 산책길 가장자리의 잎사귀를 뜯었다. 그가 호기심에 찬 시선으로 자신을 바라보는 사이 잎사귀를 반으로 갈랐다. 그녀는 살짝 손짓해 그가 자신을 보도록 만들었다. 그녀는 그의 오른쪽 눈썹 위에 빛나는 잎을 붙였다.

"이 얼굴을 하고 잉그레로 돌아가야 합니까?"

"이곳 잎사귀에 해독 효과가 있다고 들었다."

"저를 위해 주시는 것은 감사하나 아쉽게도 저는 상처가 났을 뿐이지 독에 중독되지는 않았습니다."

"그래도 좋은 걸 붙이고 있으면 낫겠지. 그러고 있어."

"예."

"아주 멋있다."

"감사합니다."

동이 터 오고 있었다.

자카리는 깜짝 놀라 잠에서 깨어났다. 아무리 주변을 둘러보아도 한 동안 정신이 신산스러워 앞뒤를 분간할 수가 없었다. 누워 있던 의자에서 벌떡 일어나자 그제야 어느 정도 방향감각이 잡혔다. 눌라레의 정원이었다. 이런. 오밤중에 내일을 예습한다는 생각으로 서성였더니, 어김없이 자신을 배반하는 알량한 체력이 아닌가.

그는 급하게 정원의 입구로 걸어가기 시작했다. 오늘은 발렌시아가 눈의 방패로 떠나는 날이었다. 오늘이 아니라면 기회가 없다고 생각했기 때문에, 자카리는 어제 이미 잽싸게도 그를 부른 참이었다. 언제까지 오라고 했더라. 정신 사나운 머리가 안타까웠다. 아침이었나? 지금 몇 시지? 늦었나? 내가 늦으면 그놈이 기다려 주기는 할까?

자카리는 문을 열어젖혔다.

"……."

"전하, 전하께서 나오시길 기다리는 도중 잉그레의 첫 번째 대장간에서 이것을 받았습니다. 시종은 제가 전해 드려도 될 것이라 했지만 마땅한 대처인지 의심이 듭니다. 죄송합니다."

그는 멍하니 단조로운 말을 듣다가 문득 깜짝 놀라 발렌시아의 손에 쥔 칼을 빼앗아 들었다. 선물을 제대로 검수하기도 전에 건넨 셈이다. 물론 발렌시아는 물건을 도난당한 것이 계면쩍지도 않은 듯했다. 그저 잠자코 서 있다. 자카리는 그의 반응이 특이하다는 사실조차 깨닫지 못했다. 투덜거리듯 반문했다.

"내가 여기 있다는 건 어떻게 알았나?"

"시종이 전해 주었습니다."

"언제 왔지?"

"대략 한 시간 전에 잉그레에 도착했습니다."

"지금은 몇 시야?"

"일곱 시입니다."

"왜 꼭두새벽부터 오고 난리야? 잉그레 문도 안 열었다."

"저는 내일 아침 일찍 오라는 명을 받았습니다. 서간에 시각이 기재되어 있지 않아 곧장 전시종을 보냈으나 전하께서 답을 주지 않으셨습니다. 불편을 끼쳐 드렸다면 죄송합니다."

"내가 그랬나……?"

발렌시아는 태자의 실수를 여러 번 상기시켜 줄 생각이 없는 모양이었다. 자카리는 민망할 틈도 주지 않는 그가 얄미웠다. 종내 정원에나 들어오라며 툴툴거렸지만, 발렌시아가 따라오기도 전에 문이 쾅 밀려 닫혔다. 되는 일이 없군. 그는 다시 한 번 문을 열었다. 조금도 당황하지 않은 발렌시아가 오히려 익숙해서 좋았다.

"여기 봐라."

"……."

자카리는 문고리 바로 옆에 자신의 손을 얹었다. 그는 검지를 들어 그림과 비슷한 글자를 그렸다. 발렌시아의 시선이 제 손끝을 민감하게 노려보는 것이 느껴졌다. 문이 열렸다.

"이렇게 해서 들어오는 거다."

"제가 알아도 되는 내용입니까?"

"숨겨야 될 건 또 뭔가. 이곳을 정돈하는 정원사도 여럿 아는데."

"그 외에는……."

"나와, 내 아버지와, 어머니와, 그리고 두 분께서 특별히 가르쳐 준 몇 사람이 있겠지. 나야 자세히 모를 일이고. 들어오기나 해라."

발렌시아는 더 이상 말에 토를 달지 않고 계단으로 내려섰다. 자카리는 그의 뒤에 서서 문득 그가 일말의 기침 소리라도 내지 않을까 기대했다. 아직 아침이 완전히 밝지 않아, 구름 진 어두침침함 속에서 잎사귀가 빛을 내고 있었기 때문이었다. 자카리는 등 뒤로 문을 닫으며 희망을 버리지 않았다.

발렌시아가 그를 돌아보았다.

"전하?"

"왜?"

"저를 오늘 이 자리에 부르신 이유를 알고 싶습니다. 외람된 말씀이오나 저는 정오에 서임식에 참석해야 합니다."

"어련히 알아서 불렀으려니······."

"죄송합니다. 제 불찰입니다."

자카리는 대꾸할 기운도 없었다. 그는 끝내 무시당할 말을 하기 보다는 차라리 제게 익숙지 못한 검을 다루는 편이 훨씬 낫겠다고 생각했다. 그는 한숨을 쉬며 검집을 횡으로 들었다. 손잡이를 잡고 걸쇠를 푼 뒤, 새 꿀의 마개를 벗기듯 조심스레 뽑아 당겼다. 기이하게도 사아악 종이를 베는 소리가 났다. 자카리는 중간까지 발도했을 때 이만 포기할까 생각했다. 자신은 어차피 검에 조예가 없어 이것이 얼마나 좋은 검인지 판단하기가 어려웠을 뿐더러, 더 중요한 것, 성인의 키에 맞춘 검이라 제 팔에 비해 지나치게 길었기 때문이다. 어쨌든 훌쩍 큰 발렌시아에게는 그럭저럭 어울리는 길이일 것이다. 자카리는 스스로를 위로하며 오기로 칼끝까지 뽑아냈다. 여전히 영 모르겠다.

"제게 검의 감정을 맡기고 싶으십니까? 하지만 첫 번째 대장간이 저보다는 훨씬 뛰어날 것입니다. 제가 감히 첫 번째 대장간의 작품을 평가 한다니 당치도 않습니다."

"아니. 네 물건이다."

"……."

자카리는 아무 생각 없이 칼을 땅에 꽂으려다가, 아무래도 이 좋은 검 의 첫 개시로 흙은 마땅치 않은 것 같아 어정쩡하게 잡아 들었다. 그는 괜히 칼의 앞부터 뒤까지 돌려보는 체를 했다. 전반적인 모양이 어떻게 생겼는지도 정리가 안 되었다. 검술 시간에 도망가지 말 것을. 자카리는 한숨과 함께 자신의 한계를 인정했다. 그는 칼을 다시 집어넣었다.

"아버지께 부탁해서 받아 왔다. 보았다시피 잉그레 첫 번째 대장간의 작품이다. 네젠-롬바의 철을 썼다. 그리고 이 자리는 눌라레의 정원이 다. 무릎 꿇어."

발렌시아는 그답지 않게 할 말을 고르는 것처럼 보였다. 자카리는 자 신이 그를 흥분시켰나 싶어서 굉장히 만족스러워졌다. 하긴, 왕가의 검 을 하사 받는 사람은 한 세대에 한둘 있으면 많은 것이다.

"전하, 제가 알기로 왕가의 검은 폐하께 직접 하사 받아야 하는 것입 니다. 혹시 제가 틀리게 알고 있다면 지적해 주십시오."

"……."

"전하?"

"왕의 후계자라면 괜찮다. 그리고 어차피 내 아버지의 허가를 얻어 이 자리까지 오게 된 칼이 아니냐. 걸리는 점이라도 있나?"

"아닙니다. 다만 개인적인 호기심으로 여쭈었습니다."

그 말을 끝으로 발렌시아는 성큼 걸음을 옮겼다. 자카리는 등나무 앞 에 서서 그가 어디까지 오는지를 지켜보고 있었다. 발렌시아는 그에게 서 세 발자국쯤 떨어진 자리에 멈췄다. 한쪽 무릎이 천천히 굽더니, 어디서 보았는지 완벽한 기사처럼 응했다. 자카리는 콧김을 푹 내뿜었다.

"너도 나도 열넷이다. 이런 짓을 하고 있어야 할지 정말 모르겠지만…… 아무래도 좋다. 이만 받아 가."

자카리는 검집으로 발렌시아의 양어깨를 툭툭 한 번씩 건드렸다. 민망할 정도로 오래된 체면치레였다. 그는 번갯불에 콩 구워 먹듯 의식을 끝내고는 급하게 칼을 넘겼다. 검은 손에서 손으로 구렁이처럼 타고 넘어갔다. 자카리는 흰 칼집이 검을 꼭 살아 있는 것처럼 보이게 한다고 생각하며, 그것을 받아 삼키는 발렌시아의 손을 노려보았다. 그는 양손을 벌려 건네받았다. 편평한 바닥 위에 떨어졌던 칼은 이내 천천히, 아주 천천히 쥐여졌다. 살 그물 사이에 갇힌 백사였다. 발렌시아는 칼집을 수직으로 내려 바닥을 찍었다.

"니소르로 명명했다. 귀히 여겨라."

"예. 전하께서 저를 중……."

"인사치레는 하지 마. 네가 오래도록 쓰면 그것으로 될 일이다."

"감사합니다."

발렌시아는 칼로 중심을 지탱하여 자리에서 일어섰다. 그는 의외로 무슨 말을 해야 할지 고민하는 듯 보였다. 자카리는 포기했다.

"너는 놀라지도 않느냐? 내가 언제 네게 왕가의 검을 주겠다고 알려 주기라도 했나? 나 모르게 암시라도 했어? 어쩌면 이렇게 당연하게 받는지 주는 내가 힘이 빠진다."

"아닙니다, 전하. 저는 짐작하지 못했습니다. 기쁨을 뽐내는 것이 무례가 될까 하여 잠자코 있었습니다. 죄송합니다. 전하의 후의에는 진심으로……."

"그만."

자카리는 불편한 잠자리에 어깨가 배겨 오는 것을 느꼈다. 내가 왜 저 화상에게 칼을 준다고 두 번, 세 번 주장했을까. 아직 어리다며, 더 지켜 보아야 한다던 아버지의 말씀이 그리 가벼웠을까? 아니, 그것은 정말로 아니다. 그는 발렌시아의 인간성 자체에 의구심을 품은 것이 아니었다. 그렇다면 무엇이 거슬린다고? 그는 대답하기를 거부했다. 자카리는 차라리 보다 건설적인 이야기를 하는 편이 나을 것 같다고 생각했다.

"몇 년이나 있다 올 테냐?"

"세 해입니다."

"겸양은 빼고 말해라."

"저는 단지 기사직을 얻기 위해 가는 것이 아닙니다. 따라서 제가 예상보다 빨리 기사 임명을 받는다 하더라도 적어도 삼 년은 사막에 머무를 예정입니다."

"다들 편히 지내고 싶어 발버둥일 텐데, 굳이 왜?"

"전하, 저는……."

"……."

"아버지께 책임감을 익혀야 한다고 배웠습니다. 이 나이로, 이 지위로 제가 오스페다에서 책임감을 익히기는 쉽지 않은 일입니다. 목숨이 공평한 전장에 간다면 적어도 어느 정도는 동등하게 대우 받을 수 있을 것입니다. 그만큼 위험부담도, 제가 져야 하는 무게도 무거워지겠지만, 저는 그것을 견디기 위해 가는 것입니다. 오히려 그에 감사합니다."

"애어른 같은 소리나 하고 앉았군. 나는 내 피를 보는 게 그렇게 싫던데."

"저 역시 제 피를 보는 것을 좋아하지 않습니다. 저도 다치고 싶지는 않습니다."

"의외로군. 다쳐도 상관없다고 여느 때처럼 뻣뻣한 소리나 할 줄 알았더니."

"저는 제가 다치게 된다면 그 사실을 인정할 수 있습니다. 제 부족함 역시 깨달을 수 있을 것입니다. 하지만 구태여 실수를 만들고 싶은 사람은 없습니다. 그런 의미에서 스스로 모자람을 과시하고 싶지 않은 것입니다."

"넌 그곳에 가서도 소공작일 거야. 누구도 함부로 대하지 못할 것이다. 아마 네가 원하는 짐도 비교적 적을 거고, 다칠 위험도 가장 낮겠지. 너라면 참 오래 생각했을 사람이지만, 그래도 그건 쓸데없는 걱정에 그칠 거다."

발렌시아는 문득 고개를 들어 자카리를 바라보았다. 그의 손에는 흰 칼집이 단단히 쥐여 있었다. 마치 살아 움직이는 것을 억지로 그의 손아귀에 쥔 것처럼, 그의 팔뚝에는 힘이 들어가 있었다.

"그리되지 않을 것입니다."

자카리는 그가 무엇을 생각하고 있는지 궁금해졌다. 그러나 그것을 일일이 캐묻는 자신은 도저히 예의에 맞는 것처럼 보이지 않았다. 그는 호기심을 포기했다. 추측하려다가는 제 머리만 아플 테니 그것 역시 포기했다. 그는 두 손을 들었다.

"부디 칼은 잘 써라. 내가 후회하지 않도록."

"예. 전하께서 제 무엇을 보시고 이 귀중한 왕가의 검을 하사하셨는지 저는 잘 모르겠습니다. 하지만 전하의 명을 감히 거역할 수 없고, 저 역시 왕가의 검에 감격할 수밖에 없는 평범한 종기사입니다. 전하께 다시 한 번 고두합니다. 이 칼은 평생토록 전하의 주구가 될 것입니다."

"먼저 네 주구가 되어야지."

"예."

"가거라. 이따 서임식에서 다시 보겠지."

"예."

"널 가장 세게 때려 주마."

"예."

벌써 정오가 가까웠다.

눌라레의 정원은 한낮에도 빛이 사그라지지 않았다. 다만 노란 것이 검은 바탕 속에 들어갔을 때와, 흰 바탕 속에 들어갔을 때만큼의 차이는 있었다. 수반과 좁은 산책길, 세풍에 따라 천천히 변화한 조각상과 수석들. 사실 최초의 그 순간부터 몇백 년 동안 바뀌지 않은 것은 단지 빛을 내는 긴 잎사귀와, 유일하게 놓인 긴 의자뿐이었다. 잎사귀는 계속 자라고, 자라고, 굽어 떨어지고, 빛을 죽였다. 열매가 떨어져 다시 자라고, 또다시 자라고, 세월을 깨닫고 숨을 거뒀다. 정원에 오갈 수 있었던 사람은 첫 만남 이후부터는 왠지 그 모든 것을 자연스레 받아들이게 되는 경향이 있었다. 비와 눈과 바람을 맞은 빛 잎사귀는 마치 이 세상의 것 같았기 때문이다. 모든 잎사귀는 아침과, 낮, 밤, 그리고 한 해에 맞춰 움직였다. 지나치게 땅으로 내려와 감탄할 사람이 적은 전설이었다.

눌라레는 자신이 다섯 세기 전 빛을 건넨 바로 그 식물을 바라보았다. 다시 한 번 손을 들어서, 정원사가 게을렀는지 두꺼운 잎에 살짝 쌓인 먼지를 쓸어 냈다. 한낮에도 희미한 빛이 드러났다. 그녀는 고개를 돌려 모든 것이 바뀐 산책로와, 장식과, 백 년 전에는 볼 수도 없던 수반, 그간 깎여 나간 수석을 훑어보았다.

생각했다. 잉그레 혹은 오스페다는 명사가 아닌 동사다. 어쩌면 세상 모든 것이 명사가 아닌 동사일지도 몰랐다.

물론 그녀는 오로지 명사로 존재했다. 눌라레는 변하지 않았다. 종종 잠이 들었기 때문에 변하지 않은 것은 아니었다. 그녀는 자신이 다섯 세기 동안 내리 깨어 있었다 하더라도 분명 데카클로를 보냈을 때의 자신과 똑같았을 것이라 생각했다. 별수 없이 영생을 사는 자는 그렇다.

그녀는 자신이 마련한 긴 의자에 앉았다. 지난 얼마간은 이 자리에 참 드물게도 왔다. 피곤했을까. 아니다. 오고자 했다면 언제든 올 수 있었다. 자신의 아들은 그녀를 그 자신보다 우대했을 것이다. 오지 못했던 것은, 아마 이곳까지 명사로 오금 박고 싶지 않아서인 모양이다. 정원은 변하고 있었다. 사람들이 오가고, 바로 그 오가는 사람들이 변하고, 그 사람들이 변화시켰다. 눌라레는 그런 것이 좋았다. 자신이 엉덩이를 붙이고 지나가는 사람마다 노려본다면 영영 있을 수 없는 일이었다.

눌라레는 웃으며 한 손을 들어 올렸다. 이제 전 세계에서 유일하게 마법이 지피는 곳은, 제 손 위, 자신의 시야가 닿는 모든 곳이었다. 그녀는 데카클로를 추억하며 예전 그에게 덮어 주었던 망토를 자아냈다. 똑같은 것은 영웅과 함께 불타 없어졌지만 자신에게는 기억이 남아 있었다. 그녀는 변하지 않는 명사였다.

저녁이 다가왔다.

누군가가 경우도 없이 정원의 문을 열어젖혔다. 심지어 한 사람이 아니었다. 정원의 특별한 성질을 생각해 볼 때, 이것은 흠씬 두들겨 맞고 쫓겨나도 부족함이 없는 손님이었다.

높은 육박지름이 들렸다.

"발렌시아 경!"

"제가……."

"내가 한 번은 참았어! 나중에 이유를 묻겠다는 생각은 했지만, 그래도 꾹 참고 공포를 견뎠단 말이다! 그런데 또 그래? 당신 제정신이야?

오늘 왜……!"

"그럼 뤼 뤼페닝에게 가고자 했던 오늘의 당신은 제정신입니까? 저는 처음부터 명확하게 말씀드렸습니다. 오늘만큼은 무조건 당신 곁에 있을 것이라는 말씀을 적어도 두 번은 드렸습니다. 제 경고가 가소로우십니까? 아니, 그보다 제가 가소로우십니까? 그토록 보잘것없는 수로 저를 보내고 뤼 뤼페닝에게 가실 예정이셨습니까?"

"……뤼페닝이 여기서 왜 나와?"

"당신은 처음부터 거짓말을 하셨습니다. 당신은 모리 라치올이 들고 왔던 서신을 보는 즉시, 전부 외우셨음이 틀림없습니다. 그리 외운 뒤 무지를 가장하는 것이 제게 삶을 요구하신 분의 바람직한 행동입니까?"

"발렌시아 경, 처음부터 끝까지 무슨 말인지 하나도 모르겠다. 계속 당신 할 말만 할 거라면……."

"방금 전 당신이 바라본 곳에 뤼 뤼페닝이 없었다고 발뺌하실 예정이십니까? 외르타, 저를 우롱하지 마십시오. 저는 그자와 눈이 마주쳤습니다. 서로를 정확히 알아보았습니다. 제가, 당신 때문에…… 처음으로 사람의 웃음에 섬뜩함을 느끼게 되었습니다. 이제는 사람을 알아보는 제 눈을 비난하고 싶으십니까?"

"……."

"……."

"……."

BLACK LABEL CLUB 001

나무를 담벼락에
끌고 들어가지 말라 2부 하

1판 1쇄 2013년 4월 15일
1판 4쇄 2017년 2월 7일

지은이 윤진아
펴낸이 신현호
편집부장 김은주
편집 김수민
편집디자인 한방울
마케팅·관리 김민원 조인희
물류 이순우 김명일

펴낸곳 ㈜디앤씨미디어
출판등록 2002년 5월 1일 제117-90-51792호
주소 서울시 구로구 디지털로 26길 111 JnK디지털타워 503호
대표전화 (02)333-2513 **팩스** (02)333-2514
전자우편 dncbooks@naver.com
공식카페 cafe.naver.com/blacklabelclub

ISBN 978-89-267-6151-9 (04810)
ISBN 978-89-267-2611-2 (SET)